宋代辭賦全編

（五）

主編　曾棗莊　吳洪澤
編委　張明義　李　静　李耀偉　宋恩偉　張家鈞
　　　文　琪　劉正國　文　瑜　文國泰　舒澤群
　　　盧本莉　盛華武　龍福華　程在茂　文　敏
校勘　文　波　文　莉　吳思青　龔文英

四川大學出版社

宋代辭賦全編卷之七十八

賦　書畫

飛白書賦

晏殊

昔在軒后，旁羅俊英。乃有蒼頡，思周神明。下侔羽族之迹，上法奎圜之精。始造古文，播於寰瀛。爰及東漢，紀年熹平。其臣蔡邕，譽聞帝庭。矚鴻都之蕆役，掃堊帚而字成。寓物增華，窮幽洞靈。肇此一體，用飛白而爲名。飾宮闕之題署，助聖賢之藝能。厥後累朝之臣，習此奇蹟。代有名系，存乎簡籍。然猶獻之白而不飛，子雲飛而不白。

伊唐二葉，迨及高宗。咸所留意，亦云盡工。分賜宰弼，渙揚古風。若乃宮硯沉碧，山鑪泛清，愍沖襟之悦穆，拂神翰以縱横。空濛蟬翼之狀，宛轉蚪驂之形。爛皎月而霞薄，颷珍林而霧輕。曳彩綃兮泉客之府，列纖縞兮夏王之庭。仙風助其縹緲，辰象供其粹凝。信一人之妙用，非末學之能稱。而況取象八分，資妍小篆。玉潔冰潤，龍驤虎變。合心手以冥運，體乾坤之壯觀。四庫本《玉海》卷三四。

御飛白書扇賦

晏殊

騖思三雲，灑迴春之藻翰，成變楷之奇文。婉繞無方，輕濃有制。該筆苑之遒潤，集書林之妍媚。標王字於日中，湛金波於月際。六藝之逸品，在昔貞觀之隆，文皇念功，時則有無忌、師道沐鸞虯之班詔；咸亨以還，高宗禮賢，時則有至德、處俊荷戢翼之垂訓。亦有攀車受貺，登牀被恩，一言蒙魯袞之厚，八體著羲圖之則。五明在手，於以見虞帝達聰之勤；四座生風，於以彰武王救暍之德。《玉海》卷三四。

墨竹賦

蘇轍

與可以墨爲竹，視之良竹也。客見而驚焉，曰：「今夫受命於天，賦形於地。涵濡雨露，振蕩風氣。春而萌芽，夏而解弛。散柯布葉，逮冬而遂。性剛絜而踈直，姿嬋娟以閑媚。涉寒暑之徂變，傲冰雪之淩厲。均一氣於草木，嗟壤同而性異。信物生之自然，雖造化其能使？今子研青松之煤，運脱兔之毫。睥睨牆堵，振灑繒綃。須臾而成，鬱乎蕭騷。曲直横斜，穠纖庳高。竊造物之潛思，賦生意於崇朝。子豈誠有道者耶？」

與可聽然而笑曰：「夫予之所好者道也，放乎竹矣。始予隱乎崇山之陽，廬乎修竹之林。視聽漠然，無概乎予心。朝與竹乎爲遊，莫與竹乎爲朋。飲食乎竹間，偃息乎竹陰。觀竹之變也多矣。若夫風止雨霽，山空日出。猗猗其長，森乎滿谷。葉如翠羽，筠如蒼玉。澹乎自持，淒兮欲滴。蟬鳴鳥噪，人響寂歷。忽依風而長嘯，眇掩冉以終日。笱含籜而將墜，根得土而横逸。絶澗谷而蔓延，散子孫乎千億。至若藂薄之餘，斤斧所施。山石犖埆，荆棘生之。蹇將抽而莫達，紛既折而猶持。氣雖傷而益壯，身已病而增奇。淒風號怒乎隙穴，飛雪凝沍乎陂池。悲衆木之無賴，雖百圍而莫支。猶復蒼然於既寒之後，凛乎無可憐之姿。追松柏以自偶，竊仁人之所爲。此則竹之所以爲竹也。始也余見而悦之，今也悦之而不自知也。忽乎忘筆之在手，與紙之在前。勃然而興，而修竹森然。雖天造之無朕，亦何以異於兹焉？」

客曰：「蓋予聞之：庖丁，解牛者也，而養生者取之；輪扁，斲輪者也，而讀書者與之。萬物一理也，其所從爲之者異爾。況夫夫子之託於斯竹也，而予以爲有道者，則非耶？」與可曰：「唯唯。」明清夢軒本《欒城集》卷一七。

蘇軾《與文與可》（《丹淵集》附録）近見子由作《墨竹賦》，意思蕭散，不復在文字畛域中，真可以配老筆也。亦欲寫在絹卷上，如何？如何？

又《文與可畫篔簹谷偃竹記》（《蘇文忠公全集》卷一一）子由爲《墨竹賦》以遺與可，曰：「庖丁，解牛者也，而養生者取之；輪扁，斫輪者也，而讀書者與之。今夫夫子之托於斯竹也，而予以爲有道者，則非耶？」子由未嘗畫也，故得其意而已。若予者，豈獨得其意，並得其法。

劉明仲墨竹賦

元祐三年秘書省作

黄庭堅

子劉子山川之英，骨毛粹清。用意風塵之表，如秋高月明。遊戲翰墨，龍蛇起陸。嘗其餘巧，顧作二竹。

其一枝葉條達，惠風舉之。瘦地筍笴，夏篁解衣。三河少年，稟生勁剛，春服楚楚，俠遊專場。王謝子弟，生長見聞，文獻不足，猶超人群。其一折幹偃蹇，斫頭不屈，枝老葉硬，强項風雪。廉、藺之骨成塵，凜凜猶有生氣。雖汲黯之不學，挫淮南之鋒於千里之外。

子劉子陵雲自許，按劍者多，故以歸我，請觀謂何。黄庭堅曰：吾子於此，可謂能矣。猶有修篁之歲晚，枯枿之發春。少者骨梗，老而日新。附之以傾崖礐石，摧之以冰霜斧斤。第其曾高昭穆，至於來昆仍雲。組練十幅，煙寒雨昏，迺爲能盡之。蓋陽虎、有若之似夫子，市人識之；顔回之具體，門人不知。

蘇子曰：世之工人，或能曲盡其形，至於其理，非高人逸才不能辨。意其在斯，故籍外論之。梓人不以慶賞成虡，痀僂不以萬物易蜩。及其至也，禹之喻於水，仲尼之妙於《韶》，蓋因物而不用吾私焉。若夫燕荆南之無俗氣，庖丁之解牛進技，以道者也。文湖州之得成竹於胸中，王會稽之用筆如印印泥者也。詩云：「鶴鳴於九皋，聲聞於天。」妙萬物以成象，必其胸中洞然。好學者天不能掣其肘，劉子勉旃。乾隆本《宋黄文節公文集》正集卷一二。

王若虚《文辨》（《滹南集》卷三五）退之《盤谷序》云「友人李愿居之」，稱「友人」，則便知爲己之友。其後但當云「予聞而壯之」，何必用昌黎韓愈字。……山谷《劉明仲墨竹賦》既稱「顧以歸我」，而斷以「黄庭堅曰」，其病亦同。蓋予，我者自述，而姓名則從旁言之耳。《酒德頌》始稱「大人先生」，而後稱「吾」；《黠鼠賦》始稱「蘇子」而後稱「予」，《思子臺賦》始稱「客」而後稱「吾」，皆是類也。前輩多不計此，以理觀之，其實害事。謹於爲文者，嘗試思焉。

龔鼎孳《跋黄魯直墨竹賦》　涪翁神韻高簡，流離放逐，不改本色，一片清剛之氣，行於筆墨之中，雖波撇放逸而位置井然，自成緊密，無一點沓拖態，此等人直是不俗。

《石渠寶笈》卷三文徵明跋　嘗讀黄太史《豫章文集》，見《墨竹賦》，喜其豪宕不羈，思致幽遠，類皮日休。既而見石刻是賦，則下筆沈著，波發陗厲，類顔魯公。今復得觀真蹟，何其幸也！惜此僅得其半，然《洛神賦》止十三行耳，至今人以爲寶，何必以全爲哉！徵明題。

蘇李畫枯木道士賦[一]

黄庭堅

東坡先生佩玉而心若槁木，立朝而意在東山。其商略終古，蓋流俗不得而言。其於文事，補袞則華蟲黼黻，醫國則雷扁和秦。虎豹之有美，不彫而常自然。至於恢詭譎怪，滑稽於秋兔之穎，尤以酒而能神。故其觴次滴瀝，醉餘顰申。取諸造物之鑪錘，盡

[一] 乾隆本《宋黄文節公文集》正集卷一二題注：「元祐三年秘書省作。」

用文章之斧斤。寒煙淡墨，權奇輪囷。挾風霜而不栗，聽萬物之皆春。

龍眠有隱君子見之，曰：「商宇宙者朝徹於一指，計褚中者心醉於九九，言其不同識也。戴鵬背而不蔕芥，烹鼠肝而腹果然，言其不同量也。彼以睢睢盱盱，我以踽踽涼涼，則懼夫子之獨立，而矢來無鄉。」乃作女蘿，施於木末，婆娑成陰，與世宴息。於其槃根，作黄冠師，納息於踵，若新沐而晞。促阮咸以赴節，按萬籟之同歸。

昔阮仲容深識清濁，酒沈於陸，無一物可欲。右琴瑟而左琵琶，陶冶此族，不溷不濁，是謂竹林之曲。彼道人者，養蒼竹之節以玩四時，鳴槁梧之風以召衆竅。其鼻間栩栩然，蓋必有不可傳之妙。若予也，寄櫟社以神其拙，顧白鷗之樂人深。一行作吏，此事便廢。懷稻粱以飴老，就簪紱而成禽。莊生曰「去國期年，見似之者而喜矣」，況予塵土之渴心。四部叢刊影宋乾道本《豫章黄先生文集》卷一。

黄庭堅《書枯木道士賦後》（《豫章黄先生別集》卷一〇） 比聞子由作《御風詞》，以王事過列子祠下作，猶未見本。問子瞻文作何體？子瞻云：「非《詩》非《騷》，直是屬韻《莊周》一篇爾。」晁無咎作《求志》一章，子瞻以爲幽通當北面也。此二文他日當奉寄。閒居當熟讀《左傳》、《國語》、《楚詞》、《莊周》、《韓非》，欲下筆略體古人致意曲折處，久久乃能自鑄偉詞，雖屈、宋亦不能超此步驟也。

《墨莊漫録》卷二　山谷先生作《蘇李畫枯木道士賦》云：「懼夫子之獨立，而矢來無鄉，乃作女蘿，施於木末，婆娑成陰，與世宴息。」而嘗以「矢來無鄉」問人，少有能説者。後因觀《韓非子》，有云：「矢來有鄉則積鐵以備一鄉，矢來無鄉則爲鐵室以盡備之。備之則體無傷，故彼以盡備之不傷，此以盡敵之無姦也。」山谷用事深遠，此點化格也，不知者豈知其工云。

龔頤正《芥隱筆記》　山谷作《蘇李枯木道士賦》，有「懼夫子之獨立，矢來無鄉。」出《韓非子》：「矢來有鄉。」鄉，方也。有來從之方，則積鐵以備一鄉，謂聚鐵一身，以備一處，則甲之不全者。矢來無鄉，則鐵室以盡備之，謂甲之全者。自首至足，無不有鐵，故曰鐵室備之，則體不傷破。

《隱居通議》卷五　山谷先生作《枯木道士賦》，深得莊、列旨趣，自書之，筆力奇健，刻石豫章。其篇末題云：「子由比以王事過列子祠下，作《御風詞》，子瞻問文作何體，曰非《詩》非《騷》，直屬韻《莊周》一篇，學者當熟讀《莊周》、《韓非》、《左傳》、《國語》，看其致意曲折處，久乃能自鑄偉詞。」此山谷語也。今得《御風詞》讀之，其旨趣正與《枯木道士賦》相似。

《歷代詩話》卷二〇《無鄉》　黄庭堅《畫枯木道士賦》：「懼夫子之獨立，而矢來無鄉，乃作女蘿，施於木末，婆娑成陰，與世宴息。」吴旦生曰：《韓非子》：「矢來有鄉，鄉，方也，有從來之方。則積鐵以備一鄉。謂聚鐵於身，以備一處，即甲之不全者。矢來無鄉，則爲鐵室以盡備之。謂甲之全者，自首至足，無不有鐵，故曰鐵室。備之則體無傷，故彼以盡備之不傷，此以盡敵之無姦也。言君亦當盡備於臣，皆所防疑，則姦絶也。」按此，山谷用事誠僻，而非張子賢之達識，亦安能破從來之疑乎？

東坡居士墨戲賦

黄庭堅

東坡居士遊戲於管城子、楮先生之間，作枯槎壽木、叢篠斷山。筆力跌宕於風煙無人之境，蓋道人之所易，而畫工之所難。如印印泥，霜枝風葉先成於胸次者歟！顰申奮迅，六反震動，草書三昧之苗裔者歟！金石之友質已死，而心在斵泥郢人之鼻、運斤成風之手者歟！夫惟天才逸群，心法無軌，筆與心機，釋冰爲水。立之南榮，視其胸中，無有畦畛，八窗玲瓏者也。

吾聞斯人，深入理窟，櫝研囊筆，枯禪縛律。恐此物輩，不可復得。公其緹衣十襲，拂除蛛塵，明窗棐几，如見其人。四部叢刊影宋乾道本《豫章黄先生文集》卷一。

《敬齋古今黈》卷八　黄魯直作《東坡墨戲賦》云：「筆力跌宕於風煙無人之境，蓋道人之所易，而畫工之所難。」又其他詩，多喜用「跌宕」二字，此出於《蜀志·簡雍傳》，云：「雍優遊風儀，性簡傲跌宕。」風儀，疑作「風議」。

東坡居士畫怪石賦

孔武仲

東坡居士壯長多難，而處江湖之濱。或夕休於巖，或朝餉於野。或釣於水之湄，或耕於山之上。頎然八尺，皆知其爲異人。觀於萬物，無所不適，而尤得意於怪石之嶙峋。或凌煙而孤起，或絶渚而羅陳。端莊醜怪，不可以悉狀也。蒼蒼黮黮，磈磈礧礧，森森以鱗鱗[一]，彼造物者何簡也！此賦形者何多也！蓋含之爲一氣，散之爲萬貌[二]，非尺度所裁量，斧鑿所增損。乃知夫黜聰明，捐智巧[三]，則其動作固將有疑於神也。乃濡禿毫，闖幽思，以心虚爲無象，以感觸爲太始。混沌黟婁，左右爲之賓；浮丘洪崖，唯諾爲之侶。移瞬息於千年，託方寸於萬里。其

[一] 森森：原無，據豫章叢書本補。
[二] 貌：豫章叢書本作「物」。
[三] 智：原作「志」，據豫章叢書本改。清鈔本作「知」。

醉墨淋漓，藏於人家，散於塔廟者，蓋有年矣。

一日止前騶，欵荆關，解金龜，置紫綬，而蒼顔瘦骨，傑然如長松之臨歲寒。舉酒而屢釂，仰屋而獨言曰：「吾之胸中若有嵬峩突兀，欲出而未肆。又若嵩高太華，乍隱乍顯。」在乎窗户之下，几案之前，亟命童僕[一]，展紙萬幅，澆歙溪之石，磨隃麋之丸，睥睨八荒，運移雲煙。不知泰山之覆於左，麋鹿之興於前。亦不知我之在此[二]，而人之旁觀。一揮而皴蒼菌蠢之體具，再撫而幽深杳遠之意足。如在武昌之麓，二别之間。

是時朔風號怒，寒氣充斥，日臨西雲，倒射東壁[三]。居士既得其象，又感其聲，寫修纖與森蔚，横斜出乎峥嶸。悄乎如鳥雀之將下，泠然若幽泉之可聽。乃有霜顋鐵面之翁，瞪若有覩，卷之懷中。居士無吝色，無矜容。淡若忘也，豈以爲彼取之有限，我應之不窮！

嘗聞之曰：「文者，無形之畫；畫者，有形之文。二者異迹而同趨，以其皆能傳

[一] 亟命童僕：原作「乘輿命童奴」，據「命」下原注改。
[二] 之：原無，據清鈔本鮑廷博校及豫章叢書本改。
[三] 壁：原作「北」，據豫章叢書本改。

憂生寫似，爲世之所貴珍。」居士之文，俊偉閎博。紆徐姣好矣，而又欲從丹青之妙，以此娛情，歡以此寓笑。蓋將以賈誼、陸贄之文，顧凱之、王摩詰之筆，兼之乎一身。故其動之爲風，散之爲雲，斂之爲秋，舒之爲春，是何其視聽食息與我略均，而多才與藝如此？此余之所以心醉乎斯人也。四庫本《清江三孔集》卷三。

王舍人宏道家中蓄花光所作墨梅甚妙戲爲之賦

釋惠洪

水蒼茫而春暗，村窈窕而煙暮。忽微霰之濺衣，驚一枝之當路。蔕團紅膏之蠟，色染薔薇之露。柔風飄其徐來，暗香滅而復著。待黄昏之雪消，看東南之月吐。何嬋娟之殷勤，獻清妍之風度。

方其開也，如華清之出浴，矯風神其轉顧。蓋天質之自然，宜鉛華之不御也。及其落也，如朝陽之奏曲，學回雪而起舞。乃仙風之體自輕，非臭夷之藥能舉也。如怪老禪之遊戲，幻此華於縑素。疑分身之藏年，每開卷而奇遇。如行孤山之下，如入輞川之塢。念透塵之種性，含無語之情緒。豈君王寵我太甚，致我不得仙去者耶？四部叢刊本《石門文字禪》卷二〇。

覺心畫山水賦

陳與義

天寧堂中，黄面老禪，四海無人，碧眼視天。有一居士，山澤之仙，結三生之習氣，口不停乎説山。聊寄答於一笑，夜乃夢乎其間。

重巖複嶺，虧蔽吐吞，紛應接其未了，萬雲忽兮歸屯。亂晦明於俄頃，存十二之峰巒。有木偃蹇，樵斤所難，飽千霜與百霆，根不動而意安。澹山椒之落日，送萬古以無言，彼棲烏其何知，方相急而破煙。

須臾變滅，所見惟壁。有木上座，夢中侍側。問上座以何見，口不能於嘖嘖。豈彼口之真無，悟前境之非實。

管城子在旁，代對以臆。忽風雨之驟過，恍向來之所歷。此其畫耶？則草木禽鳥，皆似相識；抑猶夢耶？則已見囿於筆墨之迹矣。

居士再至，問以此故，復寄答於一笑，持畫疾去。四庫本《簡齋集》卷一。

《須溪先生評點簡齋詩集》賦自清麗，變態收拾儘可。第從説山答笑，從笑入夢，夢入畫，畫復人笑，笑者是禪，則夢者非矣。只此首尾，已似衡決。持畫疾去，客主兩失之。

龍居山人墨戲賦

李流謙

龍居之山有隱君子，能人能天，内外進矣。嘗戲謂予：「宇宙在其手，萬化生乎身，謂予不信，可以小試。」於是莞爾奮興，矍然振袂，起策老兔，如身使臂，臂使指，疾徐曲折，惟意之止。

予從旁縱觀，竊味餘蕺。蓋其來莫禦也，如川源之東赴，如風雨之卒至；其運而不留也，如走圓於峻坂，如決水於平地；其致一而不失也，如痀僂之蜩，津人之舟，郢人之斤，后羿之矢；其出奇而莫測，如拔幟而趙窮，如削木而龐殪。俄而渾沌破碎，衆彙錯起，燕都楚壤，越邑吳市，山川卉木之變幻，人鬼獸禽之譎詭。外而蠻貊介鱗氈毳鑄鼎之所象，汗簡之所志，緗素之所傳，墟塚之所瘞，千態萬狀，可愕可喜。空庇裏以陳露，竄神姦而無所。

予亦變色而作，失聲而喟：「藝之精也，一至於是！子於何學而造斯妙？敢問所以。」隱居君子投筆而對：「是心非手，是道非技。吾之始爲此也，嘗觀之古人矣。敗縑埃漫，破壁苔漬，陁子道子，顧陸而次，奇蹤秘蹟，過目不記。久之意若不厭，求履於迹，豈其得履？則聞之師曰：逐末者去本遠，信耳者與目異，萬生擾擾，不一其類。洪纖巨細，禀自然之形；流轉飛動，具不説之理。彼刻楮者，已落第二。故幹也所師，帝閑萬騎；真龍拏空，葉公失氣。見似之者而喜，對面千里。乃觀之天地之間，物物而察，道實甚邇。宛然胸中者，皆彼成象；流出筆端者，乃其全體。運生機於目前，發妙意於象外。然意終未厭，此則物耳。有物物者，緘鐍秘嚴，莫覘其際。於是使離朱索之而伎窮，契詬求之而心醉，乃三日齋而鉏其驕色，五日戒而掊其淫志。觀之我心，一塵不翳。炯八窗之内徹，紛萬象之我備。獨操其鑰，乾闔坤閉。其動而愈出，如繭吐緒；酌而不竭，如海出水。吾何爲哉？應之而已。方是時也，終日捉筆，我不自知，觀者何議！」

予驚曰：「有是哉！子之妙也。予不知其他，獨於文也而嘗從事。徒怪夫六經以來，衆伎紛蟻，世祀幾傳，作者幾輩，雲章星藻，其來亹亹。孟醇莊放，雄嚴荀肆，屈、賈之幽妍，遷、向之博偉，韓豪柳勁，異味合美，豈夫與子同一經緯？」

隱君子笑曰：「觀解牛者得養生，見行水者知用智。事固有殊途而同歸，百慮而一致，子何知之晚而問之不惠？夫子之妙，我之妙也，我之妙，造化之妙也。復奚辨於彼此，子其然乎？不然，倘曰天下皆疑，吾獨得不疑，則侯帝鴻氏起而問之。」四庫本《澹齋集》卷一。

心畫賦

楊簡

硯者，天池也。墨者，玄雲也。筆者，龍也。乘龍者，不知其爲何神也。迎之不見其首，隨之不見其後。操則存，舍則亡。出入無時，莫知其鄉。忽焉有感而動，乘龍飲天池之水，運磨玄雲，須臾下膏澤以潤洽萬物。隨物爲形，爲圓爲方，爲正爲旁。或直而遂，或曲而彊。或來或往，如飛如翔。如金如缶，如齊如莊。變化萬狀，衆善中藏。粹然之容，燁然之光。其不可窮盡之妙，豈鍾、王、歐、虞諸子所能夢而見、覺而望？彼方且馳騖矜衒乎放蕩之習世，以文餙姦，可恥可歎之唐。後世又從而祖述之，不復知三代之王。古列聖人典章鍾鼎刻畫具在，覩之使人温良恭敬，中正精粹之德生。今觀《蘭亭》遺蘽，亦有油然感動於中者乎亡？

吁吁嘻嘻！壞人心，敗風俗，使成人鮮德，小子無造，享國者不長，皆斯類有以共成其殃。而天下猶不知其故，反相與助其狂瀾，擷其餘芳。四庫本《慈湖遺書》卷六。

畫壁賦

劉學箕

方士李畫松竹梅蘭山石於南堂之照壁，方是閒主人見而賦之。其詞曰：

彼方外之士兮，能卓犖而不羣。登吾南堂兮，運乎中書之君。心役手兮倏然前陳，枝與條兮生意若神。染墨寫真兮，豪釐莫差其形。

松老而壽兮，歷世故之舊兮。竹清而瘦兮，中立而不疚兮。梅偃蹇而横枝兮，吐歲寒之芳姿。蘭滋芳於水涯兮，美不蘄人之知。介於石兮，黝而醜兮。合四花兮，成五叉兮。

客至顧瞻，心齋咨兮：「忽清風之來兮，儼芳馨之紛披。過日華之西兮，亂雲影之參差。聊延佇以終晷兮，撚髯鬚而吟思。方其火雲張去聲空，袢暑金液，散髮舒嘯，氣息吁吸。面之以揚清泠，挹之而傲泉石。及其遐想玄陸，霰雪交集，北風呼號，萬木凍立。吾不知松竹梅蘭之爲畫耶？意其真是而相錯乎山之隙也？」

余曰：「噫嘻！世固有之。萬物變幻，子奚不思。彼林林總總之衆兮，與之形質而不卑。小大之齊，人不可得而推之兮，又烏能妙結而全窺。惟天地造物之巧兮，有非人力之所能爲。今摹狀而傳真兮，乃工於畫筆之所移。是人力足以奪造化之權，而造物者果不勝人力之巧思者耶？且夫瀛洲之僊兮，名昭於前兮。千古不泯兮，託筆墨以傳兮。凌煙之像兮，勳業相望兮。顔範具瞻兮，炳丹青以狀兮。此其是耶，色非丹臒；抑猶非耶，宛其林壑。理固弘深，言求博約。」

客惟唯唯，俯不見答。畫耶真耶，一笑而作。《方是閒居士小稿》卷下。

秋花草蟲賦

傅自得

惟仁風之遠暢兮，舉萬物以咸遂。彼動植之微類兮，悉陶冶於一氣。翩翩其飛，森森其萃。覃百年之雨露兮，非期月之能致。翹肖形於造化兮，固妍醜而不齊。跂行喙息與根荄芽甲兮，皆不出於範圍。

天工妙於賦物兮，又賦之於毫素。抑造化之不遺物兮，於筆端而咸覩。笑朝披而夕萎兮，何暫榮而易落。哀朝王而莫死兮，豈歲寒之可託。

觀其墜翼争枝，螘策勛也。壤丸決去，螂息轉也。膩粉雙舞，蜨夢回也。細要孤飛，蠭衙罷也。經緯錯陳，蛛能巧也。封疆角立，蝸方争也。碎金委地，楚芳殘也。碧玉倚籬，甘蕉偃也。秋色慘淡，秋風蕭騷，翳此數物，猶能自保。彼陽春之載敷，宜羣物之竝育。何金行之淒凜，尚鮮鮮其未戮。

嗟夫！沕潏曼衍，湛恩汪濊。滲漉九有，旁魄萬類。斯靈臺之昆蟲，而太和之行葦也。有盛有衰，物理則然。雖生生之不窮，而常慮肅殺之終不免也。恃其成而不戒其敗者必隳，安其榮而不思其悴者終危。因物化之若此，悟人事之當知。恨生世之不早，闕微臣之箴規。海山仙館叢書本《隱居通議》卷四。

《隱居通議》卷四　徽宗皇帝萬幾餘暇，戲御毫素間，作花草蟲魚，以示天縱多能之意。李公甫侍郎得而藏之，幼安爲作《秋花草蟲賦》。

山水圖賦

方回

大海四周，濤波涌兮。沃日蹴天，魚龍洶兮。其中有山，千峯聳兮。崖懸壁峭，石龍嵸兮。雲翳霞鬱，祥飈滃兮。瑤草琪樹，紛葦葦兮。神人所宮，萬斗栱兮。連樓傑閣，虹梁竦兮。觚稜金碧，甃琅珙兮。幡幢翩翻，毬罽氄兮。翥鳳翔鸞，舞翠孔兮。奇葩異藹，蔚以蓊兮。深闈穹殿，誰主董兮。其如北辰，衆星共兮。綬珠組玉，佩韠琫兮。鐘雷鏞霆，萬石重兮。雕簨文簴，鱗鬣動兮。妙音鏗鏘，歌囉嗊兮。瓊以爲漿，流乳潼兮。有觴之者，纖纖捧兮。蟠桃其果，西母種兮。如瓜之棗，羌唪唪兮。七十二鴛，覿窺擁兮。頫以自持，或矜寵兮。何倏至斯，獨高拱兮。九州博大，一蠛蠓兮。金童應門，吠仙狵兮。舟何從來，於岸櫳兮。松間之鶴，雪毛茸兮。伸首水湄，鼂五總兮。自有宇宙，皆古塚兮。此獨不死，無邱壠兮。萬姓寒飢，靡缺乏兮。五運代謝，常固鞏兮。嗟今羽流，爨鉛汞兮。非不欲往，不可勇兮。

亂曰：紫陽老子，既爲此賦，恍惚盧胡，醉乎夢乎！豈其蜃氣之所爲乎？客曰不然，昔有異人，在蜀成都。少尹值之，自言其能，需酒一壺，片梓如扇。刻以指爪，遂成此圖。過江百年，萬事埃盡，此物亦徂，雖有百贗，不亂一真，在人識諸。嗚呼！此杜子美所謂咫尺應須論萬里者乎？此蘇子瞻所謂人間何處有此境者乎？攷運世之開閉兮，萬有終焉一無。其有其無，莫可以竟究兮，姑寓意於遊戲，以誑老眼之模糊。四庫本《桐江續集》卷二九。

賦　巧藝

傀儡賦

晏殊

外眩刻琱，内牽纏索。朱紫坌并，銀黄煜爚。生殺自口，榮枯在握。影宋刻本《韻語陽秋》卷一七。

《韻語陽秋》卷一七　傀儡之戲，舊矣。自周穆王與盛姬觀偃師造倡於崑崙之道，其藝已能奪造化，通神明矣。晏元獻公嘗爲《傀儡賦》云……可謂曲盡其態。

棋賦

劉攽

惟夫太樸之未判兮，圓方渾而無際。倏物生而有象兮，迺置同而立異。迨數起而滋生兮，紛萬彙而多事。此弈棋之始置器也，於是乎經緯縱横，封畛遠邇。包穹昊之度數兮，極厚地之疆理。局有上於方罫兮，信宇宙之異此。念巧歷所不能究兮，茲古今所以甘心而不已也。咨白黑之相反兮，譬寒暑之進退。寧我盈而彼虚兮，况生殺之與成敗。智詐殽然而並用兮，莫不矜多而務大。

有一言可以行之者兮，惟見幾而得先。衆蚩蚩而我隨兮，乃收功於萬全。伊昧者之弗察兮，雖服膺而拳拳。曁應變而赴敵兮，常操末而寘顛。或敗形已兆，力鬬未悟，忽焉顛仆兮，乃悔其辨之晚暮。與覆車以同軌兮，孰若易轍而遵路。或狃快小利，死生契闊，雖得雋於錙銖兮，而外勢其已奪。或決機兩陣，間不容思，彼多算其泰然兮，既先據於便地。謂戡敵而致果兮，顧自戕而隕斃。論茲藝之微眇兮，奄衆技而首出。語之有道兮，用之有術。誠巧拙其天予兮，莫可得而齊一。貴不能得之於賤兮，又況老者而不屈。

太上貴德，服不以力。審布置以陰陽兮，謹裁度於繩墨。故攖之者無抗，詐之者必北。其次狙詐詭爲，奮其祕算。或見易而守難兮，或取近而先遠。雖僥倖而全勝兮，亦蹉跌而事反。靡精心而極意兮，每隨手而應疾。貪彼虚之可乘兮，忘己力之未實。竊冀幸於弗覿兮，故雖獲而逾失。何度量之相越兮，乃倍蓰而十百。甘受責而無辭兮，雖三五而不敵。或騰口而攜詐兮，或匿智而叵測；或同行而習熟兮，或旁觀而少得；或乘勢而亟捷兮，或衒利而加惑。故每譬於用兵兮，擅廟略於籌畫。必知己而知彼兮，保常勝而有獲。四庫本《彭城集》卷一。

牛頭庵石棋子賦

張貴謨

平昌牛頭山，世傳天師葉法善跨虎之地。山行十數里，下蟠一水，號梧桐溪。溪之陰有石巖，劚其大者剖之，其中復有小石，包絡重重，與禹餘糧相類。又次第剖之，子生其中，紺白而圓。或謂此天師棋子之所化也，若有物守之，不可妄求。世傳法善與道侶弈，局終，擲棋子於地，遂化爲石。異時土人往往薦炬數焚楮幣，或諷梵咒而後得，今復不可得矣。按《圖經》載太一餘糧，其怪亦類此。陳藏器云：太一神君，禹師也，天師豈其徒歟？偶得三百六十一，爲之賦，詞曰：

物有萬不同，一爲之祖。得一者相禪以生而不息者，未嘗死也。且以五行論之，金得乾一而生水，火得坤一而生土。然生水者不能生木，生土者不能生金。由以一而生一，故五者各有所王。

若艮爲石則不然，蓋受數多而氣之聚也。是以體具五色，中含五味。沙而金，虚而水，擊而火，化而土，不灰而木，此以一而生五也。

雖然，生與生者俱一，則生者不能返。惟石生數多，爲五行之府也。故木之松，水之沫，金之神，火、土之魄，皆能復變爲石。乃五返而爲一，世人或未之覩也。所以《經世皇極》之書，以變爲用，於五行或有所去，於石有所取也。豈不然哉？

今夫牛頭之山兮，偉而雄峙。龍翔鳳翥兮，綿亘數里。下蟠梧桐之溪兮，有仙靈之碨礧。剥而視之，以石腦爲母兮，石膏以爲子。或人曰：此天師之幻化兮，爛柯之所委。如太一之神兮，化餘糧以爲異。余曰：吁，此其是耶？非耶？天下之事，自其不可詰者觀之，容或有此理也，而又何議乎。光緒《處州府志》卷二八，光緒三年刻本。

打馬賦

李清照

歲令云徂，盧或可呼。千金一擲，百萬十都。樽俎具陳，已行揖讓之禮；主賓既醉，不有博奕者乎！

打馬爰興，𢷬蒱遂廢。實博奕之上流[一]，乃閨房之雅戲。齊驅驥騄，疑穆王萬里之行；間列玄黄，類楊氏五家之隊。珊珊珮響，方驚玉蹬之敲；落落星羅，忽見連錢之碎。

若乃吳江楓冷，胡山葉飛；玉門關閉，沙苑草肥。臨波不渡，似惜障泥。或出入用奇，有類昆陽之戰；或優遊仗義，正如涿鹿之師。或聞望久高，脱復庾郎之失；或聲名素昧，便同癡叔之奇。

亦有緩緩而歸，昂昂而出[二]。鳥道驚馳，蟻封安步。崎嶇峻坂，未遇王良；跼促鹽車，難逢造父。且夫丘陵云遠，白雲在天，心存戀豆，志在著鞭。止蹄黄葉，何異金錢。用五十六采之間，行九十一路之内。明以賞罰，覈其殿最。運指麾於方寸之中，决勝負於幾微之外。

且好勝者人之常情，小藝者士之末技。説梅止渴，稍蘇奔競之心；畫餅充饑，少謝騰驤之志。將圖實效，故臨難而不迴；欲報厚恩，故知機而先退。或銜枚緩進，已

[一] 博奕：《歷代賦彙》卷一〇三作「小道」。
[二] 出：《歷代賦彙》卷一〇三作「立」。

踰關塞之艱；或賈勇争先，莫悟穽塹之墜。皆由不知止足，自貽尤悔。況爲之不已[一]，事實見於正經；用之以誠，義必合於天德[二]。故遶牀大叫，五木皆盧；瀝酒一呼，六子盡赤。平生不負，遂成劍閣之師；别墅未輸[三]，已破淮淝之賊。今日豈無元子，明時不乏安石。又何必陶長沙博局之投，正當師袁彦道布帽之擲也[四]。辭曰：佛貍定見卯年死，貴賤紛紛尚流徙。滿眼驊騮雜騄駬。時危安得真致此。老矣誰能致千里，但願相將過淮水。《説郛》（商務印書館本）卷一九《打馬圖經》。

《賦話》卷五　宋李易安《打馬賦》云：「遶牀大叫，五木皆盧；瀝酒一呼，六子盡赤。平生不負，遂成劍閣之師；别墅未輸，已破淮淝之賊。」意氣豪蕩，殊不類巾幗中人語。

[一] 已：原作「異」，據《歷代賦彙》卷一〇三改。

[二] 「皆由不知止足」至「義必合於天德」數句：黄墨谷《重輯李清照集》作「至於不習軍行，必佔尤悔。當知範我之馳驅，忽忘君子之箴佩。況乃爲之賢已，事實見於正經；行以無疆，義必合乎天德。牝乃叶地類之貞，反亦記魯姬之式。鑒髻墮於梁家，溯滸循於岐國」。

[三] 輸：原作「踰」，據《歷代賦彙》卷一〇三改。

[四] 布帽：原脱，據《歷代賦彙》卷一〇三補。

《古今女史》卷一趙如源評　文人三昧，雖遊戲亦具大神通。

李漢章《題李易安打馬圖》　予幼讀《打馬賦》，愛其文，知易安居士不獨詩餘一道冠絕千古，且信晦翁之言非過許也。長遊齊魯，獲睹其圖，益廣所未見。然予性暗於博，不解爭先之術，第喜其措詞典雅，立意名雋，洵閨房之雅製，小道之巨觀，寓錦心繡口於遊戲之中，致足樂也。若夫生際亂離，去國懷土，天涯遲暮，感慨無聊，既隨事以行文，亦因文以見志，又足悲矣。暇日檢點完篇，手録一過，貽諸好事，庶有見作者之心焉。

宋代辭賦全編卷之七十九

賦 仙釋 一

御製佛賦 二首

宋太宗

妙覺玄門，佛聖知原。取捨金輪之位，利樂給孤之園。六法彌深，靈境而故非眇小；三界圓滿，清淨而曩劫常存。念想當初，周旋梵會，降吐九龍，因從十地。有情而無不攝受，種相非儀；迷途而頓悟修行，緣同解意。由是遠離迷津，觸類皆空。衆生寂滅於顛倒，菩薩得躡於真蹤。修道雪山，枯槁之形體皆瘦；施張法教，摩訶之性智潛通。喜動灌頂之徒，天花如雨。位顯無垠之上，恆作方便之主。菩提道廣，聽金口以宣言；自在逍遥，化銀闕而斯睹。云何一切，寂静三無。莫辯精心之舍，慧分破暗之廚。迷途而邪執尚昏，貪癡皆障；達識而終歸曉了，智慧堪居。思一念兮興異，想千世以何殊。故其慷慨怡然，化諸有漏。寒熱之生老病苦，月宫之蟾光白晝。視慈雲之忽至，彌逐妙音；鄙妄想之縱横，良緣自透。且夫福業相隨，哀憫之悲，曠劫而無遮信受，莊嚴而去就皆宜。揚法而芝蘭并秀，宗經而道性堪爲。軒蓋化成，將辯根塵之相；慈悲宴坐，喻超戒定之基。於戲！大教開張，是非鄙俚。與天地而同久，散馨香而綺靡。心猿意馬，惑境界以何多；火宅寃家，勿慵墮於彼此。已矣哉！天上人間，無不歸於真理。

聖種者，積善功而化之。離六情而得清净，尊三界以作大師。降伏一切之魔心，皆歸正法；智通千識之妄想，攝受慈悲。佛下生於兜率，天宫殊勝緣故。降時而九龍吐水，應現而一法如雨。周宣教受，仙花而碧落芬芳；馥郁軿羅，寶殿而煙霞舉措。蓋爲貪瞋濁世，道演將敷。恩施物外，信及有無。雙林之樹下隨喜，一念而譬喻昏衢。知非捨戀求真，實堪依仗；得逢利樂緣寂，自在鋪舒。豈不知大海無涯，諸天事廣，厭宫中粉黛之色，棄尊貴輪王之上。蓮花生處，舉意而動合周旋；衣鉢隨時，悉是真純之相。莫不魔緣恐怖，鐵鼓威聲，覺閻浮之愛境，達幽闇之無明。三乘之性相皆空，觀音自在；十地之因緣解脱，啟諸有情。應現四十九年，歸空告滅。演涅槃、般若之智，寂阿衹、浄度之劫。時也深窮幻夢，法體如來。宣秘旨於山中，授然燈之佛説。故知忍辱爲妙，大覺聲聞。芥子納須彌之國，蓮華生足下之雲。舒卷之煩惱皆除，其何語默；讚歎之含生布慧，照破迷群。已而變化神通，普霑性德。悲末劫之有限，貫靈臺而不易。娑婆之世界圓滿，菩提之道果重滌。我今志慕於真如，一心歸依於向佛。臺灣新文豐出版公司影印高麗大藏經第三十五册《御製秘藏詮》卷二一。

《四明山志》卷二宋太宗《賜祕藏詮逍遥咏等敕》朕萬幾之暇，無畋遊聲色之好，述成《祕藏詮》、《逍遥詠》并《佛賦》□□□□十餘軸，遣内侍同僧守能賫賜明州瀑布觀音□□□□録，同歸藏海，俾僧看閲，免滯面牆，生進此道，乃朕之意也。淳化三年二月一日。

神棲安養賦

釋延壽

彌陀寶刹，安養嘉名。處報土而極樂，於十方而最清。二八觀門，修定意而冥往；四十大願，運散心而化生。爾乃畢世受持，一生歸命。仙人乘雲而聽法，空界作唄而讚詠。紫金臺上身登，而本願非虚；白玉毫中神化，而一心自慶。

詳夫廣長舌讚，十刹同宣。但標心而盡契，非率意而虛傳。地軸迴轉，天華散前。一念華開，見佛而皆登妙果；千重光照，證法而盡廁先賢。

攷古推今，往生非一。運來而天樂盈空，時至而異香滿室。一真境内現相，而雖仗佛威；七寶池中覩境，而皆從心出。故知聖旨難量，感應猶長，變凡成聖而頃刻，即迷爲悟而昭彰。探出仙書，真是長生之術；指歸浄刹，永居不死之鄉。更有出世高人，處塵大士，焚身然臂以發行，掛胃捧心而立軌。仙樂來迎而弗從，天童請命而不喜。或火烈山頂，光明境裏，絶聞惡趣之名，永抛胎獄之鄙。眼開舌固而立驗，牛觸雞鴿而忽止。處鐵城而拒王敕，須侚丹心；坐蓮臺而賴佛恩，難抛至理。

其或誹謗三寶，破壞律儀，逼風刀解體之際，當業鏡照形之時，忽遇知識，現不思議。劍林變七重之行樹，火車化八德之蓮池。地獄消沈，湛爾而怖心全息；天華飛引，俄然而化佛迎之。慧眼明心，香爐墮手。應識而蓮華不萎，得記而寶林非久。奇哉！佛力難思，古今未有。嘉靖刻本《感通賦》。

法華靈瑞賦

釋延壽

一心妙法，巧喻蓮華。誦持而感通靈瑞，校量而佛比河沙。善神擁護，真聖咨嗟。

知命如見，證果非賒。兵仗潛空，密衛而皆居佛地；異香滿室，坐化而盡駕牛車。

爾乃然臂歸向，焚身供養。紫氣騰空而演瑞，白光入火而標狀。燒時而列宿飛下，迹處而金園立相。形消骨盡，捨珍寶而難可比方；火滅煙飛，唯心舌而鏗然紅亮。

書寫經卷，功德無邊。感佳夢而正誤，送精金而入緣。白雀呈瑞，隱士書詮。四衆潛淚，哀聞大千。寶殿遥兮而夢處，神僧送藥而病痊。妙字才成，逝者而已聞生處；真文既繕，殀喪而忽爾增年。

帝釋迎前，天童侍側。普賢摩頂以慰喻，廟神請講而取則。口放異光而何假銀燈，舌生甘露而豈須玉食！投崖不損，乏氣增力。或施戒而行悲，或謗消而難息。說法聞於金口，得定超於真域。能令凡質，毛孔孕紫檀之香；任壞肉身，舌表現紅蓮之色。

甘露灑地，天華墜空。紅燭然於眼裏，白蓮生於掌中。神遊佛國，迹現天宮。水滿金瓶，自冬温而夏冷；齋陳玉饌，遂應供而身通。

猴侍虎隨，除魔去病。異華生於講座，甘澤注於談柄。冥司隨喜，靈神請命。扶危懺罪，駕苦海之慈航；拔死超生，懸幽途之明鏡。

當圓寂之時，靈通可知。或山崩而地動，或花雨而樂隨。金殿房中而焕赫，寶蓋夢裹而威蕤。駕乘潛來，見身忽生於他國；空身密報，棲神俄託於蓮池。食感舍利，空中彈指。講聞異鍾，錫扣池水。或救旱而使龍，或持呪而降鬼。可謂獨妙獨尊，盡善盡美。任千聖以讚揚，難窮妙旨。《感通賦》。

華嚴感通賦

釋延壽

華嚴至教，無盡圓宗。於一心而普會，攝衆妙以居中。寂寂真門，徧塵沙界而顯現；重重帝綱，指毛端處而全通。

爾乃十種受持，殊功莫比。誦一偈，破鐵城之極苦；暫頂戴，悟金言之深旨。傾誠懺悔，閹人而鬚髮重生；畢命誦持，病者而瘻瘤全止。當翻譯之時，現大希奇，青衣侍側，化出泉池。甘露霑於大地，香水灑於彤墀。百葉蓮花，開敷榮於內苑；六方地軸，震動瑞於明時。其或神童送藥，野鳥翔集，天帝請講，高僧顧揖。纔觀奧旨，知思議之難窮；乍聽靈文，弘小典而何及。上聖同推，下類難知。以少方便，功越僧祇。但聞其名，不墮修羅之四趣；或持一品，能成菩薩之律儀。法界圓宗，真如榜樣。升天而能退强敵，墮井而潛歸寶藏。修禪習慧，冥通九會之中；列座騰空，位處二乘之上。

此典幽玄，不可妄傳。大海量墨而難寫，須彌聚筆而莫宣。金光影耀，冬葵艷鮮。力回垂死之人，魂歸塵世；水滴持經之手，命盡生天。非大非小，塵塵諦了。金光孕於口中，紅蓮生於舌表。證明列踴地之人，得果現生天之鳥。大哉無盡之宗，向丹臺而洞曉。《感通賦》。

金剛證驗賦

釋延壽

無住般若，教海威光。諷詠而感通靈異，受持而果報昭彰。畢使凡身，未來而位登寶覺；能令促命，現世而壽生金剛。《洪範》五福，其一曰壽。堅持之者，偏承靈祐。湖神歸命，受淨戒而挫凶暴之威；病者投誠，愈沉痾而彰慈悲之救。大旨甚深，罩古籠今。字字演無生之性，重重敷不住之音。任布七寶之珠珍，難偕四句；縱捨三恆之身命，莫比持心。大教正宗，真如海藏。靈神擁護，陰官歸向。坐一層之金榻，拔出冥中；降五色之祥雲，迎歸天上。

斯經也，降心爲要，無我是宗。信解而體齊諸佛，受持而佛等虚空。法力難思，不墮刀峰之所；神功罔測，能超駭浪之中。一心受持，千聖稱頌。滯魄投誠而歸浄道，苦戰敗陣而超危難。獄官現證，冥魂脱而世命增；惡友妬心，金文隱而霞條散。

或乃身枷自解，母眼雙明。口門光耀，肉體堅貞。天香馥鬱，仙樂凄清。臨法而三刀不斷，命講而束素俄呈。寫在空中，點點而雨霑不濕；求於紙内，重重而文綵全生。是知大報攸長，正宗罕措。旨妙而難解難入，信順而不驚不怖。金剛神暗，使變肉爲骨；須菩提密，令斷葷啖素。因書力而懺罪，遇火光而得度。積禄延年，扶持擁護。異哉！爲群典之大，還上升覺路。《感通賦》。

觀音應現賦

釋延壽

寶陀大士，本迹幽深。廓十方而爲願海，指萬彙而作慈心。標心舉意，應機而虚谷傳音。

爾乃雲暗藏身，賊驚馳走。逾獄解縛，脱枷卸杻。玄功罕測，得神力而添筋；慈濟難思，辯方言而換首。或其臨刑不死，身掛枝頭。現師子而奔馳惡獸，化童兒而引過驚流。施藥洗腸，免沉痾之極苦；迴風滅火，脱危難之深憂。虎噬柵而脱命，鼠傅瘡而去病。應機猶電，鑑物如鏡。箭不射而獲安，劍莫傷而自慶。救崩堂之衆，拔苦非虚；脱垂死之人，扶危究竟。是知本居寂土，迹現娑婆；隱身避難，伏外降魔。夢里觀形，出迷亡之嶮道；江中覩像，透没溺之狂波。悲願最深，群賢罕匹。身投郊外而泯蹤，火照山中而得出。精誠所感，神人驚起而值甘泉；妙力何窮，化佛現身而除業疾。次或深濟難漂，熾焰不燒，聖身代刃而親驗，慈眼觀之而匪遥。正念當興，覩金像而隨心赴願；夙因才指，登王位而衆國咸朝。石裂救死，火光引徑。願一子而密孕聖僧，刀三斷而不成法令。求哀救而跛者能行，入苦懺而梵音清净。奇哉大覺稱揚，實曰聖中之聖。（《感通賦》）

釋延壽《感通賦序》（《感通賦》卷首）　詳夫聖教以贊揚爲美，王道用歌詠爲先。雖才不可稱，而事且歸實。《神棲安養賦》者，菩薩以嚴佛刹爲本心，生净土爲正業。《法華靈瑞賦》者，諸佛降靈之體，群生得道之源。《華嚴感通賦》者，性海無盡之門，法界圓融之旨。《金剛證驗賦》者，無我無人之大略，不生不住之宏綱。《觀音應現賦》者，聞性成佛之本宗，普門垂化之妙蹟。然諸佛道等，菩薩行齊；一切諸經，所詮無異。然則能詮有妙，悲願弘深。就中安養寶尊，觀音大士，《華嚴》滿教，《金剛》上乘，《法華》圓詮，甚爲殊勝。偏於此土，一切含生，因緣最深，機應頗熟。凡有歸命，無不感通；但若受持，悉彰靈應。今爲未爲之者，不信之人，廣引經文，搜其實録，各成賦詠，顯出希奇。令知佛語不虚，經文有據，發起信力，堅彼持心，同生安養之方，共證菩提之果云爾。

火宅賦 並引

張舜民

直言之不能信，故借外而諭之；正理之不能奪，故指物而譬之。孔子謂：能近取譬，爲仁之方。孟軻書，大抵以譬喻入人。故曰：仁，人之安宅；義，人之正路。釋氏書有火宅。舉是皆欲誘人而之於善也。予竊覩之，故爲之賦云：

仁宅不能入，火宅不能出。聚五蘊之幻材，依三界而建立。其宅朽故，土穿木蠹。雖樂居處，實同暴露。寢食燕安，不覺不悟。哆大矜華，誇高逞富。金玉滿堂，簪組成行。珠櫳璧房，冬温夏涼。地控水陸，路直康莊。賓客候門，趦趄傍徨。執侍番輩，坦腹在床。攩挖挨扰，婢僕强梁。騰踔轒轢，車攻馬良。耳聵絲竹，鼻饜羶薌。口爽滋味，體倦衣裳。朝醒暮酗，旦取夕忘。三槐九棘，卵翼揄揚。外婣甥舅，許、史、金、張。門可炙手，室如探湯。春來秋去，其樂未央。檀槐改而不舉，回禄監而不禳。以致寶臺灑熄，武庫騰芒。城門煙塧，宣榭熒煌。閔池魚之亡及，略廐馬之或傷。客無商丘姚光之賢，術靡樊英、郭憲之長。不取淳于之前識，寧免牧子之後殃。

而況名薪積而如山，利膏流而如川。五欲橐籥，三塗熾然。火自心起，倏爾大作，肇本中除，次及堂筵。鄰里奔迸，雞犬攀緣。鬱勃赫曦，芬輪轉圜。煙塧彗天，煨燼沸泉。千雷隱轔，萬雹回旋。風摶羊角，雨洒蝸涎。凌爲流星，散作燎原。十里避熱，百里聞羶。

當是時也，巢居飛揚，穴居深藏。或爇毛而殺羽，或跳竄而乘牆。各奏生路，安能緩步？已半生而半死，猶或散而或聚。頭角峥嶸，腸腹回互；齇掣睢盱，睚眦嗥吠[一]。魑夔蹲踞，鷹鸇拗怒，吮血含腥，飲膏抉乳。或闘或潛，一啄一顧。又有狐狼野干，焦

[一] 吠：原作「吹」，據四庫本改。

頭爛額，成輩而出；鼠竊狗盜，廋形匿影，投隙而入。或祛篋而半焦，或探橐而全濕〔一〕。莫不幸災樂禍，乘危利急。厥有居士，覩此擾攘迫迮之勢，閔兹愚迷顛倒之徒，内外慈悲〔二〕，作念思惟。我有膂力，一身已出。

顧彼兒女，火來迫身，寂復不知，貪著戲弄，東走西馳。亦復不知何者爲火，何者爲宅？無憂無怖，孰安孰危？我當作計，誘而出之。於是飾以三車，列於門外，惟羊鹿牛，照耀行路。兒女見之，喜悦争取，一時走出，列於通衢，露坐清涼，安穩快樂。得免斯難，隨力而受。乘此三車，而出三界。噫嘻！此乃聖賢方便善巧譬喻之説也。

居士三車，則佛之慈力也。火宅兒女，則三界衆生也。此理非有非無，非實非虚。儻言其無，終日嗟吁；儻言其有，故不出走。是以火宅雖苦，出之者少；三車雖樂，乘之者稀。凡百君子，勉而再思。不可不知，吾是以區區而賦之云爾。知不足齋叢書本《晝墁集》卷五。

〔一〕橐：四庫本作「囊」。
〔二〕慈：原闕，據四庫本補。

三衣賦

釋元照

吾有三衣，古聖真規。粗疏麻苧爲其體，獸毛蠶口，害命傷慈。青黑木蘭壞其色，五正五間，涉俗生譏。其奉持也如鳥兩翼，其敬護也如身薄皮。信是恒沙諸佛之標幟，賢聖沙門之軌儀。九十六道起信之首，二十五有植福之基。

是以堅誓獸王忍死而頻加稱歎，蓮華色女作戲而盡斷貪癡。弘誓甚重，至德難思，龍被免金翅之禍，人得息戰敵之危。末流浮薄，正教衰遲，競貨亂朱之服，卒遭濫吹之嗤。壯大於貢高我慢，欺壓於碩德厖眉。習以成俗，愚不知非。汝當敬遵彝範，仰荷恩慈，時時自慶，步步勿離。潛神樂國兮銖衣自被，垂形忍界兮報服常隨。劫石可銷，想斯言而不泯；太空有盡，諒此志以難移。《道具賦》，續藏經第二編第一〇套第三册。

鐵鉢賦

釋元照

吾有鐵鉢，裁製合轍。斗半爲量，不大不小；竹煙熏治，唯光唯潔。似二一分之明珠，若將圓之皎月。清晨入聚，群心發越。黃粱傾散，有若金沙；白淅高堆，宛如積雪。與香積之變現無殊，比自然之天供何別。

咨爾同舟，宜自檃括。不耕不粒，不鋤不割，有生之命，自何而活？且夫口腹無厭，貪源叵竭，正念微乖，羅刹已奪。嗜一時之甘味，爲萬劫之飢渴。萬金可受，保君未徹；杯水難堪，聖教明說。是宜五觀無違，三匙有節。慎勿枉彼信施，以養穢軀；會須藉此資緣，早求自脫。

《道具賦》。

坐具賦

釋元照

吾有坐具，裁量有據。其色相則一類袈裟，其物體則兩重疏布。長四廣三，壞新揲故。彼形之大者，可用開增；吾身之小兮，從初制度。好大惡小，但責他非；反制爲開，焉知自誤？

嘗聞比丘身者五分之塔也，尼師壇者四方之基也。是則道者所資，豈宜身之爲護？安禪講法，敷之無失於威儀；入聚遊方，持之勿離於跬步。不然，諸律有違制刑科，一生無如法坐處。《道具賦》。

漉囊賦

釋元照

吾有漉囊，製造有方。緻練作底，熟鐵爲匡。其用濾兮深須諦視，其還放兮切忌損傷。宜知我佛仁慈，尚不遺於微物；將使吾曹飲用，得幸免於餘殃。一化境中，上下皆制；半由旬内，往返須將。世多輕略，孰究否臧？或聞而不製，嗤爲小道；或製而不用，但懸於草堂。斯由内無慈愍，外恣疏往，塞來蒙之津徑，害吾教之紀綱。汝當存誠捋守，竭力恢張。豈止四生有賴，抑使三寶增光。《道具賦》。

錫杖賦

釋元照

吾有一錫，裁製有式。上下三停，聳幹六尺。十二環圜而無缺，示因緣乃死乃生；兩鑽開而復同，顯空有不離不即。匪以扶羸，唯將丐食。執之兮居然寂寂，振之兮其鳴歷歷。直欲使諸有門，開三途苦息。隨身所止，懸之屋壁，塵垢易生，長須拂拭。擲雲外兮不以爲難，解虎競兮未須勞力。幸哉凡愚，踏夫聖跡，外露粗暴，内懷荆棘。用之捨之兮，能無夕惕？《道具賦》。

禪浴賦

黄彦平

食已何之？言散穀也。泊無與往，從僧浴也。長槽下注，四溟覆也。大杓更取，羣指掬也。渙然冰釋，汗霢霂也。滃然雲蒸，息往復也。風乎舞雩，返初服也。遊乎華胥，栩栩然睡之熟也。四庫本《三餘集》卷一。

逍遥賦

宋太宗

乾象推功，至道相宗。逍遥理而不散，赫弈高而且通。信之者以陰陽，秘之者以鉛汞。名恍惚之何異，見出没之無窮。大道穹隆，深仁常在。騰三清而靡息，混四溟而不改。雲凝似雪，釋迷而頓悟虚無；鼎裏開花，要妙而熠揚光彩。想初神明闇契，景貺優遊。子母成而入聖，烏鵲飛而逗留。可提撕而堪數，非雜類以相投。雲浮羽客之前，方知禮讓；洞府真人之喻，罔測端由。

及乎偃仰無蹤，有爲皆寂，窺其户牖，須憑刀尺。千載遇而可化，九轉成而堪惜。達虧盈而動止，若之相望；訣逆順以所思，潛遁其迹。何謂清者濁之本，濁者清之徒？風塵路合，桂影蟾孤。由久恆持，豈凡庸之能測；元和獨立，辯玄化之精粗。

然則難將語默，故不差殊。顯華夷之共泰，離煩惱之銷除。物臨幽奥，眇邈真如。曷若習本靈元，故依人望；豈不知寰瀛之内修，得歸神仙之上？究龍吟之走作，海岳淵深；窮虎嘯之和平，流珠通暢。

且夫性静希夷，别識根基。信受而縱横自在，舉措而照鑑形儀。清得而金牙燦爛，紅芳而碧葉交垂。玉闕化成，滌蕩愚蒙之見；煙霞綺靡，用兹廣達之知。於戲！法教門中，研精秘旨。與陰陽而合德，寂天地而同理。還丹至藥，接聖境以周旋；日月齊明，勿恣縱而善矣。凡在人間，各有長生，我聒賢愚之耳。臺灣新文豐出版公司影印高麗大藏經第三十五册《御製逍遥詠》卷一一。

周穆王宴瑶池賦

宋太宗

馭駕神蹤，碧落香風。翾䨏之祥煙綺靡，縱横之羽蓋迎空。夜景迢迢，意思而奔赴瑶席；天高遠遠，驅馳而直抵崑宫。

當其渾雜駢羅，情分賓主，騰驤之駿馬何極，斂袂之仙娥共睹。既而靈貺集，仙童侶。明月之圓將似晝，組繡瑶池；金殿之高卷珠簾，笙歌伎女。志慕求真，儼雅深仁。輝華宴以初設，光幸輦以争新。珊瑚器皿，淥水波津。錦帳雲屏，去就傳觴之旨；鸞歌鳳舞，如常待客之陳。虎嘯龍吟，衣冠侍衆。筵斟玉液之醽，樂奏琴瑟之弄。鶴鳴天上，思羽駕而自在逍遥；日昃烏傾，薄塵世以從容舉動。時也靈符，降展情歡。贈玉帛以成禮，摇翡翠以莊端。筵中之百媚花芳，柳垂金線；階上之雙娥對舞，殿列鴛鸞。

既而窈窕周旋，徘徊不絶。水精宫間於碧沼，珠璣座臨於絳闕。九旒冠冕，日黯於東海之中；十二樓臺，風颺於西波之月。復還五色雲頭，萬派分流。若木之金烏飛乍變，鏘風而白鹿鳴未收。眉開八字兮晶熒，煙霞馥郁；歌聲一曲兮縹緲，銀漢優遊。何期遠恣情深，有無所得。瓊宫不讓於天上，人間非外於縱逸。終乃是非起而慕求仙，如夢輕佻之客。《御製逍遥詠》卷一一。

穆天子宴王母於瑶池賦

以「喜逢仙色，開宴真境」爲韻

夏竦

穆天子以八駿西巡，賓於上真，宴瑶池之勝境，當甲子之良辰。人間之別館離宫，如遺弊屣；月際之珠璫玉珮，自是嘉賓。

當其碧落凝寒，餘霞斂色，升繡轂於層路，會魚軒於西極。天顔半掩，旗翻日月之光；鳳髻遥分，扇側鸞皇之翼。俄而翠華潛駐，彩袂相逢。擇瓊瑶之吉地，邀桃李之姱容。修城而美錦千兩，供帳而輕綃萬重。廣樂嘉成，偏舞霓裳之曲；流霞互舉，争傳馬瑙之鍾。是何雲雨馳魂，笙簧飾喜。倦斂霞袂，慵凴玉几。想臺榭於三島，憶崤函於萬里。鸞驂鶴馭，顧天仗以歸歟；玉慘花愁，念芳時之已矣。

天子乃端冕無言，愁臨象筵，睨文袿而歎喟，持玉斝以遷延。乃歌曰：「黄金闕兮紅玉泉，停鸞輅兮逢列仙。別可惜兮阻流年，愁玉露兮摧渚蓮。」王母於是低鬟掩面，慵闞錦薦，盼龍袞以淒涼，叩金盤而婉孌。乃歌曰：「琉璃屏兮芙蓉殿，接君王兮侍歡宴。心不留兮思宇縣，念秋風兮隔紈扇。」

是何樂極悲來，煙銷霧開。移蹕而鴻飛洛浦，迴眸而雨散陽臺。日照龍旂，逐驊騮而東下；雲藏雉扇，隨青鳥以西迴。已而悵望空睇，音塵漸永。蘂宫有意以延想，函夏無因而西幸。春水白兮瑶草芳，黯離愁於絶境。四庫本《文莊集》卷二三。

瑶池賦

吴勢卿

趙存耕得瑶池圖，因爲之賦。

畫堂静深，燭光吐虹。劃丹青之絢爛，現殿閣之玲瓏。方寸一亭，盈尺一宫。非圖澄之掌上，豈長房之壺中。熟視締觀，乃畫師之獻工也。

閬風北向，崑崙西峙。左帶瑶池，右環翠水。是爲金母之所都，兹固篇編之所紀。東華何許，南極何方，木公何居，桂父何鄉，碧雞何神，白蟾何祥，皆混合而模繪，殆渺茫而荒唐。嘗聞白玉之臺，實總紫府之籍。呼阿環於絳河，處赤松於石室，玩曼倩如小兒，詔子登使侍立。賓來八駿，使翔雙翼。蓋其會群仙以朝宗，故可同殊境而歸一。

抑其畫師之善幻真，有以發天笑而縮地脈。爾乃日月交光而不夜，草木四時而長春，三千年之桃常熟，八千歲之椿常青，紅雲凝而不散，素瀑流而不盈，胎仙飛而不去，瑞鹿擾而不驚。於是想像霞觴，命酒飛觥，恍瓊漿之下注，若雲璈之有聲。碧蓮白橘，似錯落而前陳。精神接對，授訣長生。雖然上界足官府，不如平地作神仙。幅巾蕭散，戲彩聯翩，又可以差崑薄蓬而隸視偓佺，僕得以補斯圖之闕而添一轉語焉。《新編事文類聚翰墨大全》丁集卷五。

崆峒山問道賦　黄帝之道，天下清净

王禹偁

愚嘗歷覽皇王，嘉崆峒之所請，見軒轅之道光。咨有德之人，所謂乎不耻下問；求無爲之理，寧辭乎陟彼高崗。故得化臻於冲寂，功格於玄黄者也。原其雲紀設官，弦弧立制，蚩尤俯伏以聽命，風后周旋而佐帝。尚慮其至化未敷，群生未濟，乃訪道於名山，欲坐忘於浮世。

既而金根玉輅，鳳蓋鸞旗，萬乘以之順動，千官以之悦隨。謁帝者之師，吾將學矣；庶聖人之道，可得聞之。於是陳稽首之儀，揖龐眉之老，方初筮以則告，俄一言而悟道。何思何慮，靡煩手以乘乾；不識不知，自垂衣於大寶。喪天下於忽焉，得環中於自然。

既絶聖以棄智，但牧民而御天。姑射神山，只在廟堂之上；華胥舊國，不離樽俎之前。徒觀其御彼六龍，齊乎一馬，尚恭默之至道，闡希夷之大化。國風穆若，克清壽域之中；物態熙然，盡到春臺之下。故得黜彼聰明，端居穆清，罔象之珠有耀，出虚之樂無聲。豈比夫舜舉八元，方爲求理；堯咨四子，而後化成者哉！

我國家尚黄老之虚無，削申商之法令。坐黄屋以無事，降玄纁而外聘。有以見萬國之風，咸歸乎清浄。四部叢刊本《小畜集》卷二六。

老子猶龍賦

元聖之道，通變如此

范仲淹

昔老氏以觀妙虚極，棲真渾元，握道樞而不測，譬龍德而彌尊。孰可伺珠，長存慈儉之寶；全疑在沼，不離清浄之源。宣尼之啟述嘉言，發揮至聖。謂此真宗之德，若彼時乘之性。每去不祥之器，劍化同歸；常開衆妙之門，魚登比盛。莫不遺情寵辱，放志希夷。振淳風而騰驤有便，樂上善則游泳無疑。所謂性相近也，故可則而象之。知雄守雌，宛訝存身之際；絶聖棄智，潛疑勿用之時。至哲難偕，元功莫極。

知止而過亢何有，善行而在田可則。彼飛昇於天路，此逍遥於聖域。流沙西去，曾無戰野之虞；紫氣東來，寔有召雲之德。豈不以神龍之舉也，其變不窮；聖人之道也，無幽不通。一則致霖雨於天下，一則宣教化於區中。背僞歸真，豈逐葉公之好；長生久視，寧資豢氏之功。不然又安得深述杳冥，盛稱達變？忘機而沉檢是擬，著經而負圖可見。宋纖比聖，堪爲折角之流；尹喜依仁，自得攀髯之便。大道卷舒，非龍何如？言豹隱者，胡能比矣；稱虎變者，近可方諸。我名躋四大之間，五靈斯會；我道配二儀之際，三友非疏。故能作大匠之宗師，闡無爲之妙旨。惟尊道而貴德，自反古而復始。比於或躍之靈，蕩蕩乎其聖如此。清康熙刻本《范文正公集》卷二〇。

《復小齋賦話》卷下　范文正公《老子猶龍賦》，貫串五千言，而以龍字拍合上去，神工鬼斧，不可思議，夢中彩筆，應在公處邪？

鬼火賦

梅堯臣

放舟於潁水之上，夜憩於項城之野。陰氣四垂，而雨微下，左右望之，若無覩者。

有光熒然，明於水邊，人皆謂之鬼火，吾獨未爲然焉。噫！謂鬼爲無，吾不敢謂之無；謂鬼爲有，吾不敢謂之有。但觀韓氏之言舊矣，曰：「鬼無形，鬼無聲。」既無聲與形，又安得此而明？

嘗聞巨浸之涯，百物皆能發光而吐輝；又草木之腐，亦能生耀而化飛。爾知彼是而此非？曰若電者，因形乎，因勢乎？苟因形因勢，則此何疑而弗及？

嗚呼！昔人有論電者，陰陽之氣相薄而成，何須形勢？將就此妄名，謂爲物光可也，謂爲鬼火，則吾不敢聽。明正統刻本《宛陵先生文集》卷六〇。

鬼火後賦

梅堯臣

吾既爲《鬼火賦》，客有謂余曰：「嘗覩舊説，鬼火曰燐[一]，前人有述，子何不信？」

言未畢，余遽辨曰：「爾不熟究吾旨耶？吾豈忽而不知？且聞兵死之血，久而化

[一] 燐：原作「憐」，據四庫本、《歷代賦彙》補遺卷一三改。

之，既云血化，安有鬼爲？比夫草木之腐，固合其宜，宜曰物光，又豈爲過？此論確如，牢不可破。尚恐未然，更聽吾言。彼燁燁者胡可以烹煎，彼熒熒者胡可以煥暄，彼焰焰者胡可以炎上，彼熠熠者胡可以燎原？蓋無此並，蔓説徒繁。」客慚忸無辭而起，余方掩乎衡門。明正統刻本《宛陵先生文集》卷六〇。

陶侃夢飛入天門賦

夏竦

陶太尉之未達也，孤藐貧悴，折腰下吏，奇蹇未脱於常數，文武不可以自器。於時方隅騷動，天下恐悚。帝將付晉以大統，錫我以佳夢。是何天命宥密，感通陰騭。曜靈薄暮，星芒駢茁。營魂慭恍於中夜，羽化不知其何術。莫不煙昏霧迷，雨驟風疾。羽翮爲吾而馳張，心膽爲吾而曠逸。崛起地表，翰飛太虛。目不暇而自闚，心不暇而自圖。若飛龍駕雲而脱泥塗，大鵬乘風而戾天衢。勢何可止，雄莫之當。月輪掩映而閃爍，明河沸渭而蒼茫。不知其夢之爲夢也，踐逍遥之塗，屆恍惚之埸；但謂其飛之爲飛也，翔坱圠之墟，窮汗漫之荒。曾莫知其適從，但磅礴而翱翔。忽長空之豁開，覩天門而在傍。吾謂是天也，駕元精，乘灝氣，去無不至；吾謂是門也，排闟闔，鼓洪濛，去無不通。迅羽而載揚，突雙扉之八重。關鍵縱横以離立，閈閎岌嶪以穹崇。莫不宵露珠落，殘霞墮紅。織女投梭而錯愕，纖阿失轡而怔忪。天左旋而且右，斗西建而遽東。若長鯨之透禹門，而燒尾於春雷；龍梭之化屋壁，而鼓鬣於狂風。徒觀夫逞雄飛，恣心曲，吸沆瀣以滿其志，舞星辰以快其欲。女媧仰視而顛仆，盤古傍觀而拭目。方將以造化之氣爲流，而刷其毛羽；以混元之窟爲巢，而棲其爪足。何其四方熒熒，大明東生，餘樂熙而未已，殘夢倏其如驚，羽翰雖復於手足，魂魄猶翔於杳冥。曾虚實之不辨，何有無之足憑？謂其實也，變化之力，飛揚之迹則不可得；謂其虚也，騫騰所自，耳目所記又何如此？

蓋靈符之先眹，天命之不祕，俾我材爲大國之器，道爲萬世之利，功若舉而無所不至，命若飛而無所不遂。故范逵有吹噓之象，張夔有羽翼之備。然則總斧鉞之任，受師旅之寄，三軍負羽於左右，奇兵翼張於要地，實若周尚父有鷹揚之號，漢將軍有飛將之勢。則知自地升天者，起家居三公之位；天門八重者，元戎董八州之事。豈必若簡子神遇，帝享之以鈞天之樂；繆公夢迴，天錫之以鶉首之次也哉？四庫本《文莊集》卷二三。

尊道賦

宋仁宗

三教之内，惟道至尊。上不朝於天子，下不謁於公卿。避凡籠而隱跡，脱俗網以修真。傲林泉兮絶名絶利，樂巖谷兮忘辱忘榮。頂星冠而爍日，披布褐以長春。或髽頭而跣足，或丫髻以包巾。摘仙花而砌笠，折野草以鋪茵。吸甘泉而漱齒，啖松栢以延齡。歌之鼓掌，舞罷眠雲。伴山谷則盃茶款話，逢水飲則樽酒論文。笑奢華之濁富，樂自在之清貧。豈一毫之窒礙，無半點之牽縈。

或三三而參玄訪道，或兩兩以話古談今。話古談今兮嘆前賢之興廢，參玄訪道兮理自己之玄真。任寒暑之更變，儘烏兔之逡巡。蒼顔返少，白髮還青。擕簞瓢而入鄽化飯，採百藥以臨世濟人。解安人而利物，或起死以迴生。修仙者骨之堅秀，達道者神之最靈。判吉凶，斡旋異象〔一〕；定禍福，密勘人倫。闡道法，揚太上之正教；施符籙，除人世之祅氛。降邪魔於掌上，布罡氣於雷門。扣天閽，真仙具備；擊地户，萬神咸

〔一〕異：《古今圖書集成·神異典》卷三〇〇作「星」。

聽。頤真默坐[一]，静室存神。奪天地之秀氣，採日月之華精。運陰陽以煉性，按水火以胎凝。二八陰消兮若恍若惚，三九陽長兮如杳如冥。應四時而採取，養九轉以丹成。跨青鸞，便衝紫府；騎白鶴，直謁玉京。參滿天之秀氣，表妙道之殷勤。比儒教兮官高職顯，富貴浮雲；比釋教兮寂滅爲樂，豈脱凡塵。朕觀三教，惟道至尊。正統道藏本《鳴鶴餘音》卷九。

疑仙賦 並序

李覯

覯家盱江，其西十里則麻姑山，顔太師真卿有《記》存焉。少北則麻源，謝靈運詩所謂「入華子崗是麻源第三谷」者也。其山水清媚，與神仙趾迹相附，著在人口吻。吾母初無子，凡有可禱，無不至。祥符元年，夢二道士弈棋户外，往觀之。其一人者，取局之一子授焉，遂娠。及覯生十餘歲，從先父適田間，宿東郊。既寐，有人以書與覯，方制如牘，表用黄，其目曰《王狀元文集》。夢中以爲沂公之

[一] 坐：《古今圖書集成·神異典》卷三〇〇作「然」。

文也。就學以來，果不甚魯。或時開卷，憪然憶念，謂曾讀此書；再思之，未嘗見也。墨筆著辭雖未善，顧出自然，不多勞力，私心喜幸。以所從受頗靈異，而不敢言。今兹年三十有八矣，乃用自疑，作《疑仙賦》。儒者不言仙，蓋患乎傷財舍生以學之者也。苟異於彼，宜無害。賦曰：

噫噫仙乎，爲有爲無？爲天之居？爲地之廬？爲山之國？爲水之都？爲古爲今？爲智爲愚？爲崇爲卑？爲肥爲臞？與人類乎？與人異乎？將天下之利乎？將一身而已乎？既匪聞而匪見，我焉知其所如。

繄我之生，卓犖瓌怪。地氣殊絶，神休合會。導愚心之趨驟，犯古人之畿界。攀或無高，博或無大。戲鈞天之遺音，冒慶雲之渥彩。意靈物之所右。幸速成於當代。難得而易失者，時哉！青春走兮素髮催。銜金丹而不售，撫道殣而銜哀。然則何爲而生？何爲而來？

已矣夫！嵩高降神生申甫，收拾中興還聖主。長庚入夢生李白，叫噪江南爲逐客。今之生我豈無意？二者他年終一得。仙人若在金銀宫，歸去來兮誰阻隔？四部叢刊本《直講李先生文集》卷一。

詆仙賦[一] 並序

宋祁

予既守壽春，覽郡圖，得八公山。故老爭言山上有車轍馬跡，是淮南王上賓之遺。耕者往往得金，云丹砂所化，可以療病。因取班固《書》、葛洪《神仙》二傳，合而質之。嗟乎！人之好奇而不責實也尚矣，而洪又非愚無知者，猶憑浮證僞，況鄙人委巷語耶？作《詆仙賦》。

憫兹俗之鮮知兮，徇悠悠之妄陳。常牽奇以合怪兮，欲矜己以自神。操百世之實亡兮，唱千齡之僞存。

彼淮南之有子兮[二]，固殊死而殞身[三]。緣《内篇》之丕誕兮，眩南公之多聞。謂八人者語王兮，歷倒影而上賓。餌玉匕之神藥，託此軀乎霄晨[四]。王負驕而弗虔兮，又見

[一] 題下原注：「案：祁出知壽州在慶曆元年。」
[二] 子：《皇朝文鑑》卷三、《古今圖書集成·神異典》卷二六二、《歷代賦彙》卷一〇六作「將」。
[三] 死：《皇朝文鑑》卷三、《古今圖書集成·神異典》卷二六二、《歷代賦彙》卷一〇六作「刺」。
[四] 軀：《皇朝文鑑》卷三、《歷代賦彙》卷一〇六作「謳」。

譎於列真。

雖長年之彌億兮，屏帑偃而愈愆[一]。葛《傳》云：仙伯主者劉安不恭，乃謫守郡都廁，後爲散仙。蹇斯事之吾欺兮，聊反復乎遺言。

號聖仙之靈稟兮，宜常監德而輔仁。不足察王之倨貴兮，遽引内於天門。已乃悟其非是兮，胡爲賞罰之紛紜？寧仙者之回惑兮，無以異乎常人？國爲墟而嗣絶兮，載遺惡而不泯。故里盛傳其遺金兮，證碮石之餘痕。武安隱語而前死兮，更生僞鑄以續論。彼逞詐以罔時兮，宜自警於斯文。四庫本《景文集》卷二。

夢仙賦

周必大

歲直執徐，月旅無射。佳哉秋氣，適此初吉。欣涼飇之却暑，假午枕以自逸。一性融兮蝶化，萬籟静兮龜息。不噩不驚，非想非因。倏戾止夫邃宇，恍前瞻乎異人。松姿

[一] 愈：《皇朝文鑑》卷三、《歷代賦彙》卷一〇六作「念」。

鶴骨，谷虛淵渟[一]。方瞳瞭然，列仙之真者耶？肌膚冰雪，姑射之神者耶？予方徘徊眩駭，屏息却立。已而蓋雲合，車轂擊，嘉賓至，初筵秩。既啣盃以相屬，俄陳疑而互質。則有辨博之客誦言越席曰：「惟主人形與神一，必能超百塵之數，通紫庭之籍。其致此也，亦有術乎？」主人唯唯。

客曰：「東海之山，玄都之關，峨嵋錦屏之西，羅浮岣嶁之南，羣聖窟宅乎其中，大藥羅生乎其間。安期煉五石之精[二]，葛洪成九轉之丹。桂父食桂而蟬蛻，涓子餌朮而鸞驂[三]。陽陵則石脂度世，赤須則柏葉超凡。苟邂逅其刀圭，斯可紺已華之髮而駐將老之顏矣[四]。君亦有所遇而然乎？」

主人囅然而笑，泛然而語：「服食之法，蓋道之粗。諒假是以佐功，詎執斯而爲主？且客見夫辰錦之丹砂，連韶之石乳乎？箭鏃鵝管，世不乏取，逮仙茅與芝苓，詎終物而遽數？倘資藉以引年，是家松喬、人鍾呂也，得毋與徐市盧生之罔祖龍，文成

[一] 渟：原作「停」，據明祁氏淡生堂鈔本、清道光刻本《廬陵周益國文忠集》改。
[二] 安期：原作「安邦」，據道光刻本改。
[三] 涓子餌朮：道光刻本作「子餘茹朮」。
[四] 紺：原作「酣」，淡生堂鈔本同。此據道光刻本改。

五利之欺茂陵者伍與？僕是以不釋於吾子之言。」

客曰：「沆瀣夜飲，朝霞晨餐。返七還九，守一存三。挹靈液於玉池，下潤流於丹田。交梨火棗茂其本，黄芽赤水豐其源。遁堪輿之常數，盜陰陽之純全。意王僑、羨門、山圖、赤斧，以是爲金丹之祖，長生久視之先也，君其舍旃？」主人曰：「客觀其徼矣，而未臻其妙也。莊生不云乎：吹嘘呼吸，吐故納新，熊經鳥伸，爲壽而已矣。此導引之士，養形之人。彭祖，壽考者之所好也。必欲從笙鶴，跨鯨鰲，友子晉，儷琴高，兹豈能彷彿其秋毫也哉？願至此而進乎道[一]。」

客曰：「至道之精，窈窈冥冥；至道之極，昏昏默默。彼淺昧之莫知，汩聲利以自賊。至人則不然，健羨聰明去於内，榮華滋味徹於外。不將不迎，淡以遊心；爰清爰淨，漠以合性。此廣成子修身千二百歲之道也，非衆妙之門耶？」主人曰：「如客所言，槁木耳，寒灰耳。若夫乘天地之正而御六氣之變以遊無窮者[二]，槁木寒灰云乎哉？」

[一] 至：道光刻本作「置」。
[二] 變：原作「辨」，淡生堂鈔本同。此據道光刻本改。

客乃茫然失措，赧然自顧[一]，頃而言曰：「蜉蝣不知龜龍者，其智眇也；鷽鳩不知鵾鵬者，其見小也。惟先生幸詔之。」主人曰：「子來前。夫不養其心，不足以保性命之真；不致其誠，不足以贊天地之生。養心之體，子既言焉；致誠之用，吾將傳焉。必孝於親，必忠於君，推隱德以及物，崇陰功而利人。惟不欺於方寸，尚何有於飛昇？遠莫暇夫殫述，概吾陳其至近。旌陽之許，嵩山之靖，內養心而全道之真，外致誠而積己之行。職纔尹於一同，澤遍加乎百姓。匪外騖於末術，卒參華於仙聖。推而上之，説相武丁，既以此道而有天下，遂騎箕尾而比列星。率自根而之本[二]，配霄極以長存。子於我乎有疑，請考古而驗今。」

於是客撫髀而躍曰：「吾得之矣[三]。」乃庸作歌，以侑芳醴。歌曰：「功行三千，積多生兮。帝賚良弼，佐武丁兮。萬有千歲，壽而藏兮。層霄下土，去來何常兮。」又歌曰：「鬱羅玉京，君之朝兮環珮鳴。崑崙縣圃，君之遊兮鸞鶴舞。天風兮泠

[一] 自顧：淡生堂鈔本、道光刻本作「四顧」。
[二] 之：原作「自」，淡生堂鈔本同。此據道光刻本改。
[三] 道光刻本注：「張本多一句『吾得之矣』。」

泠，吹羽蓋兮飄霓旌。雲車兮氣馭，凌倒景兮周上下。覛方士之遑遑兮，欲登真其何路？」

主人欣然，爲客滿觴。予亦破夢，亟紀其詳。蓋非獨闢子房之辟穀，亦所以救昌黎氏之渺茫也。四庫本《文忠集》卷九。

浮丘仙賦　並序

吴儆

黄山在新安郡治之西北百里而遥，山之麓有廟，祠浮丘。相傳黄帝嘗鍊丹於兹山，故名。浮丘，黄帝時人，事遠不可考，然浮丘之爲仙，見於《列仙傳》，及古今稱之者甚著。黄之爲山，崛奇偉麗，睎海内諸名山無媿。又産丹砂及諸神仙久睎之藥，則浮丘之所嘗至若居之無疑。番陽洪公爲郡之明年，作亭於雉堞之上，以望黄山，而榜曰「浮丘」。其客延陵吴某嘗從公其上，裴回四顧，慨然長想。竊謂浮丘之祠於兹山舊矣，前乎此，君是邦者爲堂爲亭，取郡故事以名者略盡，獨浮丘之名留以遺公，豈偶然哉？因爲之賦，以代慶生之祝。其詞曰：

客有道岷峨，下巫峽，歷九嶷，登衡廬，徜徉乎鴈蕩[一]，佁儗乎之罘[二]，求所謂安期、羡門之屬而無得者，將羸眥航海，指蓬萊、方丈、瀛洲之山而問津焉。或謂大江之南，浙河之西，有閟福地，仙靈攸棲。黄序表號，浮丘揭祠。烏用遺近而遐慕，信耳而即誣。客乃釋棹登舟，物色輿圖。朝發軔乎渤澥，夕彌節乎山隅。乃攀株榛，陟堆埼；臨絶壁，俯清溪。穹石林立，礨砢甗錡。突若山峙，錯若棋置。鋭者簪植，踞者虎視。飛瀑激流，狂波跳沫，横潰逆折，濕瀑澎濞。其上則有青壁萬尋，庨豁曾凌。日彩朝爛，彤霞暮蒸。艴靈砂之發竇，赫溪流之變赬。紛瓶汲而盎負，粲血凝而星沉。其陽則有谽壑奥竇，鬱律嬗娟。中隱燭龍，旁通虞淵。窪石坎流，有泉滃然。挹之玉潔，探之湯温。旱焦山而不竭，寒凝海而不冰。以沐則髮澤而神悦，以浴則愈瘍而散陰。却立而仰視，則危峰挺石，旅列青冥。或敷若蓮華，或擎若爐薫。或儼若峨冠，或端若矗屏。或垂若倚蓋，或騫若抗旌。或植若劍戟，或肩若友朋。或旁附而不倚，或中立而不傾。或頹若下隕，或企若上騰。或崇隆以極壯，或剛耿而孤撑。或崔嵬崧巃以傑出，或刻削

[一] 徜徉：明弘治刻本作「襄羊」。
[二] 之罘：明弘治刻本、萬曆刻本及《歷代賦彙》卷一〇五並作「覿罘」。

蝸霓而争衡。軒者輊者，奇者偶者，背者向者，竦者蹲者，鋭者夷者，偃蹇而驕者，奰屭而怒者，嚴厲而勁正、踞肆而磐礴者，叢出角立，瓌詭奇崛，惕心駭目，羌莫得而紀名。

於時涼風暮肅，白露宵零。空山無人，天高月明。若有雞犬金石之音，起於煙霏空翠之間，雜以飄風流水之聲，遥颺歙卉，若遠若邇。乃經窈窕，緣嵚崎，披奥鬱，達希夷。曾宫崛其特起，臨蒼崖而敞庭。鏤金璧以飾璫，盤玉瑱以居楹。發倒茄之渥彩，敷密藻之晃英。右平緻碝，左城梯珉。幽紛流離，耀日涵星。乃有偓佺、伯喬、緑華、赤斧、山圖、木羽之倫，旅進於東序；青琴、宓妃、昌容、連眉、陽都、雲英之屬，敘立於西榮。其餘要眇都閒，艷麗連娟，蜚襳拂羽，垂髾摩蘭，的皪漚鬱，騷殺削戍於前後左右者，不可殫述。俄有冰姿瑩潔，玉質清癯，冠蟬冕、佩瓊琚而出者，旅東之賓，立西之侶，酌沆瀣之英，羞屑瓊之蕊，傴僂俯伏，以次而進。吹緱鳳之笙，擊靈鼍之鼓。歌雲屏碧奈之詩，奏霓裳羽衣之舞。鏗鍧悠揚，摇翹容與。蓋非俚耳之所得聞，而塵目之所嘗覩也。

客乃屏立竊歎，問諸執事者曰：「此浮丘仙也邪？」曰「然。」曰：「昔相如稱列仙之儒居山澤間，形容甚癯者，殆是乎？」曰：「不然。天地以不息爲道，至人以利物爲德。葆其真以自固，安其居以自適。侣龍蛇與草木，瘠其形於山澤，譬杜櫟之不才，徒增圍於累百。若兹仙者，乘天地之正，御六氣之辯，積而爲道德，舒而爲文章，散而爲利澤，萃而爲功名，三公之位不足以爲其貴，萬鍾之禄不足以爲其富；上及有虞，下及五伯，不足以爲其壽。雖亭亭物表之姿，皎皎霞外之質，不受膏粱之滋，而爾民固已肥矣，奚其癯？」

客於是恍然自失，再拜而起。迨明而疏之，實八月九日也。四庫本《竹洲集》卷一六。

孫仙賦

舒邦佐

涼風發軔，老火回鞭。兔影在地，鵲橋造天。舒子倚胡床而假寐，欻騰踏於雲煙。覩一真人，騎羽鶴而著帽，號李唐之孫仙。舒子順下風而請曰：「幼聞名方，取諸龍淵。千金莫酬，散落人間。丐我真訣兮，如西山之靈劑而可以生羽，如菖蒲之九節而可以延年。」

孫仙拍手而笑，曰：「子徒知我，而不知我濟世之有真詮。作爲詞章，子美之詩瘧鬼逐，陳琳之檄頭風痊。立爲名節，不餌松柏而敵其操，不服金石而踰其堅。上諫坡也，傅説之命昡若藥，陸贄之言炳若丹。師成均也，酌東坡之黄昏湯，醫儒生之自聖癲。玉節浮湘，議讞無寃。刮剔民瘼，以撫以憐。扶持老稚，以耕以畋。是將承風入相兮，壽國脈於周年之卜，還元氣於堯曆之前。又將傲睨此世兮，陋絳人甲子之四百，閲莊木春秋之八千。子如再拜而請，將施子以九轉丹砂兮，换凡骨而插羽翰。將洗子以沆瀣真英兮，擊枯枿而爲清鮮。去不步武，子宜勉旃！」

言未既，欻焉夢醒，鄰雞喔然。譙樓催曉，畫角喧傳。起而四望，瑞藹蟬聯；出而四顧，車馬駢闐。持龜捧鶴，雜遝後先。問之云何使者，孫公門有弧懸。築壽基，將亘維南之衡嶽；斟壽斝，將吸不盡之湘川。予乃悟曰：「是夢也，兹其所以爲孫公之祥也耶？」援筆而賦，獻諸所筵。清道光刻本《雙峰猥稿》卷九。

遇仙賦　代壽樓教

唐士耻

環堵書生，承世禪之雕龍，仰天孫而生息。縑冊閒暇，筆硯餘隙，當新秋之總至，颯涼飈於蘋白，望皓月之弦弛，邈巧樓而已隔。遊於雙溪之上，星斗爛兮斯夕，晨露浥乎庭蘭，恍高真兮若疇昔。迺軒蓋之繽紛，亦劍佩之絡繹，匪海若之冠冕，則山君之杖錫。

僕敢進拜，無能爲役。中有一人，顔宇昂激，笑謂僕曰：「予幸獲玷三洞之籍，兹致賀也，蓋亦其職。子知郡博士天所睠乎？事實關乎堯歷，羌弱冠之有聲，生賢書之羽翼，殆庶幾乎積木之踐。跨禹浪以平涉，攀龍頭以巍峩，傲九華之尤物，乘掾曹之逸興，夸妙手之霹靂，屑米鹽之靡密，信襟宇之不迫。鶚表一上，宸注的的。天欲大其所養，姑欲私乎須女之直。禮樂詩書四達而不悖，又何俟暖乎孔席！此其既往之事，未絲毫乎千億，邈前途之宏遠，非蠡海之可測。蓋將佐皇上之明聖，掩六合而電耆。還斯俗兮淳古，焕文治兮虹霓。畢以不負於所學，登咎夔而咸稷契。」

語未終，客有越衆人而出言，嗟此意之未賾。謂子徒知其淺，未昧根源之歷歷。彼望洋而置嘆，奚止一二於千百。信溟渤之巨浸，蓋萬象之包括。蠙珠粲其如月，珊瑚森乎林植。與六鰲兮均爲纖芥，況鵾鵬之水擊。曾未能語其梗槩，必旁礴而襞積。歲星凜乎其初度，亦既九光之照室。天欲厚乎皇家，萃囦氣於一域，何止乎叔度萬頃之汪汪，又何止乎雲夢八九之碧！自萊公中元之生，又堯蓂之小闕。申鍾岳而蕭儲昴，豈如公之赫赫。君兮天同，臣兮地比。信么麽之辟易，僕亦啞然而笑斥鷃之自適。雖地脈之畧通，誕彌之三日，其亦幸會之髣髴，仰郁紛於絢舄。四庫本《靈巖集》卷八。

羣仙賦

中伏日壽宣參政之作

戴埴

南端熙穆，東閣晏清，瓊鑾颯纚，華芝紛繽。蹁躚風馭，來自殊庭，扣閽請曰：「鳳鳴朝陽，龍翔景雲。翼翼國瑞，壽矣卯君。余攬德輝以來御，扉其撤扃。」閽者辭，羣仙曰：「長贏阜物，朝霽霈霖，八荒仁壽，六氣平均。意有間矣，若爲啟明。」

閽者曰：「今日何日，願有謁於大鈞。」羣仙曰：「豈曲度房中，聲揚濮上。或彈絲吹竹，以奉徽音耶？」曰：「有是哉！」

「豈柳肢低，月蕖艶，凌波有若電羽之翁翁者耶？」曰：「有是哉！」

「豈齊優戲劇，譃浪傾河，足資笑噱而徹聽瞢耶？」曰：「有是哉！」

「豈池塘緑浄，蓮芰香浮，有所謂鼓蘭槳而歌採菱者耶？抑涼臺遠岫，竹院碁枰，玉壺籥動，桃笙波瀲，方羊燕適，爰滌袢暑之襟耶？寧風生麈尾，扇隔庾塵，飄飄羲皇上人耶？」

閽者不答，徐而歌曰：「九垓昊昊兮無聲，八柱膴膴兮上騰。陽道柔兮陰彙征，執綱轄是兮伏藏不升。」

羣仙囅然而笑曰：「橐籥機緘，固運轉不停也耶？」乃賡而和曰：「鉉必玉兮柅必金，鼎中實兮魚弗賓。斡造化兮揭乾坤，黄中正位兮玉立千春。」

少焉，霞袖軒舉，環珮鏘鳴。仰而視之，惟見卿雲綺錯，泰階衡平。實癸未中，伏槐府稱壽之辰也。四庫本《江湖後集》卷九。

宋代辭賦全編卷之八十

賦 仙釋 二

金液大還丹賦 學道之士，必修金丹

葛長庚

身木欲槁，心灰已寒。願飛昇於玉闕，必修鍊於金丹。乾馬坤牛，衛丁公於神室；坎烏離兔，媒姹女於真壇。絳闕散郎，清朝閑士，使扶桑青龍奮翅出火，而華嶽白虎飛牙入水。天爐地鼎，三關造化之樞機；月魄日魂，一掬陰陽之精髓，鉛裹藏土，汞中產金。龜乃子爻，蛇乃午象，兔爲卯畜，雞爲酉禽。四象五行，不離乎戊；三元八卦，當資厥壬。朝既《屯》，暮既《蒙》，六爻有象；夜必《復》，晝必《姤》，萬物無心。由是三性會合，攢簇元宫；二氣升降，盤旋黄道。惟一味水銀，纔變黑玉；故七返朱砂，乃成紅寶。珠橘瓊榴，交梨火棗。普天白雪，翩翻紫府之清飈；滿院黄花，隱映

丹田之瑞草。吾知夫抽添何物，採取何地？

生殺有户，缺圓有時。以浮沉爲清濁之本，以間隔明動静之基。養正以抱一，持盈而守雌。舉世無人能達此者，終日兀坐不知所之[一]。恩生害，害生恩，房躔見昴；主中賓，賓中主，斗度回箕。嘗謂大道無言，内丹非術。玄珠垂象，而陰裏抱陽德；嬰兒結胎，而雄中含雌質。君臣之間，先後悔吝；夫婦之外，存亡凶吉。丁位之心，癸位之張，甲宫之女，庚宫之畢。刑德生旺，雖有否泰；沐浴潛藏，初無固必。

藥材斤兩，東西南北以歸中；火候城池，二八九三而爲一。如是則烏極河車，百刻上運；華池神水，四時逆流。榮衛寒温而鶉火鬼井，精神衰旺而玄枵斗牛。子母函蓋，身化心化；兄弟塤篪，福修慧修。六畫動爻，見晦朔望弦之變；二至改度，有蝗蟲水旱之憂。

真人宇宙妙縱横，溪山歸掌握。左軍右軍，自古仁義；大隱小隱，從今宫角。風悄悄，月娟娟，片雲孤鶴。而長嘯一聲，編書以遺後學。正統道藏本《海瓊問道集》。

[一]兀：《歷代賦彙》卷一〇六、《古今圖書集成·神異典》卷三〇〇作「枯」。

龍虎賦

葛長庚

奇哉！九轉金液七返大還丹，誠神氣之陀羅兮，性命之衆甫。擎阿耨之元兮，職達摩之華勛。身砂而心汞兮，出日而入月。青龍白虎朱雀兮，熒惑居癸而漭渺。位丙絳宫天子兮，御黄庭之奥壼。慈兮悲兮，威惠而武文。天一坎、地二離兮，乾坤互南北。初真鉛先天之氣兮，可爲七十二石之冠。剛弱中外而雌雄條理兮，金火含受金水之事。九未神變兮，天心抱陽和。木汞生東辰之體兮，金精長西戌之胚。巽畢復而乾畢剥兮，春秋而仁義，冬夏而界度。亶妻上下釜兮，砂汞所配感之神。室張虚危翼兮，金不綻而土不輕。潛藏飛躍兮往來上下，無爻位而歸乎太極兮以包囊衆石。有無隱顯兮，水金爲丹本；日精滅坎離兮，浮沉而消息。金公索坎實兮姹女叩離虚，金戮木兮而水殄火。黄帝豎旗於金鄉兮，金木火化爲明牕。塵混沌之金火兮，寶精終一九。一斤十六兩兮，三百八十有四銖。震爻膺陽籙兮，水翠玄而金赭黄。山河大地以凝虚兮，精液混丹砂而融真。黑鉛變素、朱汞瑩碧兮，金華蒙鴻而洞虚。水一火二而土五兮，濡英金而飛精水。

天地至精兮，以戊己運天符。十二斗樞而十二鍾律兮，流汞日之魂，黄金月之魄。玄圖未漸剥兮，陽精爲畢方之父。坤變震於初而變兑於再兮，日月既合璧而上弦平如繩。三五三陽既圓兮，圓明現東甲。蟾蜍視卦節兮，兔魄吐生光。乾初變於巽而再變於艮兮，月明辛而現丙。周回五六而東北喪朋於乙地兮，土與木金和爲液而復象禪。雷辰神室兮，中五運而外八卦。陰符陽火兮，陸旬化雞子而五嶽峙潛樞。頂乾金而踵坤水兮，陰陽禀自然而中和流素津。靈户黑鉛鍊真土兮，泉窟白金生水銀。

亥末陽動而曦馭行南陸兮，五星連珠而金砂呼吸日月之遲速。紫微十六華蓋星兮，三台攝調燮之星以責統録。日火合五行之精兮，鍊中宫之土；月金受六律之紀兮，入北方之水。火是藥之父母兮，藥是火之子孫。水土金兮六十日先後存亡，金汞抵角兮鼎室抗衡。土母召四方之和兮，乾動應三光。金火精氣而光耀一室兮，何水涸而火殞。

龍虎之氣相交兮金木之情契合，情性交結兮温養子珠。水者玄華而土者金母兮，丹室結流珠而黄黑混水土之元精。紫華敷腴而黄液蕩漾兮，神藥未遂；金生水鍊鉛爲白金兮，白金爲神室。神室有金水兮，火色變凝而黄暈。水火凝中府兮，金液不飛；火灼金華兮，輕煙薄霧以寂。白金爲有而火氣爲無兮鍊汞兆神，兩虚無兮水火抱粹而日月懷沖。黑鉛兮金精玄水而包坎汞，黄芽現白蘂兮紅苞。金爲水母兮華池泛真，素壇爐竈有神室而委曲關隄。金土合汞兮，自然而神化矣。正統道藏本《海瓊問道集》。

紫元賦

葛長庚

客此身於寰中兮，如鸚鵡之樊籠。妙此道於象外兮，如鴻鵠之飛翀。劃混沌於咸池兮，呼飛廉而鞭豐隆。謁元始於玉京兮，騎汗漫而泛空濛。帝宓犧而國華胥兮，子栗陸而臣有熊。家太極而亭寥泬兮，女崑崙而塊衡嵩。師廣聃而鍊飛肉兮，坐鶴脊以凌南華；僕鬱壘而威幽爽兮，驅豕車而鎖北酆。兄羲和而嫂后羿兮，縛妖星而斬流虹。友羅睺而媒太一兮，躡梵雲而履剛風。醉瑶池以歌洞章兮，曳王母之霓崆。卧琪林以聽雲璈兮，借玉皇之羽幪。

嗟大道兮久聾，數空華兮無窮。浥紫陽之甘露兮，灑五苦之夜魂。鼓朱陵之丹光兮，煅三尸之㷄蟲。與造物兮翱翔，並元氣而始終。同大鈞兮笑語，漱太液之玲瓏。以枸杞而爲膾兮，飣以靈阿之紫芝；以茯苓而爲醢兮，釀以真皁之赤松。掬寒泉兮踞古澗，採飛霞兮遡晴空。製八錦兮尋偃月，戲五禽兮舞神弓。腰金璫而膝珂珮兮，訪太微黄裳之翁。養龍鉛而鍊虎汞兮，運胎仙朱橘之功。叩天谷兮臂赤鳳，俯玄潭兮馭神龍。

泥丸氏兮長五解以云邈，海瓊君兮眇大方其難逢。追籛鏗兮跳入玉眸之庭，弔偓佺兮橫跨流鈴之衝。闢曹溪兮認鷺鷥，毿華池兮植芙蓉。威音已魄兮瞿曇死，達磨何之兮盧能春。雪深兮二厥傳，雷震兮五其宗。槌拂語默兮魄彼法之皮髓，棒喝體用兮灑夫人之心胸。谷神無聲兮與氣以相似，禪河有涯兮問津之不同。付萬物於一蟬兮，殿五帝於靈臺；了三世於半偈兮，蟄百神於絳宫。控黍珠兮抉雞卵，笑蟪蛄兮憶神農。聵哉《太玄》兮守之以礩，微哉大《易》兮養之以蒙。南柯歸來兮雖孔神而如幻，蝴蝶栩栩兮剖藩籬而大通。策三足之神烏兮，縹緲於空碧。九鳳穆穆兮，八鸞噰噰。聲太霄景雲之鐘兮，驚綻閬苑金花之紅。憑三級之朱樓兮，望萬象於足下，而蕞太虛於目中。如是而謂神霄之右卿，青華之上公者也。《歷代賦彙》卷一〇六。

鶴林賦

葛長庚

浮虛空以爲家兮，森萬象於其庭；養混沌以爲子兮，遊乎象帝之先。跨八極以翱翔兮，泛神風之浩蕩；步大方以汗漫兮，採琪花之嬋娟。轡九龍兮駕素月，銜八駿兮凌紫煙。上挽天河於碧落兮，下拽夜臺於黃泉。吾將鞭白鶴而過闕賓兮，勒青牛而旅于閬。鳴玉融之簫兮歌太極，鼓雲和之瑟兮舞胎仙。登崑崙兮訪軒后之金樞，棲九疑兮覓舜娥之玉鈿。麟洲縹緲兮鳳巢，蓬萊清淺兮桑田。讓五芝之髓兮入昊天而馥馥，掬八桂之漿兮流華池之涓涓。

黄元真人兮乘太霞羽鈴之珮，紫虚元君兮控夜光九丹之紘。左扶桑兮右廣寒，入天谷兮出太淵。此心兮秋鵬，吾身兮冬蟬。草羅酆下元之牒兮，束精爽於華漠；翻鬱羅蕭臺之籙兮，遡清邃於虚玄。憑玉樓兮窈窕，唱霓裳兮蹁躚。月地雲階兮青鳥不來，霞都煙闕兮紫瓊依然。呼惡來兮召玄冥，役阿香兮檄烏焉。飲九醞以酩酊兮，坐斷延康之始劫；撫三花以舒嘯兮，問訊龍漢之初年。鍊日月兮煮璇璣，聲雷電兮驚萬天。盎浮丘之背兮，拍洪崖之肩。唤漆園之夢兮，究鹿苑之禪。胸襟兮全《易》，物我兮純乾。

吾族兮大庭，乃祖兮有顯。若有所得兮出華陽之派，吾從所適兮乘海瓊之船。窮其裔兮來於籛鏗，爲我友兮其惟偓佺。慰曲江之蒲兮，鞠茂陵之草；偷大有之桃兮，耕太華之蓮。以滄海而爲硯兮，命盤古而使磨，字穹窿以爲碑兮，召儵忽而使鐫。契屢空兮芍藥，悟一唯兮杜鵑。大道死兮羲皇泣，不周崩兮女媧鳴。哀大禹兮足胝，笑神農兮髮氈。宴瑶臺兮，問王母以索笑；瀉金液兮，顧閻老之垂涎。侵帝座兮嚴陵，撩女星兮張騫。緝槲錦兮，蜉蝣之裸何如；編蘭帶兮，蟪蛄之鳴誰憐？

已矣夫！挈太古兮戲蟻國，與造物兮下芝田。藻凫松鶴兮自然之長短，桃姬椶鬼兮何有於媸姸。悲紅塵以思蜕兮，螯須彌於芥子；指蒼漢以言歸兮，放赤子於大千。夫是之謂誰乎？蓋太清之散吏，而紫府之剩員，彼南荒之鶴林子焉。《歷代賦彙》卷一〇六。

麻姑賦

葛長庚

片雲老仙枕五峰而眠，無人間夢二十年。白玉蟾從桂林道衡山，下大江以西，登孱顔而拜之。有黄冠師鄧適軒會，唯齋江逍遥，小集逍遥山。慨麻姑之去遠，緬王、蔡其猶昔，俯稚川濯丹之泉，驗福唐遺簡之地。丹崖翠壁，邈接太清，碧殿紫壇，風清月白。樹色黯黮，泉聲琮琤。上齊雲之峰，按垂玉之亭。花陰卧白犬，松籟雜黄鶯。雨滴檐牙之溜，風摇樓角之鈴。有鳴倉庚，有伐丁丁。霜畦老芝术，煙苑多桂苓。諗碧蓮之杳漠，空四海之疇鄰。柳眉花面不成笑，筍角蕨拳聊自伸。池水成文以羅縠，海棠落瓣如魚鱗。啼鶯語燕，不可聽矣。

昔者黄花姑戚姬南直，從麻姑之魚軒，眇天風兮轔轔，飯雲擘麟，玳筵生春。黛娥歌賓雲之曲，玉妃舞紫茸之茵。但知笑吟終日兮，不知有蚩蚩之人。憶昨夢，歎前塵，顧安得景從飈舉以覓酒於鸞帳之下，賦詩於鶴馭之前？往聞驪姥以水飲陳圖南，又聞紫虚夫人以桂花與陳興明，西王母以蟠實戲曼倩。予媿無德以儷之。若夫先鸞後鶴，彈壓天鈴，傲傲以娱仙懷，浩浩以控飛轝，得不爲香案之下吏者乎！姑有耳，寧不聽？姑有心，寧不矜？否則鞭豐隆，駕飛廉，以終其身。叫東皇西母於瑶池，問南烏北兔於海濱。揖爽以揖浮，拍闌以拍洪。鏘玉佩兮丁東，行太空兮逐冥。鴻醉忽醒，醒忽有所思，不能無所賦。蓬萊清淺兮將桑田矣，天地未判之始，父母未生之前，曰不然，又何從而有昆明之劫灰？《歷代賦彙》卷一〇六。

三命消息賦

珞琭子[一]

元一氣兮先天，稟清濁兮自然。著三才以成象，播四氣以爲年。以干爲禄，向背定其貧富；以支爲命，詳逆順以循環。運行則一辰十歲，折除乃三日爲年。精休旺以爲

[一] 原注云：「珞琭子者，不知何許人，古之隱士也。自謂珞琭子，一爲布德立儀，二乃指歸成敗。歲時綿邈，斯文盛行，洞鑒人倫，爲世所寶，故以珞琭子稱之。」《四庫總目》攷證爲北宋人依托之作，今據以收録，仍署爲珞琭子之作。

妙，窮通變以爲元。其爲氣也，將來者進；其爲形也，功成者退。如蛇在灰，如鱔在塵。其爲有也，是從無而立有；其爲無也，天垂象以爲文。其爲常也，立仁立義；其爲事也，或見或聞。崇爲實也，奇爲貴也。將星扶德，天乙加臨。本主休囚，行藏汨沒。至若勾陳得位，不虧小信以成仁；真武當權，知是大才而分瑞。不仁不義，庚辛與甲乙交差；或是或非，壬癸與丙丁相畏。故有先賢謙己，處俗求仙。崇釋則離宮修定，歸道乃水府求玄。是知五行通道，取用多門。理於賢人，亂於不肖，成於妙用，敗於不能。見不見之形，無時不有；抽不抽之緒，萬古連綿。是以河公懼其七煞，宣父畏其元辰。峨眉闡以三生，無全士庶；鬼谷播其九命，約以星觀。今集諸家之要，畧其偏見之能。是以大解曲通，妙須神悟。

臣出自蘭野，幼慕真風，入肆無懸壺之妙，遊衢無化杖之神。息一氣以凝神，消五行而通道。乾坤立其牝牡，金木定其剛柔，晝夜互爲君臣，青赤時爲父子。不可一途而取軌，不可一理而推之。時有冬逢炎熱，夏草遭霜，類恐陰鼠棲冰，神龜宿火。是以陰陽罕測，志物難窮。大抵三冬暑少，九夏陽多，禍福有若禎祥，術士希其八九。或若生逢休敗之地，早歲孤窮；老遇建旺之鄉，臨年偃蹇[一]。若乃初凶後吉，似源濁而流清；始吉終凶，狀根甜而裔苦。觀乎萌兆，察以其源，根在苗先，實從花後。胎生元命，三獸定其門宗；律吕宫商，五虎論其成敗。無合有合，後學難知，得一分三，前賢不載。年雖逢於冠帶，尚有餘災；運初至於衰鄉，猶披鮮福。大叚天元羸弱，宫吉不及以爲榮；中下興隆，卦凶不能成其咎。若遇尊凶卑吉，救療無功；尊吉卑凶，逢災自愈。禄有三會，災有五期。凶多吉少，類《大過》之初爻；福淺禍深，喻《同人》之九五。聞喜不喜，是六甲之盈虧；當憂不憂，賴五行之救助。八孤臨於五墓，戌未東行；六虛下於空亡，自乾南首。天元一氣，定侯伯之遷榮；支作人元，運商徒而得失。但看財命有氣，逢背禄而不貧；若也財絶命衰，縱建禄而不富。若乃身旺鬼絶，雖破命而長年；鬼旺身衰，逢建命而夭壽。背禄逐馬，守窮途而恓惶；禄馬同鄉，不三台而八座。官崇位顯，定知夾禄之鄉；小盈大虧，恐是劫財之地。生月帶禄入仕，居赫奕之尊；重犯奇儀藴藉，抱出羣之器。陰男陽女，時觀出入之年；陰女陽男，更看元辰之歲。與生地之相逢，宜退身而避位。凶會吉會，伏吟反

[一] 臨：《珞琭子三命消息賦注》卷上作「連」。

吟，陰錯陽差，天衝地擊。或逢四煞五鬼，六害七傷，地網天羅，三元九宫。福臻成慶，禍併危疑，扶兮速速，抑乃遲遲。歷貴地而待時，遇比肩而争競。至若人疲馬劣，猶託財旺之鄉。或乃財旺禄衰，建馬何避衝揜。歲臨尚不爲災，年登故宜獲福。大吉生逢小吉，反壽長年；天罡運至天魁，寄生續壽。從魁抵蒼龍之宿，財自天來；太衝臨昴胃之鄉，人元有害。金禄窮於正首，庚重辛輕；木人困於金鄉，寅深卯淺。妙在識其通變，拙説猶神巫瞽，昧於調絃，難希律吕。庚辛臨於甲乙，君子可以求官。北人運在南方[一]，貿易獲其厚利。聞朝歡而旋泣，爲盛火之炎陽；尅禍福之賒遥，則多因於水土。金木未能成器，聽哀樂以難名；似木盛而花繁，狀密雲而不雨。乘軒衣冕，金火何多？位劣班卑，陰陽不定。是以龍吟虎嘯，風雨助其休祥。火勢將興，故先烟而後燄。

每見凶中有吉，吉乃先凶，吉中有凶，凶爲吉兆。禍旬向末，言福可以迎推；纔入衰鄉，論災宜其逆課。男迎女送，否泰交居。陰陽二氣，逆順折除。占其金木之内，顯於方所分野。標其南北之間，恐不利於往來。一旬之内，於年中而問干；一歲之中，

[一] 在：《珞琭子三命消息賦注》卷上作「行」。

向月中而求日[一]。向三避五，指方面以窮通；審吉量凶，述歲中之否泰。壬癸乃秋生而冬旺[二]，亥子同途；甲乙乃夏死而春榮，寅卯一類。丙寅丁卯，秋天宜以保持；己巳戊辰，度乾宫而脱厄。值病憂病，逢生得生。旺相峥嶸，休囚滅絶。論其眷屬，憂以死絶。墓在鬼中，危疑者甚。足下臨喪，面前可見。憑陰察其陽禍，歲星莫犯於孤辰；恃陽鑑以陰災，天年忌逢於寡宿。

先論二氣，次課延生，父病推其子禄，妻災課以夫年。三宫元吉，禍遲可以延推；始末皆凶，災忽來而迅速。宅墓受煞，落梁塵以呻吟；喪弔臨門，變宫商爲薤露。干推兩重，防災於元首之間[三]；支折三輕，慎禍於股肱之内；下元一氣，周居去住之期。仁而不仁，慮傷伐於戊巳。至於寢食侍衛，物有鬼物，人有鬼人，逢之爲災，去之爲福。就中裸形夾煞，魄往酆都，所犯有傷，魂歸岱嶺。或乃行來出入，抵犯凶方，嫁娶修營，路登黄黑。災福在歲年之位内，發覺由時日之擊揚。五神相尅，三生定命。每見

[一] 向、求：《珞琭子三命消息賦注》卷上、明萬民英《三命通會》卷一一作「求」、「問」，「向」似當作「問」。
[二] 乃：原無，據《珞琭子三命消息賦注》卷上、明萬民英《三命通會》卷一一補。下句「乃」字同。
[三] 間：原作「門」，據《珞琭子三命消息賦注》卷上、明萬民英《三命通會》卷一一改。

貴人食禄，無非禄馬之鄉；源濁伏吟，惆悵歇宫之地。狂横起於勾絞，禍敗發於元亡。宅墓同處，恐少樂而多憂；萬里回還，乃是三歸之地。四煞之父，多生五鬼之男；六害之徒，命有七傷之事。眷屬情同水火，相逢於沐浴之鄉；骨肉中道分離，孤宿猶嫌於隔角。須要明其神煞，輕重較量，身尅煞而尚輕，煞尅身而尤重。至於循環八卦，因河洛之遺文。畧之定爲一端，究之翻成萬緒。若值攀鞍踐禄，逢之則佩印乘軒；馬劣財微，遇之則流而不返。占除望拜，甲午以四八爲期；口舌文書，己亥慎三十有二。善惡相伴，摇動遷移。夾煞持邱，親姻哭送。兼須詳其操執，觀其秉持，厚薄論其骨狀，成器藉於心源。木氣盛而仁昌，庚辛虧而義寡。惡曜加而有喜〔一〕，宜其大器；福星臨而禍發，以表凶人〔二〕。處定求動，尅未盡而難遷；居安問危，可凶中而卜吉。貴而忘賤，災自奢生；迷而不返，禍從惑起。殊常易舊，變處爲萌，福善禍滛，吉凶異兆。

至於公明季主，尚無變識之文；景純仲舒，不載比形之妙。詳其往聖，鑑以前賢，或指事以陳謀，或約文而切理。多或少剩，一二義難精。今者參詳得失，補綴遺蹤，竊爲

〔一〕曜：原作「耀」，據《珞琭子三命消息賦注》卷上、明萬民英《三命通會》卷一一改。

〔二〕以：《珞琭子三命消息賦注》卷上作「必」。

心鑑，永掛清臺。引例終編，千希得一。四庫本《珞琭子賦注》。

釋曇瑩《珞琭子賦注序》（四庫本《珞琭子賦注》卷首）　夫質判玄黄，氣分清濁，三才既辨，萬象已陳。《珞琭子書》，斯文舉矣。是知榮枯、否泰、得喪、存亡，若鑑對形，妍醜自見。古所謂不知命無以爲君子，余獲其文，積有年矣，而禪餘之暇，未嘗忘之。於是立節苦心，求仁養志，不言之教，可以爲師。鄭潾、李仝得志於前，單見淺聞，續注於後，將使來者，用廣其傳。凡我同流，無視輕耳。建炎改元丁未太歲夷則望日，嘉禾釋曇瑩序。

楚頤《珞琭子賦注序》　陶弘景自稱珞琭子，蓋取夫不欲如玉如石之説。方其隱居時，號爲山中宰相，故著述行者尤多。命書作賦，其言愈見深妙，至於凝神通道，豈淺聞之士所能及哉？題篇直曰「珞琭子」，則謂陶弘景復何疑焉！瑩師禪老能研究成文，用心亦已勤矣，警化誠不淺爾。世莫知珞琭子爲誰，因以所聞而敘之。朝議大夫、前通判郴州軍州事、賜紫金魚袋楚頤養正撰。

董巽《珞琭子賦注序》　不知命無以爲君子，誠謂消息盈虚之理，殆難逃乎數。《珞琭子》實天下命論之母也。根其萌兆，得其榮枯，深造其旨者，玄斷神遇，象外之微不可得而言傳，故於情性善惡、成敗賤貴，視之指掌，萬無一失焉。其或推究不盡其妙，休咎罕中乎的，豈智慮之不至耶？抑亦臨文而自昧耳。嘉禾瑩師深得其道，不愧古人，慨然剖判而注解之，欲後之讀者沿流而得其本，尋諦而獲其真。攜以過予，索爲序引。予笑與之曰：「師徒知有涯既生之後者也，於未兆時而能卜哉？」瑩瞠若有間，磬折而諾。建炎戊申重十日，董巽公權序。

《四庫全書總目》卷一〇九　《徐氏珞琭子賦注》二卷，永樂大典本，宋徐子平撰。《珞琭子書》爲言禄命者所自出，其法專以人生年月日時八字推衍吉凶禍福。李淑《邯鄲書目》謂其取「琭琭如玉，珞珞如石」之意，而不知撰者爲何人。朱弁《曲洧舊聞》云：「世傳《珞琭子三命賦》，不知何人所作，序而釋之者以爲周世子晉所爲，然攷其賦所引有秦河上公，又如懸壺化杖之事，皆後漢末壺公、費長房之徒，則非周世子晉明矣。」是書前有楚頤序，又謂珞琭子者陶宏景所自稱，然禄命之説，至唐李虛中尚僅以年月日起算，未有所謂八字者，宏景之時，又安有是説乎？攷其書始見於《宋藝文志》，而晁公武《讀書志》亦云宣和、建炎之間是書始行，則當爲北宋人所作。舊稱某某，皆依託也。自宋以來，注此賦者有王廷光、李同、釋曇瑩及子平四家，子平事蹟無可攷，獨命學爲世所宗。今稱推八字者爲子平，蓋因其名。劉玉《已瘧編》曰：「江湖談命者有子平，有五星，相傳宋有徐子平者精於星學，後世術士宗之，故稱子平。」又云「子平名居易，五季人，與麻衣道者陳圖南、吕洞賓俱隱華山，蓋異人也。今之推子平者，宋末徐彦昇，非子平也」云云，其説不知何所本。然術家之言，百無一眞，亦無從而究詰也。其注久無傳本，惟見於《永樂大典》者尚爲完帙，謹加裒輯，釐爲上下二卷，以符《宋志》之舊。其中論運氣之向背，金木剛柔之得失，青赤父子之相應，亦言皆近理。間有古法不合於今者，是則在後人之善於別擇耳。又攷《三命通會》亦載有珞琭子寥寥數語，與此本絶不相合。蓋由原書散佚，談命者又依托爲之，僞中之僞，益不足據，要當以此本爲正也。

三命指迷賦

（舊題）岳珂

一氣肇判兮兩儀定位，五行周流兮萬物從類。其麗乎天地，爲星爲辰；其爲乎人也，五常五事。在物之靈，惟人爲貴。

粤自支干，論其貴賤，以逆順定其否泰，盛則復衰，窮則更生。有純有雜，有濁有清，相養所以相助，相擊所以相成。得者君臣之義，以尅而推夫婦；和者剛柔相濟，以類而求兄弟。二陰和柔，兩陽争競，太過者暴，不及者徐。莫若壽而長生，莫若夭而喪命。不刑不起，不衝不發。以衝則動，以破則賤。合則少兮，受寡助之力；鬼則多兮，招毁謗之端。

粤自三元主本，五行是先，天地合兮分貴賤，兄弟和兮類金鞍。禄生旺兮則分節鉞，馬交馳兮掌握兵權。滿堂金玉，定見財官之庫；盈門冠蓋，須知官貴之餘。學堂多合兮登上甲之第，貴科有助兮爲館閣之儒。疊鳳池則佩三公之印，官印全則乘使者之車。金殺夾貴兮有兵有權，旺禄得地兮爲富爲壽。得印綬者，可論爲官；多破官者，宜求避位。三奇遇貴而推順逆之詳，天乙最吉而分晝夜之主。攀鞍主積財巨萬，偏官必出於雜流。夾禄夾馬，重職高名；拱庫拱印，必富必貴。財居八敗則官爵歇滅，運入陽刃則財物耗散，禍敗發於元亡，妨害生於孤寡。孰謂大車屈路，莫入溝壑之深；芳草連天，不居狼籍之地？

既受剋害之餘，又忌刑破之厄。伏喪榮慶，因運遇於孤宫；拜命號咷，蓋生逢於鬼馬。刼煞兼凶兮成寇盜徒死之流，空亡無氣兮聚僧尼吏曹之舍。觀旁合之遠近，究禄馬之向背。食衝破兮，虚則無財；禄馬同位兮，官崇顯位。權柄重兮，驛馬之交合；孝服多兮，白衣之有氣。支干掩擊，敗於天乙之方；神煞合併，發於空亡之地。凶衰者招禍殃，吉旺者招喜慶。吉凶相半，進退流滯，力微則徐行，氣盛則旋蹶。别生衰於三主，定根本於四柱。短夭者命帶剋刑，遐齡者身居庫墓。宅舍莫居衰敗之方，田園要臨吉祥之地。奇暗合之吉神，喜生成之旺相，承旺相則貴中有貴，歷空虚則遇如不遇。

復推陰錯陽差，天羅天網；天衝地擊，伏吟返吟。又取於支干喜厄，必辨其神將扶持。六害四殺之中，五鬼三刑之上，陰刃爲妨夫之煞，陽刃爲兵傷之刃，交六虚爲敗絶之方，入空亡爲困鈍之地。天禄刑破，定分厄兆；太歲衝壓，所爲不成。逢真官者則遷位臺省，重天乙者則置身廟堂。刼主凶暴，元主敗亡。多動摇者臨二八之門，多哭泣者臨喪弔之歲。財在長生，自營卓立；印臨天乙，累世邑封。乙干土多兮死於正禄之地，巳人水盛兮夭於建命之宫。時傷日月，家財自破；禄畏歲運，禍殃併至。三刑全則僕馬驚蹶，七煞聚則爲官貶剥。更怕逢納甲之災，干遇是臨頭之煞。宅墓逢鬼兮難免其禍，絶處遇墓兮上保扶持。財命並死，遇冥司之限；主本俱弱，爲陰使之追。沐浴衰微，親姻哭送；骨肉顛倒，親戚分離。五鬼多而乘勢兮，麾旌前引；三元衰而煞旺兮，喪車疾馳。將喜不喜而爲迎運之休，欲徹未徹而有未交之福。初臨沐浴，却延福慶峥嶸；乍入長生，尚自心憂坎坷。真所謂丙丁有貴兮遇酉亥以當榮，戊巳無財兮歷巳午而不遇。

武須持於金土，文欲兼於水火。奇儀重犯，須防六甲之刑；禄馬同鄉，更忌五行之破。貴於引從兮豈怕禄刑，禄是庚辛兮不愁金煞。水火逢土以傷，木遇金而擊發。輿庫乃畏於刑衝，財印最嫌於衰絶，以旺絶爲生死之基，以刑合爲愛憎之候。月凶衰兮早歲寒儒，胎貴旺兮生於世胄。刑傷於胎則害母，鬼戰其息則異母。更分四柱於支干，取驗一時之休咎。男宫當煞，定招年夭之災；妻位多凶，慮見鼓盆之嘆。火人金盛，須保鞠子；水命土繁，定爲孀婦。食印長生，則值鸞鳳之儀；禄馬互换，則喜芝蘭之秀。

詳其吉會乃喜，運併防災，寡宿宜避，孤神可懼。從刼煞兮思慮之寡，守將星兮權謀之深。膽怯者下有不順，性凶者干來上侵。文章明敏兮定須火盛，威武剛烈兮乃是金多。木盛則讓惻隱之心，水多則聰機巧之智。蓋土之性，最重爲貴，或居三舍之方，或占一生之地。既生則和，既克以制，四煞乃凶暴之象，六冲爲不定之勢。

噫！李廣不侯，叔敖爲相，皆天命之有定，每人事之可測。通變有神，執方爲遇。略得古人之遺蹤，約以今賢而孰敢？愽乎管窺，庶幾一悟。四庫本《三命指迷賦》。

《四庫全書總目》卷一〇九　《三命指迷賦》一卷，永樂大典本。舊本題宋岳珂補注。珂有《九經三傳沿革例》，已著録。其他撰述，如《媿郯録》、《桯史》、《金陀粹編》、《寶真齋法書贊》、《玉楮集》，皆尚有傳本，獨不聞其有是書，《宋史·藝文志》亦不載其名。惟《桯史》中有珂與瞽者楊艮論韓侂胄禄命及論幕官袁韶禄命一條，其説頗詳，則珂亦頗講是事，或術家因而依托歟？自元、明以來，諸家命書多引用其文，以此本檢勘，並相符合，知猶宋人所爲也。《文淵閣書目》載是書一部一冊，葉盛《菉竹堂書目》亦有是書一冊，是明初其書尚存。今則久無單帙行世，惟《永樂大典》所録，尚首尾完具，謹採掇釐訂，編爲一卷，附之術數類中，以備參考。書中所論，大抵專主子平，於夾馬夾禄、拱庫拱貴辨論詳盡，往往爲他家所未發。而拱庫一條，尤稱精晰。其他文義通達，亦多有可取。惟專以月建及胎元爲推測之本，則不爲定論。蓋月建是行運所主，要必當以日時參之。人生十月而產，固爲常期，然氣禀不齊，亦有逾期、不及期者。若悉以十月爲限，則刻舟求劍，未免轉失之支離，是又在學者之決擇矣。

過莊賦 並序

范浚

莊生有言：「大塊載我以形，勞我以生，佚我以老，息我以死。」世誦其說，予獨以爲妄辯，作《過莊賦》。

大塊載我以形，禀我以性。目吾使之視，耳吾使之聽；言以捈吾意，思以達吾懵。我飢我渴，與以飲食；我作我息，詔以晨暝[一]。使我從容乎事物之間，而不失其正。天於人爲至厚，稽諸身而可證。何生之勞，可爲吾病？何必老而後佚，何必死而後静？苟達觀於一致，何存亡之足評[二]？豈有身則爲患，豈身殞則爲勝？顧真我之爲我，匪形生而氣孕。曾無象以獨立，緊常存而靡竟。歷千變與萬化，每自如而安定。彼

[一] 暝：原作「瞑」，據四庫本改。
[二] 存亡：原作「在亡」，據四庫本改。

從壯而得老，此何衰而何盛；彼從老而得死，此何損而何賸？鑿至理而妄辯，實莊生之未聖。

若予者則爲如何，邈與世其無競，蓬茅一室，松菊三徑。林嶺泉石，娱吾遊衍；風花雲月，供吾嘯詠。無營無欲，爰清爰静。隨所適而得此生焉，聊樂乎天命。四部叢刊本《范香溪先生文集》卷七。

老君洞賦

甘應龍

天下名山，老君洞兮，真仙不凡。因再三而求趣，信第一以爲巖。邃宇瑶宫，鎖白雲於户牖；蒼崖峭壁，潑翠黛於松杉。今融郡而古黔南，頂牂牁而枕八桂。惟天地秀氣，至是融結，故溪山佳致，獨高品第。距城五里，聳罕見之仙巖；步屧一臨，自相忘於塵世。山後山前，居多老年。幽花茂草，四季春色；古木長松，千林暮煙。平地聳蓬瀛之島，半天摩星斗之躔。洞口風清，大夏有九秋之景；巖隈地暖，三冬如二月之天。巖如之何？以其大而嵯峨，則高插雲霄；以其深而空闊，則周回數里。萬狀嵌巖，非水石以能寫；一景穹窿，與蒼冥而相似。静而遊之，不亦樂乎！談者類曰，未嘗見此。亭臺春賞，仙花映人人映花；溪澗秋來，緑水似天天似水。姑射之山兮，謾説神人；武陵之源兮，徒夸避秦。未如靈室之爲洞□□，獨有老聃之化身。峨冠玉佩，□若高座；皓髮霜鬢，儼然絶塵。卻履跡於平堤之上，潔羽衣於碧澗之濱。蓋惚兮恍兮，其中有象；而窈兮冥兮，其精甚真。

雖滴乳成形，真公十一兒童之相；然通巖出水，寫五千餘道德之春。而況和光玉葩兮，來紫府之神仙；清奥碧堂兮，斷紅塵之車馬。乳室巖巖兮，滉銀沙而燦爛；壽溪泠泠兮，奏玉琴而清寫。雲横樓閣之高低，霧鎖欄干之上下。清牛濯足，在常清常静之間；獅子回眸，蓋匪刻匪雕之者。溪北溪南，物象渾金；亭高亭下，風潢自然。猿鶴萃玉融之秀，煙霞籠弈戲之仙。蛇倉不鎖而乳壁環合，龍田既灌而浪花影圓。自有難窮之真趣，寧嫌僻在於遐邊。

凡爾遊人，如到太清之仙境；語諸靈跡，尚餘玉局於西川。或曰洞天三十六兮，良亦爲多；福地七十二兮，殆爲非一。奚斯巖莫與其數，抑所傳或遺其實。殊不知老君聖跡，烏得以例論乎？蓋迥然而獨出。

狀元張公孝祥嘗書老君洞爲「天下第一真仙之巖」，君子喜其筆跡而刻諸崖，應龍因述以成賦。時嘉泰辛酉，玉華甘應龍撰。《道家金石略》第三七三頁。

金液還丹賦 金液還返結成大丹

蕭廷芝

求道至近，學仙豈難！採玉壺之大藥，鍊金液之還丹。探赤水之玄珠，龜蛇吐噏；運西方之至寶，龍虎盤旋。粤自紫府開而海嶠雲生，黄河翻而泥丸浪滾。雖乾坤同體，兑謂鼎器；然鉛汞二物，互爲根本。丹源何在，存三要以守一元；金液結成，自九還而周七返。

是丹也，恍惚無物，杳冥有精，循八卦兮合四象，聚三花兮攢五行。味出庚辛，須定志以采取；卦屬艮巽，要知時而旺生。始而鍊金液以交媾，終則調玉漿而養成。壺中日月之循環，須明宗祖；身裏夫妻之交合，要識根莖。由是升降之際，當辨君臣，來往之間，仍分主客。凝絶耳韻，調匀鼻息。審藥老嫩，明進退之寸尺；抱一孜專，守雌雄之黑白。望焉飛汞以擒魂，晦則引鉛而制魄。推排符火，卷舒性内之陰陽；呼吸風雲，烹鍊身中之炁液。

大抵人鍊乎氣，須和合於四象；氣純乎陽，自消磨於衆陰。東捉青龍，西捉白虎，北尋玄武，南尋赤禽。惟中宫和會以共處，以土釜封藏而必深。有動有静，有氣無質，知吉知凶，知機自心，能醖就自然之酒，慢調成無韻之琴。安排既未之鼎鑪，熬成白雪；鼓動乾坤之橐籥，煅作真金。蓋始者金木間隔，孰使交併，金水混融，未歸陶汰。自金井一提，水虎潛伏，迨金鎖一發，火龍相會，是宜滿黄金之鼎而調味固濟，餌紫金之膏而凝神閉兑。周流真氣以充盈，出入元神之廣大。火井水降，抽添善了於屯蒙；輻湊輪成，運用默符於否泰。又當知藥物調和，悟者甚易，火候消息，行之孔難。一十月工夫存渺渺綿綿之息，三萬年氣數在來來往往之間。所以養丹田之寶，其寶長在；奪丹鼎之珠，此珠復還。既得此超昇之訣，常開其生死之關。駕動河車，離塵世尾閭之海；移歸天谷，上崑崙蓬島之山。

噫！萬般仙訣，契論歌詩，一竅玄關，精神氣穴。昇金門，朝金闕，膺帝詔之召；嚴金相，證金仙，脱聖胎之結。此其餌金液之丹，成金剛之體，而性命雙圓，妙難輕泄。正統道藏本《修真十書》卷九《金丹大成集》。

李道士遇異人賦

方回

鄠郡之東，溟海之岸，太白之山。曰此鬼谷子、左元放之所嘗棲止者焉。實出於古父老之相傳，而吾何以知其然？

噫！指李爲姓之道士，歷此山而攀緣，披榛斵藥，抉石漱泉。朝挹丹霞，夕嘯蒼烟，似夢非夢，茅廬數椽。童子出户，長揖而言曰：「汝豈非所謂登瀛者乎？」道士方怳惚而莫詮，沈吟之際，緩步之間，復遇異人，羽衣翩躚。揎雲袖而呼之，汝登瀛其來前。蔭松覆柏，狀鼇肖黿，厥廣三尺，一巨金蟾。駭聞見之譎誑，斂形體而跽拳。既意喻而色授，忽儻惘而變遷。夫三神蓬島，是謂瀛洲，秦皇漢武，望洋而嘆旃。蟾居月窟，其宫廣寒。世之人徒想像流聞而已，未有能拭目而窺觀者也。

嗚呼噫嘻！使褒博者流立説以號於世曰：吾遊吾神，揭泗水，升孔壇，手獲納履，耳聞鳴絃，肩拍由求，目接淵騫，則豈不大噱而見鑴乎！

道士之爲學也，談虚説空，探冥冥，窮玄玄，無鬼而爲有鬼，無仙而爲有仙，非有倒傾九河之辯舌，曾未易與之相磨研也，則不若一付之於《滑稽》與《夷堅》。抑此道士之厥祖，嘗翊靖而相炎。碧玉環之世胄，耿青史其蟬嫣。又何異乎薛忠惠之孫，見嘅於老學庵之編。然則視耕稼鄭公莊者，則猶賢矣，焉知其終不丹成而登天。四庫本《桐江續集》卷二九。

宋代辭賦全編卷之八十一

賦　懷古　一

姑蘇臺賦

趙湘

勾踐病，使西施來，夫差悦，作姑蘇臺。於是闐椒築蘭，基煙搆月，屹屹而立，出巖谷之超絕。雕沉鏤檀，塗霞甃雪。搜瓊取瑰，疑山之枯；懸珠錯金，畏海之竭。參其上，若天門之欲逼；壓其下，若地軸之將折。楹飛鳥礙，欄倚雲截。山其節，藻其梲。欲使西施慰其心，而旦夕望越。復慮其神魂之未樂，命金石絲竹，發宫商羽角，秦聲鄭聲，日月更作，衆喧吞之於管，萬籟沈之於索。霓裳參差，若晴霞之未移；歌喉宛轉，若貫珠之在兹。肉如山焉，或腐而棄之；酒如河焉，或厭而傾之。遂使一人兩人笑，而千人萬人悲；一人兩人飫，而千人萬人饑。悲者之聲，百倍於歌之聲；饑者之情，千倍於酒之酲。

嗚呼！夫差之心也，西施樂則知，天下人不樂則不知。知者則憂其憂，不知者亦不增其羞。夫差之耳也，西施懽則聞，天下人哀則不聞。聞者則憂其不懽，不聞者亦不察其哀。使人惶惶，不知所裁。忠臣之言，賤如紅埃。一旦樂極，越兵東來，歌變舞罷，榱崩桷摧，以金以玉，爲塵爲灰。麇兮鹿兮，優哉遊哉。噫！吾不知西子登是臺也，望越耶？待越耶？樂吳耶？醉吳耶？向使夫差憂吳之民如西子，固吳之壘如姑蘇，則雖鴟夷之籌，自救無憀，何暇爲人謀？

吳之滅也，人或悲之；吳之後也，秦其鄰之。秦人亦悲，悲之未終，變之爲阿房宫。阿房之後，魏人復哀，哀之未已，變之爲銅雀臺。銅雀之後，陳人知之，陳不自見，變之爲水殿。水殿之間，隋君及之，隋不自憂，變之爲迷樓。迷樓之後，知之而不自知者，雖百世可知也。吁！四庫本《南陽集》卷一。

姑蘇臺賦

崔鷗

崔子勤學，少間，與客遊於横山之下。有臺巋然出於羣山，荒基峻級，高切雲間。

荆棘爲之蒙翳，麋鹿爲之迴環。余語諸客：「此何所也？」客曰：「子不聞吴都之壯麗乎？造姑蘇之高臺，臨四遠而特建[一]，此其遺址也。」

余乃倚杖而立，喟然而歎曰：「蓋聞吴王之築斯臺也，受鄰越之貢，竭全吴之力，千夫山吟[二]，萬人道泣，三年而聚材，五年而有立[三]，佩茂苑於長洲，帶滄池以朝夕[四]，自以爲天下之奇觀也。而今安在哉？神材異木，飾巧窮奇，黄金之楹，白璧之楣，龍蛇刻畫，燦燦生輝，而今安在哉？」

於是與客傴僂而上，抵其上之絶嶺，快四面之遐睹。南望洞庭夫椒之山，湖水澄澈。其名銷夏灣者，吴王避暑之所也。北望靈巖館娃之宫。廊曰響屧，徑曰採香者，吴之别館，西子之遺踪也。其東吴城，射臺巍巍；其西胥山，九曲之逵。至於興樂有城，玩華有池，走犬有塘，蓄雞有陂，猶不足以充其欲也，又侈斯臺以爲娱嬉。

嗚呼！雕楹鏤檻者，邱墟之幾也。九層百仞者，汙池之漸也。瑶臺作而夏衰，瓊

[一] 特建：《歷代賦彙》卷一〇七作「特起」。
[二] 山吟：原作「吟山」，據《歷代賦彙》卷一〇七乙。
[三] 有立：《歷代賦彙》卷一〇七作「建立」。
[四] 朝夕：原作「潮夕」，據《歷代賦彙》卷一〇七改。

室考而商危，章華成而楚衆叛，阿房出而秦人離，斯喪亂之必然，曷吴王之不思也哉？方其酌渌酃、賦珍羞，置酒若淮泗，積肴如山邱，其宴樂固極矣。而不知會稽之上，飲食嘗膽，方焦思而深謀。旁籠西山，俯視太湖，憑高望遠，三百餘里，其登覽固廣矣。而不知笠澤之畔，銜枚仆鼓，忽濳軍而夜濟。是以横塘之浦僅通，而越來之溪已逼；高下之築未乾，而勾踐之城已距於只尺矣。越來溪、越王城皆在臺之左右。詞未竟，客悵然曰：「已矣乎！古往今來，邈矣悠哉。蒼煙兮滿目，舊事兮飛灰。幸江山之不改兮，後之人當有鑑於遺臺。」《吴都文粹》卷二。

姑蘇臺賦

辛丑年作　　范浚

歲峥嶸其聿遒兮，冬隆寒老；訪蘇臺之遺址兮，遵吴都之古道。日下平林，煙横衰草。慨傷時而感往，增予心之慅慅。

念昔吴王，盤遊怠荒，次陂池兮臺榭，宿嬪妃兮御嬙。雖生人已困於赬尾，而土木之工未央。於是越人仇之，冬冰是棲，蠡也決策，種焉建奇。蓋君臣鳴鍾而謀於漸臺者，窮日夜而吴初不知。種有九術，越行其一，取文梓楩楠以奉吴王之宮室。吴乃營兹崇臺[1]，歷三年兮聚材。斧集刃兮疊雪，杵攢林兮殷雷。金碧梁橑[2]，琳珉城階。巖巍兮嶢濬，干霄兮切霓。佩長洲兮茂苑，帶潮汐兮瀆池[3]。意將遠眺數百里，而下窺雲海之涯。當其虐用吾民，骸髗莽暴。天厭其酷，故啟越之謀，而夜生神木。人罹其毒，故勞愁慘悽，而塗嗟巷哭。使臺土未乾兮，已群遊乎麋鹿。至若朝歌淫淫，夕管愔愔，困醪醴之酣沈，則有西施蠱其心，是助越人之侵。又若姦讒回沈[4]，膏脣鼓舌，吠正人而媒孽，則有宰嚭間其說，是誨越人之伐。

嗟乎！吳王知西施之姝，而不知宰嚭之諛[5]；知歌管之娱，而不知吳民之痛[6]；知華其居，而不知其國之墟；知勾踐之爲奴，而不知身之爲獨夫。信兹臺也，實亡吳之權輿，吁！四部叢刊本《范香溪先生文集》卷七。

[1] 崇：原作「桀」，據《吳都文粹續集》卷一一改。
[2] 梁：原作「梁」，據《吳都文粹續集》卷一一改。四庫本作「塗」。
[3] 潮汐：原作「朝夕」，據四庫本改。
[4] 回沈：四庫本作「回惑」。
[5] 諛：原作「諫」，據四庫本及《吳都文粹續集》卷一一改。
[6] 痛：原作「痛」，據四庫本及《吳都文粹續集》卷一一改。

北池賦 並序

蔣堂

姑蘇北池，其來古矣。昔刺史韋應物詩云：「海上風雨至，逍遥池閣涼。」即其池也。韋與白樂天皆有池上之作，盛詫其景。自韋、白没僅三百年，寂無歌詠者。予景祐丁丑歲被命守蘇，池館必葺，嘗賦《北池宴集》詩。是時端明張安道爲邑崑山，亦留風什，傳刻於石，故事在焉。去此涉一紀，予復佩蘇印，感舊成賦，聊以寄懷云。

澤國秀壤，句吴故城。其野意之勝者，有曲池之著名。環碧曉漲，浮光晝渟。斡琅津之餘派[一]，分銀潢之一泓。危橋跨波，迅若走鯨；虚閣延月，清如構瓊。乃飛蓋之所集，靄芳塵之不凝。主人一去，余去此十二年。春草羅生。賦詠幾廢，涓縈未平[二]。今兹税鞅之日，復慰臨流之情。目與景會，神將喜并。是時霽色疎浄，羣動紛盈。

〔一〕斡：《春卿遺稿》、《吴都文粹》卷二作「接」。
〔二〕涓縈：《春卿遺稿》、《吴都文粹》卷二作「嶔崎」。

魚在藻以性遂，黿遊蓮而體輕，禽巢枝而自適，蟬得蔭而獨清。科斗成文書之象，鼉黽有鼓吹之聲。以至鷗鳥羣嬉，不觸不驚；菡萏成列，若將若迎。岸産并柯之木，波孕紫莖之萍。灘露沙而金紫，垣疊蘚以衣青。新蒲鏘鏘，挺水心之劍；緑竹整整，矗羽林之兵。别有島檜高聳，虬枝相撑；水石結操，冰霜薦英。若古君子，與世寡偶而特立獨行。吁，可異也！噫！境之勝者可稱，物之秀者可旌。故萬狀在目，吾得題評者已。

吾方岸野幘，踞風亭；觴賓友，奏竽笙。或獨繭静釣，或扁舟醉乘。惟蔗有漿，用以析朝酲；惟菊有華，可以制頽齡。而況庭無留事，身若遺榮。泯得喪乎意表，育平粹於心靈。姑徜徉於池上，亦何慮乎何營！四庫本紹定《吴郡志》卷六。

《吴都文粹》卷二　北池又名後池，唐時在木蘭堂後，韋、白常有歌詠。白公檜蓋在池中，皮、陸亦有《木蘭後池·白蓮重臺》《蓮》、《浮萍》三詠。今池乃在正堂之後，而木蘭堂基正在其西。後無池跡，豈所謂木蘭堂基者非唐舊耶？或舊池更大，連木蘭耶？本朝皇祐間，蔣堂守郡，乃增葺池館，賦《北池宴集》詩，及和梅摯《北池十詠》。後十二年復守郡，遂作《北池賦》。按堂賦詠「池中有危橋虚閣」，今池皆不能容，則知承平時池更大矣。

思子臺賦

蘇過

余先君宫師之友史君，諱經臣，字彦輔，眉山人。與其弟沆、子凝皆奇士，博學能文，慕李文饒之爲人，而學其議論。彦輔舉賢良，不中弟。子凝以進士得官，止著作佐郎。皆早死，且無子。有文數百篇，皆亡之。予少時常見彦輔所作《思子臺賦》，上援秦皇，下逮晉惠，反復哀切，有補於世。蓋記其意而亡其辭，乃命過作補亡之篇，庶幾君子猶得見斯人胸懷髣髴也〔一〕。

客有自蜀遊梁，傃關而東。覽河華之形勝兮，訪秦漢之遺宫。得巋然之頹基兮，並湖城之西墉。弔漢武之暴怒兮，悼戾園之憫凶。聞父老之哀歎兮，猶有歸來望思之遺恫。吁犬臺之讒頰兮，實咀毒而銜鋒。敗趙國於俛仰兮，又將覆劉氏之宗。間漢武之多忌兮，謂左右之皆戎。殺陽石而未厭兮，又瘞禍於宫中。狃君王之好殺兮，視人命猶昆蟲。死者幾何人兮，豈問骨肉與王公。惑狂傅之淺謀兮，不忍忿忿而殺充。上曾不鑒予

〔一〕此序爲蘇軾所撰。

之無聊兮，實有豕心。負此名而欲亡兮，天下其孰吾容。苟逭死於泉鳩兮，冀稍久而自理。遘大患於倉猝兮，懷孤憤於永已。念君老而孰圖兮，嗟肉食其多鄙。獨三老與千秋兮，懷愛君之拳拳。犯雷霆之方怒兮，消積禍於一言。洗沉冤之無告兮，戮讒人其已晚。幸曾孫之無恙兮，或慰夫九原〔一〕。雖築臺其何救兮，固知已矣之不諫。魂煢煢兮其歸來，蓋庶幾於復見也。

昔秦之亡也，禍始於扶蘇。眇斯、高之羸豕兮，視其君猶乳虎。曾纘息之未定兮，乃敢探其穴而啗其雛。在晉四世，有君不惠。孽婦晨雊，彊王定制。惟愍懷之遭離兮，實追二於漢戾〔二〕。顧孱后之何知兮，亦號呼於既逝。寫餘哀於江陵兮，發故臣之幽契。仍築臺以望思兮，蓋援武以自例。

嗚呼噫嘻！可弔而不可哂兮，亦各其子也。彼茂陵之雄傑兮，係九戎而鞭百蠻。笑堯禹而陋湯武兮，蓋將與黄帝俱仙。及其失道於幾微兮，狐鬼生於左臂。如嬰兒之未孩兮，易耳目而不知。甘泉咫尺而不通兮，與式乾其何異？一既上配於秦皇兮，又下

〔一〕或：《斜川集》卷四作「亦足以」。
〔二〕二：《斜川集》卷四作「蹤」。

比於晉惠。君子是以知狂聖之本同，而聰明之不可恃也。覽觀古初，孰哲孰愚？皆知指笑乎前人，而莫知後之視予。方漢武之盛也，肯自比於驪山之朽骨，而況於金墉之獨夫乎？自今觀之，三后一律，皆以信讒而殺子，暱姦而敗國。吾築臺以寄哀，信同名而齊實。彼昏庸者固不足告也，吾將以爲明主之龜策。自建元以來，張湯、主父偃之流，與兩丞相、三長史之徒，皆以無罪而夷滅，一言以就誅。曾無興哀於既往，一洗其無辜。獨於據也，悲歌慷慨，泣涕躊躇。

嗚呼哀哉！莫有以楚靈王之言告者[一]，曰：「人之愛其子也，亦如余乎？」天道好還，以德爲符。惟孟德之鷙忍兮，以嗜殺以爲娛。彼楊公之愛脩兮，豈減吾之蒼舒？恨元化之不可作兮，然後知鼠輩之果無。同舐犢於晚歲兮，又何怨於老瞞？吾將以嗜殺爲戒也，故於末而并書。《皇朝文鑑》卷一〇。

王若虚《文辨》（《滹南集》卷三七）《思子臺賦》步驟馳騁，抑揚反覆，可謂奇作。然引扶蘇事不甚切。按始皇止以扶蘇數直諫，故使監兵於外，當時趙高輩未敢逞其姦，及帝病，亟爲書召扶

[一] 王：原無，據《斜川集》卷四、《新刊國朝二百家名賢文粹》卷一八〇補。

蘇，而高輩矯遺詔賜死耳。責始皇不蚤定儲嗣則可，謂其信讒而殺之，非也。且秦何嘗築臺寄哀？而云「三后一律」，同名齊實乎？「幸曾孫之亡恙，或可慰夫九原」，此兩句隔斷文勢，宜去之。其言晉惠事云：「寫餘哀於江陸，發故臣之幽契。」夫江統、陸機之作誄，出於己意，而非上命。則畦逕有礙，亦當刪削。其言曹操事云「然後知鼠輩之果無」，此尤乖戾。本以愛倉舒相明，而卻似惜華佗。又云「同舐犢於晚歲，又何怨於老臞」，操問楊彪何瘦，而答以老牛舐犢，操爲改容，是豈有怨意哉！但下「疑」、「怪」等字可也。

《浩然齋雅談》卷上　白傅詩云：「曾家機上聞投杼，尹氏園中見掇蜂。但恐恩情生罅隙，何人不解作江充。」小坡《思子臺賦》云：「彼楊公之愛修兮，豈減吾之蒼舒。」皆深中人情。

《宋史》卷三三八《蘇軾傳》附　過字叔黨……有《斜川集》二十卷，其《思子臺賦》、《颶風賦》早行於世，時稱爲小坡，蓋以軾爲大坡也。

《古賦辯體》卷八　《思子臺賦》，則自首至尾，有韻之論爾。文意固不害其爲精妙，而去六義之賦遠矣。

《復小齋賦話》卷下　叔黨先生《思子臺賦》，蓋坡翁命補亡史君彦輔篇也。正使坡翁自作，未必能過。觀其上援秦皇，下逮晉惠，又及夷滅張湯主父偃之流、孟德楊公之事，波瀾愈闊，然去題稍遼矣。即結之曰「吾將以嗜殺爲戒也」，故於末而並書，不獨賓主分明，抑亦法律精細。

館娃宮賦 並序

范成大

靈巖山寺，故吴館娃宫也。山上下閒臺别館之迹，彷彿可攷。余少長遊焉，感遺事而賦之。

洶西山之南奔，勢鬱嵂其巉空。若大敵之在前，忽踞虎而跧龍。半紫崖而砥平，訪館娃之故宫。是爲逸王之舊遊，有墟國之遺恫焉。嗟乎汰哉！

愎賢胥之忠告，巽陰嚭之詖説。暗養虎之後患，縱處女使免脱。迨嘗膽之謀成，駭疽囊之潰裂。蓋自有以賈禍，非天爲之孽。方其銜哀茹痛，抆淚飲血。儼拂士於前庭，尅三年而報越。訖甘心而一快，夫何初志之英發！及其見棲於姑蘇，遽雌伏而大壞！援宿恩而乞憐，或赦圖於臣罪。當是之時，又何其憊也！賾禍福之無門，曷今愚而昨賢。後千載之嗤點，莫不鍾咎於嬋娟。固尤物之移人，抑猶有可得而言。蓋嘗觀於若人矣，好大而欲速，厭嘗而棄舊。狃會稽之得意，謂周鼎其唾手。闖齊、楚以朶頤，睨陳、蔡而驤首。道甚遠而疾驅，氣已餒而猶鬬。外未寧而内憂，東略之而西否。阻關河以頓兵，撤牆屋而致寇。亟歸視其四封，蔑一夫之能守。是猶螳螂之慕蟬，不知黄雀之議其後也。

然以蕞爾之旅，衡行四方。攻靡堅郛，戰無距行。事便時利，如徑乎無人之鄉。惜也未聞大道，宜其逸樂而志荒。次有臺池，宿有嬪嬙。左攜修明，右撫夷光。粲二八以前列，咸絶世而浩倡。嗟浣紗之彼姝，乃獨繫於興亡。蕩龍舟之水嬉，擷香徑之春芳。載夕陽以俱還，秉遊燭於夜長。灩金鍾之千石，倣酒池於舊商。歌吳歈而楚舞，薦萬壽於君王。悵星河之易翻，嘉來日之未央。錚銅壺之鳴悲，爛急烽之森芒。慘梧宫之生愁，踐桐夢之不祥。欻高陵與深谷，委盛麗於蒼茫。所謂玉檻銅溝，朱簾椒房。理鏡之軒，響屧之廊。杳煙蕪與露蔓，紛日暮之牛羊。況捧心之百媚，濯粉之餘粧者哉！今則雲雨之巔，仙聖是宅。硯沼蓴浮，琴臺松崛。封古蘚於井甃，宿暗芳於洞穴。木鯨吼以清厲，金磬隱其蕭瑟。彼方外之徒，龜藏而蠖屈者，又安知往古與來今，方枯禪而縛律。翩鴻影之拂坐，見前山之銜石。四庫本《石湖居士詩集》卷三四附。

《黄氏日抄》卷六七　謂吳王未聞大道，宜其志荒。

館娃宫賦

王阮

汎浮玉之北堂，得館娃之遺基。從先生而遊焉，揖夫差而弔之。或曰是可唾也，奚以弔爲哉？夫沈湎以喪國，固君人之失道。然而有鐘鼓者，胡可以弗攷？聞管籥者，民喜而相告。苟厥妃之當愛，惟恐王之不好矣。是則女樂亦可少乎！必曰夏有妺喜，商有妲己，周有褒姒，而吳以西子。苟求其故，未必專於此也。齊有六嬖，桓公以興。正而不譎，聖人稱焉。非夫九合一匡之業，得仲父以當其任，則其一己之内，少有以自適者，舉不足以害成邪？關大夫進，夏德豈昏？微子得政，商豈穢聞？蘇公家父並用，則烽火豈得妄舉？子胥不見戮，則吳之離宫别館至於今可存。

抑夫差之異資，在列國亦翹楚。一戰而越人沮[一]，再會而諸侯懼。使僅得中佐己，如置翼於猛虎[二]。惟自剖其骨鯁，而放意於一女。敵乘其間，無以外禦。杯酒之失何足

[一] 人沮：原作「衂」，據《歷代賦彙》卷一〇八改。
[二] 此兩句，《歷代賦彙》卷一〇八作「使僅得一中佐，已如置翼於雙猛虎」。

問，獨爲此邦惜殺士之舉也！此士不遭殺，夫差不可愚。苧蘿之姝，適足爲我娱，胡得而竊我之符？榮楯可居，適足華吾廬，胡足以隳吾之都？維忠良之既誅，始猖狂而自如。

臺兮姑蘇，舟兮太湖。食兮鱠鱸，曲兮棲烏。宿兮嬪嬙，修明兮夷光，二八兮分明。捧心兮專房，徑兮採香，屧兮響廊。笑倚兮玉床，奈樂兮東方。稻蟹種兮不遺，争盟兮黄池。無人兮箴規，有仇兮相窺。至德之廟，遂爲禾黍。悉陂池與臺榭，倏一變而梵宇。入笙歌於海雲，令聲鐘而轉鼓。儼麋鹿之容與，瞰僧儀而觀覩。駭越壘以在望，奚五戎之閱武？松引韻以嗚咽，柳顰眉而凝佇。山黯黯兮失色，水洶洶兮暴怒。追此謬於千里，本差之於毫釐。譬之養生，捐其良醫。逮疾作於中夜，懵藥石之不知。志士仁人，所爲太息於斯焉。

蓋嘗反覆於此，竊謂種、蠡亦可哂也。勾踐方明，舉國以聽。十年生聚，十年教訓。以此衆戰，何伐不定？何至假負薪之女，爲是可恥之勝哉？始其土城，誨淫自君；終焉五湖，合歡其臣。青溪之典不正，金谷之義不立。悠悠扁舟，遂其全璧。使之脱鼎中之魚而羣沙頭之鷺，返邪溪之蓮而吐洞庭之橘。竊謂越之君臣，何其陋於此役也！

越則陋矣，吳亦太庸。士目既抉，夫誰納忠？何皋人之亡也，其自反而責躬乎？公慨然雍[一]，相與斂容。起視四山之中，覺蕭蕭兮悲風。四庫本《吳都文粹》續集卷一一。

《桯史》卷三《館娃語溪》 靈巖、中宫爲蘇、永勝槩，弔古者多詩之。近世王義豐、楊誠齋爲之賦，植意卓絕，脱去雕篆畦畛。余得之王英伯，録藏焉。義豐賦館娃，……誠齋賦浯溪。……義豐賦中稱先生，蓋時從范石湖成大遊。誠齋則以環轍湘、衡，過顔元碑下耳。二地出處本不倫，筆力到處，便覺夫差、肅宗無所逃罪。獨恨管子趨霸之説，不可以訓，如爲唐謀則忠。今兩刹中皆無此刻，而醒夢複語，往往滿壁間云。

《海涵萬象録》卷四 王義豐賦館娃宫，言吳之亡在殺士。楊誠齋賦浯溪碑，言唐之失在用人。

《復小齋賦話》卷下 題有不得不用哀豔者，如《館娃宫賦》是也。黄御史更加以鍊句鍊字，便成千秋絕調。宋王阮《館娃宫賦》，謂子胥不見戮，夫差不可愚，自是正論。至云：「以生聚教訓之衆戰，何伐不定？何至假負薪之女，爲是可恥之勝？」閲之不覺失笑，此則可謂頭巾氣矣。

[一] 此句《歷代賦彙》卷一〇八作「公語既雍然」。

釣臺賦

張伯玉

山水縈回，煙霞次開。不見逋客，空留釣臺。地迥而清風不去，情傷而往事俱來。得魚之處，猶聞崎嶇古砌；壘土之功，未沒重疊春苔。伊昔子陵，貪幽自遂。辭光武之好爵，樂富春之勝地。雖無晦迹之勞，亦有垂綸之事。持竿一去，長爲避世之人；疊石九層，以盡平生之志。爾乃憑高易感，覽舊多傷。塵事與清波不返，紅蘋同白芷徒芳。相逢投餌之時，寒流淼淼；始及臨川之日，遠岫蒼蒼。今古堪悲，躋攀盡趣。潮平昔日之岸，風動當時之樹。石上少留，人間多故。遊絲亂舉，初同觸目之疑；野竹隨低，忽有沈鉤之懼。

迹是人非，蕭條晚暉。萬里之碧嶂如畫，幾片之白雲不歸。鷺立斜分之浦，魚驚半毀之磯。盡日而風波莫問，滿山之松桂相依。既而悵望歸心，裴裒舊址。尋通樵之一徑，下嗚湍之十里。煙深釣處，空懷迤邐之峰；日暮臺前，無限潺湲之水。比夫燕昭王築而禮士，漢孝武登以求仙。構金玉之畢至，遂塵埃之共捐。曷若茲所，成於自然。峭壁參雲，孕清景而無冬無夏；寒潭徹底，浸明月而千年萬年。

已矣哉！幾歷芳時，誰依茂躅？秋風起兮浪白，春色來兮水緑。唯野鶴與輕鷗，自往還於水曲。四庫本《嚴陵集》卷六。

釣臺賦

錢勰

治平之初元孟春，某之役於新定，道出嚴子陵祠下，作《釣臺賦》。其詞曰：

造東陽之下流兮，歷桐君之舊隱。俯清瀨之淵回兮，仰崇山之數仞。即釣臺之故處兮，發塵編而猶信。濯七里之澄灣兮，睎千齡之逸軫。鞞俎豆乎衆壑兮，供百嘉之初萌。湛尊罍乎麗澤兮，揖明水之至清。鏤肺肝而刻祝兮，以恭弔乎先生。曰：在昔周衰秦亡兮，漢氏爲政。天不厭亂兮，炎靈中病。翦諸夏之磐宗兮，授五侯以魁柄。肇陽平之曠貴兮，資文母之永命。混伊、旦之稂秕兮，極羿、浞之梟獍。俄絓禍於百粤兮，内毒痛於九州。逞焚如之虐燄兮，孰可望於彼留？

逮淵龍之未躍兮，嘗與世以沈浮。繄冥冥之何算兮，聊卒歲以優遊。百六究而新族兮，奉舊物以歸劉。雖緯嫠以均慶兮，曾故人之獨不。順輟侯以辟禹兮，或姑治其幽憂。謂高卧其已足兮，安有待於營求？意友交之美初兮，慕施止於艮背。將食土則見臣兮，非至高而莫對。當駕車之三反兮，終一言而見意。

噫！巢父之累刻兮，豈好大而事懟？蓋屈己以徇人兮，有時遷而禍會。孰與夫道雖高而身安兮，名將顯而迹晦？浼聊許以增高兮，詎少移於故態？此先生所以馳騖乎六合之外者也。

向若凝滯思於舊學兮，垂餘慕於勳庸。體蒲輪之安乘兮，懷五兩之青銅。彼且劘予兮，立大功之諸將，責吏事之三公。下焉則鄙陋而不足爲兮，上焉則鞅鞅而不我容。設濡足以救世兮，將助理以赴功。則高密贊圖於擁節兮，迄見褫於龍章。新息誓亡於馬革兮，至死謗於炎荒。然後知先生照未然之成敗兮，識幾至之存亡。嬰禄利而不動兮〔一〕，得光武而益彰者也。

又若氛祲方結，鯨鯢未戮；四海沸騰，真人隱伏。莫高匪山，莫幽匪谷。苟見誚於木石兮，悵同羣於麋鹿。蔑亢世之高蹤兮，昧話言之駭俗。雖不得與此臺而並傳兮，固亦無加損於自足。此志士所以洞想兮，矧精祠之可矚。激芳風於頹波兮，慨靈氣之猶畜。愿造耑於登高兮，久裵褢而躑躅。四庫本《嚴陵集》卷六。

〔一〕嬰禄：原作「昭」，據叢書集成初編本改。

釣臺賦

朱翌

導桐川而西騖，發清興於孤篷。覺水石之益隘，疑滄江之路窮。入壺中而天高，渺煙霧之溟濛。三老刺灘，篙絶力殆，猶蹈香林八節之峻，而驚夫吕梁百步之洪也。循江而上，古木千章。山如掩屏，水若奩鏡。雲氣往來而舒遲，竹松堅瘦而鬱葱。遠而望之，物象之平淡豐腴也，其下必有石藴奇璞，淵涵夜光。不然，隱士高人之所棲止遊從者邪。忽兩崖之對峙，摩萬仞之蒼穹。舟人指而告予曰：「此漢嚴先生子陵之所從釣魚者也。」罷槳落帆，瀹湯注茗，再拜三奠，顧瞻千古之高風。

昔西京之中微，動新室之釁興。封豕長蛇，洊啖百姓。百姓之怒，盤天糾地，無以抉其憤憤之胸。偉白水之真人，忽乘龍而馭雲，傾天河而洗六合，回炎歷以再新。天下定矣，櫜矢櫜弓，垂衣拱手，晏然端居於九重。思我良友，未知何之。披羊裘而釣於澤中者，是邪非乎？安居前道〔一〕，玄纁及門。三聘而來，握手道舊。考文叔之心，猶非天

〔一〕安居：《歷代賦彙》卷一〇七作「安車」。

下之至仁也。四五年間，沐雨櫛風，親冒矢石，躬擐甲冑，則亦貪夫黄屋之至尊，樂夫天位之甚崇。取神器如此之力，又安肯捐天下以與賢？故其曰使真成帝，尚不可得，其視唐堯許由，固知必不能同也。下而三公之位，加以大國之封，與絳灌以并列，則吾將乘桴而入海，又安能俯伏跪起，束縛以黼黻華蟲也？

人之生世，如夢一覺，枕膝且卧。而文叔不曉，聊加足於帝躬。在天固以爲客星矣，下視世間，亦聚塊積蘇爾，時出光景，不意驚動夫漢庭諸公也。惟彼東南，有江有湖，有龜有魚。放意煙波之外，吾生蓋已有餘矣。風晨月夕，竿綫在手，不避世以爲高，不鍊形以爲久。優哉遊哉，深入鷗鷺之群而得計魴鯉之藪也。有磻溪之老人〔一〕，以垂白之衰容，顧其釣而莫鈎，特見夢於非熊，使文王開丕顯之基，並十人經濟之忠。豈先生之好異，蓋不能作爲於書章，教民以相攻也？嗟世路之愈迫，悵弋人之慕鴻，終結茅以爲鄰，日香火之是供。清泉白石，聞此言於樂天；曉猿野鶴，計不怨於周顒也。

知不足齋叢書本《灊山集補遺》。

〔一〕磻溪：原作「蟠溪」，據《歷代賦彙》卷一〇七改。

述嚴賦 並序

范浚

後嚴子陵千有餘歲，蘭谿范浚過祠下，仰瞻遺像，愓焉景慕，謂先生之不屈於建武，非若踰垣閉關爲已甚者，揆其意而著之，作《述嚴賦》。

歲辛丑予東歸兮，凌濤江之渺瀰。引帆席而朝發兮，夕予次乎嚴君之祠。愓仰高其若存兮，揆厥意而明之。

曰先生之遭世兮，會炎正之中微，慘餘分之孽虐兮，方悖道而窮威。率誅忠而任殘兮，紛赤車之四馳。蕩三綱其弛絶兮，誰不裂冠而去之。宜先生之高蹈兮，靜游釣於淪漪。逮赤伏之膺運兮，矯白水之龍飛。彼群雄之疏附兮，猶響臻而應期。何故人之雅素兮，翻固拒而牢辭？惟先生之高介兮，氣干霄而上躋。恥一毫之或挫兮，若撻市之忸怩。彼君房獨何人兮，將使我自屈而詭隨？荃不察予之口授兮，顧狂奴之是譏。視蒲車之來思兮，類被毀而遭非；謇儒仲之耿耿兮，緊俗黨之貽訾。伯況願修於初服兮，幾偃蹇而見擠。既讒巧之孔多兮，予又胡爲乎邅迴？寧超超以遐逝兮，亦安能依世而突梯？意先生之達識兮，不降志其由兹。

吁嗟器大，時難容兮。追巢躡由，邈儷蹤兮。水之渾渾，山崇崇兮。遺芳不泯，名益隆兮。何千萬年，激頹風兮。死者如可作，惟先生之宗兮。四部叢刊本《范香溪先生文集》卷七。

釣臺賦

陳巖肖

泛富春之極浦，過桐君之所廬，山環翠而繚繞，溪瀉練以縈紆。平林絶岸，或斷而或屬；朝霏夕靄，乍斂而乍舒。湍聲激煙峙之下，嵐色貫雲岫之隅。忽一峰之森然，鬱蒼蒼而倚天。粵嚴先生之舊隱，聳巨石乎雲端。踞此磯而坐釣，抗斯志於當年。高風作塵不可幾及兮，遺踪逸躅至今而獨傳。

方其披羊裘於澤中兮，甘肥遯而自悔。光武物色而聘之兮，逮三反而始至。吐危言以戒侯司空兮，不改狂奴之故態。傲萬乘而恃故人兮，動星象而罔有愧。竟拂衣而去之兮，卒老於丘壑而不悔。惟卯金之中否兮，賢哲括囊而遠逝。曁真人翔於白水兮，争幡然以赴功名之會。何先生之遠引兮，了無意於斯世。豈時君之不可輔兮，似立志之近隘。

稽往牒而知其心兮，蓋有激於斯時。嘗欲懲西都之弊兮，遇巧臣之禮成虧。課三公以吏事兮，繩之法而示威。輕轉易其守長兮，聽謡言與單詞。近臣或捶撲牽曳於其前兮，蹈矯枉過正之非。朱浮鍾意之屢以爲言兮，咸納忠而盡規。宜先生逆料其必然兮，抗高節而豫警之。遂律貪而立懦兮，共扶漢祚而不遽衰也。

昔渭濱之釣璜兮，釣功烈以輔興王之基。闕里釣而不綱兮，釣道德以垂萬世之師。漢水釣而持竿不顧兮，釣高尚以遠塵俗之羈。今先生亦寓意於是兮，釣氣概而挺然不可隳也。遂倡東都之士輕外慕兮，俱耿介以自持也。則知聖賢所遇雖殊兮，其特立以表世者舉非偶然而爲也。故此屹然之釣石兮，千載聳觀瞻於桐江之湄也。《歷代賦彙》卷一〇七。

釣臺賦

徐夢莘

釋扁舟之維纜兮，争婺女之長風。循蘭皋之東駛兮，先翥日之飛鴻。忽重山之效勝兮，得子陵之遺踪。羌舍舟而徑造兮，歷釣臺之穹崇。昔岌業以對峙兮，面馮夷之幽宫。四無人之深邃兮，白雲簇而晝封。故先生之釣此兮，睨鐘鼎於鍼鋒。

觀昔人之棲隱兮，豈誠心於遯世。排天門而無豐隆兮，遂垂翅而遠逝。苟左右爲之梯級兮，紆青綸而焚芰。況故人之龍飛兮，亟攀鱗而掉厲。眷文叔之久要兮，握赤符而御人。託儀容以搜訪兮，冀物色之可循。幸羊裘之一來兮，略陛楯而情親。雖紳笏不可以羈鞅兮，亦振鷺之爲賓。何倏來而決高兮，堅素履而莫臣。豈仁義不我與兮，卒卷道以周身。抑黼黻非所好兮，寧擁蒲以自珍。

吁！吾知先生之有道也。始文叔之謹厚兮，實姁姁而多愛。擲一勝於乾坤兮，芟羣雄以如芥。視天下之莫我攖兮，遂哆然而自泰。彼馮敬通之賢且碩兮，妄一眚之爲外。惟三公論道以密勿兮，束以吏能之煩碎。阿符讖以自詭兮，漸正道之蕪隘。非先生矯厲於逕庭兮，孰祛夫帝心之用大？故以吾身爲準兮，渺浮雲之不留。視秕糠於富貴兮，若將浼而焉求。視貧賤之驕人兮，非勢利之所讐。加予足於腹兮，不少跽於昔遊。欲帝知先生之不屈兮，則凡有德者不可媮。儻凝量而不慍侮兮，庶兼容於九州。非先生之要漢兮，實爲漢之遠猷。

肆觀層臺，璀璨何久？豈金椎之益固，由高風之不朽。歷漢、唐之千年，配不刊之岡阜。彼章華與姑蘇，非不高而且厚。曾歌舞之未終，紛狐兔之交走。雖物理之成壞，端夫人之自取。嗟予行之未已，冒名利之塵垢。仰先生之清節，覺予形之甚醜。將洗耳於寒瀨，酹叢祠之杯酒。借先生之竹而坐先生之臺，殆與之相爲先後。《歷代賦彙》卷一〇七。

釣臺賦

滕岑

有磐其石屹雙峙兮，石形如壇匪層累兮。萬木森森衛其址兮，其上圓廣平如砥兮。高摩雲霄下臨水兮，仰者目眩登者悸兮。問開此境伊誰始兮，漢士光名莊其氏兮，後易以嚴避國諱兮。

中原俶擾身轉徙兮，愛此山川遂家此兮。二石乃其所遊止兮，釣以寓意非垂餌兮。維時炎運偶中否兮，真人起握天子璽兮，掃除六合清無滓兮。搜巖剔壑求梓杞兮，棟梁之負歸器使兮。先生實爲天子友兮，物色尋訪得之喜兮。屈帝之尊與同寐兮，庶幾吁俞肯共理兮。翻然徑歸隱幽邃兮，我則棄彼非彼棄兮。

嗟哉先生此何意兮，自漢至今孰可企兮。相彼影附權與勢兮，蒲服奔趨比奴隸兮。睢睢盱盱希唾涕兮，舐痔得車而不恥兮。矧夫故人登寶位兮，談笑可得富與貴兮。澹如不聞亦不視兮，與世相去幾萬里兮。紛紛稱頌高其節兮，猶以光明舉日月兮。安庸議其處與出兮，無異井蛙談溟渤兮。

先生二言在簡冊兮，其言千載猶煒燁兮。懷仁輔義天下説兮，阿諛順旨要領絶兮。人佩此言比環玦兮，始能無愧於臣列兮。此而不知餘何説兮。舟過臺下來弭楫兮，身爲聲利所羈紲兮，欲持何顔見像設兮。客星煌煌在天闕兮，塵土胡爲溷其潔兮，汝自顙泚腸内熱兮。《歷代賦彙》卷一〇七。

《復小齋賦話》卷下　宋滕岑《釣臺賦》，多以七字爲句，而以兮字足之，似學屈子《橘頌》句法。

釣臺賦　並序

王炎

自乾道丙戌至紹熙辛亥，凡四過嚴瀨。此身老矣，閱世寖久，更事滋多，感今懷古，有慨然於心者，艤舟徘徊久之，遂賦曰：

理予舟而東逝兮，言將至於中都。過釣臺而屬目兮，少弭節而躊躇。山寂静而江空兮，中有高人之祠。去之千有餘歲兮，清風至於今而凛如。

慨予懷之有感兮，思鬱紆而欲攄。昔者卯金嘗一仆而再起兮，真人翔於參虚。羣公攀附其鱗翼兮，策高足於天衢。功烈藏在金匱兮，封爵載諸丹書。大冠長劍之陸離兮，又寫以南宫之圖。先生適際斯時兮，獨深潛乎江湖。雖可致不可屈兮，思魚釣吾其徑歸。羞富貴耽貧賤兮，夫何眇一世而偭馳。粤若聖賢之制行兮，其大致惟出處之兩岐。人臣仗鉞而觀兵兮，二子餓首陽而採薇。君王溺冠而傲士兮，四老遯商顔而茹芝。意固各有所爲兮，非好惡獨與人殊。

載攷西都之將季兮，先自裂其廉耻之維。饒悻直到於闕下兮，章忠諫斃於縲纍。彼豢於寵禄而不去兮，惟其上所招麾。孰肯爲我死亡兮，金城圮而莫枝。莽上下其目以旁睨兮，敢挾斗筲而覬覦。雄作《美新》以蒙羞兮，歆獻符命以導諛。可勢奪與利啗兮，龜鼎遂隨之而轉移。世祖折節以下巖穴兮，蓋懲夫覆轍之車。訓仁義而戒阿諛兮，亦豈無意於當時。重臺閣之繩督兮，輕廟廊之訏謨。前有軒冕之榮兮，後有斧鉞之誅。朝正位於公府兮，夕隕命於囚徒。羊裘逝而不留兮，非特先見乎幾微。上以警一人之失刑兮，下以厲多士之廉隅。

噫！有國者亂亡相尋兮，未始不自夫名節之先隳。麟鳳曠世不一見兮，是焉可以縶維。瀝酒扣舷而遐想兮，乃申以斐然之辭。玉帛雖不到藪澤兮，豈無逸民老於樵漁？私其身不憂其君兮，何取夫遠走高飛而獨居。四庫本《雙溪集》卷九。

釣臺賦

程珌

予與客泝富春之流，入新定之區，舍舟即山，將遊乎嚴子陵之釣臺。客曰：「《詩》詠考槃，《易》嘉肥遯。洗耳波長，嚼薇味在。或荷簣而歌，或濯纓以唱；或彈北窗琴，或負南疇耒；或逃去無名，或歸來適意。或託以酒狂，或隱以詩真；或膏肓泉石，或生死絲綸。今昔之士，何啻千百輩，卒與微塵斷梗以俱湮，而子陵標榜，獨到於今耶。且吾與子，幼而學，壯且行之。莘野磻溪，翻然來思，而又烏取乎隱者之所爲乎？」

予笑不答，客亦不言。遂相與攀蘿側足，登乎釣臺之巔，拂蘚磴以危坐，訪幽蹟以遐觀。壁立巍峩之石，下接魚龍之淵，險萬折而忽平，逼象緯於曾闞。其旁則重巒複嶂，氣象紆環，雲魂霧魄，棲合其間。鳥啼晝静，泉落涓涓。古藤曲蔓，陰森夏寒。怪木千章，夭矯龍蟠。幽壑嘘風，空江浴蟾。其下則萬頃寒濤，回伏奔翔，擾擾曾波，三軍騰裝。川君怒静，素練拖江。日薄沙晚，風帆浪檣。一徑接溪，草緑汀長。維時秋也，快清風之颯至，喜晴天之開碧。瞰危崖而笑語，起老蛟於淵蟄。頓足望乎八荒，使人飄飄然而氣逸。

於是解觚酌酒，晉酹於先生曰：「嘆哀、平之不弔兮，人人鬻漢以求官。與天子有廬江之素兮，乃老百年於釣竿。山林鼎食各有意兮，未易論古人於形骸之間。」既而與客醉卧於石，舟人驚報，潮來船發。四庫本《洺水集》卷二〇。

嘯臺賦

宋庠

梁城南下，陳留右鄙。環道卻走，繩阡直指。控鄭邑之遺墟，得阮公之故里。抗孤臺兮數仞，撫頹垣兮百雉。木蕁蕁兮冠巔，棘棧棧而蔽趾。息予駕於層阿，披微徑而周視。坡陁隱軫，沿緣徙倚。徙倚兮奈何，懷人兮孔多。昔當塗之失馭，感羣俊之同波。

予生不辰，道方薦瘥。吕鴻軒而被戈，嵇鳳舉而嬰羅。惟正德之思免，潛葆光以内照。狹世路之多辟，兆天衢而覿妙。悟跨俗以遺累，喜凴高而臨峭。於是戾止斯臺，悄悅徘徊。叩神谷以抽緒，憑鸞嘯而舒哀。其始也，創韻乎一氣；其徐也，淪響於九垓。吟將斷兮復尋，意彌往而逾來。志念君而宫轉，心感物而羽摧。激清飆於萬竅，納素氣於元胎。精感飛潛，氣周動植。天籟停響，龍吟輟息。獸將騁而拄喙，禽當飛而墜翼。

寧蓄久而必怨，將怨之而未極。

悲乎！萬化弗停，遺基欲傾。桑冒田而非海，蕪隱壁而疑城。轍雖窮兮罷哭，酒徒美兮非醒。邑何知乎南巷，土奚樂於東平？但見豺礪狐語，梟翔虺驚。雉鷕鷕而輩作，雁雝雝而孤鳴。覽陳迹以遐悼，莫髣髴乎遺聲。已矣哉！儻九原之不作，信豎子之成名。四庫本《元憲集》卷一。

平臺賦 有序〔一〕

唐庚

平臺，梁王劉武作也。班史稱平臺，唐杜甫稱吹臺，世以謝惠連嘗爲《雪賦》也，則又謂之雪臺。舊説在大梁城東北，如淳、晉灼云在大梁城東二十里。今在城東南。蓋漢距今且千歲，城郭凡幾變，則聞見之異宜哉。作《平臺賦》。

予與客遊汴都之東南，登梁王之平臺。顧草木之揺落，懷古人以裴回。客慨然歎曰：「吾聞祖龍失劍，楚竊其柄。漢鑑其孤，矯枉過正。齊、楚、趙、

〔一〕有序：原無，據四庫本《眉山集》卷一補。

魏、燕、韓之郊，荆、揚、兗、豫、青、徐之境。蟠城千里，星散棋布，原田溝澮，不知其幾千萬頃。瓜分幅裂，以王一姓。於是擅爵人而赦死罪，戴黄屋而私蹕警。鼓銅破山，煮海絶流，侈極奢窮，然未有如梁之親倖者也。井、畢煌煌，實沈之疆。北界泰山，西抵高陽。帝子出閤，有煒其光。金錢布幣，子女玉帛，錦繡寶器，車馳轂擊，轆轆繹繹，挽來於梁。爾乃羽翼鄒、枚，腹心勝、詭。郊關之囿，叁百餘里。萬甍鱗鱗，樓閣横斜，擬於未央之邃也；峭築峨峨，蔽景干霄，擬於漸臺之峻也；静影潭潭，日星泳涵，擬於太液之深也；麇鹿呦呦，禽珍獸奇，擬於上林之多也；旌旗纛旆，前騎後乘，擬於五柞之遊也；鶩擊盧馳，躡景追飛，擬於長楊之獵也；千金一罍，斲瓊鏤瑰，擬於武庫之藏也；遊譚之士，濡毫緩頰，曳長裾而從之遊，擬於公車金馬之待詔也。夫侈極則疑，勢偪則離，弱幹强枝，安能久而不危也邪？」

予曰：「噫！子知其一，而未覩其二也。勝、廣之亂，毒於管、蔡；吕、霍之變，危於吴、楚；三馬之偪，痛於燕、爽；王、桓之禍，深於齊、趙。子曷不較其輕重哉？周室東遷，晉、鄭焉依？朱虚叱咤，禄、産殲夷。五葉之後，宗國陵遲。洗垢求瘢，吹毛索疵。剪刈肘股，棄絶藩籬。隳犬牙之形勢，壞磐石之宏基。故長沙舉袂而不得逞，中山感音而涕洟。濟南之墟，梓柱生枝。以饐廢食，卒死於饑。可不悲哉？」

客憮然而間曰：「然，子言得之。」宋刻本《唐先生文集》卷一一。

章華臺賦

李石

若夫楚水繚乎吾前，楚山蔚乎吾後，中坡陁而孤起，如羣嬉委土之未就。悵宫室之是非，更浮屠之爲守。澹荒荒之淡日，固已亂春畦而麥秀。

吾遊而悲之，呼守者而問焉：「此芊圍所築章華臺也，奚自之而汝有？始其凌厲伯心，如博如取，抗銛鋒以誰何，紛衆怒而一鬬。飲人血以誇功，隘雲夢之不足囿。延高風以梯級，包川原於錦繡。曾假息之未穩，望乾溪而出奏。遞歲月之幾傳，畀淫名而誰授？」

守者曰：「嘻，此在吾法，如春夢，如浮漚，如石火電光之脱手。等天地於遊塵，誰變化之能久？掃妖曼之一空，垂丹青於户牖。吾不悲昔而愛今，又何知乎盛衰霸王、智愚之與賢否。」

吾聞其言而壯之，則又有甚悲者，中國之人果有異於夷狄禽獸。彼郢裔之嘯呼，起藍縷之小醜。三進爵而獲齒，敢一鼎之藉口。剡其卑而欲登，下而欲陞屈千人萬人之力，以逞匹夫之能，如蚍蜉運土穴中，宛然於堆阜。遼乎邈哉！成敗廢興，若不足録而足懲，吾於是有感於《春秋》之嚴，而笑浮屠語之陋也。《新刊國朝二百家名賢文粹》卷一八〇。

遶花臺賦 並引

何澹

遶花名臺，取梁何遜《早梅詩》也，遜詩有「枝横卻月觀，花遶臨風臺」之句，然不知卻月臨風之所。杜少陵《和裴迪早梅詩》云：「還如何遜在揚州。」參以遜傳，不見揚州事，遜詩出《初學記》，亦不見在揚州之意。按：《三輔決録》則云：「遜在揚州見官梅亂發，賦四言詩，人得傳寫。」少陵所指，豈謂是耶？《維揚圖經》疏略之甚，内載城北有盧塘，宋徐湛之爲刺史，起風亭、月觀、吹臺、琴臺，果竹繁茂，花藥成行，招集文士盡遊玩之適。或遜所賦不止一篇，卻月、凌風，止因臺觀之盛而自以意言之耶？賦詩短章，姑取節焉，暇日因爲之賦。

陟彼春臺兮，意百卉而回環，乃獨取於南枝兮，豈孤潔而難攀。秉太皞之權輿，賦姑射之容顔，視桃李兮牛走，與松筠兮臭蘭。泄天機於庾嶺，寄驛信於長安，逮香魂之告謝，收鼎味之餘酸。蓋有始有卒，非若他品異類，徒一時之美觀。山澤有癯，帢巾氅衣，惡塵俗之入眼，喜冷淡而生姿。命曰清友，以遨以嬉。共寄情於巵酒，敵照座之十眉。歲晏寒凝，木落草衰，雲四垂而一色，瑞六出以交飛。試壽陽之半面，陪白帝之萬妃。對清漣而弄影，待明月而爭輝。鵠紛立以就列，鸛布陳而出奇。癯儒於是巡簷而笑，倚闌而醉，動水部之清興，想蕪城之故事。蓋以花則稊米之於太倉，以臺則高丘之於培塿，誠細大之不侔，東海鼇而埳井蛙，各適其適焉。《永樂大典》卷二六〇四。

八陣臺賦　並序

劉望之

余與客登夔子城，望八陣圖，感忠武侯之行事，恨世議者之弗獲於斯也，作賦以悲之。其詞曰：

矗孤臺之巋然，臨千步之沙場。石離離其班班，紛棲雁之未翔。山暝黑而更惡，水雖波而不揚。澹徙倚其不去，含鬱紆之内傷[一]。是何以使之然哉？客或告之：在漢之亡，有人超然，卧鄧南陽。甚似阿衡，樂未渠央。感大耳之至意，姑黽勉而徂征。又似子房，初未有意隆準之老也[二]。及其既作，亦不能已，手胼足胝，夙夜赤子。忽一龍而一蛇，蓋亦未可以優劣計。大兵初來，雷電下空。璋孱小兒，孰嬰我鋒？駐師江郊，坐向必東。蒐我卒乘，取彼凶殘。中原有狐，憑陵宫垣。我不往取，高帝在天。衆謂卯金之不可相，而况夫子之賢也？

運去道窮，嘔血繼之。非公實愚，愚者不知。自古聖賢，亦行其義。道之不濟，已知之矣。相夫子之所立，固已無窮而不貲。彼丕、操父子，鳥雀犬彘之竊食，雖甚饜而不害其驚疑。愍世俗之隘陋，徒顧瞻而涕洟。請舉酒以酌公，混一笑於江麋。《全蜀藝文志》卷二。

[一] 鬱紆：《新刊國朝二百家名賢文粹》卷一八〇作「縈紆」。
[二]「老」下，《新刊國朝二百家名賢文粹》卷一八〇有「公」字。

登應州古城賦

宋庠

何兹城之巑岏兮，據東北之山巔。扼三關之走集兮，眺七澤之敞閒。喬木矗其雄立兮，森蓴蓴而刺天。翔風薄而長吟兮，雜下瀨之潺潺。南陵漸其岥峌兮，盡渺渺之雲煙。於是太陽啟暉，六幕澄霽。春塍如繡，春樹如薺。啼鳥壞堞，蒼煙故壘，登高遠望，使人心瘁。在昔峻宇層構，雕枌繡楣，車争水度，蓋逐鴻飛。鼓鍾沸湧，冠劍陸離。抗障日之長袂，艷從風之羅衣。

至矣哉！合從締交，結儔附黨。兵略地而鼓行，師椎牛而人饗。梟鳴牙中，梯舞樓上。出萬死而徇國，俟千級而邀賞。莫不光沉景滅，魂斷心折。千蒿斂魂，野薤凝血。同枯骨之死，安知嚳堯而非桀哉！但見灌叢宿楚，奥草多露。城狐不薰，臺鹿時聚。虎肉委蹊，豺牙當路。狖失木而號煙，鼯投林而嘯雨。遇發冢之《詩》、《書》，對憂心之禾黍。曲池既已平，高臺又以傾。古馗時見，荒榛自生。叢祠陰塢，虚聞松聲。凝睇弭節，悵然内驚。嘆人事之遞遷，孰長年之能執？壯率歡以俱往，耄引悲而前集。昔牛山之妄歎，顧二臣而飲泣。使爽鳩之無死，非吾君之所及。諒迭處而迭去，同寒暑之相襲。況乃僕本恨人，觸感增慕。歲月逝矣，江山非故。古既古而嘗今，今雖今而將古。天愁人兮安寄，日難揮而催暮。命僕夫以効駕，吾將遵乎歸路。四庫本《元憲集》卷一。

夫人城賦 並序

宋庠

昔晉將朱序守襄陽，爲苻丕所圍。序母韓氏自登城按履，謂西北角當先受弊，遂領百婢及城外中女丁於其角斜築二十餘丈。賊攻，西北果潰。衆固新城，丕遂引退，謂此爲夫人城。至今叢祠遺基巋然尚在，荆楚歲時鄉人祀焉。仰其高風，慨然爲賦，其詞曰：

循漢皐而西望兮，何層城之孤峙。披南烈之遺堞兮，號夫人之故壘。譙門堙而中塞兮，灌木森其相倚。勢鬱律以上出兮，下坡陁而榛圮。渺遺烈而未泯，眷高芬而可紀。昔典午之鼠首，屬苻丕之虎視。區區保乎江漢，峴一障乎北鄙。寇方甚於餓喙，地幾同於黑子。惟韓媪之慈訓，勵朱公之朴忠。仗天節以扞敵，據江域而臨戎。於時大羽若日，高旌如虹。桀黠同侮，跳梁四攻。防地中之甕缶，舞樓上之梯衝。

伊君母之慷慨兮，誓喪元而靡悔。臨大難而克壯兮，懼危闉之先潰。率民婦而操築，培戰陴而相對。備之於條候之西北兮，豈神機之我昧？果前陷於厥角，率圖全於覆簣。

嗟女子之綿薄兮，蓋中壼而是修。奉蘋蘩之常祀，承巾櫛之餘休。矧仗節而死難，非君子而可求。偉此母之挺操，亘終古而弗媮。趙指括以全宗，王勉陵而事劉。孟三徙以漸訓，介俱隱以無尤。雖先建於高躅兮，我無忝於前猷。

若乃寶墉百尋，犀兵萬旅。推轂受命，建牙作輔。氣可蓋世，威能拉虎。或啗利而忘義，或飽飛而背主。輸天險於敵國，忍吾君之外侮。悲丈夫之竊號，曾緯嫠而無取。儻死者之可作兮，非夫人而誰與？詠明德而不已，聊盤桓以延竚。四庫本《元憲集》卷一。

戰彭城賦

孔平仲

秦失其鹿，群雄並爭。劉、項之鬬，自爲鯤鯨。相劫以勢，相鏖以兵。彼方徇乎北海，此乃襲乎彭城。惟彭城者，楚所都也，漢王乃竊而居之。收其美人，寶貨是資，置酒高會，楚猶未知。此何異伺猛虎之出而據其穴，入盜跖之室而有其妃。項王聞之，怒膽摧裂，聲若雷震，目如電掣。引千旌與萬騎，定雌雄於一決。或馳或射，或刺或擊。

呼聲動天，死者如積。流血丹乎睢水，棄甲隘乎靈壁。乃欲殺無噍類，掃不留跡。長圍三匝，漢軍失色。

嗚呼！以項王之勇，天下所聞，喑嗚叱咤，坐生風雲。而對漢王椎鈍之性，與夫蜀人糾合之軍，内外隔絶，主將紛紜。不翅田犬之搏兔，鷙鳥之撮蚊。然而大蛇之分爲二，東井之聚者五。數極亂世，歷歸真主。以鴻門之會，項莊之舞，尚不能得之肘腋，又安可徼之於軍旅？俄而大風北來，發屋拔樹。揚塵蔽空，走礫如雨。白晝窈冥，漢王遁去。則夫漢之不可勝也，蓋可睹矣。

至於滎陽之擊四面，廣武之中吾指，未嘗不拔自幾殆，脱於垂死。且項王之蓋一世，其氣不爲不盛；而扛九鼎，其力不爲不多。及夫東會垓下，夜聞楚歌，騅也不逝，虞兮奈何！豈非天之所興不可得而廢，天之所利不可得而害？故羽終於自剄，亦自知天亡之，而非戰之罪也。

吾嘗緩策乎陰陵之野[一]，稅駕乎長安之都，弔遺靈於寂寞，慨舊迹之荒蕪。以爲彼慓悍猾賊者固已亡矣，而寬仁愛人者又安在乎？乃知起者必至於滅，有者終歸於無。

[一]野：原作「戰」，據豫章叢書本《朝散集》卷一改。《歷代賦彙》卷一一二作「道」。

此古人之所以致論蝸角而輕視軒冕，吾與夫莊生之徒。四庫本《清江三孔集》卷二二。

長城賦 並引

張舜民

甲戌之歲，予奉詔出使[一]，馳驅王路，行次懷柔之北，得古長城焉。因感而賦之，固以涉獵古今，亦兼風戒之意云[二]。

予昔遊驪山之上，得靈臺之遺基；今過燕山之下，見長城之故址。自非達觀，安能齊萬物而一指？予本儒者，未免非非而是是。竊嘗聞長城之役，不獨在秦而已。燕趙啟其前，始皇繕其後。西首臨洮，東被於海，實萬有餘里。我今所見，如東海之一波，泰山之一簣。西望之而不極，東循之而無際。停驂緩轡，獨立而喟。徒觀其隱若壞垣[三]，屹若長隄。荒煙蔓草，日落風淒，豐狐之窟屢易，狡兔之徑多迷。下有朽骨，旁

[一] 予奉詔出使：《新刊國朝二百家名賢文粹》卷一七八作「被詔使虜」。
[二]「固以」以下：《新刊國朝二百家名賢文粹》卷一七八作「其詞曰」。
[三] 垣：原作「塚」，據《新刊國朝二百家名賢文粹》卷一七八改。

有斷杵，曾未知何鄉之人，誰氏之子？非閭左之丁男，則關東之獄吏。當是時也，蒙恬、章邯之方造，陳勝、項籍之未起。爾胡不採芝於商洛山中，種桃於武陵溪裏？養浩餐和，長生久視。胡爲乎顔色枯槁，形容憔悴之如此也？

其後百有餘歲，孝武皇帝閔平城之阨，憤冒頓之書，赫然發怒，慨然下詔，奮然興師，斥單于於大漠之北。開亭障，置烽燧，出長城於千里之外，此非城之功。又數百年，五胡亂華[一]，虜馬飲江[二]，氈裘被於河洛，鳴鏑鬭於上林，此亦非城之罪[三]。及乎周隋，至於唐晚，亦我出而彼入，將屢勝而屢敗。莫不火滅煙消，土崩瓦解。缾罄罍恥，兔亡蹄在，城若有知，應爲感慨。

方今四夷面内[四]，百蠻冠帶。指乾坤之闔闢，以爲門户；盡日月之照臨，以爲經界。戴白之老，不識兵革；垂髫之子，盡知禮節。庶矣富矣，震盈豐大。求之古先，莫與京對。在《易》有之，《萃》以除戎器，戒不虞。《既濟》曰：「君子思患而豫防

[一]亂華：原作「分擾」，據《新刊國朝二百家名賢文粹》卷一七八改。
[二]虜：原作「邊」，據《新刊國朝二百家名賢文粹》卷一七八改。
[三]亦：原無，據《新刊國朝二百家名賢文粹》卷一七八補。
[四]四夷：原作「遐方」，據《新刊國朝二百家名賢文粹》卷一七八改。

之。」儒館先生稽首再拜[一]，不敢多陳，伏願聖神，念斯文而爲戒。知不足齋叢書本《畫墁集》卷五。

張舜民《投進使遼録長城賦劄子》（《畫墁集》卷六）　臣近伏蒙聖慈差奉使大遼，尋具辭免，不獲俞允。勘會昨於元祐九年，差充回謝大遼弔祭宣仁聖烈皇后禮信使，出疆往來，經涉彼土，嘗取其耳目所得，排日紀録，因著爲《甲戌使遼録》。其始以備私居賓友燕言之助。今偶塵聖選，辭不免行，因檢括舊牘，此書尚在。其閒所載山川、井邑、道路、風俗，至於主客之語言，龍庭之禮數，亦可以備清閒之覽觀。并《長城賦》一篇，涉獵古今，兼之風戒。謹繕寫成冊，副以縑幞，隨狀進呈。雖塵瀆叡明，雅無誦訓之學，僅得乘軺之略，亦所以見臣子區區原隰，王事靡盬，不遑啟處之意。

吴故城賦

張耒

亂吾舟兮大江，夕余濟兮樊口。登武昌之故墟，弔西門之衰柳。出東郊而南眺，訪

[一] 先生：四庫本作「老生」。

遺城之培塿。嗟頹牆之迤靡，半已平乎耕耨。雜谿澗而沮洳，稻冉冉而將秀。曰是吳王之故宫兮，昔孫仲謀之所有。

當弊漢之委地，羣兇聚而啄剖。偉紫髯之永圖，獨穴據乎江右。豈無意於雍洛，易虚兮爲善守。觀其作都於武昌，夫何險陋而即安。是爲大江之上流兮，於備敵焉不繁。顧諸將之凡才，豈袁、曹之敢班？欲身當中原之一面兮，事便時利一葦濟乎濤瀾。

當是之時，兩觀萬雉，縹闕應門。内擁燕趙之客，外屯貔貅之軍。笙磬鐘鼓之喧闐，旗旆車馬之繽紛。固已包蒙川澤，震耀山原。安知夫千載之後，陵谷易位。夫何遺珠與棄玉，顧此遺墟之將圮。

於是與客休於祠宫，披樵蘇之微路，嗟牛羊之入室，固牲酒之不具。與客愀然，三歎而去。

予近讀曹植諸小賦，雖不能縝密工緻，悦可人意，而文氣疏俊，風致高遠，有漢賦餘韻。是可矜尚也，因擬之云。明趙琦美鈔本《張右史文集》卷三。

宋代辭賦全編卷之八十二

賦 懷古 二

咸陽宫賦

陳襄

周失王緒，秦受天數。始皇崛起，狼心奮怒。六國并吞，黑旗森布。分諸侯而立郡縣，銷五兵而造鍾鐻。混車書，一法度。陸讋水慄之所來嚮，航琛輂賮之所屯聚。於是遷豪徙富，離邦易土。擇徒□然，隆隆然，制是宫也，蓋莫得而殫言。始其擇吉日，申舊章，坦隆基於四隅，鬱華構於中央。分左宗右社之規矱，正面朝後市之紀綱。順陰陽之開闔，放太紫之圓方。

由是入九貢之資，詔六工之良，度材用之經費，旅珍産之非常。離婁督繩以分其曲直，公輸削墨以形於短長。運雄風於斧斤，架文虹於棟梁。藻井燦兮群葩競芳，觚稜聳兮金爵交翔。羅玉階兮彤庭，儼峻宇兮雕牆。朱紫炳焕，下以被其土；金壁峥嶸，上以飾其璫。其高也，侔列宿於紫宫；其大也，出冠山之朱堂。顒顒昂昂，複道還相。上截乎渭川，直走於阿房。

是何螻蠖相經，連綿不止！映朱闕之雙立，壓金城之百雉。被卿靄以上覆，馥天香而特起。巍巍乎，若高浪之奔，架蓬萊而直上；盤盤乎，若巨鼇之出，戴靈山而遐峙。則有千廬傳呼，洞門方軌。披廣路之三條，列金人之十二。上下端直，左右環衛。執玉帛者來朝，綰銀黄者近侍。如雲臺之上，縹組而摩肩；臨淄之間，成帷而舉袂。聞之者倏爾而歎，望之者儼然而畏。

其間祲威盛容，殊形詭制。鍾鼓喤喤，有二四之列；衣裳楚楚，有三千之麗。珠玉金翠銜其珍，組織文章逞其貴。而又植苑囿，開沼沚。草木繁蕪，蔽朱實之離離；魚鳥遨翔，漾清流之亹亹。朝夕之所娱樂，而不知其晦明；寒暑之所隔閡，而不知其啟閉。既而窮侈德，盡澆風。目倦五色，耳亡四聰。將欲慕神仙之峨峨，脱天下之洶洶。謂上游之迹，可以拍肩於洪崖；謂積學之致，可以問道於崆峒。由是擬丹臺之壯麗，造祕宇之穹崇。飛甍舛互，連閣交通。冥冥乎二百餘里，杳不知其所終。

然後巡於隴西，封於岱宗。紀德瑯琊之臺，列爵大夫之松。伐湘山於既仆，破胡城於已攻。故乃儼彩仗，坐瓊宮。建靈旗之五丈，排法駕於六龍。文武肅儀而在下，嬪嬙肆樂乎其中。韻乎鈞天之樂，翼乎妙舞之容。左殽右胾兮百品，椒漿桂酒兮千鍾。喜氣交盛，歡聲一同。而皆罄山呼而浹洽，祝天壽以厖鴻。自以爲子孫帝王之業，垂萬世而無窮。

洎乎時運更迭，基扃一空。弋林釣渚榛蕪外，玉殿珍臺煨燼中。項羽西歸，二三世之秦風已蕩；高皇東起，四百年之漢德彌隆。士有聞而歎曰：夫聖皇之有天下也，握乾符，御璇極。納百姓於醇粹，樂群生於休息。故宮室之作，無傷民之利；興作之所，不勞民之力。軒轅合宮而昭儉，唐堯采椽而示質。總章合制，重華乃建於宏基；卑室興居，夏禹遂隆於聖德。若乃商受喪乎瑶臺，夏桀隕於瓊室。夫差一去，遊姑蘇之鹿麋；晉武既亡，生銅駝之荆棘。斯皆聖人以節用而興邦，愚者以宣驕而亡國。

且强秦虎視燕民，扆居華域，如建瓴之地，無以極其險隘；若秋荼之網，無以加其苛刻。收大半之賦斂，焚詩書之典則。而復開宫禁之宏址，敺生民於重役。農者失其耕耨，女工廢其袵織。上天爲之震怒，四方爲之沮色。又安得延茂其邦家，而興隆乎社稷？

嗟乎！源之澄兮流必清，本非固兮枝必傾。始皇去兮沙丘既平，子嬰滅兮咸陽已并。歸赫赫之漢祚兮，爲帝畿之三成。又何必指東門之界兮，柱立石於滄溟者也。宋刻本《古靈先生文集》卷二。

《復小齋賦話》卷下 漢人賦氣骨雄健，自不可及。唐人中唯子美學之庶幾。予謂如宋陳襄《咸陽宮賦》，氣充詞沛，自足名家。必欲學步捧心，多見其不知量耳。

宣防宮賦

劉跂

余以事抵白馬，客道漢瓠子事，感其語，故賦曰：

元封天子既乾封，臨決河，沉璧及馬，慷慨悲歌。河塞，築宣防之宮，燕其羣臣，乃稱曰：「隤林竹兮揵石菑，宣防塞兮萬福來。」顧眄意得，詔問東方大夫樂乎？朔進而跽曰：「君王佩乾符，妥坤靈，封岱岳，禪云亭。雷行猋馳，一蹕四海，力餘氣盈，爰覽德水。至於人靡遺智，天不愛祉，石城金墉，屹立亭峙。則又經廣輪，度棟宇，裴回領略，心解目睹。八隅九維，千門萬户，沈嚴神麗，秦帝之府。於是植翠華，喧靈鼉，觴川流，浩長歌。神哉沛，君心和，患去喜至，無所復加。可謂樂矣。然臣觀之，未可謂無憂也。」

天子愕眙不怡，少焉顧曰：「亦有説乎？」朔再拜曰：「主臣！蓋聞大川之源，發乎崑崙之神墟，出陽紆與陵門，道積石而沉遊[一]，包渾淪與逝[二]，羗亹亹其徂征。千里一曲，萬里九折，盤礴瀇滉，呼洽沕潏。蕩然長波，激爲迅湍，莽不知其幾何，遂異派而同瀾。已而略廣武，循大伾，轔沛轢洛，積爲委輸，瀵沸出乎地上，怳莫際其焉如。粤若神禹，繼道作德，範圍天儀，聯絡地脈，疏排泼漫，鐫鑿岝峉[三]。平野其藝，人有安宅，化鱗介爲冠冕，蓋千有八百國。臣曾問遺黎，遵海隅，繇平成之徒駭，下東光之胡蘇。淵然覆鬴，倏若馬頰。如鬲及盤，以簡以潔。太史分流，參匯衆折。然後安翔徐回，脈脈並髗，紆餘衍漾，綿眇逶遲。虬潛蛟伏，波不得興。視榮光與休氣，茂玉檢而金繩。焕乎三日而五色，何必千歲而一清？若夫羣雄逐兮位隔并，山川圍兮氣弗宣，託洶湧以爲貨兮，阻厜㕒以自藩。

[一] 沉遊：四庫本《學易集》卷一作「沈浮」。
[二] 與逝：四庫本《學易集》卷一作「與遊」。
[三] 岝峉：原作「窄峉」，據四庫本《學易集》卷一改。

崇墉連蜷，矗以相售兮[一]，巨浸瀺灂，汩乎宛延。立遮害之亭，謹白馬之津。雉堞瞰其東，區脱臨其西，又東北留其行，又西北擊其歸。垂天之翼，横海之鱗，隧隤膠葛，曾不得搶榆枋而泛蹄涔。匒匌勃鬱，靡所容怒，霆擊電掣，欻已脱兔。益以桃華之流，駛乎竹箭之馭，瀰滿澒洞，千里四顧。乃始伐薪石，程畚鍤，汰鷄距之防，横鋸牙之木，上下連環，旁側伏闕。竹落千緶，夾艘而下，岌乎喘牛，蹶若踶馬。糗糧齊山，徒庸成林，商羊鼓舞，澤門謳唫。析骸樵蘇，慘於長平之禍；累塊珠玉，埒乎水衡之藏。諒人謀之或違，將度數之適逢？今夫呼吸潮汐，闞窺丘源，洲潬浮空，瀰汨旁穿，井作甘而撤舍，麥未槁而培根。何靈鰲之下伏，寓三峰乎層巔。表泰紫之嶕嶢，陋靈光之巋然。長封爲扃，土鍵石鐍，守如崤函，萬葉不拔[二]。然而燕雀賀而人弔，枝葉茂而本撥。財乏力屈，河且再塞。君王方且駐屬車以流觀，啟離宮而落成，却四載之乘，勞負薪之臣。舉烽賦酒，飛輪奉牲，戢長慮於一笑，起駕望而憑陵，神閑意定，澹然無營。」

語未既，天子數顧尚席，推几欲興。臣朔逡巡却立，不謝而退。其後館陶之役，竟

[一] 相售：四庫本《學易集》卷一作「相雜」。

[二] 萬葉：原作「葉萬」，據四庫本《學易集》卷一乙。

如東方大夫言。《皇朝文鑑》卷九。

《直齋書録解題》卷一七《學易集》二十卷　元祐初，以其父在言路，政府不得用，紹聖以後復坐黨家，連蹇終其身。晁景迂誌其墓，比孫明復、石守道之徒。爲文無所不長，《宣防宫賦》、《學易堂記》，世傳誦之。

《賦話》卷一〇　《學易集》，宋劉跂撰。《宣房宫賦》，世尤傳誦，然是邇年文體，獨是强追古躅者。若視當時《五鳳樓》等作，則又反陋於此矣。

登真興寺樓賦 並敘

蘇轍

季夏六月，子瞻與張户曹琥同遊真興寺，晚登寺後重閣，南望連山如畫。山前有白鷺十數，杳杳飛去。東南望五丈原，原上有白雲如覆釜。慨然思孔明之遺迹，作書與轍曰：「可以賦此。」賦曰：

涉六月之徂暑兮，遡秦川而遠望。樓馮高而蘧蘧兮，日將薄乎西方。牛羊相從而下來兮，孤煙特起於蒼茫。

南望連山之參差兮，奔走相屬而騰驤。桀業峨其雄高兮，惟太白與終南。林阜蔚以扶拱兮，浩合沓而穰穰。若羣馬之相追逐兮，忽鬱怒而狂章。駢交首以磨頸兮，紛絶馳於四方。日將入而山陰兮，天黝黝而茫茫。淡平雲之凝碧兮，白鷺歸以翱翔。羽裊裊其彌遠兮，聲斷絶而復揚。眇將没而猶見兮，飄若仙人之不可望。曠羣歸於何所兮，徂南澗之泱泱。

回東望夫修隆兮，隱高原曰五丈。思古人而不可見兮，涕横流以浪浪。雲坱圠其不起兮，若覆釜而在上。嗟一日之所見兮，蓋千變以異狀。忽已去而莫執兮，夫豈勝乎追想？强馳詞於千里兮，增異日之惆悵。

維古事之亦然兮，偶一世之所嚮。非有意於求慕兮，徒今世之追賞。雖孔明其何益於五丈兮，使無原其忘亮。覽川原而思古兮，悅亡弓之遺韔。明清夢軒本《欒城集》卷一七。

迷樓賦 並序

李綱

煬帝作迷樓於江都，鐘鼓嬪嬙，不移而具，迄今舊址存焉。因讀杜牧之《阿房宮賦》，感其事，作賦以弔之。其辭曰：

隋室方隆，削平萬國。侈心一開，弗安厥宅。鑿爲汴渠，導河之流。曲折千里，放於淮陬。鳳蓋霓旌，錦帆龍舟。決意東幸，江都是遊。窮奢肆欲，乃建迷樓。維樓之制，衆巧所聚。凌煙摘星，飛雲宿霧。玉柱金楹，千門萬户。複道連綿，洞房迴互。翠華戾止，杳不知其何所。

於是選夫燕趙之女、吴越之姬。明眸皓齒，豐頰秀眉，娥媌曼睩，窈窕融怡。被阿錫，曳齊紈，粉白黛緑、鳴珮鏘環者充牣乎其間。列笥簾，羅鐘鼓，吐清歌、呈妙舞以樂之。桃李妍芳，耀新粧也；蕙蘭芬馥，泛天香也；雲舒霞卷，繡袿裳也；燕語鶯啼，舌笙簧也；振木飛塵，歌聲揚也；迴風流雪，舞袖翔也；雷霆間作，金奏鏘也。日日薦玉食，旦旦獻玉衣。隨意所往，恩幸則移。晝夜寒暑，高下東西，漠然不分，茫然不知。矧群臣之賢否，庶政之是非，生民之利病，天下之安危。盗賊斥乎寰宇，鋒鏑及乎宫闈，身死人手，雖悔可追？嗚呼噫嘻！

方其虜陳後主、戮張麗華、誅三佞人以謝天下，一何壯也！及其師喪遼東，禍肇玄感，荒淫不返，卒以弑殞，又何憊也！蕪城之側，故址猶存，狐兔之所窟穴，鼪鼯之所吟呻。霜露梗莽，風淒日曛。過而覽者，莫不躊躇而悲辛。與夫瓊室喪夏，鹿臺亡商，吴之姑蘇，秦之阿房，足以致亂於當年而垂戒於萬世者，蓋同出於一轍也。我作斯賦，以弔千古之非，而爲後來者説也。四庫本《梁谿集》卷二。

《復小齋賦話》卷下　牧之筆最健，諸賦中以《阿房宫》爲第一，句調自己出，不肯剽賊前人一字。李忠定倣之作《迷樓賦》，終遜此筆力。

登八詠樓賦

范浚

憑軒楹而寓目，納萬景於遐荒。窮煙鴻之滅没，辨雲樹之微茫[一]。群峰屹乎延連兮，疑結根於台嶽；兩溪浩乎奔渾兮，將走集於濤江。俯萬落與千村，鬱春靄之蒼蒼。林廬隱映乎郊郭[二]，錯彩翠而相望。繚蓑城之綿聯，帶碧水之灣汪。摇晴陽而蕩漾，射藻井而交光。攬山川之壯麗，睨棟宇而相羊。信兹樓之奇觀，甲區中而少雙。山川兮如昨，棟宇兮非昔。閲古今於百代，忽白駒之過隙。引玄酒之一酌，弔隱侯

[一] 辨：原作「辦」，據四庫本改。
[二] 映：原作「眏」，據四庫本改。

之幽魄。想悲桐而憫草，悵多違而撫臆。豈當時之擯落，亦擁節於侯國。顧人壽之幾何，胡不怡而慘戚？慕太白之來遊，嘗坦腹而高眠；雖身世之爛熳，獨訪古而留連。誇魏萬之經行，邈曠望乎群川；流岩嶢之逸句，凛生氣於千年。

吁嗟乎！懷古人兮眇眇，倚飛欄而吟嘯。惜此地之勝賞，復徘徊而臨眺。見漁子之浮舟，正擘餌以投鈞，凌驚波之洶涌，方危坐而獨笑。見田翁之引犢，出城陰之落照。雖市聲之合雜，獨行歌而荷蓧。悟物理之一致，得領略於無言。苟吾心其專静，豈世故之能遷？彼沈郎之煩促，真膏火之自煎；信謫仙之曠達，脱世故之拘攣。試寂默以冥觀，泯萬慮於自然。四部叢刊本《范香溪先生文集》卷七。

夏明誠《八詠樓賦序》（《敬鄉録》卷一二）余鄉自古號佳山水，而雙溪爲之冠。溪上有樓突然，以沈隱侯《八詠》得名，學士大夫題詩滿壁，獨未聞有賦之者。去冬友人永嘉葉正則發焉欲和之，而未果也。方崇之今春自嚴瀨來，辱在同舍，一見如故。相識握手登樓，語及正則之賦。薄暮罷歸。夜半有扣門者，余曰：「必有異。」亟取火來，發緘而視，後賦也，衮衮數百語，正聲迭奏，雅什更和，讀之如憑乎樓之闌而不知吾身之在陋室也。昔左太冲之賦三都也，移家於京師，訪事於張載，積思十年而成文，又得皇甫謐、劉逵、衛瓘之徒從而序釋之，遂貴洛陽之紙。

陸機負一時重名，懷欲輪而筆竟輟。余獨何人，敢自比乎大陸耶？然崇之賦於半夜之頃，不遲於十年之久也，貫通胸中，灑落紙上，而又奚問事於他人也？余賤且拙，非能張人者，而讀是賦者口自膾炙，非假謐輩爲之序解也。雖然，登是樓者知人之擇乎山川，而不知山川之擇乎人；知煙雲風景出没乎山川者之可觀，而不知石上之八章，自高識遠見者觀之，殆類乎籔糠者之眯目也。故願與君言之。齊梁之間，正道湮没，隱侯居是時，卉春稼秋，往往得意，瞻文辭之器識，工於四聲八病之别，而三經九法之大者置而不用，懷中之詔，至今羞之。彼其視國如傳舍，視君如弈棋，而已之眷眷乎台司也，則認爲我有而不能頃刻忘。嗚呼！是何不少概乎吾心者耶？出守是邦，鬱鬱不樂，哦爲《八詠》，以自陶寫解佩被褐之號不誣也，顧以是名樓，辱矣。夫井辱秣陵，泉貪交廣，東陽之山川樓閣而有是羞，英雄慷慨之士將必有洗濯而剔決之者。二君子之作無乃有意於斯乎？然予又有所謂甚畏者，攻人不難，攻己匪易，等皐、夔、儕稷、契，人有是志也，而「彼哉彼哉」，卒陷乎是。見善明而用心剛，行矣著而習矣察，是以涵養其心於平昔，如渴必飲，而饑必食，故其得時得位而立乎人之本朝，會乎膠擾之境，而施之盤錯之衝，則如干將莫邪之擊割，愈試而愈利。是以二君子之所素講明者。余是邦氓也，放懷而登，盡興而旋，風清月白，乘乎山川之不暇，而奚暇乎其他？

登賦樓賦

晁公遡

晁子居於硤中，已聞西山之可遊。蓋武信之美，盡在西山，而西山之美，無如兹樓。己卯之冬，歸自益州，始及西山之下而休焉。霜露既降，天高氣清，山川開除，氛霧不興。乃從主人問兹樓而登焉。四山蒼蒼，其峙如屏，江流茫然，如帶縈城，一目千里，野曠川平。主人樂之，顧客而喜，將以是爲東皋，每登之而必賦也。

晁子曰：富麗便美，流連光景，非今之所謂詩乎？世方吹竽伐鼓其門，在於五風，不幾於淫。如曰山林之樂，可以忘歸，藻繪巖壑，與之光輝，往告市朝，殆以爲欺。曾未加重，嗤點隨之。主人亦知言之者無罪，聞之者足以戒，古者十五國之詩乎？當酒酣而未闌，時勞賓而壽主，辯者縱談，豪者起舞，試爲之歌《蟋蟀》，則宴遊者無荒而有度也；爲之歌《既醉》，則五福可致，而六極可去也；爲之歌《七月》，則有事於農者，識三時之先務也；爲之歌《碩鼠》，則收養吾父兄子弟者，感動而知懼也；爲之歌二南，則美哉乎，如周召之親覩也。於是至而樂之，登而賦之，其十五國之所詠，皆足以託吾意之所寓。凡其鄉人，孰不願主人之日遊而喜兹樓之有補也！四庫本《嵩山集》卷一。

項王亭賦 有序

龔相

余令烏江之明年，職閑訟稀，得以文史自娱，於是詢攷境内遺迹，將欲驗古事，察風俗。恨其兵火之餘，故老灰滅，無復在者，而前人遺迹往往化爲榛莽狐狸之區矣。獨項王亭去古寖遠，於邑爲近，余每登眺焉。一日攜客至其上，讀唐李德裕所爲賦，序楚、漢興亡基乎應天順人與不則然矣。而余嘗謂三代以後，蓋有不仁而得天下者。若夫魏、晉之興，皆假唐虞稱禪代，大率懷姦飾詐，篡竊取之，其實逼奪。下至劉裕、蕭道成之流，如蹈一律，覆宗滅祀，延及無辜，可爲流涕。若楊堅、朱温直盜賊爾，固不足道也，豈非所謂不仁而得天下者哉？夫項王之起年二十四，不階尺寸，自奮坵隴，二年而平秦霸天下，廢立王侯，政由一己。雖所爲有異於高祖，然以曹操、司馬懿而視，王真偉人也。余又覽觀山川，想追騎雲集，王以短兵接戰，英勇不衰，謝亭長、顧呂馬童之時，其視死生爲何如？雄烈之氣凛凛而在，邑人廟祀，至於今不怠者，豈以王之亡秦興漢之功大，而得失自我，不爲姦詐篡竊，真磊落大丈夫也哉！故余作賦以辨之。大抵君子論人或責以備，或推以恕，非苟然者，余豈敢與衛公異也。其辭曰：

括蒼龔相暇日與客登項王之亭，顧覽遺迹，喟然歎曰：「嗚呼盛哉！二世之末，天下思叛，勝、廣一呼，雲起從亂。當是時也，燕、齊、趙、魏，莫不立王。梁起會稽，亦從民望。得孫心於民間，爲人牧羊，立而奉之，鼓行城陽。雖再破於秦軍，而秦軍尚强，梁既死於定陶，王怨秦而必亡。章邯引而渡河，趙旦莫以乞降，彼陳餘之擁兵，亦逡巡而莫敢當。王乃震怒眥裂，力排宋義，晨朝誅之，莫不讋悸。毀舍釜以湛船，示三軍之死志。果破秦軍而殺蘇角，絶甬道而虜王離，呼聲震天而動地，山陵日月爲之蔽虧。諸侯人人惴恐，膝行轅門而莫敢仰視，章邯舉軍以降焉，諸侯將以兵而從之。入關不留，衣錦東歸，裂地主約而王將相，天下利柄，惟我所持。何其盛也哉！及齊、趙先畔，漢以兵東，轉戰滎陽，陷死摧鋒。漢雖屢北，謀無不同。迨垓下之圍方急，始悟楚人之多從，於是慷慨悲歌，潰圍南出，臨江不渡，留騅報德，又何憊也！」

客曰：「子知楚漢之得失乎？不在於兵而在於得人，不在於强弱而在於得民心之淺深。當其屠咸陽、殺子嬰、火宮室、坑秦兵，殺義帝於郴陽，專主約之不平。漢皆反是，約三章而去苛法，拒牛酒而恐費民，封府庫諭郡邑而不私其財，期在於變秦。況蕭、張佐其謀，韓、彭將其軍，無素書之弗用，推赤心而示人。此楚漢之得失也，曾何盛僨之足言哉！」

龔子曰：「子知其一，未知其二。古今成敗得失是非，其間紛紛，蓋不容喙，略請較之。其敗者未必皆非，其成者未必無可議也。嗟夫！項王卓偉之才、英烈之氣，使膺天命而有成，乃蹉跌而至此。若曹操之與司馬懿，以鬼蜮之雄，資盜賊之智，尚負且乘而竊神器，皆數傳而後已，或百年而遂斃。方戕伏后而尸曹爽，抑可見其無君。予意其爲得失，又安足計。以石勒之胡雛，猶逐鹿於當世，不忍效夫數子奪孤寡之非義。嗚呼噫嘻！得則爲王，失則爲虜。由魏、晉以觀之，王雖亡兮何負？此顧吕馬童而謝亭長，死生固亦不懼矣。彼分香而飲粥，又何王之可伍也。」

客遂緘默，相視動魄。一客在旁，莞然獨笑，曰：「二子辯則辯矣，然未達夫理也。楚、漢、魏、晉，茫茫千載，是非得失，今皆安在哉？徒存史牒，莫攷真僞。自古及今，如我與子登斯亭而悵然，弔往昔以流涕，漁夫樵婦之所經行，野老祠官之所祭酹，亦已多矣，莫得而記也。今夫二子踟躕睇視，不忍舍此，亦何異臨川而歎逝也。子獨不見夫青山白雲、長江明月，耿耿長存，滔滔不絶，初無古今之異，治亂之別。是亦理之所在也。」

於是引而酌，酌而醉，醉而能歌曰：山蒼蒼兮江湯湯，月盈虧兮雲飛揚。是非得失兮兩俱亡，頹然而卧兮適乎無何有之鄉。《歷代賦彙》卷一一〇。

述賢亭賦 並序

閻苑

黄星既殞，火井重炎。孔明志在電掃荆、揚，席捲許、洛，布四頭八尾於平沙之上，乃昔人臨流感嘆之所。余慕其風烈而述其德業，因名斯亭曰「述賢」。攷其陣法，則方以八環一而爲九，馬隆遵之以破賊；圓以六包一而爲七，李靖遵之以平虜。蓋戰守處畫，部伍節制，所重者勝，所忽者敗。所以觀宏規者仰服，指奇蹤者稱美也〔一〕。且益州分應井絡，僻在坤維，而武侯以區區之蜀，蒞政至公，董武立信，貫許國之精誠，伸命世之勇略。令施竹帛，不纊而温；律嚴斧鉞，不寒而慄。

〔一〕「所重者」四句：四庫本《全蜀藝文志》卷二一上作「所重者制勝而有餘，所忽者敗亡而莫救，此古名將所以稱美也」。

方其鷹揚上國，虎視中原，驍將聞風而奪心，壯士望塵而破膽。擁精鋭之衆者，堅壁受辱；稱骨鯁之臣者，仗節包羞。玩敵於股掌之上，措勝於談笑之間。比昔賢則過之，責斯人而備矣。余搆亭於此，俾其登之者，識常山蛇勢，知天下奇才，壯雄圖之不朽，想英風而猶在。嗚呼！天假其年，則禮樂攸興；天命有歸，則智力無用。大筆方籌，長星遽墜。陵谷已遷，尚有典刑。蠻夷雖化，不忘武備。況今夏賊干常，逵人稱號。冠帶遺民，雜窮髮之種；漢、唐故地，混茹毛之俗。而受鉞登壇，專長城之寄者，節制可忽耶？秘殿華閣，當方面之權者，勤勞可繼耶？今步遊灘上，鑑前追往，作古賦以述其始終，使夔人歲時歌之，不無感慨焉。雖然，孔明方躬耕之時，處布衣之賤，倘不遇三顧之主，安能縱七擒之酋？噫！自古英雄之士，時命不遇，其名湮滅而無聞者，惜哉！賦曰：

鼎分率土，姦賊陸梁。孔明布石於平沙之上，高步於大江之傍。志馳許、洛，欲掃荆、揚。按井字九宫之法，本河圖八卦之祥。縱横魚貫，曲折雁行。雖云蛇勢，實曰龍驤。其始也，荷寫誠於傾蓋，遂感激而褰裳，應雲龍之隱隱，信魚水之洋洋；其終也，酬三顧而不爽，縱七擒之所長，資一時之談笑，播千載而芬芳。

況夫才兼管、樂，政黜申、商。蜀則冬日，魏則秋霜。蜀民暖於布帛，魏人困於豺狼。於是并聲東下，嚮應西方，折曹氏之牙角，挫仲達之鋒鋩。至今秦隴耻其巾幗，梁益詠乎《甘棠》。論高節，則勝棲巖之入夢，鄙負鼎之干湯；推治體，則蕭何爲政之咳唾，子産遺愛之粃糠；量行事，則用兵如晉文之示信，教民如周《誥》之成章；觀設施，則肩輿羽扇以節金鼓，木牛流馬以代梯航；遵節制，則馬隆以八陣用於晉，李靖以六花顯於唐。宜其斬王雙而走郭淮，殺張郃而辱宣王。

吁哉！飲渭之龍，隨天數而已没；吞吳之蛇，如寶氣而難藏。所以餘威遠振，遺跡尤彰，忠義撫劍而嘆息，英雄沾襟而感傷，戎夷懷德而縞素，士民追昔而蒸嘗。

余徘徊灘上，不見鵝鸛變變，龜蛇央央，但覺雙魂失宅，三甲負芒。瞿唐風急，起波聲之嗚咽；巫峽雨散，連天際以淒涼。縱使秦雲變色，魯日迴光，竟與草木同朽，皆無益於興亡。

宣和二年十月十五日，魏陵閻苑述。明刻本《蜀藻幽勝録》卷一。

鸚鵡洲賦

羅頌

登黄鶴之高樓兮，欣徙倚而四顧。何南望而獨愁兮，有正平之遺處。指垂堂而示戒兮，何足以知君子之度？方黨禁之既解兮，凜凜清議其尚存。無罪而戮一介兮，衆必争起而誤讙。士猶恃此而不恐兮，時亦直情而徑行。寧知嗾夫妄庸兮，使之魚肉而甘心。

稽建安之事勢兮，魏甚菀而漢枯。每不忍其綴旒兮，思忠憤之稍攄。惟不擇其所發兮，遂至於顛沛而闊疏。當其解衣而慢侮兮，坐皆驚悸而失箸。吾謂死於漁陽之摻撾兮，何預乎《鸚鵡》之一賦。使英雄初無殺心兮，雖顛困苦而終赦。惟此客以授我兮，宜相與尸祝之不暇。兵在頸而追救兮，奈何以此欺天下？萬一僥倖而脱身兮，終亦無以自全。北海仗正而孥戮兮，德祖以俊而銜寃。三人者蓋一體兮，必且脣亡而齒寒。

嗟繁城之佐命兮，非不巧於自營。挈四百之基祚兮，與一身孰爲重輕？來者滔滔如江水兮，方攘臂而議先生。詆文華爲浮薄兮，至或以比乎盆成。苟吾言之獲信兮，猶足以吐千古之不平。明萬曆刻本《羅鄂州小集》卷一。

《後村詩話》續集卷一　羅鄂州文雖少而善，集中《鸚鵡洲賦》二篇，其首篇云，……二賦皆佳，此篇乃其兄所作，有《祭田横墓文》之意。

《復小齋賦話》卷下　禰正平《鸚鵡賦》頗爲自己寫照，然略無露才揚己意。宋羅鄂州願《鸚鵡洲賦》云：「吾謂死於漁陽之摻撾兮，何與鸚鵡之一賦。」真千古定評。余每讀其「女辭家而適人，臣出身而事主」句，輒爲欷歔不自禁。

《羅鄂州小集·凡例》《鸚鵡洲後賦》首云：「乾道六年，端規道鄂如荆，感鸚鵡洲之事，慨然爲賦。願覽而繼之。」則前一篇的是羅鄂州作，誤入《小集》中，今爲改正。

鸚鵡洲後賦

羅願

乾道六年，端規道鄂如荆，既感鸚鵡洲之事，遇有以禰處士比盆成者，遂慨然爲賦。願覽而繼之，其詞曰：

日吾送兄湓浦兮，背長江而旋反。覽弔禰之新詞兮，惜吾行之不遠。漢數極而招盜兮，睨龜鼎而欲移。中不快而輒殺兮，羌甚果而不疑。時猶有所畏縮兮，懼天下之見議。嫁惡名於餘子兮，蓋自以爲得計。委孝章於孫氏兮，曰不能救猶有辭。楊公並列而見收兮，可退託於不知？

嘻！量人其何淺兮，謂一世即此而可欺。於正平尤不揜兮，蓋顯然遺之以危。方三州之傅客兮，知欲免其良難。念譖人者之不然兮，每投畀而獲安。豺虎有所不噬兮，有北變其貪殘。揆處士之所至兮，寔覽輝之翔鸞。縱不知其亦已兮，獨不可以少寬？何所遇之一律兮，争攘臂而衝冠。子猶不能得之於父兮，忍絶其交遊之極歡。卒首難而快敵兮，嗟曾獨無肺肝。均斗筲其何誅兮，吾將申詰夫曹瞞。

噫！人固有一死兮，庶没世而遺榮？生既輕棄其身兮，死又吝與之名。諷路粹以奏孔兮，併追詆其平生。絶天道蔑孔顔兮，果誰咮爲此鳴？必隕滅其猶未厭兮，乃今知忮心之憯於五兵。

意良史爲可恃兮，略浮謗而存高情。攷終篇其何戾兮，紛呼號裸罵而相并。因繁城臣子之所記兮，又奚以異夫臺中之評？儻遂信而弗思兮，毋怪夫列之岔成。賴北海之緒言兮，配史魚之亮正。捨斯人其誰信兮，吾將按以爲程。

嘉南州之博衍兮，萃終古之英豪。賈不遇而賦鵩兮，屈既逐而爲騷。風流遠以莫嗣兮，江漢日以滔滔。追先生之繼往兮，想驂鸞而遊遨。精神炯然不没兮，起風雅而相高。方逍遥於寥廓兮，夫豈知俗議之徒勞。明萬曆刻本《羅鄂州小集》卷一。

《後村詩話》續集卷一　羅鄂州文雖少而善，集中《鸚鵡洲賦》二篇，其首篇云，……二賦皆佳。

方回《跋羅鄂州爾雅翼》　回聞之先君子，南渡後文章有先秦西漢風，惟羅鄂州一人。甫七歲，已能爲《青草賦》以壽其先尚書。少長，落筆萬言。既冠，乃數月不妄下一語，其精思如此。

水磨賦 並序

張舜民

浮休既投迹少陵，一日，有以水磨求售者。相其地，乃古之宜春苑也，今謂之韋曲，自漢唐已來，諸韋居之，與後周逍遥公矖書臺，唐杜岐公、韓退之舊業，鄭都官之園池，鄰里籬落，垠堮皆在。人云：李太白嘗居此地，仰終南之雲物，俯滴水之清湍，喬林隱天，修竹蔽日，真天下之奇處，關中之絶景也。暇日，聊爲之賦云：

粤自大樸既散，機事滋熾，抱甕無譏，斲輪改制。脱大車之左轂，障横流之肆置。圭測深淺，審度面勢，覆廈屋之沈沈，釃長溪之沸沸。徒觀夫老稚咸集，麥禾山積，碓臼相直，齒牙相切，碾磨更易，晝夜不息。洶洶浩浩，砰砰礚礚，鼓浪揚浮，交相觸擊。飛屑起濤，雪翻冰析。仰而觀之，何天輪之右旋，覆轑膠戾，蟻行分寸，遲速間隔；俯而察之，何地軸之左行，消息斡運，揞撐挺拔，千匝萬轉，而不差忒。逆而視之，脩渠繩直，高岸壁立，沄沄漾漾，滉滉瀁瀁。如坻之平，如練之明，忽然走下，若衆罊之赴禹門也。順而索之，盈科後進，遇險斯止，瀲瀲灧灧，成文布理。汪澄淵默，乃見柔德。力盡而休，功成而退，若君子之善出處也。

彼華山三峰之飛瀑，吕梁百步之噴沫，獨有賞心之玩，曾無利物之實。未若斯磨也，不踰尋丈之間，不匱一夫之力，曾無崇朝之久，而可給千人之食。如是，則驢馬不用，麥城任堅，農夫力穡，知者圖焉。故君子役其智，小人享其利，真爲一鄉之賴，豈止一家之事。賈生曰：「水激則悍，矢激則遠。萬物回薄，震盪相轉。」孔子觀於川流，莊生監於止水，因事會理，是謂道紀。

況夫雍爲九州之沃壤，滈乃八水之上游，樊、杜引其吭，豐鎬匯其尾，壽山禦其表，崇岡固其裏。空淡鳥没，木老天深，憑高四顧，騁望千里。其地産則動植飛潛，充牣旨美，無所不備，天府取之而不竭，陸海探之而無底。其人物則有漢唐已來，韋、杜二氏，軒冕相望，園池櫛比。逍遥公築臺而曬書，杜君卿鑿山而引水，韓退之之西鄰，鄭都官之北鄙。參以太白，忘機脱屣，雖時代之屢遷，顧風流之未弭。末有一叟，扶杖來止，非夷非惠，不農不仕。或釣或弋，翱翔徙倚，鶴髮鮐背，頹然而已矣。四庫本《長安志圖》卷中。

登房州凝嵐門賦

呂昌明

其險也有建鼓馬鬣之崔嵬，其勝也有睡嶽龍光之幽密。《輿地紀勝》卷八六。

蘇軾《送呂昌朝知嘉州》（《施註蘇詩》卷二八）　不羨三刀夢蜀都，聊將八詠繼東吴。卧看古佛凌雲閣，敕賜詩人明月湖。得句會應緣竹鶴，思歸寧復爲蓴鱸。横空好在修眉色，頭白猶堪乞左符。

登峴首賦

楊冠卿

惟荆故都，帆轂所導，唐鄧襟喉，巴庸環抱。挾商秦之巖阻，引湖湘之浩渺。有墉峨峨，奠此遐徼。歸峴首於南城之南，漢沔來趨而回繞。宛彼勝槩，天設地造。亘萬古如有期，徯兹辰之一眺。澹平野之紆餘，寓遐觀於幽杳。懷故都於天末，限南北而憯悼。紛喪亂之滿前，散煙雲於羣嶠。

昔羊叔子之興懷，發憂端之悄悄。悟混濁於此世，感頹齡於將老。斂死生以自私，虞變潰之不保。彼達人之大觀，眇過空之飛鳥。統萬酢於太虛，一古今於昏曉。追物祖之至遊，委心源於衆妙。曾何有於陟降，又奚分於悲笑。

嗟倦遊之煩促，載馳驅於行道。困暑濕之交病，披新涼於秋早。眷結客以寫憂，逮風日之清好。姑自娛於一醉，罷膏油之焚燎。忽暮景之相迷，尚流觴而藉草。招明月於林端，相與臨風而長嘯。四庫本《客亭類稿》卷七。

海鰌賦 有後序[一]

楊萬里

辛巳之秋，牙斯寇邊。既飲馬於大江，欲斷流而投鞭。自江以北號百萬以震擾，自江以南無一人而寂然。牙斯抵掌而笑曰：「吾固知南風之不競，今其幕有烏而信焉？」指天而言：「吾其利涉大川乎？」

方將杖三尺以麾犬羊，下一行以令腥膻，掠木綿估客之艓，登長年三老之船。并進

[一] 序：原作「席」，據四庫本改。

半濟，其氣已無江壖矣。南望牛渚之磯，屹峙七寶之山，一幟特立於彼山顛，牙斯大喜曰：「此降幡也。」賊衆呼萬歲，而賀者曰[一]：「我得天乎？」

言未既，蒙衝兩艘，夾山之東西，突出於中流矣。其始也，自行自流，乍縱乍收，下載大屋，上横城樓，縞於雪山，輕於雲毬，翕忽往來，頃刻萬周。有雙壘之舞波，無一人之操舟。賊衆指而笑曰：「此南人之喜幻，不木不竹，其詎我以楮先生之儔乎？不然，神爲之楫，鬼與之遊乎？」

笑未既，海䲡萬艘，相繼突出而争雄矣。其迅如風，其飛如龍。俄有流星，如萬石鐘，賈自蒼穹，墜於波中，復躍而起，直上半空。震爲迅雷之隱磤，散爲重霧之冥濛。人物咫尺而不相辨，賊衆大駭而莫知其所從。

於是海䲡交馳，攪西蹂東，江水皆沸，天色改容。衝飈爲之揚沙，秋日爲之退紅。賊之舟楫皆躪藉於海䲡之腹底，吾之戈鋋矢石亂發如雨而横縱。馬不必射，人不必攻，隱顯出没，争入於陽侯之珠宫。牙斯匹馬而宵遁，未幾自斃於瓜步之棘叢。

予嘗行部而過其地，聞之漁叟與樵童。欲求牙斯敗衄之處，杳不見其遺蹤，但見倚

[一] 者：原無，據四庫本補。

天之絶壁，下臨月外之千峰。草露爲霜，荻花脱茸，紛櫂謳之悲壯，雜之以新鬼舊鬼之哀恫。因觀蒙衝海鰌於山趾之河汭，再拜勞苦其戰功。惜其未封以下瀨之壯侯，冊以伏波之武公。抑聞之曰：「在德不在險，善始必善終。」吾國其勿恃此險，而以仁政爲甲兵，以人材爲河山，以民心爲垣墉也乎！

右采石戰艦，曰「蒙衝」，大而雄；曰「海鰌」，小而駛。其上爲城堞、屋壁，皆堊之。紹興辛巳，逆亮至江北，掠民船，指麾其衆欲濟。我舟伏於七寶山後，令曰：「旗舉則出江。」先使一騎偃旗於山之頂，伺其半濟，忽山上卓立一旗，舟師自山下河中兩旁突出大江，人在舟中踏車以行船[一]，但見船行如飛，而不見有人，虜以爲紙船也[二]。舟中忽發一霹靂礮，蓋以紙爲之，而實之以石灰硫黄。礮自空而下落水中，硫黄得水而火作，自水跳出，其聲如雷，紙裂而石灰散爲煙霧，眯其人馬之目，人物不相見。吾舟馳之壓賊舟，人馬皆溺，遂大敗之云。四部叢刊本《誠齋集》卷四四。

[一] 踏：原作「蹈」，據汲古閣本、四庫本改。
[二] 虜：原作「膚」，據汲古閣本改。

周必大《與楊廷秀寶學劄子》（《文忠集》卷一九一）　某衰病不能往叩函丈，既從才臣知近作，何翅望梅止渴？今蒙録示《陶舟賦》。紆徐敷腴，如挹北窗之風；烈激宏壯，如臨采石之狀。文筆高妙，一至此乎！

草木爲人形以助戰賦　以「草木殊别，有成師徒」爲韻

夏竦

壽陽之役兮，草木流形，陰功化成。似代及瓜之戍，如屯細柳之營。孚甲可觀，肅前茅之鋭氣；成行不亂，陳右僞之疑兵。當其天挫彊鄰，神資晉境，軍容始耀於勍敵，木實潛分於峻嶺。衆和可驗，盡傾葵藿之心；師老無虞，未昃桑榆之影。由是威加敵國，勢壯皇都，麗地之形莫辨，被堅之象何殊？不齎三月之糧，寧無菜色；縱乏五兵之器，應有桑弧。觀其疏旆寒巖，洗兵多露。累弦而葛蔓争引，秉節而松心益固。光侵斧鉞，應迷謝氏之蘭；影接旌旗，乍認將軍之樹。懿夫草昧之初，天開壯圖，鬭峰巒於壁壘，變枝葉於車徒。欲成横草之功，何須破竹；自整如林之旅，不待飛芻。

已而甲拆岡陵，風生林藪。雖因形以賦象，亦從無而責有。苟宣尼之見美，不讓芻靈；縱蘇代之深譏，何慚木偶？故得塵清肥水，席卷秦師。逐北而蓬飛曉日，解嚴而柏悦朝曦，色似忘憂之類，怒銷齺忿之枝。慶賜雖行，不受分茅之賞；勳歸莫覩，誰歌《杕杜》之詩？蓋其德順人心，威乘天討。黎元分君子之林，猿臂假王孫之草。故能敗苻堅百萬之軍，都如電掃。四庫本《文莊集》卷二三。

吴墟賦

薛季宣

命僕兮巾車，駕言出兮東隅。指圮堞而揭汩濠兮，訪吴孫氏之故墟。蒙茸煙草兮密羅城郭，黍離離兮秀於塹澤。蒼龍東而西白虬兮，屹然象魏。高復下兮，荆棘塞其堂陛。陛戟九重兮，列苞稂與蓬艾。左宗廟而右社稷兮，惛不知其何在。井不改而能遷兮，榛蕪既穢。紛萬室之鱗鱗兮，瓦礫碻磝而布地。晝遊麋鹿兮，想黎庶之紜紜。朝與夕而朝夕兮，狼虎爲之具臣。

人既去而城存兮，念之何已！意忽荒兮，徜徉徙倚。睠齊侯之遊豫兮，至於亡郭。殞穫舊聞兮，羌善善而惡惡。惡不去善無庸而猶滅兮，矧將反是。莊蹻爲廉兮伯夷爲穢，黄女充宫兮南威見棄。犬爲狼兮豕爲虎，豹貅剛摯而怯名兮，謂之首鼠。刑無辜而親有罪兮，衣裳反其上下。㵣如洛之車蓋兮，伊其自取。懷太帝之英雄兮，爰經始於是都。樊山以爲西障兮，三面汲於江湖。掄材用而建邑屋兮，信微罔棄。大者棟梁兮，庡廖取之至細。柱楣榱桷之適當其用兮，木札竹頭以不廢。輪奂成此室居兮，且以傳之萬世。艨艟焚於赤壁兮，北何威於大魏。豎豹尾而安一怒兮，時非時余有俟。迭曹、馬之泯紛兮，蹇代興而一替。

嗟厥志之已忘兮，民膏脂之是嗜。謳吟作兮，思金陵而引睇。誓不此居而活兮，寧歸以死。此魚湌兮，不如彼之飲水，人已去兮，君不知水龍來兮斯已矣。余此遊兮窮遠目，下不見人兮上不見屋。虎之跡兮衡從聚落，蛇遊故宫兮獸馳大麓。寄余意兮四達之衢，不知淚之盈襟兮俄失聲而以哭。

亂曰：金城湯池，草莽莽兮。巷無主兮，屋傾頹[一]。疇告語兮，興廢乘除。寧有所兮，寒與暑兮迭王。日而月兮一來一往，又安知他日之宫牆不變今之草𦵏也！四庫本《浪語集》卷二。

[一] 屋：清初鈔本、永嘉叢書本作「版築」。

鄂墟賦

薛季宣

按籍披圖，乃窺鄂墟。有邑無民，荒城已蕪。鄂渚繚乎其前，樊山峙於其北。有峰有巒，有陂有澤。林麓蒼蒼，環流漾碧。萬頃漣漪，際天一色。

吏指圖而告曰：「此三代之建邦也。在楚熊渠始大，宗周寖微。哉拓東境，窮兵極兹。乃命子紅，王而有之。已而知其非是，紅歸國廢，爰始邑焉。吳遷以替，是爲周晚之荆蠻專封之舊地也。」

走蹙然而應之曰：「是則然矣，而非爾之所及。」感昔傷懷，淒然以泣曰：「蠻宗以大，非熊渠之罪也。夫天王至貴，匪夷之類〔一〕。猶之在人，足元孔異。使周王能保文、武之基緒，不失周公之典制，外睦諸侯，下安萬彙，禮樂征伐，惟王是出，后稷之功，有隆不替，蠢爾荆蠻，胡寧以害？伊其自絶，何傷日月？不見崇侯，俄然已滅。自彼成康既亡，昭繆志荒。京邑昏昏，儀於四方。廢法專征，諸侯是常。楚、越、徐、吳，

〔一〕匪夷之類：原作「德統萬類」，據清初鈔本、永嘉叢書本及《歷代賦彙》補遺卷一四改。

於焉僭王。則夫荒服之侵凌，爲天王之政龐也，熊渠何罪哉！封紅於鄂，此其大紊；廢紅而復，豈無遷善意邪？而王不是改也，乃有驪戎犯順，鼎彝屢震。楚及郊畿，重輕是問。則斯僭竊之狂圖，非當時之大釁也。且夫百姓何知，觀德攸歸。楚之盛强，惟能撫之。彼社稷宗廟尚爲禾黍，夫何鄂侯之覆哉！若夫都之故城，哲夫是成，版築經營。再千爾齡，而猶巍峩弗傾。今之爲城者反是，豈夫人之或異。版臿靡施，工程靡不至。在旦落成，而夕頹委地。觀夫僭竊之荆蠻，又匪予今之所喟也。走嘗觀中都古先王規橅，而今已亡，猶存此墟。走不知人力斯至邪，將皇天之意夫？」四庫本《浪語集》卷二。

步瀛橋賦

胡次焱

步瀛橋者，槃川中市橋也。先是略彴規模，可以徒不可以輿。夏四月，洪水嚙岸，橋遂奔溪，往來者有褰裳之嘆。伯父樵叟慨然出獨力新之。有椽泥之木，有中流之柱，有架穴之梁，又構屋三間於其上。長五丈許，東西廣九尺，中間廣丈有四。曲欄坐凳，如其長而兩之。塗以丹雘，緻以青黄，視舊規增，百倍不啻。且扁以今名，曰：「吾以望吾鄉之俊彦也。」始於開慶元年五月，越七日落成。姝次焱喜而爲之賦，其詞曰：

客有登步瀛之橋，賦步瀛之景者，率爾而歌曰：「槃川之山兮蒼蒼，槃川之水兮泱泱。嗟惟槃川之人兮深厲淺揭，孰爲槃川之津兮徒杠輿梁。」

猗與樵叟，慨然心目，知濡尾之無利，閔滅頂之非福。廼掄材而晝楮，廼鳩工而戒僕。廼鞭下海之石，廼架石鹽之木。廼下杙兮椽泥，廼植楹兮構屋。財吾囊中之財，粟吾廩中之粟。寧朴其屋而華其橋，蓋侈於衆而儉於獨。東坡之犀帶無所受，金閨之寶錢無所取。儻不能篤拯溺之心，未有能爲中流之砥者也。觀夫玉鯨長脊兮隱隱，金鰲巨背兮隆隆。浮波心兮百丈之鼉，卧水面兮千尺之虹。簷牙兮插漢，閣道兮行空。直欄横檻兮廼左廼右，朱甍碧瓦兮自西自東。初疑爲百尺樓兮則靡梯靡磴，又疑爲萬斛舡兮不帆不蓬。長嘯兮可制嘷獺於西向之穴，拂劍兮可斃蒼蛟於馮夷之宫。宜琴兮宜棋，宜酒兮宜詩。宜錦鞍兮躍馬，宜雅歌兮投壺。使晉武見之兮，杜預不得爲巧；使秦皇尚在兮，神人不得爲奇。

若乃鴨緑水兮鱗鱗，鵝黄花兮妍妍。岸芷芬芬兮汀蘭鬱鬱，荇帶長長兮柳眉娟娟。

步斯橋也，可以挹杜若之洲，可以遡桃花之源。龜魚兮蔭瓦，蟬蜩兮鳴槐。篔簹解籜，芙蓉試花。步斯橋也，可以沉朱仲之李，可以浮東陵之瓜。淵貯玉鑑，波印金鉤，月兮此橋，何必庾亮之樓；漁簑入畫，鶴氅明眸，雪兮此橋，何必子猷之舟。

若乃煙雨空濛，雲霞出没，海上之鷗不驚，濠中之魚自適。萃四時之佳趣，供一橋之景物。然則琴高之乘魚，采仁之石迹，儻遊此橋，當爲踧踖。此所以登步瀛之橋，如登步瀛之洲。泠泠乎跨鯨汗漫，飄飄乎騎鶴揚州。

樵叟兀然而坐，逌然而笑曰：「噫！客賦步瀛之景則善矣，客述步瀛之義則未也。昔唐太宗立文館兮，登瀛洲之名始立；自張大魁首多士兮，步瀛之詩始傳。今吾之扁橋也，匪爲神仙之荒唐，蓋爲功名之軒豁。慨惟梁川，夙號儒林。藹文風於三市兮，夜檠朝牖；普教雨於四方兮，佩劍攜琴。將後來之穎秀，挹前哲之清芬。一步兮奏棘闈之凱，再步兮策蘭省之勳。穩步兮臚唱楓宸，高步兮玉堂金門。蓋自山林布衣，而一旦紆紫懷金，有似乎肉身凡骨，而一旦駕鶴驂雲。故吾即步瀛以名吾鄉之橋，實揭步瀛以望吾鄉之人。吾老矣，袖利涉之手，卷宏濟之心。爰詔枌榆之朋友，及爾階庭之郎君，因吾扁題之意，知吾期待之深也。嗟夫！相如題柱，志於駟馬車；子房取履，志於王者師。將爲好官兮名相，非夫步瀛兮其孰致之。且烏知今日之橋非蜀之曲星橋，而橋上之書無漢之黄石書？」

客於是斂足避席，頓首趨隅曰：「昔子産爲鄭國之相兮，無博濟之術，有婦寺之仁。伊樵叟爲山中之相兮，有溱洧之濟，無乘輿之恩。彼有其勢而仁則狹，此無其位而恩則深。請移此柱石廊廟，津梁吾民，且以領袖我步瀛之人也。」於是主賓抵掌一歛一石，行道之人三歎三息。四庫本《梅巖文集》卷一。

宋代辭賦全編卷之八十三

賦　懷古　三

湘竹賦

韓元吉

余懷古而不見兮，將弔舜於九疑。望湘江之沄沄兮，憚褰裳而涉其涯。款二女於叢祠兮，庭有翠篠而參差。睨枝榦之斕斒兮，淡猩血之淋漓。手欲觸而不敢兮，心欲置而復思。故老諗余以前聞兮，此皇英之淚痕。帝遐征而不復兮，淚潺湲於竹根。朝日暴而不滅兮，嚴霜洗而不昏。度淒風之蕭瑟兮，如有餘哀之遠聞。彼聖人其亡欲兮，豈暱嬖而惑私。雖嫠者其抱情兮，何一哀之至於斯！

夜將寐而太息兮，夢恍惚其見之。委玉佩以弦琴兮，有美一人其頎。顰青蛾而啟皓齒兮，肅予前而致辭。曰吾父之至仁兮，擇吾嬪於有虞。惟虞之能繼帝兮，功甚巍而不居。藝稷黍於艱難兮，派百川而東駛。制禮樂與法度兮，世蓋躋於極治。憂勤終以損壽兮，南巡五月其未已。乘白雲以逍遥兮，無復帝車之可還。悼予躬之至弱兮，撫予娣而長嘆。考殂落而夫逝兮，予之息又不令。天下其將安歸兮，生民又安取正。息既不任於養兮，嗟予死其孰瘞。天既高而莫升兮，地之厚其可入。蹇念此以長號兮，涕交墮而弗知。滋草木以如雨兮，與江水之争流。惟此君其諒余兮，含余淚之莫收。歷千祀而弗改兮，亦其節之素修。彼昧者其騰口兮，殆妃嬪之後先。抑予哭猶罔於夜兮，顧於此則豈然。

嗟神言之諄諄兮，羌不知其夢也。且端拂以求諸神兮，雖軀莢其不貳也。退而告於君子兮，咸舉以爲信也。遂再拜而謝之兮，吾將敬而植此也。四庫本《南澗甲乙稿》卷一。

禹廟賦

陸游

世傳禹治水，得玄女之符。予從鄉人以暮春祭禹廟，徘徊於庭，思禹之功，而歎世之妄，稽首作賦。其辭曰：

嗚呼！在昔鴻水之爲害也，浮乾端，浸坤軸，裂水石，卷草木，方洋徐行，瀰漫平陸，浩浩蕩蕩，犇放洄洑。生者寄丘阜，死者葬魚腹，蛇龍驕横，鬼神夜哭。其來也組練百萬，鐵壁千仞，日月無色，山嶽俱震。大堤堅防，攻齧立盡，方舟利艥，辟易莫進。勢極而折，千里一瞬。莽乎蒼蒼，繼以饑饉。

於是舜謀於庭，堯咨於朝，窘羲和，憂皋陶，伯夷莫施於典禮，后夔何假乎簫韶？禹於是時，惶然孤臣，耳目手足，亦均乎人。張天維於已絶，亟救命於將湮，九土以奠，百谷以陳。阡陌鱗鱗，原隰畇畇，仰事俯育，熙熙終身。凡人之類至於今不泯者，禹之勤也。

孟子曰：禹之行水也，行其所無事也。夫以水之横流，浩莫之止，而聽其自行，則沉没之害〔一〕，不可治已。於傳有之，禹手胼而足胝，官卑而食菲，娶塗山而遂去家，不暇視其呱泣之子，則其勤勞亦至矣。然則，孟子謂之行其所無事，何也？曰：世以已治水，而禹以水治水也。以已治水者，已與水交戰，決東而西溢，堤南而北圮，治於此而彼敗，紛萬緒之俱起。則溝澮可以殺人，濤瀾作於平地。此鯀之所以殛死也。以水治水者，内不見已，外不見水，惟理之視。避其怒，導其駛，引之爲江爲河爲濟爲淮，

〔一〕沉没：汲古閣本作「冒汝」。

匯之爲潭爲淵爲沼爲沚。蓋滀於性之所安，而行乎勢之不得已。方其懷山襄陵，駕空滔天，而吾以見其有安行地中之理矣。

雖然，豈惟水哉，禹之服三苗，蓋有得乎此矣。使禹有勝苗之心，則苗亦勃然有不服之意。流血漂杵，方自此始，其能格之干羽之間、談笑之際耶？夫人之喜怒憂樂，始生而具。治水而不憂，伐苗而不怒，此禹之所以爲禹也。禹不可得而見之矣，惟澹然忘我，超然爲物者，其殆庶乎。四庫本《放翁逸稿》卷上。

重修周公廟賦 並序

王巖

元祐元年春三月，皇帝嗣位，肆大告以新天下。詔書之下郡縣者有曰：「前世聖帝明王、忠賢哲義，有大功利及物，列於祀典，其陵寢廟貌廢缺不完者，悉令葺治，所以竭虔妥靈，格於上下，稽若古訓，敦厚風俗。」其意甚美。當是之時，有司固當增置，然制度狹陋，草率苟完，不足以奉承朝廷尊大先古聖賢之意。今陝西轉運使游公，元祐六年按行西路，飭官吏，畀財用，大爲營建，凡一百一十間。又因其泉流，導之者爲畎澮，瀦之者爲池沼，植之者爲園林，培之者爲亭榭。森布概列，落落如畫圖間，使人喜遊而肆觀焉。至其廟貌尊嚴，殿廡華煥，左右仗衛，塑畫羅列，劍戟森然，綵繪光耀，竦動耳目。而聖象巍然居其上，髣髴如見當時坐明堂，被袞衣，抱幼君以朝諸侯，四方萬里海隅之君奔走俯伏聽命，莫敢後時，制禮作樂，七年而致太平，以成周家卜年卜世之久。嗚呼盛哉，此亦天下之壯觀也！惟周公盛德大業具見於《詩》、《書》，而法度文物載在《周禮》，及其行事之緒餘，往往論辨發於史傳、諸子百家之書。仲尼又以其微意於《春秋》，以深究禮法之弊，此固非淺見謏聞所可道也。因拾其已傳之迹，而係之以賦曰：

粤惟有周，肇自履帝。后稷不窋，憂勤積累。公劉基理，釐爾士女。太王避敵，從者如市，躬仁蹈義，以迨王季。文王作則，德與民庇，小心翼翼，天下有二。武拯塗炭，昧爽甲子，太白授首，商紂妲己。梯航四海，車書一軌。

天作元輔，曰旦翊世。文王之子，武王之弟。武疾未瘳，公告天地，植璧秉圭，請代以死。至忠竭誠，則始見於金縢；受遺託孤，則恭承乎玉几。爰畀顧命，乃攝寶位，家宰作誥，百官總己。於是輔導幼主，笞撻伯禽，坐明堂，冠冕旒，撫四方，朝諸侯，吐餔握髮，制禮作樂。卜世三十，卜年七百。營洛邑，均道里。設官職，列朝士。序同異，封子弟。建磐石之固，宅維城之利。五侯九伯，犬牙相制。揚文武之烈光，率祖宗之大締，監二代之文物，揭萬世之典禮。

噫嘻！我直如矢，我道如砥。變生於獨，惑出於似，君子既誠，小人乃毁。貝錦萋斐，箕舌哆㑩。近則成王不知，召公弗喜；遠則四國横議，曰公不利。據手瘏口，跋胡疐尾。羣輕折軸，積毁銷骨。青蠅上璧，點白爲黑。衆口鑠金，呀吻利喙。鴞無好音，車有載鬼。邕氣豺目，蛟涎虎噬。公於是時，了不芥蔕。是用居東以伐，作詩以遺。不顧小忿，斷以大義。誅殛讒亂，表暴仁智。罪人斯得，神告以異，大風偃拔，開悟主意。羣公盡弁，乃啟金匱，曰公勤勞，訓我孺稚。衮衣告歸，天地薦祉，歲則大熟，禾則盡起。攝政七歲，明辟復子。啟封七百，土宇世嗣。老於京師，備道全美。巍巍乎高哉遠哉兮，宣德音以不瑕，皭然不滓。豐功盛烈與日月而齊光兮，烜赫晃耀乎垂千百祀。魯侯受命，祭以天子。血食萬世，流澤千紀。榮華至今，歌頌不已。

漢唐而降，土木其峙。想望風采，恍惚夢寐。載在祀典，廟貌簠簋。曰岐之陽，在水之溪，面終南兮俯清渭。瞻睟容兮望遺趾，睥睨爽塏兮髣髴英氣。殿沉沉兮穹窿，神其來哉兮昂昂顒顒。層垣落日兮古木號風，停流澄碧兮晴影涵空。丹楹剥月兮繪壁嘘龍，繁雲翳翳兮暑雨濛濛。遺波餘澤兮幾千百年，濫而爲泉兮匯而爲淵，釃而爲渠兮霈而爲川。鍤雲渠雨，溉我甫田。沃壤萬畝，泝洄千里。契理亂，鑑臧否。或通或塞，或涸或沸。守令得其人則決，不得其人則止。歲在閼逢，漈闢可歷。肆沕潏以曼衍，極舒徐以逶迤。蘭澤勃以滂湃，碞潋洌其櫛比。潛堆埼，激霄墜。宗魄砢，瀵泜沚。淪湄滸，漪靡紓。洶洶洞洞，淪淪泚泚。蒼崖峨峨兮，白石齒齒。若乃支分派引，旁午錯出，滌闐闐，瀺井里，浸淫逆折乎蘭若之圃，汗漫溥博乎絃歌之地。濡鱗翼於將勦，蘇根荄於既殘。惟餘閏之所浹，無一物而不被。至於風亭月榭，層樓觀閣，流珠漱玉，清聲爽韻。洋洋乎方池曲江，孤嶼絶島，沐浴長養乎春陽而秋艾。天波空鱗，雲山倒影，涼飔兮皺輕碧，急雨兮斂新霽。皓月沉素，餘霞弄綺。雁落兮修漣生，魚吹兮圓暈起。沙堤兮蓼岸，花妍兮草媚。客有乘范蠡之舟，横桓伊之笛，延馳影以綸鉤，汎淒飈而膾鯉。抹毫而吟，挈榼而醉，不事王侯，屣棄名利。而深入乎煙霞之際，以索於形骸之外，養乎中和之氣。此智者之所樂而不可勝記。夫是之謂周公之水。

辭曰：我思古人兮永想風聲，徘徊明廷兮瞻仰儀刑。野人何知兮桂酒芬馨，禳除凶災兮祈請冥靈。歲時豐樂兮吏治不驚，奉法循度兮天王聖明。我思古人兮姬公、孔子，忽乎其有見兮，邈乎其不可致。如有用我者兮，期月而已。將以敬天之命，垂於無窮，詣於極治兮，請俟周禮。雍正《陝西通志》卷八九。

鑄金爲范蠡賦

以「賢臣去國，鑄金成狀」爲韻

夏竦

鑄以表德，金惟象賢。始規模之卓爾，俄冠冕以昭然。任銅墨之資，焉能接武？縱銀黄之貴，未敢差肩。昔范蠡以勁卒平吳，扁舟去國。勾踐重念成功，乃嘉丕績。兼金非貴，將酬霸越之功；良冶大開，遂展鑄顔之力。

俄而威儀可象，鎔範斯陳。西南之美寶方集，卿相之英姿乍振。敵國以亡，似避鑠金之口；洪鑪委質，翻從作礪之臣。是何爍彼真姿，宛成奇狀。對烏喙之英主，映稽山之遠嶂。威儀可仰，似當麟趾之時；軒陛非遥，如履燕臺之上。蓋以辭賞逃名，嘉猷大成，聳千官之耳目，見三品之精英。儼端委之儀，不慚銅臭；處薦紳之列，獨有金聲。道契陶鎔，功符鼓鑄，交光而鵲印垂組，晃色而金盤擎露。倘滿籯之可貴，自契韋賢；苟一諾之非輕，何慚季布？

是知剛以表義，義以象金。觀巧冶之非遠，察常念兮則深。我武載揚，既示能剛之力；大名難掩，足彰爲義之心。美夫佐命爰來，成功而去。閲形容而國寶堪仰，讀史策而嘉名益著[一]，始知文種之徒，曾無遠慮。四庫本《文莊集》卷二三。

在陳賦 並序

劉敞

予讀《孔子世家》，蓋三至陳，皆困焉。及他傳説，亦往往言孔子在陳事。竊以謂賢者辟地，翔而後集，危邦不入，亂邦不居。以彼其明聖，則宜有以先知，無顛沛之憂矣。然而動離厄難，至於門人加疎，喟然思歸，遂終不寤，何哉？予甚惑焉，作賦以辯之。陳州作。

循太昊之故墟兮，撫上古之遺風。世超絶而莫紀兮，竊獨悲夫孔公。在天縱之將聖兮，亦何所其不容？周四海而歷聘兮，汔棲遲於此邦。似先迷而後得兮，反過涉而爲凶。方從者之告病兮，門人愠而加疎。雖藜羹有不具兮，死與生而雜居。麟傷足於鉏商兮，鼉見縻於豫且。處陷阱而不知避兮，謂聖智其焉如？其身之不皇恤兮，庸後世之能圖？遊中國莫我信兮，在蠻貊而行乎？吾誠疑此二三兮，亦君子之病諸。

[一] 策：原作「第」，據乾隆翰林院鈔本改。

惟微服以過宋兮，又接淅而去齊。詭蒲盟而信邁兮，臨晉淵而思歸。狂狡無所售其謀兮，奸邪不得以遂非。亦何先覺之昭昭兮，至於今而忽迷？信天命之固然兮，亦人事之未盡？非驕氣與矜色兮，謬伯陽之所徇。儻修身以飾智兮，惑任公之幽訓。不捐盡而絶學兮，傷萊子之深吝。時滑稽而倨傲兮，自晏嬰而患進。

夫大白必汙兮，大直必曲。賫章甫而適越兮，諒求榮而愈辱。天下多大國兮，何必安此陋俗？謂舜後爲庶幾兮，曰不知《韶》之已亡。明楛矢之遠集兮，既驚愚而駭狂。不德我以刺譏兮，反仇予以甲兵。鷁鶂之智不給處兮，千古之愚而知來。孰有誠明之全德兮，顧臨幾而惑哉？信天命之固然兮，迨無妄而爲災。所貴松柏之特操兮，非以其在春夏而青青。必將歷歲寒而後彫兮，斯可以見天地之炳靈。且夫水激則旱，矢激則遠。孰知夫桑落之下兮，乃春秋以終顯。感吾黨而懷歸兮，聊舒憂以淫衍。躬木鐸而周流兮，豈戚嗟而思反？四庫本《公是集》卷一。

屈原廟賦

蘇軾

浮扁舟以適楚兮，過屈原之遺宫。覽江上之重山兮，曰惟子之故鄉。伊昔放逐兮，渡江濤而南遷。去家千里兮，生無所歸而死無以爲墳。

悲夫！人固有一死兮，處死之爲難。徘徊江上欲去而未決兮，俯千仞之驚湍。賦《懷沙》以自傷兮，嗟子獨何以爲心。忽終章之慘烈兮，逝將去此而沉吟。吾豈不能高舉而遠遊兮，又豈不能退默而深居？獨嗷嗷其怨慕兮，恐君臣之愈疏。生既不能力爭而强諫兮，死猶冀其感發而改行。苟宗國之顛覆兮，吾亦獨何愛於久生！託江神以告冤兮，馮夷教之以上訴。歷九關而見帝兮，帝亦悲傷而不能救。懷瑾佩蘭而無所歸兮，獨惸惸乎中浦。峽山高兮崔嵬，故居廢兮行人哀。子孫散兮安在，況復見兮高臺。自子之逝今千載兮，世愈狹而難存。賢者畏譏而改度兮，隨俗變化斲方以爲圓。黽勉於亂世而不能去兮，又或爲之臣佐。變丹青於玉瑩兮，彼乃謂子爲非智。惟高節之不可以企及兮，宜夫人之不吾與。違國去俗死而不顧兮，豈不足以免於後世。

嗚呼！君子之道，豈必全兮。全身遠害，亦或然兮。嗟子區區，獨爲其難兮。雖不適中，要以爲賢兮。夫我何悲，子所安兮。宋刻本《東坡集》卷一九。

《經進東坡文集事略》卷一　晁无咎云：《屈原廟賦》者，蘇公之所作也。公之初仕京師，遭父喪而浮江歸蜀也，過楚屈原之祠，爲賦以弔。末云「嗟子區區，獨爲其難兮。雖不適中，要以爲賢兮。」竊謂漢以來原之論定於此矣。又公嘗言：「古爲文譬造室，賦之於文，譬丹刻其楹桷也，無之不害於爲室。」故公之文常以用爲主，賦亦不皆仿《離騷》。雖然，非不及騷之辭也。因附見於此云。

《古賦辯體》卷八　賦也，雖不規規於楚辭之步驟，中間描寫原心，如親見之，末意更高，真能發前人所未發。　晦翁云：「公自蜀而東，道出屈原祠下，嘗爲之賦，以詆揚雄而申原志，然亦不專用楚語。其輯之辭，爲有發於原之心，而其詞氣亦若有冥會者。」晁補之云：「曹操氣吞宇宙，樓船泛江，以爲遂無吳矣。而周瑜、黄蓋一炬以焚之。公謫黄岡，數遊赤壁下，蓋忘意於世矣。觀江濤涌汹，慨然懷古，猶壯瑜事，而賦之云。」

《唐宋文醇》卷三八　朱子曰：公與歐陽文忠、曾南豐相繼迭起，各以其文擅名當世，然皆傑然自爲一代之作。於楚人之賦，有未數數然者。獨自蜀而東，道出屈原祠下，嘗爲之賦，以詆揚雄，而申原志，然亦不專用楚語。坡公賦屈原，雖不專用楚語，然至末亂辭「君子之道不必全兮」數語，是爲有發於原之心，而其詞氣亦若有冥會者矣。

《賦話》卷一〇　兩蘇皆有《屈原廟賦》，宋祝堯夫謂大蘇賦如危峰特立，有嶄然之勢；小蘇賦如深淇不測，有淵然之光。

儲欣《東坡先生全集録》卷一　品隲靈均，絶確。

屈原廟賦

蘇轍

淒涼兮秭歸，寂寞兮屈氏。楚之孫兮原之子，伉直遠兮復誰似？宛有廟兮江之浦，予來斯兮酌以酹。

吁嗟神兮生何喜？九疑陰兮湘之涘。鼓桂楫兮蘭爲舟，横中流兮風鳴厲。忽自溺兮曠何求？野莽莽兮舜之丘，舜之牆兮繚九周，中有長遂兮可駕以遊。揉玉以爲輪兮，斲冰以爲之輈。伯翳俯以御馬兮，皋陶爲予參乘。慘然愍予之强死兮，泫然涕下而不禁。道予以登夫重丘兮，紛古人其若林。悟伯夷以太息兮，焦衍爲予而歔欷。古固有是兮，予又何怪乎當今？

獨有謂予之不然兮，夫豈柳下之展禽？彼其所處之不同兮，又安可以謗予？抱關而擊柝兮，余豈責以必死？宗國隕而不救兮，夫予舍是安去？予將質以重華兮，蹇將語而出涕。予豈如彼婦兮，夫不仁而出訴？慘默默予何言兮，使重華之自爲處。予惟樂夫揖讓兮，坦平夷而無憂。朝而從之遊兮，顧子使予昌言[一]。言出而無忌兮，暮還寢而燕安。嗟平生之所好兮，既死而後能然。彼鄉之人兮，孰知予此歡[二]？忽反顧以千載兮，喟故宮之頹垣。明清夢軒本《欒城集》卷一七。

《古賦辯體》卷八 公嘗與兄子瞻同出屈祠而並賦。愚謂大蘇之賦如危峯特立，有嶄然之勢；小蘇之賦如深渠不測，有淵然之光。又子由《黄樓賦》畧序云：「熙寧十年七月，河決澶淵，水及彭城下。余兄子瞻適爲守，爲水備。自戊戌至九月戊申，水及城二丈八尺。子瞻廬城上，調急夫、發禁卒以從事，以身率之，與城存亡。水既涸，子瞻曰：『不可使徐人重被其害。』乃增築徐城，即城之東門爲大樓焉，堊以黄土，曰『土實勝水』。轍登斯樓，弔水之遺迹，乃作《黄樓賦》。」東坡嘗曰：「子由之文實勝僕，而世俗不知，反以爲不如。蓋子由爲人，不願人知，故其文似其爲人。及作《黄樓賦》，乃稍自震厲，若欲以警憒憒者，便以爲僕代作，此殆見吾善者機也。」賦而雜出於風比興之義，反覆優柔，沈著痛快，以古意而爲古辭，何患不古！

[一] 使予：原作「使子」，據四部叢刊本、四庫本改。

[二]「孰」上，宋刻遞修本《蘇文定公集》、四庫本《欒城集》、《古賦辯體》卷八、《歷代賦彙》卷一一〇有「夫」字。

《賦話》卷一〇　兩蘇皆有《屈原廟賦》，宋祝堯夫謂大蘇賦如危峰特立，有嶄然之勢；小蘇賦如深冥不測，有淵然之光。

憤古賦 並序

鄒浩

余讀《離騷》，見屈平以忠不容而卒葬於魚龍之腹也，憤然傷之，故爲此賦。

嗚呼！屈平之忠，曷不足以悟懷襄兮，薦困乎讒口之嗷嗷？流落江湖，不堪其憔悴兮，曾舊履不貶損乎一毫。憤懣中溢不可遏，以復爲無物兮，操觚進牘，遂大肆乎《離騷》。博萬殊之動植而擇以比興兮，匪故角勝負而爲此忉忉。或超然曠蕩乎四方上下之表，若無以取信兮，要其心之所存，則惟冀君之我交。後世有志之士，覽斯文而想風采兮，猶慨然永歎，又繼之以號咷[一]。以此較彼，輕重固有在兮，如之何不從彭咸而投波濤？人孰不有一死兮，或重逾泰山，或輕愧鴻毛。惟平之死於忠兮，使來者自悔其貪叨。歷上古以稽君臣之盛兮，邈

[一] 以：原無，據《歷代賦彙》卷一一二補。

鮮儷乎重華之朝。稷、契、皋、夔更相汲引以比肩於巖廊之上兮，北之幽州，南之崇山，不聞流鯁直而放英豪。聚精會神如一人兮，成功獨巍巍乎其高。

夫何世而不生靳尚兮，其消其長係人君之孰褒。以唐太宗之賢卓犖近代兮，於鄭公之既没也，停昏仆碑，且不念其勤勞。況本非其擬重以難明易聽之説兮，宜其君臣之盛亘千祀而一遭。幸大明之燭無疆兮，間不能以容刀。戒百鍊之剛化而繞指兮，雖至陋也，願初終乎所操。道光刻本《道鄉集》卷一。

哀湘纍賦 並敘

周紫芝

始余夜讀《離騷經》二十五篇，至其悲憤慷慨有不能勝，卒以忠諫而死，未嘗不垂涕想見其人。其後誦賈生渡湘水所爲《弔屈原賦》，與揚子雲《反離騷》，則知二子皆咎原，以謂當去而不當死也。嗚呼！君子之責人也，終無已乎？其異於庸人亦遠矣，而又非之，不幾乎使人難爲善者哉？盍亦反而求之，傷夫原之不逢其時以死焉，斯可矣。乃反二子之意而作賦，名之曰《哀湘纍》。

緊靈均之好脩兮，名正則乎始生。皎外晳而中潔兮，而又重之以能名。紉江蘺以爲佩兮，擷芰茥以爲纓。駕青虬以爲御兮，驂白螭而上征。朝登乎崑崙之邱兮，夕弭節乎玉京。叩帝閽以請命兮，將下澤乎群靈。忽堪輿之黮黯兮，俄炎駭而雲蒸。黄霧晻其四塞兮，日月澒洞而不明。前夔魖而後窫窳兮，右蚩尤而左欃搶。虎兕紛其欲噬兮，梟獍肆其旁鳴。嫫母姣而自好兮，惡夫纍其潔貞。

痛靈脩之弗察兮，俾群讒之並興。曁夫纍之既遠兮，孰怒鱗之敢攖。惑纖靡之昵言兮，卒喪軀於秦庭。纍知其無可奈何兮，乃退而述其情。雖怨悱而不亂兮，懷眷眷其未央。彼猶夷而不忍去兮，冀異脩之自懲。終惛惑而不悟兮，知直道之難行。乃負石而赴河兮，恥餔汨之非清。配陽侯之爲神兮，友彭咸而翱翔。俯馮夷之幽宫兮，聊逍遥以徜徉。

嗟夫人之何心兮，謂纍死之弗祥。盍遠引以避地兮，豈兹國之爲良。視懷禄以偷生兮，較一死而孰良？彼讒邪之並植兮，勢涸涸其日昌。顧若人之高介兮，亦何羞乎彼臧。縱有目之不明兮，豈鸞鷟之同行。倘中心之不懵兮，寧不辨乎羶薌。曾椒蘭之不垢兮，亦靈脩之可傷。雖擯斥而不用兮，亘千古而益光。四庫本《太倉稊米集》卷四一。

《直齋書録解題》卷一五《楚辭贅説》四卷　右司郎宣城周紫芝少隱撰。嘗爲《哀湘纍賦》，以反賈誼、揚雄之説。又爲此書，頗有發明。

屈原宅賦

晁公遡

余入蜀之初，嘗至於秭歸之山。有漁者過焉，指其墟中而告余曰：「此吾三閭大夫之故居也。」余聞而異之，問途而往觀焉，則群山連綿，若遠若近，風雲渟滀，不見其境。於時秋也，霜降氣肅，月光益明，風林水麓之影相亂，而大江之聲，若敲金擊石，泠泠然其可聽也。而所謂屈原之居，則無復可識。吾想夫牛羊之牧其上，而樵蘇之不禁也久矣，而彼漁者何自而知耶？

余觀於屈原之前者，有唐叔之苗裔，襲霸主之遺風。方示侈於天下，築虒祁之新宫。傾四封以來會，賀匠氏之奏功。其玉帛之容焜燿於下，而環珮之音鏗鏘於中，固已爲諸侯之雄也。

自後彊君桀主，日益侈矣。東西五里，南北千步，採玉砂以瑩礎，布金椎以隱路者，秦之驪山、阿房也。璧門鳳闕，上棲金爵，繚周牆以百里，而終南、泰、華之氣，上下而交錯者，漢之長楊、五柞也。嘉木崇岡，蔽虧杳冥，而珍臺閒館，間見層出於幽深者，唐之玉華、九成也。方其作而未毁，固極侈以增麗。五都之豪傑，足留而目注者，彷徨而不已。然而千載之後，皆漫滅而不記，又況屈原之宅哉？自沉沙之告終，凡幾易於星紀。觀陵谷之遷變，想丘隴其已毁。而後之人猶於荒榛野蔓之間，求髣髴於田里，而謂屈原之在是也。噫吁悲哉，獨何爲然？豈五方之異俗，惟楚人之爲賢？秦晉漢唐之址，已泯絶而無有，至於此而獨傳。考厥族之所託〔一〕，實祝融之世臣。能遺迹於不朽，郢郢中之舊京。然今也平原曠野，上下禾黍，九嶷雲夢之間，水波煙雲之容，輪囷浩蕩而瀰漫於九土。其章華之館、蘭臺之宫，亦不知其處所矣。予於是瞻悵久之，泫然流涕，而後知名節之可尊，而富貴之爲不足恃也。

漁者聞而笑之曰：「子真知吾三閭大夫者歟？觀此荒蕪尋常之地，豈昔者所以被放逐而不忍去者也？聞其始也，漁父語之而不從；其終也，宋玉招之而不來。卒自葬於魚腹，邈神遊於九陔。曩云懷乎故都，今何不少留而徘徊也？」

余曰：「封狐雄虺，象蟻壺蜂，層冰積雪，流金鑠石之域，當凜而夏，宜燠而冬。

〔一〕族：原作「俗」，據清鈔本《新刊嵩山居士文全集》卷一及《古今圖書集成·考工典》卷七六、《歷代賦彙》卷一一〇改。

生於四方，爲物之凶。然吾知其爲異，可前備而不逢。惟楚國之衆士，實同質而異心。吾不量其有毒，故見放於江濱。然則彼可畏歟，此可畏歟？雖漁父之見告，使揚其波焉，如誦《招魂》之哀唱，亦小智而大愚。所以赴江流而不悔，其何愛於弊廬！」四庫本《嵩山集》卷一。

弔屈原賦

王灼

鑒先民之典記兮，睠三閭之幽芬。涕涰涰以霣冊兮，恫忠潔而不伸。豈天監之沕默兮，將楚祀之遘屯。勳績罔究毫末兮，遽蒙斥而湮淪。

粤權輿之神化兮，畀斯人以靈智。胡廓落之巨邦兮，庸子紛其一揆。邈先生之修能兮，踔群曹而特異。奉渥德以專衡兮，願委質而自試。妍蚩錯以相形兮，爲衆情之攸忌。蓋三五之盛際兮，賢駿登於玉除。前唱而後和兮，蕩皇澤於八區。

嗟獨力之煢煢兮，莫有助於持扶。乃肆讒以媒孽兮，實厥私之是圖。謂靈脩之下燭兮，返信受以予怒。辱及身而國阽兮，惛不識其所措。既前王之不諫兮，尚後王之可追。鬱中情之紓兮，負玷黜以長違。託叮嚀之嘉言兮，鏘瓊珩與瑤珮。念皇輿之顛覆兮，悼日月之不再。持大義以自植兮，肯變度而易態？睇四顧其何適兮，寧投軀於江瀨。嗟先生之耿光兮，貫宇宙而愈章。世或操其異説兮，疑先生之罹殃。惟屈氏之於楚兮，偕高陽之苗裔。歷九州而從仕兮，諒非予之夙志。雖屏棄而日遠兮，猶飛心於華軒。睠故都之將頹兮，忍静默以自全！懷先生於久遠兮，念叔世之愈薄。小不能死封疆兮，大不能死社稷。習柔媚以圖安兮，睨其君如國人。進靡聞於抗直兮，刓退爲之隕身。抑高風之難嗣兮，獨以是鍾於先生。豈時變而事殊兮，孤忠無用於必行。死骨之不可作兮，浩悲思之來并。

系曰：山崚崚兮水漻漻，沅湘春兮洞庭秋。繽紛兮芰荷衣，容與兮木蘭舟。馮夷兮導前，祝融兮馳殿。揖彭咸兮周旋，招申徒兮遊衍。晨謁帝兮九疑，夕騰步兮南箕。肹溷濁兮高逝，倏千載兮不歸。四部叢刊本《頤堂先生文集》卷一。

懷騷賦

薛季宣

觀競渡而得屈原之所以死作。

江水滔淫兮，恢皃中陽。桂枻蘭舟兮，泝洄翺翔。周章通國兮，社里亶出。赫奕炳明兮，象龍偶濟。筒糧煥結兮，招祭先生。今古回環兮，顯允人之故。

誠蹇産予心兮，緬懷墟郢。騏驥伏箱兮，駑駘馳騁。變緇以爲白兮，珍寶甘繩[一]。蒔艾穫蘭兮，將誰與明！蛾眉粲其嬋娟兮，羌被離於衆醜。纍躅埃而爲竊飯兮，蓀孰知其内守！視羣輕之折軸兮，舟沈於積羽。緊直木之致斤兮，信夫君之有取。

堯徂舜陟兮，人自爲家。娼嫉異采兮，憎人心之所加。耿著夜光兮，浮雲結而慘黯。忘衣裳之昌被兮，不自知其顑頷。眺丹陽而侘傺兮，黄沙之莽莽。拔高丘之松柱兮，剛寄根於非土。鸞鳳翔於千仞兮，來下棲於荆棘。豢龍烹兮，同雞鶩於人食。鄂渚徜徉兮，思要眇之故步。永懷流烈兮，聞高風於競渡。時移世變，地益遠而年益邁兮，孰孜孜其愈勤？飄風發而白雲飛兮[二]，蘭含香而自焚。重曰：

崦嵫嵯峨，前介西兮。服翼昌揚，玄鳥棲兮。子胥鴟夷，比干逝兮。逍遥沅汨，將永世兮[三]。崇莠言，文在羑兮。人吾歸，知何有兮。雷霆奮，聲輼輪兮。拯溺風，千萬

[一] 繩：原作「蠅」，據清初鈔本改。永嘉叢書本及《歷代賦彙》卷一一二並作「蠅」。
[二] 雲：原作「雪」，據清初鈔本、永嘉叢書本及《歷代賦彙》卷一一二改。
[三] 世：永嘉叢書本作「逝」。

春兮。椒蘭穢，庸有止兮。懷留夷，曷其已兮！四庫本《浪語集》卷一。

義陵弔古賦

吴鎰

吴子客郴三年，屬厭其山川。蠟屐東山，訟劉公之忠；擊楫北湖，味韓子之窮。歌逝者之如斯，慨有感於予衷。有茅三間兮，一邱巋然。下叢薄之紛披兮，蓬顆颯其素顛。無翁仲之與居兮，況求螭首龜趺，大書而深鐫！斮錙之莫誰何兮，羊牛上來，兔迒鹿疃，紛横從兮狐魅以爲家。父老爲予流涕兮，嗚呼楚王孫心之所藏。

悲夫傷哉！屠秦之由楚兮，操之已蹴。城一舉纍百兮，士十萬而駢戮。威獵其父兮，計縻其子。曾是弗置兮，必其國斃而宗覆。季連不祀兮，壽春爲郡。馮力絶理兮，南公同憤。人莫如之何兮，託天報仇。始六千里之不支兮，終三户而復之。

吁嗟心兮，親懷王孫。釋芒屩而登至尊，羊孳息兮吾事足。駭無故兮果非福，冠猴伉戾兮又生一秦。主約之不得顓兮，吾烏用是空名？自我蘊而我揹兮，有是哉北面而事人！不相容則垂捨兮，卒斃之胡不仁。亞父誤我，何不留我歲時一上懷王之墳乎？僞哀以飾義兮，唯劉季亦少恩。借予以市天下兮，不少有以報予勛。夫獨無昭屈景兮，誣絶我楚。顧未許攀夥涉以自比兮，名十家以户墓也。

咄盆子兮人奴，知博塞乎羣娱。誰信定其不蚩，正飯牛而牛臞。窘羣剽之逋誅，卜之鬼而得符。反乎覆兮復初，終身飽乎市租。悵生世之不諧，藐之子兮弗如。鷩飈兮淒淒，泫露兮泥泥。寒草眇兮如愁，夕景慘兮無暉。梟羣嘯兮猿孤唬，猩饑號兮鼯怒飛。粤鬼比而欺人，塊羈鬼其疇依？鼓坎坎兮舞僛僛，誰家作社兮酒熟豚肥。生得志之幾何時兮，歿千載而餘悲。嗚呼噫嘻！問楚而興者，將非秦、漢氏也邪？

彼驪山之穴兮，眂阿房以爲麗。爇乳以燭兮，瀦澒成海水。牧瓶作祟兮，祖龍爲盡。骨隨風無不之兮，矧長物夫含襚。五陵相直兮，昏不是創，氣佳哉鬱鬱兮，謂予萬代。斬環將以養尊兮，錮匣祇以召藏。痛僵嚙之未免兮，嗟掊土其何計？嗚呼噫嘻！嬴劉之盛彊，亦若是乎！是特何足悲吒而歔欷？

有客兮羽衣，長吟兮微淒。予復來兮從誰，胡不學僊冢纍纍！噫！子非橘井之老僊乎？子且止，吾亦欲一言。短長百年兮，人誰者其長存？真使久生，所遇無故物兮，反可以深喟而永歎。生必有死要不免兮，惟富貴之難久而貧賤之易安也。四庫本《隱居通議》卷五。

《隱居通議》卷五《義陵弔古》　吳仲權謚自號敬齋，撫州崇仁人也。詞學奥雅，得名乾、淳間，及交南軒、于湖諸公。由進士科入仕，登朝爲尚書司封郎，出爲湖南轉運判官以卒。有文集三十卷，俱可矜式。嘗宰郴之義寧縣，縣有楚懷王孫心之冢，公爲作《義陵弔古賦》，殊蒼勁有風骨。其詞曰：……此賦幽然而深，黯然而光，讀之令人淒然而悲。時有當裁截處，儻更鍜鍊而揫斂之，使歸峻潔，則前無古人矣。

雙廟賦

孔武仲

出睢陽兮，荒蹊殘草之間。覽雙廟之遺蹤兮，啟高堂以縱觀。彼廵、遠雖異人兮，忠壯同發乎心肝。英靈超其以邈兮[一]，顧形魄猶凜然。昔天寶之不道兮，履阽危以爲安。置庸相於廟堂兮，養逆臣於邊關。胡雛朝發於范陽兮[二]，烽火夕照於長安。滄溟横泄而莫禦兮，漂九州以爲瀾。惟梁王之舊都兮，俯淮泗之驚湍。當兵革之幾消兮，剏壁壘之不完。徒死節而相誓兮，胥肆力乎艱難。以九拒

[一] 超其以邈：四明叢書本作「耀乎九天」。
[二] 胡雛：原作「犖山」，據清鈔本、豫章叢書本及《歷代賦彙》卷一一〇改。

却九攻兮，顧慮晝之已殫。及兵盡而食窮兮，雖智勇其何言？腰領横分於刀几兮，支節播棄於丘原。生城守而死廟食兮，越至今幾年？而望之者怵惕兮過之者盤桓。使懦夫有立志兮，此伯夷之所以爲賢。如二公之風烈兮，宜聞之者勉旃。

夫威刑者人之所憚兮，禄利者人之所喜干。矧鯨吞而虎攫兮，如思明與禄山。獨慷慨以不懼兮，持初志而愈堅。睨白刃之來臨兮，猶蝱雀之過前。洞觀歷世兮，鮮或能然。以孔光之素貴兮，猶折節於莽賢，偷榮耀於一日兮，甘醜辱於千年[一]。生爲諛臣以終身兮，死爲怯鬼於黄泉。聊舉隅以善喻兮，非更僕之能宣。我思古人兮，徒涕泗之漣漣。四庫本《清江三孔集》卷三。

弔叢塚賦 並序

張棨

真俗惑於風水，或久不克葬。又五方通衢，人多旅櫬，率以靈柩舁厝寺中，或致失所。在城北則北山寺，城東即此菴也。曩余訪東園翁，道過菴側，見大窖中縱

[一]千年：原作「三年」，據豫章叢書本、《歷代賦彙》卷一一〇改。

横數十柩。訊之路人，皆云劉都聞令人自菴曳納其間，今逾年矣，無爲之掩者。因竊喜其有救弊正俗之意，然不應久暴壞棺，使莫克以圖葬耳。後聞非其本心，實緣新建參府，與菴逼近，懼上官見惡，遂有兹舉。悲夫，胡使民至此乎！

余時即思鳩工藏之，會雨弗果。及後再過，已成大塚，蓋亦義人，或其棺主，皆不可知。乃作《弔叢塚賦》哀焉。有司者倘興漢褒寵之念，亟將頹菴廢爲義塚，不惟廣仁，且以袪弊，因并書之，以告良牧云。

歲疆圉之作噩兮，月令度其季冬。余將適乎東郊兮，睇桑翁於養慵。道河干之北陬兮，眙廢刹而如墉。中古塚其纍纍兮，多露骸之紛縱。嗟敝俗之寄厝兮，託釋宇以相從。年既邈而莫窆兮，疇若堂之可封。彼戎臣之憚咎兮，率亂投乎巨坎。雖末流而罔遏兮，違克端其大本。致物故之久暴兮，豈坏土之可掩。惟盡闕以廬其居兮，俾來者之溥斂。嗟蜡氏之失職兮，疇令埋而置揭。豈日月之可書兮，縣器服以待發。昔姬后之施澤兮，亦必及其枯骨。彼褒寵之賜郡兮，恩均庇夫既歿。消陰雨之悲聲兮，靡停櫬於歲月。史氏述以廣仁兮，庶牧道之表白。世教弛而政厖兮，民失養而多艱。吏草菅乎邦本兮，奚慈愛之克宣。恣饕餮以罔下兮，曷惜逝之弗瞑。粤儉歲之鮮食兮，民流離而靡痓。睠溝瘠而彌望兮，將殘者之亦酸。埒鳥獸以相食兮，疇克濟乎衾棺。積殍肖於邱垤兮，日懆懆而悲風。彼部使之惻愴兮，圖義塚以爲阡。昇藁梩而歸窀兮，跪陳辭而祀旃。涕淫淫其如雨兮，矢民瘼以問天。事雖逖而赫赫兮，若將覿乎睫前。何先哲之愷悌兮，兹莫企其仁賢。

彼司馬之感義兮，述豐碑而表鐫。余黽勉以繼志兮，哀旅魂之嬛嬛。思命鍤以昇瘞兮，庶遺體之可全。廓民胞以公愛兮，豈陰報而期傳。邁時日以命駕兮，溘斧屋而如巒。彼姱美以信義兮，曠余心其同然。爰述德以標鑊兮，將有裨乎顛連。或循牧之有知兮，溥兹義於八埏。申皇仁之不逮兮，庶漏澤之無偏。光緒十六年刻本《重修儀徵縣志》卷九。

荀揚大醇而小疵賦

楊傑

周、漢運否，荀、揚教傳。雖曰醇之大者，亦有疵之小焉。皆命世以爲文，言非不粹；與生知而較美，道未能全。嘗聞人異禽魚，性鍾天地，全而稟者曰聖哲，偏而得者曰賢智。聖無不通，賢有未至。是以周公、尼父，率臻大道之醇；荀況、子雲，未免纖瑕之累。蜀國宗匠，齊王老師。雖抱重器，不逢盛時。欲卷道以自處，疾没世而無知。

由是簡冊其藴，瓊瓌爾辭，立大功於是矣，未盡善者有之。著書三十二篇，義差而駁；準易八十一首，理或而醨[一]。至如論性之淵源，談道之極摯，或曰善惡一而混，或曰禮義皆其僞。以禮義爲僞，則堯舜之法歸乎詐；以善惡相混，則鯀禹之心何以異？兩賢於道，擇不精而語不詳；三子之間，得其一而失其二。

又若對臨武以問兵之術，推子淵以晞聖之徒。遠罪特愚於晁錯，談經私美於童烏。是所謂珠不無纇，瑕無掩瑜。然無傷於大義，實有累於名儒。非倡道之子思，將何以教？美不臣之新室，幾近於誣。向使親承鄒魯之範模，獲偶淵騫而論討，然則善得以盡，辨無不早。數萬言皆造醇道[二]，千百世以爲至寶。雜乎其雜，當殊太史之書；醇乎其醇，可擬孟軻之道。奈何智有失慮，人無全能。一則晦名於天禄，一則朽骨於蘭陵。俱有篆雕之雜，難全粹美之稱。亦猶務涉獵者賈山，醇儒不足；悦紛華者子夏，具體何曾？

[一] 或：四庫本作「失」；而：《歷代賦彙》卷六九作「其」。
[二] 醇道：四庫本作「休途」，《歷代賦彙》卷六九作「純精」。

噫！荀也倡道於前，揚也和之於後。助詩書禮樂之化，謹父子君臣之守。斯文未喪，大疵則否。何韓愈氏重而過之？蓋責賢人也厚。宋紹興刻本《無爲集》卷一。

憫相如賦

楊天惠

祖重黎之洪懿兮，系中山之蟬聯。食岷峨之舊德兮，飲江漢之靈源。皇既私卿以多技能兮，卿又附益之以師友之傳。招湘君使侍書兮，麾藺卿爲我驂。綜藝文之要妙兮，申劍術之雄妍。載而之四方，吾將鼓行諸公之間。視騎郎之多冗兮，義不辱於周旋。顧嚴、鄒之差强人意兮，聊步武於梁垣。惟才高之寡合兮，以其遭遇之難。靡歲月於官學兮，嗟不耦而空還。

徑千里而一歇兮，跂喬木於故山。殆而揭來第如臨邛兮，存故人之間關。起握手相勞苦兮，意氣與之拳拳[一]。彼污令之體苛兮，矜縟禮之闌單。慨非余心之所悦兮，矧驵儈之與同盤。强要卿以俱行兮，卿固已薄其所以然。摽使者於門兮，出告之以不閒。何

[一]「意氣」句：《全蜀藝文志》卷二二下作「意懇懇而拳拳」。

隆初而殺終兮，卒俛首而從旃。彼遷虜何爲者兮，竊東向於肆筵。紛臭處之逼人兮，笑言呀以更讙。予意卿食不下咽兮〔一〕，奚宴安乎未歡？酒參半而奏音兮，四座寂以無喧。嗟輩下之遺直兮，固淟涊而不鮮。嫮冶容而亡賴兮，猥自成乎哀彈。懿長離之文章兮，非鸞凰其誰匹？曷伻鳩以爲媒兮，即遊梟而接翼。棄朝陽之顯敞兮，集此榛莽之蒙密也。吐竹梧之芬馨兮，争羶腥之餘啄也。度將鶵以授意兮，吾固不審卿之所謂也。卿縱懷彼梟以好音兮，吾恐彼梟之終弗類也。

既么麽又不材兮，曾何足以溷箕帚之役。決帷簿而夜奔兮，毁悦禴而不入。卿胡偭然不自喜兮，安受此蠱蝕？豈其不禁桎杻兮，怳沈冥而不自克？寧卿意之易敗兮，移氣體於終食？人固醉而悮醒而悔兮，庸何傷於好德？怪卿初弗定此計兮，後又狂騖而不復。入不慙鄉杖者之善罵兮，出不羞賢牧伯之餘澤。厭儒衣之巨麗兮，襲隸人之褻服。雖雜作而忘劬兮，蔽泥水以爲飾。悵遷虜猶不堪其憒兮，卿獨何施於眉目？

始吾嘉卿之好音兮，殆將以禮乎自持。進有虞之雅操兮，紹尼父之聲詩。胡中道自絶於前修兮，乃陷而入於桑濮之爲？終吾偉卿之能賦兮，工譎諫而不怒。攝侈汰之瀾

〔一〕予：原作「于」，據《全蜀藝文志》卷二下改。

翻兮，卒歸之於王度。唁卿躬之不蚤正兮，尚何以禁切於人主？嗟乎操行之不得兮，躝終古而增污。挽天河以自湔兮，吾恐垢氛之不能去。

亂曰：邛山迤邐，邛水悠兮。日跳月踔，鄄千秋兮。翽然遺宇，庇沈湫兮。浮魂蟄魄，尚想遊兮。我欲堙井，剗梧楸兮。死者可作，庶無尤兮。孰是人斯，而有是醜兮。尚俾來者，毋罹此垢兮！《成都文類》卷一。

憫相如賦

鄭少微

躂長卿之絶塵，邈下睨於屈、宋。思眇眇以入微，辭蔚跂而易貢。騖八紘之津涯，括動植而錯綜。擢篆籀於重泉，斡形聲而磬控。

當其奮翼巴庸，前無古人。拾阬灰之斷簡，搜屋壁之遺文。紛齊魯之老師，徒騁辯於説鈴。蜕筆土梗，鼻端運斤。專兔園之右席，麾鄒、枚於嚬呻。顧天西之櫟社，悵夜錦之未晨。念絃歌之石友，暢落魄於情親。夫何嫠人之艷艷兮，感熠燿之霄光。矚綺疏以託誠兮，佩徽音而曷忘？嗟父母之不聰兮，昧彼都之豐臧。盼星河之照闌兮，徑遡洄而往從。縉紳先生，而爲此歟？涼德汙行，既不勝誅。闥闥烈女，世未乏諸。足不下堂，步中瑀琚。紉幽蘭以爲裳兮，鈿美玉以爲車。豈非泳漢之游女兮，亦有采桑之秋胡。秉周禮以律身兮，諒冰雪之難渝。裨化國之陰教兮，飾家道之權輿。爾弗安於正吉兮，蒙惡聲於簡書。

訪舊墟於故老，莽榛蕪之離離。智井乃貪泉之戒，脩梧寔曲木之規。渴者勿汲，暍者勿棲。噫嘻！余觸類取譬，操觚默惟。滔滔儒服，相遠幾希？摟處子者，迷忠義之大閑；窺鄰牆者，闇富貴之危機。斥雁幣之聘，媒妁之辭，墦間之夫，河間之婦，等亡羊耳，未容勝負，又奚獨料理十日卜之與典午邪？《新刊國朝二百家名賢文粹》卷一八〇。

諸葛卧龍賦

田錫

天將滅漢，天下大亂，奸雄競起以圖霸，豪傑争馳於良算。江東有孫權之强禦，關中有曹公之勇悍。唯蜀邦之險阻，付劉璋之闇懦。伊東海之徐庶，薦孔明於先主。其人自比於管、樂〔一〕，其迹尚耕於壟畝。負霸王之大略，每謳歌於《梁父》。可以屈就，難以

〔一〕於：原脱，據四庫本及《新刊國朝二百家名賢文粹》卷一七六、《歷代賦彙》卷一一二補。

邀取。若應龍之卧淵泉，俟良時以爲風雨。雖吳主之得豹，縱魏君之若虎，儻獲斯人以爲用，可以争强於中土。劉備乃往詣南陽，雄圖抑揚，功業稽遲而憤悱，旌旗侍從以蒼遑。豈徒賁丘園，聘珪璋，實欲尊之爲謀主而制敵，貴之爲尚父而圖王。一之日驟欲履其閾，肩其牆，殊不知渺若千里之迢遥，浩如重泉之汪洋。

人在其外，如鱣如鮪，如鰌如魴，不敢遊其窟宅，不敢漾其輝光。乃退而嘆曰：「信先生之道也，如龍之方卧也。」

二之日闚其户，聞其人，人雖覿而難趨，迹雖邇而難親。自覺其門若河若海，若潭若津，不得見其最靈，不得測其至神。又退而歎曰：「信先生之德也，如龍之未易識也。」

三之日升其堂，入其室，仁干森植，義櫓駢比。疑波神侍衛而洶湧，謂水怪環周而蹙踖。見其以道爲蹤，以德爲迹，以文爲鱗而彬彬，以武爲鬣而奕奕。將侔夏后，河漢可御以天飛；尚類葉公，窗牖初闚其藻質。我於是以兑悦爲雨，以巽順爲風，動其倜儻，鼓其英雄。遂慷慨變擄而崛起，以縱横籌略而相從。

亮之遇先主也，若龍之得水；備之得先生也，若雲之從龍。所以躍於吳，驟於蜀[一]，帝王其心，日月其目。張飛、關羽爲吾之股肱，趙雲、龐統爲吾之爪足。金鼓爲雷霆之威，甲兵爲風雨之速。旌旗爲飛鬣而常舒，鈇鉞爲逆鱗而難觸。前則飲於渭水，後猶蟠於斜谷。觀其奮首於魏，施尾於吳[二]，將欲騰躍於秦京與鎬京，窟宅於東都與西都。然後以燕齊趙魏爲河海，以荆襄楚越爲江湖。故得寰中波駭，海内鼎沸。馬超、韓遂之流，袁紹、吕布之類，若蛟螭奔走而喪膽，比魚鱉沉潛而屏氣。豈謂天賜吳以斗牛之分，賜魏以咸鎬之國，賜我以坤維之地，俾我與鼎分之域。既天命之所授，豈人謀之能克。漢江、沱江，亦足宅其西南；梁山、劍山，亦足門其東北。方欲修其德，述其職，將上請於閶闔，冀下并於華夷。變三分之國爲上國[三]，變漢水之池爲天池。復火德之世祚，續炎精之絶離。俄而上帝有命，碧落言歸，劉禪攀髯以何及，譙周仰首以無依。世靈其神，敵懼其威。楊儀鳴鼓以震恐，晉宣喪膽以奔馳。至

[一] 驟：《新刊國朝二百家名賢文粹》卷一七六作「驟」。
[二] 施：《新刊國朝二百家名賢文粹》卷一七六作「拖」。
[三] 上：《新刊國朝二百家名賢文粹》卷一七六作「一」。

今岐山之側，渭水之涯，南陽之草木，西土之邊陲，或烈風之飄飄，或暴雨之淋漓，猶疑其蜿蜒在晦，而陰騖是司。觀陣圖者見其規畫，讀國史者想其形儀。信奇士之遇主，實千載之一時。《春秋》曰「以龍紀官」，《詩》曰「爲龍爲光」，比葛亮兮攸宜。傅增湘校訂淡生堂鈔本《咸平集》卷五。

弔隋煬帝賦

孔武仲

馳荒郊兮北山，莽悲風兮蕭瑟。哀隋家兮荒主，嘗南遊兮弭蹕。時楊氏之方盛，奄八荒而爲一。忘締造之艱難，肆沉酣於燕逸。平地渺兮斁海，高堂隱其陵日。顧繁華之已空，叢棘榛而若櫛。感興亡之遄速，徒惆悵而涕零。流螢集兮漢宮，呦鹿乳兮周京。自古皆有此，奚獨恨兮蕪城？惜乎捨完固之圖，就敗亡之勢。豈群臣之尸素，絶嘉猷於獻替？抑天奪而鬼瞰，復公言而自棄。

嗚呼！楚澤丘墟，雷塘草露。梟鵜沸兮秋聲，牛羊歸兮日暮。迷樓欹傾，過者誰顧？乃爲文以弔之，聊以續乎《阿房》之賦。四庫本《清江三孔集》卷三。

酹三賢賦 並敘

周紫芝

蠅館主人獨遊西湖，短棹扁舟，夷猶孤山之下。夜既久而無聲，月將曉而始出。仰而望之，弔三賢之遺蹤，悵高風之邈邈。叩舷而歌，舉酒一酹而賦之。

歲元武之宵中兮，月既望而時秋。鼓蘭舟之桂檝兮，採芙蓉乎芳洲。夜黤黯其未艾兮，驂白鷺以夷猶。儼望舒之始駕兮，畀素魄於海陬。整余冠而仰睇兮，叩余舷乎中流。望華祠於山阿兮，眷三士之高標。雖出處之異致兮，亦分路以揚鑣。維香山之忠貞兮，耿真節於中朝。忤群姦而見逐兮，指新並以蒙嘲。彼西蜀之老人兮，抱素業於夔、臯。援斯文於未泯兮，障俗學之瀾濤。終一斥而不復兮，病讒口之嚚嚚。歲七周於海濱兮，脱九死而歸故邱。痛二老之不遇兮，越今昔而同儔。豈鸞鶚之不可以争飛兮，抑駑驥之難於並遊。豈枘鑿之不可以相入兮，抑亦臭味之異乎薰蕕。棄珠璣而貫魚目兮，斥騄耳而駕罷牛。笑蹄涔之沮洳兮，轉龍驤之巨舟。

獨高人之前知兮，遂遐舉而莫招。爰卜宅於兹山兮，旅麋鹿而友漁樵。却鶴書而不受兮，恐曉猿之怒號。草萋萋其春榮兮，葉霏霏而秋凋。閲四時而不改其操兮，孰謂山中之不可以久留。抗高風而配逸躅兮，追兩軌以奚羞。

嗟余生之後時兮，徒心旆之摇摇。瞻清揚於彷彿兮，拜遺像之非遥。聊舉觴而一酹兮，歌三疊而魂消。倘微辭之可格兮，冀旋旆乎雲霄。四庫本《太倉稊米集》卷四一。

宋代辭賦全編卷之八十四

賦 寓言

積薪賦

田錫

翹翹錯薪，委積交陳。後來者漸次居上，先用者逐熱相親。仰之彌高，或連枝而帶葉；恕不在大，喻棄故而從新。

其大也降鸞輅於東封，祝圓丘於南至〔一〕；執玉帛者萬國，捧豆籩於羣吏。禮容具舉，樂章大備。《書》稱柴望，達上帝於外禋；《詩》曰薪蒸，本周人之貴氣。虞衡往來，析薪成帷；載來北闕之下，采自南山之隈。輦運錯雜，積疊崔嵬。但取禋宗之用，不論瑰異之材。譬如爲山，豈勉力於勤學；寧媚於竈，不旋踵於貽災。

〔一〕祝：四庫本作「祀」。

薪既不能自言，人或代之析理。

緊吾儕小人，與彼己之子[一]，憂負荷以弗勝，爲衆多之仰止。匪斧不克，因伐木以致身；受人之知，合不才而省己。始采采於山水之涯，丁丁合《風》《雅》之詩。積之累之，如京如坻。遠望比層巢之峻，仰瞻侔累卵之危。居中者謂不我遐棄，在下者謂人不我知[二]。美古人善喻，下僚其咨。本人用之遲速，胡觖望於高卑。傅增湘校訂淡生堂鈔本《咸平集》卷六。

《復小齋賦話》卷下　唐宋人《積薪賦》，皆以後來居上爲正解。李衛公獨云「雖後來之高處，亦居上而先焚，使薪爲能言之物，豈欲入爨而揚芬」，蓋衛公既放，特爲此有激之論耳。

倚天劍賦

田錫

昔《齊諧》有志怪之篇，言古皇造物之先，形之剛克者静以爲地，氣之清明者外而

[一] 彼己：四庫本、宋人集丁編本及《歷代賦彙》卷一一四作「彼其」。

[二] 者：原脱，據四庫本及《歷代賦彙》卷一一四補。

爲天〔一〕。地與衆流而右走，天與三辰兮左旋。籌二儀之睽闊，諒億萬之相懸。有古皇所佩之劍，其言可驗。諭其大也，若雪山之皚皚；狀其光也，若秋波之湛湛。倚於穹圓，高巍峨焉，孕長庚於太極，稱純兑於西偏。莫辨靈芒，或日明而月晦；詎分剛氣，或噓雲而吸煙。夜吼半空，比雄風之九萬；朝披迴漢，陋蓮峰之五千。北斗掛於鋒鋩，而七星錯落；長虹綰於轆轤，而雙帶蜿蜒。論其用也，剖混茫以爲天地；觀其迹也，裁融結以爲山川。

噫！女媧斷鼇於海隅，漢皇斬蛇於澤邊；庚輿所試者幾十，闔廬所寶者三千。鏌鋣之與干將，魚腸之與龍淵，皆微茫瑣碎之器用，非陰陽造化之陶甄。觀夫煌煌煒煒，上莫窮其幾千萬里，錯星象而倒河漢，懾精靈而竄神鬼。變良宵之景，若白晝之明；照幽都之涯，若太陽之晷。顧滄海以堪淬，將泰山之作砥。乍疑天發殺機，鯨鯢奔而龍蛇起。又觀乎黯黯森森，高莫詢其幾千萬尋。鋒鋩瑩而雪霜冷，靈怪多而風雨陰。移春景之和，若秋郊之氛；易炎天之燠，若寒谷之深。可以掛扶桑若木之杪，磨蓬萊方丈之岑。

〔一〕外：四庫本作「動」。

所謂天之利器，浮雲決而妖星流。皎兮若黄河之冰，立而未泮；熀兮若銀河之瀑，凝而不散。珠聯垂象，飾寶匣以熒煌；璧合太陽，耀連環之熣燦。晉邦一鼓之鐵，堪恥微功；棠谿百鍊之金，難矜善斷。炳然若大雹垂而欲飛，燿然若流虹挺而增輝。風霜肅殺助其利，雷霆霹靂揚其威。龍伯旁觀，魂飛而駭其濩落；巨靈仰視，汗下而驚其陸離。截鴻鴈而斷兕犀，安將比也；目豪曹而稱樞貝，何足多之！雖天柱折，我劍鋒不缺；雖日馭沉，我劍光不滅。有時雪飛千里，如削巨魚之鱗；有時霞滿九霄，若染長鯨之血。迫而觀之，猶千里而近，則毛髮森豎，嚴凝凛冽；倏而觀之，猶七日來復，則神思惝怳，晶熒皎潔。乍憂封大象而屠六龍，天網斷而地維絶；適足飾帝心之慮怒，示天威之勇決。

粤有魁梧丈夫，倜儻雄圖，手操斗極，肩倚天樞。唯四時與六氣，爲一吸而一呼。因睥劍而色動，欲誅姦而氣麤。於是冠青雲之纓緌，曳黄裳之襜褕。謁紫微，朝清都，排閶闔以直入，瞻冕旒而前趨。曰：「臣聞立大功者，雖以濟濟多士；禦大難者，必用赳赳武夫。所以贊經綸之霸略，成恢廓之皇圖。願得倚天之劍，將以静四海而清八區。逆天命者爲陛下顯戮，反天道者爲陛下行誅。俾萬靈奉職，而不敢爲淫厲；使百神畏威，而不敢爲毒痡。則下土無札瘥之患，生民無水旱之虞。冀聖人無爲而静理，庶彙有截而昭蘇。」

帝曰：「壯哉！斯劍也，始以陰陽爲炭，天地爲鑪；崑山之衆寶皆索，厚地之精金畢輸。敕風伯以司鞴，詔雨師而合塗。千英萬靈，前馳後驅。天老練日時之吉，太乙詳鋭利之符。然後鑄於道，鎔於德，鍛之以静，削之以默，淬以明智，磨乎睿識。以天山之雪融其輝，以豐嶺之霜耀其色。其鐔所以横於東南，其鋒由是周於西北。然後脊中夏而刃外區，匣六幽而藏八極。非聖人之大寶，不足飾其容；非罔象之玄珠，不足償其直。壘五山而溝四海，資以守邦；帶河漢而礪崑崙，用之宣力。今予賜汝，汝可佐皇王而衛邦國。」

丈夫乃拜手而謝，趨風抗詞，曰：「臣欣遭聖時，幸至天墀。罄忠誠之有請，遇宸衷之弗違。持神器以寵賴，敢戎行之越思。昔聞授鈇鉞者，得專征伐；賜彤旅者，用揚明威。實中權之節制，奉皇家之典彝。臣有三事，爲陛下陳之：粤有馮夷之神，遐棄厥司，忽朝宗之常道，肆横流而自私。堯爲之咨嗟，舜爲之胼胝。幾欲萍藻我蒸民，汙潴我方祇。臣常竊憤，今得誅之。其次曰屏翳之神，不貞其師，遇旱則密西郊以含潤，因潦則憑北方以流滋。望舒爲之韜明，羲和爲之藏暉。幾欲蒙我融明之鑒，全其蔀沛之非。臣嘗衷怒，今得刑之。抑有吞舟之鱗，谷其口，陵其頤。自尊乎介甲之族，縱暴於潮汐之池。帆檣爲之蕩覆，湍浪爲之羣飛。臣嘗懷恨[一]，今當戮之。此三者皆姦雄之大也，積凶德而無疑。陛下謂之何如？」帝曰：「閫外之事，將軍裁之。」傅增湘校訂汲生堂鈔本《咸平集》卷五。

花權賦 並序

王禹偁

天地權四時，四時權萬物，於是萬物各得其權矣。萬物間鍾英萃秀，若花之權，得於和煦，而失於風雨，僅累乎人事之倚伏邪？作《花權賦》以佯之。

天地凛冽，林摧木折。腐葉槁枝，苞霜束雪。艷没香沉，紅殘翠滅。檻耻欄羞，絃銷管絶。奚上帝不仁，俾玄冥之肆孽？和氣被縶，嚴風見替。松畏寒以縮蓋，竹避凍而傴節。花於此時，孰賞孰悦？

有帝名青，施華興榮，岔蟠怒蟄，呼雷叱霆。風展扇以夢駭，雨澆膏而醉醒。截黄道以梞日，擘洪河而抉冰。角然而茁，芽然而萌。羽焉以翥，足焉以征。久疾方愈，沈

[一] 嘗：原作「當」，據四庫本及《歷代賦彙》卷一一四改。

痾忽驚。晝苑描囿，裝林繡亭。蝶粉翻影，鶯篁囀聲。閉千房而綺爛，咤萬蘂以霞明。麝裂朵以玢葉，錦擒條而織莖。豔豔春旭，鞭蹄走轂。舞伴歌鄰，帷遮幕覆。髾鬬捶以猥雲，手争攀而泥玉。卉疊葩重，紅欑碧矗。煙揜冶以暮擁，霧淋漓而曉沐。足使鄭溺微荒，燕甝趙恧，愛惜繼日，憐多秉燭。花於此時，得春之權，媚人之目。俄乃帝疾淫荒，瞋眸電張，鞭笞太皞，囚鎖勾芒。急吹迅雨，飄池泛塘。殘葉無色，虚枝不揚。囀篁者木舌而逝，飛粉者漆翅而藏。歌舞者恥，帷幕者已。花於此時，權乃去矣。

臺館空空，遺馨墜紅。爰物態之若是，信人事之攸同。則董威石僭，張或金崇，賈澤恃寵，矜勳伐功。鋪環矯獸，梁杏騰虹。屋妓輕以翻燕，棧駒矯而躍龍。惡賢忌善，比昏昵庸。賓以媚接，客以佞狎。雲蓋雷車，焉然而合；嶽葳池醪，吶然而咂。拒仁義以山隔，引回邪而海納。此權之來，有如花開。

及夫鬼瞰神殛，殃鍾禍催，庭起秋草，門如死灰。砌蘭敗以生蘚，房椒窮而漬苔。柱仆朽柱，梁傾腐梅。屯雲之客何往，流水之車不迴。但見虺穴玉城，鼠穿犀壁。遺嗣殘宗，臺輿厮職。骨爛魂埋，蓁蕪攸宅。顧僚宷以疇往，痛軒墉而何闃！此權之去，有如春暮。

於戲！開者胡媚，暮者胡顇？來者胡福，去者胡辱？諒人世之蒙蒙，吾未知其始終。宋刻本《聖宋文海》卷四。

感雞賦 有序

宋庠

予寓居畿邑，有里中男子蔣福者多畜羣雞。内一雞三足，其一足拳而弗用；一雞獨足，能飲啄嬉戲，與羣雞上下。噫！祥眚之事，予不得而推，但感其物理之異而爲賦云：

伊元化之無私兮，播羣形以平施。紛肖象而寓質，若巧鈞之制器。鱗者俾夫沉泳兮，角弗施於猛鷙。引羽族而普觀兮，足惟兩而已備。苟損益於天分兮，匪生生之本意。何此匹雞，理絶常區？或踸踔而獨止，或疣贅而聯趺。并鳴翔於桀次，亦飲啄乎庭隅。徒觀其一，則綴不用之爪，謄無名之膚。象非同於海鱉，名有忝於陽烏。其一則踐孤立之危，靡全形之德。追山夔以同號，希商羊而並翼。寧真宰之好異兮，伊微禽之我惑。感天分之有常，循生涯而各得。不決拇而㱿枝，詎日黔而浴白。蚿百足而蛇憐，蚓無心而土食。將減此而益彼，懼速尤而長慝。姑美惡之兩忘兮，庶元和之來宅。四庫本《元憲集》卷一。

誡覆車賦　前轍之覆，來者爲誡

宋祁

大道有蕩，傾車在前。伊來者之深誡，思遠途之曲全。顧轞轞以摧輪，安能繼進；視彭彭而改轍，式鑑先顛。仰味至言，遐稽往哲。於車誡而引諭，譬人謀而有説。將欲以敗警成，因工棄拙。追昔時之失御，大爲之防；在今也以回轅，下視其轍。徒觀夫流水競轂，輕雷奮輜。千金之子不倚，五達之莊載馳〔一〕。力且竭矣，遠猶致之。既嗜進而昧退，倏忘安而遘危。敗厥載於積中，金胡及柅；棄爾功於引重，轄靡遑脂。得不矯爾前非，求兹後福？

彼諒出乎一失，此宜存於三復。諦是險易，潛虞蕩覆。望前驅之致患，足見存亡；念後乘以方來，敢矜馳逐。豈不以圖今者視昔，覩往者知來？據福可以慮禍，守正於焉救回。故我假一車之申鑑，協萬物以兼該。拒險還軒，式戒乘槐之蹶；去危發軔〔二〕，

〔一〕莊：原作「狀」，據湖北先正遺書本改。
〔二〕發：原作「法」，據湖北先正遺書本改。

深防僨濟之災。況夫訓難誣於後人，諫罔施於往者。必將觀患於外，防微在下。苟遇喪乘之道，引而避之；儻行脱輻之郊，吾其還也。亦猶《詩》取商鑑，周仁始基；刑誡秦失，漢章有宜。率自先王之道，咸成後事之師。則車不徒喻，誡亦有爲。前瞻泛駕之人，自貽伊慼；卻視執綏之子，豈不爾思？異夫！身其晦必思於明，志乎夷必防其隘，然後卓爾自立，惕然垂誡，周流乎中道而行，決無淪敗。四庫本《景文集》卷四。

稷下賦

司馬光

齊王樂五帝之遐風，嘉三王之茂烈，致千里之奇士，總百家之偉説。於是築鉅館，臨康衢，盛處士之遊，壯學者之居。美矣哉！高門横閌，夏屋長檐，罇罍明潔，几杖清嚴。爾乃雜佩華纓，净冠素履，端居危坐，規行矩止。相與奮髯横議，投袂高談，下論孔、墨，上述羲、炎。樹同拔異，辨是分非。榮譽樵株[一]，爲之蓊蔚；呰毁珵美，化

[一] 樵株：南宋蘄州刻本《增廣司馬温公全集》卷二九作「焦枯」。

爲瑕疵。譬若蘭芷蒿莎布濩於雲夢之洳，鴻鵠鶬鶊鼓舞於渤澥之涯。於是齊王沛然來遊，欣然自喜，謂稷下之富，盡海内之美，慨乎有自得之志矣。

祭酒荀卿進而稱曰：「吾王闢仁義之塗，殖詩書之林，安人之慮廣，致治之意深。然而諸侯未服，四鄰交侵，士有行役之怨，民有愁痛之音。意者，臣等道術之淺薄，未足以稱王之用心故也。」王曰：「先生之責寡人深矣，願卒聞之。」

對曰：「臣聞之，碔砆亂玉，魚目間珠，泥沙漲者其泉慁，莨莠茂者其穀蕪。網者棄綱而失敘，行者多岐而喪塗。今是非一槩，邪正同區，異端角進，大道羈孤。何以齊蹤於夏商，繼軫於唐虞？誠能撥去浮末，敦明本初，修先王之典禮，踐大聖之規模。德被品物，威加海隅，忠正修列，讒邪放疎。行其言不必飽其腹，用其道不必暖其膚。使臣飯粱齧肥而餐驕君之禄，不若荷鉏秉耒而爲堯舜之徒。惜夫！美食華衣，高堂閒室，鳳藻鵾義，豹文麇質。誦無用之言，費難得之日。民未治不與其憂，國將危不知其失。臣竊以大王爲徒慕養賢之名，而未覩用賢之實也已。」宋紹興刻本《温國文正司馬公文集》卷一。

靈物賦

司馬光

有物於此，制之則留，縱之則去。卷之則小，舒之則鉅。守之有主，用之有度。習之有常，養之有素。譽之不喜，毀之不怒。誘之不遷，脅之不懼。吾不知其何物，聊志之於茲賦。宋紹興刻本《温國文正司馬公文集》卷一。

靈物賦

蘇籀

衆萬之夥，最靈黎首。雕夫人知，析其天守。念茲釋茲，聞覿言齅。詰厥攸從，孰尸可否？持爾維綱，孰俾官授？

稽前靈之昭晰，豈四目而兩口。獨罔覺以冥行，無先知而拜扣。書篚粲囊，慨其萎朽。統極致中，刪撮伺候。千里毫末，洞矚察究。萬仞藏珍，精進泊湊。斯物窈惚，鬼神懵瞀。氣質凝密，自悉自受。色色味味而滑夫眹兆，生生形形而不事斲剖。

愍六鑿以相攘，或肆馳而浪走。夸盱衡而形諜，窒本實之常有。日用之以愈惛，月違焉而奚救？歲周甲而省非，力湔洶而勉懋。破封執，釋瑕垢。深湛體研，劈析矯揉。滅絶邪絲，掀豁疑阜。斷想忘情，廓乎邂逅。箴鋒海納，無表裏而洞同覆載；周流汎應，非洪纖而并包宇宙。慎内閉外，自返而透。必静必清，頤真在宥。攝六籍之高奇，卓無倫而絶偶。眇視軒冕顯嚴之謂，不殆此之常久。於是匪樂餌歌咢而歡，捨導引屈伸而壽。余喻而躭焉，字曰靈物，銘諸坐右。四庫本《雙溪集》卷六。

蠹書魚賦

曾丰

嗟嗟曾子，貧哉其家猗富哉其書！粤昔走帝鄉而干禄猗，爰予書猗作疎。棄而去去而歸猗，匝半期其有餘。一日發笈出書猗，手欲披而莫扶。糊偕楮浸腐猗，陰濕猗茁菰；楮偕縫兩不相屬猗，字畫猗予俱。詰其蠹吾書誰猗，有物焉曰魚乎。魚而前猗，訊問其辜，曰：「微乎女之貌，眇乎女之軀。爪牙猗匪豹匪貙，角觜猗匪鰥匪鼩。胡爲乎敢爾齧吾之楮，啗吾之糊？寢而蝨賊吾孔孟之遺訓，堯舜之典謨？按三尺與九章猗，擢髮不足數女之罪。顧女蕞然之形猗，蓋不勝誅。余將淬劍以戮女，女其何辭以對余？若其辭耶，則開女以自新之途，不則決不貸女之命於須臾。」魚也哀而乞憐曰：

「公且息一時之怒，待吾盡其情以愬。倘其自飾以遊詞，然後伏公之刀鋸。初吾之營營猗，非爲口腹之故。蓋聞仁義之勝乎膏粱猗，可以供吾之啜哺。故潛身入其間猗，欲求其饜飫。奈何哉其口不識味猗，翻爲書之蠹。雖然，吾獨小蠹爾，不幸爲公擒，尚有大蠹焉，公胡不之慮？」

曾子驚曰：「今安在哉？吾其往捕。」曰：「其來也代久歲深，其衆也雲屯螘聚。粵自孔牆失護，厥徒橫騖。瀰茫其正路，出入其異户。戕穴吾《春秋》猗，斷斷乎公、穀之據；穿窬吾《風》、《雅》猗，拘拘乎毛、鄭之序。《書》猗膠於《秦誓》，《易》猗梏於象數。又其甚者，韓非師老，剥天下之肌膚；李斯事荀，壞先王之法度。信夫千里之差，初者起於跬步。不然，胡不見墨子悲絲，莫知所措；楊朱泣岐，傍徨四顧。原二子之初心，豈欲無君無父也耶？由是觀之，蠹公之書，彼蓋其尤者也。公不鋤而去，而獨歸咎於我，何歟？縱云在我，蓋出於誤。於法猗當誅，於情猗可恕。」

曾子聞而驚曰：「吁！女之不幸猗至此哉！宜其爲人之憎惡。安得聖人出，而鍼其受病之處？昔者嘗聞原壤之弊也，必至於爲晉爲梁，故孔子爲之拔其根之固；師商之弊也，必至於爲楊爲墨，故孔子爲之開其所未喻。嗟女蠹書魚猗，惜乎不孔子之遇。顧我雖非孔子猗，焉忍坐眎其僵仆！爾蠹書魚來，吾語女。道學有捷法，聖門有真趣。

軻也豈盡信乎書？參乎惟一「唯」之悟。繼今而往，爾能糟粕之捐猗醇全之茹，則不惟前非之可贖猗，自得之學云庶。不然，豈獨爲人之憎惡而已哉，甚則又重遭其擊掭也。」

魚謝而退。曾子歸而嘆曰：悲哉！魚之蠹吾書也，不過乎文字之殘；人之爲魚也，併予其道之斁！吾爲之懼，故爲之賦。四庫本《緣督集》卷一。

譴蠹魚賦

劉克莊

惟余先人兮奮白屋，掌太史兮校天禄。甑生塵兮缾無粟，以陳編兮實枵腹。清俸所收兮手澤所録，朱黄粲然兮咸精實而可讀。嗟予小子兮竊有志於似續，仕五十年兮皇皇求訪之未足。近得之江兮致之粵蜀，或相藍之善本兮或故家之舊牘。雖不敵鄴侯之藏，庶幾及善和之目。先廬不足以容兮，乃謹貯於山麓。余有四方之事兮，寄筦鑰於部曲。既啟閉之不時兮，亦怠弛之失曝。

余退老而温故兮，驚蠹魚之遺毒。初一二之蠕動兮，忽千百之孕育。么麽譬於針粟兮，中傷慘於鋋鏃。謂一帙之偶然兮，將補綴使完復。俄萬帙之皆遍兮，始欲無於全幅。念爾瑣瑣兮不足加於刑戮，矧復蠢蠢兮尤難曉以罪福。豈非始皇、李斯之後身兮，挾已試之緒餘。禍始於滅籍兮，終至於血儒。彼愚黔首而已兮，爾乃欲併愚吾徒，將恐舉世兮皆空空之夫！試展卷兮浩歎長吁，殘缺漫漶兮類科斗與蟲魚，磔裂穿鑿兮甚楊、劉與荆舒。噫！斯文之厄至於是歟？

吾聞善惡之報兮有疾徐。爾依典籍兮藩族而芘軀，無謂周孔兮釋教之不如。曷不觀沙邱之死兮咸陽之誅，父子戮兮宗廟墟。余將熾烏薪於焙兮採香芸於廚，窮白蟫之類兮蕩滌掃除。爾雖微物兮，其有不悔者乎？清鈔本《後村先生大全集》卷四九。

乘桴浮於海賦

鳳也有時，乘桴浮海

李綱

鳳鳥不至，島夷是圖。顧卒老於環轍，遂決意而乘桴。悼道不行，已焉哉，吾往矣。好勇而義，從我者其由乎。

蓋以道大不容，材高難送。歷聘而無所鉤說，立言而徒焉折衷[一]。長沮問而知津，

〔一〕徒焉：《歷代賦彙》卷一一四同。道光刻本作「焉所」。

接輿過而歌鳳。用於鄒魯，猶舟車易地而行；窮於商、周，踐芻狗已陳之夢。曷若脱此世網，適乎海涯。進退去就之在我，損益盈虚之有時。凌重溟之浩蕩，閲萬象之瓌奇。廓爾無垠，乍心凝而形釋；泛然不繫，乃神動而天隨。挹不可窮，遊無何有。晝所適兮，憑萬里之長風；夜何方兮，瞻七星之維斗。井蛙聞風而跱坎，所以震驚；河伯順流而望洋，宜其知醜。

豈不以雖險利涉，惟虚可乘。樂天命而無適非土，仗忠信而其安如陵。六合軒呈，知乾坤之高厚；八紘開露，覩日月之沈升。實由停蓄無私，含容善下。渺無涯涘，雖七旱而何傷；來有淵源，沛百川而皆瀉。夫子遊焉，吾道窮也。蓋抱德以行藏，豈留情於用捨。

去聖既遠，餘風未休。魯連感時而高蹈，管寧避世而長浮。風浪喧豗，未若讒波之險；魚龍出没，尚寛寇盜之憂。爰有羈臣，遠投瘴海。短髮白而早衰，寸心丹而不改。荷三朝之眷知，雖萬死而何悔。仰聖哲之風流，庶茲誠之有在。四庫本《梁谿集》卷四。

交難賦

楊萬里

客有問焉於楊子曰：「蒙學射於羿，羿爲盡技。技在羿則羿安，技在蒙則羿危。孟子不罪蒙而罪羿，子無疑歟？」楊子曰：「子虛之子不可以問本系[一]，言有託也；周子之兄不可以談夢寐，言罔覺也。子以爲孟子之言無爲而作也耶？」

客曰：「擇而後友，其友端矣。友而後擇，其盟寒矣。且蒙之爲人也，薄乎云爾[二]，羿何與之盡驩？射之傳與否，不足道也，羿獨不與交而難之乎[三]？」楊子曰：「客知其一，未知其二也。昔者孔壬詐堯晝寢，誑孔象以愛兄之道來，雖舜亦爲之動。蓋天之生物，有萬其品，彼淑慝之不齊，造物不能爲之禁。闕臯心於鸞喙，予施旨甘而報予以鴆，雖聖哲兮奈何？羿何爲兮已甚？其或免而或遭，惟繫幸與不幸。且夫孟子之於樂克，誅其舍館之未定。今使臯陶而爲理，與蘇公而同聽。一則訴投師之冤[四]，一則責見師之敬。羌臯蘇兮於斯，將二罪兮孰訂？嗟乎！人之生世，孰無朋儔？言合則金春而玉應，意適則雲凝而風休，蓋亦天與之樂，道與之謀也。若夫嚚之與居，駔之與徒，思一射之愈己，則反目而相圖。如羿者，政可哀耳。莊周曰：『求其至此而不得者，命

[一] 本系：汲古閣本作「太系」，四庫本作「太素」。
[二] 薄乎云：汲古閣本及《歷代賦彙》卷一一四作「薄乎人」，四庫本作「一小人」。
[三] 與：原作「於」，據汲古閣本、四庫本及《歷代賦彙》卷一一四改。
[四] 投：原作「殺」，據汲古閣本、四庫本改。

也夫。」其羿之謂乎？」

客笑曰：「子言則美矣，吾則異於子矣。繼自今息交以絶遊〔一〕，雞肋不足以煩一矢。公等皆去，吾亦從此逝矣。」四部叢刊本《誠齋集》卷四三。

苦櫻賦

何耕

余承乏成都郡丞，官居舫齋之東，有櫻樹焉。本大實小，其熟猥多，鮮紅可愛，而苦不可食，雖鳥亦棄之，感而賦之。

始余至於官居，盼兹樹之特奇。幹擁腫以上達，條扶疏而下披。蔭露井其有餘，知封植之幾時？或告予以含桃，出饞涎而流頤。意薦廟之珍果，必甘滋之若飴。幸一熟之得嘗，指麥秋以爲期。忽春事之已晚，訝子結之獨遲。初瑣碎以破蕾，漸毓稠而著枝。聊攀摘以適口，乃苦澀而顰眉。類置膽於越國，異茹薺於周詩。謝芳液之津津，空殷紅之纍纍。誤來集之衆鳥，誑無知之羣兒。

〔一〕繼：汲古閣本、四庫本作「惟」，《歷代賦彙》卷一一四作「雖」。

感人事之大謬，爲累欲而齎咨。或名美而實乖，或表盛而裹虧。或色厲而内荏，或迹公而情私。鸑翰假於鳳鳴，羊質混於虎皮。佞似聖以疇測，姦託儒而莫窺。莽恭儉以竊國，卯博辯以僵尸。談仁義其可樂，視所履而乖馳。儼衣冠於民上，爲賈豎之不爲。方滔滔以皆是，奚一木之足悲！《全蜀藝文志》卷二。

《復小齋賦話》卷下　宋何耕作《苦櫻賦》，後半頗多寄託，蓋借題發揮也。

唐風賦

薛季宣

有唐氏之封國，都蟠木之甬東。馬牛遠其不及，舟車絶而不通。其民穴處，比屋開房。王宅中都，深嚴九重。拓甬道之交馳，敞離宮之虚邃。猨臂接其鉤連，拱周廬之環衛。舉袂歙其風生，發語轟其鼓合。繁邑居之浩穰，紛往來之雜遝。循有國之彝倫，正君臣之上下。有一姓之常尊，越啟邦乎邃古。曾篡殺之無聞[一]，信戰争之無取。王屬烏

[一] 篡殺：清初鈔本作「篡弑」。

姓，其民黄氏；服色所尚，爲黄而已。民佩黼以爲飾，宫室壯而虚居。偉敦龐之厚貌，極骯髒而睢盱。王之儀表，特多奇異。翹然出類，胡然極貴。望之不似人君，就之而不見可畏。王好細腰，邦人謹飭；王好長裾，邦人憑翼。上不令之攸行，民戴君以爲命。力作而不敢告勞焉，以奉王之同姓。所謂主在與在，主亡與亡，一國待一人而治，萬室同一家之政者也。

載朝載夕，御於君所。有覺彤庭，坎其擊鼓。濟秩秩之朝儀，迅翩蹮之抃舞。胡風雨之蕭騷，振衣裳之楚楚。寄邦刑於警吏，法惟牢户之填。罰有犯而惟行，拉腰膂而蜎蠉。上無酤榷之禁，民習釀以成風。醖百花而家給，亶公私之大同。賦税之法，以臘而征，獵取於敖，甘如飲餳。苦辛之卒歲，嗟誰爲之營營。民俗喜遊，其行無迹。御非煙之翕合，履空虚之絡繹。粲芳菲之芬馥，一花樹之離披。交燕賞之駢闐，匪寒温之載羅。既醉而歸，式歌且舞。紉香葩以爲佩，惹衣芳而返處。懲野宿之王誅，用不關於外户。粤有渠搜之戎，諸種之族，由慢藏之致寇，以盗招於天禄。將掃除之靡力，創侵陵之云殆。爰巽處於新都，有遷民而遠害。王息生而已長，錫茅土而封諸。中邦甸而分民，即新封於大都。送之者至門而返，制初絶於交如。

國之大事，莫如卜宅，相攷陰陽，乃謀舊德。審輿情之胥悦，王揆日而於行。瞻一人之鸞翥，儼千官之景從。峩冠業岌進其前，佩劍崢嵘踵其後，飛騎翕其如煙，翊衛雰其如雨。弓弩彀而空張，競周章而禦侮。載行載止，載回載翔。王人興而樂舉，鏦夔鼓與龍鐘。警從官之行節，洵輯集其雍容。動不違於車下，抑何誅於亂行。遠而眺之，摶如鵬翼之奮長風；即而視之，宛如雲蒸雷起之應翔龍。達郊闕而近止，居整飭於威儀。以次即於新城，正班列之離離。其行有序，其至如歸。大一王而入邑，宣新令之無譁。攻王室之渠渠，力公餘而後家。百堵翕其皆作，更番出而樵蘇。王巡狩於崇朝，徇邦人而有誅。凡所以維綱其國者，尚同人之疾夫。

走聞唐人之俗，有五善五殆焉：以德而王，一善也；世有常尊，二善也，上下均一，三善也；公而後私，四善也；民勤於力，五善也。斯五善者，所以正王居於南面者也。世嫡無統，一殆也；大都偶國，二殆也；王族侵民，三殆也；征之無度，或時不取，四殆也；諸種侵軼，五殆也。斯五殆者，皆人力之所不逮焉者也。有兹五善，屏除五殆，而邦無絶奉衰微之厄，俗寡宗姓侵漁之害，業無惰而無勞，戎罔窺其障塞[一]。走將見夫可封之俗，永無聞於淪敗者矣。慨有唐之褊小，可言大國之風。無五善之綱

[一] 戎：原作「或」，據清初鈔本、永嘉叢書本改。《歷代賦彙》卷一三八亦改作「或」。

繆，而五殆之云崇。走知其爲邦之效，不難乎神禹之功也。感微生之含性，稟忠諒於天然；聊託賦於斯文，庶夫人之勉旃。已焉哉！天實爲之，其又何言！四庫本《浪語集》卷一。

燃犀賦

周文璞

智者鑑物，貴於察微。後來不察，其智幾希。智以神爲用，神以智爲友。豈無其無，而有其有？庖犧女媧，登龜斷蛇。風氣既開，淵流亡涯。故巢居僭於仲舒，表柱爐於張華。若太真之事，吾嘗以告諸徒矣。博物者曰怪怪，好奇者曰輕輕，盡性者曰渾渾，窮理者曰冥冥，如此則温子將不得爲哲人。子持賦於牛渚兩山之間，老松古木倚而和之，則庶幾乎敬聽。四庫本《方泉詩集》卷一。

宋代辭賦全編卷之八十五

賦　草木　一

草賦

吴淑

春草生兮萋萋，王孫遊兮不歸。吐芳揚烈，緑皋被隹。暮春江南之思，涼風塞外之悲。通神明者薀藻，彰瑞應者茵芝。指東門以漚菅，陟南山兮採薇。爾其邛有旨苕，隰有萇楚[一]，採藍未及於一襜，樹蕙俄滋於百畝。苜蓿懷風而披靡，蘘荷依陰而繁茂，葛覃既施於中谷，蘭生亦羅乎堂下。彼茁者蓬，一發五豵。不其書帶，晉陽屏風。道勝而何慚藜杖，德茂而方見蒿宫。芟之既逢於薙氏，嘗之亦自於神農。則有海上餘糧，井邊扶老，訝道茀之難行，歎牆茨之不埽。萱徒樹背，荃寧察情。

[一] 萇：原作「長」，據明秦汴校刊本、四庫本及《詩經·檜風·隰有萇楚》改。

結幽蘭兮延佇，餐秋菊之落英。聞殺人於鉤吻，傳益壽於黄精。濟陰或訝其兵狀，八公亦駭於人形。畏秋霜之曉墜，懼鶗鴂之先鳴。

至於生君子之邦，諭小人之德。茂彼崦山，饒兹蘭澤。或當風不偃，或不扶自直。原上動離離之思，河畔悦青青之色。晝爾於茅，宵爾索綯。或文如虉綬，或色似青袍，或紉蘭以爲佩，或服艾而盈腰。

至如臧文之妾織蒲，伯有之門生莠，聞景天之戒火，識包茅之縮酒。若夫布、帛之異，綸、組之殊，扈江離與辟芷，畦留夷與揭車。池塘得惠連之夢，蓬蒿侵仲蔚之居。駱越之菌，雲夢之萓。葰蕫既已香口，芣苢亦聞宜子。據蒺藜而難以求安，采葑菲而不遺下體。蓂莢、屈軼之祥，闒達、華平之瑞。釀酒瑶琨之域，飼馬吉雲之地。葵有衛足之稱，藿有向陽之意。斯品類之繁多，故云百卉。宋紹興刻本《事類賦》卷二四。

石菖蒲賦 有序[一]

張耒

歲十月，冰霜大寒，吾庭之植物無不悴者。爰有瓦缶，貯水斗許，間以小石，

[一] 有序：原無，據四部叢刊本、民國刻本補。

有草鬱然。俯窺其根，與石相結絡。其生意暢遂，顔色茂好，若夏雨解籜之竹，春田時澤之苗。問其名，曰：「是爲石菖蒲也。」考諸《本草》，則所謂養性上藥，仙聖之已試者也。因賦之云。

歲寒風霜，水落石潔。大木百圍，僵仆摧折。有草於此，寸根九節。曾是莫傷，萃然茂悦。若處廣深、隱奥密，而不知户牖之外平地尺雪也。將縻而餌之，私其益於我躬，則不幾於奪也？曷若致之吾前，儀之以自修兮，庶乎比德之琚玦也。明趙琦美鈔本《張右史文集》卷三。

石菖蒲賦 並序

王炎

予書室中有石菖蒲一本，鬱然暢茂，蓋資水石之清幽以遂其性。此物醫經所論可以延年，可以成仙，第人取而食之，蒲喪其生矣。然則，爲人養生者非蒲之願也。因讀《北山翁集》有《水菖蒲賦》一篇，三折四復，詞既妙麗，而興託高遠，乃拾其遺論而賦之曰：

老石嶙峋，金鐵貞兮。浮雲所根，氣潛蒸兮。下漱冽泉，玉鏘鳴兮。蹙節盤屈，託以生兮。附堅涵潤，密如積兮。四時青青，不改色兮。烈日凝冰，無能厄兮。潛蓄幽馨，如有德兮。后土富媪，載品彙兮。其秀其英，拔類萃兮。虬髯者松，負勁氣兮。惟竹虚心，古君子兮。蘭有國香，儕高士兮。梅也如玉，勝静女兮。得土則繁，否則悴兮。獨根於石，孰如蒲之精粹兮。

有荇有藻，産漣漪兮。可薦可羞，播聲詩兮。亦有芙蓉，媚芳池兮。紅衣素裳，美且都兮。下視其本，著淤泥兮。潔浄不污，孰如蒲之清癯兮。來自澗谷，入吾室兮。鑿石瀦水，保蓊鬱兮。零露宵泫，珠的皪兮。甘雨時濯，淄塵滌兮。中心愛之，久無斁兮。

方士者流，言可凔兮。養心益髓，將引年兮。一寸九節，可登仙兮。帝經君録，其言然兮。予乃獻疑，進末議兮。彭聃最壽，終亦逝兮。喬松飛昇，今安在兮？屑而餌之，蒲何罪兮。毁璞雕刻，玉不幸兮。枯骨抱易，龜隕命兮。破爲犧樽，木失性兮。彼美維蒲，吾良朋兮。前有韋編，後《黄庭》兮。全真育和，共欣榮兮。優遊卒歲，淡然其忘情兮。四庫本《雙溪集》卷九。

石菖蒲賦

趙孟堅

天台石橋，佛仙所居。境聯雁峰，厥生宜蒲。劍挺分脊，虎獰奮鬚。維水清而石硬，産勁質之伊殊。較他山之蔓生，蓋烈士而腐儒。巖壑之阿，風日不到，地脈所潤，澹泊自如。又疑得道以逍遥，不踐名疆而利塗。山僧埜夫，鑒奇品異，搜取來歸，得亦匪易。臨峻崖之十尋，凛束身而下縋。或續以長竿之裹，或刺以纖鉤之利。自非好尚之孤高，孰肯鍾情之及是。乃漬以清泉，藉之文石。玉峰之矗蜂房，將樂之珍雪色。齊安子供，文若指螺；曲陽盆盛，浪翻瓊液。壅沙屑金，封苔澡碧。於以滋生息，於以安野逸。

搢紳先生，綺紈公子，膏粱厭飫，輿馬赫奕。乍而見之，神爽心懌。□□□□□，欲頓忘乎肉食。於是移置雕闌，擎擡文几。纊犀餙以鑷塵，雨犧尊而鍾水。夕凄清露之下，晝蔭花陰之底，其所以愛護者彌至。然未閲月而根糜，甫浹旬而色瘁者，何哉？顧乃過尤懈怠於臧僕，疑被侵陵於蟲蟻。豈知清虚富貴，迴不同方，鐘鼎山林，未容兼美。徒使唐嘉緑野之清風，漢慕赤松之高致。

彝齋處士從旁而嘻曰：我知之矣，請言所以。余見隱徒，其室方丈，人跡罕至。

景密護其南榮，苔欲生而滿地。羅列峰巒，莫陳罍洗。脩疏數劍，倚壁蒼翠。水僅濡而不盈，根頻芟而勿施。每指一而問年，動歷閏而逾紀。静定純一，有終有始；寒煖燥溼，不遷不徙。厥無奇方，唯安汝止。彼其愛之，實以害之[一]，特未諳乎此理。方梅霖驟至，浸淫滂沛。根聯絡於銀絲，主人爲之深喜。不知力既下分，葉銛而萎[二]。紛九節之連延，乍叢然而森起。亦猶飽豢於肥甘，壽劣休糧之士。其所以約水護根，經年養力，葉老滄浪，亦鍊形之術耳。又況勤怠殊方，炎涼易位，不常厥居，朝三暮四。何異爪皮驗生，拔本觀密，有媿槖駞之子。此言雖邇，中有深旨。請書以資養身[三]，豈但曰蒲而已。嘉業堂叢書本《彝齋文編》卷一。

薺賦

范仲淹

陶家甕内，淹成碧緑青黄；措大口中，嚼出宫商角徵。《歷代賦彙》補遺卷一五。

[一] 實：四庫本作「適」。
[二] 銛：四庫本作「枯」。
[三] 身：四庫本作「生」。

《誠齋詩話》 山谷戲筆尚書范文正公爲舉子時作《虀賦》，有云：「陶家甕内，淹成碧緑青黄；措大口中，嚼出宫商徵羽。」吾觀劉沆丞相微時讀書山寺，寺僧請公戲作《偷狗賦》，有云：「搏飯引來，喜掉續貂之尾；索綯牽去，驚回顧兔之頭。」

《古今事文類聚》別集卷二〇 黄曰：范文正公少時，作《虀賦》，其警策句云：「陶家甕内，淹成碧緑青黄；措大口中，嚼出宫商角徵。」蓋親嘗忍窮，故得虀之妙處。

《復小齋賦話》卷下 范文正公有《虀賦》逸句云：「陶家甕内，淹成碧緑青黄；措大口中，嚼出宫商徵羽。」豈山寺讀書斷虀塊粥時偶爾俳語耶？

金苔賦 並序

文彦博

王嘉《拾遺記》曰：「晉惠帝初，有祖梁國獻金苔，其色如金，聚之如卵[一]，投水中則蔓延於波上，光生照日。上於宫中鑿池以置之，常觀焉。外人莫得見也，惟進御嬪綵，多被其賜與。置於盤中，則照耀滿室，故宫中亦呼爲夜明苔。」僕頗

[一] 卵：原作「卯」，據四庫本改。

異之，因爲斯賦追其美。詞曰：

伊兩儀之高厚，育萬彙兮紛紜；嘉金苔之有異，窮古史而未聞。出於祖梁之國，獻諸典午之君。其爲狀也，色掩捐山〔一〕，光分化鵲。非沃壤之可植，向華池而自託。精氣所爲，衆口難鑠。色焜朝日，寧同沈郎之錢；根覆輕漪，豈羨陳王之閣？如賜郭釜，難藏陸橐。縈流荇而細細，繚舒荷而漠漠。爍堂上之江蘺，沮洲中之杜若。風團而或謂能鑄，浪颭而多虞自躍。遊雷臨晛，疑抵燕池之黿；出震誤觀，常歌漢液之鶴。所謂麗水，非云滿堂。東籬之菊兮，瞻我而失色；北堂之萱兮，對吾而不芳。葳蕤頗盛，蔓延彌長。緝作水衣，海上濯吉光之服；梳爲石髮，舟中見黄頭之郎。伊詭異之餘狀，非名言之罄量。宜乎首出庶彙，超蘭掩蕙。將藥友以荃交，使蘋輿而藻隸。雖薙氏之務去兮，不我芟夷；縱騷人之善咏兮，莫吾擬議。

噫！昔産遐陬，常依異類，既作貢於大國，遂見珍於中地。唯皇居之必蓄，依圓海而是置。自遠成美，以少爲貴。非世俗之或覩，豈凡品之能譬。其或長樂清閒，承光

〔一〕捐：原作「損」，據四庫本改。

秘邃，翠華黄屋，宵遊夕憩。春霄宫之鳳腦，曷騁輝光；咸陽庫之螭鱗，皆從擯棄。置吾於隆棟之下，則午夜而昕；升我於文石之前，則重昏而燧。

偉乎哉！苔之爲狀也亦以異，苔之爲用也亦以至。然不能方屈軼、效靈蓍，指邪斥佞兮清君之側，釣深索隱兮決人之疑。此無所取，又將焉爲？徒能隨波瀾而上下，與蒲稗而因依。輝煌禁籞，賜錫壼闈。悦目兮媪宦，侈心兮嬪妃。南風之蕩兮，豈率循於四德；正度之荒兮，遂曠弛於萬機。是致永熙、永嘉之蕩析，劉曜、劉聰之傾逼〔一〕。玉輦播遷，金行否塞。蟠龍踞虎〔二〕，雖别王於偏方；封豕長蛇，恣吞噬於中國。萬户蒿榛，千門荆棘。金苔亦陷於羯胡，深可爲之太息。明嘉靖刻本《文潞公文集》卷一。

苦益菜賦 並序

李洪

李子閒居自暇，從老圃灌畦毓蔬，日忘其勞。客有以山中苦益菜爲餉，葅芼調

〔一〕劉曜：原作「劉耀」，四庫本同。此據《晉書》卷一〇三《劉曜載記》改。
〔二〕踞：原作「據」，據四庫本改。

�，嘉其小苦微甘，咀嚼雋永，似乎忠臣醫國之言也，賦以自廣。

瞻清晨之始旦，獨植杖而灌園。遡望舒之落月，逆扶桑之朝暾。零露溥兮薤本，敗葉委兮葵根。紛冒墢而甲拆，擢翠羽以庶蕃。顧不熟而爲饉，豈飯芼於盤飧。時乃享庾郎之三九，擅諸葛之五利，想千里之蓴羹，擷五溪之春薺。詆杞菊於天隨，嗜芥芹於羊鼻。人莧發園官之譏，馬蘭寓玉川之意。

客有拔葰茂於山椒，濯滄浪之水裔，羞我鼎鉶，芼之薑桂。其苦口若批鱗之切諫，其愈疾若上池之良劑。萇弘染指而化碧，賈誼濡脣而流涕。故國醫鍼在肓之疾，忠言趣蹶足之計。既謙受而爲益，信雋永之有味。彼啜羹之少恩，不如放麑之多仁。紾臂而得食，有類轑釜之無親。肆甘言之慫慂，美佞舌之囁嚅。鼻莫辨於薰蕕，憂寧忘於萱蘇！矧兹菜之耿介，宜棄置於路隅。然而歲寒後凋者松栢所獨，主聖臣直者社稷之福。鑑至明者察妍蚩於顧盻，水既止者視毫髪與眉目。從諫有轉圜之易，去佞無拔山之酷。漢文除挾書之禁，堯庭設誹謗之木。

嘻，其甚哉！此野人炙背之獻，異聖哲啟心之沃。徒采薇於西山，慕白駒於空谷。固不足以當宣室前席之咨，而備廣廈細旃之瀆。四庫本《芸庵類藁》卷一。

酴醾賦[一]

陳仁子

花有賦，古也。傅玄賦《萱草》，元輿賦《牡丹》，日休賦《桃花》，以至我朝梅之《淩霄》，黄之《墨竹》，楊之《梅花》，未易僂指悉數。惟酴醾儕野蕪，伍俗舟，蔑有操筆拈出者。暇日把玩，芳韻寄絶，輒爲賦之。若責以屈、宋、班、馬之格律，蒙何敢望！其辭曰：

紛后皇之嘉植，敷奇麗於春陽。萃絳茜之穠艷，鬱紅紫之低昂。粲桃夭之妖冶，恣柳絮之飄揚。悉衆花以競秀，翕百草其怒張。緊彼酴醾，曳秀短牆。枝塗鴨緑，粲撲鵝黄。不妖不艷，若止若翔。弗施塗抹，勿假濃粧。綻者疑啞，裹者疑狂；偭者疑仰，側者疑僵；蘖者疑稚，謝者疑殤；鮮者疑濯，慘者疑傷。蕭然無華之國色，分其有韻之天香。渺兮春光之獨殿，輝焉花後之孤芳。

主人於是持以諗客曰：異哉邈乎！千奇萬狀，請爲子銓次觀之。

[一] 題下原注：「此辛未作也，時予年十九矣。拾諸遺藁，不忍棄，姑識少年事。」

當其雲陰晻曖，屏翳爲祟，絲絲霡霂，浩浩雺霈。萬樹陰濃，千花露墜，彼美酴醿，困酣如睡。枝簇簇而凝珠，葉滴滴而綴璣，掬泉溜而頮面，垂玉筋而墮淚。疑傅粉之未乾，恐繪素之方既，爛肌膚之含滋，增靨面之娬媚。濯濯玉英之含津，鮮鮮承露之可貴。鄙視帶雨之梨花，遠超經濕之幽蕙。是蓋大真之松浴，而霓裳之首試也。至若碧落塵開，銅盤曉揭，韶光駘蕩，景象皎潔。百卉眩妍，千林鬪色。彼美酴醿，亭亭可悦。烘晴旭之喧和，樂霽景之炫爀。濯霜蕤之嬌羞，噴微馨之馞馧。想晴篝兮書薰，似荀爐兮日爇。挹芳韻之繽紛，真風流之佳客。宛其韓壽之偷香，灑然秦女之艷日。沉水卻步而無顔，蘭麝忸怩而愧責。是蓋封姨芳香之襲人，而姿色之殊絶也。

若乃少女傳令，巽二争雄，千松颯颯，萬籟渢渢。間隨颷而下上，獨含笑以倚風。顫纖柯之孅娜，撼虬骨之横從，飄霞裾之煒煒，蕩玉佩之玲瓏。或如按舞於秦樓，或如教戰於吴宫，或如微步於淩波，或如追逐於冥鴻。妖妖婉婉，怡怡融融，近而睨之，蓋飛燕之舞盤中也。爾其紅輪西墜，望舒宵升，山川霜縞，埏垓雪凝。偉羣擁於翠被，獨長立於緑裀，眩玉顔之的皪，呈素肌之奇珍。表態度之婉孌，露體質之輕盈。或疑試餅之何郎，或疑姑射之仙人，或疑争耀瑶臺之上，或疑弄影娥池之嬪。匪塵匪滓，不淡不深，遠而頫之，蓋月姊之朝帝庭也。

言未既，客於是循簷籌思，抵掌欣懌，移根名園，植本蝸室，布武高臺，環圍鉅石，訂盟韻友，定品第一。桃李厚顔，薔薇辟易；牡丹包羞，芍藥避席；棠梨俛首，萱草屈膝；木蘭歛馨，巖桂遁迹。獨江梅兮弟兄，豈衆花之敢及？九頓拜於主人，乞一語以自釋。

系曰：莫清匪水兮，莫皙匪玉。莫馨匪沈兮，莫醞匪醁。物以奇角兮，人争而蓄。粲彼荼蘪兮，色香韻足。世無秉花史筆兮，尚伍庸碌。願保素節兮，毋容悦乎媚目。影印清初影元鈔本《牧萊脞語》卷二。

竹賦

吴淑

東南之美者，有會稽之竹箭焉。二妃泣之於蒼梧，千户封之於渭川，伶倫采之於嶰谷，蔡邕識之於高遷，長房得之而代形，離婁服之而成仙。則有出共谷，植山陽，《書》稱箘簵，《易》美蒼筤。或殺之而作簡，或插之而引羊。可以鑽火，不能得水。白虎有漢室之祥，由梧有吴都之美。或束之而作刑，或伐之而爲矢。穆天子樂池之上，梁孝王兔園之裏。并州乘馬，葛陂化龍。或象道而儀天，或防露而來風。

及夫伐淇園，焚申池，迎刃則晉臣喻勝，釣竿則衛女思歸。趙襄剖之而有朱書，女子破之而得嬰兒。銜空篙實，孤管孫枝，繁兹鄠杜，積彼檀谿。覆緹幕而候律，加栝羽而達犀。復有蓬山浮筠之幹，羅浮鍾龍之種。伯珍書葉以勤學，天生削端而示勇。至於傳名嚻水，擅美岑華，博望見之於大夏，張廌植之於永嘉。又若六歲成町，三年爲竿，魏武用之以作甲，漢祖以之而爲冠。復有袁公刺之於處女，子猷號之爲此君。或集鳳而成實，或比禮而有筠。雲華之孝，既照夜而忽茂；孟宗之泣，亦方冬而復新。

宋紹興刻本《事類賦》卷二四。

竹賦

王令

於此有物焉，其材劇而色剛。其軀瘠癯，不配所長；色盛氣充，膚理有光。臨臨兮其高，其可仰也；挺挺兮其直，其不可以枉也；毅毅兮其群，其不爲黨也。其立自樹而不倚，其長絶衆而不離。恬無盛衰，以聽四時。

置身常安，視物死生。弟子不敏，昧於老成。罹世齗刖，甚者遇烹；其守不移，附者益增。愚所不知，請筮以明。筮曰斯夫，其始甚鋭，既極而止者歟？後生晚起，超出輩類者歟？確乎不拔，以節終始者歟？死傳其徒，不私以子者歟？生久處而不回，死知命而不恐。老者求以自輔，少者得之而無用。是其繇曰：誰藏孔殷，而不思藩。彼架未柱，我安事椽？優哉遊哉，聊以永年！幸聽筮之，請以竹言。明鈔本《廣陵先生文集》卷一。

《復小齋賦話》卷上　王令《竹賦》、晁補之《坐進庵賦》……皆學荀子《禮》、《智》等篇也。

竹賦 並序

王炎

小人之情，得意則頡頏自高，少不得意則摧折不能自守，君子反是。竹之操甚有似夫君子者，感之，作賦以自箴。

晦叔讀書南齋之上，門巷僻左，交遊日稀。環以桑麻之場，帶以瓜芋之區。路折西南，萬竹蒼然，下緣乎曲澗之湄。其清可以延風月，其高可以攙雲霓。珊珊乎鳴蒼玉之佩，摇摇乎舒翠鳳之旗。森森乎甲胄之襍峙，而切切乎矛戟之參差。其偃蹇挫折者，如忠臣節士赴患難而不辭；其嬋娟蕭爽者，如慈孫孝子侍父祖而不違。其挺拔雄勁者氣毅色嚴，又如俠客與勇夫；其孤高介特者格清貌古，又如騷人與臞儒。予雖朝夕吟嘯於其下，曾無以名其美而狀其奇。然泛觀宇宙中之萬物，均函育於一氣，而有剛柔堅脆之不齊。榮者必悴，盛者必衰，實繁者易剥，色麗者早萎。惟松柏之有心，及竹箭之有筠，足以閲寒暑而貫四時。春日載陽，山川含滋，零露兮宵潤，惠風兮曉披。或萼或條，或茁或蕢，含英吐華，夭夭怡怡。竹於是時，清而不腴。冬日祁寒，天地積威，雪慘兮冰堅，風號兮日淒。川原千里，木脱草枯，香盡芳歇，掃迹無遺。竹於是時，秀而不癯。今而後見其含德之有常，特操之不移。此吾所以無羡渭川之千畝，有取淇奥之猗猗，願定交於金石，邀歲寒以爲期。否泰兮消長，剥復兮乘除。秉吾心之堅一，視此君乎庶幾。四庫本《雙溪集》卷九。

怪竹賦　並序

王禹偁

余西齋植竹數百本。歲二月，春融雨蒸，幹葉競茂，至有侵階凸檻、突垣破墉而出者。余憐之，作《怪竹賦》。其辭曰：

地載天覆，萬物中育。孕怪鍾奇，在此寒竹。籜捲呈粉，竿脩揭玉，嘗守節以無倚，亦虚心而自牧。姑有山别稽青，水辭湘渌，植爾幽院，映吾華屋。池甃碧以蘸翠，欄掃朱而間緑。負霰淩雪，經寒過燠。雖對桓以自持，終幽囚而不足。

爾乃陽枝氣蒸，煙膏雨沐。雷借力以根裂，石礙枝而節縮。蛇不暇盤，龍焉肯伏？垣衣薄以愁破，苔錦斑兮恐觸。犀奔兕突，角出乎寒濤；虎退貙藏，尾翻乎空谷。吐翳含煙，利昏疾旭，魍魎攸憑，鵂鶹夜宿。叢弗吾管，欄莫我束。碧瘦見骨，青乾露肉。伴蒼翠於筍石，鬬查牙於古木。醉擲玉簪，戰遺金鏃。磧没兮沙埋，鋒殘兮刃禿。矢豎戈倒，矛欑戟矗。排撻我砌蘭，踐蹂我籬菊。井有欄兮桐縶，庭設檻兮柳梏。弗坦弗夷，且踡且跼。不若我張展任意，縱横隨欲，鬬角争牙，而離叢出族者哉。

於戲！斯竹有實兮，霜乾露熟。俟丹鳳兮，來乎羽族。斯竹有本兮，雷掀雨沃；花獰虬兮，驚乎水畜。既賞而不足，復爲乎《怪竹》之曲。曲曰：

竹之管兮，可調律而正乎風俗；竹之幹兮，可釣璜而取乎天禄。伶倫、吕望忽焉殁兮，空森森而怪人之目。矧夫子之所不語兮，宜以此君而自勖。宋刻本《聖宋文海》卷四。

憐竹賦 並序[一]

宋祁

始伯氏貳宰司，僦甘泉坊韓王舊第居之。庭階閒敞，予因種竹以爲玩。明年伯氏典維揚，予守壽春，憐竹方茂而諉之，後人其能嗣予好以封殖者耶？作《憐竹賦》：

惟茲竹之冉冉，自林町而叢産。偶拙者之移蒔，丁故王之閒館。塢陰灌以披豁，野色悴而紛換。辭墟落之曠處，佐堂除之近玩。既根危以殖淺，又氛冒而埃漫。迫俗物之拏喧，屈天標之蕭散。

余乃謹其培封，申以闌護。惡草夷薙，寒泉浸注。晝熙熙以暴陽，夕團團而沐露。舒萌庇本，弭寒閱暑。斂衰態以就悦，擢新姿以違故。於是蕭疎檀欒，敷芳森萃。謝叢篁之餘素，懱圓笴之脩翠。葉舒碧以向榮，澤浮紺以呈美。旿月上而景還，宇風來而籟至。常虚心以自得，顧直質而少媚。雖蒙幸於軒檻，本無争於華蘤。嘉逸民之有言，非一日之可無。予野情而偏愛，託此君以自娱。顧泛梗之屢徙，方

[一] 題下原注：「案《宋史》：庠罷參政，出守揚州，祁亦出守青（當作「壽」）州。在慶曆元年五月。」

去爾而索居。感嬋娟之甫盛，將披剪而爲虞。昔召公之至仁，舍小棠而攸茇。公已去而民愛，念蔽芾之勿伐。余恤躬以僅免，匪餘庇之能列。徒結尚而敦好，怵後人之我替音鐵。矧客土之踈瘠，且狡童之撞挑。幸不夭於此生，保歲晏之高節。四庫本《景文集》卷二。

慈竹賦

蔡襄

種植至多，强名萬彙。物拔其萃，玆乃當天地之正氣。有美竹兮特禀，挾慈名而榮被。豈有懷於本根兮，何千千蓊然而環侍〔一〕。

若夫吳郡名園，王家新第。遠閣斜欄，橫塘静水。或薰風晝來，或秋露宵墜。日遲留兮簷外陰移，人悽悄兮屏間籟起。方且濯峭格而清舉，足團欒之生意。或翹而舉者，若堂有高年兮，勤素風而講議；或亞而側者，若家有令子兮，聞話言而沉思。倀如出門而事遠遊兮，滋宿雨之清淚；雍如奉巵而介眉壽兮，羃春煙而怡醉。紫芽蟠聯，馨兒季穉。去者奔追，迎者嬉戲。竦者如招，並者如倚。雖復貫千狀於巧筆，曾莫形其放

〔一〕千千：雍正刻本及《歷代賦彙》卷一一八、《佩文齋廣群芳譜》卷八三作「千竿」。

悲。借如秋晚霜重兮，萬木臨臨而僵悴。隴榆盡兮塞月高〔一〕，堤楓丹兮楚江紫。於是揖此君也，束藍田之苗玉，刻炎洲之梢翠。固節虚心兮，雖大鈞不能奪其志。三荆於堂下，結蔓藟於河涘。譽氣同根之豆，交驩承蕚之棣。顧威鳳之時下，亦孝烏之來寄〔二〕。設有用於律筒，天聲發兮太和備。覩此芳物，悲哉遠人。昔我從軍兮南之海濱，今我辭家兮西遊洛塵。暢然於舊國舊都，感莊生之論。恭止乎惟桑與梓，諷周傅之文。指白雲兮天遠，採幽蘭而露新。嗟碧鮮之得地，乃叢茆莫保反而相親。吾議爾德，豈止乎千畝之渭侯〔三〕，當訂萬石之封君者也。宋刻本《莆陽居士蔡公文集》卷二三。

對青竹賦 有序〔四〕

黄庭堅

余楚産也。閲東南之竹多矣，未嘗聞對青竹者也。嘉州僧從之包封見貽，蓺之

〔一〕塞：原作「寒」，據雍正刻本、四庫本及《歷代賦彙》卷一一八改。

〔二〕亦：《新刊國朝二百家名賢文粹》卷一七七作「感」。

〔三〕渭侯：原作「謂侯」，據雍正刻本改。四庫本作「渭濱」。

〔四〕有序：原無，據乾隆本《宋黄文節公文集》正集卷一二補。乾隆本題注云：「元符二年戎州作。」

而成，乃初識之。惟範圍之内，有知之物一無窮，無知之物一無窮，一耳一目，不能遍攬也[一]，況六合之外者乎！感而賦之。

竹之美於東南，以節不以文也。其在楚之西，鬱鬱葱葱，連山繚雲也。會稽之奇，材任矢石；蘄春之澤，夏簟簫笛。沅湘淚血，邛崍高節。慈竹相守，孝竹冬苗。慈姥嶰谷，笙竽笆篁，長石之山，一節可航，猶未極其瑰怪不常也。

故吳楚無竹工，非無竹工，婦能織緝之器，兒能雞鶩之籠也。

今夫筥筐籯笄[二]，榱檽翰藩，巴船百丈，下漢爲笪。貴之則律吕汗簡，賤之則箕箒蒸薪。唯所逢遭，盡於斧斤。

美哉斯竹，黄質墨章。如出杼軸，織文自當。解甲税枯，金碧其相。歲寒在躬，又免斮烹。彼其文章之種性，不可致詰。刳心而求之不可得，劚根而求之不可得。匪人匪天，有物有則。惟其與蓬蒿共盡而無憾，余亦不知白駒之過隙。四部叢刊影宋乾道本《豫章黄

[一] 攬：乾隆本《宋黄文節公文集》正集卷一二、四庫本《山谷集》卷一作「覽」，《蜀中廣記》卷六三、《全蜀藝文志》卷二、《歷代賦彙》卷一一八均作「攬」。

[二] 笄：原作「筭」，據乾隆本《宋黄文節公文集》正集卷一二、《蜀中廣記》卷六三改。

先生文集》卷一。

《黄氏日抄》卷六五　賦十首，《對青竹》得於嘉州，意即吾鄉間碧玉之類也。《茶賦》謂寒中瘠氣，莫甚於茶，或濟之鹽，勾賊破家，於是有胡桃松實云云，蓋今用茶果云。

苦笋賦

黄庭堅

余酷嗜苦笋，諫者至十人，戲作《苦笋賦》，其詞曰[一]：

僰道苦笋，冠冕兩川。甘脆愜當，小苦而反成味；温潤縝密，多啖而不疾人。蓋苦而有味，如忠諫之可活國；多而不害，如舉士而皆得賢。是其鍾江山之秀氣，故能深雨露而避風煙[二]。食肴以之開道，酒客爲之流涎。彼桂玫之與夢汞[三]，又安得與之同年。蜀人曰：「苦笋不可食，食之動痼疾，令人萎而瘠。」

[一]「余酷嗜」至「其詞曰」：原無，據《三希堂法帖》第十三册補。

[二]避：《崇古文訣》卷三一作「飽」。

[三]桂玫：原作「桂斑」，據《三希堂法帖》第十三册改。

予亦未嘗與之言[一]。蓋上士不談而喻；中士進則若信，退若眩焉[二]；下士信耳而不信目，其頑不可鐫。李太白曰：「但得醉中趣，勿爲醒者傳。」四部叢刊影宋乾道本《豫章黄先生文集》卷一。

黄庭堅《書自作苦筍賦後》（四庫本《山谷别集》卷一〇）余生長江南，里人喜食苦筍。試取而嘗之，氣苦不可於鼻，味苦不可於舌，故嘗屏之，未始爲客一設。雅聞簡寂觀有甜苦筍，每過廬山，常不值其時，無以信其説。及來黔中，黔人冬掘苦筍，萌於土中才一寸許，味如蜜蔗，而春則不食。唯僰道人食苦筍，四十餘日，出土尺餘，味猶甘苦相半，覺斑筍輩皆苦淡少味。蓋神農之所漏，有莘庖聖所未達者耶！故作此賦，以曉蜀人。方苦筍時，犨蕫和醯，然茅火中而薦之，日食百數，至老不可食而後已，未嘗能作病也。

《崇古文訣》卷三一 文字簡嚴，微有譏諷。

《齊東野語》卷一四《諫筍諫果》 世傳涪翁喜苦筍，嘗從斌老乞苦筍詩云：「南園苦筍味勝肉，籜龍稱冤莫採録。煩君更致蒼玉束，明日風雨吹成竹。」又和坡翁《春菜》詩云：「公如端爲苦

[一] 言：《三希堂法帖》第十三册作「下」。
[二] 若：《三希堂法帖》第十三册作「則」。

筍歸，明日青衫誠可脱。」坡得詩，戲語坐客云：「吾固不愛做官，魯直遂欲以苦筍硬差致仕。」聞者絶倒。嘗賦《苦筍》云：「苦而有味，如忠諫之可活國。」放翁又從而獎之云：「我見魏徵殊嫵媚，約束兒童勿多取。」於是世以諫筍目之，殊不知翁嘗自跋云：「余生長江南，里人喜食苦筍。試取而嘗之，氣苦不堪於鼻，味苦不可於口，故嘗屏之，未始爲客一設。及來黔，入冬掘苦筍，萌於土中才一寸許，味如蜜蔗，初春則不食。惟僰道人食苦筍，四十餘日，出土尺餘，味猶甘苦相半。」以此觀之，涪翁所食乃取其甘，非貴乎苦也。

竹聲賦

李復

高秋氣肅，夜色如水，喧逐衆歸，静與孤至。不知何聲，紛然滿耳。疑有天人，來過虚庭，瓊旒寶絡，玉佩珠旌，風散湘瑟，霜感緱笙，飄流蘇於簷宇，緲金奏於煙雲。前導既往，後陪載作，乍低徊而掩抑，俄飄起於青冥。顧命擁腫，開門以視，錯愕遽回，驚語其異，曰：「天空月明，河轉杓横，行雲去盡，時度飛星。有物無形，但聞其聲，來自太虚，下感叢筠。崩摧披靡，婆娑輕盈，既去復還，似喜如争。頃繁音之雜奏，皆此物之所憑。」

予俛然以思，涣然以釋，因告之曰：陰陽之相摩，虚空之相盪，乃天地之一噫。是惟不作，作則悲號清唱，幽韻和音，自發於萬形之怪。昔黄帝考律於嶰谷之管，長房投杖於葛陂之水，律應鳳鳴，杖化龍戲。惟今日霜雪之根，乃當時龍鳳之子，宜其嘯韻之高絶，不合世間之凡鄙。驚虚堂之岑寂，蕩俗心之頑累。須臾風止聲寂，葉閑露滴。擁腫掩關，垂頭以息。四庫本《濟水集》卷七。

巖竹賦

元祐六年，某道中有感而作

慕容彦逢

予佐金華，言從吏役。方暑蘊隆，畏威炎日。載馳載驅，道阻且修。我僕痡矣，甜於道周。念兹迅翮，向夕知還。予行未息，揮汗於顔。情悁悁以遐想，思鬱鬱而永歎。欲吐辭兮囁嚅，步芳芷兮蹣跚。

久乃指並巖之竹曰：「始予之閒居，愛竹成癖，挹之而後飲，翫之而後食。或攀枝而歌，或就蔭而息，或密之以來風聲，或疎之以招月色。與竹爲友，時予三益，如接晤言，具韙莫逆。惟今予懷，與昔迥殊，爲斗粟以罄折，曾匏瓜之不如。從卑喧之末務，殆心勦而形癯。悵願言之契濶，詠瞻彼以躊躇。」

是竹也，滴露如泣，倚風如愧，如怨如慕，姿態特異。雖不能言，請對以意曰：「植物之生，春榮秋悴。歲寒後凋，予實同類。稟虚中以襲道，擢圓質以象智。筠外飾兮中禮，節孤聳兮近義。以比君子，考德云備。昔子之予悦也，謂不可以日無此君。今不予顧也，猶友生之離群。學雖不以干禄，仕有時乎爲貧。知達人之吏隱，志奚往而不申。夫山林不必静，江海不必閒。勿撓勿攖，湛然乎有爲之間。乘田委吏，擊柝抱關。所遇皆適，亦何有乎憂患？若是則與子相忘，不必形遇。未始有物，孰好孰惡？」語意已畢，予亦驚悟。登車詠歌，風清月素。四庫本《摛文堂集》卷一。

竹夫人賦

謝薖

淇園之下，渭水之濱，有物森然，其色青青，刻畫以檀欒嬋娟之狀〔一〕，俎豆以碧鮮玉潤之名。有匠石睨而歎曰：「是物也，非松非桂，非楩非梓，孤潔似介，一何高士，温潤似德，一何君子，是必良材者也。」於是伐以斯棘之斧，運以斲泥之斤，製而爲器，

〔一〕畫：原作「晝」，據四庫本改。

强名曰夫人。

竹友居士得之而喜曰，夫藻扃璇室，朱宫玉闕，延羅幌之清風，掃象牀之秋月。神女詑其雲雨，姑射逞其冰雪。有談夫人之高致，誦夫人之貞節。雖欲奉弊帚以享金，無乃獻璞玉而遭刖。則吾方遊意於瀛洲方丈之上，結廬於銅陵碧澗之下。以蛾眉曼緑爲伐性，以錦衾角枕爲階禍。或偃息於風欞，或裴回乎涼榭。炎曦鑠石之晨，璧月澄空之夜。與夫人其同夢，感莊周之物化。

俄而商氣聿興，涼飆四起。葉翻翻而墮地，蟲啾啾其入耳。掛蒲葵於牆壁，委纖絺於篋笥。童子造予而請曰：「今兹秋矣，歲其將换。御冬須狐白之温，曝背幸朝陽之暖。唯斯之無所取材，願以給廚人之爨。」

居士曰：「嘻！子獨不聞夫伐著而哭亡簪者耶？子亦不見夫采葑而遺下體者耶？物或故則不忘，材有用則不廢。豈眷顧乎姬姜，乃棄捐乎憔悴。自古亦莫不然，吾又何增乎歔欷。雖然，吾方念此，欲以憩膝而休臂。」

童子出，居士乃據竹而歌曰：鵓姑南北兮雨蕭蕭，匡牀之上兮吾與汝其逍遥。周叔

弢校跋古香樓汪氏鈔本《謝幼槃文集》卷八。

感雪竹賦

鄭剛中

鄭子夜半聞風過庭竹，細響淅瀝，寒入茵被，光在牕壁。晨興啟户，四顧皓然，乃堦除之雪積也。

竹有高出林表，受雪既多，壓而低者。竿拳曲以屬地，葉離披而附枝。心固虛而自若，根亦牢而不移。然不畏其寒而畏其重，頗見高標困戹之可悲。

余乃呼童兮，假長鑱之巨柄，使盡力兮，擊修篁之凍壓。覩負荷兮，類積羽之將沉；忽奮起兮，信泥塗之可拔。色娟娟其復浄，節落落以難合。寒梢一伸，所謂此君之風流，自不可奪也。

蓋其與蒲柳異類，松柏同條。遭玄冥之强梁兮，雖抑遏而謾屈；分嶰谷之餘煖兮，終櫹矗而不凋。故積累之勢，暫可枉其直，復還舊觀，則又吟風而飄摇也。

其在人也，初如蔽欺之隔君子，權勢之折忠臣。其窘迫而寒冷，則夫子之被圍，原憲之居貧也。終則如浸潤決去，朋黨遽消。其氣舒而體閒，則二疏之高引，淵明之不復折其腰也。

雖然，雲兮正同，雪兮未止，勿抉瀌瀌之勢，孰見猗猗之美？在物猶然，人奚不爾？亦有窮卧偃蹇於環堵之間者，誰其引之，使皤然而起？四庫本《北山集》卷一〇。

醉竹賦 並引

王灼

俗説五月十三日竹醉，移徙無不生者。予以是日取東園竹數本，植堦除下。客至訊予，因次第酬答之辭，作《醉竹賦》。

異哉竹君，豈有杖頭百錢，公田二頃？抱甕比鄰，投轄深井。誰者觴之，久而未醒。醺然氣色，頽然項領。偃者如倒，止者如寢，振籟者如號呶，摇柯者如踔踸，解籜者如絶纓，墮葉者如毁袵。狼狽顛蹶，無復修整。隨人西東，不得自逞。雖虚心其何用，顧大節之徒秉。

晦叔曰：嘻！客言可哂也。林下七賢之酣放，溪濱六逸之酩酊，既已神交此君，期方軌而並軫。窮年卒歲，坐守孤凛。忽朱明之煩溽，作河朔之痛飲。廢太常一日之齋，適無功醉鄉之境。惟摽韻之蕭散，蕩然合乎天隱。俾墜車而無傷，況易地以爲窘。且夫萬生芸芸，朝榮夕霣。獨幹質之森拔，配松官以悠永。眄桃李而增欷，睨蓬蒿而下憫。付之一醉，嘯風舞影。此竹君之妙趣，何客之不省也！四部叢刊本《頤堂先生文集》卷一。

種竹賦

薛季宣

沔鄂之都，牙堂之背，久廢弗治，汙萊有穢，徙脩竹而蒔焉。地不改闢，堂不改舊，蕭蕭然，鬱鬱然，不改時而有拂雲之意矣[一]。方其竹之始生，自彼空谷，頎然而脩，猗然而緑。葉秀卿雲，雲興翠筠。直節虚中，羌來細風。春生凜冬[二]，森然萬叢。及其應人而出，樹之庭陛，脩直依然，不回不易[三]。葳蕤之態，困頓美人之春睡；灑落之韻，謫仙頹乎其尚醉。清飈時來，振葉凌柯。積翠招摇，瀟灑交加。夜風洌揭，

[一] 改：《佩文齋廣群芳譜》卷八三、《歷代賦彙》卷一一八作「移」。
[二] 春生凜冬：《佩文齋廣群芳譜》卷八三、《歷代賦彙》卷一一八同，清初鈔本、永嘉叢書本作「蕙瑣非春何凋，凜冬何華」。
[三] 「脩直」二句：《佩文齋廣群芳譜》卷八三、《歷代賦彙》卷一一八所載無。

朦朧素月。瑣碎兮清陰，横斜兮錯節。吾不知前日之蒼涼，與如今之煩熱也。若乃天旻得助，繁陰變暑，蔭之以油雲，沐之以時雨，翠幹盤根，平安爾所[一]。稚子承承，方流振古。斯又類物之攸裁，固非人之所處也。至若淵明之秫，潘岳之花，好樂不齊，咸宜厥家。至人遐觀，匪同匪異。沈酗清芬，各從爾志。則夫是竹之清風，斯子猷之遠致也。四庫本《浪語集》卷三。

種竹賦

釋居簡

二姓争竹山，竭産不肯已。仙居丞王君懌來，囑余諷之，作賦示二姓而訟止。

自余耕稼於委羽之西，頗復精於藝樹。寋瘦竹之雲仍，著清飈於窗户。叟過余而問曰：「子習吾土，竹才不才豈願聞之與？鰻尾之細，猫頭之巨。桃絲下考，江南別緒。石如早晚之筀，簜異青黄之苦。磅礴萬山之麓，綿亘千溪之滸。大則乘桴浮海，小則惟筐及筥。驅水則頃刻百畦，掛椽則裴回百堵。横濤瀾而爲扈，代垣牆而樊圃。既制㦗而

[一] 平安：原作「安安」，據《佩文齋廣群芳譜》卷八三、《歷代賦彙》卷一一八改。

紉布，復爲薪而充炬。雖刀斧之不赦，豐貨貲於善賈。凡子所植，咸出其下。或斑而踢，或紫而傴。從然而横，直然而豎。待價不售，待用無取。既蕃而滋，於事何補？」

余曰：「叟之所陳，匪利奚務。嗜利者矯虔於鄰里，争畔者陸梁於道路。養睚眦以成俗，觸憲章而乖度。吾與之淡交者也，天下之竹，皆樂爲吾疎煩而滌慮。一日無之，萬鍾不顧。未嘗擇而居焉，蓋不謀而同也。若夫濟深涉，相窘步，騰荒陂，釣煙渚，未嘗不與之俱也；濯炎熇，忍寒苦，留天風，伴月露，未嘗不與之處也。睡足巡簷，疎莖玉立，莫不仰夷、齊於首陽，拔千丈之俗；飦起息陰，密影金碎，又若輩游、夏於泗濱，踵多儒之武。倚衰殘，冀其生抱節之孫；撫幼稚，欲其肖遺清之祖。利動貪夫，撕夷畢舉。地忽異姓，俯仰百主。膾雞肋者何限，得蠅頭之幾許？抑千畝之就荒，將九苞之失據。始竭澤而不戒，終反裘而未喻。」

緊叟之惑滋甚，與吾之言齟齬。載嚕嚕而往復，愈僔僔而瞢瞀。聊抗手而語之曰：「我勸欲眠，叟姑且去！」四庫本《北磵集》卷一。

墨竹賦

曾丰

中都員光祖所寫

我家江南，種竹遶屋。兹僑於京，無竹而俗。欣見員郎，吐墨爲竹。

不根而萌，不笋而莖，盤礴之頃，天生地成。不籜而節，不苞而葉，逡巡之間，神造鬼設。謂春滋邪，外萎其形；謂冬凋邪，中益其精。瀟瀟瑟瑟，濛濛溟溟。未霧露兮如濕，無風雨兮若聲。顧壁間數竿之可意，與渭上千畝而争清。拔我汩汩，納諸泠泠。府寺之跡，既涴而復潔；利名之骨，久醉而忽醒。惟竹太孤，孰同保社？鳳馴栖而思凝，鶴矯立而神化。有固可嘉，無奚足訝。所少七賢，坐於其下。七賢面目，今莫識者，視我形骸，隨意而寫，置之竹間，以伴瀟洒。毋謂今人之不古，安知真相之非假？四庫本《緣督集》卷一。

高齋竹賦

吕人龍

維蜀阜之西兮，有山突出。不棘不艱兮，不欹不側。怡然安坐兮，象端人之正席。上有修竹兮千竿，環蕭蕭之書室。吸玉露而嘯清風，掃青空而傲白日。疎者如散，密者如織。動者如飛，静者如默。下者如慕，高者如揖。仰者如思，俯者如憶。環者如侍，導者如迪。分者如離，聚者如集。並者如和，對者如敵。遠者如行，近者如立。嫩者如玉，老者如石。柔者如柳，健者如筆。風者如吟，雨者如擊。春者如畫，秋者如刻。有繁其類兮，挹高風而涵盛德。似君子之與居兮，不寒而慄。誦《淇澳》於衛篇，想如苞於周什。夾道兮琅玕，當窗兮劍戟。助書聲之抑揚，應瑟音之緩急。可以清心兮寡過，痊病兮進食。

歌曰：天有清氣兮，衆木未得，散入此君兮，聰明俊逸。地有正性兮，衆木未得，鍾乎此君兮，堅剛正直。灑然疏通，謐爾寧一。外强兮多節，中虚兮無物。棲鳳兮何時？化龍兮有日。非此君兮誰歸，予何人兮托跡！《蜀阜小志》。

松竹林賦

李知微

步東園之清曉，倚藜杖而踐霜，感萬木之凋瘁，倒枯荷於野塘。披罥徑之荒榛，得瞰隰之平岡，喚起山林之夢，理幽思之茫茫。

乃課園丁，翦穢鋤荒，叢篠蕭蕭，野菊煌煌。古柳欲偃，寒藤未僵，百尋丹楓，屹峙其旁。靡靡之山四圍，油油之雲相望。作岧嶤之一亭，聊逍遥而徜徉。

爾乃訟庭電掃，華筵綺張，屏金石之轟豗，延鄒枚而翺翔。補豐樂之嘉頌，賡飛蓋之名章。起雄辯於座間，快鯨飲而吞江，導東征之明月，送西盡之夕陽。由平易而造理，貴清浄之老莊，返樸素於自然，除繳繞於申商。因人情之所欲，順天道而布常，無立的以招敵，納斯民於凱康。蔭松竹而讀書，期無愧於兹邦！《歷代賦彙》卷一一八。

《嘉定赤城志》卷六　松竹林在縣圃東，下瞰官河。慶元二年，令李知微建。

宋代辭賦全編卷之八十六

賦　草木　二

木賦

吴淑

惟彼嘉木，東方之行。抱曲直以爲性，被荏苒之嘉名。必待工度，還聞火生。安能擇鳥，秖可從繩。雖巵茜致千乘之富，而廊廟非一枝可成。樹之榛、栗，椅、桐、梓、漆，或以取陰陽之用，或以象后妃之德。玉膏灌丹木之根，金刀剖如何之實。有桂棟、蘭橑之芬芳，有藻棁、文榱之麗飾。爾其美兹交讓，去之不祥。既結根兮聳本，亦揚榮兮吐芳。至於嘉彼惟喬，愛兹可結。或連理并枝，或盤根錯節。蓋積小以成高大，而合抱始於毫末。識彼千歲，觀兹萬年。綴銀實於平仲，結瓠子於君遷，美《甘棠》之聽訟，嘉温室之無言。

若夫擢椅梧而待鳳，折若華而拂日，搴弱水之九衢，翫密山之五色。至其合歡蠲忿，無患祛邪。别樅檜之異，辨楸檟之差，棹木蘭之舟，馭辛夷之車。九棘著孤公之位，三荆滋田氏之家。蝎盛見枯朽之漸，末大有摧折之嗟。亦有桃梆之麫，文欀之米，柘可爲弓，穀宜作紙。明光之植長生，華林之羅君子。

復聞枯桑之禍延於老黿，文梓之怪懼乎縈絲。迷穀四照之異，文玉五色之奇。觀彼姑繇，殫此奚榼。挹頓遜之酒，折海中之兒。想不灰之或見，豈返魂之可期。枹櫟魁瘣，符婁棫樸，結根擁腫，分條拳曲。斯皆樹之無用之鄉，保此不材之福也。

復有悦鄧林之繁茂，訝闕里之開通。或以致河、濟之富，或以旌沙苑之功。見三珠於赤水，植五柞於漢宫。亦聞服帝休而不怒，食員丘而無死。曼倩寧憂其折汙，伯禽已覿於橋、梓。或見傾虹布影，或覩瑞文成字。苟楚材而晉用，唯杞、梓之爲美。宋紹興刻本《事類賦》卷二四。

石楠樹賦 並序

宋祁

予嘗被臺檄北走襄漢，襄漢間家樹石楠爲園池之玩，樹率高不過二三丈，柯葉婆娑，如帷蓋然。惜其上國之遠，不能移植。竊用賦之，以竢知己者。

彼美嘉木，生乎漢濱。鑠純粹於天極，稟蕃殖於媪神。土雨流液，重雲輸津。結深根乎奥壤，奮秀體於熙春。爾其阿那扶疎，岧亭葱翠，枝相交，葉相值，不扶自直，拔乎其萃。翠帽森覆，仙幢凝峙。秀金枝之未然，障青綾而半倚。長煙夜淒，零露晨委。激雄風而臯莖，沸蒙泉而漱趾。荷亭育之大德，全婆娑之生意。

乃有仲長廣宅，庾信小園，共忘樊柳，咸嗤樹萱。悦吾材之特異，掩羣卉以收妍。乃培乃埴，載育載蕃。高臨反宇，近映開軒，均長松之受命，等穠李之無言。默默幄密，童童蓋圓。非同江北之枳化，不愧東家之樹完。至如合璧早紅，上弦晚白。送密影於瑣牕，薦翠霏於瑶席。帶寒蜩之嘶喝，映翠禽之格磔。王孫感芳草之思，中婦休流黄之織。拾蘂未暇，攀條更惜。如爲兩樹，認若箇於韓憑；脱致一枝，當贈行於越國。故其爲世愛玩，受天和煦。條枚黛滋，跗蕚星布。不戕杯圈，不夭斤斧〔一〕。嬌庶子之春華，同韓宣之嘉樹。不生於窮谷，畏七年而未知；不長於少原，嗟錯薪之亂楚。幸得

〔一〕斧：原作「釜」，據湖北先正遺書本改。

謐於芳林，獲庇根於中土。

嗟上國之絶遠，憫孤生之薄祜。六枳維乎萬國，三槐配於上公。御史著中臺之柏，大夫紀東岳之松。顧弱質之雖陋，冀賞心之一逢。託陵阿之善養，丏根柢之先容。苟君子兮不顧，將老棄於山中。四庫本《景文集》卷二。

酈潭秋菊賦

宋祁

采采佳菊，生潭之湄。託厚土之善養，亦纖植之所宜。乏彊幹之爲衛，保深根以自持。苒苒蕃葉，纖纖縹致。歷青春以戢景，觸素秋而揚蕤。觀其密藹攢敷，圓房四附。英披夕風，蔕裛朝露。揮碎金以炫條，揉寶釘而綴縷。燦兮萃林苑之螢焰，煒兮舒夜池之鷁羽。沿緣煙汭，散蔓霜渚。抱酷郁之幽香，撫變衰之平楚。竊同蘭草，無人而自芳；幸比豕苓，得詩而爲主。

於是俞跗之徒，居多暇日，心玩其華，手擷其實。紬太清之祕方，咨酈川之茂質。乃可以輕身益氣，可以延期蠲疾。雖甘苦之種有二，精盈之名不一。而胡公餌焉，享曼壽之永；鍾繇奉焉，助養生之術。淵明垂賞於佳色之辰，長房見佩於登高之日。誠仙真之所玩，匪吾人之輕悉也。

若乃宗臣名世，駿嶽儲休，君託股肱之體，天與忠孝之侯。惟載育之在旦，藹祝延以相求。矧靈卉之可嘉，助永年而是遒。匪萱車之興謗，越萱背而忘憂。幸春期之可續，庶藥圃其長遊。四庫本《景文集》卷二。

松賦

吴淑

美彼喬松，冒玆霜雪。非培塿之能生，因歲寒而立節。偉和嶠之森森，見李膺之烈烈。但取樂於一丘，靡邀榮於雙闕。

若乃偓佺食實，伏生啖脂。居下則其草不殖，在地則其土不肥。丁固則腹上生樹，張湛則屋下陳屍。美嘉隱之辯對，偉彭城之賦詩。

若夫貫四時而不改，在百木而爲長。或樹之馳道之傍，或封之太山之上。芝名飛節，石號康干。聞響而賞心者弘景，燃節而讀書者顧歡。或化爲茯苓，或比之君子。穆滿既其升磴，太姒亦云夢梓。或代麈而揮，或與柏俱靡。

復有庾肅美之而爲讚，蔡孚賦之而成篇。非本傷而末槁，即等地而齊天。又若對夏社於宰予，喻齊文於劉遜。孫綽植之而可憐，梁武灑之而變色，甄琛守塋而列種，山濤居喪而親植。既泛於淇水之上，復茂於徂來之側。詩人入詠，既施於女蘿；《禹貢》所稱，亦同於怪石。宋紹興刻本《事類賦》卷二四。

松賦

王安石

規近效，棄遠功，玩華而不務本，世俗之常也。聖人反之，所以寶有天下，久而彌固。予作《松賦》，是之取爾。賦曰：

子虛先生，宅心無何，手栽萬松，老於山阿。伊松也，天輸其功，地肆其封。殖質參差，交陰龙茸。深不待培，已磐洪泉；高不得秋，已摩蒼穹。四時鬱葱，旦暮珍瓏。太山不得斂其雲，八門不得收其風。百狀千態，殫奇盡怪，雖伐楚越之竹以賦云，猶將無窮。乃有貴介公子，槃遊戾止，眷然顧之，意不自喜。詰先生曰：「吾有武谿靈桃，房陵甘李，越仙之杏，梁侯之柹。縹葉緗核，丹葩素蘂。或同心而并蒂，或合歡而連理。殊名詭號，究奢極侈。至若春畀其華，露予之滋，鬪媚競妍，夭夭猗猗。差可以締暫歡、銷積悲[一]，攄發太和，逢迎茂時。願獻其種，使先生植之。惡用焦其心思，癯其體肌，以事此離詭輪囷之姿哉？」

先生久之，忻然而嘻曰：「子懷黄金、飛翠綏，宜若知眇萬物，心窮無涯，夫豈較然易知而未之思？子謂『春畀其華，露予之滋，鬬媚競妍，夭夭猗猗』，盍曰仰春以華，春有時而歸；恃露以滋，露有時而晞。狂風烈雨，有時而遇之。零西墜東，吾昨與期。姑眂吾松，天姿鬖髿。沆瀣宵零，不爲之滋；蒼精調元，不爲之革。朔雪袤丈，不改其節目；東坑爲陵，不遷其根牙。尚安肯含朽抱蠹，榮朝瘁暮，取纖人之光夸哉！」

公子撫然爲間自謁去，掉金叟，鳴玉珂。先生弗爲禮，反據松爲歌曰：植爾本根，蟠崖錮泉。茂爾枝葉，陵雲蔽天。俾爾强而堅，千百萬斯年。《新刊國朝二百家名賢文粹》卷一七七。

松賦

文同

度衆木而特起兮，有高松之可觀。擢雙幹以旁達兮，聳千尋而上擊。怪難入於圖畫

[一] 歡：原作「權」。「締暫歡」與「銷積悲」相對，故「權」當爲「歡」之誤。

兮，老莫知其歲曆。含古意以茫昧兮，負天材而岑寂。柯磅礴而如枹兮，葉獥貐而若冪[一]。停餘雪而暖溜兮，棲宿雨而晴滴。險穴聚乎魑魅兮，陰柟藏乎霹靂。蒙煙霧之灑潤兮，傲冰霜之慘戚。榮枯繫乎所托兮，用捨由乎見覓。敢并名於杞梓兮，甘取誚於樗櫟。四部叢刊本《丹淵集》卷一。

矮松賦 並序[二]

王曾

齊城西南隅矮松園，自昔之閒館，此邦之勝概。二松對植，卑枝四出，高不倍尋，周且百尺，輪囷偃亞，觀者駭目。蓋莫知其年祀，亦靡記其本原，真造化奇詭之絕品也。曾咸平中忝鄉薦，登甲科，蒙被寵靈，踐歷清顯，幾三十載。前歲秋始罷冢司，出守青社。下車之後，省閭里，訪故舊，則曩之耆耋悉淪逝，童冠皆壯老，邑居風物，觸目遷變，惟彼珍樹，依然故態。竊謂是松也，匪獨以後凋，克固

[一] 獥貐：原作「徼㨼」，據明萬曆刻本《新刻石室先生丹淵集》、《歷代賦彙》補遺卷一五改。
[二] 並序：原無，據《古今圖書集成·草木典》卷一九八、《淵鑑類函》卷四一一補。

歲寒，抑由擁腫支離，不爲世用，故能宅兹阜壤，免於斤斧。向若負構廈之材，竦凌雲之幹，必將爲梁棟，戕伐無餘，又安得保其天年，全其生理哉！感物興歎，聊爲賦云。

惟中齊之舊國，乃東夏之奥區。有囿遊之勝致，直廛闬之坤隅。偉茂松之駢植，軼衆木而特殊。上輪囷以夭矯，旁翳薈而紛敷，廣庭廡之可庇，高尋常之不踰。枝擁閼兮以横亘，根蹙縮兮盤紆。徒觀其前瞻林嶺，卻顧康衢，宅寶勢兮葱鬱，據右地兮膏腴。類蟠蟄兮蛟螈，訝騰倚兮虎貙。將拏攫兮未奮，忽伏竄兮争趨。色鬬鮮兮欲滴，形詭俗兮難圖[一]。遠而望之[二]，蔚兮若搏鵬之出滄海；迫而察之，默兮若方輿之承寶蓋。矗洞口之歸雲，堆巖阿之宿靄。談揮塵兮何多，被集翠兮增汰。度朔吹兮颼飂，含陽暉兮晻藹。吾不知其幾千歲，起毫末而碩大。

[一] 兮：原脱，據《宋文鑑》卷一、《古今圖書集成·草木典》卷一九八、《歷代賦彙》卷一一五、雍正《山東通志》卷三五之二補。
[二] 遠：原脱，據《宋文鑑》卷一、《古今圖書集成·草木典》卷一九八、《歷代賦彙》卷一一五、雍正《山東通志》卷三五之二補。

昔去里兮離邦，攀緑條兮彷徨。今剖符兮臨郡，識奇樹兮青蒼。怵光景兮遄邁，嘉歲寒兮益彰。葉毿毿兮不改，情眷眷兮難忘。異古人之歎柳，協予志之恭桑。信矣夫，卑以自牧，終然允臧。效先哲之俯僂，法幽經之伏藏，願跼影於澗底，厭争榮於豫章。鄙直木兮先伐，懼秀林兮見傷。幸高梧之垂蔭，愧脩竹之聯芳。鸞乍迷於枳棘，鷃每悮於榆枋。媲周《雅》之蹐地，符羲《易》之巽牀。既交讓以屈節，復善下而同方。自儲精於甘露，不受命於繁霜。

客有系而稱曰：材之良兮，梓匠之攸貴；生之全兮，蒙莊之所美。苟入用於鉤繩，寧委跡於塵滓？俾其天性而稱珍，曷若存身而受祉？紛異趣兮誰與歸？當去彼而取此。《皇朝文鑑》卷一。

小松賦

鄭獬

北風號空，大雪飛注，長林高木兮，或亦爲之摧仆。雖鴻鵠之健飛兮，翅粘冰而不度。獨寒松蓊然兮，鬱蒼崖而自固。若周公之排禍亂兮，何獨立而不懼？又如比干之事紂兮，直犯雷霆之震怒。若楸梧與梗楠兮，媚風煙而自附。何今日之梗莽兮，窮本心而盡露。

蓋夫粹美之氣，蓄乎此山。白玉如肪，赤金如丹。美璞良礦兮，磊砢璀璨於其間。合二寶之精剛兮，又生此松於山顛。故高節之特立，宜殺氣之不可干。嘗見美於仲尼，謂不凋於歲寒。猶稱伯夷與叔齊兮，遂與賢人而並傳。

斮蒼雲以移植兮，回佳玩於前軒。辭丹林之煙霧兮，濯玉井之波瀾。茁然翠鬣，三尺琅玕。若蒼虬之飛來兮，戲靈珠而不肯蟠。顧得地以託根兮，尚繁枝之未大。當老霜之搏物兮，固勁氣之踰邁。雖鳳羽之未成兮，蓋已異山鷄之文采。對秋桂於高蟾，友靈桃於碧海。竦脩幹以淩雲，終孤心之無改。四庫本《鄖溪集》卷一五。

二松賦

蘇籀

商邑巖巖，羣山環中。膏液外湊，英靈内鍾。其人黄綺，其植曰松。翹翹我室，契闊朋從。

二友忘言，冉冉秋冬。古之遺直，本鉅末豐。尺寸非可較量，繩纆非可究窮。凛凛乎其可嚴憚也，如見大賓，如承大祭，形魄竦動，圭璋昂顒。矯矯乎其能厲操也，如首陽之二賢，齊魯之兩翁。石忘其堅，山失其穹。確乎其不可拔也，如辭位之太伯；邈乎其不可攀也，如憂世之元龍。炎曦鬱攸，金石銷鎔。冰合九河，雪屯萬峰。毛髮磔磔，不改聲容。如藺子完璧，怒髮冠衝；睢陽蔽江，張髯乘墉。

天籟嘷鳴，非鼓非鐘。生三伏之栗冽，時一警於昏聾。若洞庭之樂，鈞天之奏，均節跌蕩，他樂莫同。斲而支太室之壞，輯而營靈臺之宫。如良弼之用捨，係此邦之替隆。

雖然，待雨露而茂遂，積歲月而强雄。世俗尚得而企仰，蛇鼠謬託於蔽蒙。孰知其筋幹鱗甲，非特據地而摩空。猶龍變化，乘雲高蹤。排陰助陽，追日迴風。超乎六合之表，出乎造化之工。遺琥珀與茯苓，貽俞跗與倉公[一]。

嗟夫！世人欲速，種柳與楓。菌生朽壤，蔓延楚叢。惟二友之不凡，受正命於厥躬。相與吟歗而作，殆其莫逆於胸。四庫本《雙溪集》卷六。

[一] 俞跗：原作「俞柎」，據《敬鄉録》卷七改。

種松賦

崔敦禮

崔子居山間，種松於東岡之上，地曠而平，培土而密築。其殖之也，若稗秧之插；其憂之也，若嬰兒之育。戢戢乎黄茅之底，眇眇乎蒼岑之麓。

有客過而歎曰：「勤矣子之種松也。吾聞天施地生，雨露則一，草木之長，於松爲嗇。經年僅益於毫末，再歲尚湮於蓬棘。蓋屢補而莫齊，或百枚而得一。形如偃蓋兮待千歲之久，化爲茯苓兮由百歲之積。今子施種藝之功，竭壅培之力，以附土之寸根，待干雲於異日，不其迂哉！」

余曰：「噫嘻！客之言過矣。夫植之微者本必固，長之吝者末必榮。木有亟茂而先顛，物有速蕃而驟零。栽桃李者早華，種榆柳者易陰。柞薪析而愈盛，樗櫄剪而還生。然皆摧折於飛雪之後，憔悴於嚴霜之辰，隨寒暑以同化，與糞壤以俱淪。迺若松之茂也，榦排風雷，根裂崖石，鱗甃百丈，髯蒼千尺。其柯參天則鸞鳳棲其巔，其肪入地則龍蛇伏其窟。凛高節兮四時不能易其操，建大廈兮萬牛不得輕其力。玆豈衆木之凡姿與夫百草之弱質者所能比哉！嗚呼！在物固然，於人亦爾。殖德者不貴其苟，種學者匪圖其易。濇禮義之華實，毓性情之根柢。養其小以成大，蓄諸微而至著。若曰名以暴集爲榮，行以速成爲貴，謂片善爲無益，以寸長爲可棄，是猶糞合抱之林而不養其拱把之時，望十圍之木而不植於徑寸之際者也。」四庫本《宫教集》卷一。

倚松賦

劉學箕

昔蔡公孚有《偃松賦》，王公曾有《矮松賦》，學箕得老松，狀如倚蓋，因作《倚松賦》。

嘉定紀年，丁丑維歲，就盈日月，壬子之未，仡然三夫，呀吸來詣。戴負古松，結蒼疊翠。回翔婉娩，跛倚靚毅。寘彼庭隅，屏植清閟。

廼相與莞爾一笑，歛襟揚袂而言曰：「此木衍迤，非杉非檜。涉歷春秋，疇話代世。生於括蒼之深山，老於人跡所不到之地。斷崖巉巉，矗壁厲厲。猿猱愁其嶮巇，鼪狖畏其銛鋭。跂而望之，心乎愛矣，廼因採藥，謀發雅計。於是鑿萬丈以闖頫，綆千尋之縋繫。志惕神驚，汗流浹背。是斸是鋤，於寶於衛。亦既得之，忘餐失寐。不遠乎千里之程，貿然而來，來蓋將以遺夫人之好事也。」

方是閒主人喜而受之，與之金而食乎稻，飲乎酒而肉以彘。分命長鬚，易苢以斛，沐以靈泉，植以壤沃。遷卑堂所，娛翫不足，循除而睨之，盤旋以撫之，又賦之於辭曰：

夫何挺特之操兮！託根崖嵬，雲深路奥兮。晦迹韞匵，隱淪之抱道兮。潛伏彌奇，羞側足以躅斢䰙䖺兮。寒往暑來，幾何年兮。時移事易，幾推遷兮。期守故節，久彌堅兮。癯橋山澤，泯無傳兮。

吁嗟若人，貪婪之深兮。移根紅塵，不保其清兮。命之不偶，籍之萌爲利之心兮。吾將陳之，不能究其情之所由，以闕也。

且夫孤高之姿，挺特之質，驗之於今，考之在昔。大夫之封，處士之節。歲寒不凋，霜沍逾潔。直聳雲煙，浄延風月。或擬之森森，或對之烈烈。或取樂一丘，或邀榮雙闕。或然以讀書，或掉以陳說。兹殆以人而見諸，又烏識堅剛之奇絶者哉！其有美之爲讚，詠之於辭，著之成賦，取之於詩。影搖千尺，青貫四時。既食其實，又啖其脂。且愛其聲，復憐其姿。亦騷人雅士之有感寓之意，而不能忘其私也。

嗚呼！地産珍材，天毓粹孅。高不數尺，大僅盈軌。翩翩帷蓋之傾，卓卓車輪之倚。亭亭巖谷之秀，楚楚山林之偉。乃今磐互夫軒楹，超越乎煙水。一根立兮雙幹輪困，百修蕃兮萬枝紛委。皮鱗鱗兮幡蒼虬，鬣針針兮團刺蝟。飛鳳兮來儀，回鸞兮翔跱。風吟兮春濤鳴空，日射兮雲影覆地。連蜷兮森瑶瑛，婆娑兮擁幢旞。此實目之所未覩，亦人之競託以爲異也。

嗟夫！名稱百木之長，用爲一世之奇。煙阬陂陁，雲嶺委蛇。合抱昂空，何地無之。旦旦而伐，力不知疲。舟車所求，棟梁是資。此蓋以其材而適於用，知於人而遇於時。

今汝以跼蹐傴僂，蚴虬離披，世不汝醜，反頌汝奇。似子不才，山樊水湄。終焉允臧，謙以自卑。永畀天年，相與遊嬉。斧斤何戕，塵鞅何縻。廼其幸歟，抑又何悲。《方是閒居士小稿》卷下。

柏賦

吴淑

美兹柏㮄，歲寒之姿。南山聞越石之詠，後凋見江夏之辭。仲寶幼彰其佳器，陝西潛兆於徵祺。則有山人之飯，仙家之食。李詢樹之以守墓，王裒泣之而變色。亦有出新甫，生冀州，飲漢官之酒，泛鄁國之舟。虞延外黄之對，穆滿大北之遊。

又聞媪插則死，麝食而香，脂傳京輔之價，材爲漢殿之梁。若其府中集烏，殿後立鵲。延陵表信而挂劍，永昌騁詐而爲幕。復有擢華嶽，秀白於，樊衡植之而稱孝，善才斫之而幾誅。又若王宴有變桐之徵，李充有傳刃之志。既杶幹以同貢，亦魍像之所畏。驗其陵樹，嘗爲宣帝之祥；泛彼中河，亦著共姜之誓。宋紹興刻本《事類賦》卷二五。

四柏賦 並序

鄒浩

廣陵學官廳嘗爲夫子廟，今所居之堂即其殿也。庭植四柏，皆凜凜合抱，愛之而賦云。

瞻廣陵之寂歷兮，直高堂之峥嶸。薙蔓草以如拭兮，偉四柏之亭亭。葉委蓋以固覆兮，榦聳崒以上征；根盤薄而石老兮，皮皴皵以龍驚。儼相揖以成列兮，何意氣之不可凌！豈商山逸叟見邀於子房兮，將以翼儲君而經營？抑康廬勝友自得於蓮社兮，方且傲當世而潔清？

想昔日之巍然廣殿兮，對先聖以交榮，如子路、曾皙、冉有、公西華之侍坐兮，垂紳端拱，各控其素志之誠[一]。嗚呼！余德至陋，繆膺教職，獲與柏而相值[二]，如親炙夫盛德。

講習之餘，將迎之隙，既弗嗜於盃盤，又兼忘於射奕，必往來柏陰，吟哦其側。綿日月以居多，豁聰明而有得。其朝暮也，藹瑞露以冥冥，駐歸雲而凝碧。其四時也，謝群芳之争妍，憩薰風而暑釋。篩蟾光之十分，封雪霜而玉皪。

若乃瓊花兮一本，芍藥兮千畦，蕙蘭馥郁乎亭檻，錦綺焜煌乎塗泥，上由刺史，爰逮黔黎，咸擇地而置酒，紛踵繼以車馳。曾此柏之不顧兮，其青青固自若也，豈以此自少而遂衰。

及夫時運遄往，木帝無爲，驟雨滂沱以滌蕩，狂飆奔騰而折摧，昔蕃鮮兮何在，今寂寞兮空枝。使當年之好事，慘搔首以興悲。獨此柏之不變兮，其青青固自若也，亦豈以此自多而增奇。

嗚呼！柏之所以爲柏兮，其常德若兹。僕幸得之而深兮，勝老馬以爲師。允蹈賢

[一] 控：《歷代賦彙》卷一一五作「抒」。
[二] 值：原作「植」，據《歷代賦彙》卷一一五改。

聖所期於學者，死而後已兮，肯以窮達異其毫釐！庶幾無愧乎柏之常德兮，不爲君子之棄而小人之歸。道光刻本《道鄉集》卷一。

海栢賦 壽益公

曾丰

南極清，老人明，稅層霄，墜重溟，化作石質，流爲栢形。軀蕞爾兮傴僂，氣浩然兮崢嶸。天嗇兮降材，帝饒兮予齡。得喬松兮稱弟，與大椿兮爭兄。甲子相忘，曾何有於寒暑；乾坤自大，胡爲乎厭薄我蓬瀛。踽踽然從下士以求介紹，謀與上公而爲朋哉！

公眂栢，栢眂星，蘭臭氣味，歲寒典型。體不同而道合，貌未接而神迎。栢遇主人兮眉黃，公獲良晤兮眼青，契若疇昔，懽如平生。謁平園兮不獨往，問訊華隱兮先登。方將及身之孤高，乘足之雙輕，駕倏倏，馭泠泠，相襲籲而上青冥也。坐客俱驚，起攬公纓。非岨輕舉，有衰老成。何當肯留，上爲朝廷之重，下爲州里之榮。公徇客兮以情，客壽公兮以誠。有木名榆，受氣玉衡；亶哉彼栢，星氣蒸也。惟鍾於栢，物中之亭亭；故鍾於公，人中之錚錚。有士姓李，受氣長庚。亶哉我公，星氣凝也。惟公於星，蓋星之精，故公於人，乃人之英。泥丸丹田，與造化争。卻老逃艾，還孩反嬰。華胥之城，空同之垧，恬寢愉興，娱坐嬉行，忘其爲長生。四庫本《緣督集》卷一。

弔槁杉賦 並序

謝逸

臨川崇真觀有古杉焉，歲久槁死，而枝幹不墮。俗傳晉魏夫人學老子術於此，手植於庭，不知其果是非也。衆謂此杉以槁死得免斧斤之厄。世莫不幸其生，而茲獨幸其死也。一日，郡兵官見而惡之，命郡兵伐其枝幹，芟其本根，實以土而夷其庭。嗚呼，亦不仁甚矣！推此以往，孰謂世之人死而可以免禍耶？遂弔之以賦，其詞曰：

后皇畀物兮，靈衷不私。禀受殊氣兮，土地異宜。芸芸其生兮，情之不齊。嗟此杉兮，其大百圍；脩且長兮，蔽乎雲霓。樛枝偃蹇兮，如龍虎之馳。植之於庭兮，如正人端士之威儀。挺然獨立兮，如不附麗於當時。斲爲棟梁兮，負殿堂而不攲；刳爲舟航兮，觸風波而不危；梁百步之川兮，歷千載而不隳。

今其槁死兮，無可用之資。不慊於霜雪兮，無求乎雨露之滋。賴根幹之存兮，得永託於庭墀。夫何不仁之甚兮，肆斧斤而芟夷！昔子胥怨毒兮，平王既死而鞭屍；魏公忠直兮，肉未寒而仆碑。自古莫不然兮，豈唯今世之可悲。嗚呼槁杉兮，夫復何疑？四庫本《溪堂集》卷一。

哀巖桂賦 並序

李洪

版曹廳前有巖桂焉，根幹凋瘁，枝葉萎蘮。秋八月，山中之桂爛然吐芬，芳薌襲人。兹桂也，封殖失地，坐視羣葩競秀，不能榮擢其華，争妍一時。客有白事長貳，退而問於李子，僕對曰：「木猶人也，士之賦材稟教，懷文抱質，不猶此木之受氣毓形乎？種學績文，澡身浴德，不猶此木之芬芳郁烈乎？挺姿歲寒，老死巖穴，不猶此木之託植山谷乎？彈冠結綬，願登王畿，不猶此木之徙幽崖而入帝鄉乎？逮其争春於蒲柳之側，承澤於文昌之臺，見辱皂隸，取誚輿儓，日滋月往，遂爲枯荄，不亦可哀乎？客又何怪？」客跽而請：「子其賦之！」僕曰：「唯唯。」

伊金風之浩蕩兮，將摧殘於衆芳。何巖桂之挺特兮，獨稟粹於顥商？著家聲於荒遠兮，擅蟠根於后皇。亶毓靈於蟾窟兮，迺移植於帝鄉。

擢自拱把，斵彼巖限。小山叢生而寓興，墨客一枝而寄懷。竟悵望於空谷，思委質於瑶階。時也少昊回御，萬寶向成。藴通犀之内德，藹文客之擅名。露溥溥兮僊掌借潤，風嫋嫋兮天籟發清。或秀拔夫差之茂苑，或香動東甌之粤城。鞠衣沮艷，薝蔔慚馨。懼過時而薄采，羞自衒以含情。則有騷人逋客，頭陀煉士，或棲山庱之寂寥，或飲沆瀣而度世。既迢遥於閒曠，亦泯絶於勢利。乃吸墜露以嗅其菁英，展裓衣而收其萼蘂。或佩服以配秋蘭之紉，或薰沐以陋薔薇之水。非其標致不凡，安得賞玩若此？

至於結根靈囿，託體連昌，睎鳳蓋之朝日，被龍顔之末光。白榆歷歷於天上，江梅垂垂於玉堂。依蕘蓂而並砌，嗤漢栢之爲梁。今則立文昌之禁省，昡金爐之夕燻。地近左户，時當小春，無連珠聚星之吟客，有鞭筭心計之重臣。惟國用之所制，匪詞人之擬倫。埋没於喧囂倥偬之地，低回於霜霰風雪之辰。纖柯困於敲榜，蕊粟化於緇塵。俗眼屢白，捧心漫顰，莫不對春雨而泫泣，望秋日以傷神。

然其深根固蔕而負歲寒之期，改柯易葉而無摇落之變。儻遇鄒律之吹噓，郭駝之善幻，濯錦成榿木之園，博望致蒲萄之館，沐之以西湖之清波，植之以孤山之絶岸，尚能偃蹇嫛姍於靈鷲之崖，蓊薈蕭森於廣寒之殿。毋入門而見嫉，豈深谷之徒怨也！於是子墨客卿起而爲山中招隱之辭曰：秋桂叢生，託巖阿兮。團欒葰茂，稟太和兮。回谿深壑，水揚波兮。秋風披拂，蘭菊芳兮。郁烈裊娜，芬都房兮。一粟粒中，萬斛鄰兮。山中之人，玉雲顔兮。薜荔女蘿，蒙譏訕兮。歸歟歸歟，保歲寒兮。四庫本《芸庵類藁》卷一。

巖桂賦

廖行之

秋氣之清，萬殊稟成，斂英華於品彙，孕粹精於桂根。猗歟休哉，何其挺挺乎不狥世態，飄飄乎欲凌高旻也邪！

當其玉宇涵空，金行奪暑，庭梧憔悴於銀牀，江蓼淒涼於沙渚，睠籬菊之未旉，嘆園葵之已暮。兹桂也，壓衆卉以推先，争秋光而獨主。時也，莫不緣蓓攢枝，吐芳露奇，若瑣若碎，若繁若稀，若什若倍，若贏若畸。或出類以若長，或附承而若卑。珠綴甚富，酥凝未澌。雖玉蟲差擬，風韻之奚取；金粟可媲，典刑之已非。

至若露霽晨興，月浮夜明，動微颸於披拂，暢奇芬而遠聞，蕩世俗之喧濁，掃鼻觀之囂塵。可使沉水斂煙於燕寢，猗蘭奪氣於深林。得非蓐收肅殺之威或有所寓，太白剛勁之氣或有所憑而然耶？

彼芙渠兮不亦華乎，凌波間而顔如渥朱，水苟涸兮幹隨以枯。彼桃李兮何彼穠矣，競春朝兮天然綺麗，秋之至兮葉紛以委。萱忘憂兮何事容悦，花含笑兮其如嫵媚。寧寒巖之一枝兮名園之屬子，寧霜林之獨秀兮韶華之付爾。

君不見伯夷之行兮得清之全，風聞百世，激貪懦之心焉。又不見孟軻之志兮養其浩然，至剛至大，則天地而塞焉。此蓄之有素而發之無前，豈與夫競紛華於頃刻、誇美艷之鮮妍者同年而語哉！此東皐子之問答，所以發德馨於幽潛者也。四庫本《省齋集》卷一。

巖桂賦

丙戌九月十一日

李曾伯

厥初二儀肇分，五德始備，散爲萬象，鍾作庶類。有其偏者則粗，具其體者必異。惟秋之德在金，若月之精以水。土得之而儲英，木受之而孕美。稟四氣之相生，出千林而曰桂。由是常娥氏爲之胚胎，蓐收氏爲之發育。根蟾宫之窟穴，種鷲峰之巖谷。青葱乎碧玉之樹，髣髴乎黄金之粟。犀之靈不足以比其質，麝之馥不足以喻其郁。其標格以屑屑乎造物，其風味何飄飄而軼俗。

於時羊角拂軒，兔影照屋，挹有餘馨，採不盈掬，如廉吏之遺芬，類文人之賸馥。若乃露葉垂珠，雨枝滴玉，一塵不侵，孤標自矗，若盛德之不緇，似幽人之新沐。是蓋得剛方勁直之所賦，而爲清修明潔之所毓者也。

然而不競於東皇艷陽之日，不出於南薰微涼之時，及梧井之墜黄，與楓林之染脂，然後碎瓊瑰之屑，綴琅玕之枝。是豈司花之神悦於兑，故不出於震而見於離乎！

乃有赧然其羞，凄兮其悲，拱乎側而欲訴，恍兮名之不知。或號桃紅，或稱李白，立彫零中，作憔悴色。有人於此，以花喻之，是蓋貧時而慕榮，時已去而事違者也。或名姚黄，或氏魏紫，當垂盡時，若無聊意。有人於此，以花喻之，是蓋以色而事人，色已落而寵衰者也。又有自比妃子，切慕何郎，一遇擯斥，不堪凄涼。有人於此，以花喻之，是又前日之以富貴而驕人，此時之志滿意喪而是非者也。

故於是大悟：此花之生雖晚，非遲也，時也。雖小，非卑也，分也。客有課《花譜》者，不許之第一，豈在第二耶？已矣乎！花未萌兮暑正酷，花已芳兮天始肅。何以遠交兮？永谷傲寒之梅。何以引類兮？霜籬香晚之菊。夫豈特此花而已哉！物固有榮枯而遲速。我欲乘仙槎兮訪靈根，安得紫皇兮迎我以黄鵠！ 四庫本《可齋雜藁》卷二一。

王柏《回鄭親求巖桂賦跋書》（《魯齋集》卷一七）　兹蒙寵示《巖桂賦》倡和，欲某掛名其末，甚感。某嘗整衿端玩，皆軒軒然有凌雲之氣，誠得當今魁彦印證於後爲宜。若使潦倒無成於陋巷者點綴，則爲此卷之羞，不祥莫大焉。由是不敢措一詞，謹歸璧。然既荷不鄙夷，又不可不少見微忱。佳製有曰：「孫枝孰可繼其芳，惟予足繼」，又曰「盛美不在予而何在」，其自任者可謂甚勇，其所以自期者無乃太淺乎？何其眇視宗族，旁若無人？大略矜夸之意多，而非所以培養退讓之風也。政使盛族果無可繼前芳，尤宜哀痛感慨，厚自豐植，以遠者大者自期可也。每舉進士不下數百人，賢否邪正雜然並進，縱在高甲，又何足以繼先烈？仰惟先正師保氣節勳業，著在國史，播之天下後世，豈在區區一第哉！某亦潛觀密察，賢親天資俊敏，自可有爲。願以器識爲先，窮探學問根本，見於躬行者篤實無瑕，則人稱之曰：北山之後有此賢孫，曾可謂源深流長矣。盛美如是，始可繼芳也。非恃親愛，不敢出此語，惟高明亮之。

桂巖賦　並序

曾丰

運使馬少卿於聽事之東，葺故屋爲宴坐所。疊石爲山，植桂其下，揭曰桂巖。賦爲發揚妙致作也。

陽星之精，犇入於月，故月窟無凡植。榱桂樹之婆娑，夜影耿兮澄徹。月桂之種，下墮於粤，故粤壤無凡茁。蓊桂嶺之葱蒼，秋香撲兮清絶。桂嶺之別，是爲羅浮。下有巖兮谽谺，上有桂兮崒嶆。花縞縞兮粲夜，葉茸茸兮鬱秋。小言之廣東之蓬島，大言之江南之瀛洲。有偉兮異境，孰移寘兮公之屏？天花開於逡巡，石笋拔乎俄頃。不墨不素，寫出月中之真；非水非鏡，照見天上之影。豈公身遊月宫，手鼰桂華，心欲得之而植於家，決鼻銜其核，望舒擢其芽，授之使歸，種爲生涯者邪？

曰：不然。公有斧，修月莫指其痕；公有石，補天莫捫其罅。連根斫桂，端乘修月之餘；平地起山，亦出補天之暇。元勳尚爾其少稽，妙用輒兹其豫借。左擘天台之崖，右搴合浦之涯。斬雲骨與煙苗，幻風軒與雨榭。五丁猶服其敏强，六子不辨其真假。決鼻望舒，公何彼藉？或曰岱輿之嶺，羽人所舍，厥植有桂，其鬻無價。子纍纍兮雌珠而牝璣，香馝馝兮僕蘭而奴麝。公聞之，圖詣覔觀，懼成枉駕。叱夸娥兮疾趨，麾禺彊兮横跨。挾彼岱輿而西，頓於牆壁之下。夫如是，則盤古公徒，巨靈公亞。山川繇我而峙流，草木自吾而榮謝。凡囿氣形，率歸造化。夫修月與補天，又特公之細者也。

雖然，至人無我，大道同流。寓意出機，猶未免混沌之鑿；反身内景，得無損汗漫之遊？蓋摸索公之胸次，自有一壑與一邱。了知假合，誠是贅肬。聊復當丸弄而竿戲，豈真爲蜩掇而瓦摳。繼自今，扶天柱於無底，絚地維於不周。舉首戴山之力大試，横身負河之志畢疇。厭紫府而思凡，告玉皇而歸休。親戚故舊，勞苦咨諏。公其倒羅浮於囊中，傾岱輿於筆頭以示之，謂吾生宦遊之所，滿拾而飽收者，如此而已，若其笑乎否哉！四庫本《緣督集》卷一。

槐賦

吴淑

古所謂大葉而黑，又以爲靈星之精。鉏麑觸之於寢，董叔紡之於庭。或老而生火，或傷而被刑。見夢寐於豐沛，同橘柚之弟兄。

至於揔翠訟庭，垂陰學市。或晝聶而宵炕，或兔目而鼠耳。或彰五沃之宜，或表三公之位。或樹之於辟雍，或植之於王門。仙方補腦，藥録輕身。

至乃取於烜氏，用爲神燭。孝寬樹之以表路，肩吾服之而明目。又若高頮不依於行列，仲文每歎於婆娑。茂酒泉而作賦，植長安而見歌。别有馳道勿伐，士冢常栽。布玄陰之翳薈，集白雀之徘徊。既所以表士雄之純孝，亦可以見官候之懷來。宋紹興刻本《事類賦》卷二五。

楊花賦

田錫

梁苑殘春，垂楊映津。枝黛染以交引，葉眉纖而鬬伸。落絮如雪，飄煙拂塵。輕芳兮就月爲魄，澹白兮依風作神。當豔陽之美景，過上巳之良辰。其繁也六出之英未多，其豔也早梅之芳若何。釋葉辭蔕，流枝逗柯。浮朝靄兮散斜陽，九重丹禁；拂扁舟兮隨兩槳，千里輕波。

是時孝王多暇，閒登水榭，因悦柳之太柔，賞兹花兮似畫。乃顧鄒、枚，憐其逸才，命臨流兮就景，陳綺席之金罍。相如後至，居於右座。欣麗藻之無敵，若《陽春》之寡和。衆賓目動，怯勝氣以潛消；梁孝意怡，禮奇才兮敢惰？

於是授以毫牋，言容懌然，曰：「寡人多幸，知子之賢。願以文爲樂也，俟當場而試焉。且昔楊柳之詩，古人有之；楊花之賦，作者多非。可以運精研之思，施絶妙之詞。」相如感主人之遇，援毫而賦，盡華藻之菁英，得飛花之態度。以爲漠漠霏霏，微風暖吹；裛甘露於珠樹，蕩朝陽於玉墀。乍若吳王江國，水殿春曦，梅花已老，零落交飛。矧又蕩然無覊，紛兮交錯，入殘月之綺窗，滿夕陽之畫閣。乍如陳后失恩，長門寂寞，梨花向晚，繽紛散落。有時金屋徘徊，珠簾半開，罥繡牀之彩縷，縈粉奩於玉臺。乍若謝家之院〔一〕，寒景相催，暮雲方密，飄飄四來。

至於湘浦幽深，樫林葱蒨，滿黄陵之古廟，撲蒼山之晚殿。乍如亂峰之下，落泉飛練，噴嵐灑煙，沫花相濺。有時送客南遊，垂楊渡頭，未盡離酒，猶縻去舟。思夕宿之江館，望朝雲之水樓。飄兮蕩白，縈觴惹愁。和鶗鴂以連飛，平波渺渺；伴舳艫而已遠，晚景悠悠。矧夫春院深嚴，書帷闃寂，横南窗之緑綺，委羣書於緗帙。冰濡相浥，沾匣硯以難飛；風聚成規，滚砌莎而可惜。加之碧簟銀牀，梧桐影凉，春光餘幾，豔景方長。當弈客以凝情，飛來寶局；值嘉賓之舉白，吹過金觴。有時簾幕雨餘，池塘風定，凝去忽飛，幽而可詠。榆墜莢以相先，桃落花而互映。餘態重重，妍姿弗窮。

大約含愁於夕靄，唯憐委迹於流風。值輕露以多掩，傍微陽而即通。是知有以妖、冶，輕爲貴者，雖五彩之毫，妍不可寫；雖數子之詞，才難騁奇。唯相如之善者，致梁王之悦而。乃命左史記言，而右史録之，藏之寶笥，以爲柳花之詞。傅增湘校訂淡生堂鈔本《咸平集》卷七。

〔一〕之：四庫本及《古今圖書集成·草木典》卷二六三、《歷代賦彙》卷一一六作「深」。

黃楊樹子賦 並序

歐陽修

夷陵山谷間多黃楊樹子，江行過絶險處，時時從舟中望見之，鬱鬱山際，有可愛之色。獨念此樹生窮僻，不得依君子封殖備愛賞，而樵夫野老又不知甚惜，作小賦以歌之。

若夫漢武之宫，叢生五柞；景陽之井，對植雙桐。高秋羽獵之騎，半夜嚴粧之鍾。鳳蓋朝拂，銀牀暮空。固已葳蕤近日，的皪含風〔一〕，婆娑萬户之側，生長深宫之中。豈知綠蘚青苔，蒼崖翠壁，枝蓊鬱以含霧，根屈盤而帶石。落落非松，亭亭似栢，上臨千仞之盤薄，下有驚湍之濆激。澗斷無路，林高暝色，偏依最險之處，獨立無人之跡。江已轉而猶見，峰漸回而稍隔。

嗟乎！日薄雲昏，煙霏露滴。負勁節以誰賞，抱孤心而誰識？徒以竇穴風吹，陰崖雪積，哢山鳥之嘲哳，裊驚猿之寂歷。無遊女兮長攀，有行人兮暫息。節既晚而愈

〔一〕的皪：原注「一作『灼爍』」。

茂，歲已寒而不易。乃知張騫一見，須移海上之根；陸凱如逢，堪寄隴頭之客。宋慶元刻本《歐陽文忠公集》卷一五。

《敬齋古今黈拾遺》卷三　歐公《黃楊樹賦》云：「若夫漢武之宫，叢生五柞；景陽之井，對植雙桐。」疑此以前别有語。古人文字，無有鑿空便云「若夫」者。《禮記·曲禮》於「疑事毋質，直而勿有」下，即云「若夫坐如屍，立如齊，禮從宜，使從俗。」鄭氏釋「若夫」云：「言若欲爲丈夫也。《春秋傳》曰：『是謂我非夫。』」原鄭氏於此注釋者，意謂上下文本不相屬，無用此句相發，故别引先穀語，以「夫」爲丈夫，鄭之此説亦强爲解耳。其實「若夫」二字衍文耳。且《曲禮》汎説爲人之禮，前已有語，尚不須此二字。況歐賦聲律文字，專以華藻鏗鏘爲美，前無一言，遽以「若夫」一言爲唤句，豈爲文之體哉？歐公一代儒，定無此失。故予謂此賦，其「若夫」以前，必别有語也。

《唐宋十大家全集録·六一居士全集録》卷一儲欣評　公謫令夷陵時賦此，託物比類，其詞甚文。

《賦話》卷五　朱子亦云，宋朝文章之盛，前世莫不推歐陽文忠公、南豐曾公與眉山蘇公，相繼迭起，各以文擅名一世。獨於楚人之賦，有未數數然者。蓋以文爲賦，則去風雅日遠也，惟六一《黃楊樹子賦》，詞氣質直，雖是宋派，其格律則猶唐人之遺。

小黄楊賦

張守

余几案間，有黄楊生拳石杯水間，有年數矣，蔚茂可愛，喜而賦之。

維黄楊之挺生，表奇姿於弱植。蟠霜根之數寸，竦貞幹之盈尺。濡兩掬之清泉，占一拳之怪石。攬以蒼翠之雕珉，培以光明之啐礫。朝假寵於陽暉，夕蒙滋於露液。受一氣之獨正，紛衆葉之多碧。已幸脱於泥塗，靡争妍於花實。安微分而自足，貫四時而不易。置之函丈之間，綽有山林之適。明窗浄几，陰敷研席。笑昌陽之瑣細，與草芥而匹敵；誚巴苴之凡陋，望秋風而隕踣。二物皆植水中能生，故以爲比。傲冰霜之凛冽，玩陰陽之消息。配後凋於澗松，得全生於社櫟。雖蒙厄於閏餘，初不辭於屈抑。已無心於梁棟之用矣，毋或縱尋斧以求狙猨之杙也。四庫本《毘陵集》卷一五。

柳賦

吴淑

昔桓温感舊遷延，攀條泫然，且曰：「樹猶如此，況於人焉！」若乃美春月於王恭，賞靈和於張緒。涉正月而始黄，得沃土而斯茂。既曰醜條，亦名獨摇，生於左肘，集彼鳴蜩。亞夫則軍門傲睨，嵇康則鍛竈逍遥。吕渭以再榮作瑞，孝緒以自拔爲妖。

復有直陵、鳳伯，樫河、旄澤。或盛展禽之家，或茂陶潛之宅。亦有沃民之國，汶水之傍。静帝既謡於周世，楊氏亦歌於太康，敬則憶之於北館，陶侃識之於武昌。或垂陰於邐迤，或成林於振武。張、陸并處兮，交讓方榮；機、昂共摧兮，孤楊獨茂。

至夫歌《東門》之牂牂，感昔日之依依。憂田需之易拔，感顧悦之先衰。亦有生女媯之墳，茂高頞之第。生蓍著象，樊圃是刺。有苑見風於幽王，爲字呈祥於漢帝。斯楊蒲之爲用，蓋民家之所利。宋紹興刻本《事類賦》卷二五。

桐賦

吴淑

伊櫬梧之嘉木，生嶧陽之重阻。含奇律於黄鐘，濯靈滋於玄雨。雖乳可致巢，而材難爲弩。或氣淳而獨異，或空中而易傷。緝毳早聞於驃國，績花更見於《華陽》。

復有生高岡，棲靈鳳，置瓮裏而雲興，卧坎中而囚動。又若龍門無枝，吹臺百圍。葉閏餘而有數，花清明而應時。順招摇而豈破，養樲棗而非宜。削農、黄之雅器，採東南之孫枝。

亦有别之梓漆，號以榮桐，莊子則據之而瞑，成王則戲之以封。擢玄谿而託險，生齊地而爲宫。蔡邕得之於爨下，豫章植之於邸中。至如用賢則生，乘火而茂。集南海之鵷雛，擊臨平之石鼓。琴川秋至，吳王望之而每愁；阿房鳳來，秦主植之而更悮。宋紹興刻本《事類賦》卷二五。

桐賦 並序

陳翥

始吾植桐與竹於西山南，見誚乎天倫間，以謂拙難於生計，不如桑柘果實之木有所利。吾決而遂其志，乃自號「桐竹君」，以固而拒之；又作《西山桐》詩十二首，復掇其詩之餘，次而爲賦，所以伸植之之心也。其辭曰：

伊梧桐之柔木，生崇絶之高岡。盜天地之淳氣，吐春冬之奇芳。借濡潤於夕陛，藉和煖於陰陽。綿歲月之久持，森鬱茂而延昌。爾其溪臨千仞，巖空百丈。增巘岌以周列，重峰業其相向。勢崔嵬而峭且峻，形崎嶇而不可上[一]。崖嶮巇以無土，壑嶒巉而弗敞。枝上拔而雖榮，根下朵而不長。迅雷疾風之所飄擊，湧濡飛溜之所滌蕩。蒙苦霧而含暝，鎖愁雲於寫望。霏霜封條而欲折，積雪擁根而致强。枝蠹則中間，節傷則液滿。同枌棘以溷殽，雜樞榆而蒼莽。

於是哀狖晨吟，飢梟夜啼，熊狐傍宿，麏麂下蹊，悲號叫嘯，回惶慘悽。勇夫聞之而心碎，山鬼尋之而晝迷。寒鵰啄鷹以之遊集，妖烏怪鵬以之安棲。蓋人迹罕履，故物類來萃。材雖具，不見用於匠氏；根已固，故不可以移徙[二]。其或春氣和，木向榮，飛子結孕，其柢抽萌。條毳毳以嫩聳，葉茸茸而緑成。水再離而自茂，氣猶缺而未英。

當斯時也，吾孤且否，人無我諳。既支離而不煖，始有地於西山之南。遂忘刻鋭、任情意，命钁以薙艸，向陽以避地。列行行之坑坎，有鱗鱗之位次，庸以梧桐植而異群類也。由是召山叟、訪場師，披榛棘之叢薄，陟峰巒之險危。望椅梓以相近，求拱把而見移。全根本之延蔓，擇材榦之珍奇。廼等地以森植，亦分株而對之。俾底道之矢直，

[一] 崎嶇：原作「嶇嶮」，據《歷代賦彙補遺》卷一五、《佩文齋廣群芳譜》卷七三改。
[二] 徙：原作「陟」，據《歷代賦彙補遺》卷一五改。

鄙左右之器䜱。邁夾道之細柳，類通衢之高椅。累歲時而茂盛，發花葉之繁滋。土膏泉液以澤乎根，春風夏雨以長其枝，晨霞暮雲以蔭其榦[一]，清露薄霧以潤其肌。陽烏舒暖以條布，陰兔飛光而影垂。佳庭雪之難積，噓巖霜之易晞。

是以其上則鶡鴟鶩鶇之所不敢棲也，其下則騰猿飛猵之所不獲息也。結藤垂蔓莫得而依也，犇泉依瀨亡由而及矣。故遠而望之，如列戟與排矛；即而憩之，若緑幄與翠裯。將以集鸑鷟、鳴飄鷗，玩之以興詠，聽之以消憂。於是招直諒之賓，命端善之友。坐萋萋之陰蔭，論詩書之盛否。逍遥乎志氣，宴樂以文酒。賞兹桐之森森，玩桑柘之黝黝。彼槐歎婆娑，樗傷臃腫。一則爲盡其生意，一則嗟無其器用。未若葉中藥餌，材堪梁棟。雲和曾入於周制，嶧陽乃隨於《禹貢》。有名實以相副，豈虚僞以動衆。

吾將採東南之孤枝，創疏白之雅琴。絃以檿桑之絲，徽以雙南之金。同夔牙以揮鼓，并鍾期而側聆。追淳風於先德，寫太古之遺音。使紂桀之樂慚靡，鄭衛之聲愧淫。非鏗鏘也，不足以傾鄙夫之耳；有幽静也，自可以悦君子之心。桐竹君乃神魂清、心志和，以道自任，孰知其它？據高梧以釋俗，中素臆以長歌。歌曰：

[一] 雲：原作「雨」，據《歷代賦彙補遺》卷一五改。

「蒿艾茂郁兮芝蘭不馨，柞櫟芬芳兮楩柟不亨。苟毀方以趨勢兮，雖棫樸而見稱。倘容援之云依兮，雖楸梓而弗名。且斥遠於匠石兮，終見委於林衡。自樂天以知命兮，故無慮而自營。」

歌卒，瞬目周覜，沉吟自斷，後以餘音[一]，系而爲亂曰：貴遠賤近，時之宜兮。衆咸去朴，争華僞兮。花葉不能資耳目兮，子實無堪充口腹兮。人誰采用，到林麓兮。雖材還同，不材木兮。吾願終身，老林泉兮。器與不器，居其間兮。梓桐放懷，事都捐兮。優遊共得，終天年兮。適園叢書本《桐譜》。

大榕賦

薛季宣

越甌而南，嶺山東麓，有七閩之會焉，厥都維福。福都中閩，城山塹水，脩逵孔直。麗譙南指，粤有喬木，根乎此堂，青葱映帶，經五門而之合江，夾經途者凡十餘五里。

[一] 後：《説郛》卷一〇五作「復」，是。

其爲根也，盤桓詰曲，勢浮平陸。隱邱陵，斡坤軸。如山如坻，岺岑蔽虧。列岫奇峰，幻然默爲。蜿蜒糾紛，虵蟠鹿犇。卷舒連鬈，油如出雲。樹無全株，萬本同植。縈連擁腫，鑽堅露隙。疇引疇緣，自陵空碧。和氣鬱，贅疣生，衆醜備，百怪形。岌如神山，冬無落木。蒼蒼九夏，森其翠幄。枝柯離攲，横從出奇。翕如其合，判如其離。嗟如其往，欻如其來。夭蟜驪龍，摩天切空。雛翼雲垂，扶摇下風。輪菌無心，隨之有本。孔綜根元，誰分混沌。軒然而大厦成，蚴然而怪螭怒。駢爪紛拏，矗其八柱。飛鳥千羣，而咸棲有所。綢繆束薪，不堪以火。盤根錯節，而摧斤缺斧。其圓也不中乎規，其方也不成乎矩，樵夫視而弗斯，大匠行而弗顧。以無堪而保其天，斯所以邇乎人而壽莫之數也。

若夫景升之牛，主人之瘑，不善其鳴，服箱孔屯，以不才而烹者何哉？蓋豐肌而矗夫人之芻豢也。斯榕木則不然。承天之施，得生於地，不假乎人，不離乎類。不以直節爲高，不以孤生爲異，凌寒而不改其操，連理而不稱其瑞。無庸而庸無尚焉，爲其全虚愚之義也。

至於交柯旁薄，分根合枝，異生同命，縈繚相維，倚天成蓋，蔽野成帷。迷雲而零雨不下，畏日而炎天改色。邑人之依，行人之得，不才而才無似焉，斯其爲大通之德也。

夫惟有大通之德，全虚愚之義，守不才之位，處無庸之地，爲物而物莫之陵，比人而人適當其意，其事也無施，其生乃克遂。是生乎通邑大都之間，尚亦躐千齡而幾萬歲也。

走嘗聞諸西方之書曰：「尼俱律陀之木，其子芥三之一，及其成材，蔭車將五百乘。」斯榕木者，不幾於是乎！今夫閩中之木榕爲大，其萌也微，物莫之害，有蘖其芽，蓊然天蓋。走不知命之者誰邪？庸有劣其形而不文其内。劣無文於内，將或容於外，而以成其大。四庫本《浪語集》卷三。

榕木賦 並序

李綱

閩、廣之間多榕木，其材大而無用。然枝葉扶疎，芘蔭數畝，清陰人實賴之，故得不爲斧斤之所翦伐，蓋所謂無用之用也。感而爲之賦，其辭曰：

南有巨木，其名曰榕。下蟠據於厚地，上蕩摩於高穹。雨露之所雱潤，雷霆之所震聳，日月之所照燭，乾坤之所含容，與衆木均，夫何賦形稟氣之獨不同也？

爾其擢榦敷條，輪囷離奇，結根植本，拳曲擁腫。口鼻百圍之竅穴，龍蛇千尺而飛動。仰視俯察，何規矩繩墨之不中也！

高明之麗，非棟梁之資；斲削之工，非俎豆之奉。以爲舟檝則速沈，以爲棺槨則速腐。以爲門户則液，以爲楹柱則蠹。薪之弗焰，無爨鼎之功；燎之弗明，無爝火之用。蓋楬然之散木，徒萬牛之嗟重。宜匠石之不顧，同櫟社而見夢。

然而脩枝翼布，密葉雲濃。芘結駟之千乘，象青蓋之童童。夏日方永，畏景馳空。垂一方之美蔭，來萬里之清風。靚如帷幄，肅如房櫳。爲行人之所依歸，咸休影乎其中。

故能不夭斧斤，棓擊是免。雖不材而無用，乃用大而效顯。異文木之必折，類甘棠之勿翦。立乎無何有之鄉，配靈椿而獨遠。不然則雁以不鳴而烹，漆以有用而割。犀象以齒角而斃，樗櫟以惡木而伐。處夫材與不材之間，殆未易議其優劣也。四庫本《梁谿集》卷三。

古楠賦 有序

宗澤

巴城之南山，有寺曰南龕。寺之外，有大木曰楠，其生甚久。唐刺史嚴武、御史史俊，皆有詩歌，刻於巖腹。巖曰「臨溪插石盤老根」，史曰「結根幽壑不知歲」。自時迄今，又數百年，邦人謂之古楠，宜矣。僕到官之三月，兩至巖下，讀史、嚴之清什，感是楠之老於巖谷而可憐也，因慨然操筆而賦之曰：

楠之生兮，層崖之中巔。詢之人兮，不知幾何年。包堅根而下蟠兮，貫頑石而澈沉淵；竦修榦以上凌兮，並孤岑而參蒼天。大枝崛起兮，虎豹拏攫；小枝回屈兮，蛟螭蜿蜒。黄葉敷陰，白晝沉沉。輪廣十畝，葢穹百尋。衆鳥托宿，鄧林非深；諸卉仰芘，荆雲非陰。雨濯瑩兮，一塵不染；風振響兮，海潮同音。露下兮鶴唳，月明兮猿吟。擅此清致，亘古迄今。

有客戾止，惻然動中。吁嗟斯木之異兮，有不遇之窮。爾胡不生於泰山之側，秦帝東封，會風雨之是避，豈以五大夫之號而封松；爾胡不生於周成之宫，禁林九重，顧親賢之是戲，豈以封國之瑞而翦桐；爾胡不生於分陜之域，舍彼召公，未必以甘棠之蔽芾，流詠於《國風》。抑亦豈無工師之良，識爾材之非常。用之爲棟梁，則足以建九重之明堂；用之爲舟楫，則足以濟巨川之汪洋；用爲宗廟社稷之器，則足以參鼎鼐、交神明，薦至德之馨香。夫何默默而甘老於窮山寂寞之鄉？

徘徊其下，恍若夢兮，心駭而目眙。蒼髯偉人，瞑目視曰：「噫！謂子知我，乃不吾知。吾生於斯、長於斯，始於毫末，至於十圍，雨露不吾遺，霜雪不吾欺。春兮秋兮，吾不知代謝之有期；漢兮唐兮，吾不知興亡之幾時。柯葉顏色，曾無改移，過者千百，睥睨焉不以吾爲樸樕輩待之，斧斤之害，亦幸不罹。吾受天地造化之恩，孰有等夷？子之不智，而乃我悲，使子處此，復將奚爲？吾非不知强自取藏器以待時而動，老當益壯，自任以天下之重。倘匠人斲而小之，能不涣然而悔痛？乃所願比不材之樗，同乎無所用。若曰不遇，自有物主之，非吾所能爲，姑亦付之一夢。」客聞之，釋然悟曰：「達矣夫，斯言可書紳而永誦！」金華叢書本《忠簡公集》卷五。

《復小齋賦話》卷下　宋宗忠簡公澤作《古楠賦》，末云：「吾非不知自任以天下之重，儻匠人斲而小之，能不涣然而增痛？所以願比不材之樗，同乎無所用。」嗟乎！此孔明所以三顧於先主，姚崇所以十約於玄宗也！

栟櫚賦

劉敞

圓方相摩，純粹精兮。剛健專直，交神靈兮。馮翼正性，栟櫚榮兮。中立不倚，何亭亭兮！

受命自天，非曲成兮。外無附枝，匪其旁兮[一]。密葉森森，劍戟鋩兮。温潤可親，廉而不傷兮。霜雪青青，不凍僵兮。壽比南山，邈其無疆兮。

被髮文身，何佯狂兮。沐雨櫛風，蹇無所妨兮。苦身克己，用不失職兮。磨頂至踵，尚禹、墨兮。黄中通理，類有得兮。

屹如承天，孔武且力兮。懔其無華，不尚色兮。表英衆木，如繩墨兮。播棄蠻夷，反自匿兮。遯世無悶，曷幽嘿兮。明告君子，吾將以爲則兮。四庫本《公是集》卷一。

《復小齋賦話》卷下　劉貢父《栟櫚賦》，是學《橘頌》文字。

木蘭賦 並序

徐鉉

頃歲，鉉左官江陵，官舍數畝，委之而去，庭樹木蘭，因移植於宗兄之家。及

[一] 旁：原作「勞」，據傅增湘校本及《皇朝文鑑》卷三、《歷代賦彙》卷一一七、《淵鑑類函》卷四一六改。

鉉徵還，席不遑暖，又竄於舒庸。吾兄感春物之載華，擬古詩而見寄。吟翫感歎，謹賦以和焉。雖不足繼體物之作，庶幾中騷客之情爾。

伊庭中之奇樹，有木蘭之可悦。外爛爛以凝紫，内英英而積雪。芬芳兮謝客之囊〔一〕，旖旎兮仙童之節。仙人有紫旄節。許蒲茸之竊比，聽蘭芽之並列。於是辭下土之卑濕，歷上京之繁華。恥衒價於豪門，乃託根於貧家。此樹本自歷陽移植於庭中。資幽人之賞豫，有好事之稱嗟。一旦逐客程遠，君門路賒，削閨籍與印組，豈獨留乎此花？

噫！人屢遐棄，花猶得地。分兔苑之餘蔭，向藩房而吐媚。授簡多暇，攀條屬思。持香草以予比，效《騷》辭而我寄。感此生之百憂，何斯物之足貴？

悲夫！客館長吟，山城夕陰，想馨香之不改，歎歡宴之難尋。憑歸夢於飛翼，寫商歌於素琴。歌曰：

光景兮愁暮，别離兮易久。真宰兮無黨，貞心兮不朽。誠知異日，重滋田氏之荆；

〔一〕芬芳：原作「芬芬」，據四庫本、《歷代賦彙》卷一一七、《古今圖書集成·草木典》卷二九三、《全唐文》卷八七八改。

但恐相逢，共歎桓公之柳。影宋刻本《徐公文集》卷一。

《復小齋賦話》卷下 南唐徐常侍《木蘭賦》，和其宗兄《擬古詩見寄》，結云：「誠知異日，重滋田氏之荆；但恐相逢，共歎桓公之柳。」蓋是時鉉竄舒庸作也。

西掖植紫薇賦

晏殊

得自莘墅，來從召園。有昔日之絳老，無當時之仲文。觀茂悦以懷舊，指蔽芾以思人。《湘山野録》卷上。

《湘山野録》卷上 咸平中，翰林李昌武宗諤初知制誥，至西掖，追故事，獨無紫薇，自别野移植。聞今庭中者，院老吏相傳猶是昌武手植。晏元獻寫賦於壁。

《韻語陽秋》卷一六 白樂天作中書舍人，入直西省，對紫薇花而有詠。……省吏相傳，咸平中李昌武自别墅移植於此，晏元獻嘗作賦題於省中，所謂「得自羊墅，來從召園。有昔日之絳老，無當時之仲文」是也。

宋代辭賦全編卷之八十七

賦

花果 一

牡丹賦

徐鉉

伊牡丹兮，灼灼其華，擢秀暮春，交光綺霞。其氣則胡香、楚蘭，其麗則湘娥、趙娃。向日争媚，迎風或袤，爛如重錦，粲若丹沙。京華之地，金張之家，盤樂縱賞，窮欲極奢。英艷既謝，寂寥繁柯，無秋實以登薦，有皓本以蠲痾。其爲用也寡，其見珍也多。所由來者舊矣，孰能遏其頹波？影宋刻本《徐公文集》卷二二。

牡丹賦

蘇籀

河洛之神，權輿此奇。何夜半之有力，刻朝新之瓊枝。麟角鳳觜之續，不足以爲固；投觚削鐻之割，不足以爲機。砂點鐵以成金，青出藍而過之。何造物之鉤距，蓋三昧之密施。

候瑄裁動，枯柟先知。巉然擢珊瑚之短，鬱然飲沆瀣之滋。無揠苗以助長，忌蚤華而中衰。藂幹漸老，開花及時。揮瓊尺以裁綃[一]，縷金鈿而鏤衣。糙未了而半就，情欲吐而猶疑。發精神於雨露，借光氣於虹霓。鳳劇羽而初下，鶴斂翅而未飛。如誤入於金谷，似爾沿於蓹溪。候晨光而潔鮮，怯午景而低徊。初含喜以濃笑，忽微怒而自持。繚以畫欄，障以羅帷。暗淡月采，空濛煙霏。有美一人，艷無等夷。縹緲金菊之裳，嬋娟蛾緑之眉。

若夫紫殿龍樓，金臺彤池。封黄蠟以入貢，乘汗血而絶馳。天顔一解，四海光輝。念其向日，遠過蜀葵。太平佳瑞，許配靈芝。

至於箕、潁之間，林下水湄。嘩乎滿目，野夫所窺。我方鐵石其肝膽，枯槁其形儀。豈造物之見試，視綽約之妍姿。爲汝一笑而引滿，心亦無成而無虧。四庫本《雙溪集》卷六。

[一] 綃：原作「霄」，據粵雅堂叢書本改。

上苑牡丹賦 並序[一]

宋祁

臣聞天以蓋高爲質，不待言以達意；物以非常爲感，不擇物而效瑞。故日月得之爲見象，草木得之爲鴻英。堯則蓂草蒔陛陲，漢則玉芝秀池霤。《桃夭》美室家之盛，《蓼蕭》著王澤之廣。託寓雖細，眖施甚明。聖上即位之七年春三月，内苑出牡丹三種，特異常卉。其一，雙頭并幹；其二，千葉一房；其三，二花攢萼。跗足甚大，葩色正紅。蓋上帝博臨之都，休精回復之地。襲百昌以挺出，震殊應而沓臻。聖上美茲嘉生，載延睿賞，有詔侍從，咸俾陳篇。良以天瑞來，皇襟豫；物宜遂，頌聲作。其《崇丘》、《行葦》之比乎，都荔桂華之儔乎！下臣無庸，竊耳嘉致，飾是蹈舞，永爲文詞。不敢預枚皐之倫，庶將備遒人之採。賦曰：

夫何牡丹之挺育，冠羣葩以擅奇。歷上古而隱景，逮中世而揚蕤。桐君之録兮，曾莫余毒；謝客之詠兮，蓋殊爾知。有隋種藝之書，疎略而未載；子華繪素之筆，彷彿

[一] 題下原注：「賦係天聖七年祁爲國子監直講時上。」

而傳疑。蓋神明其德，故隱顯從時。
昔也始來，由皇唐之綴賞；今而薦瑞，徯我宋之重熙。徒觀夫强幹深根，交柯委質，膩理内滋，夸容横出。材無用兮，不取美於匠目；子非甘兮，不見傷於口實。懷香馥郁，結蔭葱密。讓衆卉之先榮，燦靈華而後出。鮮葩星布，丹艷霞蔚。雜雙行之重錦，衒已文之兩黻。挹仙掌之承露，遡咸池之浴日。莫不玩之者怡神，攬之者蠲疾。彼芍藥萱草之凡材，穠李摽梅之俗物，杜若騷人，蘭香燕姞。曾不得齒其徒隸，況與之論其甲乙哉！
於是圭苑密清，瑞殖欣榮。翠華雷豫，清蹕天行。眷大造之脗合，慶神物之財成。粤雙跗之特異，與合幹而同名。爲貴於多，何如千葉？莫斯爲盛，誰比三英？信夫！顧神縣以隤祉，戛珍坤而炳靈。匪一花之取貴，蓋萬物之厚生。
於是宸矚灑然，羣心樂只。詔從橐以均賞，肆詩風而飾喜。且其鋪觀往圖，各袪茂祉。胡不出於下土，而出乎京師；胡不萃於異品，而鍾乎花卉。
臣愚不識，請占之天意。若曰：雙頭者，兩宫之應，同德之象，馨香升聞，億兆攸仰；千葉者，卜年之數，永命所基，宜爾子孫，以大本支；三花者，品物盛多，黎庶蕃廡，德宇宏被，恩腴周普。有一於此，尚可吒丕應，奮終古，況凝層昊之協氣，萃上林之皦樹。重葩疊葉，凝丹絢素。邇顒若之龍顔，間娑然之鳳羽。亦由芝房之唱，升漢之郊廟；桃花之行，著唐之樂府。上方執沖德，合鴻猷，特以人瑞爲應，不以物瑞爲尤。則是花也，聊可玩於耳目，故雖休而勿休。四庫本《景文集》卷一。

季秋牡丹賦 並序

蔡襄

爽秋涉杪，扶欄間有牡丹舊栟，輒吐芳梗，亭亭上擢，發紅葩一，大可徑咫，角春取勝，無間然爾。扶欄當彩翠亭之右，亭屹縣圃之西北隅，圃直縣堂之背，縣介大江之南。蓋漢元朔中江都易王，上封其子敢爲丹陽侯，采邑蕪湖，此其地歟？今爲太平州筦。時河間凌公尹之，行再期矣，政休賦集。又所瀕江，英遊雅故受署齎伐、被召將命者，憧憧然牽道其疆，故觴詠之娛，相因無缺。及此珍卉馨茂，公有異時之貴，趣張具高，會於其側所謂彩翠亭者。酒三行，濟陽蔡某醻舉而言曰：「公走文章聲，二紀於兹，顛葆幾華，位不過禁省貳丞，官不過萬户長吏。而善禦外物，居頗休閒，獨以浩博記書稱道聖明爲事。今是花也，韜英和緒，揭麗蕭辰，時雖後而且大盛。意者公其日寖亨會，才慮將有所讎乎？昔騷人取香草美人以媲忠潔之士，牡丹者抑其類歟？請爲公賦之。其詞曰：

朔羽南翔，建杓西宅。霜天一清，露草皆白。悲哉！轉涼葉於亭皐兮，悵穠華之闃寂。均百芳之不能秋兮，何子花天姿之的的。使人觀之，若披大暑兮臨清湘，剥層霾兮仰白日。厥初槁壤潛春，扶欄向夕。芳枝舉以融怡，絳蘂扃兮羃歷。寶霧宵籠，鮮風曉拆。麗或中去聲人，香可專國。刻紅炬以烘燄，綴彤霞而薦色。

鬱茀誰語，丰茸自持。非倚瑟之神女，抑善賦之文姬。胂清都而時下，簸晴陽以孤嬉。霄顥瀚兮排金扉，氣沆蕩兮張寶帷[一]。霓爗煜兮揭朱旗，雲朣朧兮翻纁衣。黰緑跗兮曠修眉，姹鮮蕚兮伸微辭。沛怡愉兮新相知，眇悽惻兮送將歸。桃有援兮溪之曲，蓮爲媒兮澤之湄。羌此物之善遠，亶夫君之後旹。君不聞佳麗皇州，喧繁戚里。清籞迢迢，名園亹亹。綺櫳曉兮金鑷聲，繡牆明兮雨苔紫。嚴霰財歸，光風半起。於是萬蔕駢紅，交柯結翠。密顔紓餘，斜袂輕綺。

文鴛群飛，霍錦横被。縹蓋攀聯，緹裳積委。則有婔婔玉人，翩翩卿子，葆韉過兮

[一] 瀚兮排金扉氣沆：「瀚」原作「汗」，其餘六字脱，據雍正刻本、四庫本及《古今圖書集成·草木典》卷二一八九、《佩文齋廣群芳譜》卷三三、《歷代賦彙》卷一二一、《莆陽文輯》卷五改補。

飛電，珠幰來兮流水。擁翫嘉辰，笑語成市。彼瓊蕤美英，縹葉新藹，羞不得借其餘光，矧摽揚乎意氣。今何爲兮江之干，地之卑兮歲將闌。荆蕪比兮霜月寒，望下苑兮思上蘭。嘉本擢兮靈根盤，泊淮波兮鮮楚山。

是知元冶一陶，昌生萬目〔一〕。無左右先遊者淪乎朽株，當匠伯不顧者被之散木。譬此花之賦命兮，亦節暮而葩獨。然貴賤反衍，禍福倚伏。其暮也何遽不爲貴，獨也庸知不爲福。噫！化工物情，吾以花卜。宋刻本《莆陽居士蔡公文集》卷二三。

幽蘭賦 並序

李綱

蘭有二種：華以春者似蕙，華以秋者似菊。《楚辭》曰：「秋蘭兮青青，緑葉兮紫莖。」又曰：「春蘭兮秋菊，長無絶兮終古。」今世人之所識者，素葩叢本，特春蘭耳。予嘗得一種蘭於亡友蕭子寬家，緑葉紫莖，至秋始華，如《楚辭》之所

〔一〕目：雍正刻本作「族」，《古今圖書集成·草木典》卷二八九、《佩文齋廣群芳譜》卷三三、《歷代賦彙》卷一二一作「育」。

賦，其華似菊，而色微紫，其香似春蘭而加芳，食之味尤辛甘，可以調芼。曹子建《七啟》於餚饌之妙，言「紫蘭丹椒，施和必節。滋味既殊，遺芳射越」。乃知茲蘭可食，其爲秋蘭無疑也。二蘭皆喜生於高山深林、闃寂無人之境，則芬芳郁烈，茂盛而遠聞。移而置於軒庭房室之間，不過一再歲，華益鮮而香益微。蓋其天性如此，故古人又以幽蘭目之。與夫山林隱遯之士，耿介高潔，不求聞達於人，而風流自著者，亦何以異？故感而賦之。其辭曰：

相百卉之芳菲兮，待培植而乃成。何茲蘭之異稟兮，處幽僻而方興。高山崔嵬而巃嵸兮，深林杳杳以冥冥。下波濤之噴激兮，上雪霰之飄零。邈人跡之不到兮，蘭於焉而獨馨。

言茁其芽，載擢其英。春與蕙兮偕秀，秋與菊兮並榮。或素葩而叢本，或緑葉而紫莖。雖春秋之異種，豈殊德於幽貞。耿介自許，芬芳誰與。久而不知其香，晦而不改其度。榮何謝於光風，瘁何傷於白露。配芝桂以爲友，奚蕭艾之能侣。類同心之契合，比明德之欣附。淑人君子，愛而不忘。蒸以爲藉，沐以爲湯。紉之爲佩，刈之爲防。實有取於雅操，匪徒慕夫國香。

若夫出自故山，同夫小草。資耳目之嘉玩，供園林之幽討。雖得托於孤根，蓋已違其所好。譬猶高潔之士，隱遯之人，蹈山林而長往，友麋鹿而同群。付功名於脱屣，等富貴於浮雲。室雖邇而人則遠，可得聞而不可見。有泉石之枕漱，無猿鶴之驚怨。晦其跡而彌芳，懷其道而愈顯。子真谷口，德公鹿門。二子食薇於首陽，四皓採芝於商山。名與實兮兼茂，心與跡兮俱閑。播清芬於今古，亦何以異於幽蘭。四庫本《梁谿集》卷一。

幽蘭賦

高似孫

蘭曾伴屈大夫，政復何恨？然非屈大夫，無知蘭者。予固非知蘭，亦非知大夫者，後五百年或有知予者焉。

皇以度而揆予兮，宛貞貞而孔安。含素光以致蠲兮，考幽人之所槃。濬群動而不競兮，約洵美而且閑。嫋孤風之倏倏兮，幾激貪而律頑。一既分而爲乾兮，老群星之芒寒。又一索而坤動兮，百嘉熾而多蕃。予乃持其神秀兮，成天地之所難。陵高姿以吐妙兮，抱幽古而遐觀。峭夷齊之特立兮，非盜蹠之可奸。懿西子之孤靚兮，豈嫫母之並歡。彼釜礫之自珍兮，有瓚罍之獨刓。

又蒿蕕之盛蔚兮，幸蘅若之未殘。勺明水以薦芳兮，三沐浴乎清瀾。耿積雪其如素兮，尚有知予寸丹。眇洞庭之始波兮，木舞葉其珊珊。涷沅湘而欲合兮，騁白蘋而渺漫。招帝子而不來兮，棄予璫於江干。導微馨以輸誠兮，律《九歌》其銷魂。百川學海本《騷略》卷二。

秋蘭賦

高似孫

客有遺予秋蘭者，比家山所毓尤清瘠，特香味稍減，豈涼未深耶？系之以辭。

眇銀渚之如傾兮，訊宵涼之方幼。俶有風之西香兮，竦孤貞之俄秀。宛青葉而紫莖兮，花四三崇且瘦。心兩兩而一知兮，驚汝我之俱舊。

吁！靈均之有靈兮，炯不死而猶壽。九其歌之迢迢兮，豈韶勺之可奏。洞庭波而舞葉兮，菊英英而趨茂。何獨憐此幽深兮，了非聞而非嗅。杳渚北之雲興兮，帝子澹乎先後。擷微芳而薦嘉兮，叫湘皐而寒溜。

余既莫之偶兮，律遺聲而孰扣。勺明水以酬君兮，耿斯意之不可又。君亦裴回而忘歸兮，指蘅茎而將授。予更曰芳之克肖兮，豈氛凡之能垢。不然易其何言兮，今琅琅乎其臭。百川學海本《騷略》卷三。

水仙花前賦

高似孫

水仙花非花也，幽楚窈眇，脱去埃滓，全如近湘君、湘夫人、離騷大夫與宋玉諸人，世無能道花之清明者，輒見乎辭。

天以一而生神，坎既習而成玄。渫沖奥以致潤，抱孤貞以成妍。禹何智以能海，羲不神而開乾。際壑炁之無畔，壯英心之自仙。悲莫悲乎巫咸之鄉，哀莫哀乎原胥之淵。迅英挺以如濯，肯徘徊而自憐。

至若鮫館截綃而凝霜，貝庭含璣而媚川。蒼茫乎三島之接霧，杳眇乎十洲之匯天。雲雨閑霽，水空澄鮮。一色如磨，萬波不顛。亦有帝女兮泣竹，湘君兮鼓絃。神妃兮解佩，冰夷兮扣舷。是皆凝姿約素，挺粹含娟。以婉自將，以淑相宣。芳以氣屬，妙以辭傳。指北渚以將下，薄西津而驟旋。或搴芳若，或采佳茎。有蘭可餐，有蘋可搴。

於是樂極忘歸，塵空失躅。萬慮俱泯，餘情獨筌。扣冰娥以勺坳，訪瑶母而潔孎。挹水星以請命，託神祇而垂甄。已矣乎！超萬劫以自蜕，麗一徽而獨涓。懷琬琰以成潔，抱雪霜以爲堅。參至道以不死，秉至精而長年。是蓋苞水德之靈長，合五行之自然者乎！百川學海本《騷略》卷三。

水仙花後賦

高似孫

予既作《前水仙賦》，疑不足以渫予之情者，乃依稀《洛神賦》爲後辭，尚庶幾乎。

余從太史，遊覽山川。汎瀟、汨，下澧、沅，摩嶷雲，息梧煙。歲莫天寒，僕痡車顛。爾乃釋鑣乎茝涯，進秣乎芝廛。周旋乎荆澨，騁望乎湘淵。於是神疑目駭，心離意惻。即之爣況，適焉彷彿。覩一美人，於水之側。乃拊從者而訊之曰：「汝有識於彼者乎？彼何人者，甚閑且潔也。」從者進曰：「僕聞茲水之靈曰湘夫人，然則太史公之所遇，其或是乎。其形維何，僕願知之。」

余告之曰：「其狀也，皓如鷗輕，朗如鵠停。瑩浸玉潔，秀含蘭馨。清明兮如闐風之翦雪，皎净兮如瑶池之宿月。其始來也，炯然層冰出蛟蜜；其徐進也，粲然清霜宿瓊枝。沈詳弗矜，燕婉中度。不穠不纖，非怨非訴。美色含光，輕姿約素。瓌容雅態，芳澤不汙。素質窈裊，流暉婠娟。抱德貞亮，吐心芳蠲。婉孅幽静，志泰神閑。柔於脩辭，既丰且鮮。餝躬被服，稽圖合章。峨五采之英珥兮，錯九芝之明璫。舞碧霓之脩帶兮，妥英雲之輕裝。顔有鍊而如灼，體非薰而彌香。沐娉容之練練，乘清氣之徜徉。於是舒懷肆逸，且娱且矉。羽蓋翳映，翠旍繽紛。韠金揺之欲墮兮，玩晴洲之青蘋。」余衷耽其静孌兮，黯澹蕩而馳神。媒不靈於綈歡兮，託湘波以通勤。暢中靈之胥悟兮，捐予瑺於水濱。懿玉儀之靖莊，允約矩而應規。輕瑶華而不御兮，指二南而揚詩。謂皎日之可鑑兮，非暗室之自欺。數解佩之夙遇兮，風嫋嫋而凝思。志貞介而言妙兮，誓守禮以將之。於是靈脩竦然，嬿婉徘徊。拊孤影以欲翥，心將飛而仍回。褰蓀幬之芳烈，燕芷房之玫瑰。感幽志之悽激兮，喟揚音而彌哀。爾乃衆真縹緲，並遊嘯侶。或濟西澨，或臨北渚。或采幽蘅，或茹芳杜。約洛川之神妃，會巫陰之奇女。清莫清乎姮棲，愁莫愁乎牛渚。潸輕裾之裔裔，泠清飈而雲舉。體迅飛鴻，俶若輕雲。流睇横波，餘芳氤氲。其度有則，不顛不危。優柔靡忒，必兢必祗。温乎如玉，曄兮陸離。精采相授，羌余其悲。

於是川后歛飈，冰夷卻濤。龍伯獻珠，鮫人貢綃。躍三虬以指塗，蕤蒼芝而夾御。雙螭帖其馴乘，儼華斿之布濩。鴛鴦嘯而先驅，翡翠翼而齊騖。於是趨彭蠡，過洞庭，洗月轂，飛星軿。流清聲而吐奇，誦坤乾之大經。畫三靈而不汩，潛一意而長醒。恍揚袂以如失，雪微氿而霑纓。拊佳期之不來，日冉冉而西征。夐微素之孰寄，誰其將予英瓊？揚清波而微注，指潛淵而自鶩。恍精采之相授，迄難陳其餘情。

於是遊倦思歸，路異神留。遺思杳眇，寤寐好逑。蹇悠悠而何之，指寒川而薄憩。蘭菲菲而襲予，睇碧雲而摇曳。信心會而神交，豈綢繆之未契。竦僕夫之儆予，命速駕乎蘭枻。其毋惑於所悦，當陳古而爲之制。百川學海本《騷略》卷三。

《復小齋賦話》卷下　宋高似孫《水仙花後賦》，依仿《洛神》句調，已爲明人作俑矣。

藏芝賦 並序

王令

丙申歲，自四月至六月大雨。而余之所客天長縣，東北皆瀕湖澤，地浸以下，頗以水爲患，傷草木多死。邑居無薪芻而益貴，薪益來自遠。以余之所居，則薪之自北來者，常售於余。間而有得，若枯華斷穎，根梗蔕芥，支離擁腫，與碩實所異於常草者，皆兒取以戲[一]。就其中嘗試視之，余得則芝也。折傷不完，計之於全，此當一葉耳，不知其他安在也？其生雖不知遠近，要皆在縣之北，以常負薪之所來，則芝從可知也。以之示人則不能辨[二]，有由是而知有芝，有由是而信爲芝，有雖得是而弗之信者。然芝之爲物，不常有而或出，可愛者也。

自古《詩》之作，見於今者凡三百篇。其以風賦比興而附見於物，若蘋、蘩、薇、蕨、荇、芑、苦、藿、荑、唐、葍、蓫、瓠、匏、瓜、葛、鬱、薁、葵、蕢、葑、芹、藻、莫、茅、荼、蕑、苓、蓬、莠、蒿、苹、萇、蒲、萑葦、蓷、芄、蕭、艾、稂、莪、蓍、芑、禾、麻、菽、麥、黍、稷、豆、菽、秬、秠、穈、粟、

[一] 皆兒：四庫本作「而皆」。
[二]「以之」句：原作「示人則不齊」，「示人」下注云「一本作『以之示人』」，「不齊」下注云「一本作『不能辯』」，據改。

稻、粱、菅苧、卷耳、芣苢、菁莪、莠萋、荷華、游龍、茹藘、芍藥之類[一]，雜見並出。然此特草耳，其多蓋如此，而未嘗及芝也。自《詩》而下，長辭章而善自託者，獨有屈原。今其《離騷》、《九歌》具存而可考。然其況意所及，自詩人所紀之外，復益以江蘺、芙蓉、杜若、薜荔、木蘭、白蘋、薋葹、揭車、蕙、芷、茝、菊、芰、蘅、薋、菉葹、蕪、葯、蓀，而地所常産，目所同識之草盡矣。

若夫陳忠而直私，忿廢而怨逐，託於彼而取此以見義，此則予之所知；至於道，則余不得而一也。然稱類已衆，而芝復獨遺，是誠何故耶？說者遂以《九歌》之三秀爲芝，予以其不明；又其辭曰「適山而採之」，則芝非獨山草，蓋未足據信也。及觀漢樂歌，蓋當時文工槧人，緣飾世治，以裁主意耳。非有如詩人騷客，鬱於中而不得言、憑於物而後見者，皆非予所好也。今予得芝而賦之，意皆在於賦，序故不道也。

[一] 萑芄：四庫本作「葭菼」；苧：原作「紵」，據四庫本及《歷代賦彙》卷一二一、《佩文齋廣群芳譜》卷八七改。

庭勾突萌[一]，抽蔚擢秀，孰非春兮？坯培壅堙，播溉軋蒔，孰非人兮？不爲常生，特見挺出，芝則神兮。靈幹不阿，衆葉類附，不孤有鄰兮。生莫時期，毓無種裔，天生德兮。茉莒薦庭，蘼蕪薦道，退野即兮。生無本根，拔不滯茹，無吝惜兮。榮而不華，槁而不枯，莫損益兮。茨萊翳陰，高出下蔽，適以取容兮。朝菌射干，齊長並秀，德不校同兮。荒原穢壤，棄放委廢，若將終兮。知者謂誰，何爲來哉，似不必逢兮。困於不知，束於薪蘇，自信不恥兮。摧戕折傷，披本斷幹，禍不自已兮。火炎木焚，投置不縮，知命有止兮。偶於自生，不祈見聞，吾與爾已兮！明鈔本《廣陵先生文集》卷一。

蓮賦

文同

彼芳蓮之紛敷兮，乃横湖之繡繪。挺濁淤以自潔兮，澡清漪而逾麗。纖空其上下

[一] 萌：原作「明」，據四庫本及《歷代賦彙》卷一二一、《佩文齋廣群芳譜》卷八七改。

兮，細理周其向背。甘液凝而露浥兮，清香馥而風遞。向冰筋與玉骨兮，外吐心而露肺。承寶座之千趺兮，蔭瑚輿之萬蓋。張翠帷於月下兮，列綵仗於煙際。容鷗鷺之徙倚兮，取龜魚之芘賴。既怙水以不競兮，復沿涯而自退。實華藕之上品兮，豈草木之一概？四部叢刊本《丹淵集》卷一。

蓮花賦 並序

李綱

釋氏以蓮花喻性，蓋以其植根淤泥而能不染，發生清淨，殊妙香色，非他草木之華可比，故以爲喻。宋之問、歐陽永叔皆嘗賦之，清便富艷，然未嘗及此。予暇日訪羅疇老修撰，見其園池蓮華盛開，因感而爲賦，極其美而卒歸之於正云。其辭曰：

偉哉，造物之播氣也。天地絪緼，陰陽蕩摩。植物得之，發爲奇葩。葩之甚奇，莫如蓮華。擢修榦於波瀾，結芳根於泥沙。氣馥芝蘭，彩艷雲霞。相草木之芳菲，孰色香之可加。

緑水如鏡，紅裳影斜。乍疑西子，臨谿浣紗，菡萏初開，朱顔半酡。又如南威，夜飲朝歌，亭亭煙外，凝立逶迤。又如洛神，羅襪凌波，天風徐來，妙響相磨[一]。又如湘妃，瑟鼓雲和，嬌困無力，摇摇纖柯。又如戚姬，楚舞婆娑，風雨摧殘，飄零紅多。又如蔡女，蕩舟抵訶。

爾乃藕埋玉骨，花炫新妝。緑荷倚蓋，翠的連房。翛莖聳碧，嫩蘂摇黄。貯盈盈之真色，泛苒苒之天香。斂若凝羞，婉若含笑。仰若吟風，俯若窺沼。波静露寒，風清月曉。動嬉戲之遊魚，來翩翻之白鳥。藹江湖之秋思，增園亭之幽渺。則有高世之士，味道之人，悟色香之妙覺，獲圓通於見聞。深契無生，不離根塵。豈止玩其英華、攬其芳芬而已哉！

言觀其本，生於淤泥；言觀其末，出於清漪。處汙穢而不染，體清浄而不移。至理圓成，孰能知之？西方之人，强名爲佛，以兹取喻，其誰曰不是！以毗盧之坐，千葉齊敷；華藏之海，十方咸出。惟植根之得地，爰開華而結實。功用既圓，退藏於密。返觀自性之蓮華，又何資於造物。四庫本《梁谿集》卷一。

[一] 磨：道光刻本作「摩」。《歷代賦彙》卷一二二亦作「磨」。

《復小齋賦話》卷上　不字，唐宋人賦皆押有韻，唯陶拱《五色比象賦》及上官遜《松栢有心賦》押尤韻耳，從未有押入聲者。宋唯歐陽文忠公《應天以實不以文賦》押豈不字。李忠定公綱《蓮花賦》云：「西方之人，强名爲佛，以兹取喻，其誰曰不？」

蓮花賦

陳普

夫天地之生物，各品類以賦形。惟木行之爲盛，分四序而敷榮。梅枝可以知乾坤之消息，蓂莢可以知月數之虚盈。蕙蘭紛其秋香，竹松凌其冬青。緊兹蓮之爲卉兮，托濕壤之根莖。

於時炎風烜燠，畏景朱明。湖光澄練，池館風生。張當炎之緑蓋，施傅粉之紅英。紫苞冉冉，浄植亭亭。俯如鱗集，仰若塔層。出淤泥而不染，含清露而欹傾。色幽幽兮不媚，香遠遠兮益清。嬌楊妃之欲語，非六郎之可名。宜元公之獨愛，是以有君子之稱也。

若夫紅中之白，清素可貴，燦燦瓊臺，摇摇玉珮。或同榦而雙頭，或千葉而出類。是皆水宫之仙子，爲赤帝呈祥而獻瑞。至於萍光轉霽，細風微波，雕畫舫，金叵羅，或凌波而觴酌，或托聲於揚珂[一]。是皆一時之賞翫，恐紅芳之蹉跎也。

客有執爵而繼歌曰：太華高兮嵯峨，玉井深兮奈何？安得長梯取霜雪之藕兮，痊濁世煩溽之沈疴！

明萬曆刻本《石堂先生遺集》卷一五。

荷花賦

歐陽修

步蘭塘以清暑兮，颯蘋風以中人。擷杜若之春榮兮，搴芙蓉於水濱。嘉丹葩之耀質，出渌水而含新。蔭曲池之清泚，漾波紋之淵淪。披紅衣而耀彩，寄清流以託根。挺無華之淺艷，靡競麗乎先春。抱生意以自得兮，及薰時之嘉辰。

若夫夏畹蘭衰，夢池草密，慘群芳之已銷，獨斯蓮之迥出。可以嗅清香以析酲，可以玩芳華而自逸。況其晚浦煙霞，水亭風日。投文竿而餌垂，泳萍莖而波溢。絲縈藕以全折，杯卷荷而半側。墜紫菂以欹煙，歛紅芳而向夕。可憐影兮相顧，列金葩而返植。清風過以似起，碧露合而乍失。

[一]揚珂：《歷代賦彙》卷一二二作「陽阿」。

或兩兩以相扶，漸亭亭而獨出。發燕脂於此土[一]，生異香於西域。匪江妃之小腰，即廣陵之清骨。爾乃曲沼微陽，横塘細雨。逐橋上之歸鞍，笑堤邊之遊女。墮虹梁而窺影，倚風臺而欲舞。覆翠被以薰香，然犀燈而照浦。雙心並根，千株泣露。湛月白而風清，杳池平而樹古。送艇子於西州，聞棹謳於北渚。迎桃根而待檝，逢宓妃而未渡。迫而視之，靚若星妃臨水而脈脈盈盈；遠而望之，杳如峽女行雲而朝朝暮暮。

其妖麗也，其閑麗也，香荃橈兮木蘭舟，澹容與兮悵夷猶。東西隨葉隱，上下逐波浮。已見雙魚能比目，應笑鴛鴦會白頭。昔聞妃子貴東鄰，池上金花不染塵。空留此日田田葉，不見當時步步人。宋慶元刻本《歐陽文忠公集》卷五八。

朝日蓮賦 並引

王灼

朝日蓮似蓮而小，花之外有四蕚，隨日出没。舊説朝東暮西者，妄也。感而

[一] 此土：四庫本、《古今圖書集成·草木典》卷九四、《歷代賦彙》卷一二二、《佩文齋廣群芳譜》卷二九作「北土」。

賦之。

蓮之種夥矣，僊峰十丈，禁池千葉。花之駢、幹之接、斗之披、珠之結，留大家之嚴蹕，下衆靈之絳節。蕩漢女之輕槳，開吳娃之笑頰。雖含芬吐秀，雲布星列，曾未睹夫殊絶者也。

相彼小芳，亦其族徒。寄清泠之赤水，涵微眇之寸軀。氣奪蘭茝，色比瓊琚。金蘂中峙，緑蕚外郛。悅朝夕之異變，顯晦隨於日車。

若夫日升暘谷，至於曲阿，則花舒蕚開，亭亭浮波，迎風窈窕，照影婆娑。日回女紀，頓於連石，則花歛蕚閉，苒苒而没。煙水四瞑，杳無遺迹。初疑宓妃，容與洛濱；又似曹娥，銜冤自沉。仰止子陵，江瀨之曲；忽悲靈均，葬於魚腹。曉而望之，晡而察之，未有不同日之起伏也。

吾意夫川后河伯之倫，發奇露珍，以警世曚。懼夜半有負走者，復收拾於貝闕珠宮。不然，握權執機，真有化工也。顧天壤之内，恢詭譎怪，糾錯不同，鉅者林林，細者叢叢，豈耳目之能窮哉！惟其妙用莫詰，動静相時。利欲昏醉，人或反之，身隕名滅，此花所嗤。識諸座右，以當箴詩。四部叢刊本《頤堂先生文集》卷一。

藕賦

陳宓

庚伏告盡，秋令方新，廣廈不足蔽暑，深地爲之生塵。手不停扇，汗常浹巾，想相如之才思，望仙掌以殷勤。却煙火而不食，顧下著於侯鯖。

時有水實，清且美井，自靚泥而不出，當華筵而首陳。列琮璜之外秀，誰刻鏤之中珍。冰皓齒而嚼玉，喜纖手之割瓊。不壺而漿，不冰而凝，不濯而白，不澄而瑩。既蕩煩而滌悶，仍已疾而起酲。

矧芙蓉而自出，嗤瑣瑣之芡菱。惜離支之同時，真相得之無因。或支外於邵伯，或派别於臨平。韓愈得之而詠井玉，惜乎屈子拳拳於香草宿莽以喻其情。誰其似之？曰伯夷聖之清。續修四庫全書影印本《復齋先生龍圖陳公文集》卷一。

愛蓮堂雙蓮賦 爲泉州市舶唐提舉伯榮賦

方回

天地始判，太極兩儀，曰一生二，老氏講之。凡厥草木，始生之時，一芽兩葉，一核二枝。豐年之瑞，民乃無飢，乃一稻而二穗，乃一麥而兩岐。一花而結雙梅，加以鴛鴦之號；一笋而挺雙竹，誇夫鸞鳳之姿。毁譽不常，俗言厖辭。甚者沅陵六橊，酒泉十奈，總一蔕而稱奇，而又僻壤遐域，未易究知。

我則謂兩手十指，同一肝脾，人惟一心，而兩鼻兩耳，兩目兩眉，蓋此身血脈貫通，則一爲兩本，兩爲一用，可以類推。物格於和氣而秀異，則一者雖殊，至於萬而始於兩，而所謂兩者，終於相合而不相離，乃家天下人，中國之鎡基也。

緊兹蓮之獨柄兮，其端並華而匹實。一荷葉之所依兮，一藕根之所出。初紅蘂之交艷兮，陋對鏡之新粧。玉連環而不可解兮，尋角立其青房。羅襪生塵金厥步兮，前若後其芳躅。牉吾膺而不悔兮，肯媢匪人之足。彼釋子之寶宇兮，三其座而跏趺。辱於次且之臀兮，寧合志而霜枯。牽牛織女天有星，大孤小孤地有山。伯夷叔齊，採薇巖間，人亦有之，曰若是班。耦嘉競爽，儷美抗衡。鄙爾叔孫，魯國兩生，廣受之退，勝舍之清。元方季方，難弟難兄，機雲靈暉，詞翹詠英。三王勃勔，五竇鞏苹，奎聚之後，復有二宋、二蘇而二程，持是以方兹蓮之菁菁，蓮若曰可者吾與之肩隨，不可者將莫吾之敢京也。

矧愛蓮之主人兮，甫其字曰伯榮。觀南海之裸貨兮，忽中輟乎宦情。曰晝錦其有日兮，隱胥濤之故城。築圃環夫菰蒲兮，汀洲況夫臨平。羌叔出而季處兮，極嗟予之至誠。篤友于而共被兮，決不摧乎紫荆。異然其而煮豆兮，肖在原之鶺鴒。感菡萏之效祥兮，各其蕚而共莖。三槐多一兮媲厥茂，五桂減三兮同爾貞。

亂曰：騷翁墨徒，評葩嘲卉。或繇或條，同心連理。脂塗粉傳，婦容是擬。我獨不然，削治刋膩。娥皇女英，弗取爲比，而況於二趙二喬之瑣尾者乎！故專以大丈夫賦茲蓮，不然，則何以謂之花君子？四庫本《桐江續集》卷二九。

含笑花賦 並序

李綱

南方花木之美者，莫若含笑。緑葉素榮，其香郁然。是花也，方蒙恩而入幸，價重一時，故感而爲之賦。其辭曰：

夫何嘉木之姝嫮兮，藹芬馥之芳容。結孤根於暖地兮，披素艷於幽叢。炫麗景之遲遲兮，浥零露之濃濃。默凝情而不語兮，獨含笑於春空。其笑伊何？粲兮巧倩。洞户初啟，曲欄乍見。驚鄰女之窺牆？疑寵姬之教戰。鄙妖姿之齲齒，謝啼粧之半面。態有餘情，忽焉改觀。國香無敵，秀色可餐。抱貞潔之雅志，舒婉孌之歡顔。寧解頤而啟齒，方墮珥而欹冠。苞温潤以如玉，吐芬芳其若蘭。俯者如羞，仰者如喜。嚮日嫣然，臨風莞爾。豈褰幃而覿跛，將忘懷於射雉。輕可買之千金，重迴眸之百媚。拔類邁倫，孰與爲比。泛瀲酷烈，綽約嬋娟。翠葉擁鬟，緑萼承顴。嗅之彌馨，察之愈妍。信色香之俱美，何扈芷而握荃。若夫萱草忘憂，合歡蠲忿。採杜若於洲中，搴芙蓉於澤畔。蓺菊百畦，滋蕙九畹。絜長度美，固不可一概而論也。方將移自南國，置之玉堂。違霜霰之淒冷，依日月之末光。憑雕檻而凝彩，度芝閣而飄香。破顔一笑，掩乎群芳。誠可以承天寵而植椒房者乎！四庫本《梁谿集》卷一。

《賦話》卷一〇按：「蒙恩」句指朱勔花石綱也。

紅梅花賦 並序

王禹偁

凡物異於常者，非祥即怪也。夫梅花之白，猶烏羽之黑，人首其黔矣。吴苑有梅，亦紅其色，余未知其祥邪怪邪？姑異而賦之。其辭曰：

水國方臘，江天未春。何青帝之作怪，放紅梅而媚人？脩柯焰發，碎朵霞勻。認夭桃以何早，謂紅杏以非鄰。燒空有豔，照水無塵。仙人之絳雪團來，煙苞向暖；王母之霞漿染出，露蕊含津。櫻欲然而乖類，火生木以非真。上界之霓旌乍降，行春之雙旆初陳。誰歌麝臍，散幽香而不斷；誰澆猩血，潑繁英而尚新？盡覺渥丹而非素，休論返朴以還淳。

至若雪瀌瀌，風習習，風欺雪打枝枝濕[一]，徐福舟中五百人，鼇頂未逢皆掩泣；又若煙漠漠，露瀼瀼，露洗煙籠樹樹芳，漢皇宮裏三千女，鯨鍾聽後齊嚴粧。足使萬木羞恥，千花伏藏。掩素娥之抱朴，陋白帝之含章。榆燧曉散，蘭燈夜張。宜玭瑁之筵畔，耐燕脂之臉傍。蜀水春時，濯文君之錦段；驪山宴處，舞妃子之霓裳。向暖如醉，凌寒似傷。雖與物以無競，亦令人之發狂。宋玉闚來，難展施朱之手；何郎折去，應慚傅粉之光。先疑寡耦，媚可齊房。入何人之玉笛，汎誰氏之瑤觴？含情可狎，不誰難量。吟成陸凱之詩，未知標格；羞破壽陽之面，懶出閨房。天使異衆，人嫌弗常，苟

〔一〕雪：原作「雷」。今按：「雪瀌瀌，風習習，風欺雪打枝枝濕」與下文「煙漠漠，露瀼瀼，露洗煙籠樹樹芳」對舉，故「雷」當爲「雪」之誤。

群萃之不異，在聲名之莫彰。梅之白兮終碌碌，梅之紅兮何揚揚。在物猶爾，唯人是比。木之華兮，人之文綵；木之實兮，人之措履。苟華實之不符，在顔色而何以？苟履行之克修，雖猖狂而何耻。矧乎梅之材兮，可以爲畫梁之用；梅之實兮，可以薦金鼎之味。諒構廈以克荷，在和羹而且止。梅兮梅兮，豈限乎紅白而已？《永樂大典》卷二八〇九。

紅梅賦

韋驤[一]

於宜梅之時，得花似梅，而所不宜者也，非梅耳。問其種，則曰梅也。接之以杏，則分紅矣。問其實，則曰所益者異而不能也。予感而爲賦。其辭曰：

羌梅之丹兮，衆女慕兮，予女惡兮，何用智之深蠹兮。特戕賊其所賦兮，雖乘時而則故兮。質已遷而非素兮，第其華之惟務兮。胡喪實而不顧兮，彼以爲巧而拙孰喻兮。

[一]《永樂大典》注引自「錢塘韋驤集」，《宋史》卷二〇八《藝文志》著録《韋驤集》十八卷，又賦二十卷。現存《錢塘韋先生文集》已無賦，今所見僅此一賦，彌足珍貴。

豈身亦然而不克悟兮，其本何誅而在所措兮！毋自女棄而堪輿之朔兮。噫！《永樂大典》卷二八〇九。

《直齋書録解題》卷一七《錢塘韋先生集》十八卷　主客郎中錢塘韋驤子駿撰。驤……少以辭賦有聲場屋，王荆公喜其《借箸賦》，頗稱道之。

梅花賦

林敏功

對重雲之慘慘，曾北風之蕭蕭。閔草木之殄瘁，驚梅花之綴條。憶昨載酒尋芳，狂魂暗消。眺瞻乎重岡遠岫，宴樂乎風晨雪朝。江回島樹，竹抱溪橋。寒英粲然，宛其見招。可援可攀，可遊可處。

忽兮薄怒，不可晤語。左揖袂兮素娥，右拍肩兮青女。香浮浮兮實來，意默默兮暗與。實來兮可期，默默兮增思。當時坐上曾賦詩，庾郎敏捷何郎遲。不唯春恨隴頭見，曾使新粧夢後宜。

樂莫樂於相遇，悲莫悲於將去。恨羌笛之送愁，怨回風之撼樹。昔行樂兮可追，今行樂兮非故。感顔色之屢榮，迫歲華之又莫。歲莫如何，傷情實多。挈之以永懷之珮，申之以無斁之歌。有美人兮在空谷，澹幽茸兮耿幽獨。思公子之同歸，回契闊兮騑服。

《新刊國朝二百家名賢文粹》卷一八〇。

梅花賦 並序

李綱

皮日休稱宋廣平之爲人，疑其鐵心石腸，及觀所著《梅花賦》，清腴富艷，得南朝徐、庾體。然廣平之賦，今闕不傳。予謂梅花非特占百卉之先，其標格清高，殆非餘花所及。辭語形容，尤難爲工。因極思以爲之賦，補廣平之闕云。其辭曰：

固陰沍寒，草木凍枯。惟兹梅之異品，得和氣而早蘇。爾乃結根蟠據，擢幹横斜。發青枝於宿枿，未緑葉而先葩。素英剪玉，輕蘂捶金〔一〕。絳蠟爲萼，紫檀爲心。葍方苞而露重，梢半裊而雲深。凌霜霰於殘臘，帶煙雨於疎林。漏江南之春信，折贈遠於知音。此梅花之大略也。

〔一〕捶：道光刻本作「搖」。

若夫含芳雪徑，擢秀煙郵，亞竹籬而絢彩，映柴扉而斷魂。暗香浮動，雖遠猶聞。正如梅仙隱居吳門，豐肌瑩白，嬌額塗黄。俯清谿而弄影，耿寒月而飄香。嬌困無力，嫣然欲狂。又如梅妃臨鏡嚴粧，吸風飲露，綽約嬋娟。肌膚冰雪，秀色可憐。姑射神人，御氣登仙。絳襦素裳，步摇之冠。璀璨的皪，光彩爆然。瑶臺玉姬，謫墮人間。半開半合，非默非言。温伯雪子，目擊道存。或俯或仰，匪笑匪怒。東郭順子，正容物悟。惟標格之獨高，故衆美之咸具。下視群芳，不足比數。桃李遜娉，梨杏推妍。玫瑰包羞，芍藥厚顔。相彼百花，孰敢争先？鶯語方蟄，蜂蝶未喧。獨步早春，自全其天。

至於功用已周，斂華就質，落英飄零，結成青實。鍾曲直之真味，得東方之正色。傳説資之以和羹，曹公望之以止渴。用其材可以爲棟梁，採爲藥可以蠲煩熱；又非衆果之所能髣髴也。

爰有幽人，卜居梁谿。蓺松菊於三徑，樹蘭蕙之百畦。丹桂團團，緑竹猗猗。植兹梅於其間，庶歲寒之相依。嗅花嚼實，侑此一巵。頽然而醉，不知天地之高卑。豈特泉石膏肓，煙霞痼疾，殆所謂未能忘情如草木，聊託物以娱嬉者乎。四庫本《梁谿集》卷二。

《復小齋賦話》卷下 或問於余曰：「今所傳廣平《梅花賦》，真乎僞乎？」余曰：「必僞也。」

曰：「曷辨？」曰：「廣平賦唯皮襲美猶見之，故效之爲《桃花賦》。史繩祖《學齋佔畢》、周公謹《癸辛雜志》俱云不傳，周又云：『近徐子方以江右所刊者出，觀其文猥陋，全不成語，不善作僞者也。』」或曰：「今所傳，焉知其必爲江右所刊乎？」余曰：「即非，亦僞，此易辨爾。李忠定《梅花賦·序》：『廣平賦今闕不傳，予因極思以爲之賦，補廣平之闕云。』忠定賦『發青枝於宿枿，未緑葉而先葩。半開半合，非默非言。温伯雪子，目擊道存。或俯或仰，匪笑匪怒。東郭順子，正容物悟。相彼百花，孰敢争先？鶯語方蟄，蜂聲未喧。獨步早春，自全其天』，此十六句，今所傳廣平賦皆有之，以是知其僞也。」元人朱元蔭《憶庾嶺梅花賦·序》云「廣平見梅花於榛莽中，尚喟然賦之」，則亦以爲真矣。余謂宜删去廣平僞作，而以忠定賦補亡，使作贋鼎者知終難逃千古之鑒爾。

戲作梅花賦

蘇籀

夫何瓌逸之韡蕚兮，邈疎盪而的皪。皇命姑射典司兮，先春邁倫而無匹。百卉僵凍幾摧兮，妙切瑳而雕刻。揠宇宙之英淑兮，嗾林薄之蕭瑟。高柯喬幹，叢孽槎枿兮，偃亞竦蟠而奇劚。上苑南歡夫冷颸兮，露槃北漬乎靈液。

素娥舒而迴映兮，青女降而邀勒。戴雪斮冰兮，攢緑莛而盛飾。煙際愁魂九遷兮，雲表霏氛而六出。妍影照彼漪漣兮，韶光耀夫暾日。郁黄昏而倚竹兮，挽清春而瘦劇。苓藿莫逞其芬兮，桃杏休詫其質。概蒨粲媚，時而勃苾兮，豈若龍沉雅秀，清真而漚蔚。發玉氣之晴虹兮，動賞音之嘖嘖。何促節於畫筒兮，綴俚辭乎瑣筆。或、曄漫溺於凡譜兮，孔、墨見嘉於正色。騷人之欣會兮，炳松炬以燕秩。徙倚俛仰以槃旋兮，歎纖穠而妙密。揀長條以撼嗅兮，忌落英之狼藉。眼界信靡兮，鼻觀悦適。索漠袪夫吟諷兮，薰襲慰其禪寂。解語西娃之妖玩兮[一]，善顰冶容之邇昵[二]。風流藪澤可遐兮，温柔鄉里宜擲。夜遥遥而冬敷兮，雨絲絲而夏實。商巖啟沃，調飪和衆口兮；曹瞞善喻，燥吻濡乎萬卒。或者東風帖壽陽之眉心兮，國艷膏櫛；彦士慕陸凱之流芳兮，迢迢置驛。面花獻笑兮，邂逅莫逆。終不若補風雅之申勤兮，思無邪於驪驕。四庫本《雙溪集》卷六。

[一] 娃：原作「姓」，據粤雅堂叢書本改。
[二] 容：原作「名」，據粤雅堂叢書本改。

梅花賦

李處權

予衰病索居，經歲不出，芳物過眼，真成一夢。偶作《梅花》小賦，以寄所懷。其辭曰：

伊造物之發生兮，無一木之不卉。顧四時之不齊兮，曜白黄與丹紫。懿江梅之秀出兮，儼亭亭而絶比。既嬋娟以暎岫兮，復窈窕以臨水。類忘言之貞士兮，肖獨潔之君子。許蘭茝之僅似兮，睨桃李之可鄙。占嘉月與好風兮，泛幽香而未已。寄美人之一枝兮，想横斜於鏡裏。抗翠袖於天寒兮，撫修竹而孤倚。悵衰翁之撩鬭兮，抱微痾之在體。起三嗅而三歎兮，魂忽蕩而心欲死。四庫本《崧菴集》卷一。

梅花賦

王銍

韻勝群卉，花稱早梅。禀天質之至美，凌歲寒而獨開。標致甚高，斂孤芳而獨吐；陽和未動，挽春色以先回。

原夫尤物之生，英姿特異。方隆冬之屆候，屬祁寒之鼎至。瞻遠岫兮無色，盼叢條兮失翠。彼美仙姿，夐存幽致。春風萬里，報南國之佳人；香艷一枝，富東君之妙意。觀夫離類絶俗，含新吐奇。妙有江山之興，蕭然風露之姿。氣韻雅甚，精神遠而。雪滿南枝，想梁園之未賦；春生寒谷，鄙鄒律之潛吹。

其時掩苒半開，娉婷一笑。絢紅日以朝映，耿青燈之夜照。何郎秀句不足以詠其妍，徐熙淡墨不足以傳其妙。城隅璀璨，遥瞻妍女之殊；月下横斜，乍織鮫人之繚。至若霜島寒霽，江村晚晴，竹外煙裊，松間雪清。惱遠客以魂斷，悦幽人之眼明。語其能則潔而無滓，言其用則大而難名。倘遇兵塵，可止三軍之渴；如逢鼎味，堪調一相之羹。譬夫豪傑之士，豈流俗所能移；節義之夫，雖阨窮而愈厲。

時當摇落之候，氣極嚴凝之際。兹梅也，排風月而迥出，傲霜雪而獨麗。色靡競於陽春，志可期於晚歲。所以興動錢塘之老，妙語增新；香遺隴首之人，芳期遠契。彼清露兮被三逕之菊，彼光風兮汎九畹之蘭。歌紅蕖於夏末，破丹杏於春寒。麗質鮮妍，則比我已遠；高情瀟灑，而方兹實難。塞曲悲涼，望作南樓之弄；詩魂飛動，尚留東閣之觀。於是倚檻凝神，巡簷搔首。眷落英之著袂，折粉香而在手。吾方破悶析酲於此，焉信花中之未有！《古今圖書集成·草木典》卷二〇六。

梅花賦

釋仲皎

翳彼梅萼，參乎雪花。香度風而旖旎，影臨水以欹斜。瑩若裁冰，帶玉溪之瀟灑；清如薰麝，辟仙苑之光華。

且夫晴雲乍斂於東郊，麗日纔升於南囿。酥萼失艷，鉛葩獨秀。含宿霧以淒迷，洗晨霜而孤瘦。凍開蠟蒂，自宜清峭之天；吹破檀心，誰怯黄昏之候。莫不山屏冉冉，水鏡盈盈，蓓蕾似連璧，枝柯在交瓊。嗟額上之半裝未了，何眉間之一剪先横。竹葉杯中，野店謾資於幽詠；梨花夢裏，曉雲難駐於高情。

其如寒漠天遥，郵亭夜冷，望窮隴首之春信，踏碎階前之月影。會淒斷於衰草平沙，忍矜誇於夭桃艷杏。冰魂招處，懷清些於楚人；雲馭傳時，聽長嘶於庾嶺。朝陽借熳，暮雨饒芳。覩何郎之傅粉，乖韓氏之偷香。乳鶯未識乎妍姿，還延深谷；寒蝶稍聞其勝韻，飛過低牆。宜乎翠綃卷而薄煙收，玉珠零而殘露晛。試攀鶴膝之斜朵，緩舉峰腰之快剪。孤山寺側，玩回雪以無殊；却月觀前，學凌波而不淺。

由是寂寞歌詠，團圞繞行。悟空花之絶艷，嗟落地之繁英。銀蟾低而軒窗寒悄，畫角動而簾幙風清。談笑收功，誰使漢軍而止渴；雍容推最，實思商鼎以和羹。媚哉寫照，何多供吟。非暫嫌趙昌之筆俗，愛徐熙之墨暗。襟懷獨慕其孤超，風味更憐其幽淡。西湖處士兮，朽詩骨以難尋；東坡先生兮，渺才源而莫探。又安得問寒芳於無何有之鄉，廓參横而河澹。民國《嵊縣志》卷二四，民國二十四年鉛印本。

梅花賦

張嵲

潘騎省之植花，氛氳河縣；桓司馬之種柳，依依漢南。未若兹梅之峻潔，遠自託於層巖。格侔蕙茝，志傲冰霜。青枝瘦而依蔭，亂蘂繁而向陽。風披逸態，月射孤光。挺出塵之絶艷，吐超世之奇香。

若乃遠壑冰消，疎林雪後，沙村迴而日晚，石澗淺而寒溜。臨山徑之欹危，出茅簷之左右。或芬敷而盛發，或伶俜而欲瘦。或含葩而未吐，或噴蘂而競秀。其高者如舉，其低者如墜。其疎者如刻，其密者如綴。其素者如愁，其絳者如醉。傾日而煦者如笑，迎風而靡者如愧。覩節物之芳華，亂鄉愁於晚歲。懷故園之春色，惟兹花之頗類。嗟物是而人非，閲節同而時異。

矧昔壯而今老，復前豐而後悴。攀柔條而未折，嗅青蘂而墮淚。悲憔悴於荒山，惜賞心之莫會。如志士之陸沉，亦何爲乎此世。羌欲去而還止，步落英而徙倚。眷孤芳之信姱，諒瑶華之莫比。故知國香服媚，非獨燕姞之幽蘭；珍樹瓏璁，未下唐昌之玉蘂。

四庫本《紫微集》卷一。

宋代辭賦全編卷之八十八

賦　花果　二

梅花賦

楊萬里

紹熙四祀，維仲之冬，朝煖焉兮似春，夕淒其兮以風。楊子平生喜寒而畏熱，亦復重裘而厚幪。呼濁醪而拍浮，嗔麟定之未紅。已而月漏微明，雪飛滿空。

楊子欣然而嘆曰：「舉世皆濁，滕六獨清。舉世皆暗，望舒獨明。滕也挾其清而不洿，終歲遯乎太陰之庭。舒也倚其明而不垢，當晝閟於廣寒之扃。蓋工於相避而疑於不相平也。今夕何夕，惠然偕來。皎連璧之迴映，蹇欲逝兮裴回。吾獨附冷火而撥死灰，顧不詒二子之咍乎？」爰策枯藤，爰躡破屐，登萬花川谷之頂，飄然若絶弱水而詣蓬萊，適群仙，拉月姊，約玉妃，讌酣乎中天之臺。

楊子揖姊與妃而指群仙以問焉，曰：「彼縞裙而侍、練帨而立者爲誰？」曰：「玉皇之長姬也。」「彼翩若驚鴻、矯若游龍者爲誰？」曰：「女仙之飛瓊也。」「彼膚如凝脂、體如束素者爲誰？」曰：「泣珠之鮫人也。」「彼肌膚若冰雪、綽約若處子者爲誰？」曰：「藐姑射之山之神人也。」其餘萬妃，皓皓的的，光奪人目，香襲人魄，問不可徧，同馨一色。忽一妃起舞而歌曰：「家大庾兮荒涼，系子真兮南昌。逢驛使兮寄遠，耿不歸兮故鄉。」歌罷，因忽不見。旦而視之，乃吾新植之小梅，逢雪月而夜開。[四]

部叢刊本《誠齋集》卷四四。

梅花賦

朱熹

楚襄王遊乎雲夢之野，觀梅之始花者，愛之，徘徊而不能舍焉。騶乘宋玉進曰：「美則美矣，臣恨其生寂寞之濱而榮此歲寒之時也。大王誠有意好之，則何若移之渚宮之囿而終觀其實哉？」宋玉之意，蓋以屈原之放微悟王，而王不能用，於是退而獻賦曰：

夫何嘉卉而信奇兮，厲歲寒而方華！潔清姱而不淫兮，專精皎其無瑕。既笑蘭蕙而易誅兮，復異乎松柏之不華。屏山谷亦自娱兮，命冰雪而爲家。謂后皇賦予命兮，生南國而不遷。雖瘴癘非所託兮，尚幽獨之可願。歲序徂以崢嶸兮，物皆舍故而就新。披宿莽而横出兮，廓獨立而增妍。玄霧滃而四起兮，川谷冱而冰堅。澹容與而不衒兮，象姑射而無鄰。夕同雲之繽紛兮，林莽雜其葳蕤。曾予質之無加兮，專皎潔而未衰。方酷烈而闇闇兮，信横發而不可摧。紛旖旎亦何好兮，静窈窕而自持。徂清夜之湛湛兮，玉繩耿而未低。方娉婷而自喜兮，友明月以爲儀。歘浮雲之來蔽兮，四顧莽而無人。悵寂寞其凄涼兮，泣回風之無辭。立何久乎山阿兮，步何躊躇於水濱？忽舉目而有見兮，恍顧盼之足疑。

謂彼漢廣之人兮，羌何爲乎人間？既奇服之眩耀兮，又綽約而可觀。欲一聽白雲之歌兮，歎揚音之不可聞。將結軫乎瑶池兮，懼佳期之非真。願借陽春之白日兮，及芳菲之未虧。與遲暮而零落兮，曷若充夫佩幃？渚宫刓未有此兮，紛草棘之縱横。椒蘭後乎霜雪兮，亦何有乎芳馨！俟桃李於載陽兮，倉庚寂而未鳴。私顧影而自憐兮，淡愁思之不可更。君性好而弗取兮，亦吾命其何傷！

辭曰：后皇貞樹，艷以姱兮。潔誠諒清，有嘉實兮。江南之人，羌無以異兮。煢獨處廓，豈不可召兮？層臺累榭，静而可樂兮。王孫兮歸來，無使哀江南兮！《新安文獻志》卷四八。

梅花賦

林學蒙

余之爲人也，山林習慣，世味心灰。即蝸居之東偏，種半畝之疏梅，相與盤桓，日不知幾回。歲寒親友，問心開懷。時夜將半，疏影横斜，牽牛飲河，忽相顧而興悲，念歲月之幾何。花爲余而起舞，余爲花而作歌，歌曰：彼美人兮天一曲，首飛蓬兮瘦如玉。愁月兮泣露，多恨兮良苦。良苦兮爲誰？彼美人兮胡不歸。

歌未竟，梅花艴然不悦，曰：爾何曾比予於是！悵白頭之如新，嘆英雄於知己。始予之先，委質於商，策勳鼎鼐，於湯有光。迨先君子避地江南，茂著隱德，在水曹爲舊交，而和靖爲上客。乃季冬月朔，元冥震怒，大與世仇，憑陵我邊境，控扼我上流，山河爲之失色，草木爲之生愁。余於此時，大懼萎爾，以貽先世羞。瓊瑰玉珮，屹然山立，勁氣凌雲，白虹貫日，炯劍潭之秋月，凛河漢之夜雪。乃命蒼官介甲，緑士仗節，右秉白旄，以麾於衆，曰時可窮而義不可辱，威可加而氣不可奪。於是見者神悚，聞者心豁。變宇宙之寂寥，爲一氣之清絶。凡我臭味，迢遞相顧，釃酒賦詩，咸曰壯哉。凡流楚楚，漢之游女，弗摧弗阻，真卿北虜。恬淡之真，江湖散人，清絶洒落，仙風道骨，其瓊素之真歟！抑蓬山之英歟！無乃海濱二老之苗裔，而商山四皓之前身歟！噫嘻！方其巽二橫陳，玉龍交兵，犯之者折，望之者驚，而此逍遥獨步，始終全節，是果何脩而何營？意者氣稟之特異，而涵養之渾成者耶！既而青陽著物，陰開沍釋，嫩緑争寵於瑶臺，妖紅諂笑於綺席，余亦飽閲世故，水落石出，藏香收白，潛真自適。惟東皇之眷顧，鼓之潤之，將以貽方來之佳實矣。

夫太羹元酒之風遠矣，以子猶之口適齊君之心，以水濟水，誰能食之！獻可替否，以播斯世之中和，舍我其誰？雖然，是其用舍在人，不可强而致。至於曾子之所謂大勇，孟子之所謂大丈夫者，其庶幾乎！吾子之云，乃兒女之事也，不敢與聞。余亦自愧失言，斂手而退。民國《永泰縣志》卷八，民國十一年鉛印本。

梅花賦

幸元龍

瑶臺三十有六宫，宫之西北有玉宸焉。玉宸之西有虚白之室，銀河環繞，玉繩隱映。庭有水晶，奇花萬株。花之神曰雪骨真人，冰緒縞衣，豐腴清艷，炫耀心目。微風乍生，婉笑嬌舞。踏紅緑之茵，立青褐之竿。精采動盪，月姊羞縮。姤逐墜天，流行草木。英靈發揮，鍾爲臘花，風韻高潔，自成一家。淡月黄昏，的皪疏雅，輕煙浮霽，孤絶瀟洒。標格並姑射之皎潔，態度峻羅浮之艷野〔一〕。巽二起而噴麝，天一凍而吐瓊。剪冰之儷不足以矜其巧，剪綵之巧不足以誇其精。

青女飛霜，滕六鏤霙，萬林惆悴，寒梢獨春，夷之清也。倒影孤崖，浮香幽澗，璚骨卧雪，粉面臨風，惠之和也。紅綻雨肥，烏絞煙蹙，味調金鼎，功劑上堂，尹之任也。廣平賦之而柔其鐵石心腸，和靖賦之而醉其暗香疏影。水曹參軍間闊而不能忘，清夷老子模寫而不能盡。姚魏黄紫而嬪御，桃李朱粉而衙官。玉皇一盼，爲之三嘆，命蒼髯大夫、虚心處士結交金蘭。三友凌冬墐户，翠碧拒陰敷陽。睥睨兮冰之容、雪之色。

清鈔本《松垣文集》卷八。

梅花賦

姚勉

壬辰之冬，雪霽寒麓，有二嘉客訪我梅屋。炙晴窗之新暄，酌瘿樽之清渌。值余梅

〔一〕峻：原在「態度」前，據上下文例乙。

之暖吐，巧裁鏤乎冰玉。出靨儇於山澤，揖處士於巖谷。微風天落，暗有清馥，幽閒淡雅，照水横竹。

客謂主人曰：「天英地華，融爲百花。或以香珍，或以色姱。觀其争麗而奪秀，蓋亦千芳而萬葩。何吾子之皆不取，而獨内交乎斯梅耶？」

主人顧客而笑曰：「養竹於庭，所以標醉吟之清。滋蘭在畹，所以風靈均之馨。君子好恬而樂素，不羨侈而慕榮。桃李華而近浮，松柏質而少文。未若斯梅之爲物，類於君子之爲人。今夫異萬木而獨秀，冠羣芳而首春，是即君子之材。拔衆萃而莫倫，立清標而可即，正玉色以無媚，是即君子之容。羌既温而且厲，寒風怒聲，悄無落英，嚴霜積雪，敢與争潔，君子之節也。瑶堦玉堂，不增其芳，竹籬茅舍，不減其香，君子之常也。在物爲梅花，在人爲君子。皎茵璧之連接，瑩壺冰其表裏。既物我之通稱，又焉得舍此而取彼。兹予所以内交於斯梅，而植之以爲庭實也。方其林梢盡枯，瓊萼孤出，霜風肅肅，庭有愛日，負朝暄於檻砌，而繙玩乎書帙。此時此花，味我閑適。又如殘雪在簷，寒月侵室，浮雲四卷，天宇寥闃，倚欄干而長嘯，遇神人於姑射。此時此花，助我飄逸。嗟吾屋之半間，陋纔止於容膝。惟此花之清絶，相娱笑以朝夕，開醉襟於酒觴，生妙墨於吟筆[一]。使予舍此而他好，殆將喪志於玩物矣。況夫若作和羹，爾惟鹽梅，味可世資。從古以來，方將薦實於鼎鉉，豈徒脱跡於塵埃。彼百花之紛紛，亦何有於我哉。」

客聞此言，色笑心悦，挹清芬而度酒，嚼瓊蕤而噍雪，醉相枕而不知，同一夢於霜月。傅增湘校訂豫章叢書本《雪坡舍人集》卷一〇。

梅花賦

劉黻

覽賦形於宇内兮，粲羣植之敷紛。何衆先而獨後兮，曰此花其有聞。均受氣以立命兮，本萬古之一春。不競時以媚俗兮，故寧歷落乎歲寒。繇混沌之鑿開兮，凡造化之幾新。持狷介以爲守兮，曾坎壈之爲屯。夫豈不能效成蹊之無言兮，與紅葉以相奢。而固棲棲於寂寞之鄉兮，如旅人莫知其所家。緬藐姑之雅潔兮，映白璧其奚瑕。蹇偓佺之蕭散兮，跨蒼虬之在阿。非凡心之内賊兮，則嫉口之外魔。擯庾嶺以俾艾兮，戀孤山以興

[一] 妙墨：四庫本作「妙思」。

嗟。

顧冥霧之漫漫兮，覬皎日之昭昭。遇傅築之愛其實兮，以商羹而見招。歎湘纍以節終兮，何獨不盻我以《離騷》。班孤竹之二子兮，臭味與之而相投。笑商山之四老兮，乃眷眷於木奴之遭。遯僻於嗜兮，匪吳匪敖。逋工於詠兮，南北之峰與高。惟窮而固兮，達亦如之。以煖而耀兮，遇寒已披。蘭不爲無人而不芳兮，誠不慍於不知。彼荃之化爲茅兮，已矣乎其焉悲。抱道而獨兮歷變勿疑，付榮枯於天分兮孰速孰遲？信凌冰厲雪兮真吾規。四庫本《蒙川遺稿》卷四。

梅花賦

丘葵

天地栗烈，枯摧朽拉。彼茁者英，瑞此窮臘。月方盈十，胚毓消息。此如《先天》，畫前有易。苞萌未露，白賁已具。此如《河圖》，中藏五數。謚我乎貞乎而尚德，以清乎而展[一]。如之人兮，孤高不羈。含者如佇，秀者如語。拆者如粲，墜者如舞。蒼官清

[一] 此句似有脱誤。

士，列位巖坳，如晏平仲，善與人交；霜風撼傾，華萼敷榮，如蘇中郎，抗節龍庭；互交遞倚，條枚萬蘂，又若武侯，草廬未起；林薄摧頹，霜饕雪埋，又若園綺，皓鬒皚皚。庶類不可得而友，東皇不可得而臣，可以冠掄魁而獨步於摇落之後，可以脈鼎實而棲身於寂寞之濱。清而不隘兮與俗無競，涅而不緇兮與道爲鄰。此崇桃積李所弭耳下風而不敢繼其後塵也。

嗚呼噫嘻！古今愛梅之人，奚啻千百。不污以壽陽之脂粉，則誣以高樓之羌笛；不比色於東鄰之艷冶，則較香於南海之耶律。是皆未識梅之丰采，而徒外觀其形迹。林逋何遜，賦詠何益！余獨對花，不言而默。清道光刻本《釣磯詩集》附録。

和倪梅村梅花賦

蒲壽宬

昔湘纍之託諷兮，顧何芳之不萃。念草木之凋零兮，貫薜荔之落蘂。嗟蘭艾之與處兮，亦固知其蕪穢。於梅柟之偶缺兮，非忿顧而疾視。今靈山之獨立兮，豈不類乎江潭之憔悴。忽繽紛於暮臘兮，駭南雪之落地。

俾孤山之美人兮，得以樹夫高致。彼桃李之暄妍兮，疑此黨人之獨異。惟貞潔余一心兮，又奚必擇乎都鄙。賫蕠葹以盈室兮，固何足以蔽美。攬羣物之紛糾兮，初何私於一氣。立耿耿於霜晨兮，豈欲别一醒於衆醉。彼徘徊於清淺兮，亦猶行吟於湘水。四庫本《心泉學詩稿》卷一。

古梅賦 並序[一]

吴龍翰

余家有古梅，突兀富饒之旁，枝榦連理而茂。先曾伯、叔、大父連武巍科，曾大父嘗作《連理梅賦》以見意。余詩人也，與梅爲膠漆交。梅而至古，標格愈不凡，敢依韻扁吾窩，因爲之賦，其詞曰：

忻故園之古梅兮，燦珊瑚之寶樹。懸瑶臺之明月兮，的皪瓊花，玲瓏玉蕊。矧鶼比翼乎鐵榦兮，乃連理而薦瑞。顧此槎牙兮，其仰斯逆，其偃斯醉，其高斯達，其低斯跂。鶴膝峥嶸，切切交峙，蛟背突兀，犇騰之勢。或横枝照水，如紉蘭之湘纍；或半樹粘雪，如殰氈之漢使；或

[一] 並序：原無，據《兩宋名賢小集》卷三四一、《歷代賦彙》卷一二四補。

荒山衝寒，孤根回暖，如采薇孤竹君之二子。烈士慷慨，羈臣顑頷。茹鐵筋骨，鏤冰腸胃。乃導引其形軀兮，如霧擁而雲垂，如鴻飛而虎踞，故能曜其夜鶴之骨，而枯其秋蟬之蜕也。

若余者，與伊納交，廬其旁，詔弟讀書，對親奉觴，呼吸清寒，噍嚼清香，而庶幾瀉吟筆之琳琅者乎！四庫本《古梅遺稿》卷六。

雪梅賦

胡次焱

草遭雪而萎，木遇雪而折，雪其酷哉！梅挺然立雪，貌澤香烈，雪雖酷，不能加於梅也。孟子曰「威武不能屈」，於梅有焉。庚申冬十二月，對雪觀梅，有慨於衷。嗚呼！人不能卓然特立，至横逆之來，作兒女態，其視梅得無忈乎！乃爲之賦。

孔子曰：「歲寒然後知松栢之後凋也。」豈獨松栢歟！羌對雪天之牢落，益知梅花之崛奇。且夫太陽遵晦，老陰竊機。凛氣候之慘慄，黯繁雲其四垂。冷雨雰雰而冰木，酸風刺刺而裂膚。俄而馮夷剪水兮初瓊瑰之盈裾，天女散花兮紛玖瑶之載塗。意者戰罷玉龍，敗鱗鋪耶？遊殘粉蝶，墮翅吹耶？風約柳絮，高復低耶？雨落梨花，密以疎耶？皚皚練練，幾麻衣耶？浮浮湙湙，萬玉妃耶？糝瓊糜於九垓，爛銀屑於萬廬。拂拭糞土之牆，掩蓋腥穢之渠。瓦礫飾而圭璧，塊壤覆而璠璵。混天地高卑之分，失晝夜晦明之宜。禽鳥噤其無聲，澮木槁而草腓。

於時有梅，毅然丈夫。香愈冷而有韻，貌愈澤而不枯。枝彌壓而彌彊，花彌勁而彌舒。蓋西山伯夷之清，而陋巷顏子之癯。故曰，歲寒然後知松栢之後凋，豈獨松栢歟！思昔者春陽之載熙也，崇桃媚臉，纖李膩肌。日烘麗質，露浥華滋。公子王孫，挈榼提壺，輪蹄雜遝，絃歌咽嗚。此一時也，瞠老梅之在側，緊幹蘚而枝纍，過者不顧，遊者回車。迨夫錦棚逃暑，薰風透絺。桃堆盤而脂潤，李沈水而珠纍。此一時也，雖梅實之可取，奈衆口之參差。競喜甘而樂脆，以微酸而見嗤。乃若商聲入律，萬物披離。向之崇桃纖李，固已華落色衰矣，而山巔水涯之孤根，亦復葉禿而枝羸。梅亦何以自別於桃李兮，譬顏跖同堯服而舜趨，孰辯其爲賢爲愚？今者沍寒積雪，桃弊李疲。惟梅花嶭其彊項，夐突兀於園池。巽二不能狎其健骨，滕六不敢侮其幽姿。視前日之艷色穠華，何止灰滅煙飛也哉！然則非梅無以當雪之凌厲，非雪無以見梅之貞清，其信也夫！

吾聞雪，陰沴也，陰則爲寒爲凍、爲慘爲威。有條者憔悴，有葉者藾萎，有實者摧剥，有莖者陵遲。蓋天地之殺氣，爲品彙之入機。而梅，陽物也。黄鍾初動，梅聖得知。陽和其所先得，陽剛其所素持。能獨立萬物之表，挺不爲殺氣所敺。惟陽足以制陰，義《易》夫豈我誣。是故天下皆寒，不能寒梅之枝；天下皆凍，不能凍梅之蕤。爾慘自慘，梅獨愉愉；爾威自威，梅獨怡怡。瞻言雪霰之酷烈，匪於梅花而獨私。故物亦視其所以自立者如何耳，豈在外者所得而轉移。若脆草之與弱木，一遇雪則枯骨而爛皮。曾不求其在我者，將移咎於孰誰？

嗟乎！俘六國，吞天下，其暴也何如，而相如一匹夫爾，乃睨視大庭，叱咤而睢盱，秦亦無得而加諸。蹙秦滅楚，其烈也何其，蕞爾一魯，不敵秦楚明矣，而守節不屈，漢爲之斂師，卒亦不敢肆其屠。李陵、蘇武，同遇匈奴，李將兵而驍勇，蘇奉使而羈孤。勇者卒降，羈者卒歸。何匈奴能脅甚壯之李，而不能脅愞然之蘇？漢庭三傑，比肩高祖，仕同主而生同時，何蕭何下獄，韓信誅夷，而張良以功名終始，獨無瑕疵？不寧惟是。莊公、管、蔡，皆人兄也，叔段、姬旦，皆人弟也，莊公欲害叔段，卒相爲痛，管、蔡欲害姬旦，莫肆詆諆。王莽之勢足以挾子雲之美新諛辭，而郭、蔣好遯不污，雖莽之勢亦何施。桓温之勢足以致坦之之流汗沾衣，而謝安從容就席，雖温之勢亦奚爲。禄山僭横，甄濟處之自如；黄巢殘酷，表聖藐之若無。方冊所載，此類孔多，大抵於顛沛之際可觀所立，而自立既固，雖行乎患難而有餘。彼不能自立也，至摧敗挫折，有兒女色，可憐而可悲。是皆自取之也，豈獨人之非。此吾對雪觀梅，起敬起慕，酹以元酒，申以孔詞，再拜而曰：昔知梅於暇豫，結以爲友；今知梅於患難，請以爲師。然彼雪者，挾重陰之氣，肆轥轢於根株。雖孤標之不挫，而雪則乘時逞霸，何用心兮嶮巇。願上請於帝，以迄天誅。

梅巖曰：「貧賤憂戚，乃玉女之良規。商鼎和羹，有所屈者有所期。請釋楚以爲外懼，不亦可乎？」對曰：「諾。犯而不較者德之盛，疾之已甚者亂之基。降大任者先空乏，全性命者忍須臾。先生之言，我維行之。」既而蒼狗罷噎，金烏騰輝，枝上之雪倐已銷鑠而流澌矣。四庫本《梅巖文集》卷一。

潘滋《梅巖文集序》 潘子曰：予嘗讀梅巖書，而慕其爲人。其孝足以事親而不辱也，其節足以全身而不汙也，其才則應機若有餘，旁行以趨時，從容於險阻，有孚而不亂也。其學明陰陽之奥，推象數之微，發前賢未備之論，開後學難通之旨，可謂正矣。惜也當兵戈搶攘之際，儉液避難之不遑，雖欲用拯馬壯官，不過爲尉耳。賢者之不遇於時，可不悲乎！君子於此詰其大者，不在形勢，則在人倫，不在功業，則在道術，道在則不亡矣，人存則不朽矣。立近以及物者功也，行遠以致道者言也。《雪梅賦》見君子之行乎患難而威武不能屈，《明經橋》言聖人以通天下之疑而濟義理之溺，《媒嫠問答》則艱貞從一，守天之道，甘言謏舌不足以變其節，此先生所自爲者然也。

《四庫全書總目》卷一六五《梅巖文集》十卷，兩江總督採進本，宋胡次焱撰。……其詩文本未編集，故藏書家多不著録。此本乃明嘉靖中其族孫璉蒐輯而成，璉甥潘滋校刊之，并爲之序。凡賦、詩、雜文八卷，冠以《雪梅賦》，蓋著其素心。

雪後折梅賦

謝逸

耿夜闌之青燈，沉萬籟於岑寂。忽竹風之聲林，顫簷端而索索。徐披衣而啟户，飛雪花之如席。眺溪上之寒梅，亘千林於一色。恐青女之下臨，唁玉妃之墮謫。競孤峭以相高，兩含情而脈脈。

乃策壺公之杖，乃躡阮生之屐。度横彴以跰蹮，排寒威而辟易。繞琪樹之玲瓏，攀瓊柯之的皪，摇疎影之横斜，漾清溪之寒碧。披緒風而香冷，引輕素而烟羃。忘凍手之欲皸，擷纖枝而入室。

嘆几研之璀璨，藉海岱之玉石。寓逸想而自成，若憤余之幽僻。覺毛髮之森竦，迷今夕之何夕。因燎薪而擁爐，泣銅缾之唧唧。起取酒而自温，傾小槽之珠滴。昔花月之成妖[一]，幻武公而奪魄。余少賤而多難，豈耳目之敢役？徑就醉而曲肱，吼怒雷於鼻息。曉援毫以陳辭，紀昨夢之戲劇。四庫本《溪堂集》卷一。

惜梅賦 有序[二]

唐庚

閬中縣庭有梅，株甚大。正當庭中，出入者患之。有勸予以伐去者，爲作《惜梅賦》。

縣庭有梅株焉，吾不知植於何時。蔭一畝其疎疎，香數里其披披。侵小雪而更繁，得朧月而益奇。然生不得其地，俗物溷其幽姿。前胥史之紛拏，後囚繫之嚶咿。雖物性之自適，揆

[一] 昔：清鮑氏知不足齋鈔本校云：「昔或是惜，或即借字通用。」
[二] 有序：原無，據四庫本《眉山集》卷一補。

人意而非宜。既不得薦嘉實於商鼎，效微勞於魏師。又不得託孤根於竹間，遂野性於水涯。悵驛使之未逢，驚羌笛之頻吹。恐飄零之易及，雖清絶而安施。客猶以爲妨賢也，而諷予以伐之。

嗟夫！吾聞幽蘭之美瑞，乃以當户而見夷。茲昔人之所短，顧仁者之所不爲。吾寧迂數步之行，而假以一席之地，對寒艷而把酒，嗅清香而賦詩可也。宋刻本《唐先生文集》卷一一。

松竹梅賦

富偉

羣峰矗兮萬石，玉一柱兮擎天。渺煙霞兮洞府，雲霧滃兮飛泉。是爲古皖之巨鎮，而神仙之所家焉。境雖勝而非遠，人骨凡而未仙。或可望而不可到，矧欲拾級而摩其巔。灊山主人曰：嘻，不然！高莫高乎嵩峰，遠莫遠乎祁連。果有志於馳騖，在着吾之先鞭。矧今嘉平，月方幾望，雪三白兮初晴，雲已收兮列嶂。翔飈肅兮塵清，煙境紛兮萬狀。於是揚雙旌，導華輈，駕彩鳳，籠赤虬，休予暇兮蕭散，緣空闊兮跨飛浮。從我者誰？一二三仙儔。秦封大夫之剛勁，直節君子之清修，與商鼎之大賓，從杖履而同遊。

泛吳塘之瀲灩，桂其棹兮蘭舟；拂三祖之絶頂，占璨遠兮名留。嶺雲横兮鳥飛，山旁圍兮水流。酌盤石之甘露，駕函谷之青牛。濯手足兮飛泉，瀹予茗兮噴雪。掬九井之泓澄，鑑三池之巉絶。光彩爛其如銀，古老抵其丹穴。有仙子兮雙方瞳，冠青雲兮佩明月。芝其茹兮擷蕙蘭，曳芙蓉兮間芳烈。揖予兮白雲莊，坐予兮玉爲牀。明燭夜之瑞露，談且笑兮飛瑶觴。

仙子或謂予曰：「公骨秀而氣清，風神峻兮玉立，器質粹兮金相。其喬松之徒歟，壽天地兮同久長。否則亦傲睨乎萬物之表，猶不失爲漢之子房。吾將授公以駕雲馭風之旨，餐霞啜露之方。此有道者之事也，幸無以吾言爲狂。雖然，寄雅趣於碧雲之間，味道腴於方外之濱，孰若返鴻濛，撫星辰，依日月，慶風雲。真荃賴其主宰，大鈞播兮無垠。契司命於太始，長侍天皇兮萬八千春。斯亦壺中之至樂，蓋數百年而幾人。然則主人之妙用，又豈山澤癯仙之所能倫乎？」

三友聞之，躍然而喜，抵掌鼓脣，願繼末旨。秦封大夫於是乎歌之，歌曰：「三冬兮操冰霜，千尺兮材棟梁。下有茯苓兮，華蓋蒼蒼。凝爲琥珀兮，亘千古而猶香。」

直節君子乃賡載歌曰：「勁吾節兮心虚，挹夷齊兮爲徒。長龍孫兮招鳳雛，歲既寒兮誓不渝。」

商鼎大賓又歌之曰：「冰雪其姿兮霜月其神，孤標耿耿兮萬花讓春。薦嘉賓兮南風薰，調羹鼎兮莫逡巡。」三友歌闋，方瞳仙子從予而去，請申嘉賓之美，系之曰：有美一人兮春風之和，醞藉伊周兮沉酣丘軻。厭上界之官府兮，尋碧漢之崖峨。納同宇於春臺兮，令五綺而興歌。千里蒙福兮不爲不多，四海係望兮如蒼生何！公何心兮山之阿，整羽翰兮天可摩，無爲此焉婆娑。民國鉛印本《南田山志》卷一四。

雪岸藂梅發賦

舒邦佐

臘意將盡，春容未回。鋪兩岸之寒雪，發數叢之野梅。零亂飛花，繞長堤而交映；橫斜疏影，環淺水以先開。於時上天同雲，季冬之月，初凝筆凍以呵指，又訝窗寒之徹骨。卷簾一望，幾如柳絮之飄；策蹇相尋，遥認瓊花之發。萬瓦漫漫，憑闌細看。山失青絲之嶂，松添白粉之團。點破柳梢兮沙鷺未宿，橫拖江滸兮三龍不蟠。披得一蓑歸來，問誰善畫？開向百花頭上，特地凌寒。但見肌體斲冰，丰姿翦水。一朵兩朵，已自清徹；南枝北枝，轉添妍美。踏雪遂欲同觀，無酒不如歸已。欲成三絶，請素娥臨静夜之中；開了一枝，信老杜詠前村之裹。大抵有雪無梅，冷落太甚；有梅無雪，精神未充。

今也雖竹外之更好，幸橋邊之未融。青女自欣於得侣，梅仙時探於芳叢。任飄酒店歌樓，暗香時度；相伴竹籬茅舍，清致應同。彼有榴雖夏以堪攀，蓮雖秋而可折，無乃施朱而太赤，未免趨炎而附熱。孰若此萬卉凋零，千巖凍折。方碎玉之抛擲，忽寒枝之清絶。肯同國豔之争春，誰似梅梢之映雪？遂使竹頭壓白，願同入於畫圖；柳眼偷青，記相逢之時節。雅好獸炭爐，圍銷金帳垂。烏雲斜插半縷，白雪聽歌小詞。邀滕六而且住，挽殷七以同嬉。酒盞莫教於乾了，醉鄉舍此以何之？休問壽陽之粧，爲他誇美；且泛剡溪之棹，乘興何疑？噫！遇雨則粉淚交垂，對日則素容獨燦。終未若冰肌玉骨之照世，縞帶銀盃之繞岸。梅共雪以交輝，留此風光之一段。清道光刻本《雙峰猥稿》卷九。

瓊花賦 有序

張昌言

揚州后土祠瓊花，經兵火後，枯而復生，今歲猶盛。邦人喜之，以爲和平之證也，乃賦之。賦曰：

偉東南之會都，滋黑壤之饒飫。萃温潤之秀氣，發英華於地軸。是爲瓊花，異於凡木。香凝媚服之蘭，色瑩光明於玉。托根后土之祠，擢榦蜀岡之麓。曾不知其歲年，以弗紀於圖籙。欲問司花之女，但注詩人之目。謂天下之一株，冠羣葩之芳馥。豈唐昌之餘芳，載後庭之遺曲者乎！

當其風入琳宫，春歸華屋，蕚折青綃，色凝寒緑。枝珊瑚兮鏤冰，雪蘂珠璣兮爛金粟。廣庭静兮，朝曦麗其纖穠。仙蘂深兮，瑞露滋其芬郁。瑶林挺蕙蒨之奇，閬苑耀琪英之煜〔一〕。若蓋而繡，似璧而穀。如黄琮瑚璉璀燦於禋壇，而文珠佩環玲瓏乎衣鞠。桂娥競爽，借月影於冰蟾；阿母來觀，下雲軿於皓鵠。儷靚容於茉莉，抗素馨於薝蔔。笑玫瑰於塵凡，鄙荼蘼於淺俗。惟水仙可並其幽閒，而江梅似同其清淑。真絶代之無雙，久彌芳於幽谷。

若乃聚八仙之殊種，玉蝴蝶之别族。葉扶疎而韻不勝，色近似而香不足。猶瑾瑜琬

〔一〕「瑶林」二句：《佩文齋廣群芳譜》卷三七、《歷代賦彙》卷一二五作「瑶林瑰豔之蕙蒨，閬苑琪英之燿煜」。

琰之溫溫，豈碔砆堅珉之碌碌。蓋妖雅爭妍者衆之所同，而蠲潔尚白者我之所獨。是以兵火不能焚，塵霾不能辱。根常移而復還，本已枯而再續。疑神物之護持，偏化工之茂育。抑將薦瑞於中興，而致祥於玉燭。《全芳備祖》前集卷五。

吴宗旦《瓊花賦跋》（《全芳備祖》卷五）　余聞瓊花之名甚久而未之見，因觀滿山張公所爲賦，如親見之，不獨筆端幾於爲花傳神。花固奇矣，賦亦妙哉！白樂天謂「世間好物不堅牢，綵雲易散琉璃脆」，此花瑰麗，冠絕群品，而壽乃若是，物理豈一端而已！恐不屈於崇高，有節婦之操；不滯於榮枯，有列仙之姿。孰云無知？似有道者。萬物得一以生。一者，道之子，庶青牛之遺課乎！賦比物引類，曲盡其妙，窮神知化而若此。嗣孫齊見宰江都，將鏤石以遺邦人，囑予題跋，併書其賦歸之。

宋代辭賦全編卷之八十九

賦 花果 三

凌霄花賦

梅堯臣

厥草惟夭，厥木惟喬，草有柔蔓，木有繁條。緣根兮附質，布葉兮敷苗。朱華粲兮下覆，本榦蔽兮不昭。嗟乎！此木幾歲幾年而至於合抱，夫何此草一旦一夕而遂曰凌霄？是使藜藋蒿艾，慕高豔而仰翹翹也。安知蘋藻自潔，蘭蕙自芳，芙蓉出汙而自麗，芝菌不根而自長。

或紉珮帶，或采頃筐，或製裳於騷客，或登歌於樂章。故得爲馨爲薦，爲嘉爲祥。皆無附著，亦以名揚，奚必託危柯而後昌？吾謂木老多枯，風高必折。當是時，將恐摧爲朽荄，不復萌蘖，豈得與百卉並列也耶？明正統刻本《宛陵先生文集》卷六〇。

玉茗花賦 並序

崔仁冀

郡之東院有山茶一本，衆云白華。睹前太守周中甫曾有是詠，聳其奇，未之甚信。及夫開也，宛若瓊華，方知周公詠言不虚。思而繼之，仍目之爲玉茗花。暇中述賦一篇，以示好事。

衆卉之中，彼山茶子，顆顆盡紅。有挺生於下土，獨宣素於春風。點一樹之香酥，佳人讓巧；琢千苞之美玉，真宰輸工。是何嫋若不群，嫣然欲澤。既成潔介之性，豈假穠華之飾。律初回日，競美青女之姿；木正王時，衒耀金方之色。

由是萌芽當臘，芳披向春。馥馥之香心乍吐，盈盈之粉面争匀。惟憐曉吹微和，拆開香結；祇怕晴陽過暖，炙作瓊津。色澤既殊，聲光亦別。疑被葉之凝露，訝封條之密雪。迷南華之蝶羽，共作輕明；混北陸之蟾輪，同成皎潔。梅心羞而早落，蓮花愧而晚開。皓腕而誰先折得，皤髭而我獨看來。曲沼下臨，鄭旦浣沙於越瀨；小山傍映，巫娥行雨於前臺。得非草木嘉祥，乾坤異稟。一蘂皎爾白如練，百樹紛然徒似錦。素羽裁成於葩蕚，勢欲飄飄；輕冰綴滿於枝柯，寒生凛凛。是客皆愛，惟蜂最知。纔發而便吟無足，將殘而不醉何爲。想搜訪之來時，應從乳洞；論栽培之深處，合在瑶池。美乎！雅淡無偕，保持有自。騰芳既出於常品，擢本好移於近地。誰能將此樹奇花，説向内園之使？同治《臨川縣志》卷九。

白山茶賦 有引〔一〕

黄庭堅

姨母文城君作《白山茶賦》，興寄高遠，蓋以自況，類楚人之《橘頌》。感之，作《後白山茶賦》。

孔子曰：「歲寒然後知松柏之後彫也。」麗紫妖紅，争春而取寵，然後知白山茶之韻勝也。

此木産於臨川之崔嵬，是爲麻源第三谷。仙聖所廬，金堂瓊樹。故是花也，禀金天之正氣，非木果之匹亞。迺得骨於崑閬，非乞靈於施夏。造物之手，執丹青而無所用；析薪之斤，雖睥睨而幸見赦。高潔皓白，清脩閑暇。裴回冰雪之晨，偃蹇霜月之夜。彼

〔一〕有引：原無，據乾隆本《宋黄文節公文集》正集卷一二補。

細腰之子孫，與莊生之物化。方培户以思温，故無得而陵跨。蓋將與日月争光，何苦與洛陽争價。

惟是當時而見尊，顯處於瑶臺玉墀之上；是以閉藏而無悶，淡然於乾楓枯柳之下。江北則上徐、庾，江南則數鮑、謝。蓋不能刻畫嫦娥〔一〕，藩飾姑射。諒無地以寄言，故莫傳於膾炙。

况乎見素抱朴難乎郢人，故徐熙、趙昌舐筆和鉛而不敢畫。或謂山丹之皓質，足以争長而更霸。知我如此，不幾乎罵。雖瓊華明后土之祠，白蓮秀遠公之社。皆聲名籍甚，俗態不捨，挾脂粉之氣而藴蘭麝，與君周旋，其避三舍。四部叢刊影宋乾道本《豫章黄先生文集》卷一。

王若虚《文辨》（《滹南集》卷三七） 魯直《山茶賦》云：「彼細腰之子孫，與莊生之物化，方培户以思温，故無得而凌跨。」竹谿党公曰：「此止謂冬無蜂蝶耳，何用如許？」予謂詞人狀物之言，不

〔一〕嫦娥：原作「常娥」，據乾隆本《宋黄文節公文集》正集卷一二、四庫本《山谷集》卷一、《歷代賦彙》卷一二五改。

當如是論。然數句自非佳語，「細腰子孫」既已不典，而又以「莊生物化」爲蝶，不亦謬乎！《賦話》卷一〇黄庭堅賦序姨母文城君作《白山茶賦》，蓋以自況，類楚人之《橘頌》。感之作《後白山茶賦》，此木産於臨川之崔嵬，是爲麻源第三谷，故是花也稟金天之正氣，非木果之匹亞。按：此賦言木果似非今之白山茶。

弔駐春賦

釋居簡

山茶雪中著花，萎於首夏。取張右史「老紅駐春粧」，名之曰「駐春」，作《弔駐春》云。

余自孤山南巖，止宣之丁山，春用季琯，月行賨團。茶彤而葩，倚檻可扳，低回欲言，羞澀靦顔。殷肌兮淒黯，丹臉兮消滅。密幄兮紛披，羽葆兮摧斬。有蕩者都，言采其英；有遊者姝，言搴其榮。壓帽簷，厭鬌脣，舞天香，點文茵。殆不免夫豪虐之手，盡瘁而不得制也。

方其猩染玲瓏，犀剪蘢葱，酣酣絳明，童童緑濃，謫仙不來，況復謝公。羌落落兮空濛，疇孰予兮爲容。翳封植兮眇林，自陶寫兮華風。欲鉏其色，式遂厥性。愛莫助之，不曰同姓。爛石寸芽，詩人薦嘉。屑荈碾茶，碎圭破觚。味與諫嚴，甘與薺兼。方物兮職貢，寐睫兮痒瘷。

高制作兮品評，昌蔡《録》兮陸《經》。配萬錢兮析酲，雖百紛兮曷聾。嗟艷冶兮是矜，若青黄之自迆。將苦醲以迪人，抑擁腫而引齡。矧匪德兮翹晶，焉所如兮全生。

四庫本《北磵集》卷一。

梔子賦

李石

若夫梔子花者，薝蔔花也。天之生物，物各有時，時各有職。職主一時，時主一色。威福之柄，如君如臣，如主如客，不可紊也。

榴花妥簷與鶴頂鬭鮮，芙蓉濯水與蜀錦争魄，此非天運之敘乎？祝融用威，朱鳥奮翼，火輪曳空，炎炎赫赫。異哉詫乎！一花纖微東皇刻，一氣浩大天皇織，而乃與較瑞花虚名爲六出乎？紛紛披披，霧霰争馳，凛凛栗栗，圭璧盈尺。與陽俱升，終歲取食。可以實百菓，可以瑞粦麥。皎皎乎，浩浩乎，擾汾陰之瓊仙，傾壽陽之粉額，謬老李之鬚鬢，奪蟾桂之標格。六氣旋軫，六月一息，六而六之，變化羲畫。凡物待之，曰：「此天數也，物各有得，汝自怙權，與天爭力，上帝照臨，汝不無責。」

言畢，夢一道士，曰：「某即風霆之精、雲雨之澤也，炎黄苗裔皆吾子孫。爰自典謨既遠，有熊是宅，漲風雷之浩渺，攀星虹於倏忽，巫咸之九神、姬旦之土圭所不能測。曰戊曰己，吾之降聖也，繼南離以述志，植九土而立極。西皥之殺物然，洪波之滔天然，吾之役使任爲妃匹也。佐禹治水，我即黄魔；翊漢帝儲，我即黄公。傳授兵略，幃幄帝師。赤松羽化者，薝蔔之爲梔子乎？梔子之爲薝蔔乎？歲晚後凋，屈意樛陰，有不改柯易葉者，猶足以侶青青而媲松栢也。」清乾隆翰林院鈔本《方舟集》卷一。

紅梔子華賦

陸游

余讀五嶽之書，始知蜀之青城。歲癸巳之仲冬，天畀予以此行。極山中之奇觀，乃税駕乎雲扃。酌瀑泉之甘寒，味芝朮之芳馨。濯肺肝之塵土，凜毛骨其淒清。乃步空翠之間，而聽風松之聲。

覩一童子，衿佩青青，手持異華，六出其英。以爲薝蔔則色丹，蓋莫得而强名。方就視而愛歎，已絶馳而莫及。忽矯首而清歗，猶舉袂而長揖。援修蔓而上騰，擘峭壁而遽入。敬變滅於轉盼，久懥悅而佇立。

有老道士，笑而語予：人皆可以得道，求諸己而有餘，顧捨是而外慕〔一〕，宜見欺於猨狙。嗟予好學而昧道，有書而無師。雖驫遠於聲利，寔未免夫喜奇。請書先生之言，用爲終身之規。四庫本《放翁逸稿》卷上。

木犀花賦

楊萬里

秋氣已未，秋日已夕。楊子觴客，客醉欲出，偶雲物之浄盡，吐霽月之半璧。楊子鼻觀，若有觸焉。澹空山之何有，驚妙香之郁然，急謂客曰：「是必有異，吾與子盍小觀之？」行而求之，無物可即也。舍而不求，又不能自息也。

天風驟來〔二〕，其香浩蕩。楊子乃凝神而從之，忽欣然而獨往。蓋吾履未出於柴門之裏，吾身已超於廣寒之上矣。水國湛湛，不足以爲其空明而深靚也；雪宫皚皚，不足

〔一〕而：原脱，據汲古閣本補。
〔二〕驟：汲古閣本作「齊」，四庫本作「徐」，《歷代賦彙》卷一二五、《佩文齋廣群芳譜》卷四〇作「忽」。

以爲其高寒而迥映也。玉階之前，有團其陰，蔚乎瑠璃之葉，摵乎瑟琴之音。天葩芬敷，匪玉匪金，細不逾粟，香滿天地。蓋向者之所聞，乃於茲其良是。摩挲玉蟾蜍而問焉，亦不知其名，而字之曰桂。吾甚愛之，欲求其裔，將刈其枝以修月之玉斧〔一〕，淪其根於銀河之秋水，移之以歸，蓺我庭砌。羿妃頩然而不悦，曰：「予將白之於帝。」楊子聳然而寤〔二〕，月尚未午，客亦未去，顧而見木犀之始花，宛其若天上之所睹。笑而問客曰：「吾之茲遊夢耶？醉耶？」惘然不知其處。四部叢刊本《誠齋集》卷四三。

木犀賦

釋寶曇

桂生月窟，其大幾何？下隕桂子，直東南柯。誰其之植，被於巖阿。邁群芳以孤往，粲一笑之微渦。轉金粟之溥溥，峙緑雲之峨峨。不以色誇，而以香勝，匪天人而則那。吾嘗怪楚人貴辛夷而友杜若，棄老臣於汨羅；又嘗怪越人私末利而嬖山礬，遣西

〔一〕刈：原作「川」，據汲古閣本、四庫本改；月：汲古閣本、四庫本作「身」。
〔二〕寤：原作「悟」，據四庫本及《歷代賦彙》卷一二五、《佩文齋廣群芳譜》卷四〇改。

子而之它。是皆小大倒置，美惡亡辨，得使人窺其室者，袂屬而肩摩。

至於燕趙齊秦之地，象犀珠王之産，彼夜半有力者負之而走，吾誰而禁呵！不若我秋風兮揚波，月明兮珮珂，泬寥兮天宇，露零零兮濯磨。如坐衆香之津，如遊百花之囿，而髮毛肉骨無復於沉痾。

或曰：代謝一指，如子之語，亦幾幻訛。予曰：不然，此吾家造物無盡藏也，不戚戚於已懟，不汲汲於當歌。如屈信之適然，無毫釐之或蹉。客喜而拜，予亦起舞，亂黄蹈藉，同遶樹以婆娑。禪門逸書本《橘洲文集》卷一。

木犀賦 並序

劉學箕

避世之士遯其光而弗耀，卷其道而弗售，雖不知於人，弗遇於世，澹泊沖和，怡樂四時，初何蘄於人之知、世之遇哉！然一經品題，足以遺芳後代，是山林巖谷所不能終汩没其身而無所表暴於世也。草木之生也亦然，蓋所謂知於人、遇於世者，亦有幸不幸、時不時之嘆。木犀爲花，高雅出類，馨發而不淫，清揚而不媚，有隱君子之德。媲之籬菊江梅，雖不同調，而同其情，其五柳、孤山之朋儕乎！

然見於《楚詞》之後，世或未賦之。至如牡丹、桃花、橘、柚、槐、柳，抑何所長，而皆著之賦頌，獨於此花絶未有發幽光而出潛德者，豈闕典歟？爲作數語以廣之。其詞曰：

對西風之摇落，慘灝氣於素商。憫百草之殄瘁，驚木犀之吐香。緑葉扶疎，高枝蟠虬。潤沐乎曉煙夕露，清颸乎皓月明秋。崇岡之崕，小山之幽，黄英燦然，宛其靚修。可援可攀，可處可遊。儼商山之隱士，邈未可以晤語。左揖手兮素娥，右拍肩兮青女。青女兮拭妝，素娥兮照袂。散十里之清芬，揚郁烈而不媚。兹蓋與菊英兮齊驅，並梅花於伯季者也。

彼春風穠華，非不緐嘉，爛然紅紫，燦若朝霞。嗟美麗之過眼，等委氣於泥沙。惟此叢生，雅有深致。獨抱明哲，遠屏聲利。託根雲林，絶跡朝市。飽三秋之風霜，復優遊以卒歲。韜葉底之輕明，類有德者之避世。

迨夫冰雪沍寒，晚節彌厲。雖零落於山樊之間、蒼苔之上，有騷人雅士申之以無斁之歌，亦既見止，不忍遐棄。收其朽腊，暇日而爇之，明窗浄几，猶足返其魂而續其遺味也耶。《方是閒居士小稿》卷下。

石竹花賦

張侃

伊夏之始，繁陰在圃。風清日澹，支節緩步。有花瑣細，山陀依附。愛翫再四，精神媨嫮。不逐羣芳，低昂取妒。如高人逸士，所守有素。不然名章俊論，摹擬窮狀，而此獨不預？

蓋嘗觀涪翁《水仙》之辭、廣平《梅花》之賦，竟垂千載之名，其肯與草枿而同腐？薔薇荆棘而滿林，巴且擁腫而礙路。彼自生而自悴，又無從而告訴。天地之間，物各有主。其果無知，隨世而住。豈所賦之不齊，反在人之取予？

又嘗即是而觀。陶朱汎舟，嚴光持釣。傲睨一世，潛易其號。名不虛得，亦各有兆。苟有遇焉，庶極其妙。吾當探機緘，而叩此花之速肖。彼天隨生，默寓譏誚，比方居下，不足以詔。噫！花之遇有時，而吾因是而反照。四庫本《張氏拙軒集》卷五。

桃賦

吴淑

果實多品，惟桃可佳。夭夭其色，灼灼其華。或成仙而益壽，或制鬼而祛邪。或美后妃之德，或報瓊瑶之華。驁蟄應氣而斯盛，農人爲候而無差。陟雲臺而臨崖布綺，遊武陵而夾岸舒霞。妒媢常聞於武女，愛惡潛移於子瑕。

至若綏山刻木，神荼索葦。犯上既戒於文侯，雪賤復聞於夫子。神女嘗食於二郎，齊相亦殺乎三士。崑崙以霜實稱奇，磅磄以寒英表異。旄、櫷異狀而同名，侯、白殊味而俱美。别有綺葉、金城之號，紫文、緗核之名。雖云六果之下，誠爲五木之精。高丘餐膠而輕舉，師門食葩而道成。復有棓羿之事，畏漢之情。玄冬霜林之茂，朱夏豆實之英。

至於漢皇罷種，方朔潛偷。僵李傷嗟於見累，土偶哀憐於載浮，樊氏競術於靈變，蔡誕託詐於仙遊。亦有種列三名，實盈十斛。《太清》漬花而療疾，《抱朴》服膠而絶穀。或呪之而頹面，或出之而剖腹。豈若饗碧實於西遊，摽名仙籙。宋紹興刻本《事類賦》卷二六。

責荆桃賦

陳仁子

迂欒畸人頤神《槖駞》之傳，受用《種樹》之書，晝荷鋤以破塊，晚抱甕以煦濡。

擷梅杏於徑術，散蓀蕙於儲胥，掇果蓏兮奇麗，遙葦植於庭除。彼美櫻桃，迸士冑莠，葉蒨而張，花艷而腴。九鑄金彈，實誕鮫珠，色燦火齊，液甘醍醐。稽嘉名於戴民，徵祀典於漢儒。誇纍纍之先熟，摽獻廟之首需。

於是相高燥，涓春早，盼芳林，薙莎草，被濯靈根，弅梳夾道。如衛珙璧，如護繃褓，勿摇其根，間滋其熇。荏苒翠陰，依稀合抱，葉張火雲，枝槮晴昊。孃娜紛敷，蔽芾堅好，殆土膏之勻滋，醞繁英而積耀。覬瑛盤之同薦，盈筠籠以傾倒，偶攀緣以摘實，徑烏有而杳渺。豈棲禽之偷去，果脆條之未老。抑韓子不云乎，溉春根將食其實。步隲給難兮植瓜，李衡遺子兮種橘，安邑貨殖兮蒔棗，樊宏當羨兮樹漆。

若彼種藝家者流，日引領而取給，苟虛華而無實，雖菴藹兮何益。獨不證之人物，而質諸往昔。凡傖人之爵，必恪若職；受人之傭，必供若役。身尾珠履之客，則雞鳴狗盜而不惜；錐處囊中之列，則歷階奉盤而不慴。彼廁鼠盜竊大倉兮，竟膨脝而辟易；若侏儒奉粟一囊兮，亦飽死而愧惬。況爾之生也，陰陽培其根，乾坤毓其質，風日蔭其枝，泉石滋其液。既綿歷於歲祺，蓋寓目於穎栗。倘功驗之杳渺，知生長之誰力？抑草木兮無知，惟伊祁之是詰。撫大造以莫酬，行遠尋於斧鑕。須臾樹梢，垂頭若失，覬伸䚡縷，再四疏析。趁莊蝶之入夢，謝培植之餘滓。願捧珠於主人，竢酬知於異日。影印清初影元鈔本《牧萊脞語》卷二。

李賦

吴淑

猗歟穠李，果中之美。仙縹神紅，冬華春子。或傳芳於黄建，或銜名於青綺。武子拔樹以責吝，王戎鑽核而彰鄙。玉華連理之奇，房陵朱仲之美，安陽暉章之鮮茂，中山杜陵之滑旨。

或以顔子爲稱，或以韓終見紀。有赤駁之狀，有無實之稱。或沉於寒水，或報以瓊英。邊春則見於方外，員丘則載彼仙經。著正冠之令範，振成蹊之美聲。亦有餐玄雲而得道，食如瓶而有光。螬而可咽者井上，苦而不食者道傍。伯陽指之以定姓，僧孺辭之於先嘗。斯朱李之爲美，冠衆果之鮮芳。宋紹興刻本《事類賦》卷二六。

梅賦

吴淑

《詩》云：「摽有梅，其實七兮。」伊梅柟之酸酢，亦果中之嘉實。既香口而是資，亦和羹而取適。范汪啖之於盈斛，孫亮察之於漬蜜。酸不及於百人，渴嘗止於三軍。越使申梁國之遺，陸凱寄江南之春。柳惲之射斯妙，壽陽之妝更新。折靈山兮攀上林，賞紫蔕兮翫同心。或以熟橫公之魚，或以煮綺里之金。五月之風表信，夏至之雨爲淫。豈獨伯禹廟中，生枝而事異；抑亦蘇躭園裹，療病而功深。宋紹興刻本《事類賦》卷二六。

荔支賦 並序

李綱

張曲江嘗賦荔支，美則美矣，然未盡善也。予來閩中，始得食其生者，因感而賦之。其辭曰：

伊天地之大美，鍾火德於炎方。結荔支之嘉實，稟純氣於至陽。含滋潤於雨露，違嚴凝於雪霜。碧葉素榮，縹蔕丹房。膚如龍鱗，顆如裹囊。絳綃爲殼，白玉爲瓤。液貯甘露，核藏丁香。醞難言之妙味，吐自然之清香。此荔支之大略也。

全而觀之，丸如丹鳳之方卵而未雛；破而窺之，瑩如老蚌之既剖而見珠；掇而出之，粲如姣姬褪紅裳而露玉膚；咀而嚼之，旨如瓊醴吸沆瀣而羞醍醐。談辨莫及，丹青難圖。百果退避，孰敢争腴。至如厥包橘柚，先薦含桃。嶺表龍眼，西域蒲萄。色沮情悪，遜美推高。矧夫剥棗浮瓜，來禽青李，張公大谷之梨，梁侯烏椑之柿，曾何足以比萬分之一二哉！

秋夏之交，蒸暑歊然，畏景馳至〔一〕，薰風入絃。著花結實，耀日含煙。一望萬株，列於名園。璀璨熒煌，若繁星之麗天。一食千顆，置之華筵。匀圓磊落，若火齊之堆盤。溢甘芳於齒頰，實元氣於丹田。宿酲可解，沈痾可痊。若夫色味與香，變於三日，曝之爲乾，漬之以蜜。泛鯨海之巨航，入金張之要室。譬如神藥致佳人之尸，千金市駿馬之骨。氣格精神，初不得其髣髴也。

昔者曲江嘗爲之賦，寓意卒章，惜其不遇。殊不知草木之性，各安其土。玩物喪志，亦所不取。開元之末，妃子最憐，萬里驛致，來自蜀川。死百馬於山谷，望一騎而嫣然。荔支則遇，而天下病焉。

爰有狷介之士，負罪遠謫，適丁其時，偶得而食。不煩傳送之勞，以資口腹之適。快平生之素願，飽珍味而無斁。正猶衛懿不可以好鶴，而幽人得之，適所以增其逸；

〔一〕至：道光刻本作「空」。《佩文齋廣群芳譜》卷六一、《歷代賦彙》卷一二六並作「至」。

阮籍之徒得全於酒，而羲和湎淫，乃廢時而亂日。且食荔支[一]，此非我力。四庫本《梁谿集》卷一。

《復小齋賦話》卷下　李忠定《荔枝賦》卒章云：「衛懿不可以好鶴，而幽人得之，適所以增其逸；阮籍之徒得全於酒，而羲和湎淫，乃廢時而亂日。」似用坡公《放鶴亭記》。

荔支後賦　並序

李綱

宣和己亥歲，余謫官沙陽，次年夏始食荔支，嘗爲之賦。後十二年，歲在辛亥，寓居長樂，於今又四夏矣。備嘗佳品，究見荔支本末，作後賦以訂之。其辭曰：

客謂梁谿病叟曰：「玉局翁以荔支比江瑶柱與河豚，豈其然乎？」病叟曰：「否！擬人必於其倫，惟物亦爾，彼河豚與瑶柱，在海物而推美。厥臭惟腥，厥狀惟詭。藉蕾

[一] 且：傅增湘校本作「日」。

桂之餘滋，薦樽罍之芳旨。快一嚼而稱珍，非鼎俎之正味，何足以得荔支之髣髴也！惟此荔支，産於炎方。緑樹團團，丹實煌煌。香吐芝蘭，液凝瓊漿。色味兼美，自然芬芳。宛如佳人，麗服靚粧。冰肌玉骨，錦衣繡裳。又如明珠，包裹絳囊。焕彩外耀，皓質内光。其品則有陳紫、方紅，江緑、宋香。細若雞舌，艷如硫黄。虎皮斕斑，龍牙鋭長。蚶殼匾仄，玳瑁文章。皺玉豐膚，星毬照江。千類萬族，不可殫詳。夫豈瑶柱、河豚之所能比方也？」

客曰：「然則何物可以擬之？」病叟曰：「建溪臘茗，仙草之英。採掇以時，製作惟精。蒼璧忽破，素塵乍驚。甌泛霏霏之乳花，湯候颼颼之松聲。滌煩蠲渴，愈病析酲。此亦天下之至味也。洛陽牡丹，百卉之王。鶴白鞓紅，魏紫姚黄。嫣然國色，郁乎天香。艷玉欄之流霞，列錦幄之明釭。價重千金，冠乎椒房。此亦天下之至色也。相彼二物，標格高奇。名雖一概，種有多岐。絜長度美，可並荔支。永叔、君謨，序而譜之。如三國之鼎峙，各擅據於一陲。角力争勝，未可以決其雄雌也。」

客曰：「臘茗、牡丹，則吾既得聞命矣；敢問百果之中，孰與爲比？魏帝方之蒲萄，唐人推於緑李，亦有謂乎？」病叟曰：「荔支之生，厥土惟三。西則巴蜀，連亘嶠南，肉薄漿多，酸而不甘。與閩粤之所産，殆不可同日而談也。漢貢南海，唐驛西川。

皆荔支之下駟，乃並鶩於中原。當時所見，得其麤焉。宜乎品藻之失，而議論之偏。試使閩粤者進，則二果慙恧。且將遜美以推先[一]，而況其凡乎？若夫洞庭之柑，瓤凝玉雪。清香潠手[二]，累日不歇。茗霅之芡，實侔珠璣。咀嚼不倦，玉池生肥。思其次焉，亦皆荔支之亞匹也。然柑可食而不可多，芡療饑而不療渴。惟食多之益辨，與飢渴之兼解，微荔支吾誰與歸？方將休影息跡，遺物離人。倒冠落佩，買山灌園。植千種之陸離，擇萬顆之匀圓。上滋絳宫，下灌丹田。怡性養壽，超然自得，以盡吾之天年。子能棄世事而從我遊乎？」客默然慙，逡巡而辭退。四庫本《梁谿集》卷三。

荔子賦

何麒

朱夏正中，炎暉麗天。有煒斯果，争華鬬妍。爛巴山之綺錯，濯涪水以霞鮮。倏睹扶桑，於濮之巖。擢二本以森張，若九微之並然。心駭目奪，不可殫原。於是召賓朋、

[一] 且：原無，據道光刻本補。
[二] 潠手：《佩文齋廣群芳譜》卷六一、《歷代賦彙》卷一二六同。道光刻本作「潠水」。

載殽醴，坐飛閣、俯連蒂，釣以登筵，品其色味。蓋赤瑛之丹所不能抗，而金莖之露所不能擬也。

誰其黠者，細窮物理，屬我談之，執盃以起，曰：「天下之珍，奚不産於中州？顧側生於遐裔，曾桃李之不侔？」覼然答客：「理則易尋。凡瑰琦之所出，必以遠而見珍。故檳榔産於交趾，石榴盛於塗林，橘柚貢於淮海，葡萄得於罽賓。」客或謂予：「勿以類言，此固易知，何物不然？蓋明珠耀於合浦，白玉出於于闐，孔翠毓於炎洲，火齊來於日南。以人言之，亦復奚别？自昔聖賢，燦若星列，是以戎出由余，吴出季札。秭歸之陋，而生屈原；蒼梧之荒，而生士燮，曲江而下，世固不乏。又況東夷之人號爲舜，西夷之人號爲文，何必中原，乃可勃興。試揚衡而詠之，踴一坐以咸膺。謂每食之不忘〔一〕，託木異以舒誠。」

蓋其詞曰：大火所熏，炎精所憑。含章抱潔，卓爾不群。永焜燿於南方，赫然其百果之君乎。乾隆《合州志》卷一四。

〔一〕每：原無，據《宋代蜀文輯存》卷四七補。

荔枝賦 並序

范成大

紹興丙子夏，有自行都餉貢餘新荔子者，坐客稱歎，窮山所未嘗有。呼酒更酌，鼓琴以侑之，且爲之賦。時爲新安掾。

吾聞南國之南，水激而山蟠。鍾具美於一物，緊化工之所難。擱絳綃以袪服，襲蒨桃而中單。湛冰明之漼漼，粲玉粒之團團。蓊生香之令芳，泫仙液於微瀾。走候置其萬里，上玉宸與金鑾。顧人間之流落，纔千倉之一簞。餉江南之病客，索孤笑於齏端。斥蜂蜜之黄膩，謝佛桑之紅乾。覺龍目之幺麽，哈蒲萄之甘酸。藉以秋雲之巾，薦以水晶之盤。羞以燒春之浮醅，相以流水之清彈。迨風月之温麗，耿星河其未翻。

予一嚼而三噍，灩玉池之清寒。恍醉夢之翾飛，掖九天之風翰。望涪江與閩嶺，麾八極於雷軿。方溟濛其路暗[一]，儵浩蕩其天寬。岌芳宫與繡户，窃玉聲之闌珊。款荔枝之仙人，若平生之所歡。謂客子其少留，紛擘緑而破丹。招玉環於東虚，御清空之雙

[一] 路：原作「略」，據《歷代賦彙》卷一二六、《佩文齋廣群芳譜》卷六一改。

鸞。訪長生之舊曲，有千載之遺歎。悵三山之回風，驚南斗之闌干。亂梧竹之滿庭，渺雲海之漫漫。四庫本《石湖居士詩集》卷三四附。

荔枝賦

陳宓

偉天産之佳木兮，生閩嶠之遐隈。稟乾坤之勁氣兮，峙山嶽以崔嵬。當炎敲而益盛兮，傲雪霰而不衰。根靡資於灌溉兮，植不待於糞培。質松剛而柏茂兮，熊錦粲而瓌奇。飄國香於蘭茝兮，飽珍味於酥醍。口口甘而莫盡兮，弟百數以差池。處幽僻而自芳兮，遇名勝而品題。種十年猶未成兮，壽千載之可期。歲五百且未老兮，實巨萬而離離。彼蟠桃之虛美兮，與莊椿之寓辭。孰若吾身之親見兮，洵挺異而不疑。嗟蜀廣之名同兮，真碔砆之與瓊瑰。美玉食之不御兮，戒苞苴之暑馳。披薰風而賦詠兮，對野老以夸嬉。續修四庫全書影印本《復齋先生龍圖陳公文集》卷一。

杏賦

吴淑

美此文杏，稟精歲星。結靈山之茂影，布魏郡之繁英。盧諶紀祭享之典，師曠占豐儉之萌。三玄是號，六出爲名。耕沙識務農之節，糅麥知別味之精。南海漂流，療飢於舟子；牛山荒饉，充食於黎甿。

至於擅美含章，傳名顯陽，范蠡宅畔，光武陵傍。貢西山於魏土，列仙祠於賴鄉。仲尼坐緇帷之側，董奉植廬山之陽。

又若張元以還主爲廉，馬暢以不恭爲懼。或飾之而爲梁，或則之而耕土。五沃得種植之宜，三月辨田疇之度。冠郁棣以稱珍，見《閑居》之麗賦。宋紹興刻本《事類賦》卷二六。

奈賦

吴淑

惟此素奈，果中之珍。茂虎丘之嘉實，秀上林之晚春。白花興謡，既自於天公織女；玄雲在御，更聞於南岳夫人。

若夫張掖稱奇，瓜州擅美。實或丹而或白，英半緑而半紫。楊愔不顧，因號於奇童；王祥守之，乃成於孝子。

狀同日給之華，名記圓丘之異。潘尼有清渠之詠，盧諶有夏祠之制。採崑崙之絶域，植華林之丹地。夏成者既嘉，冬熟者尤貴。備四真之薦羞，有三玄之芳旨。宋紹興刻本《事類賦》卷二六。

棗賦

吴淑

棗實嘉果，民之所資。或美樲酸之實，或稱還味之滋。或食仁而卻邪[一]，或茹葉而充飢。仲思紫實，周文弱枝。晏子始稱於秦繆，少君亦遇於安期。七日聞之於仙傳，八月載之於《毛詩》。觀其纂纂離離，新之疌之，三星繁茂，五苑紛披。安邑、穀城之茂，信都、梁國之宜。遵羊兮霔泄，駢白兮蹙咨。伐東家而去婦，握錯金而示兒。數十年仙童之顧，二千歲神女之期。

若夫曾晳嗜之而靡忘，孟節含之而不食。既補中而助氣，亦安軀而益力。《戴禮》稱婦人之贄，《周官》設饋籩之實。或生於石虎園中，或植於景陽山側。羊角、崎廉，細腰、櫅白。或蔭鄭術，或饒冀州。名擅雞心，用比狐裘。夏令鑽之而取火，春祀笮之而用油。亦有茂韓國，盛高唐，美陶碩之守節，善程末之居喪。植玉門於上苑，茂岐峰

[一]仁：原作「人」，據明秦汴校刊本、四庫本改。

於北荒。杜畿之直可尚，孫程之謀亦臧。復有無實之稱，大白之名。或啗馬而爲脯，或斫樹而同盟。治中賦之而均士，都尉樹之而有程。吐而死之，鮑焦之介何甚；呼而問也，曼倩之術何精。

至於和飴蜜以同甘，與酢梨而并置。上林有群臣之獻，窟室有仙人之餌。既傷其念我弟兄，亦歎其生於棘刺。安平地産，不謂於無珍；房塘燃膏，亦稱其爲異。宋紹興刻本《事類賦》卷二六。

梨賦（一）

吴淑

惟紫梨之津潤，可解煩而釋悁。瀚海耐寒而不枯，塗山一秀而千年。或翫以玄光，或植以青田。曹操山陽，見之於魏奏；張公大谷，聞之於晉篇。種之或比於封君，食之因成於地仙。翫紫條之甘脆，賞縹蔕之芳鮮。

若夫常陽、真定之美，朐山、御宿之味。哂哀家之蒸食，美道安之分遺。玄圃則侍臣作頌，太山則百官所置。苻武齧之而同叛，李泌燒之而獨賜。揚芳乎洞庭之中，託植乎明光之宫。責多而貪者玄謨，取小而慧者孔融。

復有宋武戲馬之詞，王弘河上之賜。或以青玉爲稱，或以金柯見紀。崔遠比席上之珍，莊周稱適口之味。蕭齊傳之於讖應，介象付之於苑吏。或融液如含雪，或投墜而成水。故曰梨爲百果之宗，樝何可比！宋紹興刻本《事類賦》卷二七。

梨花賦

陳藻

絪緼無涯，孕精産荂。九旬流華，四月孔奢。有匪浮誇，花外之花。爾其娟静閒暇，以窕窈兮。敷舒幽貞，其清皦兮。恬淡瀟灑，委蛇淳雅。美不邇麗，素不鄰野。若帝厭爾衆芳之淫冶，我宜錫其純暇者耶！

濯濯春雨，皓皓華月。彼質而静，彼淡而悦。或依於葛，我所執兮。或俯於藻，我所拾兮。祠庭闃寂樹英密，祁祁僮僮，如出而入。奚素絢以比容，徽彤管而名實。夫大窾闔闢，冶至靈，甄無識，蓋有睽性而合質者耶！於何后妃兮，似欣欣乎晴光。余將歸寧兮，眡滌濯乎衣裳，流水之陽。古公胥宇，乃攜乃姜，不容不粧。后脱簪珥，露諫宣王。煙之蒼蒼，青障於張，解圍小郎，三三兩兩，寒窗之傍。恍兮文德散帙於中宫，左嬪摛思於椒房。函如六齡之鄧，衰若大家之班。或乃暴風淫雨，赴死無懼，生兮貞女，殁兮烈婦。於嗟牡丹，彼美芍藥，胡爲顔色，可與娱樂。丰丰褒姒，艷艷驪姬，君以爲姸，人以爲媸。花百其試，予兹懿哉！

辭曰：匪冬而雪，匪夜而月。香山何人，題我太真。江之永矣，不可泳思。漢之廣矣，不可方思。四庫本《樂軒集》卷四。

北京官舍後梨花賦

晁補之

梨於經無記，而舍後梨，人所不賞，故賦之。其詞曰：

攬察草木，本原所起。李梅紀於隕霜兮，橘柚隨乎織篚。木瓜足贈而詠《詩》，含桃可羞而記《禮》。雖信微而有託兮，亦不委夫厥美。惟兹梨之俊茂兮，羌獨遠而未揚。含温潤之秀質兮，皎若和璧榮其光。澹暗愜其無偶兮，歷年歲之已長。暮春者陽癉憤盈、羣木解膚，似夸者、似鬬者、似瓺者、似瓶者，色非一色，同嫵殊嫮。兹梨娟然，獨見其素。緊過時兮不省，滋脈脈兮後户。亦何必耀榮華兮朝日，顧猶私兮泫露。然而中唐之樗，枝大扶疎，以其近人，人以縶駒。則磨則齧，則折則泄，孰與夫朽壤幽薄，厥植雖弱，履屐不蹈，根乃磅礴。四部叢刊本《雞肋集》卷一。

問雙棠賦 並引

張耒

雙棠者，文潛寓陳僧舍堂下手植兩海棠也。始余以丙子秋寓居宛丘南門靈通禪刹之西堂。是歲季冬，手植兩海棠於堂下。至丁丑之春，時澤屢至，棠茂悦也。仲春，且華矣，余約常所與飲者，且致美酒，將一醉於樹間。是月六日，余被謫書，治行之黄州。俗事紛然，余亦遷居，因不復省花。到黄且周歲矣，寺僧書來，言花自如也。余因思茲棠之所植，去余寢無十步，欲與鄰里親戚一飲而樂之，宜可必得無難也，然垂至而失之，事之不可知如此。今去棠且千里，又身在罪籍，其行止未能自期，其於棠未遽得見也。然均於不可知，則亦安知此花不忽然在吾目前乎〔一〕？因賦《問棠》以自廣云。

寓舍之壤，既膏且腴。手植兩棠，於堂之隅。風來自東，冰雪融液。輿視吾棠，既

〔一〕目：原無，據四庫本、民國刻本《柯山集》補。

葩而澤。乃沽我酒，又命我人，期一醉於樹間，聊快酬於芳春。

夾鍾之初，謫書在門。陸走千里，止於江濱。天星一周，穆然舊春，想見吾棠，粲然含姿。俯睨舊堂，今居者誰？婉如怨而有待，淡無言其若思。

嗟乎！始種自我，其享將獲，盈我旨酒，會我賓客，一酌未舉，俛仰而失。事至而驚，其初孰測？惟得與失，相尋無極。則亦安知夫此棠，不忽然一日復在余側也？

且夫棠得其居，愈久愈敷，無有斧斤斲傷之虞。我行世間，浮雲飛蓬，惟所使之，何有西東[一]？夫以不移，俟彼靡常，久近衡從，其志必償。歌以訊之，用著不忘。明趙琦美鈔本《張右史文集》卷一。

栗賦

吴淑

《詩》云：「山有漆，隰有栗。」富珍產於五方，比素封於千室。《儀禮》置之於菹

[一] 西東：原批：「宋刻《宛丘集》作『南東』。」四部叢刊本、四庫本、民國刻本、《歷代賦彙》卷一二五均作「南東」。

南，《周官》用之於籩實。則有擅價南安，託植儀鸞，上林有曹龍之獻，箕山有伊尹之言。田饒勸之以待士，宗度置之而禮賢。中山嘗載於《冀論》，三輔亦稱於《計然》。別有朔濱之饒，葛山之美。晝拾者巢居之食，告虔者婦人之贄。既表侯、榛之品，亦記栵栭之類。應侯發之以諫主，沈約疏之而怒帝。

又聞協嘉祥於名郡，報赤心於至尊。嚴遵獨異於群下，王泰秀出於諸孫。使民戰栗者周社，靖爾家室者東門。其或質大如梨，色黄侔玉。一以零也爲稱，一以撰之爲目。當集鵲而有餘，豈賦狙而不足。宋紹興刻本《事類賦》卷二七。

甘賦

吴淑

橘、柚之屬，其美者，有建春之壺甘焉。磊如景星之彩，爛若隋珠之連。富枝江之珍産，嘉宜都之舊傳。懷石城而失徑，置東望而言旋。

若乃平蔕標奇，黄包稱異。張磐每奪於童蒙，僧珍偶嘗於晏喜。植武陵之木奴，置閬中之守吏。宜渴者之懷思，實厥包之英粹。張衡離支之種，賈誼湘州之味。時艱則揚葩而不實，世泰則移地而逾美。彼草木之無知，胡與時而榮悴。宋紹興刻本《事類賦》卷二七。

橘賦

吴淑

伊盧橘之夏熟，淪璿星之粹精。茂彼江浦，繁茲洞庭，揚州之貢，蜀郡之英。既踰淮而爲枳，亦渡江而作橙。忠臣之心，既申於楚相；純孝之感，更見於王靈。香皮赤實，緑葉素榮。交甫贈之而著美，陸績懷之而顯名。

若夫雕飾自資，芬芳足貴，吴王納貢，單于荷賜。交趾既爲置守，南越亦云有税。闞澤抗表以除籍，楊由占風於受饋。庾亮之貢，已稱於同柢；僧辯所陳，更驚於共蔕。別有箕山曉色，羅浮晚香，用之給客，舉以名堂。江陵致富，比之於千户；莊周著論，譬之於百王。虞愿不取而道顯，桓儼繫樹而名揚。

亦有裂牙酸酢，撫手華飾。晏子侍坐而不剖，嚴遵當賜而靡食。代苦桃而已誤，夢黄衣而更失。

若夫違江洲之暖氣，處玄朔之寒色，彼南土之不遷，諒難成於甘實。斯固百越所厭飫，而堯舜不常食也。宋紹興刻本《事類賦》卷二七。

瓜賦

吴淑

伊甘瓜之珍果，熟朱夏之芳時。布密葉之繁茂，引長蔓之逶迤。既落蔕以離母，可解煩而療飢。浮以清泉，羃以纖絺。玄骭、素腕，羊髓、龍蹄。空同四劫以方實，會稽五色而稱奇。曾參已駭於烏集，孫鍾俄驚於鵠飛。梁武有任昉之悼，太宗有如晦之悲。冰谷花紅，燉煌味美，甘號蜜筒，芳稱桂髓。杞匏見《易》，絺巾著《禮》。夫差得之於近道，郭祚奉之於太子。驗物變於化魚，遠嫌疑於納履。摘之而豈堪抱蔓，啖之而唯宜漬水。守有輿父之蟲，祭有上環之義。爾其翫兹荸荸，憐此綿綿，耀青門之朝日，洗玉井之寒泉。桑虞剪棘以資盜，原平卻水而溉田。偉辭餉之翁仲，美自給之施延。若夫名擅三芝，香浮七夕，《戴禮》摽時，《漢官》藏職。垂星漢之文，植戊辰之日。見仙人之博戲，識徐光之幻術。嘉其三蔓，惡兹兩鼻。戌葵丘而未代，隱東陵而自佚。則有黄若金箱，甘逾蜜房，内醲外偉，少瓣多瓤。堂中蠅集，塞外狐藏。至於鎮鄭灼之心，并皋陶之色。褚雅種之而給人，子良資之而饋客。别有供祀事於秋夏，表異名於颴颮。靈種嘗見於洞臺，絳實亦聞於南岳。重王羆之純儉，嗟士安之未學。

復聞狸頭、女臂之狀，羊骹、虎掌之名。步騭晝勤於四體，宋就夜灌於鄰亭，焦華感黃冠之異，史稜記涼殿之徵。

亦聞報以匹帛，主於織女。葛玄隆冬而待賓，宋瓊季秋而遺母。譏楊愔以言貌，感靈珍於朝暮。或以憂死而遠逃，或以斷根而見怒。不食方歎於仲尼，止渴嘗同於齊武。偉東野之甘珍，亦何傷於蔕苦。宋紹興刻本《事類賦》卷二七。

矮石榴樹子賦 並序

梅堯臣

襄城縣庭下生矮石榴，往來者異之，予作賦寫其狀，因以自勵云。

有矮石榴，高倍尺，中訟庭，麗戒石。訪諸走胥，云非封植，忽此生榮，三傳歲曆。密葉如蓋，繁條如織。萎蕤下垂，疲軟無力。緗苞貯露，纍纍仄仄。下人俯視，顛本可識。雀愧卑棲而不肯集兮，故啾唧以矯翼。偃偃盤盤，若屈若鬱；紉紉結結，非曲非直。榦不足攀，陰不足息。

夫何挺質之可惑耶，意爲異與，爲妖與？人以爲異，我不知其異，曰殊衆人之類類；人以爲妖，我不知其妖，曰乖衆木之翹翹。然而不生樊圃臺榭遊觀之所，産兹堂下，其有以警而有以覩。因形戕義[一]，庶將有補。當革蔓衍之多枝，無若輭柔之不舉。勿俾苞苴之流行，勿使吏氓之輕侮。勿泄泄以自抑，勿猶豫而失處。勿闒茸以接卑，勿上下之不撫。夫如是，則異也妖也固弗取，維戒懼斯主。明正統刻本《宛陵先生文集》卷六〇。

右史院蒲桃賦 有序

宋祁

癸酉之仲夏，予受詔修書，寓於右史院。紬繹多暇，裴回堂除。有蒲桃一本，延蔓疎瘠，垂實甚寡。予且玩且啃，以爲省户凝切，禁廷敞閒。人不夭摧，禽不栖喙，與平原槁壤有間，匪灌藂宿莽所干，而條悴葉芸，不爲時珍，何耶？得非地以所宜爲安，根以屢徙爲危。封殖浸灌，信美非願。因爲小賦，代其臆對云。

昔炎漢之遣使，道西域而始通。得蒲桃之異種，偕苜蓿以來東。矜所從以至遠，遂

[一] 戕：《歷代賦彙》卷一二七作「箋」，《佩文齋廣群芳譜》卷五九作「取」，朱東潤《梅堯臣集編年校注》作「析」。

偏植乎離宮。去葱雪之寒鄉，託崤函之福地。並萬寶以均載，歷千古而舒粹。玩之可使蠲煩，食之足以平志。不由甘而取壞，迺因少而獲貴。鄙柚包之輕傥[一]，賤蔗境之塵滓。

粵何人斯，殖我於兹？託深嚴之祕署，切轇轕之文榱。培孤莖以膏壤，引柔蔓乎標枝。泉石渠以蒙浸，露金莖而泫滋。布涼影於月宮，獵重葩於禁飂。蔽周廬之岑寂，隱肅唱而透遲。彼得地而逢辰，宜欣欣以茂遂。奚敷華而委質，反慘慘而兹瘁。

乏磊砢於當年，讓紛華於此世。是必野荄非層掖之玩，非實異太官之味，困枳橘之屢遷[二]，嘆匏瓜之徒繫。亦猶鬱柳有性，不願桮棬之華；海鳥取容，非榮觴酒之饋。胡不放之巖際，歸之壠陰。上敷榮於樛木，外結庇於緇林。蒙煙沐霧，跨野彌岑。豐茸大德之谷，棲息無機之禽。保深根以庇本，誠繁實之披心，窮天年以善育，奚斤斧之可尋。

亂曰：階藥衒華，堂萱争麗。枝以萬年爲名，木以五衢稱瑞。是皆託中涓以進藝，荷鉤盾之爲地。結實心以自如，非孤生之所冀。四庫本《景文集》卷一。

[一] 包：《皇朝文鑑》卷三、《汴京遺蹟志》卷一九、《佩文齋廣群芳譜》卷五七、《歷代賦彙》卷一二七作「苞」。

[二] 困：湖北先正遺書本、《淵鑑類函》卷四〇三作「因」。

枸杞賦 有序

史子玉

史子分教劍庠之明年，目眚踰月，廢卷默坐。客有告之曰：「玆土之宜，杞根寔繁，產諸泮林，尤腴而美。揆之《本草》，明目養神，盍試其味？」尋命僮僕，則取之不竭，食之既厭，而昏者開，翳者鮮矣。於是作而歎曰：「是物也，不假種植，沾濡雨露，芬敷自榮，其功效足以回光返照如此，況出於輔之翼之、長之養之者？豈不足以備明時之采擇哉？」有感而爲之賦曰：

當春用事，肝怙勢而驕；厥火彌壯，用弗利乎眸。紫珍兮塵漫，望舒兮雲浮。熨之平之，濯之泠之。計屢施而罔功，書既展而復收。其誰巧運乎金鎞，抑將乞諸其龍湫者也！客莞爾而笑曰：「泮宮眈眈，靈根萃止。匪藻匪芹，强名曰杞。或云羊乳，亦曰狗忌。其效伊何？未易殫紀。於以安神，於以輕體。至於瑩秋水之神而爛巖電之光，則又其效驗之細者也。子居是間，左抽右取，不費一錢，多取其數。餐厥英，還爾明，爲子之計，不亦近而易行乎？」應之曰：「廣文一寒，飯嘲不足。信如子言，載采盈掬。因以比離婁之目，且不負將軍之腹。豈不魚熊之兼得，又何必空糜乎廪禄？」

於是叱畦丁，戒僕夫，搜諸荆棘之場，探得榛莽之區。叢然而遂，油然而達，或壓枝以駢出，或附趾而簪碧。隨取隨足，不耘不植。蔓延布滿，夭矯挺特。有如蒙頂之苗，而槍之始露；有如楚畹之香，而芽之方茁。至若仙杖飛空，髣髴驂鸞；壽榦通靈，時聞吠龙。幸則高人逸士襲其馨而挹其味，不幸則樵夫野叟爨之棄而斧之戕也。

於是小摘荐至，大烹可期。錯落琉璃之碎，青葱雨露之滋。憫寒庖之屢空，笑盛饌之莫知。燎南山之煤，罌西澗之水。潔蠲瓦缶，酌中火劑。登俎過熟，噴香霧之蒙茸；舉箸頓空，覺餘糝之滑美。混甘苦而爽口，逼寒涼而液齒。知再飯之幾加，陋八珍之鮮味。朝焉咀英，暮焉茹脆。曾不論乎韭菘，又何數乎蓴豉？殆不可無此君於一日，又何拘乎去家之一思！惜乎首陽之夫，貪采薇而遂足；商巖之老，厭啖芝而遂止。秦人之炙，夫何太俗！相如之渴，胡不嗜此哉！

已而心體舒逸，神情爽塏。湧真水於玉池，炯夜光於銀海。客不予欺，遜而謝之。荷神農之知音，悵《離騷》之偶遺。雖則一草之微，無庸多談，感物悟理，斯有可觀。彼弗種而然，矧種之者乎？彼弗養而然，矧養之者乎？所以《菁莪》誦育才之樂，《棫樸》歌官人之能。行有枝葉，可使莠之亂苗；仁在乎熟，深懼茅塞子之心。維杞維梓，扶而養之；一薰一蕕，疏而別之；自本自根，種而茂之；孝弟忠信，培而植之；師友淵源，灌而溉之；先王遺言，饜而飫之。散柯布葉，日積月長。摩厲青冥，直干霄漢。股肱心膂，無施不可。如此，則劍山之植物，豈但收近效於眸子瞭焉而已哉！《全蜀藝文志》卷二。

謝艮《枸杞賦跋》（《全蜀藝文志》卷二）　劍陽學官史子玉校藝益昌，與予聯事，暇日出示所作《枸杞賦》。予讀數過，因思前輩文字率不苟作，東坡賦茶而有取於骨鯁，山谷賦苦筍而有感於忠言，大概一物之微，一理寓焉，此騷人之所以深其思也。子玉之作，豈徒以詞藻相尚？欲使承學者因物悟理，自枝葉而見根本，其意婉哉！子玉刻之泮林，以爲士子之勸。予謂士子之所當重，而泮林之一草一木尤宜愛護云。開禧三年七月，益昌郡丞潼川謝艮跋。

宋代辭賦全編卷之九十

賦　鳥獸　一

鳳賦

吴淑

伊九苞之神鳥，禀至陽之純粹。既負禮而蹈信，亦戴仁而纓義。瞻玄扈而來思，望黄紳而必至。因離珠以遞飼，與孟虧而俱逝。

若乃感六英而鼓舞，聞九成而來儀，應升中而降止，覽德輝而下之。歎河圖之不至，知周德之云衰。嘗遊郊藪，詎集藩籬。則有揚雄之吐，蕭史之吹。賞僧綽之戲，奪荀勖之池。見夢既名於張鷟，爲祥曾貴於穆之。

復有感唐堯而負圖，爲少昊而司曆。鳴彼高岡，食兹竹實。或五鶵而十子，或三文而五色。降長樂而止上林，覽九州而觀八極。或高蹈於大皇之野，或傳聞於君子之國。

復有巢阿閣，止東園，或因之而作殿，或爲之而改年。既畫象於宫中，更鑄銅於殿前。亦有飲湍瀨於砥柱，濯羽翰於弱水。或因惡殺而來，或爲好文而止。或煎膠而續絃，或以毛而免死，王慈捷對於比雞，承天解嘲於將子。超宗既美於得毛，江夏亦工於學尾。觀其戴德揭義，履正負仁，問天老而知狀，瑞帝舜而司晨。豈復將雞鶩而競粒，與鳧雁而同群者哉！至如鳴若簫笙，音同金鼓，資長風以舉翰，集軒丘而載舞。其羽翽翽，其鳴鏘鏘。晨云賀世，集曰歸昌。鎮星順而必至，天樞得而下翔。出丹穴而德茂，降紫庭而道光。將九鶵而并至，與四靈而效祥。或刻木作形，自口中而銜詔；或以金爲象，從樓上以投漳。宋紹興刻本《事類賦》卷一八。

鳳賦

羅願

有物於此，窮高處遠，而睬聽在人。舉動闊疎，萬里若鄰。汎覽天下，察暴與仁。威儀皇皇，文采錯陳。百姓延頸，願得以爲賓。天下無之則俗薄，有之則化醇。堯禹之功，待之而後信。

外臣不敏，敢咨詢之。公曰：此夫被衮載律以自喜者歟，形可繪而不可致者歟。閲歲千百不一當其意者歟，凡類其形而聖人其智者歟？凌崑崙而不頓，經弱水而不溺。處則一二，動則萬億。無道先去，有道不匿。以正歷紀，以名官職。以調廟樂，以書帝籍。夫是之謂鳳德。

明萬曆刻本《羅鄂州小集》卷一。

鶴賦

吳淑

伊羽族之宗長，有胎化之仙禽。羣鸞鳳以遐鶩，薄雲漢而高尋。既稟精於金火，亦受氣於陽陰。

若乃引員吭，抗纖趾，動商陵之悲操，舞晉平之清徵。翔集既聞於介象，感召復傳於蕭史。陶侃之墓頭弔客，周穆之軍中君子。

至若集蘭叢而顧步，止金穴而迴翔。豈復畏鶉鷃之羅網，誠以知天地之圓方。亦有飲巨萬之獻，翫崑崙之舞。田饒比之而去魯，莊辛喻之而說楚。自西北而遥集，魏江海而遐舉，辭吳市而喧闐，出雷門而軒翥。孟氏周王之飲，岱宗漢帝之壇。緱山識王喬之至，遼東見丁令之還。

又若鳴必戒露，白非日浴。或馭於江夏之樓，或餂以潭皋之粟。觀其瘦頭露眼，豐毛疏肉，既鳳翼而龜背，亦鵞膺而鼈腹。宣王見誨於聞天，王莽傳方於瀆轂。至若比鳧脛而爲長，匪雞群而可亂。賦聞鮑昭之美，詩播齊高之善，羊公既訝於不舞，庾域嘗驚於忽見。鳴九皋而寥唳，出華亭而倩練。遊衛國而乘軒，向耶溪而取箭。固一舉而千里，豈耳目之近翫者乎？宋紹興刻本《事類賦》卷一八。

歎二鶴賦

秦觀

廣陵郡宅之圃，有二鶴焉，昂然如人，處乎幽閒。翅翮摧傷，弗能飛翻。雖雄雌之相從，常悒悒其鮮懽。時引吭而哀唳，若對客而永歎。

圃吏告予曰：「此紫薇錢公之鶴也。公熙寧時實守此邦，心虛一而體道，治清淨而忘言。既不耽乎豆觴，又不嗜乎匏絃。惟此二鶴，與之周旋，居則俛仰於賓掾之後，出則飛鳴乎導從之先。故鶴之來也，則知使君之將至；鶴之往也，則知使君之將還。是時一郡之人，好甚於姻，敬愈於客，如愛子之居家，若寵臣之在國，晝從乎風亭之濱，夜棲乎月臺之側，謂此幸之可常，頗超摇而自得。逮公之去，於今幾時，人各有好，鶴誰汝私？具名物於有司，雞騖易而侮之，傍軒楹而蒙叱，歷階戺而遭麾。惟主人之故客，間一遇而嗟咨。」

余聞而歎曰：「噫嘻！有恃而生者，失其所恃則悲。彼有啄乎廣莫之野，飲於清泠之淵，隨林丘而止息，順風氣而騰騫，一鳴九皐，聲聞於天。若然者，又豈衛侯之能好，而支遁之可憐哉！」宋高郵軍學刻本《淮海集》卷一。

林紓《林氏選評名家文集·淮海集》 言下若不勝其慨。

雙鶴賦 並序

李洪

侍講舍人胡邦衡，清節忠言，冠冕當代，具疏誅姦，明若蓍龜，厭服天下，若漢汲大夫，近古社稷臣，炳炳千古，名烈莫二。方犯雷霆之怒，回薄嶺海，南極窮髮，二十六年，處之泊焉，與造物者遊。晚際上皇更化，趣使來朝，轍環萬里，入天官，冠蓬省，司言動，掌綸制。今天子優禮舊德，以祭酒侍經幄，日進嘉謨，陰功隱利，膏澤天下多矣。直廬静深庭有一鶴，緇襟俛啄，戛然長鳴，命儔寥廓。俄有胎禽，玄裳羽衣，將翱將翔，軒然來儀。麾之不去，遂玩雙鶴。昔趙清獻入蜀，以一鶴一龜自隨。李文正公居洛，亦名六客，鶴其一焉。惟公清節，可媿清獻，而謨猷剴切，視文正無愧。將晉秉國鈞，爲社稷鎮。功成身退，從赤松遊，雖驂仙人之騏驥，朝玄圃而夕瀛洲，爲不難也。賦曰：

敞直廬之靚邃兮，有獨舞之胎仙。服深衣之古雅兮，視倒景以留連。神清臞而貌閒曠兮，若俛啄於芝田。時戞然以長鳴兮，由命侶而翩翩。嘉此九臯之逸翮兮，擅凌虛而得仙。斯真人之騏驥兮，著法相於浮丘之篇。

公方愛而玩之兮，誦蘂珠以延年。舞琴心之三疊兮，挹洪崖以拍肩。愍茲世之垢頑兮，遂謁帝於鈞天。冠切雲而佩陸離兮，襲蘺芷而紉蕙蘭。建十絶之桂旂兮，鏘玉鑾而中周旋。闖九閽之蠖濩兮，厲貔虎之當關。羣犬狺狺以吠日兮，駭㘈獒之嚬嚬。彼衆口之鑠金兮，競兒柔而婢顏。撫長劍而拂旬始兮，斬猰貐而落女媧。挾日月以陵清都兮，讒夫娼予之昌言。排閶闔而躡泰階兮，悵幽憤之莫𦕢。下大荒而隘宇宙兮，絶瀛海以南轅。亂湘波而愍英皇兮，從虞巡而弗還。投雄詞以悼靈均兮，痛汨羅之沉冤。上九嶷以望蒼梧兮，聞韶音而忘餐。涉窮髮而歷儋耳兮，雖九夷而亦安。躬踐蛇以茹蠱兮，豈能侵靈府之浩然？

慨歲月之何永兮，再終星紀之二躔。視蠅營與狗苟兮，皆萬墳之壓顛。帝秉籙以賜環兮，入承明而侍細旃。非向之騎麒麟而控仙驥兮，支造物而遊廣寒，又安得兹羽鶴也，感在陰而儷焉！亶中孚之信及豚魚兮，羌孰得而究研！歎鳳鳥之不至兮，聖若宣尼而有言也。廣大鵬而作賦兮，白乃憤發於塵編也。感鸜鵒之入貢兮，愈自傷於迍邅也。因鸚鵡以娱賓兮，衡亦罹夫巧諞也。維兹雙鶴之偉觀兮，託君子而稱賢也。

亂曰：《洪範》五福，貴眉壽兮。詩人作歌，惟黄耇兮。懿兹胎禽，寥廓偶兮。翩然來儀，如賓舊兮。千年毨翎，天地久兮。清獻之清，文正友兮。公致太平，垂不朽兮。萬古仰之，如泰斗兮。四庫本《芸菴類藁》卷一。

弔小鶴賦 並序

劉克莊

英德陳使君餉予雙鶴，小者尤機警。並棲旬月，余覺大者鷙悍，欲離隔之，未果。一日乘園丁晝寢，啄小者，脊毛盡脱而斃。哀而弔之，詞曰：

余晚擯於時兮户寂庭空，賴二羽衣兮伴一秃翁。一軒昂而前導兮，一聳秀而後從。

譬士龍之於士衡兮，仲容之於嗣宗。余愛夫稚者之尤慧兮，有穎悟之風。質如陋巷之臞兮，性如草《玄》之童[一]。余拍手則起舞兮，極蹈厲之容。荒山無以自娛兮，振羽籥而陳笙鏞。余目爲小友兮，意他日跨之飛翀。惜如至寶兮，由敝栅遷之雕籠，棲息並兮水粟同。覺長者之鷙暴兮，曾弗念夫友恭。既飲啄之貪多兮，亦動止之争雄。每語園丁兮，使之謹避其鋒。俄駭機之驟發兮，闖□□□□慵[二]。擊搏甚於鸇雀兮，吞噬慘於雞蟲。髡□□□□，乘無援而急攻。哺哀鳴而煩寃兮，夕委頓而告終。余聞物不傷同類兮，猛而虎狼，微而蟻蜂。君臣父子秩然兮，不相寇戎。奚兹仙禽兮，吭清而頂紅，矜喙長而爪利兮，力健而體豐。角技能之不逮兮，積媢忌而熱中。操入室之戈兮，關射弟之弓[三]。以人方之，則老瞞之刑修兮，偃月之麄邕；以女方之，則吕媪之戕戚兮，傅嬪之陷馮。死者有知兮訴蒼穹，豈無譴罰兮及厥躬！竊怪夫善惡禍福，視天夢夢，俊慧者拙，朦瞳者工，强力者臧，仁弱者凶。惟鶴壽

[一] 玄：原作「言元」，此用揚雄草《太玄》典，「言」爲衍文，「元」爲「玄」之避諱改字。
[二] 按原本行款，缺字甚多，兹依四部叢刊本。下同。
[三] 弓：原作「兮」，據四部叢刊本改。

不可筭兮，汝何辜而與禍逢！戒村獠勿烹兮，瘞之薄叢。余將聲罪而致討兮，停其廩供。命挾彈小兒兮，發擊其首胸。念天道之好生兮，相讎殺其焉窮！今無右軍兮字大墨濃，誰書此賦兮勒之幽宮！清鈔本《後村先生大全集》卷四九。

弔鶴賦

方回

子實子築屋西湖之西，據乎南高之峯，泉石奇崛，煙霞疊重。有鶴飛來，不知所從。賢主佳客，歡然相逢。豈幽心之有感，而適相值於箭鋒者乎？朝出於野，靡羅靡綱；夜棲於室，不樊不籠。出没遊戲，菰蒲蓮稻。翱翔掩映，杉櫟竹松。立乎堦戺，苔蘚增色；依乎牕牖，藤蘿改容。人與物其殊途，可鶢鶋而鐘皷。彼傾國之妍姿，紛嬙施之楚楚。魚若鳥兮見之，颯深逝而高舉。亦有德既輝而鳳來，機已忘而鷗下。乃神理不可以常論者，此所以夔擊石而百獸舞也歟？

我嘗訪子，徘徊茲山。子之出矣何往，白雲鐍其門關。須臾見子，扁舟言旋。烏帽瀟灑，玉佩瓓珊。三賢之樂天畫像，八公之劉安容顏。是鶴也，方摶風於九霄之上，睆八極而盤桓。即斂翮於碧落，迎先生於岸間。銜芝草而若獻，尾瓊琚而上瑶壇，望之者以爲三神山之人，渺乎其不可攀者也。

試嘗相之，淮南有術。稟氣受精，金九火七。西方素全體白，南方朱元首赤。中宵不寐，聲聞九里。汚泥不染，脛高三尺。小變大變，歲百六十，千六百歲，飲而不食。與九疇之禹龜，偕後天之罔極。

子實子曰：「不然。龍至靈也，龍骨入藥；麟至瑞也，麟膠續絃。使僂句而不骨，何居蔡而卜旂？讀華陽之瘞銘，知胎禽之有阡。疇昔之夜，吾鶴已仙。鼷鼠食郊牛之角，螻蟻困江湖之鱣。餓豺狂猘，喋血垂涎。豈兵解與水解，猶形化而神全。嘻，其不可得而見矣！霜天嘹唳，月地翩躚。將造化之詎我，乏揚州之腰纏。抑以我無乘軒之寵，以故出陽神而遨紫烟也。側頂聽棊，從今已而。忍哉俗物，劈琴煮之。彼吠彼走，猶有蓋帷。乃葬以槨，乃樹以碑，曰華亭貴種青田上士之墓。子其爲我，申之以挽詞。」

子虛子乃弔之曰：「古之壽者，廣成彭祖。即今安在？終亦爲土。墮牛山之淚，駴乎哉！齊景公求不死之草，愚矣哉！秦皇漢武，凡厥含靈，陰母陽父，智愚貴賤，鱗介毛羽，以氣相禪，均厥哺乳。穉化而來，老變而去，一變一化，有若寒暑。或短或脩，魂遊質腐，豈其生生不滅而充塞宇宙者哉！汝鶴昂藏冰峙，皎潔玉立，嵇紹之雞非羣，王喬之鳧匪匹。無怨可報，空長越王之頸；所欲易足，肯折陶公之翼？是嘗飴潭皐之粟，來自塗脩之國者耶？是嘗爲丁令威遼東來歸，而以喙爲筆者耶？是嘗備三茅君之騏驥，出於胯下而恥爲之役者耶？是嘗以九轉還丹之使，賦之以鮑照而畫之以薛稷者耶？汝苟知戴聖之誚鸜鵒，又焉取郭璞之笑蜉蝣？視瘦軀若蟬蜕，獵太清而天遊，緊聽經之蝙蝠，及坐化之獼猴。儻釋氏後身之可信，未必不轉爲仙聖之儔。子賓子寧不知趙鐵面成都之清，蘇玉堂臨皐之樂，充斥宇宙之大名，陶冶江山之高作？豈留情玩物之謂，皆適然而有斯鶴，偶得之而偶見之，初無執而無著。鵝入右軍之籠，雞解少陵之縛，邂逅遂成於故事，豈有心者之可學？怵於内者，好龍而懼雲；蔽於外者，逐鹿而迷嶽。惟達人大觀，碎千金之璧猶破釜，曾不錯愕，棄三公而灌園，固知其爲儻來之人爵也，而况於一玩好之微，豈於此而有適莫乎？

亂曰：塞翁之馬失兮，未必不爲福兮。虎取驩以逸兮，愈與署俱吉兮。青天無路可追尋，一片閒雲萬里心。華表柱頭人去後，恨無消息到如今。聊復追賡，李遠之吟。

四庫本《桐江續集》卷二九。

鷹賦

吴淑

伊鍾山之鷙鳥，稟金方之勁氣，含火德之明輝，淪瑶光之純粹。或聞於蒼成千日，或重其指如十字。

若乃點血散花之狀，草睟金距之名，既在南而爲鷂，亦與鷂而爲兄。亦有下韝命中，畫壁如真。資僧達之馳獵，教行父之事君。唐則斷聯而見放，漢則斥賣而不用。逐黄犬於東門，擊鵬雛於雲夢。

至若梁冀貪而見求，大亮忠而不獻，馬融既美於出籠，要離亦聞於擊殿。故其威同尚父，名傳郅都，魏帝以秋吟見重，侯文以嚴霜行誅。支遁則愛其神俊，元坦則肆其畋漁。

至於驚蟄靡失於爲鳩，處暑不差於祭鳥。逐不仁者子産，名爽鳩者少皞。又若翮短飛急，骹長起遲，大雌小雄，加毛減肌。時令既傳於學習，《爾雅》亦號於飛翬。亦聞惡彼足黄，欲其食疾，罻羅設於已化，矰弋禁於未擊。饑而爲用，猜防既見於曹公；飽則高颺，引喻亦聞於權翼。宋紹興刻本《事類賦》卷一八。

感物賦

釋智圓

架有名鷹兮翦六翮，廄有駿馬兮絆四蹄。望高空兮凝睇，思廣陌兮長嘶。妖狐狡兔兮正肥，達路康莊兮坦夷。利爪無施兮疾足何爲？楚文不放兮周穆不騎。有奔電追風之能兮，人莫我知。嗚呼！士有藏器於身兮有志無時，吾於是感斯物兮歔欷。續藏經第二編本《閑居編》卷三二。

鷙鳥不雙賦

雄鷙之極，無有比倫

宋祁

鴥彼鷙鳥，羽族之雄。挺異禀而邈焉自處，俯衆禽而莫與爭功。厲擊之羣，豈顧連雞之桀；翔翶獨任，寧虞六鷁之風。稽乃物情，驗諸前志。蓋内禀於介特，實中存於猛鷙。所以擅美惟一，爭先寡二。殊姿鶚立，詎知乎入不亂行；迅體鷹揚，但見夫出乎其類。志自我適，衆徒爾爲。顧絶倫而示乃，非命匹以求之。食鮮罕儔，鄙燕燕於飛之際；翰奇寡和，異嚶嚶求友之時。

質謝羣居，心存霄極。將專累百之美，以保獨清之德。静惟介立，靡從舒鴈之行；動必雄飛，安俟比鶼之翼。少之爲貴，疇敢以踰。排天宇以上出，冠雲羅而德孤。蔑飛鶚而在下，視持鷸以如無。介處可徵，方擅威於夏習；羣翔莫得，遂專制於霜誅。不如是則何以厲逸翮而遠圖，據嘉名而奄有。下韝而視不留眄，厲吻而擊無遺走。雄姿絶俗，殊雏雉之應媒；隻影戾天，誚舞鸞之索偶。

嗟乎！氣皆從類，物必有倫。何兹禽之特異，由至性以難馴，雖同乎必慎其獨，當恥乎比之匪人。臨敵有餘，豈皃趨之可逮；干霄直上，諒烏合以無因。別有繞樹可依，搶榆而止。雖攷類以各異，顧呈材而曷比。未若我出叢萃而超等夷，一舉千里。四

庫本《景文集》卷三。

《青箱雜記》卷一〇　宋莒公兄弟，平時分題課賦，莒公多屈於子京。及作《鷙鳥不雙賦》，則子京去兄遠甚，莒公遂擅場。賦曰：「天地始肅，我則振羽而獨來；燕鳥焉知，我則凌雲而自致。」又曰：「將翺將翔，詎比海鵜之翼；自南自北，若專霜隼之誅。」則公之特立獨行，魁多士，登元宰，亦見於此賦矣。

一鶚賦 雄鷙之物，無有儔偶

楊傑

鶚也惟一，物之至雄。絶倫類於凡羽，鋭擊搏於秋風。一飛則冲，得路昊穹之表；獨立不懼，肯羣燕雀之中？在氣禀金，於德爲義。力捕潛伏，性鍾猛鷙。由耿介以寡

合，非沽激而自異。雖曰鵜如其狀，孰並翱翔？未嘗烏合其羣，曲從黨比。其或木落萬壑，雲沉四陲。我則助天地嚴凝之氣，乘風霜肅殺之時，鼓雙翼以直上，摩九蒼而俯窺。兔縱狡以難遁，狐雖妖而盡追。義可去者，力皆擊之。此天下以無雙，少而尤貴；彼鷙鳥之累百，多亦胡爲？目瑩星攢，爪剛鉤屈。飛騰而雄壓鷹隼，擒獮而功高網罻。宜乎孔融爲表，薦禰衡以興辭；鄒陽上書，諫吳王而託物。

大抵物之常者易其侶，禽之異者難其儔。故我不苟以合，不旅而遊。孤飛得以奮其勇，離羣不足爲之憂。惟我獨清，屈大夫之在楚；出乎其類，孔宣父之生周。非不知生而飛鳴，樂乎儔偶；奈何彼不我類，我匪其醜。與其羣以無益，孰若介然自守？又何必頻頻若鸒斯之黨，止賊夫糧；嚶嚶爲黃鳥之鳴，過求其友？勿謂毛羽爾盛，朋儕我無；殊不知丹鳳巢於阿閣，大鵬迷於天隅。子可類聚，孰云德孤？衆莫希蹤，鄙翩翩之六鶂；舉難接翼，小泛泛之雙鳧。

噫！得其時則架於軒楹，失其遇則巢於林藪。將伸勇毅之志，願假英雄之手。如欲禽異類而肅四郊，於一鶚乎何有？宋紹興刻本《無爲集》卷一。

海東青賦

方回

大德三年己亥七月十三日，皇帝命榮禄大夫高公興爲浙江等處行中書省平章政事。五年辛丑二月十九日，驛使爰來，有海東青之賜，於杭之錢塘門外昭慶教場遺基，築亭鑿池以養之。紫陽方回撰賦一首，拜手稽首言曰：

《詩》不云乎：「涼彼武王，燮伐大商。」羌削平乎江南，一四海而康莊，既聖神又文武兮，仰於赫之先皇。《詩》不云乎：「維師尚父，時維鷹揚。」大元亦有其人兮，森天矯以騰驤，亦非熊而非羆兮，視周室而有光。《詩》不云乎：「假樂君子，率由舊章。」維嗣聖之龍飛兮，儼四方之紀綱，宴安民而官人兮，受福禄兮無疆。《詩》不云乎：「鳳凰鳴矣，於彼高岡。」茲舊人之是用兮，闢四門而排閶，奮羽翼而横絶兮，鬱畾皓其相望。

緊海東青之爲物兮，産倭兒之殊鄉。氣吞鵬鯨兮鷙百鵰鶚眼，流星而掣電兮勁翮刷夫秋霜。遼東之東兮一夜渡海，數千萬里兮頃翱刻翔。彼天鵝之峻極兮，磨日月於九蒼，青一舉而直上兮，擊其腦而流漿。鵝有時而亦黠兮，欲落地以潛藏，青三左而三右兮，徑殞之於沙場。萬騎睨其墜處兮，羣駿奔而取將。極腴甘之可口兮，匪人臣之敢嘗。供九重之御膳兮，曾不數夫駝羊。萬乘躬幸於獵藪兮，據玉鞍而飛驌驦。相此青之爪若觜兮，猶忠臣烈士之材良。天厨饗飼之禁籞兮，珠臂韝其顔行。國家賴英傑之力兮，其報亦有以異乎尋常。

猗我定翁，武烈傳芳，簾垂元祐，族大以昌。克佐聖元，紀於旂常。南斗之南，窮夫海洋，千百頭其鰐魚兮，迎公舶而徜徉。凡天戈之所指兮，威振武夫八荒。沐雨露以潤澤兮，胥枯起而槁昂。占臘暹而闍婆兮，俾悉梯而悉航。歲在辛丑，春日載陽，乃錫此青，來自上方。寺扁昭慶，門出錢塘，乃毓此青，擅肥臕膷。不築夫亭之高兮，何以爲青之燠；不鑿夫池之深兮，何以爲青之涼。萬品植以名卉兮，千株培以垂楊。壘洞庭之甘橘兮，挺渭川之脩篁。有梧桐松檜柏兮，有芋蔗茭菰薑；有蟬蜂蟋蟀而蛺蝶兮，有鷗鷺鵁鶄而鴛鴦。鹿麋羔犢騾驢馬兮，草爲枕藉藥苗爲糧。螺蜆鼈龜鰕蟹蛤兮，鱅鱮鰽魦鱸鯉魴。環七墩而鼓舞兮，萬頃浩其汪汪。匪娛己以自樂兮，縱遊觀而豈遑。敬至尊之所賜兮，方寸咫尺乎巖廊。

念此青之號海東兮，越十洲三島之渺茫。豈三足烏之精氣兮，鍾異稟於扶桑。日本歲以充貢兮，尾高麗扶餘而樂浪。自元貞而大德兮，紹烈祖之追相。厥獒獻於西旅兮，來白雉於越裳。致獅象於阯貊兮，舞虞廷之蹌蹌。斯物取其擊搏兮，節鯁直而性剛。精衛欲填夫海波兮，均之軀眇而心長。貂之微兮能入虎耳，化龍之蛇兮鶴乃可戕。天生一物兮制夫一物，後有弧矢兮前有豺狼。想此青之大志兮，吸擒月蟾而醢其腸。君賚臣兮有深意，臣報君兮永無央。食吾芹敢獨美兮，宜一飯而不忘。

亂曰：始浚西湖者李公泌，續廣西湖者蔡公襄。白公樂天之井，佛家德水；蘇公子瞻之堤，召伯甘棠。與我高定翁之海青亭，五賢姓名千古香。四庫本《桐江續集》卷二九。

雞賦

吴淑

伊雜雞之彩質，實淪英於玉衡。取《巽》之象，稟火之精。翰音見號，燭夜爲名。賓孟既觀於斷尾，州綽亦效其先鳴。或以占戎馬之象，或以認蒼蠅之聲。若乃五指金骹，花冠承露，季平既衒於芥羽，郈氏亦誇其金距。或養之而禳火，或畫之而帖户。孟嘗效之而獲免，燕丹爲之而得度。至於三尺曰鶤，正旦磔門，性惟司夜，職在鳴晨。候天星而肆赦，儷金馬而爲神。復有越嶲長鳴，馬韓細尾，子路冠之而示勇，黄父戴之而吞鬼。祖逖則舞於夜鳴，庾翼則怒其愛雉。棄之可惜者，漢中之地；連之不一者，山東之勢。或食之而數千，或膳之而日雙。候之不差於風雨，執之必在於工商。

亦有羊溝之鬬，尸鄉之養。或鳴在雲中，或葬於山上。聞其腷腷，聽彼膠膠。見棄翻求於鳳臀，被割何在於牛刀。

至若棲殿中之樹，番婁門之牧，使管輅之占，問越巫之卜。江逌連之而縱火，傅琰剖之而斷獄。觀奉先之鬬，記越王之畜。天淵曾喜於陸機，陳倉更聞於秦繆。别有長鳴遠飛，黄冠青緌，并黍而食，鑿垣而棲。既牝晨而家索，亦逆翦而冠萎。則有至北埭而方鳴，到新豐而自識。傳朱公之所化，重樂妻之不食。

又若守夜稱信，候潮表異，驅之既喻於馭民，夢之亦憂於武吏。若夫鑑形乃舞，映水而溺，荀朗知其半露，紀渻養其全德。含塗既見於能言，桃都亦聞於出日。右廣候之而駕，子反則之而食。見於事始，崔光知翅足之多；置在窗間，宋氏得講談之益。宋紹興刻本《事類賦》卷一八。

鳴雞賦

張耒

先生閒居學道，昧旦而興。家畜一雞，司晨而鳴。畜之既老，語默有程。意氣武毅，被服鮮明。峨峨朱冠，丹頸玄膺，蒼距矯攫，秀尾翹騰。奉職有恪，徐步我庭，啄粟飲水，孔肅靡争。

山川蒼蒼，風霰宵凝。黯幽窗之沈沈〔一〕，悦余夢之初驚。萬里一寂，鐘鼓無聲。聞振衣之膈膊，忽孤奏而泠泠。委更籌之離亂，和城角之淒清。應雲外之鳴鴻，弔山巔之落星。

歌三終而復寂，夜五分而既更。萬境皆作，車運馬行。先生杖屨而出，觀大明之東生。明趙琦美鈔本《張右史文集》卷一。

次韻張文潛龍圖鳴雞賦

翟汝文

唯翰音之效旦，風雨晦而晨興；追警露之獨鶴，鵯鴂瘖夫先鳴。羽翰照爛而成章，步武差池而中程。接清響於上元，司東方之啟明。凜然介距而峩冠，低衆雌而莫敢膺。方揚音其未引，先拊翼而騫騰。儼意氣之閒暇，四顧躊躇於中庭。擇善鳴而天假，彼羣

〔一〕沈沈：原作「紞紞」，據四部叢刊本、四庫本、民國刻本改。

飛之何爭。

呼出日於未賓，昇層氛之澄凝。促漢衛之傳唱，竦秦關之先驚。窺幽人之未覺，咿喔斷而猶聲。守曉色於既白，嘯迴風之泠泠。豈惟秉德之有常，抑衆皆穢而獨清。先生嘉茲禽之妙質，孕玉衡之犇星。

時哉依人而擾德，安飲啄而飛行。誓將畢願於桑榆，夫誰憚犧而傷生[一]！四庫本《忠惠集》卷五。

吐綬雞賦

劉克莊

伊靈禽非壹類，鵶以鬭，鶴以唳，鵬以白，鷹以鷙，孔翠以刑，鸚䳇以慧。或顧影而衒奇，或飾表而招累，或不密而漏言，或自喜而獻技。中獵徒之詭計，起□□□潛伺。始黏穤而觸網，俄鎩翰而剪翅。戚皆自貽，欲以誰懟！

[一] 原注：「《春秋·運斗樞》曰：玉衡，星散爲雞。」

吾觀茲雞，則異於是。方其窮冬積陰[一]，風雨如晦，濡渴味以寒溜，充飢腸以遺穗。中粲粲而組麗[二]，外嘿嘿而謙閟。其飲啄也若廉，其韜藏也若智。及夫春和景融，天日開霽，忽五采之彰施，竦十目之瞻視，探懷中之色筆，織機上之錦字，舒漢京之黼黻，掃唐朝之絺繪。雖驁猜於羣兒，可休明於一世[三]。惜乎前不與振鷺兮陳清廟之頌，後不與二鳥兮鳴開元之際，大不如黄鵠兮蒙賡歌之作，小不如鶢鶋兮饗鐘皷之祀。拊歲月之蹉跎，悵籠檻之幽閉。哀志氣之摧傷，顧羽毛之憔悴。記主君以棲止，奉賓客之娱戲。

吾聞丹穴有禽兮其出爲瑞，飫休泉與竹兮[四]，實知味腐鼠之味。靈均惜其高逝兮，聖丘嘆其不至。豈若爾雞兮馴擾之易，違野逆之性兮負豢養之愧。四部叢刊本《後村先生大全集》卷四九。

[一] 窮：原作「竆」，據文意改。
[二] 粲粲：原脱一「粲」字，據下文例補。
[三] 休：原作「体」，據文意改。
[四] 休：原作「体」，據文意改。

吐綬雞賦

趙孟堅

嗟爾禽豢，華彩之殊。於羽翰表，均圓而珠。匪瑳匪刓，密疏孰鋪。鍾星精於蚌胎，乃賦彩於爾軀。固已不儕於埜鶩，迥閒於飛鳧矣。頤頷之垂，更禀異質；五色相宣，有藏斯密。乍展乍縮，若虛若實。彬然而彰，以時而出。此又造物者神其幻相，不可致詰者也。

若乃藥階晝長，蕙圃風暖。茸茸草平，細細沙軟。日輪卓午，花陰將轉。飲啄既厭，振刷微倦。支體融怡，翎翮敷闌。百骸暢而自恣，真閟形而莫掩。撼首騰吻，伸嗉迅膺。乍露層碧，中明錯金。婀娜離披，絢爛深沈。文理横陳，宛丹符之疊篆；緣飾繚繞，訝翠羽之垂襟。五雲書銜將飛詔，百衲錦掛向當心。衆目詫視兮，不敢迫近；靈機自愛兮，返顧沈吟。怒目凝注，紺髮森峙。翠眉雙妍，鳳皺獨異。嶄然斯張，競爲嫵媚。初笋迸於犢角，漸竹批於馬耳。彎拳前屬，精粲交麗。故睨而視之者，曰吐綬以呈奇；眩而惑之者，謂非形而以氣。豈識方寸之間，不倫不類，可大可小，有張有弛邪！

於是斂彼輝煌，屏若退藏。盡忘所有，舉止如常。有隱君子見而歎曰：「是所謂明哲保身，不顯其光也夫。」吾聞鹿以走險，麝爲生香。己之所累，在有其長。此禽雖稟文華，不常宣露。時然自娛，卷舒有度。其養晦也藏器，其覽輝也遇主。可不取則，爲吾出處？知格物以書紳，因援毫而成賦。嘉業堂叢書本《彝齋文編》卷一。

雉賦 並序

王炎

之野外，見一雉爲野人所得，悼其輕敵不戒而斃焉，因作賦以自警。其詞曰：

絳冠兮緑跗，翠衿兮錦衣。耿介兮自守，雄鳴兮雌隨。平原兮淺草，徐啄兮卑飛。何野人之機巧，乃以媒而致之。

方氣驕而賈勇，敢直前而不疑。事常敗於輕敵，碎身首於須臾。肉不登於鼎俎，毛或用於旌旗。子玉無禮而殞命，趙括狂勇而喪軀。酆舒怙俊而遭殺，郤至稱伐而見屍。苟謀身之有累，皆災害之所罹。翠有羽而就羅，雞以尾而爲犧。鴈不鳴而先烹，鸚巧言而長羈。信涉世之孔艱，雖後悔而何追？

惟羽族之至靈，獨丹穴之鵷雛。喈喈兮音聲，鏘鏘兮羽儀，摩千仞而高翔，豈蹭蹬之敢施？兹吉人之能事，於鄙夫兮何誅。四庫本《雙溪集》卷九。

士摯用雉賦

以「相見之禮，庸雉爲摯」爲韻

劉敞

士之相見，摯以爲儀。必用雉以將命，取擇交而有時。見於所尊，常難進而謹爾；執以自致，示守介而如之。伊昔聖王，慎別名類，知禮之貴者毋褻，欲人之交也有義，由是遠取諸物，必依於摯。四民殊業，士獨有於常心；六禽異名，雉可昭於尚志。將使謹爾攸執，慎其所從，深明出處之趣，無煩左右之容。志恥懷居，擇文禽而章物；義羞屈節，視疏趾以思庸。

且夫無因而至者，殆或可疑；非禮而動者，何足爲見？必將稱摯以仗信，飭躬而進；面雉實有別，士非自衒。從大夫之後，秉殊羽舞之爲；遊諸公之間，拱若山雌之薦，豈非用舍殊檢，尊卑異宜？仰羔鴈而非僭，顧雞鶩而若遺。潔己不汙，取象爰資於禽作；多文是富，著誠足驗於離爲。然則可殺不可辱者，人之賢；易得而難畜者，鳥之美。將因物以昭德，故習容而奉雉。

是以周公創典，咸等於諸臣；虞舜省方，特稱夫一死。彼佩緩玦者，但旌於屨斷；秉文行者，或示於有章。豈若焕暈翟而拱揖，盛辭讓之交相？事賢友仁，我則達剛毅之節；書名委質，我則示耿介之方。惜乎古風既渝，澆俗寖啟，進則無仗節之教，退則多競進之禮。吾乃知摯雉之儀，爲國家之大體。四庫本《公是集》卷一

雁賦

吴淑

邕邕鳴雁，順時翱翔。東海申歌於漢武，睢陽見養於梁王。賀秦繆之得士，悲虞固而隨喪。或曰駕鵝，亦稱足蹼。既聞其維索飾布，亦同乎三帛五玉。可以飼秕，不宜食粟。若乃入梁州而逾塞，過高柳而知門，應季冬而北嚮，候白露而來賓。獻伯楊而聽政，諫梁君之殺人。亦有明行列之次，辨長幼之紀，見殺遠殊於山木，入用近同於士雉。表女子之得時，唯大夫而爲贄。從風後先，隨陽飛止。禮既傲於太守，色不存於夫子。若其遇明月而雙墜，集河西而五色，入上虞而治田，在南康而浮石。翔於廣澤，常避繳而銜蘆；來自窮邊，亦傳書而係帛。宋紹興刻本《事類賦》卷一九。

鴻漸於陸賦

鴻在於陸，爲世儀表

文彥博

觀乎大《易》，嘉此冥鴻。因漸陸以斯顯，遂爲儀而可崇。欲潔於身，克務乎升高自下；不濡其翼，寧煩乎激水摶風。原夫居賢之象載觀，設卦之由斯在。體於鴻則蓋取進動，漸於陸則爰求爽塏。寧同越鳥，依棲永戀於南枝；有異莊鵬，運轉常歸於北海。

徒觀其載飛載止，匪疾匪徐。矧徊翔而翩若，必高潔以依於。翻迅羽以嗢嗢，弋人何慕；冲層峰而岌岌[一]，陽鳥攸居。高遂雲飛，長辭水宿。别海上之鷗鷺，鄙波中之鳧鶩。肅肅隨陽，翩翩遵陸。見可而進，同鳳鳴於高岡；靡常厥居，類鶯遷於喬木。豈不以陸者地鎮之峻極，鴻者羽族之珍奇。翼若詎量於軒翥[二]，屹然迥出於喧卑。非來者之漸矣，安跂予而及之？

[一] 冲、峰：四庫本作「仰」、「巒」。
[二] 量：原作「童」，據四庫本改。

鸞遊而蓋不足取，隼擊則又何能爲？將候鴈以同賓，羽翮既就；與時龍而共起，燕雀焉知？不雜塵遊，寧隨波逝。固殊遵渚之列，自有鳴山之勢。類彼勤行之士，卓爾離群；同乎高蹈之人，飄然出世。

且夫棲陵木者甫濱於山足，集磐干者尚邇於水湄。苟人言之有厲，則世網以見縻。曷若我將翺將翔，首據高明之地；爰居爰處，俯爲衆庶之儀。孰謂乎無所取才，不離飛鳥。或俯集於雞樹，或下臨於鳳沼。宜其羽翼清虛，可以爲天下表。明嘉靖刻本《文潞公文集》卷一。

《賦話》卷五　宋文彦博《鴻漸於陸賦》云：「翻迅羽以噰噰，弋人何慕；冲層峰而翩若，陽鳥攸居。」運成語如自己出。又：「將候雁以同賓，羽翮既就；與時龍而共起，燕雀焉知？」則自然合拍，并忘其爲成語矣。

聞雁賦

李曾伯

飈金高，露玉冷，黄簾垂，碧幕静。屬文書之燕閒，與親友以笑咏。闃其何聲，隱若可聽。始縹緲以甚遠，繼嘹唳以漸近。如故人之好音，將客夢以呼醒。乃吕令之求賓，殆漢頌之遇順。僕本壯夫，頓有秋思。感機緘之不停，嗟歲月之易逝。彼倉庚兮春闈，及啼鴂兮夏至。曾爲日之幾何，而此物者至矣。乃因人情，載想物意。

其來也，豈從龍荒朔莫之墟，將自狼居姑衍之地。過西域之後門，亦尚記於漢壘；歷長安之銅駝，抑曾飲於渭水。麥芃芃兮如何，黍離離兮奚似！諒山河之無恙，今風景之不異。爾能爲予而一鳴，予亦將有以告乎爾。久之有聲，從天而來，如怨如訴，如悲如哀。物若是以有情，人胡爲而忘懷！雖至於無可奈何者已，是得不爲之長太息也哉！

於是乃告之曰：伊蜀山之千重，去吳天之萬里。巫峽高入於雲端，岷峨深在於雪際。恐矰弋之過憂，非羽翼之得計。吾聞晚煙蒼梧，夜月青草，洞庭橘柚之鄉，松江蘋蓼之島，厥有稻粱，亦有蘆葦。爾不彼去，胡過於此！又聞暮雨滕閣，西風楚樓，鸚鵡黃鶴之境，鳳凰白鷺之洲，可以回翔，可以棲止。爾不彼去，胡久於是！

爾其有中原之信音，又胡不詣上林而報天子！於時桂影沉夜，桐聲響秋，既感物之可感，又憂人之所憂。其有窮征絶塞，遠戍它州，念百戰之已老，苦數奇之不侯。如李廣、班超之徒，聞此之聲，安得不髮怒而眉愁！其有繾綣河梁，投老遐陬，思故國之越吟，作他鄉之楚囚，如李陵、蘇武之徒，聞此之聲，安得不涕雪而淚流！或有遭時擯斥，與世沉浮，逐汨羅之漁父，盟江上之沙鷗，如屈平、賈誼之徒，聞此之聲，安得不含憤而懷羞！

或有隨牒千里，寄情一邱，動蓴鱸之佳興，賦松菊之西疇，如淵明、季鷹之徒，聞此之聲，又安得不神往而形留！或有螢雪案前，風雨床頭，誓擊楫以自勵，痛枕戈之未酬，如劉琨、祖逖之徒，聞此之聲，又安得不命咎而時尤！又有閨房蕩子，江湖遠遊，倚日暮之修竹，望天際之歸舟，如瀟湘溢浦之婦，聞此之聲，又鮮不寓心於伉儷，托興於綢繆！或又有月冷金殿，霜淒錦衾，恨弊履之已棄，悲紈扇之不收，如長門、卓郡之人，聞此之聲，又鮮不寄言於賦詠，屬意於悲謳！

凡若人兮，此心何求！是亦猶聞烏而唾，聞鵲而喜，聞子規而思歸，聞鄰雞而思起。非無故而偶然，蓋不能以自已。而況於斯，云胡不以！然則衡陽以北，代地以南，千萬人之心不同，又豈一人之心可擬！是盍不玩義經之漸陸兮，思出處之大義；詠周雅之集澤兮，味還定之深旨？或訝其所聞者一，而所思者殊，則曰：燕雀安知鴻鵠之志！四庫本《可齋雜藁》卷二一。

雁陣賦 以「葉落南翔，雲飛水宿」爲韻

田錫

絶塞霜早，陰山葉飛，有翔禽兮北起，常遵渚以南歸。一一彙征，若陣行之甚整；嗷嗷類聚，比部曲以相依。當乎朔野九秋，湘天萬里，風蕭蕭兮吹白草，鴈嗈嗈兮向寒水。單于臺下，繁笳之哀韻催來；句踐城邊，兩槊之幽音驚起。頡頏交相，翩翻迭翔，似魚麗之布列，若鵜鶘之舒張。疏密有緒，高低載颺；天空而殘月鋪影，水闊而微雲間行。應遵丹鳳詔書，咸增躍躍；雖是蒼鷹鷙勇，敢擊堂堂。

觀其唳青霄，横碧落，歷江渚，逹沙漠。來若羽林騎士，聞一鼓以争前；去如翼衛材官，聽摐金而稍卻。豈天陣地陣之能詢，何圓陣方陣之足云。但見乘夕靄，拂朝雲。羽翼自高，不讓於漢家飛將；煙霞遠没，疑沈於朔土孤軍[一]。宜乎後伍先偏，聲交影接。當塞上之飄雪，值江皋之墮葉。縱横勢定，陣圖按牧野之師；綽約體輕，兵法試吴宫之妾。

[一] 朔土：四庫本作「朔漠」，《古今圖書集成·禽蟲典》卷一五、《歷代賦彙》卷一二九作「胡土」。

唯有淮之北，漢之南，山如畫，水如藍。離離而霞彩旁襯，一一而波光遠涵。旋成偃月之形，悠颺可愛；忽變常山之勢，首尾相參。乃知接武煙鴻，追蹤霜鵠，既横空而似陣，自違寒而順燠。北方遠兮南圖，遥雲飛兮水宿。傅增湘校訂淡生堂鈔本《咸平集》卷九。

《賦話》卷五　宋田錫《雁陣賦》云：「單于臺下，繁笳之哀韻催來；勾踐城邊，兩槊之幽音驚起。」如此起法，恰好是雁陣先聲。又「羽翼自高，不讓於漢家飛將；煙霞遠没，疑沉於胡土孤軍。」興會淋漓，音節嘹亮，妍辭膩旨，不讓唐人。

《復小齋賦話》卷下　田諫議小賦，以《雁陣》爲第一。

雁字賦

雲浄天遠，騰翥成字

文彦博

草木落兮鴈來賓，揚清音兮凌紫氛。迤邐而齊舒勁羽，聯翩而宛類崩雲。幾陣斜飛，認初成於鳥迹；數行高翥，疑上雜於天文。時也，秋風高，秋氣浄。嗈嗈而奮翮彌遠，肅肅而排空逾勁。初同洒翰，如絲之密雨輕籠；幾訝書紳，似練之澄江下映。莫不魚貫星聯，疎而復連。極望而迴鸞宛若，仰觀而返鵲依然。常因避繳以横飛，畫開飛霧；幾爲隨陽而上擊，點破青天。理翰方遒[一]，傳書更遠。

銜蘆而倒薤宜並，遵渚而偃波相混。暮穿霞綺，依稀而竇氏回紋；曉拂雲羅，髣髴而仲尼華衮。徒觀其一一成列，翩翩上騰。自得羽書之妙，固非蟲篆之能。拂巖岫以徊翔，宜刊翠琰；觸網羅之縈絆，可代結繩。寧假染濡，自隨騰翥。精研靡在於彤管，凌厲皆侔於玉筯。水宿近蒹葭露下，垂露勢全；雲飛經螮蝀橋邊，題橋象著。

堪銘鴛序，可志鵬程。比人文而雖異，紀鳥道以惟明。不識不知，皆類效奎而制；自南自北，悉同取史而成。是何羽族之中，斯禽有異。違朔塞而整翮，颺秋天而成字。彼螢冠之與蟬緌，非吾族類。明嘉靖刻本《文潞公文集》卷二。

《賦話》卷五　宋人律賦大率以清便爲宗，流麗有餘而琢鍊不足，故意致平淺，遠遜唐人。……文彦博《雁字賦》云：「水宿近蒹葭露下，垂露勢全；雲飛經螮蝀橋邊，題橋象著。」……猶有唐人遺意。

《復小齋賦話》卷下　文潞公小賦，以《雁字》爲第一。

[一] 遒：原作「道」，據傅增湘校本改。《古今圖書集成・禽蟲典》卷一五、《歷代賦彙》卷一二九作「遥」。

問北雁賦

王質

波湫湫兮江平，上有楓兮秋清。聆極浦之遥聲，曰此豈鴈之初征。上手敬勞：「征行良苦。大荒多霜，長河多風，背河而南，川原蕭條，無食可充，幸而至於此也。」

既勞之，且訊之曰：「燕趙之野，土梗俗勁，慷慨大呼，前無白刃。齊負東海，魯挾龜蒙，士辯而智，譚高氣洪。三秦以西，狎武喜功。今皆弗聞，爲有爲無？以爲有耶，固未有奮精忠之烈，建殊效於中都者也。以爲無耶，山川興氣，星辰定區，奚獨於今而變於初？」

言未既，若將緩翼俛咮，垂吐復吞。未及有言，又進之曰：「凡汝所經與汝所知，比屋赤子，爲喜爲悲，飢兮何食，寒兮何衣？故老遺民，爲亡爲存，城郭苑囿，桑麻草木，爲仍其生，爲一掃而更？山兮崇崇，爲陷而深，有淵其谷，爲堙而平。古帝園陵，繞牆崇扉，爲雄茂而森肅，爲寒涼而慘悽？秘殿崔嵬，邃館沈宫，爲丹青兮不改，爲荆榛兮灌叢？異芳名英，瑰奇怪石，爲形貌之猶然，爲蒼莽而不可蹤跡也？吾惟汝問，幸告其故，勿簡而踈，勿誕而誣。」

於是哀鳴咿嚶，若避若趨，倏飛去兮不可追，黯落日兮平蕪。四庫本《雪山集》卷一二。

烏賦

吴淑

伊莫黑之孝烏，實至陽之純精。既禀受於瑶光，亦合應於維星。鄭人既瞻於楚幕，晉師亦候於齊城。

若乃城上畢逋，府中朝夕。感陽顔而口傷，爲燕丹而頭白。子推嘗見於蔽煙，王母亦聞於傳食。至於借樹爲詩，集廬作賦，既瞻之於爰止，亦聞之於反哺。又若夢豐邑而肇漢，入武昌而瑞吴，豕至而飛精滅迹，雀生而有夏爲墟。斷翎用致於馴狎，縮掌自分於醜類。巢煬帝之帷幄，感文王之孝悌。應讖則羣飛集樓，表僞則一足墮地。

又聞射彼日中，愛之屋上，集庭既美於有虞，攫肉更聞於亭長。皓質見范雲之對，朱羽聞薛綜之詞。長生必飼其丹肉，羣飛或認於旌旗。候宗懔之哭泣，助蕭放之哀悲。或啄馬申之口，或萃曾子之冠。王吉射之而必中，裴俠指之而能言。既爲城於田緒之境，亦集戟於仲潁之門。或銜珪而降社，或集柘而爲弓。帝業興隆，王屋嘗觀於流火；

皇居壯麗，靈臺亦藉於相風。宋紹興刻本《事類賦》卷一九。

靈烏賦

梅堯臣

烏之謂靈者何[一]？噫！豈獨是烏也。夫人之靈，大者賢，小者智；獸之靈，大者麟，小者駒；蟲之靈，大者龍，小者龜；鳥之靈，大者鳳，小者烏。賢不時而用，智給給兮爲世所趨。麟不時而出，駒流汗兮擾擾於脩途。龍不時而見，龜七十二鑽兮寧自保其堅軀。鳳不時而鳴，烏鵶鵶兮招唾駡於邑閭[二]。烏兮，事將兆而獻忠，人反謂爾多凶。凶不本於爾，爾又安能凶？凶人自凶，爾告之凶，是以爲凶。爾之不告兮凶豈能吉，告而先知兮謂凶從爾出。胡不若鳳之時鳴，人不怪兮不驚？龜自神而刳殼，駒負駿而死行；智鶩能而日役，體劬劬兮喪精。烏兮爾靈，吾今

[一] 謂：《古今合璧事類備要》別集卷七二作「爲」。
[二] 邑：《古今合璧事類備要》別集卷七二、《古今事文類聚》後集卷四四作「里」。

語汝，庶或汝聽。結爾舌兮鈐爾喙，爾飲啄兮爾自遂。同翱翔兮八九子，勿噪啼兮勿睥睨，往來城頭無爾累。明正統刻本《宛陵先生文集》卷六〇。

范仲淹《答梅聖俞靈烏賦》（《永樂大典》卷二三四六）　危言遷謫向江湖，放意雲山道豈孤。忠信平生心自許，吉凶何卹賦靈烏。

又《靈烏賦·序》（《范文正公文集》卷一）　梅君聖俞作是賦，曾不我鄙，而寄以爲好。因勉而和之，庶幾感物之意同歸而殊塗矣。

《山堂肆考》卷一二九　《靈烏賦》，宋梅聖俞作。爲范文正坐貶饒州而作。「夫人之靈，……烏啞啞兮招唾罵於里閭。」范希文亦嘗有此賦，晉成公綏有《孝烏賦》。

靈烏賦　並序〔一〕

范仲淹

梅君聖俞作是賦，曾不我鄙，而寄以爲好。因勉而和之，庶幾感物之意同歸而

〔一〕並序：原無，據四部叢刊本、四庫本及《古今事文類聚》後集卷四四補。又《古今圖書集成·禽蟲典》卷二二、《淵鑑類函》卷四二三題作「和靈烏賦」。

殊塗矣[一]。

靈烏靈烏，爾之爲禽兮，何不高翔而遠翥？何爲號呼於人兮，告吉凶而逢怒？方將折爾翅而烹爾軀，徒悔焉而亡路。彼啞啞兮如愬，請臆對而心諭。我有生兮，累陰陽之含育[二]。我有質兮，處天地之覆露。長慈母之危巢，託主人之佳樹。斤不我伐，彈不我仆。母之鞠兮孔艱，主之仁兮則安。度春風兮，既成我以羽翰；眷庭柯兮，欲去君而盤桓。思報之意，厥聲或異。警於未形，恐於未熾。知我者謂吉之先，不知我者謂凶之類。故告之則反災於身，不告之則稔禍於人。主恩或忘，我懷靡臧。雖死而告，爲凶之防。亦由桑妖於庭[三]，懼而脩德，俾王之興；雉怙於鼎[四]，懼而脩德，俾王之盛。天聽甚邇，人言曷病。彼希聲之鳳皇，亦見譏於楚狂；彼不世之麒麟，亦見傷於魯人。鳳豈以譏而不靈，麟豈以傷而不仁。故割而可卷，孰爲神兵；

[一] 感物：《古今事文類聚》後集卷四四作「感物類」。
[二] 累：四庫本作「秉」。
[三] 妖：《古今合璧事類備要》别集卷七二作「拱」。
[四] 怙：《古今合璧事類備要》别集卷七二作「雊」。

焚而可變，孰爲英瓊。寧鳴而死，不默而生。胡不學太倉之鼠兮，何必仁爲，豐食而肥。食苟竭兮，吾將安歸？又不學荒城之狐兮，何必義爲，深穴而威。城苟圮兮，吾將疇依？寧驥子之困于馳騖兮，駑駘泰於芻養。寧鵷鶵之飢於雲霄兮，鴟鳶飫乎草莽。君不見仲尼之云兮，予欲無言。纍纍四方，曾不得而已焉。又不見孟軻之志兮，養其浩然。皇皇三月，曾何敢以休焉。此小者優優，而大者乾乾。我烏也勤於母兮自天，愛於主兮自天；人有言兮是然，人無言兮是然。北宋刊本《范文正公文集》卷一。

《困學紀聞》卷一七　元次山《惡圓》曰「寧方爲阜，不圓爲卿」，范文正《靈烏賦》曰「寧鳴而死，不默而生」，其言可以立懦。

靈烏後賦

梅堯臣

靈烏，我昔閔爾之忠，告人之凶，遭人唾罵，於時不容，覆巢彈類，驅逐西東。余是時作賦以弔汝，非乘爾困而責爾聰。今也主人悟，彈者去，豐爾食於太倉，置爾巢於高樹。晨鷄不鳴，百鳥争慕。傍睨鳳皇，下窺鴉鷺。

爾於此時，徒能縱蒼鷹，逐狡兔，不能啄叛臣之目，伺賊壘之去。而復憎鴻鵠之不親，愛燕雀之來附。既不我德，又反我怒。是猶秦漢之豪俠，遠己不稱，昵己則譽。夫然，吾分足而已矣，又焉能顧？明正統刻本《宛陵先生文集》卷六〇。

《石林燕語》卷九　范文正公始以獻《百官圖》譏切吕申公，坐貶饒州。梅聖俞時官旁郡，作《靈烏賦》以寄。所謂「事將兆而獻忠，人反謂爾多凶」，蓋爲范公設也。故公亦作賦報之，有言「知我者謂吉之先，不知我者謂凶之類」。及公秉政，聖俞久困，意公必援己，而漠然無意，所薦乃孫明復、李泰伯。聖俞有違言，遂作《靈烏後賦》以責之，略云：「我昔閔汝之忠，作賦弔汝。今主人誤豐爾食，安爾巢，而爾不復啄叛臣之目，伺賊壘之去，反憎鴻鵠之不親，愛燕雀之來附。」意以其西帥無成功。世頗以聖俞爲隘。

信烏賦

薛季宣

南人喜鵲而惡烏，北人喜烏而惡鵲。好惡之不同有若是，故南北更相笑而無有訂焉。走實南人，以北人好惡爲正，作《信烏賦》以辨，或庶幾乎不黨也。其辭曰：

有不有翁言與世違，行與衆忤，動作云爲，惟背時是主。恆笑傲乎江湖，經乎罔直之野。爰有雅烏上主人之屋者，主人瞠若而唾之，曰：「吉吉利利，善人其逢，惡人余避！」次有乾鵲噪於其庭，主人持飯一盂，一甌羹，嘻嘻呴呴，呪祝前行，奠諸地而飼之曰：「而以喜來，將無後時於余。」

婦子等之接之。不有翁錯而顧，躍而驚，進揖主人，請問其情。主人曰：「夫子不是聞乎：夫烏烏之性，人災其幸。來集嗢呼，蓋非吉徵。須刻不踰，厥有非常之應。鵲也無然，休祥喜傳。惟吉惟慶，羌來告言。應乎弗應，行人至，惟古説焉。夫子曾不是聞乎！」

不有翁啞然笑曰：「異乎吾所聞。君子爲善不求福，去惡以遠禍，福之至也固當然，其得禍也非此過。於此而無乎戚戚，何喜鵲而於烏乎遷怒？就子之説言之，則鵲是而烏非。福禍之來固自己，曾何咎於無知。然以災懼我者忠臣之事，陳嘉瑞者諛人之辭。懼災過可得而改，吉慶之在我者，去我將安之？不告於余固毋損，告何貴於先時？又況是非無可必，夫何一喜而一悲？」

主人邈然不悦，曰：「然則夫子喜烏而惡鵲與，此北人之常也。風土有不同，好惡隨以異，物不齊者物之情，若之何槩之一致？」不有翁曰：「否，否。物情有是，知之爲貴。子自非知我者，雖吾言無不既。君子惟是之從，何容心之有貳？北人之好惡爾，雖聖人猶無得而棄。余小人也，於何敢廢！」

主人曰：「烏亦有異於禽乎？何夫子愛之之深耶？鵲微可尚，足契君子之心邪？將鵲聲鄭衛，烏爲正始之音耶？」不有翁曰：「否，否。子無多言，試静聽吾爲若言。烏之爲烏，格而邪説反之正。夫烏之爲烏也，體旻天之正色，稟陽精之至德。縣象乎日中，而光被乎四表。烏呼之聲，有取於聖人而垂世立則。禽之性愚，可禽取諸？爰名曰禽，烏乎則殊。察夫人之色異，舉喑嗚而疾去。罻羅謾張於郊藪，繒長詎發於庭除。何施何設，以保其軀。其知如斯爲善：惟樂太守賢，則巢於聽事；荆蠻遯，則上其軍幕；假神靈，則飛而接丸；應循吏，則肉焉下攫。至若人之急難，父兄遐棄，良、平無所施其知，儀、秦無所張其喙。於以夜啼，所以釋臨川之懼；於以白頭，所以出燕丹之質。在人則難，烏行以易。又若昭宗西犇，唐鹿東走，梁王興遷鼎之旅，冢宰發謳吟之口，相也則然，於烏何有！扈從乘輿，以巡岐守。朝夕名聞於漢府，成此隨鑾之操守唐有隨駕烏，昭宗西幸日亦從。凡此數端，烏之偉節。瑣瑣細微，無煩競列。粤有大致加大焉，請更爲吾子詳説。烏性惟仁，生知愛親。念鞠育之施大，反本誓以終身。無論寒暑，反哺劬勤。永錫爾類，不於其身。棲冠見曾子之孝，塊銜成李母之墳，傷口以鼓聞遠邇，舒翼以助哀昔人。將以愧不良之子，參乎用匹於先民。夫烏反哺歸飛，性天常也。辟色知幾，知識長也。出類親仁，物之良也。解難從君，禽之祥也。烏之有是四德也，而將之以見事之明，執德之剛，子不是貴，而區區較鵲於利害之場哉！夫鵲雖有辟歲知風之技，而患不免於奪巢探卵，又足於烏方駕而比量哉！」

於是主人豁然若悟，軒然而步，噍津徹食，還其故處。四庫本《浪語集》卷二。

辨烏賦

虞允文

蹇我生之不辰兮，遽遭家之多難。痛堂上之蔆萎兮，交摧戕於肺肝。陟屺前而悵望兮，曾白雲之漫漫。蹈九死而一生兮，存喘息於已殘。勉行營於高燥兮，卜壤夏之所安。朝既亡於蜚鶴兮，莫敢晞於栖鸞。俄潛闔之載扃兮，政除月之隆寒。紛紛提之令烏兮，翔童童之同山。惟二三之柔桑兮，僅短短而可攀。誰知彼之雌雄兮，忽駢棲於其間。急營巢而莫去兮，日夷猶而盤旋。銜壤而益墳之楸兮，載上下其修翰。獨傍廬而感慨兮，潛涕泗之汍瀾。謂蒼蒼之蓋高兮，亦莫探其端也。

豈期衆目，相與駭矚。風行而電馳，道路之相譁也；儀談而秦辨，聚落之雄夸也；金相而玉振，衆芳之聲詩也；嵩岱峩峩而萬疊，友朋之高義也。羌不謀而相埒兮[一]，觀古而驗今。目爲至孝之感兮，覘瑞應之圖而有云。或顯名於孝烏兮，亦或謂之善禽。摭北齊之蕭兮，李唐之林；列巢門之順兮，棲冠之參。鋪張乎裴之表門兮，鉤索乎李之孝心。申申乎銜塊以助陶兮，又還覲而南尋。迨天使之口流血兮，庸顯顔烏之誠忱。僉曰昔聞而不見兮，固可紹往哲之徽音。

吁嗟！予小子曰不然兮，猶足以理而言兮。何山顛不爲烏所集兮？何林間不爲烏所巢兮？孝性之修亦士之常守兮，事物之來亦有時而適然兮，何足詫也！瞻彼鷽斯，實名唯慈。予垂反哺之訓，公興孝養之辭。嗟彼能而我不逮兮，懷乎風木之悲。矧哀哀而蒙酷罰兮，豈嘉祥之可希？復悵悵而昧所之兮，何前賢之可追！意夫剡剡而章厥罰兮，俾遊悠其孝思。維此理之忽然兮，又孰較其是與非。

嗟夫！予小子不可不辨兮，恐來者或失其是衒。損其心而泥其跡兮，斯去古而益遠。於名教而或戕兮，豈清議之可逭？眷里閈之嘉言兮，特君子之樂善。賦以救將來之弊兮，亦豈夫予之好辨？《六藝之一録》卷四〇五。

[一] 羌：原作「差」，據《趙氏鐵網珊瑚》卷八、《式古堂書畫彙考》卷一七改。

《趙氏鐵網珊瑚》卷五《虞邵菴詩帖》 先丞相暨秦國夫人墓上枯桑駐烏羣，以孝感所致，雍公有《辨烏賦》答公所示詩也。近年來更生大悲閣，先公祠前生竹一本，中間兩枝，合而後分，鄉人以爲集當歸之祥。鄉中及朝士皆有詩也。

又卷八《辨烏賦》 右《辨烏賦》一首，宋丞相雍國忠肅虞公之所作也。紹興六年，公丁母秦國太夫人之憂，哀毁骨立，朝夕哭墓側。墓有枯桑，兩烏來巢，悲鳴不去，人皆異之，以爲篤孝所召，多作詩頌之。公因著賦以自解。此公家傳之所具載者也。公之八世孫堪適遭父處士君之喪，出此賦見示，且俾書揭座右。逵以爲故家文獻尚存，詩書之緒不墜，因樂爲之重録云。至正十五年冬十月甲子，彭城錢逵謹識。

鳶賦

薛季宣

嗟萬彙之叢夥，慶稟天而自性。或同類而殊時，亦異情而一命。惟孤鳶之挺質，兼鷹隼之神俊。凜凌烈之宏厲，飇飛揚以時奮。真鷙鳥之英標，而搏扶之匪迅者也。豈皇蒼之好德，毒鵰鶚之靡仁。損威稜於搏擊，餘毛羽之形存。忍癡腸之屢空，曠爪吻其徒云。彼燕雀之何知，唧啁喧乎大厦。怛拳如之文鷂，蹇桀然爲何者？鶻孔微而云譽，顧匪甘乎乃下。相彼翎之文著，覶眄瞿其矍落。六翮翽其招摇，上且憑於無莫。何嗜欒之卑污，食孔甘於腐璞？舍血飲而毛茹，牲體陳而肉攫。睢盱漫其何以，耿含靈之是度。兹有以得侮於羣雛，而爲禽之彼薄也。

走觀物之資性，渺百生之誠一。彼目狼以兢戰，蓀虎皮而羊質。舞獅人之爲誑，陣象轟其駭逸。匪葉公之知畫，覶降龍而心失。曾不如小鳥之知，不視形而忘實也。

慨高飛之軒翥，遠翺翔於寥廓。振衣裳其楚楚，爽精神之卓犖。毋爲是鳶識而鷹章，近取輕於烏鵲！四庫本《浪語集》卷二。

鴉鳴賦

曾丰

紛厥羽族，秩然等差。莫喜於鵲，不祥者鴉。俶不爲鵲而爲鴉兮，吾謂汝有命；迄不爲祥而爲殃兮，誰謂汝無它？

天地萬物，陰陽一氣。有氣斯有形，有形斯有喙。喙一啄也，鵲疑爲瑞，鴉疑爲祟，豈受氣同而處心異？

嗚呼！物患兮不靈，鴉靈兮人憎。吾謂汝鴉靈於事則或有，靈於理乎何曾！有喙不鳴，其疾曰啞；汝鳴非時，愛汝者寡。有喙不鳴，其疾曰瘖；汝鳴無度，忌汝者深。

凡物之理，非利則害。忌愛幸而相當，利害足以相配。或者愛寡而忌多，要之利小而害大。孰若啞瘖者，遲然於乎利害之外？惟鴉爲禽，於世無心。吉凶乘除，倚伏參差。凶之來兮嘿莫避，吉之去兮喧莫尋。

況夫意本慳，未嘗頻借以喜事；雖鴉情多可，安得泛爲乎好音？亶吾善根，時乃吉耗。彼無妄災，鴉何用報？汝鴉繼今，切勿浪噪。寂然嘿然，乃近於道。清鈔本《緣督集》卷一。

鵲賦

吴淑

鵲䳢醜，其飛也翪。應必先事，巢於季冬。性何知而避歲？理何由而向風？傳帝女於南陽，見雕陵於莊子。方朔則識其順風，陸賈則信其有喜。知來識修短之分，懸肉見交感之理。在至德之世，其巢可窺；集高城之危，失時而起。

或抵玉於崑山，或墮地於燕池。化印既聞於雨霽，繞樹更見於星稀。則有朱據焚燎，王澄探取，孫和既慮於傾危，竇申亦招於權賂。亦有葺乾陵之殿，巢發石之車。或得名於神女，或共止於巢烏。爾其採粟環丘之上，銜火清溪之側。推子信之妙術，伏管輅之精識。駕言西土，曾聽王母之謡；考彼《國風》，亦比夫人之德。宋紹興刻本《事類賦》卷一九。

宋代辭賦全編卷之九十一

賦　鳥獸　二

鷰賦

吳淑

懿彼玄鳥，淪精瑶光。賦之者莊姜送妾，吞之者簡狄生商。遺以丹書，覆之玉筐。或因葦泥而頭秃，或爲擲釵而目傷。燕燕於飛，差池其羽。吳宫既怨於被焚，衛婦亦聞於繫縷。嘉管輅之善占，美王威之能賦。若其視有娀之女，培曲阜之城。巢幕已危，集衡益輕。乘震雷而忽起，賀大廈之方成。若乃字分尾翅，性知戊己，翔景素之煙雲，集馬樞之案几。爲少皞而司分，以高禖而見祀。亦聞食之而不宜入水，掘之而可以療饑。有志詎知於鴻鵠，見殺嘗因於蒺藜。京房術精，既言於天女；茅君仙去，曾食於神芝。宋紹興刻本《事類賦》卷一九。

雀賦

吴淑

伊翩翻之小鳥，實瑶光之下淪。既目之曰憑霄，亦號之爲嘉賓。變化嘗聞於入水，翔集更見於依人。則有報楊寶而銜環，爲王祥而入帷。或出崑丘，或産條支。嘉不疑之頌，美公幹之詩。探而反之，既稱於齊景；慎所從也，蓋聞諸仲尼。至若奚奴長嘯，河南幼射，樓上既憂於廉范，斗下亦驚於思話。亦有狎異類於寒嶺，綴五彩於邯鄲，降含章之禁闥，銜靈寶之仙篇。又聞彈以明珠，化爲黄玉，郭璞之占集雞，楊宣之知覆粟。呈藻翰乎永安，翔皓羽於東園。挾彈見莊辛之説，沾衣聞少孺之言。東萊傳巨公之異，西域有班超之貢。巢桂樹而成篇，集不其而作頌。亦有生三河而鼓翅，出貝多而善舞。聞集肩於潘樂，見入懷於唐祖。流火既聞於泰伯，探鷇亦傳於主父。苟逍遥於藩籬，又安知夫鵬舉！宋紹興刻本《事類賦》卷一九。

孔雀賦

林希逸

夫離合聚散、悲歡怨懟之情，非必含靈而具識者有之，物亦與有焉。而懷悵恨以相感者，又非必有族類儔侶者也。物亦我，我亦物也，奈何哉其相物也！余往時讀《鸚鵡賦》，戚然有得於余心。及今而見斯雀也，形神意趣，高懷遠慕，悵然有異於常日，故采其情而爲之賦以解之。其辭曰：

猗珍禽之何來，粲五色之華郁。擢雙骹於空庭，乃點首而彳亍。角蓬鬆以特起，尾紛葩而欲禿。循階除以數步，咮屢俛而不啄。闖長徑之迢遥，目四顧而疑愕。雖樊籠之乍解，不振迅而蕭索。長引吭以不鳴，類欲訴於寥漠。於是僕本恨人，壯懷易感。對斯禽而眙訝，情遽集於所覽。諒中心之有違，乃浼拊而問訊。謂口噤以莫言，請臆對而神應。托玄嘿以傾聽，爰舒寫於篇詠。

爾其産遐陬，毓下土，間洪濤，越重阻。三代唐虞，此何處所？更秦歷漢，侈意宕心。珠崖拓郡，儋象桂林。重譯累堠，遠極天南。索王府之琛貢，遂徵及於魚禽。惟斯名之一出，乃委禍而至今。嗟彼巧匠，胡爲肆情。分雌雄而入畫，合姚魏以爲屏。曾顔色之足眩，乃晃耀乎丹青。玄胡髠髷，亦以名經。侏離𪘲誕，乃效予聲。又有伶人樂工，詩訓蟲蟻。對華筵之嗢噱，呈薄技而披靡。揚青鞦，植翠尾〔一〕，騰觚爵以爲歡，在予心而良恥。於是公子王孫，貪奇好異，聞佳名而競喜，揮金帛以羅致。嗟進獻之有時，奈斯求之無已。惟蠻惟徭，以貨以市。爾乃緣巉巖而爲弋，冠雲日以張罝。連柯結蔓，以爲儲胥。苟一目之所暨，昭碧落其焉如？離儔失侶，絶母棄雛，愴哀鳴而誰念，竟快意於錐刀之餘。

於是委命歸窮，飄流萬里。閉以雕籠，飼以粟米，寧一飽之足謀，悵吾生之已矣。眷炎路以長懷，感寒燠之殊氣。嗟儔匹其奈何，痛天屬之睽異。雖五客之相從，亦南北之殊類。遇物感時，相顧垂淚，量陋質之鬱膘，豈鳧鴈之同味？名雖載於陶仙，曰方家之所棄。何品别於鹹涼，又見録乎藏器。曾禍福之由生，恨不效雄雞之斷尾。且其嶺岫崎崟，林薄蒙密。山風海濤，晝夜豗擊，動扤乎林根，濆沫乎崇壁。山妖木魅閃屍於其巔，玄猿鼯鼠䶂嘯於其側。爾乃朝飛暮翔，羣聚卵息，求偶命子，節節足足。縱流落而依人，亦羽衣之仙客。是余固不厭於危苦，而無樂於閒逸也。

〔一〕植：原作「值」，據四庫本《竹溪鬳齋十一藁續集》卷七改。

若夫芝栖藻井之華，雕朱鏤碧之飾，觸之而驚，盼之而惕。物固有所宜，情固有所適，矧才能之何奇，敢無效而素食！長綈思以展轉，愈懷慕乎疇昔。情靡鄉而不淒，況今夕之何夕！陳情未既，戛爾長鳴。有懷餘思，尚托歌聲。歌曰：

寒月慘兮玄雲愁，葉窣窣兮蟲啾啾，故鄉何許兮淹此留。惟聖賢之羈寄兮，哲智拘囚。何微禽之足迷兮，於天道而訴尤。良委情以若命兮，奈何乎休！《歷代賦彙》卷一二八。

《癸辛雜識》後集《私取林竹溪》 林竹溪希逸字肅翁，又號鬳齊，福清人。乙未吳榜，由上庠登第，凡三試，皆第四。是歲真西山知舉，莆田王邁實之亦預考校。西山欲出《堯仁如天賦》立說，堯爲五帝之盛，仁爲四德之元，天出庶物之首，西山以此題爲極大。實之云：「題目自好，但矮些箇。」西山默然。林居與王隔一嶺，素相厚善，省試前，林衣弊衣邀王車，密扣題意。王告以必用聖人以天下爲一家，要以《西銘》主意，自第一韻以後皆與議定，首韻用三極一家，次韻云「大聖人之立極，合天下爲一家」，四韻堯宅禹宫，大鋪敘《西銘》。至是西山局於無題可擬，乃謂實之曰：「日逼無題，奈何？」王以位下辭避，西山再四扣之不已，王久之若不得已，乃以前題進，并題韻之意大略，西山擊節。至引試日，題將揭曉，循例班列拈香，衆方對越，聞王微祝云：「某誓舉所知，神其鑒之。」是時鄉人林彬之元質亦在試中，上請，以鄉音酬答，亦授以意，亦預選云。

鶯囀上林賦

樂史

惟羽爲屬，玆禽不同。得意於勾芒影裏，先鳴於天子園中。迢遞初來，處處而高排曉霧；綿蠻斯語，聲聲而盡達深宮。時也景媚千門，天和二月。橐籥鼓陰陽之炭，花木爛金，銀之闕。彼春韶而乍布，先協媗妍；我美羽以初成，深符激越。

由是出彼幽谷，來依紫宸。信叶候之無爽，諒飛鳴之有因。庶籟猶沈，乍囀九重之囿；一人聳聽，因思萬國之春。含響既陳，遷喬已契。寒輕而紅杏初妍，日暖而夭桃正麗。間關斯舉，雞人臨玉陛之時；斷續堪聽，月色射彤庭之際。高喧瑣闥，獨警群情。巧舌而將飛對語，樂意而逢春最榮。矇朧金屋之人，方驚殘夢；仿佛銅壺之漏，尚雜新聲。

寂聽遥空，再聞玉殿。天開而曉色將至，地近而風喉愈轉。露濕瑶堦之柳，有迹堪依；雪迷舊隱之山，無心再戀。既而長遊彤掖，迴別煙蘿，向禁林而聲起，落嚴宫而韻和。猶思得水之魚，空存在沼；因想來儀之鳳，徒仰巢阿。亦如此鳥，洞出處之機，達韶華之景，時然而後動，默然而爲静。士有學古精專，干名志秉，庶不獨有嬌鶯，向皇圖而弄影。同治十年刻本《宜黄縣志》卷四五。

《宋史》卷三〇六《樂黄目傳》　父史字子正，齊王景達鎮臨川，召奏牋，授秘書郎。入朝爲平原主簿。太平興國五年，與顔明遠、劉昌言、張觀並以見任官舉進士。太宗惜科第不與，但授諸道掌書記，史得佐武成軍。既而復賜及第，上書言事，擢爲著作佐郎，知陵州，獻《金明池賦》，召爲三館編修。

紅鸚鵡賦　並序

歐陽修

聖俞作《紅鸚鵡賦》，以謂禽鳥之性，宜適於山林，今兹鸚徒事言語文章以招累，見囚樊中，曾烏鳶雞雛之不若也。謝公學士復多鸚之才，故能去昆夷之賤，有金閨玉堂之安，飲泉啄實，自足爲樂，作賦以反之。夫適物理，窮天真，則聖俞之説勝。負才賢以取貴於世，而能自將，所適皆安，不知籠檻之於山林，則謝公之説勝。某始得二賦，讀之釋然，知世之賢愚出處各有理也。然猶疑夫兹禽之腹中或有未盡者，因拾二賦之餘棄也，以代鸚畢其説。

后皇之載兮殊方異類，肖翹蠢息兮厥生咸遂。鎔埏賦予兮有物司之，洎然後化兮默運其機。陶形播氣兮小大取足，紛不可狀兮千名萬族。異物珍怪兮託産遐陬，來海裔兮貴中州。

邈丹山於荒極，越鳳皇之所宅，禀南方之正氣，孕赤精於火德。蓋以氣而召類兮，故感生而同域。播爲我形，特殊其質，不緑以文，而丹其色。物既賤多而貴少兮，世亦安常而駭異。豈負美以有求兮，適遭時之我貴。客方黜我以文采，弔我於籠樊，謂夫飛鳴而飲啄，不若雞鶩與烏鳶。噫！不知物有貴賤，殊乎所得。天初造我〔一〕，甚難而嗇，千毛億羽，曾無其一。

忽然成形，可異而珍，慧言美質，俾貴於人。籠軒寶翫，翔集安馴。彼衆禽之擾擾兮，蓋迹殊而趣乖。既心昏而質陋兮，乃自穢而安卑。樂以鍾鼓，宜其眩悲。蓋貴我之異禀，何概我於群飛？若夫生以才夭，養以性違。各之所悼，我亦悼之。

〔一〕天：原作「工」，據原注「一作『天』」改。

我視乎世，猶有甚兮：郊犧牢豕，龜文象齒，蚌蛤之胎，犛牛之尾，既殘厥形，又奪其生。是猶天爲，非以自營。人又不然，謂爲最靈，淳和質静，本湛而寧。不守爾初，自爲巧智，鑿竅泄和，漓淳雜僞。衣羔染夏，强華其體；鞭扑走趨，自相械繫。天不汝文而自文之，天不汝勞而自勞之。役聰與明，反爲物使，用精既多，速老招累。侵生盭性，豈毛之罪？又聞古初，人禽雜處。機萌乃心，物則遁去。深兮則網，高兮則弋。爲之職誰，而反予是責！宋慶元刻本《歐陽文忠公集》卷五八。

《唐宋文醇》卷二二愛新覺羅弘曆評 修之意，謂物必見用於人，斯爲盡其物之性。解角不捨，正是貴於凡牛處。《莊子》犧牛之喻，未盡物理，但物之爲物，非有求於人之用也，轉有似乎君子之實至而名自歸焉者。若夫淳漓雜僞，自炫自媒，以希世用，則曾物之不如，其何以爲萬物之靈乎？

紅鸚鵡賦

梅堯臣

相國彭城公尹洛之二年，客有獻紅鸚鵡，籠之甚固，復以重環縶其足，遂感而賦云。

蹄而毛，翼而羽。以形以色，別類而聚；或嘯或呼，遠人而處。在鳥能言，有曰鸚鵡。產乎西隴之層巒，巢於喬木之危端。其性惠，其貌安。與禽獸異，爲籠檻觀。吾謂此鳥，曾不若尺鷃之翻翻。復有異於是者，故得以粗論。吾昔窺爾族，喙丹而綠；今覽爾軀，體具而朱。何天生爾之乖耶！

俾爾爲爾類，尚或弗取，況爾殊爾衆，不其甚與！何者？徒欲謹其守，固其樞，加以堅鏁，置以深廬。雖使飲瓊乳、啄彫胡以充饑渴，鑄南金、飾明珠以爲關閉，又奚得於烏鳶之與雞雛？吾是知異不如常，慧不如愚，已乎已乎！　明正統刻本《宛陵先生文集》卷六〇。

曉鶯賦　以「芳天曉景，晚聽清音」爲韻[一]

田錫

煙樹蒼蒼，春深景芳。聽黃鸝之巧語，帶殘月之餘光。金袂菊衣，新整乎遷喬羽

[一] 晚：四庫本作「悦」。

翼；歌喉辯舌，鬬成平一片宮商。嘗以清漢雲斜，東方欲曉，華堂静兮寂寂，珠箔深兮悄悄。新聲可愛，初歷落於花間；餘囀彌清，旋間關於樹杪。宛轉堪聽，纏綿有情。伊寶柱之清瑟，與銀簧之暖笙，雖用交奏，而咸豔聲。未若我朧月淡煙之際，鸎舌輕清。聽者躊躇，聞之怡悦。若清露之玉佩，觸仙衣之寶玦，隨步諧音，成文中節。未若我曉花曙柳之間，鸎聲清切。

美夫藻井霞鮮，金盤露圓，語因繁兮乍默，韻將絶兮重連。窗背紅燭，星稀碧天。楚襄王春夢覺來，還應默爾；陳皇后香魂斷處，寧不依然。有時楊柳迴塘，梧桐深井，聲煙裊兮忽斷，春意牽兮自永。新篁宿寒，芳杏朝景。關關枝上，帶花露之清香；喋喋風傳，入月簾之静影。樓閣輕陰，房廊悄深。引萬重之芳意，成百態之餘吟。緑窗夢斷玉鑪殘，堪憐俊品；寶帳酒醒宮漏淺，彌稱清音。

余以爲春帝之命，敷宣詞令，鄙桃李之無言，嫌百舌之多佞。知仙翰兮善歌，可司花於香徑。巧緒非一，詞端靡定。其聲也纍纍然端若貫珠，悦春朝之采聽。傅增湘校訂淡生堂鈔本《咸平集》卷九。

《賦話》卷五　宋人律賦大率以清便爲宗，流麗有餘而琢鍊不足，故意致平淺，遠遜唐人。田錫

《曉鶯賦》云：「關關枝上，帶花露之清香；喋喋風前，入月簾之静影。」……猶有唐人遺意。

又卷一〇引《賦鈔》　田錫字表聖，嘉州洪雅人，太平興國三年進士高等。由監丞遷左拾遺、直史館。咸平三年舉賢良方正，五年掌銀臺，覽天下奏章及詔敕不便者悉條奏，上稱得諍臣體，曰：「此吾汲黯也。」擢左諫議大夫、史館修撰。六年冬病卒。著《咸平集》五十卷。有《春色賦》、《曉鶯賦》、《春雲賦》、《雁陣賦》，傳誦人口。

《復小齋賦話》卷上　田諫議錫，有宋一代謇諤之人。乃觀其《春雲》、《曉鶯》諸賦，芊眠清麗，亦宋廣平之賦梅花也。

鳲鳩賦

梅堯臣

時人謂鵻鶲，癡拙禽也。兹禽雖癡且拙[一]，猶能以喙寫心，布於辨音者焉。曰：我智不如燕鴈，識氣候之蚤晚，隨陽而來，知社而返。勇不如鶥鶻鷹鸇，恣搏擊於秋天，下無全物，落不空拳。

[一] 雖：原作「然」，據四庫本、《古今圖書集成·禽蟲典》卷二九、《歷代賦彙》卷一三一改。

惠不如鸚䳇鸜鵒，入崇堂兮蔭夏屋，事言語以如人，餌菓粱而飫腹。巧不如女匠，掛巢室於枝上，畏風雨之漂揺，紩茅莠而密壯。年不如鸛鶴，絜羽毛於寥廓，希霖雨而鳴垤，和氣類而靡爵。玆五者實無有於羣鳥，分馴馴於林表，癡亦誠多，拙亦不少。雖不能趁暄暵之時，亦毛翮而自持；雖不能決爪吻之利，亦飲啄而自遂；雖不能弄喉舌之辯，亦呼鳴而自善；雖不能理窠之完，亦棲處而自安；雖不能適變赴情，亦隨宜而自寧。

噫！唯癡與拙，天之所生，若此而已矣，又烏足爲之重輕？明正統刻本《宛陵先生文集》卷六〇。

哀鶺鴒賦 並序

梅堯臣

余得二鶺鴒，飼之甚勤。既久，開籠肆其意。其一翩然而去，其存者特愛焉。凡養二年，呼鳴日善。鶺鴒於禽最有名，頃未識也，思持歸中州，與朋友共玩之。罷官至蕪湖，一夕爲鼠傷死，遂作賦以哀云。

物有小而名著，亦有大而無聞。吾於禽類，得鶺鴒兮不羣。其音格磔，其羽斕斑。

其生遐僻，其趣幽閑。飲啄乎水裔，棲翔乎竹間。往咨羅者，求之於野，生致二雛，形聲都雅。愛之蓄之，籠之服之。爲日已久，言馴熟兮，縱晞朝旭，一逸而不復兮。謂之背德，非我族兮。戀而不去，尤可穀兮。晨啼暮宿，何嗟獨兮。固當擕之中國，爲士大夫之目兮。不意孽鼠，事潛伏兮。破竅囓嗉，何其酷兮！

嗚呼！翻飛遠逝不爲失兮，安然飽食不爲福兮。焉知不爲名之累兮，焉知不爲鬼所瞰而禍所速兮？哀哉！誠不如禿鶬鴞鵬兮。凡毛大軀，妖鳴飫腹。何文彩之佳，何名譽之淑。前所謂大而無聞，其自保而自足者歟！明正統刻本《宛陵先生文集》卷六〇。

哀白鷴賦

薛季宣

辛巳春，武昌酒官修歲事，植秋千於次，有鷴西飛，觸之以死，爲惻然賦之。

哀白鷴之真特，亦性天於純德。冠菭砂之峩峩，素濤翻兮有服。林樾居兮幽絶，行有常兮時出。雖不仰乎芻豢，雉有慙於高潔。歲曰改兮王春，百卉芳兮物新。藏淺草之亡幾，而奚爲乎邇人。傷人樂之及時，仙半戲兮輕飛。鞦韆建兮蹴蹙，聊翱翔兮嬉嬉。

有來者鵰，自彼荒苑。疾迴風而西翥，昧人爲之輾轉。惟奮焉之靡顧，觸會遭其東柱。碎綏首於倏忽，颭毰毸而舞羽。有飋有零，涣血流纓。降離龍之無首，霞爍霧兮丹翎。神不及知，聲不及舉，俄而斃兮，曷其有所！

我心惻其生遠，過城市而非宜。昧有進而弗視，飛災是以罹之。信始之安其故處，羌高飛而遠舉。矰弋縱其何施，寄哀思兮鄙語。四庫本《浪語集》卷二。

麟賦

吴淑

伊一角之仁獸，稟五行之粹精。必含仁而懷義，不羣居而旅行。既爲瑞於孝章，亦見識於徐陵。感王者至仁而出，遇海內一主乃生。

若夫狼頭、馬足，麕身、牛尾，視夫子而吐書，遇赤松而見捶。《詩》著「於嗟」，歌稱「窮矣」。必好生而惡殺，故修母而致子。或泣之以修魯史，或獲之以賜虞人。懼猛獸者王濬，識同本者終軍。刳胎破卵則不至，視明禮修而必臻。則有鳴云遊聖，音中黄鍾，非時則棄放郊外，有道則遊於囿中。

既云禀歲星之精，亦言得機星之秀。雖曰毛蟲之長，實有千歲之壽。復有從百獸而爲瑞，首四靈而效祥。爲畜則獸將不狘，每鬭則日必無光。在彼郊棷，遠夫網罟。故效質於漢庭，嘗見孟堅之賦。宋紹興刻本《事類賦》卷二〇。

石麟賦

周文璞

吁嗟麟兮，爾所守者，陳帝之墓。風颯颯兮鳴松，草霏霏兮泫露。在昔皃鍾振金，龍輴載素。域户肇開，靈斿徑御。侍女薦玉而長號，侍臣抱弓而回顧。淒聲竟天，怨毒凝霧。旦而視之，惟爾麟兮。高而不屈，曲而弗踞。哀而不傷，怨而不怒。叶象製於圖籙，謹工程於尺度。

千歲而往，若朝與莫。陵栢秃而翁仲逃，野棠發而狐兔度。偉趾角之巋然，獨巍巍其如故。惟紫微之舒光，絶巨筆於尼父。父爲爾而洒泣，蓋自悼其弗遇。予有感於斯文，乃斐然而稱賦。

亂曰：噫！人之生具五常，其聰明者君而王。頃刻之隔或聖狂，島夷索虜方混茫〔一〕。天張義旗自晉陽，蠻貊冠帶峩衣裳。昭哉上帝開此祥，千秋萬歲立道傍，吁嗟麟兮庸何傷！四庫本《方泉詩集》卷一。

象賦

吴淑

南方之美者，梁山之犀象焉。周澄上言，可洗之而療疾；蒼舒有智，亦秤之而刻船。則有束刃於鼻，繫燧於尾。雖質大於牛，而目不逾豨。初一乳而三年，卒焚身而以齒。若乃放於荆山之陽，養之皋澤之中，雖禀精於瑶光，終見制於越童。至若出伊水之長洲，生乾陁之異域，膽隨月轉，鼻爲口役。遇師子而必奔，顧脱牙而尚惜。見皮而泣，争鼻而食。臨刑既聞於泣血，喪雌亦致於漣洏。出九真與日南，耕蒼梧及會稽。入彼夢思，既見災於張茂；俾之率舞，亦歸功於賀齊。宋紹興刻本《事類賦》卷二〇。

〔一〕島夷索虜：原作「雕題鑿齒」，據《江湖小集》卷五八改。

猩猩賦

范浚

以爲猨而語惠，以爲人而意愚。嗜屐嗜酒，以亡厥軀。終雖亡軀，猶戒其初。彼世之溺名淫利而不知省者，初寧戒乎？噫！猩猩之不如。四部叢刊本《范香溪先生文集》卷七。

虎賦

吴淑

伊彪虎之猛噬，感樞星之下淪。既目之爲獸長，亦號之爲山君。眈眈其視，般般有文。牛哀七日而變體，封邵一旦而食人。則有刻玉爲毛，鑄銅作器，李禹入穽而絶纍，朱亥在檻而裂眥。別有厄李后於宫内，舐介象於山中。詎能緣木，秪可生風。俛首伏罪，摇尾求食。僧照識南山之嘯，李廣射北平之石。食肉則世祖命射，攀鞍則張昭變色。或名李耳，或號於菟，或生於孟山，或畜之東虞。

至有中黄能搏，馮婦善捕，吕蒙探穴而靡憚，王戎逼欄而不懼。哭哀既感於仲尼，縛急更憐於吕布。若夫梁鴦養之而有法，卞莊刺之而得宜。惑讒言而遊市，感道術而還兒。文彩未成，已有食牛之氣；爪牙斯備，則全伏狗之威。至若值法雄而息暴，避劉陵而遠徙，感劉昆弘農之政，識宋均九江之理。燒皮辟惡，懸鼻宜子。扶南既聞決訟，度朔亦云食鬼。壽至千歲，長過百里。石虔跳躍而拔箭，宜咎叱咤而弭耳。或驚駭而放市，或婆娑而渡水。若乃郭文探鯁，子華斷羊。或助區寶之祭，或送王業之喪，或厭赤刀之術，或佩黃神之章。豈獨紫葛驗江陵之化，抑亦白質爲魏世之祥。宋紹興刻本《事類賦》卷二〇。

射豹賦

劉攽

悲抗獨之難立兮，何有用之必害！不信乎於弗争兮，雖忘懷其獲罪。齒恆足以自保兮，而隕奪於多輩。

彼南山之珍獸，喻變化於君子。或隱霧而不食，亦胥疏而視履。猛毅資於天成，文彩蔚乎自己。伊麇鹿之强圉，與麏麚之儗儗。雖騰趠其不羈，固指掌之所昧。何衆吠之狺狺兮，羌朋很而曹戾。競張目而涎吻兮，衆遮道而覷伺。諒勇怯之不敵兮，非乃心之攸畏。忽機辟之潛發兮，遂解脰而喪精。爪牙曾不得而少用兮，貽獫猲之成名。吾固知夫皮毛之爲患兮，而黨與之足懲。嗟物類之相召兮，必機數之潛用。非明哲之周萬兮，未有不隮於衆。故曰刳心去智，萬人不謀，和光同塵，乃與道俱。彼形諜而成光，與飾慧以矜愚。材愈大而增累，雖微末而可圖。四庫本《彭城集》卷一。

馬賦

吴淑

夫驥不稱力，而稱其德。若夫産余吾而生渥洼，來東道而出西極。騰黄、騕褭之姿，俶儻權奇之質，必也資無鬼之精鑑，藉九方之妙識。然後可以驂乘旦，駕騊駼，若亡若失，若喪若一，軼昆雞於姑餘，過歸鴻於碣石，超然長騖，萬里一息者也。若夫周穆八駿，漢文九良，劉備的顱，唐公肅爽。將軍則白，使君則黄。絢練半漢，沛艾騰驤，象月善走，行地無疆。或著翰如之象，或傳沃若之章。美伯厚之似狗，偉張奂之如羊。别有鄭莊置驛，萬石式輅，飲長城之窟，走章臺之路。颯若遺風，夐如飛兔。習蟻封而遂勝，惜障泥而不渡。兩服上襄，八鑾節步。鉗旦、大丙之駕，王良、造父之御。馳日則懸峰不薄，爲龍則慶雲遥覆。

又有項籍之騅，鮑氏之驄，昌邑乘之於果下，石慶數之於車中。或市日而騖，或藏形於空。望如匹練，見似游龍。

若其執轡如組，兩驂如舞，同槽者三，浮江者五。雞斯獻之以悦紂，文馴遺之而敗魯。啖以地黄，哺之棗脯。齊祖龍驤，休之揚武。朝但見其發迹，夕不知其何許。有騆有騢，有騅有駓。或遇郭璞而活，或濟於謹之危。晏子一言而刑罰必中，叔敖三歲而牝牡不知。亦有光武駕鼓，漢文卻貢，及沙衍而歃血，至巨蒐而洗湩。救吳漢而緣尾，濟苻堅而垂控。

若乃德至山陵，政云頌平，於是地之類，月之精，河水之靈，銅器之英，霑赤汗而沓至，羈堅轡而來庭。乃有太宗十驥，始皇七名，曹真驚帆之號，魏武白鵠之稱。或隨西逝而王地，或依奔迹而築城。美伍倫之純至，嘉卓茂之不争。慶鄭知還濘之敗，邢伯識夜遁之聲。

是故春祭天駟，夏祀先牧，冬則講馭，秋則臧僕。既除蓐而釁廄，亦飾幣而執撲。或生桃林之野，或出頗黎之谷。乃有麟腹、虎胸，龍頭、鳥目。郭伋至郡而騎竹，趙高不臣而指鹿。贖華元之百駟，食從者之啟服。優孟則言其葬禮，馬防則明其調穀。戎事則齊力，田獵則齊足，豈復與跛猫而校能，將韓盧而并逐者哉！若乃分三輩，駕七騶，過津橋而超渡，飲湛水而不流。冒頓輕鄰國之遺，貳師吝漢使之求。食場藿而維縶，念短豆而遲留。諸葛未獲而先謝，杜林受之而必酬。至於匈奴之五方異色，公孫之群騎皆白。綱惡功駒，教駣佚特，雖東野之善御，必顔回之先識。然則乘有駑駿，物有苦良。若乃膝本起，汗溝長，眼有紫艷，口有紅光。故頭欲得方，腹欲得張，鼻欲得大，脊欲得强，耳欲近而小，唇欲急而方，備此數者，終然允臧。如其大髂短脅，淺髖薄髀，口有揄寫，目有承淚，烏銜短壽，騰蛇不利，弱脊小頸，大頭緩耳，斯八百之下直，蓋十駕而方至。

至若簡其六節，辨其四時，精陳悲之股脚，習謝氏之唇髻。苟執轡之非人，或持刀而睨之。故卓子制其進退，而造父見之漣洏。獻珠澤以供膳，投灘水而立威。終戢景於火光，而淪軀於敝帷也。

若乃服乘黄，驂紫燕，控裴果之黄驄，馭長孫之閃電。衛侯尾鬛以皆朱，薛公去來而不見。垂法於金馬之門，立程於宣德之殿。若夫庾亮的顱，王戎巴騏，至黄池而噴玉，飲渭水而投錢。燕昭死而猶市，子方老而尚憐。駕鹽車而躑躅，上太行而遷延。願一顧而增價，雖賢達而皆然。

至若蹙蹜有誅，過闕驗齒，蹶如歷塊，忽如景靡。亦有辨三物，正六閑，或縛戟而奔陣，或吐甲而臨壇，或勵其率驥，或比以希顔。師曠有似駮之談，公孫有非白之説。稭紹不畜於駿逸，懷遠但虞於驚蹶。

若夫來從西北，死忌壬申，或以青絲禍梁，或以黄班識陳。委以圉師，掌之校人。龜茲之萬計盈廐，爾朱之色别爲羣。

又聞天下無道則生郊，聖人既出則服皁。升嘏山而不失，放孤竹而知道。别有義渠茲白，瀚海驄駒，屈産假道，纖麗遺吳。苻堅示其無欲，高宗明其有餘。當慎原蠶之禁，宜驗金壺之書。彼聾蟲之可教，若枹鼓之相符。於是参以賁戎，輔以韓哀，豈較能於款段，而角力於虺隤。

亦聞氣盛怒發，躁中煩外。角爲燕丹而生，肝有荆軻之嗜。佩杜衡而善走，惡衣香而致斃。始教則車在馬前，任力則人能勝驥。赤兔乃比於吕公，白額爰興於李氏。望青雲而一蹴，乘吉疆而千歲。道林養之而不用，延年賦之而特麗。勿矜千駟，終齊景之無稱；徒説三長，豈晉侯之所恃。宋紹興刻本《事類賦》卷二一。

馬賦 有序[一]

米芾

高公繪君素家有唐韓幹圖于闐所進黄馬一軸[二]，馬翹舉雄傑。余感今無此馬，故作賦云：

方唐牧之至盛，有天骨之超俊。勒四十萬之數，而隨方以分色焉。此馬居其中以爲鎮，目星角而電發，蹄蹏踣以風迅[三]。鬣龍顛以孤起，耳鳳聳而雙峻。翠華建而出步，閶闔下而輕噴。低駑羣而不嘶，横秋風以獨韻。若夫躍溪舒急，冒絮征叛，直突則世充項縶，横馳則建德首斷。皆絶材以比德，敢

〔一〕有序：原無，據清初鈔本、四庫本補。又，清初鈔本、四庫本及《珊瑚網》卷六、《續書畫題跋記》卷六、《式古堂書畫彙考》卷一一、《歷代賦彙》補遺卷一七均題作「天馬賦」。

〔二〕一軸：原無，據清初鈔本、四庫本及米芾《畫史》補。

〔三〕蹏踣：原闕，據清初鈔本、四庫本補。《畫史》、《説郛》卷九二上作「捥踣」。

伺蹶而致吝。豈肯浪逐苜蓿之坡[一]，蓋當下視八方之駿。高標雄跱[二]，而獅子攘獰；逸氣下衰，而照夜矜穩。

於是風靡格頹，色妙才駘。入仗不動，終日如坏。乃得玉爲銜飾，繡作鞍韂。棗豢粟秣，肉脹筋埋。其報德也，則不如偷盧噬盜，策蹇勝柴；鑄金蝸而吐水，畫白澤以除災。但覺驪垂就節，鼠伏防猜。怒雖甚厲，馴號斯諧。誓俛首以畢世，未伏櫪以興懷。

嗟乎！所謂英風頓盡，冗仗高排。若不市駿骨、致龍媒如此馬者，一旦天子巡朔方，升喬嶽，掃四夷之塵，校岐陽之獵，則飛黄腰褭，躡雲追電，何所從而遽來[三]？宋嘉泰刻本《寶晉山林集拾遺》卷一。

周必大《題米芾馬賦》（清道光刻本《盧陵周益國文忠集》卷一七） 元章詞筆俊拔，略無滯礙，使能約以法度，博以問學，則生當獨步翰墨之場，没且登名文章之籙，其成就豈止此而已，惜

[一] 肯：原作「有」，據清初鈔本、四庫本及《畫史》、《説郛》卷九二上改。
[二] 跱：各本多作「跨」。
[三] 此下，《壯陶閣書畫録》卷二所載有「中岳外史米元章致爽軒書」十一字。

夫！淳熙十年二月一日。

《珊瑚網》卷六張肯跋《米南宫大行楷書天馬賦》　海岳能書又能詩，書品超邁入神，詩稱意格高遠，傑然自成一家。嘗寫詩投許沖元，自言不襲古人，生平未嘗録一篇投豪貴，遇知己則不辭。元豐中至金陵，識王介甫；過黄州，識蘇子瞻。皆不執弟子禮，其高行如此。時論章伯益書，如宫女插花，嬪嫱對鏡，自有一般態度。能繼者，惟海岳耳。或云海岳學羅讓書，蓋其少時，非得法於讓也。此帖詞翰兼美，誠佳品也。幼澄宜保藏之。永樂甲辰秋前五日，後義張肯識。

哀馬賦

劉子翬

叛軍繼踵入閩，驅竊戰騎過山嶺，悉多殞敗。余感之，作《哀馬賦》。

嗟哉，何閩山之險絶乎！方井陘而曠逍，視劍閣而夷蜀。峻嶺標樹，横巒掛瀑，岧嶢嵂屼，縈紆阻複。勢將平而驟起，塗稍順而仍曲。穴壁寄棧，沿崖轉躅。晝倚石以傳飧，暮捫蘿而假宿。非戀土之邦人，嗟此來而何欲。棲危走險，禽疲獸伏。墮峻木之升猱，礙層霄之飛鵠。矧萬馬之南奔，列長鑣而競逐。訝四達之通逵，忽絲連而綫屬。搶攘迫塞，互相擠觸。前顛後升，平坑翳瀆。啣哀結憤而叢徂萃萎者，十幾五六焉。

幸而生者，皆垂頭顧影，低摧局促。鹿駭麞驚，鴟蹲蝟縮。脊伶俜而卦露，尾焦蕭而帚秃。鼻咯乾埃，肺傷芒穀。望長坂以悲嘶，想清波而浮浴。癬癢瘡煩，揩牆攄木。集彼蚊蠅，紛紜緣撲。競咂穢而吞腥，肆屑刀而飲鏃。忽振體而驚飛，去來遥而旋復。慰己貪惏，忘余楚毒。當附驥而乞憐，知汝曹之碌碌。困甚隤尵，憂同觳觫。駕鹽車則躡跡於黔中之步，售屠肆則比價於遼東之肉。

悲夫！吾聞之秦趙亘野，燕齊迥陸，數騎風馳，萬夫鱗蹙。旝影動兮鋒已交，鼓聲酣兮戰方熟。莫不虎態龍姿，雲鬃電目。負甲士之千鈞，望沙河而一蹴。既却鋭以摧堅，咸蹂都而踐國。蓋時清則龜龍麟鳳呈祥表瑞，獻圖負籙。俾之排難濟艱，雖獲千角而網萬翎，曾不及夫一驥之足。

噫！今日治耶亂耶，胡棄兹而弗畜？彼騠騮恃性，駑駘共族。渴飲天河之浪，飢耗太倉之粟。徒韉飾文繡，轡摇金玉，偶備數於六閑，氣驕矜而動俗。責致遠之奇功，必輿傾而載覆。事既失而懲毖，亦何勞於鞭扑。悼汗血之云亡，捐百軀而安贖！舟臨川而墜楫，車向塗而裂軸。激壯士之興嗟，誠可悲而可哭。夫子曰「傷人乎」，不問馬，余何眷眷於此哉，恐國威之未振，驕虜之南牧也。明刻本《屏山集》卷一〇。

牛賦

吴淑

夫物之大者，其狀若垂天之雲。《禮》稱三月在滌，《詩》云九十其犉。歧蹄者天，穿鼻者人。或衣繡而入太廟，或鞹鼓而正三軍。爾牛來思，其耳濕濕。鼷鼠既忌於見傷，風馬亦知其不及。扣角申甯戚之困，燒尾救田單之急。或爲軍事之占，或示農耕之候。畏彼髦頭，寧爲雞口。晉武以青麻彰德，何曾以銅鉤被奏。至於傷口改卜，用犢貴誠。或握角而不售，或割肉而復生。偉劉寬之量遠，美魯恭之政行，多郭舒之寬恕，慕朱冲之不争。中尉則駕之者赤，桃根則獻之者青。王愷既聞於八百，荀晞亦稱其千里。雖有雙筋，且無上齒。

別有得於文山，放之桃林。木則饋糧，石則便金。設以楅衡，養之牢筴。愚公畜牸於齊山，百里載鹽於秦國。禴祭乃東鄰之殺，無妄見行人之得。袁宏見諷於羸牸，華元應嘲於有皮。遺布既因於王烈，置芻亦見於羅威。復有職人掌芻，封人供薁，彦回靡視於墜井，盧愷不烹而哀老。或儨於豚上，或置之樹杪。詹何既識於白蹄，葛盧亦辨其三犧。肅慎占之而入貢，弦高用之而犒師。

别有盆子主之以建業，光武騎之以起兵。或爲夢於蔣琬，或見解於庖丁。觀其豫章繫絹，蒲轥掛書。白則識李冰之綬，青則駕老子之車。季知一搏而思過，江湛但飲而無芻。又有蹋石成花，塗泥求雨。或行詐而書帛，或争長而殺御。既擔矛而衛櫝，亦結陣而卻虎。

至若置於盆簝，老在闌牢，角不失於三色，香獨稱於四膏。遇夔致問，喘月辭勞。稱精鑑者薛公，習遺書有晉祖。既曰不能執鼠，又云難以逐兔。成牛弘之寬厚，顯盧昌之仁恕。至於千足而富，夜鳴則廼，顧憲、仲文咸決獄而人服，時苗、羊氏并居官而犢留。又有程鄭江竭，婁提谷量，望氣知北夷之驗，卜兆爲司馬之祥。若乃嘉彼柔謹，哀其觳觫。或蹊田而見奪，或洗耳而爲辱。丙吉已勞於問喘，龔遂更懲於佩犢。《周官》分職，牛人乃主於牽傍；晉室諸賢，和嶠亦勤於刺促。宋紹興刻本《事類賦》卷二二。

問牛喘賦

和人闕鄧州六首

梅堯臣

客有感前史，問牛喘，廣而賦，義有由。余得摭遺辭，掇遺韻，索遺意，而用以酬。夫寒爲冬，燠爲夏，和爲春，肅爲秋。和以發生則物萌而抽，燠以長養則物盈而周，肅以登就則物實而收，寒以閉結則物藏而休。是則陰陽之道順，而燮和之職脩。若乃當春而燠，是爲行夏令而火侵於木，時則有雨水不降，草樹早落，火訛相驚，疾疫多作。故丞相當是月而見牛喘，恐天令之愆錯。問從來之遠邇兮，或力或暵而可度。匪賤人而憂蓄，實原微而意博。所以元化日調，萬彙時若。及其後世，我自我，物自物，天自天，人自人，胡爲乎冬，胡爲乎春，孰謂差忒，孰謂平均？曰吾委佩而端冕，服美而食珍，上奉天子，下役烝民。夫何預於我哉！我亦無愧於茲辰。明正統刻本《宛陵先生文集》卷六〇。

僦驢賦 並序

宋祁

予見京都俚人，多僦驢自給。驢之爲物，體幺而足駛。雖窮閻隘路，無不容焉。當其捷徑疾驅，雖堅車良馬或不能逮。斯亦物之一能，顧致遠必敗耳。聊爲賦云：

伊驢之爲畜兮，本野人之所服。乏魁然之遠志，常蹑卑以蹈局。皁靡蕲於層庌，秣不煩乎豐粟。匪任重以取材，姑邀時而競逐。其資易給，其習易宜。韉小取適，纓華弗施。彼僦者之希直，投人乏以獻奇。候其蚪飲之節，劫以鞭箠之威。捨大道之平蕩，抵邪徑之窮巇。紛如鳥散，駛若風馳。

顧蕞軀之云陋，謂高足之莫追。歷委巷而矜伎，負宵人以奮姿。苟跬步之速至，趣要津以爲期。昧綿力之將竭，不數年而後衰。睨華驥與大車，皆鏘鑾而肅軫。挾善馭以爲範，按中逵而徐進。伊良士之攬轡，實志遐而遺近。彼汲汲於所求，謂不悟而效敏。忘百里之必蹶，尚長鳴以取儁。

昔漢靈之作駕，貽史氏之深譏。由稟生之幺麽，非騤駒之常儀。況夫錐刀課得，晷刻争機。諒隘途之坎窞，方見閔於顛隮。四庫本《景文集》卷二。

羊賦

吴淑

《易》曰：「兑爲羊。」有力曰奮，取義於祥。既聞其荷箠而驅，亦因其挾策而亡。勿被虎皮，寧爲秋霜。見決獄於皋陶，聞治訟於齊莊。髯則主簿，瘦稱博士。直躬既異於吾黨，告朔仍傳於愛禮。一歲曰羜，三百維群。晉武平吴，宫女競求於竹葉；衛玠在洛，列肆咸觀於璧人。

亦有捋鬚得珠，觸藩羸角。叱白石於金華，亡玉精於西嶽。《禮》標爲贄，《詩》美來思。處千年之樹，賣五羖之皮。尹喜曾尋於老子，曹公難求於左慈。詎見將狼，寧能格虎。嘉卜式之有言，何羊斟之不與。《周禮》已著於飾羔，時令亦聞於宜黍。或因舌以爲族，或剖肝而得土。穿井而獲者季桓，持節而牧者蘇武。遺之既警於不祀，殺之亦誡於無故。或有鬚郎之號，或傳爛胃之名。誦素絲於五紽，瞻賁首於三星。在牧用彰於衰世，鞭後式明於履生。絶沈猶之朝飲，仰宣尼之典刑。宋紹興刻本《事類賦》卷二二。

奇羊賦　並序

劉敞

今年有貨藥於市者，牽一羊，有三口，觀者異之。或謂物有同類而殊名，六合内毛羽鱗介不可勝紀也，其罕見者人則怪之。此儻自一物，而未必羊也，爲作賦，訂其意。庚子作。

伊造化之播物兮，猶巧冶之曲變。雖轇轕而紛錯兮，亦同形而相嬗。何兹羊之瑰異兮，邈獨違於天理？孰祖胄之自出兮，不屬毛而離裏？察飲齕其如衆兮，駭形貌之特詭。嵒兮運頤，粲兮嚼齒。剛外柔中，名祥實毁。安芻豢之近禍兮，衆樞機以便己。彼卒然之救首兮，雖謝害而弗如。蚍争利而自傷兮，愧厥貪之有餘。揆四氣之平分兮，察五緯之盈虚。萬物莫能兩大兮，是曷德而至於斯？

體《離》明之炎上兮，曾何視之不遠？象兑説之引吉兮，又奚很之甚反？抑神靈所不化兮，宜兹世之或鮮，儻殊方之異稟兮，固非吾人之能辨。或曰士之怪羵羊兮，殆季孫之所嘗。得無將聖之玄覽兮，夫孰鑒其肝鬲？或曰羊之神獬豸兮，自堯時而來覲。蔑庭堅之明允兮，尚焉誶夫枉直？試刑之而不嘷兮，諒以判夫群惑。誠存之而勿論兮，慕哲人之遺則。四庫本《公是集》卷一。

狗賦

吴淑

《易》曰：「艮爲狗。」在畜爲金，稟精於斗。荆楚茹黄，匈奴巨口。隨巨公則旁海而遊，逐東郭則環山而走。

若乃高辛槃瓠，徐君鵠倉，頻伸振迅，警捷馴良。杜預則恨其繫瓠，丁斐則用在完囊。史黯試之於簡子，鄄韓獻之於穆王。既號左牽，亦名羹獻。甘始則飼之靈藥，邗子則養其長翰。及夫晉使醬盾，桀令吠堯，見魏臺之睚眥，聞齊國之逍遥。白雀、青鷴，飛龍、虎子，雄姿猛相，難狎易使。

復有狺狺莫近，令令可嘉，擊石良之室，入華臣之家。既迎吠於緇衣，復肇禍於梅花。思摩曾守於北門，晏子嘗譏於楚國。哭三苗而雖或成妖，禍叔堅而豈能勝德。復有稱叩氣，號縣䮽，聞撼悦，見銜衣。溦蓋載《禮》，重環見《詩》。諫齊景之葬，攫公孫之腓。隨登仙於劉安，喻喪家於仲尼。賈后既言於繫尾，岑熙亦見於生氂。美張元之不棄，嘉之才之有辭。

別有韓盧、宋鵲，豹耳、龍形，楊氏則青骹作號，李家則白望爲名。牙如交戟，目若泉星。戴方山於昌邑，冠進賢於漢靈。獻之既自於西旅，踆之復值於彌明。袖棁則逝，投骨而争。嘗因其女嫁而賣，亦知其兔死當烹。至有下金門而動兵，出渠搜而食虎。繫頸則吴客附書，桎足而齊人捕鼠。斯猲獢之善噬，蓋有功於守禦。宋紹興刻本《事類賦》卷二三。

園陵犬賦

王禹偁

嘉彼御犬，既良且馴。蒙先朝之乃眷，向皇宫而託身。有警蹕以皆從，無起居而不親。繡組飾以煒煒，金鈴奮而振振。飼以公庖[一]，彭澤之魚兮曾何足道[二]；畜之土性，西旅之獒兮詎得同倫！健逐天步，慵眠地茵。効珍比夫異獸，供命等乎邇臣。

若乃風暖掖庭，花繁禁籞，扇挨錦翼之雉[三]，籠近雪衣之女。入赭袍兮曳尾，聞霓裳兮率舞。循遶乎金塘，徘徊乎瑶圃。睥睨爐煙，追隨蠟炬。見觀書於乙夜，聽求衣於未曙。既無吠乎投籤，每夙興於曉鼓。莫不默識聖心，潛知天語。備指顧以弗迷，奉周旋而見撫。第辰遊而夕嬉，又安在乎逐麇而捕鼠？彼宋猔之與韓盧，又安得同羣而接武者哉！

嗟乎！事變人天，時移今古。秦皇採藥，島中之士未迴；軒后鍊丹，湖上之龍已去。欠舐鼎以登仙，對遺弓而戀主。卧錦薦兮罔安，啗鮮食兮彌苦。豐麒載減，負重鞲而不勝；病骨其羸，求弊蓋於何所？赫赫顧命，明明嗣皇，念犬馬之微誠，義存始卒，徵父母之所愛，深增畫傷。俾守園陵之地，且殊盤瓠之鄉。縻索縚以璀璨，琢籠檻

[一] 飼：四庫本作「餉」。
[二] 曾何足道：原脱，據四庫本及《歷代賦彙》補遺卷一七、《淵鑑類函》卷四三六補。
[三] 挨：四庫本及《歷代賦彙》補遺卷一七、《淵鑑類函》卷四三六作「俟」。

而熒煌。仗陪鹵簿，車逐轀輬。鎖玄宮兮黯黯，號白日兮茫茫。松阡夜月，柏城曉霜。依六尺之輿，已成疇昔；盜一抔之土〔一〕，亦足隄防。表終天之巨痛，甘朽骨於龍岡。狡兔盡而見烹，理殊炎漢；駿馬死而陪葬，事類皇唐。

邈予生之介立，荷太宗之維縶。叨澤宮之一第，玷承明而三入。恥懷禄以不言，惟報君之是急。胡薄命之多屯，顧寸功而莫集。嗟白首於郎署，慟梓宮而嗚悒。生未得圖形煙閣，想英、衛之難追；死不當賜葬長陵，豈蕭、曹之能揖。異臣哉之可謂，信厖也之罔及。聊作賦以自傷，寄毫端而雪泣。四部叢刊本《小畜集》卷一。

狗盜狐白裘賦

以「心計所成，知得歸國」爲韻

夏竦

智士多機，羣心莫知。念狐裘之可致，非狗盜以難期。竊粹白之珍，寧宜鼠首；雜重原缺疑。當其禁衛方嚴，珍奇莫得，爰濆齊客之計，庶買秦姬之力。掖垣徒峻，雖崇百雉之高；宮藏非深，必遂千金之飾。

〔一〕抔：原作「坏」，據四庫本改。

俄而猶豫心決，狐趨計成，越虎門而潛伏，映麟殿以宵征。悄過獬豸之庭，無慙狗態；默傍狻猊之柱，敢作豺聲？已而内府潛通，天閽不阻。閽啟扃鐍，偏搜囊褚。疑羔袖之難辨，喜豹袪之我與。鼠偷既遂，乍懷輕暖之資；狼顧何忙，便出深嚴之所。是知四衛非謹，千門豈深？既得闇欺之便，詎聞夜吠之音？

漸下螭階，覺忘蹄而有意；猶憎桂影，知顧兔以無心。蓋其志在忘身，誠思報德。潛開篋笥之固，果竊蒙茸之色。明眸素齒，既私狐貉之衣；輕蓋軺軒，遂脱虎狼之國。故得鷹揚前席，扈從東歸，犬馬之勞既立，貔貅之勇皆微。關吏難留，不媿雞鳴之智；秦謀既失，曾無虎視之威。則知小道不遺，殊功遂濟，翻因守禦之類，特作穿窬之計。故先王嚴管籥，謹宮闈，懼有慢藏之弊。四庫本《文莊集》卷二三。

盜犬賦

滕元發

僧既無狀，犬誠可偷。輟藍宮之夜吠，充絳帳之晨羞。搏飯引來，猶掉續貂之尾；索綯牽去，難回顧兔之頭。《梁谿漫志》卷一〇。

《梁谿漫志》卷一〇《作賦贖罪》　舊傳滕達道未遇時，與諸生講學於僧舍，主僧出，諸生夜盗其犬而烹之。事聞，有司欲治其罪，滕公爲丐免。守素聞其能賦，因諭之曰：「如能爲《盗犬賦》，則將釋之。」滕公即口占其辭曰……守大笑，即置不問。今人相傳爲口實。紹興初，予妻之祖强公叔章通守歙爲臨安録事參軍，時予祖母之弟陳公宗卿侍郎之淵爲府學教授。適學帑被盗，邏者夜搜溝中，而所盗金在焉，府學生黄其姓者立於傍，遂録送府繫之獄。生自辨數，然踪跡頗疑似。强公與府司户毛季中謀曰：「行之，則汙辱士類，爲學校羞矣。」因引滕公作賦故事，言於府，乞俾之試。府主張公如瑩尚書澄許之，俾詣都廳試，以《取傷廉》爲題。生倉皇不成文，强公潛代爲之，其一聯云：「門人竊屨，何傷孟子之賢；同舍誣金，始見直生之量。」張公見之喜，即於賦後判云：「黄某盗金，情狀頗著；曹官試賦，文理稍佳。免送所司，押歸本學。聊從五等，薄示諸生。」遂以付學，陳公亦陰縱之。以此見前輩之盛德，持心皆近厚也。

鹿賦

吴淑

呦呦鹿鳴，食野之苹。當仲夏而解角，稟瑶光之散精。秦人既失，天下皆争。仲堪則表其正色，黄覿則疏其淫刑。魴鱮甫甫，麀鹿噳噳。白茅入詩人之詠，黑骨作仙家之脯。其迹速，其子麛，或騰或倚，掎之角之。雖一金之不直，非六馬之能追。

若夫賜周穆之黄金，執漢庭之皮幣。許孜爲之而作冢，謝鯤牽之而斷髀。至若餘干大質，雲南兩頭，挾鄭弘之轂，解石勒之囚。犬戎致周穆之獻，王母薦黄帝之休。又有與陶淡而偕隱，突邙山而出圍。惡趙高之指馬，譴吴唐之愛兒。釋楚國之耕稼，助伍襲之哀悲。

又若迮菹臺之乘，整黎丘之駕。碩碩既聞於興詠，濯濯更形於風雅。别有荆門浮水，扶南駕車。諫吴則遊於姑蘇，諷漢則禦彼匈奴。觸盧度之壁，狎褚量之廬。資鄭人之走險，驗《易》象之無虞。燦光輝之五色，紀休徵於瑞圖。宋紹興刻本《事類賦》卷二三。

兔賦

吴淑

伊彼毚兔，淪精月光。美騰山於東郭，眄怒目於平陽。假舐豪而吐子，賞食髓而飛觴。或以毛飛，或聞鼻決。壽永千歲，狡存三穴。爲商紂而生角，勞楚王之佩玦。若乃稱躍躍，美爰爰，范睢山東之喻，李斯上蔡之言。梁冀爲之而營苑，孝王以之而作園。若夫《詩》稱「斯首」，《禮》標「明視」，非宜出月，詎能在水。

至若叔林則産於牀下，蔡邕則擾之室傍。赤表盛王之瑞，黑爲革命之祥。賜領軍之姬侍，貢鄰國之嬪嬙。又有身居月腹，豪出玄菟。喻得道於忘蹄，鄙愚人之守株。若夫逮日追風，走街積市，人有卯日之稱，毫推趙國之美。投華秋而獲免，屯射犬而必死。張華《博物》，吐子曾見於口中；傅玄作歌，擣藥仍聞於月裏。宋紹興刻本《事類賦》卷二三。

黠鼠賦

蘇軾

蘇子夜坐，有鼠方齧。拊床而止之，既止復作。使童子燭之，有橐中空。嘐嘐聱聱，聲在橐中。曰：「嘻，此鼠之見閉而不得去者也。」發而視之，寂無所有。舉燭而索，中有死鼠。童子驚曰：「是方齧也，而遽死耶？向爲何聲，豈其鬼耶？」覆而出之，墮地乃走。雖有敏者，莫措其手。

蘇子歎曰：「異哉，是鼠之黠也。閉於橐中，橐堅而不可穴也。故不齧而齧，以聲致人；不死而死，以形求脱也。吾聞有生，莫智於人，擾龍伐蛟，登龜狩麟。役萬物而君之，卒見使於一鼠。墮此蟲之計中，驚脱兔於處女。烏在其爲智也？」坐而假寐，私念其故。

若有告余者曰：「汝惟多學而識之，望道而未見也。不一於汝，而二於物，故一鼠之齧而爲之變也。人能碎千金之璧，不能無失聲於破釜；能搏猛虎，不能無變色於蜂蠆。此不一之患也。言出於汝，而忘之耶？」余俛而笑，仰而覺。使童子執筆，記余之作。宋刻本《東坡後集》卷八。

《能改齋漫録》卷八 王立之《詩話》記東坡十歲時，老蘇令作《夏侯太初論》，其間有「人能碎千金之璧，不能無失聲於破釜；能搏猛虎，不能無變色於蜂蠆」之語。蘇愛之，以少時所作故不傳。然東坡作《顔樂亭記》與《黠鼠賦》，凡兩次用之。以上皆王記。余按《晉劉毅傳》鄒湛曰：「猛獸在田，荷戈而出，凡人能之；蜂蠆作於懷袖，勇夫爲之驚駭，出於意外故也。」乃知東坡意發於此。

王若虚《文辨》（《滹南集》卷三五）退之《盤谷序》云「友人李愿居之」，稱「友人」，則便知爲己之友。其後但當云「予聞而壯之」，何必用昌黎韓愈字。……山谷《劉明仲墨竹賦》既稱「顧以歸我」，而斷以「黄庭堅曰」，其病亦同。蓋予、我者自述，而姓名則從旁言之耳。《酒德頌》始稱「大人先生」，而後稱「吾」；《黠鼠賦》始稱「蘇子」而後稱「予」，《思子臺賦》始稱

「客」而後稱「吾」，皆是類也。前輩多不計此，以理觀之，其實害事。謹於爲文者，嘗試思焉。

又（《滹南集》卷三六）《黠鼠賦》云：「吾聞有生，莫智於人，擾龍伐蛟，登龜狩麟。役萬物而君之，卒見使於一鼠。墮此蟲之計中，驚脱兔於處女。夫役萬物者，通言人之靈也。見使於鼠者，一已之事也。」似難承接。

王惲《題黠鼠賦後》（《秋澗集》卷二七）　鼠喻雄深過柳州，竊時欺暴果誰尤？惠卿未死舒王在，悄悄孤懷爲國憂。社鼠城狐固細微，不勞區處動嫌疑。何當論報堂堦下，免使區區若輩欺。豻豕磨牙到暴殘，容身應媿豸爲冠。咄哉此輩何爲者，未用區區許面謾。

《古今小品》卷一　許大名理，説來如此透脱，前後點染，歷歷落落。

王聖俞評選《蘇長公小品》　莊生之文以小物逗玄理，如解牛、承蜩之類。是作可與驂駕。

又引卓吾評　譎甚怪甚，好摹寫更譎更怪。

又（「言出於汝而忘之耶」）　東坡十來歲作《夏侯太初論》，用「碎璧」四語，爲老蘇極愛，故曰「言出於汝而忘之耶？」

愛新覺羅弘歷《題鳳遇雲畫蘇軾黠鼠賦》（《御製詩集》五集卷三五）　空橐何來書史陳，遇雲用古失傳真。畫格與賦意不合，故嘲之。東坡智者愚於鼠，却賦長篇愚世人。

《唐宋文醇》卷三八　誠生明，一於汝誠也。一於汝，則無一亦無汝，而卓然精明。妄生暗，二於物妄也。二生三，三生萬，萬者樅然而各分一汝，則昏然莫知所之矣。孔子曰：「不逆詐，不億不信。」抑亦先覺者是賢乎。讀者不察，謂惟先覺乃能不逆不億。余非先覺者也，非逆億則何覺？不知逆億之中無覺路，逆億所覺，不過以其昏昏者自謂爲覺而已。軾之言「不一於汝而二於物」，誠善言立誠哉。乃世儒聞軾之言一言二，則曰此禪學也，易其説爲誠爲妄，則曰此其儒乎。嗚呼！彼蓋誠於貌，而未嘗誠於中，話其誠而未嘗立其誠者也。凌安世曰：按：東坡十來歲作《夏侯太初論》，用碎璧數語，爲老蘇所極愛，故曰「言出於汝而忘之耶」。《復小齋賦話》卷上　東坡《黠鼠賦》「人能碎千金之璧，不能無失聲於破釜；能搏猛虎，不能無變色於蜂蠆」二語，乃東坡少年《夏侯泰初論》也。

劾鼠賦

劉克莊

余憫黃卷兮，懼白蟫之害，頗整比其散亂兮，又補完其破碎。手自扃鐍兮，若巾襲於珍貝。雖稍辟夫蠹類兮，曾不虞以鼠輩。偶一夕之慵兮，遺數帙於外，明發起視兮遭毒喙，皮殼無恙兮殘腹背。余意不怡兮朝餐廢，思古事兮發深慨。彼盜肉兮汝常態，尚熏掘而誅磔兮，矧滅籍之罪大！余非刀筆吏兮，莫鞫訊而捕逮；姑詰汝以理兮，具以臆對。

余廩有菽粟兮園有果菜，庫有醯醪兮庖有脯醢，汝出没其間兮且攫且嘬，每擇取其甘鮮兮而遺余以餒敗。汝於此兮夫豈不快，書於汝兮曾微纖芥。汝前身寧盜儒兮剽竊梗槩，以《論語》兮受帝拜，以《兔園册》兮事四姓、相五代。既化異物兮習氣猶在，嗟余嗜書兮甚炙與膾，雖無萬卷兮寸紙亦愛。

今與汝約汝法兮反復告戒，犯前數條兮原其罪，惟齧余書兮不姑貸。求良猫兮設毒械，如永某氏之爲兮汝毋悔[一]。鼠默然失辭兮，叩頭而退。清鈔本《後村先生大全集》卷四九。

詰猫賦

劉克莊

余苦鼠暴兮語之所親，或致狸奴兮稍異其倫。甚俊黠兮尤服馴，既咆哮而威兮亦斕斑而文。余乏精識兮以貌而取人，閲壹曆兮差良辰[二]，棲以丹檻兮藉以華裀，飯以香秔兮侑以絢鱗。謂子蒼蜚之聞風兮退避而逡巡。猶鰐憚愈而徙海兮，盜懼會而奔秦。始俘

[一] 某：四部叢刊本同，底本旁校改爲「□」。今按：此典出柳宗元《永某氏之鼠》，故仍從底本作「某」。

[二] 曆：四部叢刊本同，旁校改作「月」。今按：「壹曆」指壹年，仍從底本。

禽其一二兮氣稍振，意薙獮其族類兮憤乃伸。俄傷飽而戀暖兮，復嗜寢而達晨。信羊質之難矯兮，況驢技之已陳。彼瞯爾兮柔而仁，汝視彼兮狎不嗔。久遺毒於一室兮，寖旁及於四鄰。爾尚施施而厚顏兮，嘿嘿而容身。

余架無完衣兮桉無完書，大穿穴於牆壁兮小覆翻於椝杅。闖薦廟之魚菽兮，伺享賓之牢蔬。將大嚼而後快兮，寧垂涎於餕餘。彼蝶栩栩於欄檻兮，雀啾啾於庭除〔一〕。嗅殘花、啄棄粒兮，哀所營之區區。爾睥睨而襲取兮，之二蟲又奚辜！余甚憐雪衣女兮置諸座隅，譬之能言之流兮絶代之姝。爾一旦巧發兮掩其不虞〔二〕，使果入朝而入宫兮，其不忮害也夫！

嗟爾以捕爲職兮，獰面目而雄牙鬚。於所當捕兮卵翼之勤劬，於所不當捕兮踴躍而毆除〔三〕。余欲誅之兮不勝誅，爾猶有知兮亟改圖，否則世豈無含蟬之種兮，任執鼠之責者歟！ 清鈔本《後村先生大全集》卷四九。

〔一〕除：原無，據四部叢刊本補。
〔二〕巧：四部叢刊本作「竊」。
〔三〕兮踴：原脱，據四部叢刊本補。

蜘蛛賦

張耒

魚游假淵，鳥棲求木，而我所宅，獨取諸腹。巢於牆屋，人不予取，朝蠅暮蚊，食人所惡。彼殘物以養，而無益於世，雖名人兮，斯蟲是愧。明趙琦美鈔本《張右史文集》卷二。

周必大《歐陽伯威墓誌銘》（《周文忠公集》卷七四）嘗著《遇諫詞》、《蜂螯蜘蛛賦》，胡忠簡公極口稱獎，一時名公推重如此。

宋代辭賦全編卷之九十二

賦 鱗蟲 一

龍賦

吴淑

龍者神靈之精，能幽能明。或玄黄其血，或蠶蠋其形。劍化延津，漦藏夏庭。張華嘗辨於鮈鮓，孝和亦聞於賜羹。賀吕光於龜兹，負吳猛於宫亭。見號雨師，亦名水物。沉木既産於哀牢，浮水亦聞於素弗。爾乃九色駕王母之車，五采負帝舜之圖。困河津而曝鰓，降荆山而垂胡。美董父之見擾，哂朱泙之學屠。盤桓温之齋，卧南陽之廬。則有見於絳郊，禱於滏口，爲夏禹而負舟，助隋師而驤首。

至若承光御於南海，苻生謡於洛東，戒乘危於頷下，美借譬於人中。或解角而昭瑞，或曳尾而告凶。資五花而爲食，萃四蛇而見從。韓子畏禍於逆鱗，墨翟避屠於黑色。推華歆而爲首，驚葉公而喪魄。潛則勿用，見則時乘。鱗既成字，膏亦爲燈。呼先跨之而輕舉，安公騎之而上昇。及夫登玄雲，生積水，黑見渭川，黄聞成紀。八即荀家，六爲卞氏。劉累以事於孔甲，仲尼莫闚於老子。亦有候清風而昇天，眄層雲而躍淵。顔稱高祖，醉駭陳宣。復聞在宫沼而爲畜，與金玉而昭瑞。毒魚而或能致雨，計賊而當須伺睡。

至其出武庫而劉毅不賀，見臨平而无量靡觀，張駿厭之而鑄銅，太皞用之而紀官。復聞生大澤，興景雲，或搏而起陸，或蟄以存身。亦有子明見放，馮孫是養。既爲東方之宿，亦號鱗蟲之長。雷澤得陶侃之梭，葛陂投長房之杖。變魚見困於清泠，爲怪嘗偕於罔象。雕聞鄒奭，章美嵇康。或漬之而復活，或吹之而則長。騁神變於三池，備文彩於五方。非罔罟之可害，豈螻蟻之能傷。覿而不求，既聞於子産；豺而見負，更記於師皇。宋紹興刻本《事類賦》卷二八。

龍賦

王安石

龍之爲物，能合能散，能潛能見，能弱能强，能微能章。惟不可見，所以莫知其鄉；惟不可畜，所以異於牛羊。變而不可測，動而不可馴，則常出乎害人；而未始出乎害人，夫此所以爲仁。爲仁無止，則常至乎喪己；而未始至乎喪己，夫此所以爲智。止則身安，曰惟知幾；動則物利，曰惟知時。然則龍終不可見乎？曰：與爲類者常見之。宋紹興刻本《臨川先生文集》卷三八。

楊慎《半山詩》（《升菴集》卷四九）其歸金陵後作《龍賦》曰：「常出乎害人而未始害人，常至於喪己而未嘗喪己。」其自解之詞乎。然就其言論之，龍本利見，何嘗害人，其或害人者孽龍也。龍能存身，何嘗喪己，其或喪己者乖龍也。公其乘孽龍、乖龍之精者乎。

龍魔賦

李廌

陟神嵩之岩崿兮，背東址之陂陁。躡緣雲之磴以左旋兮，上有絶壁之嵯峨。畜雲雨之液以瀦聚兮，不爲斯干；鍾煙嵐之秀以蘊結兮，菀爲卷阿。幽然九潭，黯然澄波。爰有九龍各居其淵，龍姥字之，故馴以訛。維龍之姥，神變實多。或爲封豕，或爲長蛇。或爲大厲，或爲姣娥。匪噬匪毒，喜爲戲魔。

潭濱之民，習於見聞。匪苟爲魔，必魔令人。比有大士，習於桑門。精進甚勇，歲月已勤。誅茅爲廬，介於潭濱。龍忌且媢，義弗肯賓。肆其憤心，噴爲怒雷。雷電馳騁，風霧糾紛。日月藏輝，宇宙爲昏。俄爲巴蛇，千尋雪鱗。摇毒怒視，煙飛火燃。鋸牙舟腹，巨象可吞。欲魔若人，望户以犇。首大於户，進不可前。舌如虹蜺，其利如鋋。忽摇摇而入户兮，噬頂領而垂涎。彼方屏氣聽息，宴坐安禪。遊心於無我，寄我於自然。天地皆定，萬物不遷。何生何死，何喪何全。觀者爲慄，定觀自安。龍悟其妄，輒悔而悛。怳兮忽失，蓋慚以旋。

嗟夫！天用莫如龍兮，介蟲之君。動與天通兮，致雨而興雲。以變以化兮，乃爲魔而甚勤。妄喜妄怒兮，何自悔其能神。恃不可以制畜，故恣戾而匪循。烏在其能潛能躍，能飛能伏，而比德於聖人。

潭濱之民曰：凡魔之族，詎止龍哉！紛紛斯世，多惡端正。令能相競，名能相勝。勢相盛，功相病。其魔有甚於龍姥，厥口善汙於賢聖。或忌人德，或惡人修。翕訿張侜，覆用爲仇。四國流言於姬旦，宋桓施厄於尼丘。市人毁參而疑曾母，臧倉沮孟而止魯侯。樂侯喪成功於即墨，武安賜椠劍於杜郵。乃及絳侯安漢，疑行縣而爲亂；條侯襄難，謂地下之必叛。董相禍興於步舒，賈傅被抑於絳灌。陳甘沮功於稚圭，蕭劉遭讒於恭顯。燕蓋毁霍，蕭苡誣援。在唐名臣，亦多間隙。無忌元舅，敬宗罔以大逆；鄭公忠良，彦博浼以形迹。德宗猜忌，武塁羅織。盧杞薦賢，高閣譖白。李西平之勇智，延賞敗其謀；贊皇公之剛明，僧孺毁其績。故小人之爲魔，惟必累於正直。魔正直之一二，勝庸凡之累百。

其心曰魔於庸常，我魔匪彊。惟魔正直，可使彼傷。彼方砥礪，日務自異。魔之何如，恐異於己。魔之遂屈，乃協厥意。魔之益勵，終異厥類。吾聞是言，有感余志。以魔爲師，維魔之畏。俯仰天地，奚怍奚愧。四庫本《濟南集》卷五。

蛇賦

吴淑

蝮蛇蓁蓁，乘雲霧兮遊神。或斷而復續，或蟄以存身。泉有方渠之異，珠有塗云之珍。華佗治之而病愈，玄俗下之而病已。留篋既擾於民家，逐鼠爰興於甲士。盤帳而蒙逐旋師，繞柱而煬宫肇祀。

又若鬬鄭門而厲公入，出泉宫而聲姜亡。董奉斃之於晉興，吴猛殺之於豫章。雖報德於隋侯，或見勀於壽光。苟戒之而修政，豈遇之而不祥。或乘彼龍星，或出夫象骼。

秦文夢之於鄜衍，漢祖斬之於豐澤。則有五丁拔梓潼之山，黄帝採圓丘之藥，叔敖轉禍於兩頭，薛瓚考祥於有角。

亦聞見虎牢而有變，出柴桑而能飛。或謂錢龍，或號肥遺。劉秀見之而不懼，欒廣告之而解疑。復有毛若彘豪，音如磬聲。畫足聞言於陳軫，繞輪兆禍於申生。産深山於叔虎，得遺髮於昭靈。傅綷死而受爵，杜預醉而變形。

觀夫徙洄澤而有神，喻常山而論勢。變李密之衣帶，見馮緄之綬笥。斯斷手之毒螫，吁其可畏。宋紹興刻本《事類賦》卷二八。

龜賦

吴淑

伊神龜之效質，實瑶光之散精。負《河圖》之八卦，標《禮經》之四靈。或宜水火之氣，或昭山澤之名。法和掘之而畫地，張儀依之而築城。備嘉肴而斯獻，順時令而爰登。或呈瑞於魏文，或報德於毛寶。爲貨克資於交易，致氣諒宜於衰老。

至若玄衣督郵，緇衣大夫。致糜潰於元遜，罹罔罟於余且。若其壽别神靈，形分俯仰，誠爲天子之寶，故號甲蟲之長。或處嘉林之中，或旋卷耳之上。名有時君之美，文成列宿之象。效之而或致飛騰，法之而自能導養。

亦有見天文於南漢，傳科斗於越裳。卜洛斯食，比筮爲長。堯則赤文而朱字，周則青純而蒼光。既觀書脅，復有支牀，豈願刳腸，唯宜曳尾。十朋既見於羲《易》，六室更聞於《周禮》，或傳叢蓍之説，或記青毛之異。

又聞大若三足，君山六眸。孔愉曾悟於廻首，黄安屢見其出頭。嗟僂句之不欺，笑蛶蝣之見憂。臧文一兆而稱美，武仲納請而能謀。爾其八風九州，南辰北斗，《坎》居《离》象，蛇頭龍脰。或通夢於高虞，或表祥於章后。

至於前弇諸果，左倪不類，豈同夫牛蹏兟顲，必見其灼中文外。爲伏羲而負圖，美寧王之見遺。唯九江之納錫，實揚州之巨美。宋紹興刻本《事類賦》卷二八。

上春釁龜賦 春序之月，先釁靈物

宋祁

政有圖始，天方發春。薦幽血以升器，釁大龜而用神。割以全牲，表惟新而嗣歲；授於太史，將致用以前民。丕訓孔昭，攸司慎舉。《周官》則具載厥職，吕《令》則叶言其序。月有履端爲重，我乃詔乎官占；物有不褻爲靈，我用藏於君所。始也斗建寅次，正符夏時。事藏其舊，謀詢乃疑。發居蔡以顒若，取封豆而奉之。焕若塗丹，布十朋之具體；滂焉流赭，浹三兆之靈姿。然後舉縢籥以見珍，總繹靈而罔越。死且不朽，神無恐歇。貴以天之神物，謹以王之正月。苟玩占於象數，式俾從長；既取重於宗祧，何傷祀骨。及夫占人獻兆，華氏告虔。視高惟謹，食墨罔愆。告我猷而弗厭，蔽朕志而爲先。寧不由乞靈肇祀，謹始開年。牢禮初升，既措廟堂之上；邦儀云展，遂居庭實之前。彼宮室用成，鼓鍾將震。咸重其事，必先其釁。未若我外列邦貴，中參寶鎮。春者釁其生矣，冠四序以更端；釁者殺而神之，涑羣心而取信。故王者習祥不爽，納錫有經。登兹備物，赫我至靈。辰有主於勾芒，舊章惟謹；告不欺於僂句，穆卜攸寧。士有治見典彝，博知名物。惟布和之在候，俾乞靈而罔咈。儻欲紬天下之幾微，冀鄭詹之一拂。四庫本《景文集》卷三。

魚賦

吴淑

魚麗於罶，鰋鯉，君子有酒，多且旨。若夫魴魚赬尾，王室如燬。或逢秋而憶鱸，或當春而薦鮪。大盈一車，廣聞千里。爾乃昭帝之養昆明，任子之蹲會稽。鄙奉車之不足，美弦章之見辭。加美名於孔鯉，獻有餘於仲尼。

陶朱則養之而富，龍陽則棄之而悲。憂在脱淵，樂宜在藻。形備丙丁，用稱鱻薨。宿沙善漁，詹何能釣。考信及於中孚，美於牣於靈沼。則有形侔刀劍，價貴牛羊。化舒姑之泉，歸青田之倉。或釣於渭，或觀於棠。掣三牽兩，析縷分芒。夜飛嘗駭於文鰩，陵處亦驚於龍鯉。緯書載其虎銜，時令標其獺祭。

別有姜詩雙鯉，楊震三鱣。或買之而啖茹，或得之而忘筌。躍武王之舟，入仲御之船。琴高初見於涿水，務光始返於盧川。獲靈符者涓子，寄丹書者葛玄。莊周比之於貸粟，淳于笑之於祝田。鮔則似蛇，鰼聞有翼。陳囂遺之於竊盜，王弘致之於親識。林邑陵雲，昆明刻石。入羽淵而遽化，厭武昌而不食。乞伏買之而盡放，王固祝之而不得。釋小傳單父之政，貢大見王龔之德。

亦聞謝允致鯉，左慈化鱸，專諸奉炙，陳勝置書。入舟豫知其解甲，有録則比於負圖。周發曾傳於嗜鮑，漢徹嘗聞於得珠。既自適於濠梁，亦相忘於江湖。片則王餘，雙稱比目。或墜眼而爲珠，或燃膏而作燭。祭而獲應者周平，懸以示廉者羊續。鮒惟宜暑，鯈可忘憂。長聞横海，大記吞舟。或七日而逢尾，或一斤而千頭。幸通水而相致，無乾谷而見求。亦有粱水之魴，洞庭之鮒。應王祥之剖冰，感蔡仲之廬墓。楚國悟之而爲治，越王養之而致富。又有感王延之孝，資陸政之養。内藥則戲於湯中，塗血則行於水上。

若其噴水爲雲，吐氣成風。介象釣之於殿前，王肅羹之於洛中。或螻蟻之可制，豈蹶涔之見容。出丙穴而赴水，度禹門而化龍。或義不及賓，或功稱微禹。必芳其餌，乃先於俎。既見射而流血，亦高飛而乘雨。

爾其金虀、玉鱠，青鸝、碧鱗。有負函盛水之嗜，有當乳輟罔之仁。復聞杜孝置筒而寄歸，張昭結網而供膳。吳隱嫌其用意，公儀止其爭獻。效雙角於元海，革陽喬於子賤。鯨死而彗星乃出，鱷去而潮人無患。苟耕田而可種，奚臨河而見羡。

若乃林邑變鐵，流淵出瓊，嬾婦蓋聞於鯢類，水君可駭於人形。既得書而加飯。亦通夢而延齡。烹之則忌其屢擾，致之則嫌其至清。取澤戒竭，察淵惡明。斯足以驗人事、制國經，豈徒誦《毛詩》之《九罭》，觀天文之一星。宋紹興刻本《事類賦》卷二九。

放盆池魚賦 並序

張詠

皇宋宥天下十一年[一]，予自洛徂陜。陜牧以近戚得侯，不喜儒墨，遂憩駕於易兵部之館。庭户之間，有盆池焉，緑萍小鮮雜其中，以節兒童之樂。樂即樂矣，大違夫物之性也。遂命放之，感而成賦。

粤若金、張貴孫，風臺露軒。珠翠爛目，煙華斷魂。未盡瓌異，憀然綺思。遂命破苔紋，陷陶器，上分紅杏之陰，下決蓮塘之水。於以責女胥，誡童奴，緊蛛絲之罥[二]，網針纖之魚。魚亦繼致，浣適我意[三]。宅與緑萍，恩溜香餌。日兮夕兮，予戲汝戲[四]。想其魚乎，寧亡意歟？稟天仁兮化質，飲靈泉兮孕軀[五]。豈不有晞狀運海之類？豈不

[一] 宥：黄丕烈校本、四庫本作「有」。
[二] 緊：四庫本及《歷代賦彙》卷一三七作「緊」。
[三] 浣：四庫本及《歷代賦彙》卷一三七作「爰」。
[四] 予戲汝戲：四庫本及《歷代賦彙》卷一三七作「戲汝弄汝」。
[五] 靈泉：原作「泉靈」，據四庫本及《歷代賦彙》卷一三七乙。

有慕力嗔雷之徒？既履漸於鱗鬣，安蹶蝶於污瀦？

今者不樂，動乃觸乎四隅。客有詞軫窮轍，詩歌《行葦》，將間童子之欲，用汲生生之理。無毁爾缶，無覆爾水。江湖可待，與彼游泳之因；罇俎不離，解彼囚拘之耻。去去魚兮，丁丁我私。遊必避其醜類，食無貪於童飴[一]。比目義而可友，文鰩賢而可眉[二]。壯禹門之燒尾，擬碣石之摽鰭。如此，則脱地塹，排天池，鯨鯢爲之戢鬣，波神爲之驚嘻。彼貴尺澤者，曾何足知？

自邇圖遠，通谿泛谷。一動一息，爰長爰育。斜流可畏，蝌蛙之聲下多非[三]；淺渚那輕，牧豎之鉤頭更曲。得有悦若前事，力乎大流[四]。欽王澤之下及，職昆蟲之盛遊[五]。時奔雲雨之鄉，神其救旱；日警螻蟻之制，愠莫吞舟。無忽我誡，無後爾羞，即全勝

[一] 童：原作「薫」，據黄丕烈校本、四庫本及《歷代賦彙》卷一三七改。
[二] 眉：《歷代賦彙》卷一三七作「師」。
[三] 聲下多非：四庫本作「聚處多汙」。
[四]「得有」二句，四庫本作「盍倘徉於廣澤，游泳乎洪流」。
[五] 職：四庫本作「識」。

乎銜珠顧印之儔者也[一]。影宋刻本《乖崖先生文集》卷一。

鯸鮧魚賦 並序

張詠

太平甲申歲，余知邑罷歸，浮江而北。有若覆甌者漾於中流，移晷不滅。舟人曰：「此嗔魚也。觸物即怒，多爲鵄鳥所食。」遂索書驗名，古謂之鯸鮧魚爾。因而賦之，亦欲刺世人之褊薄者。

鴻濛積氣，化生品類。順天者自得美名，逆天者謂之凶器。天亦不問，任性而已。鯸鮧微物，江漢有諸。性本多怒，俗號嗔魚。其或天晴日暖，風微氣和，鱗者介者，潛泳江波。被大君之惠化，共委委而佗佗。鯸鮧憤悱，迎流獨逝。偶物一觸，厥怒四起。膨欲裂腹，不顧天地，浮於水上，半日未已。物或荐觸，怒亦復始。意謂天昊曠越，不與我遺大江之西流；神龍俛默，不與我禁水族之勿游。何巨魚之矯首？何靈龜之縮頭？何稱義於比目？何爲祥之躍舟？此類可怒者甚

[一] 即全：四庫本及《歷代賦彙》卷一三七作「聊」。

衆，使我卒歲之沉憂。有若世之小人兮，才荒性卑。謂道德不可以稱據，謂仁義不可以取資。咸呼志狂而識昧，獨謂量絶乎天維。妬賢泄憤〔一〕，冥眸自欺。觸藩增咎，至死莫知。尤恐鯸鮧之遷怒，慊此善譬之非宜。嗚呼！造化不能移爾之性，萬類不能與爾之競。雖海有納，亦物之病。乃爲辭曰：鯸鮧褊僻，常藴怒色。性不我移，仁者爾惜。殊不知老鳶伺隙，翩翾鼓翼，啄腹爲食，其怒方息。鳶非爾賊，爾自貽伊戚者也。影宋刻本《乖崖先生文集》卷一。

《儒林公議》卷上　張詠性剛急，嘗作《鯸鮧魚賦》，其序略曰：「江有若覆甌者，漾於中流，移晷不没，舟人曰：『此瞋魚也，觸物則怒，多爲鴟鳶所食。』遂索書驗名，古謂之鯸鮧。因而賦之，欲刺世人之褊薄者。」又爲《褊箴》曰：「百行同轍，一褊則缺。」其意欲自警也。

針口魚賦

梅堯臣

有魚針喙，形甚小，常乘春波來不少。人競取之，一掬不重乎銖杪。其爲針也，穎

〔一〕賢：原缺，據四庫本補。妬賢，《歷代賦彙》卷一三七作「含妒」。

不能刺肌膚，目不能穿絲縷，上不足以附醫而愈疾，下不足以因工而進補。以口得名，終親技女。大非膾材，唯便鮓滷。烹之則易爛，貯之則易腐。嗟玉色之可愛，聊用實乎雕俎。過此已往，未知其所處。明正統刻本《宛陵先生文集》卷六〇。

《韻語陽秋》卷一六　老杜《白小》詩云：「白小群分命，天然二寸魚。細微霑水族，風俗當園蔬。」言白小與菜無異，豈復有厚味哉？故白樂天亦有「下飯腥鹹白小魚」之句。余謂魚始二寸已就烹，魚之窮也。寒士又從而食之，其窮抑甚。梅聖俞有《琴高魚》詩云：「大魚人騎上天去，留得小鱗來按鰷。」又有《針口魚賦》云：「有魚針喙，形甚小，常乘春波來不少。取之一掬，不重銖杪。」則白小之魚，尚爲丈人行也。

臨川羡魚賦　嘉魚可致，何羡之有

范仲淹

彼何人斯，在水之湄。謂嘉魚之美矣，臨長川而羡之。瞻之在前，殊有忘筌之意；求之不得，寧無結網之思。徒觀其紋浪不驚，錦鱗咸遂。或在藻以安性，或戲荷而從類。但見嬉遊，固難馴致。常自適於清流，若有待於芳餌。在淵游泳，疑莊叟之夢來；

依岸噞喁，訝平子之書至。潑潑晴波，在彼中河。可以登庖，爲籩豆之俎；可以昇鼎，俟鹽梅之和。顧絲緡而則不，俯漪漣而奈何。凝睇依依，控鯉之方安得；含情默默，思鱸之興何多。惜矣空拳，眷乎頒首。止疚懷而肆目，自朵頤而爽口。幾悔恨於庖無，徒諷詠於南有。心乎愛矣，愧疏破浪之能；敏以求之，懼速憑河之咎。

烹鮮尚賒，謀之未嘉。弗經營於綱網，空顧慕於鰭魦。非達士之識矣，其愚人之意耶？胡不爲施罟之功，豈勞彈鋏；胡不學投竿之術，自取盈車？又何必其志營營，其圖瑣瑣？徘徊乎水澤之畔，怏悵於泉源之左？亦由射雉之子，即亡矢以胡爲；待兔之人，非設罝而奚可。然則有爲者必先其器，所羨者何止於魚。器則可爲，詎見力不足者；魚或空羨，又豈得而食諸！在臨事而求己，將觸類而起予。

五餌不陳，釣四夷而莫至；三綱不緝，羅兆民而則疏。至如居人之常，爲邦之彦，欲高位而是蹈，當崇德而無倦。修天爵而人爵從之，何煩健羨？清康熙刻本《范文正公集》卷二〇。

《賦話》卷五　宋范仲淹《臨川羡魚賦》中幅云：「惜矣空拳，眷乎頒首。止疚懷而肆目，自朵頤而爽口。幾悔恨於庖無，徒諷詠於南有。心乎愛矣，愧疏破浪之能；敏以求之，愧速馮河之咎。」虚處傳神，句句欲活，唐人無以過之，而前後尚嫌平僻。

《復小齋賦話》卷下 范文正《臨川羡魚賦》第七段云：「五餌不陳，釣四夷而莫至；三綱不緝，羅兆民而則疎。」不獨於小中見大，即可以覘公之相業矣。

銀條魚賦

洪适

兹銀條之小魚，寔群遊於深水。闖雙目之如漆，體潔白其無比。絶肺腸與鱗腮，信清瑩之堪美。盈一掬之十百，唯銖兩而已矣。

昔季鷹乘秋波之月明，浮扁舟以半醉。簇銀絲於金盤，曾不聞於用爾。子陵當春瀨之濤澄，垂長竿以香餌。偉巨鬣以登來，爾不聞於一至。既不足以上嚴公之鈎，又不足以篕張子之味。唯醢瓿之是宜，乃溉鬵之所棄。

我聞北溟之鵾，其身大乎千里。又聞東海之鯨，吞長舟於寸晷。彼何爲而若斯，爾何爲而至是，信天賦之差殊，知人才之亦爾。四部叢刊本《盤洲文集》卷二九。

石首魚賦

張侃

江南有魚，冠冕鯉魴。豐上鋭下，金玉其相。魚之初來，隨波低昂。導自東海，游乎長江。什什伍伍，前不可當。或抑其勢，摧觿敗檣。小立待定，拾塊盈箱。

凡物之生，其生不窮。因是而見，天地全功。且夫魚水類也，秋化爲雀，冬化爲鳧，又不止於一生二。或云魚首有石，厥狀碁子。爲鳧之首，石亦相似。既不同胞，又不同體，雀入水而成蛤，蜂祝蟲而類己。信物理之循環，吾有感而賦此。四庫本《張氏拙軒集》卷五。

放魚賦

陳與義

仲冬良日，二客過予，請觀魚於竇氏之陂。攝衣而興，從客往嬉。日澹寒郊，木影陸離。顧道旁之洫異於他日，浩如潮之方滋。客曰：「是殆水師不仁，將平地以盡魚，空其池而寓之斯也，至則水不膚寸矣。」而百萬之鱗，瀺灂聲沸，金横玉偃，失據狼狽。

赤手下捕，易若拾塊，翻倒窟穴，不遺細碎。問其所以得取，則輸金錢以買諸竇氏。

嘻嘻！是魚之愛其生，與我無異也，奈何使充牣之性命，帶險喁而就臠割，纔以易一朝之費？彼任公子，雖永負於一魚，而淛河以東，蒼梧以北，皆歌舞其賜，則乘除而逆計之，其得失有以相濟也。聊解我衣，救爾戢戢，爰得數斗，護以微濕。豈不指動，易生相急。將逸爾於隋溝，資淮海以供給。已趣湯而幸見赦，同伏鑕而偶不及。其亦知遇我之不可常，而教魴鱮以慎出入也。

僮奴笑曰：「美則美矣，抑此賜不終。夫巢梁之禽，智困深叢；草秀巖下，出山不豐。是魚安樂於止水之淵久矣，而一旦投之衝沙走石之流，亦鱗敗鰭折，未十里而取窮耳。」不虞生異，使我辭索，遂用其言，脱魚再厄。步驛門而左轉，得渺然之平澤。其深黛黑，其淺鑑白。窮源委而四顧，知吾輩之責塞。罄一瀉而莫留，亂藻荇之寒碧。乍圉圉以洋洋，忽四散而莫迹。異乾魚之還鄉，類羣鱷之徙宅。念宇宙之偉事，或偶成於戲劇，豈特爲今日之一快，吾將候風雷於他夕也。

衆客欣然，三遶而退。歸泚我筆，以記斯會。庶幾竇氏子聞之，爲來歲之戒。四庫本

《簡齋集》卷一。

《須溪先生評點簡齋詩集》轉換婉折，不多不少，懇款濃厚，蓋無一語不實，故貴。

香魚賦

釋居簡

海賈得水沉之木於絶嶠，巨口細鱗，厥狀惟肖。矯首欲驤，揚鬐欲掉。腹背逾尺，首尾倍尋。渾然天成，不刊不鋟。將市於通都大邑，則燔灼剞劂；秘而藏諸，則匹夫懷璧。與其市而藏之，孰若寘諸八吉祥，六殊勝，枕玉几，供佛頂。此念既作，鯨波砥平，天風飽帆，悠然至鄞。

嗟物之生，豈不願才！臃腫自全，不鳴者災，才不才亦各繫其逢也。方其窮髮之北，落落盤踞，排震風，傲淩雨，不知其幾千百年。婆娑垂陰，終其天賦，蠹根反初，槁榦速腐。所不爲速腐之伍者，嶄然鱗鱗，郁然圑圞。一遇賞鑑，遂奮於遐陬窮荒，卒臻禮樂文物之土。向也不遇，曷以至此？雖然，銕鑠鋃鐺，鱗鬣振迅，殆與獄户之劍，雷澤之梭，跨騰風雷，變化而去。四庫本《北磵集》卷一。

糟蟹賦

楊萬里

江西趙漕子直餉糟蟹，風味勝絶，作此賦以謝之。

楊子疇昔之夜，夢有異物入我茅屋。其背規而黝，其臍小而白。以爲龜又無尾，以爲蚌又有足。八趾而隻形[一]，端立而旁行。唾雜下而成珠，臂雙怒而成兵。寤而驚焉，曰：「是何祥也？」召巫咸卦之，遇《坤》之解，曰：「黄中通理，彼其韞者歟？雷雨作解，彼其名者歟？蓋海若之黔首、馮夷之黄丁者歟？今日之獲，不羽不鱗，奏刀而玉明，披腹而金生。使營糟丘，義不獨醒，是能納夫子於醉鄉，脱夫子於愁城。夫子能親釋其堂阜之縛，俎豆於儀狄之朋乎？」

言未既，有自豫章來者，部署其徒，趨蹌而至矣。謁入視之，郭其姓，索其字也。楊子迎勞之曰：「汝二浙之裔耶，抑九江之系耶？松江震澤之珍異，海門西湖之風味，

[一] 隻：汲古閣本、四庫本作「雙」，《古今合璧事類備要》别集卷八八、《古今事文類聚》後集卷三五、《歷代賦彙》卷一〇〇並作「隻」。

汝故無恙耶？小之爲彭越之族，大之爲子牟之類，尚與汝相忘於江湖之上耶？」於是延以上客，酌以大白，曰：「微吾天上之故人，誰遣汝慰吾之孤寂？」客復酌我，我復酌客，忽乎天高地下之不知，又焉知二豪之在側？四部叢刊本《誠齋集》卷四四。

後蟹賦

楊萬里

昔趙子直漕江西，餉予糟蟹，因爲賦之。江西蔡帥定夫復餉生蟹〔一〕，風味十倍曹丕，再爲賦之。

司徒道明來自洛師，至止江湄，逢一湖海之仙，貌肖乎晉之解楊而其怒有赫，骨像乎漢之彭越而其圜中規。獨愛其二執戈者，前矣視其趾，二四而有踦，意以爲吳中介士郭先生也，不知其姓則彭，其字則蜞也。亟攜其手而上曰：「吾自渡江以來，取友不少矣。如孔之金，如玉之瓊，吾皆得而友朋；如魏之玉，如庾之穀，吾皆得而款曲。夫子安在？何相見之暮而不夙也？」於是齒牙嗜焉，胸懷寄焉，與之一飲一食而同醉焉。

〔一〕帥：原作「師」，據汲古閣本、四庫本及《古今事文類聚》後集卷三五改。

夜半客起，若有所刺者。司徒腹心岑岑，若有所祟者〔一〕。詰朝下逐客之令，屏之陽侯之遐裔焉。他日以天子之命作牧於豫章，幕府初開，延見俊良，望見一客，又似乎彭越與解楊，命典謁曰：是嘗祟我而幾我傷者矣。予不汝殺，世無黄祖，其生致之。於是遡江而上之楊子〔二〕。

楊子方晚飲，聞其至，揖而進之曰：「吾有二友，惟彼麴生，與爾郭索，老夫與之同死生，不減顔氏子之樂。彼也日從予遊，爾也久予云邈，何相忘江湖，莫我肯顧也？何使我清風明月，必思元度也？爾之德吾能言之。洗手奉職，德之上也；就湯割烹，德之次也；餔靈均之糟，臥吏部之甕，德斯爲下矣。」

客於是涕唾流沫，圜視而矉謝曰：「士固有以贋亂真，以遠間親。聖而受圍，肖乎形也；孝而投杼，同乎名也。僕之主公昔以彭爲郭，今以郭爲彭。不遇蔡司徒，幸遇揚子雲。顧借先生《蒼頡》之篇與《太玄》後引之文〔三〕，詳註《爾雅》彭郭之異族，庶

〔一〕祟：原作「崇」，據汲古閣本、四庫本及《古今事文類聚》後集卷三五、《歷代賦彙》卷一三七改。
〔二〕子：原作「乎」，據汲古閣本、四庫本改。
〔三〕引：原作「蚓」，據汲古閣本、四庫本改。

解嘲於司徒之門。」四部叢刊本《誠齋集》卷四四。

《復小齋賦話》卷下　楊誠齋《後蟹賦》，用蔡明道誤食蟛蜞委頓事，蓋因餉者爲蔡定夫，適與其姓合，又以楊子有「一蟹郭索，後蚓黄泉」句，與己姓合，遂成一首絶妙文字。

蟹賦

范浚

横行蠹稻，雄稱鬪虎。貪惏無厭，化作田鼠。吾將斫爾螯，折爾股，以除農殃兮酣我醑。四部叢刊本《范香溪先生文集》卷七。

鳴蛙賦 有序[一]

張耒

余寓山陽學舍。夏，大雨，屋四隅成塘，聚蛙以千計，聲鳴不絶，夜爲不能

[一] 有序：原無，據四部叢刊本、四庫本補。

寐。客有獻余以殺蛙之術，曰：「投予藥一丸，蛙無遺類矣〔一〕。」童子將用之，予曰：「不可」。復爲賦示之。

夏雨初止，積潦過尺，有蛙百千，更跳互出。幸此新霽，夜月清溢，我勞其休，歸偃於室。於時蛙鳴，若嘯若啼，若訴若歌，若懼若悲，若喜而語，若怒而詬，若嘁而嘔，若咽而嗽。瘖者之呼，吃者之鬭，或急或緩，或清或濁。若羌絲野鼓，雜亂無節兮，又似夫蠻歌獠語，詭怪之迭作也。爾其困於泥潦，失其所處而悲；又若夫旱暵既久，得其所處而樂也。

爰有童子，持燭來謁，曰：「蛙羣夜鳴，君寢其聒。考之《周官》『洒灰驅蛤』，君其教之，余得盡殺。」余語童子：「爾無是酷。爾樂而歌，而哀則哭，哭則悲嗟，樂有聲曲。聚語羣争，引吭而呼，一日之間，不寧須臾。蛙不汝嫌，汝奚蛙誅？萬物一府，誰好孰惡？爾奚自私，己厚蛙薄。參通彼己，樂我自然；弭爾怒心，置燭而眠。」夜半，張子援枕而吁，顧謂童子：「記吾言歟？前言未究，請卒吾説。物各有時，

〔一〕遺：原脱，據四部叢刊本、四庫本補。

夫誰敢遏？爾觀夫春露初霭，朝華始敷，文羽清喙，飛鳴自如。若奏琴箏，而和笙竽，清耳悦心，聽者爲娯。及夫陽春既徂，炎火將極，惡草蕃遮，淫潦瀦積。蛙於此時，生養蕃息，跳梁號呼，意氣横逸。子如之何？時不可逆。時乎時乎！美惡皆然。當其盛時，誰得而還？及其雪霜既降，木實草衰，飛蠅聚蚊，孽無所施。於是此蛙，歛吻收足，尫然土中，一聲不出。黨散巢披，不可終日。盛不可常，興衰迭來〔一〕。子姑忍之，奚以殺爲哉？」明趙琦美鈔本《張右史文集》卷二。

《復小齋賦話》卷下　張文潛《鳴蛙賦》，熟讀之，使人矜平躁釋。此宋文之勝唐人處也。

蛙賦

李新

逃虚西山兮，徜徉乎叔皮之方池。冥師濯原隰之光兮，少女静林樾之枝。偶萬籟之初闃兮，問淫蛙之奚爲。悲耶樂耶，曷汨汨而無時？鳴其類以爲才耶，或其處之非宜，

〔一〕來：四部叢刊本、四庫本作「乘」。

豈疾痛而呼天兮，抑懷憂而增悲？漲其腹以怒兮，騰眦目以俱裂。將引吭而效鼓吹兮，復隸官而隸私。

居士曰：興「考槃」之歌，賦「衡門」之詩，引「澤畔」之吟，咏「北門」之薇。士不得志，故嗟歎之。鳥鳴常山，孤雉朝飛；杜宇亡國，秋猿號兒。物不得平，哀也無期。意者，動吾天機適然，躤然而不自以爲勞。倡者自倡，和者自和，而不知其爲惡。四鄰結蒲藻之好，一國幸泥沙之託。往歲東鼃，等蘇秦之徇；前日丙魚，參彭越之醢。吾大非鯨鯢兮，免京觀之築；小非鰷鰽兮，逃竭澤之虐。吾身不登於俎豆兮，志已忘於溝壑。泳坎井之隘兮，同鈞天之妙樂。據釜斛之水兮，謂東海之莫若。時跳梁莫予侮兮，雖强聒焉而無怍。四庫本《跨鼇集》卷一。

蛙樂賦

楊簡

至矣乎，至矣乎！音聲之妙，有如此不可以言道，不可以意傳者乎！靜夜兮寂然，發機兮捷然。有唱輒酬兮，翕然驟然。千聲競奏，萬珠紛聯。此斷兮彼續，甲洪兮乙纖。各出其奇，互發其妙。離離然，粲粲然，若星辰之綴懸；泠泠然，激激然，若巖隈之溜，澗下之泉。又若急雨過瀟湘之上，織錦濯蜀江之芳鮮。宮商迭播，角羽相先。律不知其何律兮，吕不知其何吕。唯覩夫大積焉而不苑，並行而不謬。隨之不見其後，迎之不見其前。如彼萬象森羅，參錯畢見。其瑩然之鑑，澄然之淵。至動矣而静，至繁矣而不喧。

是音也，可聞而不可聽，可以默識而不可口宣。孔聖遇之而忘齊國之肉味，黄帝得之而大張於洞庭之原。胡爲乎獨不見省於横目之士，至憎而不煩，甚以爲冤。冤矣乎，冤矣乎！俯不覩其爲地，仰莫知其爲天。雖百師曠何所措其耳，雖千子期惡從探其源？然則是其要妙終而不出其秘，以啟後來之惓惓者乎？西嶼楊子於是爲之歌曰：竹風之蕭然，松月之炯然，佐以絲桐之灑然，繼以是歌之油油然，可謂昭然灼然。四庫本《慈湖遺書》卷六。

責蛙賦[一]

劉克莊

荒哉吾池，黄濁沮如。鷗鷺不下，蛙蟈所聚。爾其味出聲惡，刑入笑具。突睛皤

[一] 篇題原闕，據清鈔本天頭校語補。

腹，對人箕踞。夕呼達旦，晨譟至暮。一吻倡之，衆吻和附。舌腐嗌乾，猶蓄餘怒。名理之流，掩耳而去；譁競之朋，吹脣而助。無理之鬧，識者未諭。昔在句踐，欲激鬭士，見汝而揖，謬爲寵異，卒以快其沼吳之志。吾謂烏喙，驕汝至是。煌煌太陰，汝食之既，天眼汝瞎，舜瞳汝蔽。地行臣仝，泣請於帝，刳汝磔汝，遂尸諸市，焚鞠灑灰，次及汝類。汝悔已晚，臍不可噬。四部叢刊本《後村先生大全集》卷四九。

蜩蛙賦

晏殊

匿蘱質以潛進，跳輕軀而猛噬。雖多口而連獲，終扼吭而弗制。四庫本《避暑録話》卷下。

《避暑録話》卷下　晏元獻爲參知政事，仁宗親政，與同列皆罷知亳州。亳有摘其爲章懿太后墓誌不言帝所生以自結者，然亦不免俱去。一日游渦水，見蛙有躍而登木捕蟬者，既得之，口不能容，乃相與墜地，遂作《蜩蛙賦》，畧云……。歐陽文忠滁州之貶，作《憎蠅賦》。晚以濮廟事亦厭言者，屢困不已，又作《憎蚊賦》。蘇子瞻揚州題詩之謗，作《黠鼠賦》。皆不能無芥蔕於中而發於言，欲茹之不可，故惟知道者爲能忘心。

戒河豚賦

陳傅良

余叔氏食河豚以死，余甚悲其能殺人。吾邦人嗜之尤切他魚，余嘗怪問焉。曰：「以其柔滑且甘也。」嗚呼！天下之以柔且甘殺人者，不有大於河豚者哉！遂賦之。

物固有害人兮，人之勝者智也。牛能觸，吾爲之絡；馬能蹄，吾爲之銜且轡也。烏喙之毒，用之藥以治也。虎豹搏且噬也，機與穽足以備也。蛟蜃可驅兮，蛇虺蚖蜥可避也。雖其質禍賊兮，名彰莫余僞也。是故防之疑兮，待之懼也。吁！河豚柔滑其肌兮，旨厥味也。孰魚匪羞兮，而柔以甘人同嗜也。曾謂其斃人亟兮，孽肝膽慘腸胃也。人雖疑致死兮，饋者弗忌也。吁嗟乎！物之害人兮，不在乎真可畏也。凡蓄美以誘人兮，蓋中人之所利也。余誠悦而啗兮，彼則陰以惎也[一]。減殘忍以爲仁兮，文嫵媚忌也。甘我以言兮，鼠伺而狐覶也。笑怡怡吾蠆兮，弱婉婉滅人之氣也。富貴懷安吾鴆兮，幣帛饔牢吾餌也。

吁嗟乎！愛者禍府兮，所玩以易也。兵莫慘於貪兮，干戈伏於不意也。晉滅虞以璧馬兮，商君以好囚魏也。莽詐忠以盗漢兮，武賊養以媚也。眇河豚其弗戒兮，欺天下者曰得志也。

吁嗟乎！若子豢安兮，擲天下於一試也。四部叢刊本《止齋先生文集》附録。

[一] 惎：原作「其恚」，四庫本同。此據《文章類選》卷二改。

宋代辭賦全編卷之九十三

賦 鱗蟲 二

蟲賦

吴淑

伊微蟲之蠢動，咸群分而共處。驗蟋蟀之秋吟，候莎雞之振羽。伊威在室，蠨蛸在户。或守瓜以食，或齧桑爲蠹。翫五色於蜋蜩，憐五能於鼫鼠。嘤嘤草蟲，趯趯阜螽。蟫魚喜衣書之際，蠐螬遊糞土之中。則有蚯蚓無心，蜂蠆有毒，螢出腐草，蝎生朽木。法蛛螫而結網，憫飛蛾之赴燭。太宗呑蝗以弭災，楚王食蛭而蒙福。莊周夢蝶，武子囊螢。蝸角戰於蠻觸，蚊睫集乎焦螟。或前爪而後距，或胸鳴而股鳴。有足、無足，紆行、仄行。但見坯户，寧堪語冰。

至於大螾爲祥，螻蛄表瑞，蚊聚成雷，寅飛附驥。杜伯則以尾螫人，繅女則吐絲自毚。又聞蛾子時術，尺蠖求伸。入馬后之夢，集王則之身。蜉蝣之衣楚楚，螽斯之羽詵詵。亦聞馬蚿百足，蠆蠋五采，蜣蜋轉丸，蝍蛆甘帶。復有短狐含沙而射影，螳蜋奪臂以當車。塗青趺而還錢，埋蜻蛉而變珠。言道則愧乎醯雞，爲政則比夫蒲盧。斯種類之繁夥，豈可一二而陳諸。宋紹興刻本《事類賦》卷三〇。

鳴蟲賦

孔武仲

微哉鳴蟲也，彼各有徒。深者潛形於數仞之壁，高者或托於百尺之梧。嘈然四起，雜爾相呼。其幽陰悲愁，如寡婦秋嘆於幃幄；其荒涼慘淡，似客舟夜語於江湖。其聲若曰：「歲既秋矣，涼生暑徂。霜稜稜以將結，露炯炯而歸蕪。茁然豐者爲白草，蓊然秀者爲枯株。彼無情而若此，況吾儔飲泉食土[一]，壽命不長者歟！」余聞而誚之曰：「是何譊譊之多也！天地至公，惟有生死。抱陰而隕，乘陽而起。

〔一〕泉：原作「水」，據原注「一作『泉』」及豫章叢書本、《歷代賦彙》卷一三九、《古今圖書集成·禽蟲典》卷一六五改。

顧無物而不然，尚何爲乎憂喜？取於爾類，則有麟鳳之與蜉蝣；譬之吾人，則有彭祖之與殤子。雖萬口之讙譁，訴高明而不已，恐造物者聞之，必有按劍而眄者矣。不取僇於天公，將見殲於社鬼。」

語未畢，歸而自尤曰：「彼之所以異於吾者，躁也；吾之所以賢於彼者，默也。奈何紛紛與之争言？是吾惑也。不若收視返聽，外與之絶。」既而長城鼓闌，遠漢星滅，日出東隅，蟲聲遂歇。四庫本《清江三孔集》卷三。

放促織賦

楊萬里

楊子朝食既徹，步而圃嬉，遥見一二稺子集乎遠華之堂，環焉其若圍，俯焉其若窺，躡焉其若追也。楊子趨而往視之，蓋促織之始生而尚微[一]，墮地而未能飛者也。嘉遯而不市，故高步而不卑；辟穀而不飪，故癯貌而不肥。既蚱蜢其修髯，亦翡翠其薄

[一] 微：汲古閣鈔本、《歷代賦彙》卷一三九作「末」，四庫本及《古今事文類聚》後集卷四八、《淵鑑類函》卷四四八並作「微」。

衣。彼其臂短而脛甚長，是故將進而趦趄，翹立而孤危也。

楊子笑謂稺子曰：「汝豈識之乎！是固夫霜淒露感而恤緯征人之裳者歟？身勤心苦而提耳女功之荒者歟？晝闃宵嘯，自基而徂堂者歟？多言强聒，身隱而聲彰者歟？若悲若怨，若憤若嘆，而吟歗秋夕之清長者歟？奚失據於幽茂，而阽身於躪藉，若是其幼且孱也。」廼命稺子藉以羽扇，遷之叢間，見密葉其躍如，曝冬日其欣然。稺子反命曰：「是蟲也，若子產之魚，圉圉焉，洋洋焉矣。」楊子使稺子反視之，至則行矣。四

部叢刊本《誠齋集》卷四四。

秋蟲賦

陳造

金飇之淒清，鴈空之澄凝，叢悽聚悲，而爲萬壑之秋聲。非鐵心而木腸，疇能不悼其魄而動情！況夫唧唧切切，更應迭和，自宇而户，彼何物耶？如私語，如怨愬，如盆甕之抽緒，斷而復續，專中宵而悲鳴。有不聞爾，信能令志士之竊歎，而思婦之涕零。揆生世之幾時，胡歷耳而女聽？予已冥蠻觸，屏螟蠃，捐青錢，市黄糯，盥新篘，命白墮，究三齊之妙，而供百榼之課。彼夫雞窗之雕鎪，螢囊之吾伊，等夜蟲之么麽。

明萬曆刻本《江湖長翁文集》卷一。

尺蠖賦

尺蠖之屈，以求伸也

王禹偁

蠢爾微蟲，有茲尺蠖，每循塗而不殆，靡由徑而或躍。懼速登之易顛，固將前而復卻。所以仲尼贊《易》，取譬乎屈伸；老氏立言，用嘉乎柔弱。吾嘗考畫卦之深旨，見觀象之有以，蓋美其時行則行，時止則止，寧夐趨以鴻漸，不麏驚而鵲起。知進知退，造幾微於聖人；一往一來，達消長於君子。物有以小而喻大，事可去彼而取此。

至若春日遲遲，品彙熙熙，知時應候，附葉尋枝。每委順而守道，不躁進於多岐。自中規而中矩，非載馳而載驅。其行也，健而不息；其氣也，作而不衰。曲乎形，類形弓之彎矣；隆乎脊，狀柷敔以陳之。豈比乎蛛張網而役役[一]，蟻循磨而孜孜者哉？懿夫微物，尚有伸兮有屈；胡彼常流，但好剛而惡柔。苟克己以爲用，奚反身而是求？得不觀所以，察所由，驗人事之倚伏，考星躔之退留？自然寒暑相推而歲功及

[一] 蛛：原作「虫」，據吳翌鳳校刻本改。

物，日月相推而大明燭幽者也[一]。其或昧其機，循其迹，不知我者謂我進寸而退尺；探諸妙，賾諸神，知我者謂我在屈而求伸。異蜂蠆之毒，唯思螫人；等龍蛇之蟄，實可存身。夫如是，則蛙黽怒而受式，非度德者；螳螂奮而拒轍，豈量力也？未若尺蠖兮慎行止，明用舍。予將師之，庶悔吝而蓋寡。四部叢刊本《小畜集》卷二。

蠹賦

劉克莊

余既倦遊，退老於鄉，五畝之園，手自鉏荒，封植羣木，位置衆芳，桃柳易蕃，次則海棠，密密疎疎，稍已着行。曾不數年，類爲物戕。疑此三者，盛於春陽，如人蚤達，理不得長。橙柚冬實，而華絶香，梅至高寒，桂尤堅剛，俄亦復然，不可測量。余静觀之，樹固如常，忽有小竅，僅若鍼鋩，浸淫不止，穿穴其傍，叩之空空，望之幢幢。其拂簷出屋者可伐而薪，參天合抱者可拔而僵也。余周行四顧，嘆息徬徨。

[一] 大：原作「天」，據吴翌鳳校刻本、四庫本及《歷代賦彙》卷一三九改。

客曰：「嘻！有蠹焉，爲樹之殃，先齧其心，伏於膏肓，如人内潰，發爲疽瘍。以小喻大，可得而詳。由身言之，蛾眉伐性，豹胎腐腸，屍蟲瞷睡，讒於上蒼，雖有老彭，化爲小殤。由天下國家言之，鼠食郊牲，雀耗太倉，羣狐隳城，聚螘決防，綿眇不察，以至敗亡。蓋身也、天下國家也，皆未免於有蠹，子徒憂樹之枯朽，而不憂身之危脆與天下國家之趨於季漢末唐，是謂小知，見哂大方。有佳禽焉，擇木深藏，性尤憎蠹，求索皇皇，且鳴且啄，或集或翔，醜類蕃滋，莫損毫芒。譬之精衛，欲填瀰茫，力微黨孤，抱志未償。曾不如傍邑之種橘者，用功甚簡，歲歲大穰，千林凍槁，萬顆弄黄。主人深居，初不下堂，命挑蠹者，以時掃攘。視蠹所在，猶手探囊，雖累萬株，無一夭傷。」

余矍然起謝曰：「古有所謂貫虱之射手，承蜩之痀僂，客所稱道，非若人否？幸客介余，往造其宇，同載而歸，北面學圃。」清鈔本《後村先生大全集》卷四九。

蟬賦

吴淑

伊齊女之微蟲兮，亦含氣而遊嬉。乘涼風以翾翥，應白露而鳴嘶。雖么麽以無力，亦采章而有緌。

美王充之不捕，悟少孺之濡衣。咨商湯以見喻，搶榆枋而忽飛。無知雪之遠識，徒吸露而自資。朱異駭集冠之異，何戢矜畫扇之奇。

既無口以能鳴，亦不食而弗飢。或掇之而有道，或粘之而靡遺。占妖言放逸之兆，體清虛識變之姿。鳴不失時，得仲夏季秋之節；耀而見獲，因明火振樹之機。宋紹興刻本《事類賦》卷三〇。

鳴蟬賦 並序

歐陽修

嘉祐元年夏，大雨水，奉詔祈晴於醴泉宫，聞鳴蟬，有感而賦云。

肅祠庭以祗事兮，瞻玉宇之崢嶸。收視聽以清慮兮，齋予心以薦誠。因以静而求動兮〔一〕，見乎萬物之情。於時朝雨驟止，微風不興。四無雲以青天，雷曳曳其餘聲。乃席芳藥，臨華軒。古木數株，空庭草間，爰有一物，鳴於樹顛。引清風以長嘯，抱纖柯而

〔一〕求：原注「一作『觀』」，《皇朝文鑑》卷三、《古今事文類聚》後集卷四八、《歷代賦彙》卷一三八作「觀」。

永歎。嘒嘒非管，泠泠若絃。裂方號而復咽，淒欲斷而還連。吐孤韻以難律，含五音之自然。吾不知其何物，其名曰蟬。豈非因物造形能變化者邪？出自糞壤慕清虚者邪？凌風高飛知所止者邪？嘉木茂樹喜清陰者邪？呼吸風露能尸解者邪？綽約雙鬢修嬋娟者邪？

其爲聲也，不樂不哀，非宫非徵，胡然而鳴，亦胡然而止。吾嘗悲夫萬物莫不好鳴。若乃四時代謝，百鳥嚶兮；一氣候至，百蟲驚兮。嬌兒姹女，語鸝庚兮；鳴機絡緯，響蟋蟀兮。轉喉哢舌，誠可愛兮。引腹動股，豈勉彊而爲之兮？至於污池濁水，得雨而聒兮；飲泉食土，長夜而歌兮。彼蝦蟇固若有欲，而蚯蚓又何求兮？其餘大小萬狀，不可悉名，各有氣類，隨其物形，不知自止，有若争能。忽時變以物改，咸漠然而無聲。

嗚呼！達士所齊，萬物一類，人於其間，所以爲貴。蓋已巧其語言，又能傳於文字。是以窮彼思慮，耗其血氣，或吟哦其窮愁，或發揚其志意。雖共盡於萬物，乃長鳴於百世。予亦安知其然哉？聊爲樂以自喜。方將考得失，較同異。俄而陰雲復興，雷電俱擊，大雨既作，蟬聲遂息[一]。宋慶元刻本《歐陽文忠公集》卷一五。

《朱子語類》卷一三九　荀卿諸賦縝密，盛得水住。歐公《蟬賦》，「其名曰蟬」，這數句亦無味。雉

《野客叢書》卷六　《後山詩話》載《世語》云……「歐陽永叔不能賦」……且如歐公不能賦，而《鳴蟬賦》豈不佳哉？

《宋史》卷三一九《歐陽修傳》附　棐字叔弼，廣覽强記，能文辭。年十三時，見修著《鳴蟬賦》，侍側不去，修撫之曰：「兒異日能爲吾此賦否？」因書以遺之。

感蚓蝣賦　並序

宋祁

蚓蝣，寒蟬也。孟秋乃鳴，其聲繁亮怨切，鳴中之尤悲者。凡物無意於感人，而人有情於感物。況僕長年少悰，所念非一，壯與運頽，衰將歲還，撫時對物，自

[一] 文末原注：「一本賦後有跋云：『予因學書，起作賦草。他兒一視而過，獨小子棐守之不去。此兒他日必能爲吾此賦也，因以予之。』」

然怊悵，遂爲之賦：

憎秋旻之廖寥，眄羣物而流玩。伊膀鳴之始來，驚萬化之方晏。倏含唱而叢咽，俄曳音以凝曼。本無意於感時，奚有牽於累歎？諒細蟲之何知，託生意乎鴻造。披素殼於壤間，齎紺質於林杪，内虚心以抱潔，外華緌以自表。蹋纖足以徐進，振薄翼而輕矯。引長喝於霞昏，逗餘嘶於月曉。和别葉之翻翻，雜離禽之叫叫。彼張女之哀彈，與籠首之横管。恃破弦之往悲，矜加孔之新囀。雖投節以感慨，猶假手以交讚。顧寒蜩之清嘒，非取矜於外衒。其發無端，其終無羨。寫清腸以赴訴，有自然之悽怨。號涼颸於天垂，嘯委露於雲半。聆蕭瑟之實繁，悵搖落之方曁。掩歡緒以偭欣，紬矧吾人之云衰，撫光景之遒駛。況日月其不待，何功名之能冀。一傾耳於此時，胡自聊於晏歲。四庫本《景悲端以觸欷。文集》卷二。

蜂賦

吴淑

伊醜螸之纖蟲，有土木之殊類。既號蠓螉，亦云蚴蜕。當春和之生育，以蠟蜜而塗器。苟數蜂之可獲，則舉羣而悉至。附賈萌之車上，果見誅夷；集袁氏之船中，旋聞敗潰。垂芒而常欲致螫，有毒而豈宜無備。房納卵而不容，窠喻鐘而酷似。或以集巖壁以見采，或以食田苗而作沴。結廬於逢山之側，逐賊於建安之地。或記細腰之狀，或駭若壺之異。軍旅當誡於事先，懷袖卒驚於意外。或焚胡蘇而見殺，或畫旌旗而表瑞。吐口中而爲戲，仙客何神；綴衣上以興譏，伯奇何罪？宋紹興刻本《事類賦》卷三〇。

蜂衙賦

周紫芝

蜜蜂以釀蜜爲能，乃羽蟲之細。方其樹花方馨，而衆羽所萃，載以其股，擷以其喙，蓋近乎智。群飛薨薨，其羽泄泄，有一弗勤，衆殺而棄，蓋近乎義。至於百和薰蒸，如醖酒醴。瓊膏溢流，既甘且美。剖其腹脾，可口悦鼻。則蜂之爲技至矣。

長廊人寂，雨霽日斜。闃然有聲，隱於簷下。童子曰：「嘻！此蜂之衙也。」夫蜂以衆集，其尊在王。日以朝事，蓋理之常。有不安宅，王於易方。視王所至，衆翼而翔。奔逸以趨，顧虞禍傷。王之所止，不飛以揚。聚都成國，復坐明堂。曰君曰臣，禮儀蹌蹌。平居無事，臣禮則臧。忠不棄主，猶在搶攘。

嗟乎！朱輪華轂，貂冠繡裳。劍佩戞擊，以朝明光。朝趨秦庭，暮綰漢章。官崇禄豐，主聖臣良。時危勢傾，胡越相忘。孰知夫主憂臣辱，主辱臣死，與夫唯主所在，與爲存亡者乎？故曰：死生以之，巍巍堂堂。背主棄國，是謂不祥。四庫本《太倉稊米集》卷四一。

蜜蜂賦

呂本中

早出暮歸，聚房以居，生理甚微。樝花菊英，反爲身害。雖云甚甘，終以是敗。既奪之食，又腊其雛。以侑爾酒，以爲爾娱。醉而咀嚼，鼓舌自如。人之不仁，一如是乎。《能改齋漫録》卷一五。

《能改齋漫録》卷一五　東萊先生吕居仁作《蜜蜂賦》，……蓋東萊不察，凡今宣州所出蜂子，非蜜蜂也，乃山間火蜂，其色紅黑，其長徑寸，其大如之。人之被螫，則徧身腫痛，有至死者。其爲窠多在地窖中，取之者先以火塞穴口，熏死其類，然後取其子之未翼者乾之，以致遠方。故元豐中，中書舍人張謂《謝潛溪蔡聖俞蜂兒》詩略云：「溪上潛山山百尺，山人斫木燒山畬。燒畬延火入蜂穴，蜂子渾白如銜牙」云。蜂子，今所在山野有之，但不如宣州多耳。

蟻賦

吴淑

伊玄駒之幽瑣兮，處蟄户而遊嬉。抱兼弱之微識，以時術而自資。體行磨以合度兮，性慕羶而弗違。雖羅密而見獲，亦道在兮何虧。薦俎豆以爲醢，漏山阿而慎微。黄既應於西魏，赤亦象於南齊。

爾其辨其蚼蟓，分此蠪虰。湯沃桓謙之怪，火攻河内之兵。得水既賞於隰朋，習馬亦聞於王濟。或驗彼水災，或占其雨至。冠山之鼇，誠未足羨；吞舟之鯨，或云可制。亦有處欄錡之石，出崑崙之墟。槊端刺肉，硯裹觀魚。驚若象之尤異，聞鬪牛而靡虚。潰金隄之千丈，結喪車之四隅。摘典麗之辭，既聞郭璞；悦幽閑之思，更見應璩。

宋紹興刻本《事類賦》卷三〇。

鬭蟻賦

劉攽

邈乾覆而坤載兮，固悠遠而無極。叢萬族於厥中兮，既生生而息息。雖至大之可倪兮，猶至精之可識。諒擅己而自用兮，羌是非之增積。嗟子駒兮何爲，謚公字小兮紛紛而離離。好惡利害之發兮，誰其尸之？憑怒積怨兮，交戰而在斯。何矜很之若是兮，怙恃凌弱之不移。欲一究其端而不得兮，聊索數而推之。

夫其列壤分國，穴垤重襲。碩鼠之所不容兮，蜉蝣不可以徑入。豈天壤之偪隘兮，曾分土之汲汲。化飯以爲子兮，祝腐以爲民。其生孔易兮，其衆實殷。夫其子孫千億兮，固鮮愛而靡親。又豈有珠玉皮幣兮，肇乎禍亂之因。若是則鬭其可已，群嬉散遊，足以已矣，奪微篡寡，何足美矣？豈樹之君而患亂甫起，抑天之有時兮，故將雨而不能自止也。

嗟子兮汝獨何誅，觀世之有鬭兮，曾何足以爾殊。饕他人之有兮，慊己之無，妄刦於無用兮，矜多於有餘。一己之不保兮，顧有志於九區。夫豈無大人之旁觀兮，謚之陋而名之愚也。嗚呼！四庫本《彭城集》卷一。

戰蟻賦

姚勉

蟻之有生，微軀眇形。穴居蠕動，爲蟲之靈。禮克辨於尊卑，智能卜乎晦明。羣慕羶而沓集，各銜粒而經營。語其義則感恩而穴犴，言其勇則萃力而制鯨。合庶彙以槩觀，亦有能之可稱。何弗安乎性分，乃從事於戰爭。

若乃柱礎潤流，濃雲鬱興，潢潦慮及，坵垤思升，授兵於雷雨之堂，整旅於檀蘿之國。列行伍而序進，勢有類於征役。數越千萬，隊分什伯。黍民肆騰翥之勇，元駒逞奔驟之力。初曼衍乎牆隅，旋圍繞乎砌側。登爽塏以屯集，養鋒鋭而待敵。緣堦歷坎，負塊依石，若創營而立壁也。交持競齧，以力相格，若陷陣而縱擊也。弱者散驚，强者攻克，若追奔而逐北也。利吻如鉗，各啣所獲，若獻俘而斬馘也。方且圍户之前，入穴之隙，軍拔幟而漢勝，師館穀而晉食，隳沙礫之樓觀，空羶穢之儲積。乃整衆而還歸，類志滿而意得。

一寓目而觀戲，吾重爲之太息[一]。使殷師聞之，必以爲牛鬬之可駭。而蒙莊睹此，豈獨哀蝸戰之不釋耶。嗟夫！太樸既分，百僞斯動，逐利隨欲，鬬智角勇，弱役於强，寡奪於衆，迭相憑陵，日鬬而鬨。雖以蟻之至眇，亦紛拏而總總。又孰知夫擾擾之無益，而南柯之爲夢耶？是不獨蟻之爲然也，天下之區區，何以異於蟻穴之微；人心之

[一]吾：原作「三」，據四庫本改。

好競，何以異於羣蟻之知！相古先民，鞠旅陳師，蓋欲戢乎暴亂，非樂耀於兵威。奈世道之日遷，異往聖之所爲。韓、白騁其巧，孫、吴奮其奇。驅萬姓於鋒鏑，争一戰之雄雌。竭民膏於中國，要邊功於外夷。財力既凋，憂患乃隨，鑒在邇而弗悟，轍既覆而尚追。安知教修而崇服，德敷而苗歸。蓋亦曰佳兵者不祥之器，聖人不得已而用之。傅增湘校訂豫章叢書本《雪坡舍人集》卷一〇。

誅蚊賦 並序

虞允文

平江水鄉，蚊蚋坌集。予方窮居，日以爲苦，因裒腹笥，得蚊事廿有七。古聖賢無一言之褒，是爲可誅也，作《誅蚊賦》。其詞曰：

惟朱明之肇序兮，迨白藏之紀時。火流金而方熾，露漱玉而易晞。眷羲和之自東[一]，起咸池日所出處。而徂西。邁崦嵫日所入山也，見《離騷》。以頓轡，歸蒙汜日所宿處也，見《選》雜

[一] 眷：《六藝之一録》卷四〇五作「瞻」。

體詩。而匿暉。旋群陰之綽綽，襲夜氣之索索。爰有黍民，《古今注》號蚊蚋爲「黍民」。出於廬霍。呼朋引儔，訝雷車之殷殷；聚蚊成雷，見前書。填空蔽野，疑雲陣之漠漠。梅聖俞詩云。利觜踰麥芒之纖，狹翅過春冰之薄。其賦形而至眇，其爲害而甚博。非泰山之能負，《荀子》：虻負山。詎九牛之可搏？《漢書》搏牛之虻。較爾力以何施，念爾欲而甚約。飲不過於滿腹，性無饜而肆蠚。若乃皓魄之亭亭，萬木之欣欣，悼永晝之執熱，徙緑蔭以怡情。遽見侵而稍稍，復輕颺以營營。白鳥營營，見下註。念炎熇之未去，曾須臾而靡寧。伺人於燕息，則東家之夢何緣而見姬旦；嚙人於尊俎，則《鹿鳴》之燕何由而娛嘉賓？宋子京有蚊蚋嚙人之句。以是而肆毒於人，何名乎仁？載引其類，載鼓其翅，但知進而忘退，不顧害而貪利。葬仙鼠之腹而莫追莫悔，投秋蟲之網而自捐自棄。《古今注》以蝙蝠爲仙鼠，羅隱賦謂蜘蛛爲秋蟲。銜鬱攸而致燔，望銀缸而還墜。以此而速禍於己，孰名乎智？仁既不足以强名，智又不足以自蔽，徒肆情以饕餮，競鼓吻而唼噬。宜先哲之永歎，謂通夕而不寐。老子曰：「蚊虻嚙膚，則通夕不寐。」見《莊子》。慨蠢蒙其何識，亦炎涼而絶義。故有蒸壁琰棍，椒房璇題。疏寮豁其文綺，繡甍焕其陸離。圍鮫綃以雲障，焚椒蘭而霧迷。乃戢翼以遠遯，縱含毒而莫施。以貴嬪之被寵而不嚙不螫，《南史·孔貴妃傳》。畏長遜之當路而莫近莫窺。《南史》孫長遜本傳。其或柴扉槿居，蓬室桑樞，方親闈之定省，政爨堂之卷舒，或漂流於羈旅，或促迫於郊墟。乃引利喙以競進，共逞貪心而自腴。致晉室孝子獨嘗以身，《晉書》展勤云云。而高郵貞女莫全其軀。高郵有露筋小娘子廟[一]。

嗟乎蚊乎！貴者要者既屏息以遠止，貧者賤者又窮欲而紛如。顧余躬而何較，念爾虐其有餘。其間別種，稟性尤酷，實尖其嘴，實斑其腹，實細其身，實豐其毒。感變化於天工，載惆悵於羽族。仙禽遠害必翔於九皋，神鳥覽輝乃集於王谷。傳信之鴈目斷而莫至，報喜之鵲日聆而不足。此固曠然而難見，爾乃頹然而難逐。可憐爾之輕而翾，不恥人之厭且辱也。

蓋嘗究厥譜系，考於典籍，實蚩尤之餘孽，始涿鹿之誅殛。僅存膚血之遺餘，致茲種類之蕃息。見《幽冥録》。或別派於腐壞，或聚族於幽濕。惟可夜遊，鮮從門入。驟致身於雲臺而羽翼翾翾，《鶡冠子》：「雲臺之高，蚊蚋適以翾翾。」遽逞威於河內而人馬籍籍。《古今注》：「河内有人嘗見黍米許大人馬滿地，取火燒之，皆化蚊蚋飛去。」但類非於華胄，實盡銜於毒螫。宜見憎於世俗，夫豈間於今昔！惟小日之昏昏，卧柏寢而悒悒。念白鳥之阻飢，褰翠幮而聽入。見《金樓子》。曾醜類之莫去，宜豎刁之僭逼。此鑑既明，汝惡既極，將不復汝容

[一] 露筋：《式古堂書畫彙考》卷一八、《水東日記》卷三〇、《六藝之一録》卷四〇五並作「露筯」。

而搏之，特吾一振手之力爾。

固又將驅空中之蛂，挫汝之精，空中有物，其名爲蛂，聞蚊蝱之聲則挫其精。僇江東之鶶，而不復孕汝之形。《爾雅》：「江東呼鶶爲蚊母，此鳥吐蚊，因以名。」舉所謂蚋者而族烹於秦鑊，秦謂蚋。取所謂蚊者而築觀於楚廷。楚謂蚊。永滅蚩尤之裔，庶使天下之爲人臣者得以安其君；大慰勤猛之志，又使天下之爲人子者得以寧其親。不復使無用之物、無窮之毒存於世，此《誅蚊賦》之所以名也。《趙氏鐵網珊瑚》卷五。

《式古堂書畫彙考》卷一八録跋九則 右先太師丞相雍國忠肅公所著也。……先參政至澌，從親戚韓大則得《誅蚊藁》於侯頤軒道士處，蓋大德庚子歲也。故人閒上人亦蜀中同出東南之家，以舊故自吳門訪集臨川山中，問此物所在，出而示之，則三十六年矣。而先參政亦棄諸孤十七年，詩書之緒，不絶如綫，感慨今昔，血涕隨之。偶得此卷，録送上人，貴得存遺珠於既失，尚故物之可求也。元統乙亥三月廿七日，集謹識。

宋之南，其宰執唯虞雍公爲最賢。觀其《誅蚊賦》所謂「使天下之爲人臣者得以安其君，天下之爲人子者得以寧其親」，則知公之志誅惡鉏姦者，欲以寧君親也，其以忠孝教天下後世者至矣。伯生世其家學，能於聖時致身西清，被寵眷也殊甚。及閑寂中，乃書先太師此賦以贈人，其志亦有所在乎？閑上人再見伯生，其爲我諗之。和林魯威叔重父謹題。

因讀《誅蚊賦》，深憐愛國情。三公登間諜，四海失昇平。早覺文章貴，争期德業成。雲仍蒙世禄，翰墨負時名。丹丘柯九思賦。

觀雍公少年之作，可以豫見報國之志。觀邵庵詳書之意，可以深惟追遠之情。忠孝藹然，萃於一門。嗚呼盛哉！閒上人同是蜀人，故獨得之，當刻石寺中，以傳永久，庶不爲他時夜壑舟也。至正十五年乙未三月，後學蘇大年頓首再拜謹書。

黍民肆毒不勝誅，屈宋文章太史書。滄海遺珠留得在，白雲深處伴僧居。洛生王敬方。

父作更生佛，兒爲命世英。西州睹威鳳，南國翦長鯨。不厭朝廷小，終扶日月明。《誅蚊賦》重録，妙墨世從衡。遂昌鄭元祐。

右邵庵虞公手書其先丞相《誅蚊賦》藁也。賦稿初藏於道士侯頤軒家，後爲韓大則所得，獻於公之先君子井齋先生。後公至吴，侯道士因龍興閒上人謁公於寓所，一見具言賦藁，公軒然而笑曰：「我已得之矣！」侯道士爲之惘然，蓋韓大則初假之於侯，而即以歸於公家，而侯初不知也。元統乙亥，閒上人謁公於西江，遂書此以贈焉。……至正甲午冬十月，閒上人因持此卷訪椿於家，而徵椿言。……眉山楊椿跋。

《虞雍公誅蚊賦刻石疏》：宋丞相雍國虞忠肅公嘗作《誅蚊賦》，内傳後公之六世孫翰林侍講學士以文儒顯，告老還江右，而白雲閒上人與之有舊，……念學士詩文好事者已悉爲刊板，若雍公之功業雖不繫於文字有無，而《誅蚊賦》僅存耳。兼聞江右近經寇亂，百不一存，於是上人欲以學士所書賦勒之金石，庶永久弗墜。而上人老矣，力弗逮，廼以此賦歸於公之八世孫戡字勝伯者，俾刻之。勝伯既積學，克世其家，以世故棘觳，益貧困，固宜寶而藏諸，而猶慮夫泯而不傳，抑亦負上人之意，敢以是干諸好事君子見助焉，則賦刻諸石無難者矣。敢請。至正十七年秋八月遂昌山樵鄭元祐書。

此賦之作，其有所指乎？不然，驅之足矣，誅之不足以勝誅也，豈其心欲盡殲口口乎口，而蚊有可殲者，有不必殲者，如曰「掃出境」，曰「殲厥渠魁」，不一施也。南方蚊，烏一鼓吻而蚊億萬。今有人焉，作相於南，鼓爲和議之談而致於廷，而咂我甿，其口之鴆乎斯人也，何不幸而不受誅於公節鉞之下，以快一時之死，而寧受誅於千載史鉞之誅於萬死不可以贖之日，吁可悲也已！《賦序》云「余方窮居」，觀者遂謂其早年所作。愚謂此二字，雖外閫重寄而遥制於中，弗獲以信其大義於天下後世，則身都將相，猶窮居匹夫同也。於戲！吾雍公誅鴆有術，而付之紙上空談，爲六世孫所録，徒致憾於無窮耳。諸跋柯、鄭、陳、楊輩皆其孫同時，言稿之失而得，言録以遺於某，亦既詳矣。去公三百餘載，而同其志者。吳下有沈啓南氏見録本而購藏之，嘉禾周鼎與苕溪張子静、松陵史明古共借閲之。鼎欲號此賦爲鴆，以發公地下一笑。明古、子静聞予言，相掀髯大噱。是日正月上旬之終，歲乙未皇明成化之紀元十有一年也。鼎此帖今藏余家，往在無錫蕩口得於華氏中甫處，少溪家兄重購見貽之物。元汴。

蚊賦

王邁

暑風始至，天宇將昏。玉蟲甫掛於明釭，銀蟾突出於遊雲，有喧於室，有哄於門，謳如亂雅之俚曲，噪於不整之潰軍。睨而視之，徐而聽之，則藐乎小哉，其爲蚊也。於戲！尤物之生，有徒是繁。大而猛者，則豺豹狼兕，貙獏麕麈；小而黠者，則蝮蛇蛭蝎，蝍蛆蠭蠆。彼惟肆惡於川陸兮，避之則易；汝獨入於堂奥兮，去之也難。彼觸之而後毒人兮，其罪猶可貸；汝求人而中傷兮，其情不可原。吾嘗觀詩人之傷讒，至援蒼蠅而爲比。蠅惟聲之可憎，汝又兼之利觜。吾欲改「止棘」之章，獨以汝爲讒夫之刺。

蓋自古之小人，多不利於君子。將聖兮蒙毁於叔孫，大賢兮見沮於臧氏。管、蔡二叔兮，流言於國之碩膚；驪、戚二姬兮，欲搖乎君之冢嗣。子椒之間行兮，惡草可掩乎芳蘭；歌奴之潛入兮，白羽或移乎秋氣。腹有劍兮伺人之可乘，笑有刀兮襲人之不備。蓋此曹生則爲囂囂嗷嗷之人兮，死則爲緝緝翩翩之鬼。炙手附熱其故態兮，故多出於炎天；陰邪穢污其舊染兮，故每生於濕地。或被人以痏瘡兮，如長慶三楊之流；或進身以纖巧兮，如熙寧十鑽之類。吠堯之犬兮同聲相呼，食月之蟇兮同惡相比。是何天宇之不肅清，使汝得以陸梁跳躑而爲祟也？

王子平日，嫉惡如仇，展轉不寐，我心百憂。在床下者必焚之以艾火，集幃中者必驅之以膏油。欲吾心之屬饜，罄汝族之虔劉。或曰：不然，疾之已甚者亂之端，犯而不校者德之盛。靡昏不明，靡亂不靖。維其忍之，秉心無兢。東方明矣，乃時之定。王子唯唯，静坐以聽。四庫本《臞軒集》卷一〇。

嫉蚊賦

姚勉

顧余宅之近市兮，既湫隘而囂塵。值炎夏之蘊隆兮，加倍蓰之惔焚。夕余冀其小紓兮，復擾予以聚蚊。風箑倦於長驅兮，煙烽煩於屢薰。曾一寐之不遑兮，羌雜揉而紛紜。

予也中夜以興，振臂拊髀而長嘆曰：嗟哉黍民，眇然汝形。喙纖鋭其鍼利，翼浮儇而絮輕。不爽處於高朗之區，而潛伏於奥僻；不顯行於大明之晝，而竊出於昏冥。大之不能如虎豹之怒以戕人之生也，次之不能如蛇虺之螫以傷人之形也。顧所求之幾何，特血肉之微飽。曾奚足以害人，酉營營而至卯。蓋類乎無所能之小人，徒聚其力而爲君子之撓。

若乃熾日方夕，餘暑未收，體倦氣呀，珠汗雨流，欹枕風櫺，庶幾少休。乘日入而歷作，大呼類而嘯儔。閧焉如雷，滃然如霧，趨炎附熱，蔽牖蒙户。忍長日之枵腹，謀一食於向暮。遇裸裎而不爲浼，吮痂癖而不爲汙。陰肆毒而中傷，慘有甚於膚愬。方睫之欲交，忽奮拍而驚寤。左方驅而右集，東忽散而西聚。盈耳根而鼓譟，藹萬口之和附。羣攻競齧，多不知數。飢無所擇，飽不能去。纍纍紅粒，滿壁羅布。襁童驚泣，竈婦瞋怒。呼燈就爇，隨觸隨仆。曾不爲之加少，羌難得而驅捕。受其患者居多，極人情之同惡。爾其風榭豪室，冰館貴家，簟紋凝水，廚幕護紗，無纖隙之可入，雖一喙而莫加。何蓽門而陋巷，争鼓吻而摇牙。彼蟲類之齧人，固有蚤而有蝨。或傍緣而肆侵，或跳梁而逞黠。然皆緘口無聲，潛伺竊發。獨爾蚊之可憎，翕喧譟而强聒。如自鳴其得志，曾不思其苟活。此其爲患之最深，而國人皆曰可殺者也。

予又重哀之曰：嗟嗟汝蚊，何役役兮。形則微眇，志戕賊兮。乘時炎熱，投間隙兮。晝伏夜動，謀血食兮。羣聚成雷，聒終夕兮。維爾之故，不能息兮。欲粉汝形，特一搵兮。煙烽火燧，剡可炙兮。仁心愛物，微亦惻兮。汝寧擾我，不汝敵兮。物盛必衰，不可極兮。今勢雖張，後則衰歇兮。秋風掃除，影滅跡絶兮。傅增湘校訂豫章叢書本《雪坡舍人集》卷一〇。

螟蛉賦 並序

歐陽修

《詩》曰：「螟蛉有子，蜾蠃負之。」言非其類也，及揚子《法言》又稱焉。嗟夫！螟蛉一蟲爾，非有心於孝義也，能以非類繼之爲子，羽毛形性不相異也。今夫爲人，父母生之，養育劬勞，非爲異類也。乃有不能繼其父之業者，儒家之子卒爲商，世家之子卒爲皂隸。嗚呼！所謂螟蛉之不若也。作《螟蛉賦》，詞曰：

爰有桑蟲，實曰螟蛉。與夫蜾蠃，異類殊形。負以爲子，祝之以聲。其子感之，朝夕而成。嗟夫人子，父母所生。父祝之言，子莫之聽；父傳之業，子莫克承。父没母死，身覆位傾。嗚呼爲人，孰與蟲靈？人不如蟲，曷以人稱！宋慶元刻本《歐陽文忠公集》卷五八。

《黄氏日抄》卷六一　謂「儒家之子卒爲商，世家之子卒爲皂隸」，是「螟蛉之不若也」。此爲感慨，餘不及此。

《復小齋賦話》卷下 有四字句法而通韻者，歐陽《螟蛉賦》也。

憎蒼蠅賦

歐陽修

蒼蠅，蒼蠅，吾嗟爾之爲生！既無蜂蠆之毒尾，又無蚊虻之利觜，幸不爲人之畏，胡不爲人之喜？爾形至眇，爾欲易盈，杯盂殘瀝，砧几餘腥，所希杪忽，過則難勝。苦何求而不足，乃終日而營營？逐氣尋香，無處不到，頃刻而集，誰相告報？其在物也雖微，其爲害也至要。

若乃華榱廣廈，珍簟方牀，炎風之燠，夏日之長，神昏氣蹷，流汗成漿，委四支而莫舉，眊兩目其茫洋。惟高枕之一覺，冀煩歊之暫忘。念於爾而何負，乃於吾而見殃？尋頭撲面，入袖穿裳。或集眉端，或沿眼眶。目欲瞑而復警，臂已痺而猶攘。於此之時，孔子何由見周公於髣髴，莊生安得與蝴蝶而飛揚？徒使蒼頭丫鬟，巨扇揮颾，咸頭垂而腕脱，每立寐而顛僵。此其爲害者一也。

又如峻宇高堂，嘉賓上客，沽酒市脯，鋪筵設席。聊娱一日之餘閑，奈爾衆多之莫敵！或集器皿，或屯几格；或醉醇酎，因之没溺；或投熱羹，遂喪其魄。

諒雖死而不悔，亦可戒夫貪得。尤忌赤頭，號爲景迹，一有霑汙，人皆不食。奈何引類呼朋，摇頭鼓翼，聚散倏忽，往來絡繹。方其賓主獻酬，衣冠儼飾，使吾揮手頓足，改容失色。於此之時，王衍何暇於清談，賈誼堪爲之太息！此其爲害者二也。

又如醯醢之品，醬臡之制，及時月而收藏，謹缾罌之固濟，乃衆力以攻鑽，極百端而窺覬。至於大胾肥牲，嘉肴美味，蓋藏稍露於罅隙，守者或時而假寐，纔稍怠於防嚴，已輒遺其種類。莫不養息蕃滋，淋漓敗壞。使親朋卒至，索爾以無歡；臧獲懷憂，因之而得罪。此其爲害者三也。

是皆大者，餘悉難名。嗚呼！「止棘」之詩，垂之六經，於此見詩人之博物，比興之爲精。宜乎以爾刺讒人之亂國，誠可嫉而可憎。宋慶元刻本《歐陽文忠公集》卷一五。

《避暑録話》卷下 歐陽文忠滁州之貶，作《憎蠅賦》。晚以濮廟事亦厭言者，屢困不已，又作《憎蚊賦》。蘇子瞻揚州題詩之謗，作《黠鼠賦》，皆不能無芥蔕於中而發於言，欲茹之不可，故惟知道者爲能忘心。

《隱居通議》卷五 歐陽公《秋聲賦》，清麗激壯，摹寫天時，曲盡其妙。《憎蒼蠅賦》次之，用事寫情，俱無遺憾。

王若虚《文辨》（《滹南集》卷三六）　《憎蒼蠅賦》非無好處，乃若「蒼頭丫髻，巨扇揮颺，至頭垂而腕脱，或亦寐而顛僵」，殆不滿人意。至於「孔子何由夢周公於髣髴，莊周何由與蝴蝶而飛揚」，已爲勉强，而又云「王衍何暇於清談，賈誼堪爲之太息」，可以一笑也。議者謂永叔不能賦，豈此等語耶！

《歐陽文忠公文選》卷一〇歸有光評　李九我曰：小人亂國，先輩已有定論，故往往於詩賦中託物示憎，如《蒼蠅賦》是也。形容刻畫，讀是賦者能不惕然？

《唐宋八大家文鈔》卷六〇茅坤評　極力摹寫，已屬透矣，但有俗韻。

《（康熙）御製文集》卷二六　歐陽修《憎蒼蠅賦》，題雖小，喻讒人亂國意極深長。每喜讀之。

憎蠅賦

孔武仲

方盛夏之焰焰兮[一]，氣蘊蘊以熏心。斥纖絺而不御兮，將釋履而投簪。切於身而猶若此兮，又況乎外物之相侵。而是時也，有曰蠅者，或形小於烏豆，或衣藍而冠赭，其來無端，其聚而積。汝腹何貯？汝足何歷？緣眉目與口吻，又自恃其羽翼。吐舌持

[一] 焰焰：原作「滔滔」，據清鈔本、豫章叢書本改。《歷代賦彙》卷一四〇作「慆慆」。

髭，並肱交蹠。暫却復還，以千爲百。是可憎矣，吾將數之！

若夫親賓之會處，景物之佳時。儐芳罇以晤語，援柔毫以賦詩。酒未行而已醉，膳甫至而先知。浮瓜於泉，沉李於水，清塵埃以洒埽，潔槃箸以湔洗。而乃面會牝牡，公遺溲矢。宵漏初息，晨光向微。皓露凝宇，清風滌衣。幸視聽之蕭散，已薨薨而四飛。飽食方休，炎暉正午。偃在牀以假寐，蔭華榱而避暑。忽伺便而投隙，集體同於飛蠱。我坐爾至，我行爾隨。扇不暇執，拂不暇施。雖有軀之七尺，曾衆寡之莫知。四序之間，可畏者夏。汝司其晝，蚊司其夜。

嗟方寸之甚小，爲百煩之所舍。乃曰人於萬物，是亦一蟲。紛然雜處，大小相攻。今則暫存之氣息，至穢之形骸，外有蚤虱，内有蟯蛔，蓋與生以終始，非有時而去來。舍此不思，而惟蠅是責，則我亦褊矣，何異拔劍而逐之哉。四庫本《清江三孔集》卷三。

惡蠅賦

洪适

伊蟲族之至微，獨飛蠅爲可惡。鬨類至之惡聲，扇朋來之弱羽。方炎晝以如焚[一]，

[一] 如焚：四庫本、清光緒刻本作「赫曦」。

擁火輪而停馭。汗浹體其漿流，邈清風之遐阻。就枕簟之冰霜，庶少逃於烈暑。汝於此時，迺縱黨與，或撲面以緣髯，或循肱而集股。扇屢拂以復來，睫欲交而忽寤。徒困頓以神疲，寧周公之可遇。此庫狄伏連所以杖扣閽人，使無得暫入於庭户者也。

又若疥癘始生，瘡痍見苦，纔流潰以未乾，正痟瘀之小愈。汝於此時，群來莫禦。俱逐臭以尋腥，争穿裳而入袴。吮膏血以自肥，叢肌膚而交互〔一〕。徒手倦於驅除，終無繇而得去。此三思所以拔三尺之利鋒〔二〕，髮衝冠而震怒者也。彼令節與佳期，正鼎來於親故。窮水陸之珍奇，列果肴兮脩脯。染指方嘗，張頤未哺。汝於此時，往來旁午。或沉溺於壺觴，或循環於匕箸。致嘉客之惡嫌，委杯盤而不顧。咸失色以輟飡，豈玉山之可仆！此武元衡所以舉扇而力揮〔三〕，訝其來之何遽者也。

至於器皿牲牢，缾罌作酒，倘防守之不嚴，或蓋藏之少露。汝於此時，引朋召侶，悉投隙以尋香，竊羶芬而爲蠹。纔旋踵以踰時，已孳生之無數。既醜類之滿盈，致所藏

〔一〕交互：原作「交玄」，據四庫本、清光緒刻本改。
〔二〕三思：四庫本作「王思」。
〔三〕武元：原闕，據四庫本、清光緒刻本補。

之臭腐。此歐陽公所以切齒而疾憎，遂援毫而成賦者也。以至變亂黑白，恣爲點汙，無異讒人，蒙惑明主。毀正譽邪，肆其疾妬。排擯燕公，鐫詆裴度。拔仙客於河湟，寘延齡於省部。有如漢室之恭顯，有如唐朝之林甫。此戎子駒支所以辨晉國之責辭，賦周詩而借諭者也。

悲矣夫！汝軀雖小，汝害實巨，汝量易足，汝多難拒。胡爲營營欲何之，以取嫉貽憎於率普。我聞周公，翊贊文武，驅猛獸入深山，躋烝黎於安堵。設官屬以成書，垂後王之儀矩。射鳥張庭氏之弓，除蟲擊壺涿之鼓。或掌覆夭，或職熏蠱。雖蛙黽之聒人，亦洒灰而不恕。何於汝而獨遺，豈眇末而不數？寧分職之有虧，抑編傳之脫誤？我思古人，必不汝棄。嗚呼！若鳳鳥之儀庭，與麒麟之郊舞，常曠古以不來，亘千齡而莫睹。惟汝物之可憎，乃羣飛而類聚。信端士之間生，嗟壬人之塞路。惟屈指於秋來，鼓西風於寰宇。縱汝類之夥多，終飄零於何處？四部叢刊本《盤洲文集》卷二九。

金龜賦

薛季宣

金龜，瓜蟲也。似龜而小，首足介尾咸具，色若中金焉，惟其冒乎外者輕明若雲。母有翅，附甲而生。巨領雙髯，腹下多足，與黽爲異，弗察乎邇，無見也。名無能得於古，世以形象目之，慨其似是而非。可爲童兒戲翫，實無所可用，其於靈壽何有！多奇異而飛不及遠，難矣哉！因感而賦。

春氣靄其融和兮，東風習習以生。庶卉資以茁萌兮，屯然而成厥形。寂書堂其蕭寥兮，聊縱步以抒情。行瓜田而徜徉兮，瞥玉靈之異常。蹇至微而賤軀兮，遵柔柯而微行。體渾金之萃美兮，色燿日而舒光。巨首顒顒兮，神屋巋然以隆。足孔舒兮，甲隤如以豐。員上兮天穹，爪旁出兮四方。背負盤兮峻邱山之昂藏，昭以晰兮列宿嘒其同明。吁嗟庶物，百其形兮。同類殊情，不可命兮。黽生千年，巢夫蓮兮。萬歲木居，緣而升兮，五色備具，爲可稱兮。曠古不聞，遊蔓籐兮。託質精鍊，爲見情兮。疑神物兮出倫類，去泥塗兮將自異。豈長年兮於此焉極，非仙靈兮兹焉嬉戲。情恍漭兮無主，立躊躇兮不語。黽蹣跚兮如顧，倏翻然兮飛去。

驚予心兮駭目，歎瑰奇夫黽者。神悠揚兮未安，俄翩翻兮來下。睨而視之若是而非，觸而止之屈信則微。予始怪兮載疑，反覆之而究兮，知豸之象之。喙有髭兮磔豎，下紛如兮多足。雲母薄如，翥之覆也。靈黽隱如，文之著也。尾足成形，彩之傅也。不可覵也，矧可度也。

伊飛蟲之微麽，亶資氣而含靈。感瓜滋而賦性，腐草出而同螢。等螗蛄之脆弱，知何秋之嘗更。瑣厥躬之譾薄兮，稟非常之妙形。神有愧於知來兮，壽奚極夫千齡。㬰形似而蔑有兮，亦猥當其美名。觀夫德其茫若兮[一]，甲疑乎可貞[二]。暧八卦之無象兮，千里曷其如繩。氣靡服兮，芘瓜葉之靈蓍。潛豈伏兮，蠹以濟其調飢。蠢而蠕兮，何識何知！內匪明兮，莫決乎疑。曾可責兮，知彰知微[三]。泯同形而非類兮性天邈如，羌僭竊其虛名兮誰與卜。無庸兮藏廟堂，宜終年兮於野。何親人而詭以求全兮，儼如亡兮。愚予德兮，安取難兮。而後嗟彼服之不稱兮，適以焚身。將兒曹之爾愛兮，斃焉無所。

亂曰：僞亂真兮道之賊，若胡爲兮象之惑。內不靈兮死其文，受茲服兮其何獲！感微蟲兮作賦，庶永監兮夙夜。凡百君子，念茲無射！四庫本《浪語集》卷二。

[一] 夫：原作「無」，據清初鈔本、永嘉叢書本及《歷代賦彙》卷一四〇改。
[二] 可貞：原作「真」，據清初鈔本、永嘉叢書本及《歷代賦彙》卷一四〇改。
[三] 知微：清初鈔本、永嘉叢書本作「臯微」，「臯」同「暨」。

蛆賦

薛季宣

有腯而腴，有滑其軀。不翅而飛，不足而趨。甘帶而安於汙穢，肉食兮肥蟆膚。客爲余言：「是曰蝍蛆。蝍蛆之形，蠢蠢冥冥。無鼻之馨，無目之明。孰沸於湯，孰爛爲羹。緊庖廚之靡清，斯微物之化生。或以爲醯酸而聚蚋，食露之來蠅也。是故蛆之所萃，爲脩爲膾。炙湆之味，八珍之類，食經之貴，皆夫人之嗜也。設有主賓，戒食饌而變色。牲殺備薦，酒行拜百。有蛆蠕而見焉，則中筵之上，未有不汙茵而噦席者矣。若夫溷坑圊廬，青蠅每集。飫湌而蜕，蜕生下濕。彼爲何來之扇者，是亦見聞之氣習也。食器而生，嘻其何甚！」

蛆聞而躍，託言於噤：「請以事陳。世蓋有矢嘗而疽飲者，曾何加於我哉！不招乃來，斯須已孳。事有急難，無施於事。甘蟲孰生？嬰童小子。蠹心罔覺，或濱於死。我形我蜕，蠶之似耳[一]。一杯之水，則彼垂亡而倏起矣。天胡不仁，生此微麽。論功於

[一] 似：清初鈔本、永嘉叢書本作「爾」，《歷代賦彙》補遺卷一七作「繭」，義長。

我，猶不我可。彼龐然八尺之堂堂，方蝍蛆而爲瑣也。食食之餘，君子疾夫。君庖已蠲，蛆焉所居。乃藜園蓬室之士，猶糲飯之不飽，蛆安得而食諸？惟君子儒，求諸鄙夫。」

蛆言感子，余是以書。四庫本《浪語集》卷二。

蚤賦

蔡戡

余每夕困於蚤，寢不獲安，心竊憤之。嘗觀南齊卞彬著《蚤蝨賦》，史逸其辭，余乃作賦補亡，因述其見虐之狀云。

先生閒居，讀書自適。每夜分而乃寐，幸身安而形佚。目欲瞑而輒警，夢屢驚而欲失。有物擾之，不遑燕息。或齧吾臂，或噬吾膝。倏去欻來，更跳互出。其毒也如懷袖之蜂蠆，其虐也甚褌中之蟣蝨。探索揣摩，手不容釋。空展轉而無寐，苦爬搔而通夕。

先生體瘙而神疲，曾不少安於衽席。於是心憤悶，氣怫鬱，自念此七尺之軀，而見困於纖芥之物。呼童秉燭，大搜冥索。熾爐炭以交攻，燎衾裯而再易。大者緣隙以深藏，小者跳梁而散逸。驚巧捷以如神，雖敏手而莫及。童子時獻獲而奏功，聊快吾之胸臆。顧族類之甚博，想未能禽其十一也。

已而平心定氣，泛觀默識。因念天地之間，何物不殖。蠕動肖翹，胎卵化濕。蚊虻蜂蝎，螟蝗蝥螣。在物雖微，爲人之賊。窮人力以勦除，恐天理之舛逆。又況暑往寒來，四時不忒，消息盈虛，循環靡極。背秋涉冬，霜風瑟瑟，萬物斂藏，百蟲閉蟄。是物也，黨散羣離，滅影掃迹。又何必取快於一時，而較力於纖悉。姑少忍於須臾，蓋乘除之可必。先生乃安斯寢，乃夢遊華胥之國。既寢而興，但見三竿之紅日。四庫本《定齋集》卷一六。

烘蚤賦

洪咨夔

麥送爽寒，梅迎溽陰，羸肌老幹，敗絮故衾。睡蛇甫蟠，跳蟲倏臨。無蜂蠆材，有豺虎心。孕蘊之隩，宅第之岑。質眇乎粟，嵴餓也鐔。其來施施，其進駸駸。假託茵憑，陵躐衽襟。躁躍如舞，潛行似瘖。左發右應，前卻後侵。螫其股錐，愓其氈針。據蒺刺刺，負芒森森。

軀息正清，撓不可禁；蝶夢方栩，攪不可任。爬搔空疲，摸索曷尋。撫床以興，子規夜吟。赤脚張燈，蒼頭熾煁。絮衾壓篝，烈於釜鬵。初而蠕動，如商望參。少焉紛綸，如髮聚簪。或壯或穉，或纁或黔，或尾而丁，或腹而壬。龍跳虎擲，疑聞嗚喑，星流電激，驚逃沸潯。力窮勢屈，駢搏旅擒。祈父爪牙，凱平緑林。

蠢爾蕞末，虱爲賞音。虱養大體，尚知酌斟。爾繁有徒，喋血憯深。予其火攻，難腥斧椹。老妻在旁，一笑振衿。謂彼族赤，可爲世箴。逢笋氣張，見瓜影沉。王極必衰，理無古今。俗諺謂「蚤笋簞來瓜皮去」。四部叢刊本《平齋文集》卷一。

宋代辭賦全編卷之九十四

賦　言志

勵志賦

鄭獬

慶曆、皇祐間，予兩黜於廷下，躓而不得收者將十年矣。間仍苦疾，一病更寒暑，血氣耗茶，顔癯而髮踈目花，翳然其已衰矣。因竊自感悼，平居時學古人事業，口誦心記，俯讀仰思，根其得失存亡之原，蓋亦勤矣，而揆之古人，尚有以愧之。即遂病已，於此則何異一草木螻蟻之偃仆哉？得非天之將有警於余乎？夫天地變動，日月之淩蝕，五行之眚沴，鳥獸魚蟲之孽，皆所以告戒人君而爲之恐懼也。則布衣之士既窮且病，獨不爲上天之警與？安知吾不得之於桑榆之下哉？猶懼其懈也，因作賦以自誨曰：

嗟予之愧於古人兮，增翹翹而自惻。鶩駛景以幾時兮，猥憂病之來蝕。因倚伏之相轍兮[一]，未始根乎倪極。立端以静俟兮，尚有涉岐而中惑。力進蹈於往脩兮，豈一跌而乃晝！孔不容於隘世兮，孟見傷於讒國。彼皆豪聖兮，卒窮老而無得。

幸予齒之完利兮，載以燠而以熙。嘗剽名於薦書兮，非棄放於當時。天既厚予之生兮，或以顛而復馳。雖葅醴之品兮，尚可登宗廟之祠。豈生之至然兮[二]，靳吾道而獨私[三]。前闢一涂兮，不可逆窺。哲人優處兮，隘者厄悲。惟伏誦之無忘兮，願蚤暮以自思。四庫本《鄖溪集》卷一五。

求志賦

晁補之

幼余不自知惷兮，願求古人而與之遊。高平邑於大野兮，魯東鄙而北鄰。固余心其

[一] 因：清乾隆翰林院鈔本、民國張氏刻本作「固」。
[二]「豈生」句：張國淦校勘記作「豈予之有生兮」。
[三] 靳：清乾隆翰林院鈔本作「蘄」。

悃款兮，求前聖又不遠。豈無鄰莫可與謀兮，冶郚氏而俗泮。幽離房誠不忍兮，棄此而莫能。歲執徐之青陽兮，余先子乎東征。横武林之大江兮，睢始寧之南邑。路會稽以周流兮，求歷山之所在。昔封嵎之世守兮，以後夫而致刑。越懲恥於夫椒兮，進樵女而抑心。懿二臣以國霸兮，卒焉異夫出處。行束薪而自言兮，妻不忍而求去。助申威於司馬兮，卒隕聲以淮南。盱訴死於婆娑兮，悲綽約之亦殲。彼章陳之詭嘯兮，既愕眙於甲夜。何仲御之清激兮，而亦云駭夫觀者。紛回穴其莫識兮，泮千載而跡陳。思苗山猶若兹兮，又何悲乎曲水？

惟鄭公之志約兮，逢神人焉靡求。山岪嵂而谷紆兮，風瀏瀏乎旦暮。耿吾何不可留此土兮，竊悲越人之禨。豈其食鮭而化音兮，無所用吾之綏。冬曚曚其多雨兮，夏瘴熱以生蠢。溪水之淺深兮，舟上下而擊石。吾遵夏蓋之山兮，聊以觀乎遠海。吾先子之初服兮，羌董道而不改。小人之有心兮，猶不假器。末余從於東安兮，依哲人而聞誼。蜀蘇子之有廛兮，漢遺化而多儒。往者其不可及兮，曷不從子之廬？朝余食乎山中，夕余宿乎江上。悲世俗之近市兮，余安能忍而與之皆往！

余令樓季爲右兮，使王陽前余。世解轡而馳石兮，緬余得此坦塗。良吾鞅使環瀊兮，密吾牙使樸屬。攬九州而顧懷兮，夫安知余力之不足？遺余生之罹閔兮，歸將母乎故都。伏里門而畏鄰兮，幽獨守此四隅。時命大謬兮，吾迂迂欲何之？慨永夏之宜養兮，霜夔然其萃之。增歔欷以啜泣兮，殺身其安可！宇摧棨而藩穴兮，雀鼠去而不舍。

憯四序之不淹兮，春藹藹其既菲。攬卉木猶若茲兮，吾獨不聊此時！悲予仲之婉變兮，饒其心以詩禮。吾不能操贏而坐閭兮，耘東山而自食。歲旱暵而不雨兮，螟又生余之場。屬歲秋之有穀兮，河出墳而湯湯。於陵子之終褊兮，井上李其猶飽。服芬芳而潔腹兮，夫豈不足以忘老！衆虒豸而好朝兮，咸得時而的皪。持衣裘而鬻暑兮，余固知余賈之不售。思遐舉而莫從兮，心紆軫而盡傷。訊黄石以吉凶兮，棊十二而星羅。曰由小基大兮，何有顛沛？既非初志之敢期兮，曾何以知其所繫？頽清濟以去垢兮，芝九莖而爲華。宵倚楹而悲詫兮，疇獨憂余之無家！

蕭苑候之慷慨兮，孰云非食之故？濟澶淵之靈津兮，横中流而飈怒。思城闕之挑達兮，勉踵夫昔之人。羿之志於彀兮，亦反求夫余身。小人不知學禮兮，畏罪罟之所尋。宋七世之炳靈兮，皇純佑此下土。舉賢而授能兮，哀煢獨此黎庶。牧羊而肥兮，式亦用夫有聞。辟雍之洋洋兮，宇干日而糾紛。連衽以成雲兮，汗而爲雨。豈余不足於同門兮，獨惆悵而延竚。先事而後得兮，惟其食者之責。舉九鼎於鯢淵兮，亦人假夫一臂。

余張子之好脩兮，蹇博大而無朋。雪霏霏而宇涷兮，松柏不改其青。固黄子嘗語余兮，曰此是爲明月。雖工師不以佩兮，保厥美亦未艾。彼喔咿爲已甚兮，羌浮石而沉木。子雲之好思兮，亦衆誶其寂寞。虞氏之爲政兮，舉五臣而與言。彼霢霂之射谷兮，何足以容江潭之鱣？衆不察余之情兮，求余初猶未沬。超孤舉而遠尋兮，唯夫不足而論世。良恫韓而成漢兮，皓保惠而悟高。成功則去兮，曾何足以介其一毛？融躬行既卒驕兮，禹服義亦太靡。陳輜車與乘馬兮，桓榮亦酋乎富貴。蕃居室其不理兮，滂之志以四海。允膺之激烈兮，羌不以生而昧義。意豈弟神所椵兮，固何以罹此之不祥？豈其莫忍鄰之捽兮，紛救鬭而得傷。嘉林宗之善裁兮，要成敗以不失寧。遵不知時之可爲兮，行漁瀨以畢世。

喟嵇康之蹈盡兮，愧孫子其安補。阮清舌而咎目兮，潛固自識而遠去。謂道不可爲兮，爲者敗之。衆竅然咸不留兮，惟至人焉在之。泮千祀而語鄰兮，孰與至人之服意？神龍之乘雲兮，吾欲從焉以足。士生各有遇兮，吾何爲侘傺乎此時？曾藿菽不足以化兮，求余身其庶幾。滋蘭以旨蓄兮，菊以爲粮。修忠信以抑躁兮，夫安知余時之後？圖前聖吾永賴兮，攬百子與並輿。時翱翔於道奥兮，歷年歲以爲娱。四部叢刊本《雞肋集》卷一。

晁補之《釋求志》（《雞肋集》卷一）　《求志》，自敘也。予從先人寓鉅野，又從先人仕會稽，又從先人仕杭。余仕於澶，仕於魏，而後仕於太學，故《求志》所敘如此。高平邑於大野，謂高平鉅野縣也。魯人好文學，而獨邴氏以冶富。魯人所以去文學趨利者，以邴氏故也。是見《地理志》、《貨殖傳》。離房，别房也，揚雄云：「芳酷烈而不聞兮，不如襞而幽之離房。」武林，餘杭也。始寧，上虞也。歷山，舜所耕也。封嵎，防封氏，禹執而戮之者也。夫椒，吳所棲勾踐之山。而西施，蓋樵家女。二臣，大夫種、范蠡。信威司馬者，嚴助也。曹娥父名盱。章、陳云者，章丹、陳珠二女巫，夜祠詭嘯，夏統見而驚走者也。而仲御亦嘗見賈充叩舷吳歌、致風雲，予怪之。仲御，夏統字也。苗山，即會稽山。曲水，永和諸君所集處。鄭弘遇神人於若耶溪，云：「願旦南風，暮北風。」夏蓋，上虞海旁山名。自此以上，上虞事。東安，杭州新城也。予始見眉山蘇公於杭，故云「末予從於東安兮，依哲人而聞誼」。樓季，古善御者。王陽，不馳九折坂者也。予自謂至此乃知學之所趨，猶出荆棘險阻得大塗而思騖也。環瀰、樸屬，《考工》治車説。車，君子之器，車工而後可以致遠，君子修而後可以涉世。自此以上，新城事。將母故都，予喪先人歸濟時也。予仲，無斁也。東山，濟東郭，予所田處。比二年不雨，河決，卒不穫。於陵子，於陵仲子也。虒豸，猶參差，見《甘泉賦》。趣市者平旦側肩争門而入，日暮之後掉臂而不顧，故云「衆虒豸而好朝」，謂干時者也。世所用卜靈棋者，曰是爲黄石書。始予免喪，占之繇曰：「由小至大，無有顛沛。」予自謂非予志所期也。頫清濟而以芝爲華，以況余不敢汙以干時。倚楹，魯漆室女中宵悲嘯，鄰人疑其欲嫁者也。蕭望之嘗爲小苑東門候，自謂各從其志，予慕之。遭淵，予爲掾時事。挑達，予教授北京時事。予去北京爲太學正，故曰「辟雍之洋洋」。鯢桓，九淵名。舉鼎九淵，非一臂力，然一臂亦有助也。張子，予太學同舍文潛也。文潛不苟合於人，黄魯直爲《明月篇》遺之，曰「天地具美兮生此明月，陸白虹兮貫朝日」，予愛之。浮石、沉木，無是道也，而誣善者其言嘗類此。大才而小使之，譬震霖，非鱣所遊也。求斯世而莫予知也，則思古人焉。孟子所謂是以論其世也，故曰「惟夫不足而論世」。自「惘韓成漢」至「潛固自識而遠去」，皆論世之事也。馬融、張禹驕靡，桓榮以車馬夸弟子，皆不足言。陳蕃、范滂、王允、李膺、李固，以忠殺身，亦可傷矣。夫惟無心於爲者，爲能爲天下，張良、四皓所以成也；知其不可而不爲，則若林宗、淵明可矣。有光武而嚴陵去之，非也，遵，陵也。阮籍在晉人中頗能自濁，口不臧否人物，而爲青白眼，殆矣。故曰「阮清舌而咎目」也。餘子傖攘小人之中，如捧土救河潰，卒與之俱溺，豈不痛乎！故曰「爲者敗之」。懲數子之爲而敗，而不知時之可爲，又蔽矣。而予又不足爲也，故終欲求之予身。

《困學紀聞》卷一七　晁無咎《求志賦》「訊黄石以吉凶兮，棊十二而星羅。曰由小基大兮，何有顛沛」，謂《靈棊經》也。《異苑》云：「十二棊卜出自張文成，受法於黄石公，行師用兵，萬不失一。東方朔密以占衆事。」

述志賦

張九成

伊余生之好修兮，紛溷濁而獨清。朝飲藍橋之雲液兮，夕飡月殿之落英。製芙蓉以爲裳兮，紉蘭芷以爲佩。躡天風余上征兮，將以朝於玉帝。朝發軔於泰華兮，夕余叩乎天閽。覽瑶臺珠閣之突兀兮，驂蒼虬彩鳳以駿奔。吾與羣仙遨遊兮，曰蓬瀛乎此焉處。既徘徊而四顧，日與月爲吾侣。豐隆列缺其先驅兮，攙搶招摇爲吾掃除。廓氛埃而下視兮，塊五嶽其尊罍。攬四溟而一瀉兮，宴王母乎崑崙之隈。

忽憑几而坐寤兮，知萬事其如夢。聊與此世而婆娑兮，長笛呼風而三弄。憫屈平之懷沙兮，笑子雲之投閣。已攬袂而欻起兮，悵星移而月落。宋刻本《横浦先生文集》卷一。

《復小齋賦話》卷下　詩有擬古，賦亦然。……晉曹攄、隋蕭后、宋張九成、元胡天游俱有《述志賦》，明黄輝有《擬述志賦》，王寵有《擬感舊賦》。

遂志賦

横浦作　劉黻

緊蒼靈之秉權兮，庸付我以識知。抱静朴而冥思兮，相在室而勿欺。唯曰忠與孝兮，一方寸之所囿。渠敢自蔽兮，隨吾生之鹵莽。音姆。紛媚道之波流兮，滋皇路之書迷。志苟不卓兮，守隨以隳。繇混身於圜海兮，等菁莪之茂育。與相國爲始終兮，忍見危而弗告。固知言則賈禍兮，森溪弩之射影。奈蘊此孤狷兮，若嫠婦不恤緯之耿耿。顧禀姿其鈍懦兮，惴惴焉挈瓶之守。叫閶闔以排雲兮，曷其不效乎殿馬之後。誓圖報於宗社兮，雖節解其靡悔。矧從諫如轉圜兮，可誘以拒而自外？首瀝辭於淳亥之閏朔兮，指御史垓之貫盈。復籲忱於寶寅之禋霽兮，諫疑謁於孤山之黄庭。幸天王咸嘉納兮，德汗簡而流馨。奈邪枿之仇視兮，唯恐無罅之可乘。乃參會乎丙辰，綮三學之多言。遂萋斐以成錦兮，熾黨禍之株連。赫赫威焰兮裂石，洶洶怒濤兮拍天。

我思義虞以抵漢唐兮，胎理亂以多塗。貫萬古而不與上下兮，唯貞之不可誣。彼雲氣出没於太虚兮，凡變態之故也。炳日月星漢之垂象兮，正自莫掩其素也。仰吾皇如堯舜兮，謗有木而諫有鼓。且施磬設鞀以來箴兮，肩夏禹而軼周武。有君如此兮，臣敢負？奈譽阿毁墨兮，日駕言以激雷霆之怒。此賈誼之謇直兮，不免於謫長沙；靈均之抗憤兮，不得不沈汨羅。夢彭咸兮情靡他，問詹尹兮卜若何。倚正信以爲杖兮歷崎嶇，返虛白以内鏡兮燭危疑。攀太華而整纓兮日未晞，擥芳草而酣睡兮安其棲。盼白雲兮不可知，杳黄耳兮音遲遲。遠莫遠於倚門兮，孰慰所思？樂莫樂於膝下兮，寧辭於癡？師元城之制欲兮，惟煙霧是禦。仰無垢之苦心兮，媿雙趺之不吾趾。挹濂溪之函丈兮，會宇宙之春意。曷以遂志兮藜藿味。四庫本《蒙川遺稿》卷四。

葺所居賦 並序

劉攽

治平三年秋，京師大雨，湧水出，民舍多墊壞者，予所居獨完整無恙。及雨止，加葺其垣牆，因爲小賦。

賾至理之茫昧兮，同寓形於一區。任所遇之則然兮，夫孰賢而孰愚？彼每正而或禍兮，亦用拙而自如。雖背阪而向隍兮，將愈乎廣廈之宴居。歲荒落之淫雨兮，涌雖出而爲災。汩波流之罔極兮，浩潺湲而無涯。棟梁圮而弗支兮，堂壇蕩而爲溪。何昔日之高明兮，今直委而汙泥！

彼攜持之與抱負兮，或耄耋之與孩嬰。念獨不保其闔廬兮，亦有朱户之亡其閈閎。將鬼瞰之使然兮，固天理平其不平也。愧予居之僻陋兮，豈擇處而淹留。四鄰聳而逋逃兮，恨衆人之我尤。福莫大於無過兮，顧舍此其何求。葺垣牆而圬墁兮，其托喻以監予。曰全生之近道兮，念無厭其所居云耳。四庫本《彭城集》卷一。

卜居賦 並引

蘇轍

昔予先君，以布衣學四方，嘗過洛陽，愛其山川，慨然有卜居意，而貧不能遂。予年將五十，與兄子瞻皆仕於朝，裒橐中之餘，將以成就先志，而獲罪於時，相繼出走。予初守臨汝，不數月而南遷，道出潁川，顧猶有後憂，乃留一子居焉，曰：「姑餬口於是。」既而自筠遷雷，自雷遷循，凡七年而歸。潁川之西三十里有田二頃，而僦廬以居。西望故鄉，猶數千里，勢不能返。則又曰：「姑寓於此。」居五年，築室於城之西，稍益買田，幾倍其故，曰：「可以止矣。」蓋卜居於此，初非吾意也。昔先君相彭、眉之間爲歸全之宅，指其庚壬曰：「此而兄弟之居也。」

今子瞻不幸已藏於郟山矣，予年七十有三，異日當追蹈前約。然則潁川亦非予居也。昔貢少翁爲御史大夫，年八十一，家在瑯琊，有一子年十二，自憂不得歸葬。元帝哀之，許以王命辦護其喪。譙允南年七十二終洛陽，家在巴西，遺令其子輕棺以歸。今予廢棄久矣，少翁之寵非所敢望，而允南舊事庶幾可得。然平昔好道，今三十餘年矣。老死所未能免，而道術之餘，此心了然，或未隨物淪散，然則卜居之地，惟所遇可也。作《卜居賦》以示知者。

吾將卜居，居於何所？西望吾鄉，山谷重阻。兄弟淪喪，顧有諸子。吾將歸居，歸與誰處？寄籍潁川，築室耕田。食粟飲水，若將終焉。念我先君，昔有遺言：父子相從，歸安老泉。閱歲四十，松竹森然。諸子送我，歷井捫天。汝不忘我，我不忘先。庶幾百年，歸掃故阡。我師孔公，師其致一。亦入瞿曇、老聃之室。此心皎然，與物皆寂。身則有盡，惟心不没。所遇而安，孰匪吾宅？西從吾父，東從吾子。四方上下，安有常處？老聃有言：夫惟不居，是以不去。明清夢軒本《欒城第三集》卷五。

《復小齋賦話》卷下　有四字句法而通韻者，歐陽《螟蛉賦》也。有轉韻者，潁濱《卜居賦》也。

抱關賦

王回

嘉祐五年，回始仕爲衛真主簿。日負吏責，憫己之不如古人也，作《抱關賦》：

抱關之無責兮，聊可充吾食。匪可食兮，吾何易兮。抱關之無愧兮，聊可由吾仕兮。匪可仕兮，吾何累兮。抱關之無悶兮，聊可託吾遯兮。匪可遯兮，吾何慁兮。《皇朝文鑑》卷四。

《習學記言》卷四七　聞之呂氏，讀王深父文字，使人長一格。《事君》、《責難》、《愛人》、《抱關》諸賦，可以熟玩。自王安石、王回始有幽遠遺俗之思，異於他文人。而回不志於利，能充其言，殆非安石所能及。然若少假不死，及安石之用，未知與曾鞏、常秩何如？士之出處，固難言也。

《復小齋賦話》卷下　宋王回《抱關賦》，似學《國風》體。

自釋賦

薛季宣

太歲貞於執徐兮，涂月季惟方癸。農事畢余揆其成兮，秕亢陽與襄水。飛符命之坌紛兮，郡府號余曰有敕。緡泉貨惟四千兮，五千秔其以糴。

越土性而謂余求兮，郡命違其曷可？蚤夜民之飼糠籺兮，又掇攘之有叵。方千里而爲畿甸兮，茅莩居其百九。人景希兮，欲多求之孰有？蓀権右而左陂兮，復前堤而後堰。萬斛舟兮，望悠揚而罔見。苞苴昌兮，根微蠹以弗充君門。狗之吠狺狺兮，圓月曀於雲霧。足余進而趦趄兮，矢囁嚅之靡入。

思徜徉而歸印綬兮，啜哀傷而雨泣。謂何求之喧泯渾兮，知此憂云實鮮。余中切而深慮兮，羌謂之回遠。亶憂民於以爲國兮，胡國憂爲毋害。敢稱民而自佚兮，以求其安泰。僥天命之畢罷休兮，余心之有得。聊遲留兮，𠻳詞而自釋。四庫本《浪語集》卷二。

三黜賦

王禹偁

一生幾日，八年三黜。始貶商於，親老且疾，兒未免乳，呱呱擁樹。六百里之窮山，唯毒虵與贙虎。歷二稔而生還，幸舉族而無苦。再謫滁上，吾親已喪，几筵未收，旅櫬未葬，泣血就路，痛彼蒼兮安仰？移郡印於淮海，信靡鹽而鞅掌。旋號赴於國哀，亦事居而送往。叨四入於掖垣，何寵禄之便蕃。

今去齊安，髮白目昏。吾子有孫，始笑未言。去無騎乘，留無田園。羝羊觸藩，老鶴乘軒。不我知者，猶謂乎郎官貴而郡守尊也。

於戲！令尹無愠，吾之所師；下惠不恥，吾其庶幾。卞和之刖，吾乃完肌；曹沫之敗，吾非輿尸。緘金人之口，復白圭之詩。細不宥兮過可補，思而行兮悔可追。慕康侯之晝接兮，苟無所施，徒錫馬而胡爲[一]；効仲尼之日省兮，苟無所爲，雖歎鳳而奚悲？夫如是，屈於身兮不屈其道，任百謫而何虧？吾當守正直兮佩仁義，期終身以行之。四部叢刊本《小畜集》卷一。

蘇頌《小畜外集序》（《蘇魏公文集》卷六六）憤懣所激，不能自已，三坐左官，皆以直道。因作

〔一〕馬：原作「爾」，據四庫本及《珍席放談》卷下改。

《三黜賦》以見志，有「不屈於道，百謫何虧」之句，此其見於行事之深切者也。

《珍席放談》卷下　王元之詞學器識度越當代，太宗深所器異，而天資忠勁，知無不言，言無所徇。始以知制誥坐事貶商州團練副使，還朝，上曰：「王文章俊穎，人罕儕者。但性剛直，不甚容物。」命宰相召戒之。後又繼被貶斥，皆以論議也。嘗爲《三黜賦》云……公之志斯可識矣。然而直之爲行，可晦而弗可恃，臯陶所謂「直而温」，叔向以直及難是已。

《玉壺清話》卷四　王元之禹偁嘗作《三黜賦》以見志。初爲司諫、知制誥，疏雪徐鉉，貶商州團練副使。方召歸爲學士，坐爲孝章皇后遷梓宫於燕國長公主之第，羣臣不成服，元之私語賓友曰：「后嘗母儀天下，當奉舊典。」坐訕謗，出守滁州。方召還，知制誥，撰太祖徽號玉册，語涉輕誣，會時相不悦，密奏黜黄州。

《澠水燕談録》卷七　元之初知制誥，上疏雪徐鉉，貶商州；召入爲學士，坐辨孝章皇后不實，謫滁州；復召知制誥，撰《太祖尊號册》，坐輕誣，謫黄州，作《三黜賦》以自述。時蘇易簡知舉，適放牓，奏曰：「禹偁翰苑名儒，今將全牓諸生送於郊。」上可其奏。諸生別，元之口占一絕，付狀元孫何曰：「爲我多謝蘇易簡云：『綴行相送我何榮，老鶴乘軒愧谷鶯。三人承明不知舉，看人門下放諸生。』」

《言行龜鑑》卷五　王内翰禹偁字元之，性狷介，數忤權貴。宦官尤惡之。上累召至中書戒諭之，禹偁終不改。咸平初，修《太祖實録》，與宰相論不合，又以謗責落職，出知黄州，作《三黜賦》

以見志，其卒章曰：「屈於身而不屈於道兮，雖百謫其何虧；吾當守正直而佩仁義兮，惟終身而行之。」

三黜賦　直道事人，宜乎三黜

李綱

賢若下惠，官爲士師。以直道而從事，乃屢黜之爲宜。忘己爲人，何爵禄之足惜；捨生取義，豈威武之能移。法古守官，屈身徇道。位雖卑而道何所辱，義或失則位焉敢保。寧尸禄以素餐，將啜菽以忘老。君違必諫，雖犯顔而何傷；天聽孔昭，恐獲罪之難禱。

何則？忠以得罪，分焉所甘。以所守之惟一，故遭黜而至三。用則行而舍則藏，顧有進則有退；仰不愧而俯不怍，夫何懼而何慙。枉道事人，奚必去父母之國；直心行道，焉往無譖愬之談。惟君與臣，代天理事。各盡其職，非相爲賜。諫行言聽，固同享於安榮；道廢身藏，亦何心於怨懟。惟知則止之節，乃盡事君之義。

相彼君子，異乎小夫。以容悦得君爲至計，以緘默固位爲良圖。蓋亦陋矣，何足算乎！老栢千年，凡幾經於凝沍；精金百鍊，乃可試於洪爐。惟此展禽，雅安降逸。雖不辭於小官，亦弗免於三黜。蓋以和制行者，所以與人爲徒；以直事人者，所以本天之質。類夫子文之稱忠，喜怒不形於仕已；有若孟軻之不動，榮辱豈存乎得失。矧乃作士，利用刑人，上下其手而楚國以弊，輕重其心而漢法以淪。徐有功之任司刑，守法而代人以死；張釋之之爲廷尉，讞獄而舉世推仁。蓋聞風而有立，雖愈久而彌新。

爰有畸人，號爲拙直。荷三朝之眷遇，辜負明恩；雖九謫而終歸，敢忘大德。惟內省不疚於聖言，顧用捨豈繫於人力。味前哲之遺風，每撫篇而太息。四庫本《梁谿集》卷四。

《復小齋賦話》卷下 李忠定公《三黜賦》，純是借題發揮。余嘗取放翁跋李莊簡公語「目如炬，聲如鐘，其英偉剛毅之氣，使人興起」，謂此賦足以當之。

又 賦有割截古人姓名者，……柳下惠，邊讓《章華賦》則以爲柳惠，李忠定《三黜賦》則以爲下惠。

謫居賦

張九成

嗟余之生兮西湖之濱，煙雲爲家兮風月爲隣，一行作吏兮喪厥真。筮仕會稽兮繼命奉常，著作東觀兮出持刑章，未及佩印兮讒口傷。

世路險巇兮人情澆薄，拂衣歸來兮求志獨樂。温詔三下兮辭不獲，卿宗正兮侍玉座。談堯舜兮上甚果，小宗伯兮義則可。知難而退兮奉余親，庭闈之樂兮如三春。奇禍作兮湘江奔，天忽崩兮骨欲折。心糜潰兮目流血，日月馳兮成永訣。禍又作兮事更危，天心仁兮哀憐之，免余死兮竄江西。維兹地兮古横浦，嶺之北兮江之滸。團瘴煙兮飛霧雨，七年於兹兮無與晤語，俗目並觀兮吾何以處。

惟吾早聞道兮傳孔孟，用聖心兮履聖行。曰君子謹獨兮無愧怍，聖人樂天兮無適莫。夏葛冬裘兮何用美，飢食渴飲兮無求備。神明昌兮窮不諱，道義重兮物偕逝。優哉遊哉，聊以卒歲。宋刻本《横浦先生文集》卷一。

釋謀賦

王安石

雲冥冥兮蔽日，風浩浩兮吹沙。出予馳兮不得，塊獨處兮咨嗟。嗟天地兮無窮，暑與寒兮相客。以短褐兮憂親，孰知予兮孔棘。維抱關兮擊柝，乃予仕兮所宜。禄可辭兮尚冒，養執割兮方虧。豈吾事兮固拙，寧我辰兮獨悖？信物默兮有制，尚可侔兮内外。

宋紹興刻本《臨川先生文集》卷三八。

定觀賦

陳造

張君錫雱不利秋闈，作賦見遺，辭意奇壯。作《定觀賦》答之。其辭曰：

面頰之敷腴，胸襟之恢疏，譚辨之傾輸。子張子眇睨高蹈，力雄萬夫。「我擊隽於南州，闖風壑之於菟。揆若人而當價，金華蓬山，信其有餘，固豈山澤之臞儒也哉！胡乃蘭傷玉缺，盤姍躄躠。黃金注而得昏，美璞獻而遭刖。撫繃緱而三嘆，駭霜蹄之一蹶。方且寓喑嗚於雕蟲之技，陶性真於盃中之物。」

陳子曉之曰：「事之宜然而或不然者，天之勝；宜然而不得不然者，人之定。洞視天人之表而不吾滑焉，君子之善應。鄉也覷然笑，今也愁然悲，蓋未始得其正。彼其搖搖於寵辱之樊，皆於理聽之瑩乎？夫聖之逐，忠之剖，賢也而臞，盜也而壽，理好乖於所期，是固諉天者得以啟其口。羿之射，有撥其矢石之斤，或掣其肘，然竟非拙工之敢偶。蒲捎以一跌而棄，夜光以微纇而掊。孰不市駿，議寶者之咎。以定觀之，人之勝天也久矣。子其尊所有，勉所無，贔屭文藝之數，周旋道德之塗。吾見夫至寶橫道，隨和過之，必且攘取而疾趨。則夫債於前而振於後，遺之寸而收之尺，顧何歉歟？彼託意於酒者，古人有之，而或以蕩心而敗德聲；其怨於文者，君子許之，猶未足與語超然自得之徒。羌吾言之率爾，子其繹之，是邪非乎？」

子張子作而謝之。其貌舒舒，其氣愉愉，若不知得喪欣戚之何如。明萬曆刻本《江湖長翁文集》卷一。

寫憂賦

劉攽

悲四序之驟失兮，哀逝者之不復。春與秋其幾何兮，霜與露其俱續。稚呱呱而既食兮，墓積草而已宿。追音聲而在耳兮，悼容色而記目。願一見而無期兮，情可殺而逾毒。徵圖書於疑似兮，索夢魂於因想。雖可得其髣髴兮，嗟暫覿而復往。聆黄鵠之怨别兮，余猶恡其單飛。雉朝雊而泄泄兮，牧犢子感而陳詩。心鬱悒而怊悵兮，何使予懷之不夷！

昔聞道於賢者兮，雖忘而未信。謂生爲勞役兮，謂死爲歸人。今吾百憂之叢中兮，既積月而累辰。何重負之如是兮，願脱去而奚因？彼冥然而無知兮，獨甘寢於巨室。

天地覆墜之不聞兮，諒絶世而愉逸。伊聖言之可徵兮，悼吾學之不競。不窒隙於未兆兮，顧飲藥而加病。遂迷途而不反兮，非智士之能竟。排多慮而去妄兮，引至理而自鏡。雖既往之不追兮，庶來今之能定。四庫本《彭城集》卷一。

遣憂賦

張耒

居孑孑以無與兮，出莫知其所之。獨端居以終日兮，耿默默而長思。古之人不可得而見兮，存者滅略之遺辭。顧一世之異情兮，余誰者其從之？

惟我生之拙迂兮，嗟所慕之名奇。挹廉清之遺風兮，曰吾其進難而退易。百驅不加於跬步兮，却轡疾返而莫追。踐斯言之不欺兮，庶吾心之無愧。日月忽其遷流兮，老忽忽而既來。惟所蹈之日迷兮，撫前心而自非。

欲改故而圖新兮，從靈龜而問疑。兆改横而上從兮，史謂余而告辭：「横爲窒而善處兮，上從直達其無巇。豈外拘而中泰兮，或者既塞而將遂。保爾守而無變兮，神明於汝其遺之？」

相利害而爲術兮，彼鄉人其猶恥。美靈龜之告猷兮，得我心之所止。彼躚躚其安往，聊安安以自恃。歲冉冉以將老兮，草木颯其哀衰[一]。玄蟬號乎高柳兮，溢菡萏於清池。宵蟲悲鳴以相語兮，朔雨振迅而南窺。嗟吾客於東周兮，周天星之三移。寫我憂以命駕兮，憑高明以遠視。覽平田以茫泱兮，瞰清洛之東駛。山重複而南積兮，萬嶺矗矗以鱗次。微雲霆霽以忽布兮，孤翼滅没而高逝。熊耳高高而西峙兮，女几奮湧而南危。東平川於兩間兮，散佃漁於平地。雞犬密其相聞兮，溝塍布而如棋。牛羊閒以就牧兮，烏鳥號呼以羣嘻。

登故國之餘墟兮，望遺宫之頹基。傷者來世而無窮兮，樂者昔人其既止。惟達觀其超忽兮，等廢興於一視。考物變以自樂兮，遺餘情於酒醴。大人無即而非樂兮，淺夫係物以自治。彼方窘我以局促兮，我則顧步而廣肆。制憂樂於在彼兮，夫何貴乎明智？忘吾憂以洋洋兮，將以語夫君子。明趙琦美鈔本《張右史文集》卷二。

秋懷賦

劉攽

世量力以爲智兮，孰不自師其成心？不强短以被修兮，亦各濟其所任。蓋周任之

[一] 哀衰：四庫本、民國刻本作「變衰」。

明清兮，予嘗服於德音。性專直其似愚兮，遂底滯而廢沈。惟古人有不遇兮，亦奚慨於斯今！昔既冠而從仕兮，冀陳力而帥職。何日月之不淹兮，亹亹至乎不惑。世與我豈其異衷兮，增余懷之默默。數廢日而倍參兮，願自竭而安得？將奔而及事兮，愧初心而變色。譬遊者之無術兮，念愈躁而愈没。

荷衆賢之并容兮，曾介善之不遺。辱興廉之末舉兮，遂以造夫攸司。君之門不可以徑入兮，既待詔而歷時。惟褊心之狷狹兮，曾繩墨其自持[一]。誠詭遇其猶獲兮，雖得獸而恥之。信天命之有在兮，非知勇其孰勿疑。時既秋而涼風兮，草木落而變衰。日月麗於西廂兮，蟋蟀迅而鳴悲。閱四序之代謝兮，既逝者之如斯。悼我心之弗獲兮，起惆悵而稱詩。四庫本《彭城集》卷一。

秋懷賦

姚勉

天時倏兮如流，西杓揭兮復秋。露零零兮蘿薜，風嫋嫋兮梧楸。草蛩淒兮夜弔，夕

[一] 曾：武英殿聚珍版書本、《皇朝文鑑》卷四、《歷代賦彙》外集卷六作「樂」。

陽亂兮蟬愁。嗟物理兮若此，焉人情兮銷憂。想征夫兮天涯，歲月悠兮未歸。懷故鄉兮千里，羌目斷兮魂飛。悵思歸兮閨中，罷膏沐兮飛蓬。角枕粲兮衾爛，耿獨夕兮誰同。夕風起兮淒淒，瞻大火兮流西。氓蚩蚩兮多寒，歲無褐兮疇衣。棗纍纍兮欲丹，寒苦早兮陰山。哨騎肥兮將馳，兵何時兮戍閑。

節物驟兮駸駸，日復日兮秋深。幾何人兮悲秋，羌獨集兮予心。微無酒兮以遊，酒莫銷兮此憂。彼已子兮不知，覆謂予兮何求。嗟時事之日非，暑已退兮寒淒。嘉禽逝兮鷙擊，蕙蘭摧兮蒿肥。簷雨兮浪浪，寐復寤兮宵長。西風兮鴈行，梗泛泛兮異鄉。望家山兮飛雲，明月思兮故人。我不如兮季鷹，思鱠魚兮羹蓴。孰有山兮可耕，孰有溪兮可釣。願從子兮是問，一登臨兮長嘯。傅增湘校訂豫章叢書本《雪坡舍人集》卷一〇。

憫獨賦

宋祁

憫前人之抗志兮，雖有適而遂迷。恃我醒於皆醉兮，矜獨是於衆非。吾固知喬木不得林兮[一]，孤音鮮與之諧。特立廢於曹踞兮，一妍掩於萬媸。舉吾黨以同寀兮，挈予覺其何之。越家祝而訶冕兮，裸户裎而哂衣。奮單辭以正議兮，安足救輿談之參差。發介瞭之精覽兮，何預羣蒙之倀僖。

屈自高以赴淵兮，夷己信而餓薇。波潰流而無益兮，反蒙譴而被訾[二]。今吾有道於此兮，請質古而瑩疑。狂者以不狂爲狂兮，飲泉流而後宜。非聖者以聖爲非兮，均獵較而免譏。挫爾方而殺廉兮，常偶欣而儷悲。保獨行以中晦兮，庶明哲而爲期。四庫本《景文集》卷二。

《復小齋賦話》卷下　詩有擬古，賦亦然。……宋祁有《閔獨賦》，明人葉良佩有《擬閔獨賦》。

省愆賦

唐庚

唐子謫居嶺表，既已半載。杜門時省愆而慨曰：「身邪心邪，孰陷吾於罪乎？吾

[一] 喬：《皇朝文鑑》卷三、《聖宋二百家名賢文粹》卷一七七、《歷代賦彙》卷六作「高」。
[二] 譴：原作「歡」，據《皇朝文鑑》卷三、《聖宋二百家名賢文粹》卷一七七、《歷代賦彙》卷六改。

將求之身，則身非我有，四大所會，地水火風，誰爲之宰？吾將求之心，則心不在內，復不在外，不在中間，是將安在？」晝夜以思，寢食皆廢。骨爲之出，髮爲之改。

夢有告余曰：「甚哉！子之蔽也。罪性本空，念念滅壞。反復尋繹，衹益咎悔。道逢臭腐，何足眄睞。玩味不已，適足自穢。浄是妄而況垢，穀猶無而矧稗。譬之身體，本自安泰。或作病想，便若嬰瘵。識此病之誰受，尚何施於砭艾？譬之手足，伸縮無礙。忽作縛想，舉動輒絓。悟此縛之無實，即無繩而可解。方聳聽於妙語，失胸中之結塊。若春動而冰坼，若秋至而葉敗。回視無始以來，幾千萬世所作罪業，悉消散而崩潰矣，豈獨今之所以流落顛沛者哉？」

覺而思之曰：「噫！此殆維摩詰也。」攬衣而起，正冠束帶。稽首西望，作禮而退。宋刻本《唐先生文集》卷一。

自閔賦

陸游

余有志於古兮，騁自壯歲。慕殺身以成仁兮，如自力於弘毅。視闇室其猶康莊兮，凜昭昭之可畏。敢以不貲之身兮，差冒没於富貴。嗟摧不自止兮，草奮如蝟。余旁睨而竊怪兮，抵掌戲欷。吐狂喙之三尺兮，論極涇渭。徒袚齋而潔芳兮，蹈道則未。

念國中孰知我兮，去而遠遊。窮三江而浮七澤兮，莫維余舟。赤甲崇崇兮，白鹽酋酋。東屯之下兮，清泉美疇。是可以置家兮，予即而謀。忽馳騁而北首兮，道阻且悠。宕渠葭萌兮，石摧車輈。雲棧劍閣兮，險名九州。遂戍散關兮，北防盛秋。登高以望兮，慷慨涕流。畫策不見用兮，寧鐘釜之是求。歸過蜀而少休兮，卜城南之丘。築室鑿井兮，六年之留。

或挽而出兮，遺以百憂。奚觸而忿兮，起爲寇仇？惟節士以見疑兮，趨以即死。豈摧辱之不置兮，尚馳騖而弗止？彼賤丈夫之希世兮，頑鈍亡耻。雖鉗於市其猶安受兮，何有於詆訾！毀吾車兮殿門，逝將老於故里。四庫本《放逸遺稿》卷上。

思故山賦

陸游

陸子爲嚴州逾年，困於吏役，悒然不樂，日有秦稽之思，乃作《思故山賦》。其詞曰：

仲冬之杪，木葉既落，殘暑告歸，霪雨未作。川原奇麗，天宇澄廓，風蕭蕭而未厲，日暉暉而寖薄。陸子於是被白葛之單衣，躡青芸之雙屩，抱嶧陽之寶琴，引華亭之鶗鴂。出衡茆，度略彴，榜一葉之輕舟，凌浮天之大壑。白鷺下渚，文魚出躍，荷蓋摧柄，竹枝隕籜，松翳翳以藏寺，柳疎疎而帶郭。行欲盡而更賒，望若邇而逾邈。

俄而披煙霞，觀嶔崿，千峯業峩，萬嶂聯絡。或聳起而鳥騫，或怒奮而獸搏，或雖容而暇豫，或峭厲而刻削，或方行而嶷立，或將前而復却。連者如隄，斷者如筰，廣者如屋，鋭者如槊，泄雲如甑，蓄雨如橐。或平如燕居之几，或壯如行軍之幙。或筋脈奇瘦，如夔魈之欻見；或竅穴穿空，如渾沌之初鑿。豈惟西壓青城，北揜紫閣。固已擅雄秀於三□，邁□里之旁礴矣。

予乃涉淺澗之淙潺，步蒼崖之犖确，擷幽蹊之凋蘭，掇孤洲之芳若。歷市聚之雞犬，望塔廟之丹雘。耕壠參差，蔬畦交錯。則有野父樵童，迎揖而勞苦；道翁藥叟，一笑而相握。拂藜牀以延坐，持黍酒而請酌。秫饘粟餌，牛醢雉臛，陳升果蔬，調燮鹽酪。超世俗之澆僞，有太古之簡樸。或驚齒髪之衰殘，或喜精神之矍鑠，或譏宿志之久負，或誚浮名之奚樂。嗟餘日之幾何，將舍此而焉託？

予仰而歎，俛而怍，蹵然而起，謝曰：僕所謂自用而愚，寡要而博。貌智而中矗，類强而實弱者也。凡子言者，敢不敬諸，請謝曩昔之過，更堅後日之約，可乎？今予年過六十，血氣已索。春憂重膇，秋畏癉瘧。飲不醮觚，食不加勺，衣食之奉，減於市藥。雖富貴而孰享，矧刑禍之可愕。冒平地之濤瀾，忽闖首之蛟鰐。以吾身之至貴，就華纓而自縛。旌摇摇而靡定，舟泛泛而安泊，逝將歸而即汝，尚農圃之可學。指白日以爲盟，挽天河以自濯。冀晨春之相聞，亦社酒之共醵，春原出而耦耕，秋場築而偕穫。僕之念歸，如寒魚之欲就笥也。若曰金棄於躍冶，足刖於獻璞，退居之言，困而後酢。識謝獨見，機昧先覺。則敢不斂衽正容，以拜父老之罰爵。四庫本《放翁逸稿》卷上。

宋代辭賦全編卷之九十五

賦　感時

罔極賦

王禹偁

後周廣順，太歲甲寅，季秋戊子，實生吾身。禀粹和於兩儀，荷鞠育於二親。粤自始孩，逮乎成人，求名得名，干禄得禄。痛吾母之早終，受君羹而捨肉；丁吾父之大憂，徒倚廬以食粥。被朝恩之抑奪，履人事而悽迷。五鼎或來，羡仲由之斗米；三牲縱具，非茅容之隻雞。豈無兄弟，各懷禄而悽悽；亦有子孫，方嬉戲乎孩提。冗食兮紀綱之僕，多病兮糟糠之妻。望松楸以暮泣，履霜露而晨啼。

今日何日，家人舉爵，祝我壽考，勸我歡樂。感懸弧於兹晨，念陟岵而淚落。换斑衣兮純素，變華顛於總角。孰謂儒者，不如農夫，良田十畝，柔桑百株。無求於人，身何憂其悔吝；必出於力，養不間乎精麤。父母俱存，緼袍重襦；子弟匪懈，夕畊曉鋤。雞豚掩豆，黍稷盈壺。草堂爲壽，其樂只且。嗟乎！吾不得而及也，賦《罔極》而長吁！四部叢刊本《小畜集》卷一。

三山二士賦 有序

張處仁

信州貴溪二士，一曰桂公子先，一曰葉公明仲，皆有賢行，閭里不以爲異。政和元年，余自京從浙東歸，舟中與愚子繼先講明其善，因是賦云：

躂三山之百里，有可稱之善士。雖古人之常行，蓋時流之鮮儷。今一存而一亡，每臨風而長喟。美二士之從兄，無毫髮之背戾。惟事兄之如父，因視姪而猶子。以孝慈之薰漸，故雍熙而終始。

原兄弟之鬩牆，在兩言而可蔽。入偏詞於悍婦，起競心於微利。至手足之至愛，過參辰而相避。借曰兄之不兄，豈容弟於不弟？

仰二士之高躅，激頹俗之大弊。粵有愚夫與愚婦，反嗤斯人之不智。豈惟夫婦之至愚，余也安得而無愧！桂尚存而相邇初，無平昔之分義；葉既亡而已葬，鐵書地下之銘誌。惜斯人之美行，使無聞於後世。史官知乎不知？賢豈在乎名位！道光《貴溪縣志》卷三一。

桂南昇《跋三山二士賦》（道光四年刻本《貴溪縣志》卷三一之六）　張南陵，乃余先君友也，所作《三山二士賦》，其一余叔祖，士大夫間往往能誦之。其辭多見於友恭之愛。余竊疑南陵傷平時之私怨，憤結而不得洩，因感二子之善，乃激發其不平而鳴之，其視昔之賦鵩鴞者何遠！讀其賦，使人肅然懷其義，不敢輒爲名教罪人者，其言亦有勸哉！嗚呼！南陵諳黨里之耳目，悼冥頑之難化，恐不以二士之行爲異，慮其實之湮没，遂特書以俟後之采詩者，其樂善可嘉也。若葉公明仲之所爲，吾不得盡聞之。使南陵與叔祖有一日好，歷觀其孝道之終始，與夫識量操履之端詳，當於古人求之矣，豈特列於一鄉之善士而已哉！

桂柔夫《書吏部宜休居士題二士賦後》（道光四年刻本《貴溪縣志》卷三一之六）　桂公子先諱安時，孝弟有鄉曲譽。其兄草堂先生研有四子，公獨一子，通直郎輪。公以先業合而分之爲五，邦人以此賢之。同邑葉公明仲亦悌於兄，南陵張宰處仁與其子三十代天師虚靖先生繼先講其善，作《三山二士賦》以美之。三山，貴溪之别名也。曾叔祖吏部南昇喜而爲跋，以南陵未盡知子先操行，特稱爲一鄉之善士，深致不滿之意。蓋吏部與子先嘗取山谷「園翁溪友願卜鄰」之句，以相標榜，其交遊往來，不啻竹林之二阮，故知子先公爲甚詳。吏部書札序跋，通直多家藏，其後往往多散失，所存惟此帖爾。至今百餘年，柔夫遂得拜觀先世之手澤，不覺竦然起敬。嘗聞舊譜云，吏部志尚夷簡，澹於榮利，故自號曰宜休居士。以是知吾宗代有名士，觀其書，不知其人可乎？因序本末，以詔來者。

感士不遇後賦 並敘

周紫芝

昔董仲舒作《士不遇賦》，司馬子長作《悲士不遇賦》，其後，陶元亮做二士之意而作《感士不遇賦》，其略云：「寓形宇内，而瞬息已盡；立行之難，而一城莫賞。此古人所以染翰慷慨，屢伸而不能已也。」嗚呼！淵明知人生之如夢，而未能均窮達於一理。故遇不遇猶有分也。乃作《感士不遇後賦》，以廣其意云。

士固有抱負偉器而陸沈於阨窮無聊者，十常八九。余嘗較成敗於適然，齊死生於頃久。然後知達者未必以智而得，窮者未必以愚而取也。

故回蚤死而跖壽，雄終窮而莽達。何侯萬錢而陳平糠籺，季子六印而原思百結。陽貨當國而孔子環轍，萬石朱轓而馮唐白髮。歷方冊之所載，雖不可以數計，而周知大抵皆賢智之不遇，例顛沛於覆車之轍也。

士不自悟，怵然而驚。作爲斯文，以鳴不平。故揚雄嫉世而《解嘲》，屈原見斥而作《經》。韓非《孤憤》而卒死，梁鴻《五噫》以示情。是猶在可笑之域，而未足以均昭氏之虧成也。

彼殊不知皇天之平分，較錙銖於反覆。似賦予之殊偏，究所用而皆足。鶴長不足斷，鳧短不可續。烏黑不日黔，鵠白不日浴。鷦鷯巢林不過一枝，偃鼠飲河期在滿腹。蓋窘於壽者餘於仁，薄於利者富於德。貴不在其身者，其裔必昌；志不施於時者，其名必馥。安蓬樞者不應有愧於華廈，穿敗裘者不必多羡於蒼玉。昔人有牧羊而寢者，因羊而念馬，因馬而念車，因車而念蓋。遂夢曲蓋鼓吹，身爲王公。晝松風之聒寢，忽驚悟而無蹤。付浮生於夢境，倏萬化之掃空。亮無往而不遇，靡有困而不通。倘領會於斯意，聽造物之攸終。四庫本《太倉稊米集》卷四一。

環堵賦　並序

倪朴

昔太史公當漢武東封，而恥不得與於從事；韓昌黎讀周公《儀禮》，而恨不得見其揖遜。蓋太平縟禮，非常盛事，固英豪特達之人生平所欲身見而親目之也。方今合丘澤之大祀，振虞周之墜典，則夫從事揖遜，今其時矣。乃不得廁迹於駿奔之列，執事於俎豆之間，則其所耻所恨，殆有甚於二子焉。作《環堵賦》以自喻。其辭曰：

會稽之北，浙江之隅，有先生焉，環堵而居，因以爲號。目無所見，耳無所聞，沉静玄默，晏如也。好讀揚雄《甘泉賦》，口歌心詠，手舞足蹈，自謂古今至樂不外於此。俄而有樂遊公子造焉，席定，環堵先生舉手大言曰：「僕聞公子好遊，際天極地，靡所不至，得無樂乎？」公子曰：「然。吾南遊吴、楚，東遊齊、魯，北遊燕、趙，西遊秦、蜀，至樂不可際。」先生曰：「願無詳，請問其略。」

公子曰：「吾登山川之嶮巇，窮崖谷之猥僻，觀巨浸之奔騰，睹巒峰之峭壁，瞷帝王之遺蹤，探英雄之舊迹。」先生曰：「吁，子無言！是職分之所掌，輿地志之所記，班、張之所嘗賦，左太冲之所嘗擬，吾目雖未睹，固已稔聞而厭道於口耳矣。吾之所樂異於子。」公子曰：「先生所樂，得非揚雄氏之賦乎？」曰：「然。」

公子曰：「樂慕其爲人歟，抑樂其賦之組麗歟？」先生曰：「吾聞禮俗之盛，車騎之美，意公子之聞見未有若是之美也。」樂遊公子哆爾笑曰：「是古非今，賤目貴耳，是俗儒之陋，腐儒之見耳。子獨不見聖天子郊祀之禮乎？」環堵先生曰：「其禮何如也？願爲我詳之，吾將避席以聽。」

公子曰：「喏。吾之入帝都也，絲竹啾嘈，旌旗旖旎，神而聽之，若作若止，睁而望之，若伏若起，固已驚神飛魄，震心動耳，足蹶而不敢躊躇，目瞑而不敢睥睨。及至近關，則羽衛森嚴，鐵衣炳燿，總總林林，充衢填要，爛燦映目，輝光爍燎，雲羅霧塞，巒横巃嵩焉。蚩尤之倫，夏育之友，嗙嘀叱咤，唅呀哮吼。狎孟育以前奮，襲飛廉而輕走，彎天狼以翼羽，佩干將而輝斗。繼而五輅鳴鸞，九旗交錯，鉠鍈玎玲，縹緲綽約。繪三辰於華旗，耀乾文之景爍。張翠鳳以委蛇，舒朱纓而錯落。扶招摇以飄颺，映火龍而昭灼。六龍雲步，萬騎星陳，轟轟軫軫，軋軋轔轔。轆轆轇轕，連蹇逡巡。簫管嘲哳，金皷鏗鎗。硄硠砰磕，隱隱砰砰，喧嘖天地，震虩雷霆。帝乃登靈輿，升玉輅。蓐收按轡，羲和司馭，朱雀前驅，玄冥後護，雨師清塵，風伯掃路。聞者抃舞，觀者竦懼。既屆靈址，千官景從，太常樂舉，戛戛琴琴。碧殿飛漢，翠幕凌空。是夕也，六合澄霽，萬象昭宣。百神受職，千靈表虔。瑞氣氤氲，非霧非煙。崔魏岪嶫，髣髴連延。繽繽紛紛，繚繞迴旋。祥光焕炳，屬地連天。公卿士庶，靡不具瞻。於是四方羣牧，執玉獻帛。有來雍雍，至止肅肅，將將濟濟，闇闇穆穆。皇心祇載，謁款殊庭，告類上帝，至於百靈。升降損益，倣古依經。精祲交暢，潛通冥冥。樂奏黃鍾，牲用繭栗。鬯既灌，其香苾苾。神用薦祉，和氣充塞。樂備九奏，禮行斯畢，天子乃命有司回法駕，轉朱輪，暢天浸，波無垠。百嘉函潤，萬宇陶春，汪濊滲漉，無遐不臻，舊染污俗，咸與維新。若夫汾陰后土之土，甘泉泰畤之神，或離或合，或僞或真，徒誇車旗之美，謾崇臺館之珍，曷若我國家舉行盛禮，爰咨爰詢，鴻儒故老，窮究經綸。神無非類，配享惟親。奠南北以爲一，偏羣靈而克禋，起漢唐而遠紹，參三五以爲倫。彼元成之淫祀，又何足爲今日云！今子乃玩無用之空言，說非經之詭譎，慕叔世之故事，而不觀聖朝之大禮，一何鄙歟！」

環堵先生屏氣蹇踖，竦肩鞠躬，喟然而謝曰：「僕南浦之庸叟，東野之鄙人，不聞公子之言，幾汨没以沉淪。僕雖不幸，請隨後塵。」明刊本《金華文徵》卷一。

糴賦

釋居簡

黃巖之西，竹樹之利埒禾稼，富民積倉不競，縣南新陳相望。據廩增直，要突不黔者，不仁哉，富賈也！作《糴賦》。

北磵遣介問羅於接壤之多稼者。夕陽在山，徒手而歸，惄然如痞，長嘘而欷。撫而勞之曰：「吾遲若之歸也，與若解腰而共飯，何遲遲其來乎？」介怫然曰：「東方既明，草露未晞，請命於邁，往扣富兒。自卯及申，庾不及闞，守者瞋目，略不見治。懷魯將軍指廩若遺，嗟今之人彼何人斯。計其耕也，幾觳觫之扶犁，幾桔槔之灌畦；其穫也，回江潮之駿奔，卷天雲之暮低；其斂也，渺然基簣之山，倏然横浦之坻；其入也，豈斗筲之足算，汗牛馬之載馳。」

介也淺中，卒駭且疑，乃歌而喻之曰：「起予者誰兮，必斯人者。考古驗今兮，吁嗟里社。長日難西兮，生民不暇。粹仆麥萎兮，大田如赭。粟方堅壁，攻之不下。阿瞞小斛，洛陽高賈。秦漢不威，唐虞不化。文具之文，牆書壁掛。若夫貪夫徇財，烈士徇名。矯矯虎臣，貔萬虎賁。魯英周豪，目擊道存。既慷慨而内交，豈瑣屑之足論。漢鼎未分，髯孫高眡，周不引類而東鄉，誰及帝王之略；荆州倒屣，孔明借助，魯不交言而逆擊，誰空赤壁之戰。生有斷金之利，死有絶絃之嘆。鴻鵠之志，非燕雀之知；虎豹之文，豈犬羊之變。緊橡栗之四三，擬樗蒲之百萬。世愈下而愈紛，鼓之者誰兮，吾得之於黄耇鮐背之所云。謂龍斷之賤夫，每朝隮而莫登。幸飢歲之相仍，偶新穀之未升。乘顏氏之屢空，肆盜蹠之不仁。弗思殆辱，奮其并吞。瞑未睫交，家如土崩。可以懲矣，然猶不肯悟。載脂其車，言秣其馬，於覆轍中，星言夙駕。雖争馳而並驅，可拱立而俟也。」四庫本《北磵集》卷一。

糶賦

釋居簡

予既作《糴賦》，鄰氏之好義者曰某廉直，以沮某氏增直之告，復作《糶賦》而申之。

謀富而忍，其惟糶乎？糶亦吾之義也。不義而富，果爲祥乎？富亦我所欲也。儋石無儲，大田未稼，食難圖續，鄰不可借。帖敢忘於乞米，色幸憐於欲炙，賑或謀於移粟，均豈殊於宰社！如涸鱗之垂盡，遇西江之沛瀉。

昧者反是，悠然待賈，控臨嶮塞，暴殘鰥寡。扼其吭而拊背，頩其元而出胯。鉅橋紅陳，獨夫叱咤。割惟雋永，眂若土苴。凡啼飢號凍者，皆起死以歸仁；而執鋭披堅者，咸賈餘於更化。或開八百之基，或貽萬世之罵。吾於是乎知粟愚商辛也，奪其飽兮以恢遠圖，民不附兮吾誰與餔。錙銖聚斂兮縱操特殊，豈在周則智兮在商則愚？秦皇極奢，漢武窮侈，漢亦幾殆，秦訖二世。至道之本，起於貧富之相支。一閧之市，必立之平，八口之家，可以無飢。方今盛明，革秦漢非，爾甿云胡，懵若不知？蓄而能輸，是謂善積。虜方守錢，雖積奚益？器滿則覆，獸窮則迫。彼乃疾眠，我方燕佚。恐季孫之憂不在顓臾，則舟中之人盡爲敵國。自速楚人之炬，不戒匹夫之璧。惟賢者而後樂此，庶幾乎不俟終日。四庫本《北礀集》卷一。

閔氓賦

洪咨夔

嗟蚩蚩兮皇之氓，惟皇引逸兮氓不自逸。厥生考室於山兮山嘯而瀑，其降丘宅土兮土又墊而谷。中田爲廬，謂可高枕無虞兮，劃吞谿爲川渠。倚岸環竹以奠厥居兮，岸且善隤不可以久諸。死殮無衾兮生煬無竈，哭不成聲兮仰天以昭。天蕩蕩兮何尤，陽侯不仁兮挾天虐氓而横流。卑畦席卷兮望已絶，瀦澮坼兮高疇隨裂。今夕之憂兮無以爲歸，明發之憂兮何以禦飢？嗚呼，蚩蚩之氓兮惟皇之依！四部叢刊本《平齋文集》卷一。

感時賦

居實界作，時年四十有三　　劉㦸

余受衷於元造兮，視前哲而莫追，年冉冉以告去兮，媿蝗粟而增悲。顔青春而逝兮，全歲之時；跖華顛而衺兮，有覥嬰兒。顧陽背而陰腹兮，詎佚我以軀。務則古以矩今兮，信或者其庶幾。世具聖而嫉賢兮，於擯棄而則宜。隘八極於一牖兮，盼同胞其可危。智藏於拙兮，鑿刳腸之龜；斂華就質兮，悟耀美之犧。入此室處兮，明月照裾；出以觀山兮，清風相期。

任是非之倒植兮，暗室勿欺；縱軒輊之乘承兮，莫之與隨。探象象於酬酢兮，試風雅兮舒徐。思無邪而德有鄰兮，亘宇宙而奚疑。勢合則聚兮，氣散則離；物有澌盡兮，理無際涯。鵞餘生於莫知底止兮，亦秪以疲；玩深趣於欲罷不能兮，誰實使之？時不可以再得，毋待暮兮西巘。四庫本《蒙川遺稿》卷四。

古賦二首

蒲壽宬

始余卜於斯丘兮，倚白雲而爲廬。豈其有所使兮，爰舍吾之故居。擷秋菊以爲糧兮，曰寒泉之與蓻。無飢渴之害已兮，騁予駕其焉如。朝飡氣於沆瀣兮，夕撫景於望舒。瀉靈汞以爲鏡兮，結層冰而爲壺。流涓涓以不息兮，其原一而派殊。念區區之抱甕兮，決山雨以爲腴。環碧澗之方流兮，知此樂之非魚。落方潔之潺湲兮，漱瓊瑶而飛珠。噴玉布以珊珊兮，謂未足以爲娱。走東岡之巀嵲兮，驅雷駕而雷車。始雌霓之連蜷兮，忽河漢之飛趨。彼匡廬之雖大兮，愧吾馬其已瘏。語猿鶴以毋怨兮，盟千載而弗渝。

捫青霞之絶頂兮，倚千仞而爲高。聞丹丘之有人兮，期萬里之與遨。追遐踪而不見兮，悵靈物之難遭。豈不同乎穹壤，抑有異乎山河。東瞻兗濟，西望岷峨。儻輕風兮可躡，衣欲結兮薜蘿。念故園之燕麥，悲荆棘之銅駞。爾乃託延陵之厚俗，曰夷獠之同波。苟聲教之所暨，豈古道之有他。笑淳于之螘夢，慨甯戚之牛歌。昔子奇兮往矣，今鮑叔兮奈何。豈無泉石，可以婆娑。問競日之夸父，與奔月之羿娥：我欲從兮何所，豈復怨兮蹉跎？四庫本《心泉學詩稿》卷一。

嗟乎賦

胡次焱

恭惟皇宋科目之設，得人爲盛。今天子即位三十七年，改元景定，辛酉春二月，下詔賓興，歸之精擇主司。大哉王言！士咸舉手加額。秋九月，既撤棘，取舍殊鬱公論。次焱病卧斗室，口占《嗟乎賦》一首。子曰：「知我者其惟《春秋》乎！罪我者其惟《春秋》乎！」吾於此亦云。詞曰：

嗟乎！場屋爲困賢能之地，科舉爲老英雄之術。亶哉斯言，未嘗不書空而咄咄也。且夫士者，毓海岳之清淑，孕斗牛之靈光，駕青蛇而驂白螭，被明月而佩寶璜。金湯邊陲，有表餌以縛首虜；鼎鉉廊廟，有仁義以禪皇王。此其雄傑之志、魁壘之行，視餘子真瑣瑣耳，又豈肯低首下心與之較一日之長？奈何鄉里舉選之法壞，公卿下士之禮亡，朝廷以時文取士，士舍文則無進用之方。

嗟乎！豈料夫莞芎棄於洲澤，瓠蠡登於篚筐，衡鑑失實，取舍不當也耶。爾乃庭槐染黄，詔泥頒紫。三年螢牕，不辭繼晷之勞；一旦鴻毛，所冀順風之遇。乃裹糧而趨，乃擔簦而至。歸浙山之崔嵬，僅去天兮一咫。蒺藜横道兮鈎衣，怪石嶄巖兮嚙屨。虎豹伺人兮落日，猿猩啼月兮嘯雨。五步一回頭，十步一捫趾。望僕夫兮木末，憩吾杖兮山之尾。蓋功名之迫人，則亦不敢憚征行之羈旅也。

嗟乎！吾挾吾胸中之耿耿者以往，誠自以爲拾芥之不難，摘髭之甚易，詎擬一跌之如此。若乃争先入棘，氣吞萬夫。得題入手，若解牛中其肯綮；揮毫落楮，驅駿馬而馳之。有如湯武仁義之兵，堂堂整整；間出韓信背水之陣，怪怪奇奇。力刊陳腐，獨造精微。視彼碌碌，何能爲僕。而燕石有襲巾之遇，明珠多按劍之疑。志士爲之扼腕，羣小至於揶揄。

嗟乎！貴魚目，賤珠璣。蓺馬蘭，芟江蘺。逐鸞鳳於空谷，畜鶩鵝於庭墀。斥騏驥爲緩步，謂駑駘爲善馳。瑚璉擯遠兮，登甂甌於清廟；黄鐘毀棄兮，挾秦箏以彈之。孟娵媞媞而見逐，嫫母勃屑而侍幃。紛亂妍醜，顛倒是非。鼓瑟雖工兮，其如齊王之好竽；屠龍無用兮，不若市人之履豨。事固有可怪者，何獨功名之如斯。

或曰：「科舉之取人，關國家之氣數。祖宗盛時，可觀其故。賦《金在鎔》，可知王佐才；賦《有物混成》，可占將相器。本註疏則出師衆之鑿，尚典雅則黜軋茁之語。用能得卓犖之才，致雍熙之治。故漢之方興也，晁、董對策而高科；唐人之不競也，劉蕡直言而斥去。」

予曰：「不然。我皇大比之詔，歸之精擇主司。大哉王言，其知本歟。故有陳恕而後王曾之獲進，有王旦而後李迪之不遺。而不然者則撾鼓以伸其説，詣府以訟其私。今者漕臺之差次，只據脚色之崇卑。彼以真材擢高第者，半已昏於簿書之期會，而以假手入仕塗者，又烏識文字之妍媸。糊眼之輩，冬烘之夫，紛流傳於繆種，朝廷亦安得而考諸。遂使兒輩，談笑登名。或析薪之手未洗，或荷蕢之肩尚頳。或口猶乳臭，或字僅識丁。或黃金買貴而不恥，或葫蘆依本以翻騰。兔園冊入其素習，羊我氏豈伊所能。繆偕計吏，迥乎可憎。而吾徒者抱周、程之問學，馳韓、柳之文聲，乃爾寂寂，鄧禹笑人。」

嗟乎！場屋爲困賢能之地，科舉爲老英雄之術。亶哉斯言，蓋未嘗不書空而咄咄也。

或者又曰：「既不關國家之氣數，即當係一身之窮通。今以子文之美，其如子命之窮。命也不淑，文亦徒工。」

予笑曰：「苟如子言，吾其賣書買牛，賣硯買犢。學樊遲之稼，耕子真之谷。少糊叔段之口，不負將軍之腹。温飽可期，菽麥粗足。亦何至爲詩書所誤，自取挫辱。雖然，天下所賴者士，古今所重者儒。君待之而堯舜，民賴之而唐虞。山林兮長往，羌麋鹿其與居。此遺世獨善之士，豈得時行道之徒。且吾聞之，玉一玉也，屈於厲武，而伸於成王；驥一驥也，困於鹽車，而甦於孫陽。爨桐以焦而遭蔡，太阿久閟而逢張。時有利鈍，順之者昌。盍亦親筆硯之几，啟圖書之箱。左經兮右史，夜燭兮曉窗。豁着道眼，硬着脊梁。氣不可索，志當益彊。昔者孟明焚濟河之舟，馮異奮澠池之翼，皆愈挫而愈鋭，故前失而後得。視吾囊而鐵硯固無恙也，則亦可以一笑而自釋。」四庫本《梅巖文集》卷一。

賦　懷思

感舊賦　送陳殿丞西使

徐鉉

兩綬威蕤，四牡騤騤[一]，送子於行，關中陝西。惟天道兮廻復，嗟人事兮推移。昔百二之形勝，今尋常之藩維。龍池閣道徒處所，驪山仙館空崔巍。豈憐感舊之遺老，心如灰兮鬢如絲。喜使者之得人，美大君之拔奇。察爲政之善否，求斯民之瘰疵。庶君奮擥轡澄清之志，致國風於貞觀之際、開元之時。四庫本《騎省集》卷二二。

[一] 四：影宋刻本作「駟」。

後感知賦 並序

趙湘

《前感知賦》，隴西李翺作，其感梁補闕肅也。《後感知賦》，南陽趙湘作，其感羅著作處約也。端拱二年秋九月，湘窮悴在衢，適羅君銜欽恤之命南來。湘始聞羅君好詩，復以王命迅遽，罔以留駕，不暇以所爲文爲贄，但獻詩二軸。就館一見，稱賞過分。且曰：「當垂名爾，豈止博一第、換一官而已！余當力薦子之善於公卿大夫之前也。」逮夫去衢赴輦下，過蘇、杭、揚、泗之間，逢知識之士，往往不語他事，而騰口振齒，首鼓其名。南北之人有來衢言是事，時時聞之。踰一年，羅君不禄，湘不幸也。又一年，湘由再舉抵京師，復於朋友間聞君吹唱之聲，猶在耳也；又聞以湘章句題公卿屋壁間。其志也，蓋欲使王公大人共知之，然後共成之。聆其説，酸腑墮睫，不知身之所以處也。嗚呼！知己不易得也。羅君當時之譽確然，未嘗輕許，湘也何人，獲譽如是！得非天與之而又奪之耶？所以恨者，唯始一見，未得盡贄文藝，是所贄之淺而受知之深矣。苟天授羅君，使湘再見，得罄所有，羅君必當直薦於明天子之前，況於公卿大夫乎！不知梁肅之知李翺能如是乎？噫！趙湘之賢不如李翺，羅君之知踰於梁肅，是使湘泣血增感，不知天之奪羅君耶？厄趙湘耶？因作《後感知賦》，比夫翺之作，或辭有所淺，而感有所深者，亦無多愧也。其辭曰：

惟歲庚子[一]，西風其涼。余未知名，悴於遐荒。羅君駕軺，聿來南鄉。其儀鏘鏘，其聲煌煌。文價沸騰，以充四方。余將求知，冀於道芳。始聞好詩，風教用昌。因貢其有，僅三十章。始獻刺而登門，終覽辭而登堂。一見君子，婉兮清揚。鼓舌大稱，發言尤良。若金應石，類宫入商。確謂其藝，垂名必當。一第匪艱，一官乃常。吾歸京師，子詩在囊。公卿大夫，吾其首揚。去衢赴京，道阻且長。或經蘇而涉杭，或過泗而館揚。逢人有言，益稱允臧。聽者在側，視者在旁。心怪色變，眉伸目張。自東自西，或昭或彰。洎止帝墟，厥臂思攘。嘗題獻詞，公卿之牆。奮於異人，啟於周行。詢我且譽，於湘有光。將使立事乎清朝，受吉乎黃裳。辛丑不幸[二]，羅君云亡。目唯血零，心如刃傷。上不可窮乎高天之蒼蒼，下不可問

[一] 庚子：據序言「端拱二年秋九月」，當作「己丑」。
[二] 辛丑：據王禹偁《東觀集序》，羅處約卒於淳化元年庚寅，則「辛丑」當爲「庚寅」之誤。

乎厚地之茫茫。嗚呼羅君，天胡不祥！知我之深，曷罹其殃！昔梁去世，翱既顛兮且狂；今羅奄泉，湘亦悽而復惶。湘之文莫甚乎翱，羅之知特深於梁。羅生則余之道兮汪洋，羅没則余之道兮微茫。噫嘻噫嘻！天錫余知。何始與也，而終奪之？羅之知兮若是，余欲報兮何爲？朝夕之池兮，余謂可以挹；崟巇之華兮，余謂可以持。唯羅之知兮，雖今日後日，徒念兹在兹。羅君去兮，余將疇依？不遇厥德，雖恨可追。已而已而！四庫本《南陽集》卷一。

淡交若水賦

君子求友，恬淡爲上

范仲淹

伊淡交之相愛，諭柔水於前聞。惟久要之情不瀆，而靈長之德爰分。如通潤下之功，同行其道；似得朝宗之便，相薦於君。

原夫大禮立言，後賢是擬。將敦切切之契，必察湯湯之理。非敢乎狎而翫之，蓋懼乎數斯疏矣。彼以甘而壞者，允謂小人；此以淡而成焉，實惟君子。莫不就乂若渴，從善如流。甘言者不可不畏，澡行者予取予求。冀獲有終之美，免貽中輟之羞。義協斷金，髣髴淘金之利；譽稱連璧，依俙沉璧之秋。惟德是依，因心而友。游泳而學海同濟，兢慎而禮防共守。竇其忠信，懷珠之象寧賖；志在琢磨，穿石之功自有。則知甘而交者，何能別嫌；淡而交者，常如養恬。進弗違於泛愛，退不失於流謙。同氣相求，將益潤身之德；見利而讓，必揚絜己之廉。故得久而不渝，誠然可覽。論心而曷有凝滯，投分而每存澄淡。情深結綬，遠思晢帶之流；志在彈冠，潛動濯纓之感。念兹在兹，恬爲淡爲。舍己類不争之勢，親仁浮就濕之基。如切如瑳，自契激揚之義；同心同德，孰分清濁之姿。士有遠慕前修，聿希令望。每定交而不雜，必推義而爲上。考同人於《易》象，見賢必親；法上善於禮文，書紳無妄。清康熙刻本《范文正公别集》卷三。

感交賦 並序[一]

宋祁

夫浚井洌泉，物之利也，甘至而先竭；芳膏煎蘭，用之美也，明極而自銷。信哉是言，吾見於太原王生矣。生名賀，字贊堯，其先太原人也。襟度沖粹，風規

[一] 題下原注：「案：賦係真宗天禧四年祁在安陸時作。」

凝簡。左右就養，慕嬰戲以爲娱；卓犖觀書，恥章雕而習巧。學殖滋大，聲譽駛馳。由是四充賦於賓賢，一奏御於宸覽。引商之曲，始寡和而攸稱；躍冶之金，終不祥而見棄。而君曾靡屑慮，嘖無尤言。仁不中而反求，氣至剛而無害。怡處宫畝，坐進道腴。既閑且馳，水曲之鑾有節；不怨勝己，嵇山之箭乃深。

天禧元祀，予以父怙纏悲，窮閻削迹。企入室而孔邇，卜親鄰而有初。而君不我遐遺，惠然肯顧。切偲之義彌篤，簪盍之情在兹。乃至劘切藝文，推明友契。分山霧之餘潤，襲臯蘭之一薰。恩斯勤斯，或推或輓。俾惷煩之有賴，非哲乂而疇依。而君姿質素羸，少小多病。過鄭吟之三歲，甚漳卧之十旬。越明年春，食劑愆和，豎膏遘疢。重繭下冰而已甚，邪風造熱而迭攻。六氣之沴交臻，九折之醫靡效。革帶移眼，悵仙骨之悄悄；葆髮悲秋，惕餘陰之奄奄。

一日，予往候其疾，生舉手而言曰：「吾殆將死矣。胸臆結轖，血氣周僨，楚魂外散，蜀肺中焦，自兹恐不得復見。」因泣下數行。夏四月卒，年三十有七。行路興歎，朋遊隕泣。賫志没地，馮生之恨何窮；積憂傷人，盛憲之年不永。直念古者，異世同悲。

謹按：君雅行素隆，華胄相繼。高節應世，暴秋陽而不渝；奥思際天，恥鞶悅而增飾。雅善談理，素樂名教。執雕虎之疏賤，未嘗動心；視龍斷之富貴，介然不屈。加以累世清白，四壁徒立。北堂垂喜懼之歲，東陂乏膏腴之産。而君夷險一致，欣然忘貧。范雲之室無姬姜，令伯之晚有兒息。逮夫議圍失利，綿痼相乘。霞朝霧夕之沈歡，苑雪臺風之悵別〔一〕。醒憂洊委，彊壽弗延。忱兮鬼伯之來催，偃然石室而長寢。美志弗遂，永懷李廣之數奇；遺文頗多，當類偉長之不朽。人之云謝，今也其亡。

先是，君娶范氏，末年生子，未百日而君没。范既早寡，擁樹而歸。庚申歲，予南涉大江，戾止斯郡。訪君之孫，已三歲矣。天骨特異，童遊不雜。諒夫善慶之所積，宜其孝謹之不衰。藐是若人，庶乎必復。

墓木將拱，州來之歎曷勝；青簡尚新，秣陵之言永已。追爲此賦，式用寄懷。敢同劉峻之《廣交》，聊代山陽之《感舊》。收紙長想，屬思不文。其詞曰：

惟天地之肖貌，鍾象數之最靈。斡五行而宅秀，攬萬物以儲精。粤亨會之昭合，倬

〔一〕苑：原作「范」，據湖北先正遺書本改。

思皇而挺生。聯秀驥以服軛，篚儀凰而舞庭。藹媚天之吉士，煥入彀之羣英。嗟若人之間傑，何遘時之熙盛。襄淮水以啟胄，追汾陽而薄景。統三變之至道，凝四端之粹性。貌峩峩而突弁，衣襜襜而方領，馳妙譽於坧稷，掩多奇於汝潁。出乎類以拔萃，砥其言而勵行。軼士林以橫步，邈霄塗而高騁。

直協華之啟旦，頒深詔而求治。鶩公車以千數，集橋門而萬計。莪菁菁而載育，薪翹翹而咸刈。苹呦呦而鹿食，場皎皎而駒至。彼君子之修業，奉哀舉而論藝。馳一封之漢車，冠百朋之周士。紛采采之雪裳，藹譊譊之帷被。家抱玉以相矜，言盈庭而可畏。獨夫子之卓爾，憤愚儒之翕訾。決辯濤以四出，軒意霞而中起。盤百鈞而不跪，投千牛而彌鋭。羣心惕以解體，衆口呿而瞠視。將一鼓以作氣，以十手之所指。蹇登薦於王府，羣萬有而來洎。混如涇渭之合，雜若蜩螗之沸。或臘彈以勤請，或金膏而將意。惟夫子之介然，謂衆謀之非韙。含清唱而靡應，據中道而不倚。惡登牆而棲處，恥晝熳而食志。苟爾功之可圖，非吾人之所履。

企造天之華闕，爰奏技於嚴扆。皇不察予之中誠，汩旅退於下陳。無左右以爲助，雖隨和而孰珍？虎當關而逐逐，犬迎吠而狺狺。斂高足於要津，反初服於私門。宮一畝以卻掃，案三杯而食貧。雖埋照於流俗，愈抗情於曩真。庶桑榆之可收，奚嗜慾之足馴？

咨余生之蕞爾，昧賢達之高致。屬鉅創以集蓼，委頹齡而歸里。聲不高於鄉品，志方謀於遯尾。何夫君之淵識，外當世之流議。續伐木之高矩，締忘言之密契。始告導於忠善，終博約於文禮。義蓋高而薄雲，言志美而成市。霜雪零而彌凋，風雨晦而不已。尋越盟於戴笠，泛牙絃於流水。我有實而子採，爾有規而吾佩。期左提以右挈，俾盡善而又美。優聖域以襂裳，賓帝門而結軌。

愍人生之多故，撫物化之靡常。何夫子之稟質，鬱中乾而外彊。廣十旬而寢疾，偃四支而在牀。餌惡石以無徵，指餘陰而激揚。鳥發識以入室，豎興妖而在肓。眷壽母之垂老，撫孤孩而增傷。心念後而惴惴，淚垂睫而浪浪。啟手足以自顧，何命促而意長。慨朝露之溘至，入脩夜之不暘。

嗟天理之繟然，云禍盈而佑吉。監至高而在下，網雖踈而實密。何夫君之重道，遭六極而生疾。收華藻於中春，頓遐蹤於逐日。昔二人之同心，今一臂而相失！

望森森之美櫝，歎蕭蕭之遥阡。豈死者之可作，徒興歎於九原。脱亭皐之珍木，淡隴首之長煙。日西匿以風戾，鴈南翔而露圓。仰泰素之收神，哀拱木而斂魂。瀝酒綿之薄奠，撫墳草之陳根。舊館闃以無覩，遺書散而罕存。投空文以長想，盡萬代其何言。

四庫本《景文集》卷二。

懷感賦寄滿建中粹翁 並序

王令

《懷感賦》者何？感於此而懷於彼也。孰可懷之？河東滿姓，粹翁其字也。懷之者何？賦以見之也。

朝忽忽兮，置食而嘆；暮戚戚兮，默笑與言。莞聾聾而重美兮，几按按而已安；宜而能自休兮，何不妥以坐眠？既峩乎而冠兮，衣而褎完。出可以遊兮，入居而端。幸竊而得食兮，他無病患；豈怡融之不有兮，曷苦心而蹙顔？

嗚呼！莫知我思兮，思將奚殫！念彼淑人之遠兮，東南之偏。其人雖小兮，已冠而人肩。其德孔明兮，百燎其燀。既濯潔於江漢兮，又秋陽暴其明鮮。我俯仰而不知高且厚兮，疑此而爲地天。苟世之無之兮，猶將盻千古而懸懸；既有而不吾親兮，如之何而不思旃！企長塗之坦坦兮，人百馬轅。不係而羈於我足兮，勢不得而自前。

嗚呼命也兮，不愚則難[一]。吾從事於人兮，亦久有年。既齟齬於不合兮，間一收於百千；唯燭外不燭内兮，但見睆美而笑妍[二]。唯其心不可量兮，如平流之與深川；忽揚而波兮，激而爲湍。以木而涉，豈不既利兮，亦時忽而摧顛。

昔吾平地而不之信兮，今乃爲解維之船。已濟而悔兮，嗟曷爲乎此緣？以是而望夫子兮，實純白而完堅。使我有得如夫子者兮，則我之思將二三而不專。今不見而疑無兮，浩東望而汍瀾。非我能一於夫子兮，實世無夫子而使然！明鈔本《廣陵先生文集》卷一。

士伸知己賦

蔡襄

古有云[三]：賤而達己者，道必有裕；貴而得士者，禮必與鈞。意關榮以高世，揭遊名於大人。威鳳下而覽德，微蠖屈而求伸。謂周公多才，揮沐吐飡而延白屋；顔子具聖，砥名厲行而附青雲。故我氣恬集義，遊於采真。默守節而無悶，動會時而益振。

[一] 愚：四庫本作「遇」。

[二] 原注：「一本作『面睆美而笑妍』。」

[三] 云：原作「人」，據雍正刻本、四庫本及《歷代賦彙》外集卷三改。

彬文薄乎河漢，長筭鶩乎臣鄰。指素絃而禀潔，紉香草兮生春。

彼美君子，風度瑰偉。烏在其蔓葛以均戚，寧藉乎樹枌而接里。夷廉歘而索言，詣幽眇而鈎旨。判柔植於異畦，決斷涇於東水。始傾崑而娱玩，遽倒廩而矜侈。耽聖域以同奥，秩皇塗而並軌。雖韜瑕可以取璧，兼體可以收菲。矧或太公蜕北海之居，安石翔東山而起。我拒其歸，誰執兹耻？必使右雪苑之席，屣繡衣之履。繩引堯舜以致君，蒙合燕趙之多士。苟氣協而聲同，偕克濟乎薰美者也。

且夫虹玉隱乎巉石，玭珠淪乎層漪。麒麟非犬羊之比，鱣鱏豈螻蟻之持。汋明淵而自得，曷怵迫而外移。華屋千榱，柔層百帷[一]。積粟乎京坻，躍馬乎騊驪。匪衷藏之雅尚，雖得志而弗爲。何藴諛以發顔，何挾巧而讕辭？宜乎厚德表世，嘉聞蓋時。身享崇高之貴，日瞻咫尺之儀。謂朽株可萬乘之器，廊廟非一木之枝。得於道不伐乎衆公，擢於室不懵乎内私。舉�穴而悚觀，峩冠佩而來思。上弗求焉，無曰蔑當吾取；下弗進焉，無曰胡爲我知。

然則人之膠於今者或安於近，泥乎古者或昧乎通。擇其粉墨之異，考以宫商之同。

[一]層：雍正刻本及《歷代賦彙》外集卷三作「繒」。

射乃墉上，簨乎日中。鳴鶴陰而子和，雕虎嘯而生風。不然，則名位相雄，師學相攻。耕石田而待稔，懷珍髦而適戎。故非五難而吐論，和再刖而處窮。

嗟乎！木秀林而必摧，士入朝而見嫉。絳灌隱堤而賈遷，椒蘭發機而原黜。子冉膏舌而墨幽，臧倉圜晴而軻逸。夜光明月，招訶按劍之年；流水高山，沈思絶絃之日。在孤見之卓越，發群蔽之豐密。借如説困刑戮，何擷其芳？尹恬耔耨，何鋪其香？若歲旱而澤及，卒阿衡而自將。惟聖睿之親逢，俾業履之猗昌，奚仕虞而弭廢，由自戎而虜亡。秦何售之而遂用，遽厚帑而遐疆。仲負藝而仇君，鮑何奪徽纆與鋒鋩。弗介蕢乎左右，麾千侯而拱天王。設隕越於九淵，幾夷衽而易鄉。甯倚輈而鳴嗌，桓何寶其琅琅。皺肆語而靡著，向何悟而趨下堂。

伊郄勳之末圖，胥何利乎錫土。越石娱薪以儴徉，嬰何泱騶而奄取。平負郭而久貧，何梯魏而康寓。信鼓刀以周身，何翼蕭而登輔。節信疲於遊宦，何怵心於皇甫。正平蹶於鸝雎，何銜能於文舉。亮覘時而晦軀，蜀何奮之於甽畝；蒙署籍而委質，吳何抗之於卒旅？蹇斯類之有徒，殫筠素而曷敘。彼王公之宏略，豈數子智謀之有補？畏遺德於冥鴻，思灑恩乎施雨。向使失風雲之會，構奇衺之伍〔一〕。或儕立於草茅，或殲危於俘虜。亘天地以寂寥，尚何流嘉風而建英矩者哉！

今玆有人，遠陶聖世，少齒鄉黌。根雲英之節奏，表畛域而墾耕。躋陵隅之峻巇，詠垠埃之淵停。若夫名山首乎黄老，鬼谷譎乎縱横。桑羊役乎術計，商鞅刻乎刑名。姑還車而却步，目吾肆之豐贏。既披閫吳而僑貢，未幾唱第於天楹。賦從軍兮南土，天差五而回星。莽萬端而外眩，愚幽墨而無瞽。憧百趾以高附，愚遭環而後行。噂決辯以旁肆，愚抑鬩而箝聲。紛結遊以走譽，愚友益而盡傾。親冒領而雙白，又齎伐乎天庭。第假田不足以羞旨，烏敢蕲外物而薦榮。晞往躅而結援，詎回泬而峥嵘。介語默於蔀室，其誰燭之而使明。勾孽芽於瘠壤，又其誰育之而使成？豈云病畦而諂笑，哀絃而賣名。然世主炎黄之化，鼎建邴魏之風。時乎時者難值，旦復旦以親逢。儻率道而自進，立誠知命抑在乎其中。

辭曰：善知人者，豈古有而今無？善求知者，豈彼智而玆愚？儻固其窳而厚其薄，必幽者緶而阽者扶。進抑時而退抑命，爾其守約而于于者乎！宋刻本《莆陽居士蔡公文

〔一〕構：原注：「上皇御名。」據雍正刻本、四庫本補。

集》卷二三。

別友賦送李次翁[一]

黄庭堅

曩聞義於孫李，指尊選以見招。惜予行之舒舒，曰其夜以爲朝。予望道於垝垣，見萬物之富有。恨逸駕之絶塵，又驂予以四牡。喟車後之無策，其四方乎索友。仰雲飛而注弋，俯淵靚之沈鉤。或一能之勝予，忘日月之不予謀。或登吞舟之鱗，或下垂天之翼。手予弓而不釋，恐斯道之或息。

維廬江之四季，三隱約於龍眠。維若人之仕蚤，懷明月而麗川。歲庚午而會梁，語聞道之大用。吸江漢以爲深，累丘嶽以自重。尾擊之而首應，西犯之而東抗。棄旗鼓而不逐，儼其陳之堂堂。偉道學之崇崛，增懦夫之激昂。觀出日於東方，雖食焉而不吝。無肯綮以自試，居自喜於餘刃。彼覆却之萬方，期斯言之猶信。水渾渾而進舟，風烈烈而侵裘。恐事親之不勸，則惟是之同憂。四部叢刊影

[一] 乾隆本《宋黄文節公文集》正集卷一二題注：「元豐五年太和作。」

宋乾道本《豫章黄先生文集》卷一。

秋郊賦寄友人

劉一止

紛吾忻此凛秋兮，汨吾行此樂郊。卻遊氛而懭悢兮，斥萬里於澂霄。日曶曶而逾厲兮，天迥迥而益高。潦水收而泓渟兮，微風過而蕭條。軼爽思以遐騖兮，逝幽懷之遠飄。神眐眐而直上兮，意渺渺而獨超。悼時運之不留兮，嘉節物之見邀。莽四野其無人兮，兀平崗之岧嶢。驚獨鶴之清唳兮，咽殘蟬之三嗽。燕如客而歸告兮，鴈哀鳴以求曹。相老農之就閒兮，晚霜鎌之在腰。登禾黍於囷箱兮，場圃晏乎其逍遥。伐社鼓之坎坎兮，掛杖頭之空瓢。緊境會而情感兮，傷志大而形么。獨相羊以無匹兮，起悵望而翹翹。

嗟佳人之何在兮，倚翠袖而若招。思夫君而不可見兮，挽蓬首而屢搔。歲月駸駸而遂往兮，悵此情之不自聊。亦何憂之不臻兮，緒軋軋其如繅。總事業之無聞兮，想富貴之不能徼。將今世之舍旃兮，蓋令名之勿劭。力古人而願學兮，泝千載而上交。

嗟人生之南北兮，況截道之驚飈。顧筋力能幾許兮，苟比音頻年而遠徭。曾一飽之不謀兮，豈吾分之已叨。世種種其奚數兮，信我行之每勞。豈無林壑之舊遊兮，方駕言其出遨。策高足於青冥兮，昔歲莫其同袍。通舊籍於禁門兮，幸新時之適遭。諒從此以遐舉兮，税修梧以安巢。彼出處固異宜兮，奚獨緬想而心摇。

省定命之可安兮，人何資於卜兆。維南之山兮，有蔌與肴。維溪之水兮，可以容舠。既瀕我先君之幽宅兮，復舍此而焉逃！營庇身之三椽兮，緝一把之蓋茅。美秋月之如珪兮，又春卉之窮妖。飽松風於長夏兮，拾東畦之墜樵。宜上天之見貸兮，賦此樂其特饒。晞吾髮兮崖滋，散吾趾兮山椒。庶無馨而無臭兮[一]，眷壽命於松喬。四庫本《苕溪集》卷一。

懷知賦

張耒

嗟余生之苦艱，涉世故而多違。坌羣嘲而衆侮，獨孑孑其從誰？嗟若人之好修，外洵直而中奇。挈余手而指津，謂余車之不迷。遵常度以夷行，正六轡而安馳。嗟終日

[一] 馨：原作「聲」，據清鈔本改。

而無禽，曰固然而曷疑？

惟言動之合符，若方圓於矩規。振高言於皇極[一]，流餘麗於奇辭。沃道德以相酬，心厭滿而忘飢。愛日月而畏别，卒悠遠而多懷。跂予望兮莫瞻，將駕言其從之。何出門之多艱，頓我馬以嗟咨。山叢叢而造天，車欲進而畏摧。臨江湖以浮舟，蛟龍鬱其揚鬐。路幽迴而莫通[二]，心鬱塞而增悲[三]。贈瓊瑶以致情，恐所託之吾欺。惟至技之難投，或舉世而莫知。倘一遇而見明，蓋至樂之無儷。彼取舍之迷方，或骨肉而相遺。苟我心之不察，雖親愛而何恃？

故烈士之報知己，或殺身而不辭。豈以生而易名，誠内激而忘私。風蕭蕭以戒秋，蟬嘒嘒而鳴悲，白露團兮夕涼，庭木颯其先衰。羈我馬於東周，蓋三歲其於兹。老駸駸而來逼，心鬱鬱而不夷[四]。顧所樂之莫從，託宵寐兮庶幾。酌尊酒以忘憂，寫我心兮陳詩。明趙琦美鈔本《張右史文集》卷二。

〔一〕言：《新刊國朝二百家名賢文粹》卷一七九作「文」。
〔二〕迴：《新刊國朝二百家名賢文粹》卷一七九作「夐」。
〔三〕塞而：《新刊國朝二百家名賢文粹》卷一七九作「抑其」。
〔四〕心鬱鬱：《新刊國朝二百家名賢文粹》卷一七九作「懷愔愔」。

得友賦　答子邕

張耒

余趨世之僻迂，獨孑孑而無朋。信所樂以直前，嘗媒仇而賈憎。惟物態之多艱，撫危心而自驚。甘默默以退藏，包薄技而無成。何吾迹之不常，旅成周之故京。眷吾遊之悠遠，耿誰語兮吾情？

惟夫子之好修，昔固聞乎德聲。獨顧我而忘勤，握未暖而心傾。發鍵鑰而不疑，奏金石之鏗鍠。内端肅而粹温，外炳焕而清明。嗟我鄙而子奇，謂欲合而莫能。援古義而見交，愧此意之何勝。既兩盡而莫疑，亦交規而共評。驅昔懣之無餘，撫新樂而生矜。豈目前之歡愉，實未得乎平生。惟清洛之名都，窺園沼之清澄。語寒堂之夜燭，醉春圃之朝英。徵逸事於古初，亦窮微而造精。投明珠之的歷，報白璧之煌熒。惟此樂之無窮，使我愛日而兢兢。雖所歷之萬殊，願勿疾兮兹誠。明趙琦美鈔本《張右史文集》卷二。

惜交賦　並序

范成大

屈原既遭子蘭、子椒之譖，傷楚國之俗，朋友道薄，始合之難，而終以輕背，故著惜交之詞，道知心之難遇，故舊之不再得，動心忍性，徘徊不能去。君子覽之，有以增義合之重焉。

余既有此淑質兮，昔幽處而無仇。悵佳人之眇覿兮，走六漠而周求。歲甲子之初春兮，維元日吾始遊。紉木蘭以爲蓋兮，抗杜蘅以爲斿。詔湅雨俾清道兮，戒日星使燭幽。恐駟驪之選軟兮，又命飛廉而挾輈。翍天紘而鶩列缺兮，頫幽都與玄丘。天地四方多賊姦兮，忽吾班乎齊州。恍神釋而目粲兮，悅夫人之好修。佩轇轕之連璐兮，戴陸離之高冠。紛雞鶩之朋飛兮，儼黃鵠之蹁躚。葆衆美以自畀兮，夫何獨處之嬋娟。吾恐始合之易兮，終離之者不難。號百靈而訊之兮，筮告予曰吉哉！

余令巫咸往招兮，介蹇修而爲媒。枉若人之嘉惠兮，命保介而載予。摻脩袂而約言兮，曰歲晚其與俱。入既與之同袍兮，出又與之同車。投我以蒼玉之連環兮，予報以獨繭曳緒。玉宛轉而不斷兮，繭縈紆而連縷。谷風習其自東兮，固維風而及雨。汝行前而予殿兮，予安歌而汝舞。至於今其十年兮，固知美惡周必復。敏予德而日新兮，羌未變乎初也。修予容其滋媚兮，嗟采色其猶未暮也。妬被離而害交兮，讒翕脇而敗度。雖君子之石腸兮，固將徇乎市虎。兩造膝而笑言兮，慘其間之容斧。予冶容虞予善泆兮，頩顔謂予汝怒。

髮甚短而怨長兮，輿則固而路艱。蹇中道而如遺兮，予既寡而汝鰥。夫豈無他人兮，焉有夫君之好賢。雖得汝於萬一兮，終不及當時之纏綿。彼日而食兮，此月而虧。物不終盡剥兮，信復盈之有時。涕承睫而交下兮，若孟津之流澌。敢誦言而怨慕兮，恐衆人之汝窺。曼予聲以悲吟兮，託長風而要之。政木石必回睠兮，將白首而爲期。儻曾飛而不顧兮，嗟此怨之誰歸？四庫本《石湖居士詩集》卷三四附。

《復小齋賦話》卷下　范石湖《惜交賦》，忠厚悱惻，怦怦動人，有《小雅》、騷人之餘風。序所謂「君子覽之，有以增義合之重」者也。